伊勢物語図色紙「芥川」（伝俵屋宗達）
大和文華館所蔵

伊勢物語評解

鈴木日出男

筑摩書房

目次

凡例

一　本書の本文は、学習院大学蔵本（三条西家旧蔵本）を底本とした。ただし、底本の通じがたい箇所は、他本を参酌して改訂した。また、その活字化に際しては、一般読者にも読みやすい本文であることを意図して、次のような要領に従った。

1　作品全体を章段に分けて、各章段に番号を付した。

2　底本の変体仮名を普通の仮名にし、仮名遣いを歴史的仮名遣いに統一した。

3　宛字《あてじ》は普通の表記に改めた。

4　補助動詞の「侍」「はべり」、「給」「たまふ」などは仮名書きに統一した。

5　付属語の「む」「ん」は、「む」に統一して、「む」「らむ」「けむ」「なむ」などとした。

6　反復記号「ゝ」「〱」は用いず、漢字の場合は「々」を用い、また仮名の場合はその上の文字を反復して用いた。

7　句読点・濁点を加え、また会話の部分には「　」を付した。

8　一章段のなかで、段落を区切ったところもある。

9　作中の和歌（総計二百十首）については、すべての歌の頭に、全編の通し番号を付した。

二　現代語訳は、原本文に忠実であることを旨とするが、独立した現代文としても読めるようにつとめた。また作中の和歌については、それが人々の詠み交わす贈答歌であっても、あえて丁寧語などを補って訳出することはしなかった。

三　語釈では、古語から現代語への言い換えにとどまらず、語の原義・語感や、語法・文脈などに注意して、読解の資となるよう配意した。

特に和歌については、他の語釈と区別して【　】で示し、歌番号を記して、一首の構成や表現のあり方を分析するようにした。
四　評釈は、各章段がどのような物語であるか、また和歌がどのように関わっているかなど、その本質にふれるよう心がけた。
五　巻末には、この作品の内包する問題などを解説した「伊勢物語について」を掲げ、さらに「要語ノート」「作中和歌一覧」を掲げた。

一段

①昔、男《をとこ》、②初冠《うひかうぶり》して、③奈良の京、春日《かすが》の里に、④しるよしして、狩りに往《い》にけり。その里に、⑤いとなまめいたる⑥女《をんな》はらから住みけり。この男⑦かいま見てけり。⑧思ほえず、⑨ふる里にいと⑩はしたなくてありければ、心地《ここち》まどひにけり。

男の、着たりける⑪狩衣《かりぎぬ》の裾《すそ》を切りて、歌を書きてやる。その男、⑫信夫摺《しのぶず》りの狩衣をなむ着たりける。

1 春日野の若紫のすり衣しのぶの乱れかぎり知られず

となむ、⑬おひつきて言ひやりける。⑭ついでおもしろきこととや思ひけむ、

2 陸奥《みちのく》のしのぶもぢずり誰《たれ》ゆゑに乱れそめにし我ならなくに

といふ歌の心ばへなり。昔人《むかしびと》は、⑮かくいちはやきみやびをなむしけ

昔、ある男が、元服をした後、奈良の京の春日《かすが》の里に、領有する土地のあった縁から、狩りに出かけて行くことになった。その里に、まことに初々《ういうい》しい魅力をたたえた姉妹が住んでいた。この男は、その姉妹を垣間《かいま》見てしまったのだ。思いもかけず、さびれた古都で、どうにもならず、どぎまぎしてしまったものだから、気持ちが動揺してしまった。

男が、着ていた狩衣《かりぎぬ》の裾を切って、それに添えて歌を書いて贈る。その男は、信夫《しのぶ》摺りの狩衣というのを着ていたのである。

1 春日野《かすがの》の若い紫草のように、初々しく美しい姉妹に出逢って、私のひそかに思う心の乱れようは、この信夫摺りの模様さながらに、限りとてない。

というふうに、間《ま》もおかずすぐに歌を詠んでやった。

歌を詠むのに絶好の機会と思い、興趣をおぼえたのだろうか、これは、

2 陸奥の信夫もじ摺りの模様のように私の心が乱れはじめたのは、私自身のせいでもないのに。すべてはあなたゆえのこと……。

という歌の趣意をふまえたのである。昔の人は、かくもすばやくはげしい風流をしたものだった。

る。

【語釈】

①**昔、男**　「昔」は、漠然とした過去。「男」は、女に対する一個の男の存在をいう。これはこの物語の各段の、冒頭の常套的な語り口である。→要語ノート。②**初冠**　男子が成人してはじめて冠をつける意で、元服のこと。元服の年齢は一定していないが、ほぼ十代半ば。高貴な人ほど早かったらしい。③**奈良の京、春日の里**　「奈良の京」はかつての平城京、その中の「春日の里」は現在の奈良市春日野町。春日山の東麓、奈良公園のあたり。歌枕としての春日野は、「若草」「初草」を連想させる土地柄。後続の歌に、「春日野の若（紫）」とあるゆえんである。④**しるよしして**　「しる」は領地を所有する意。「よし」は、ここでは縁故の意。⑤**なまめいたる**　「なまめきたる」の音便形。動詞「なまめく」は、十分熟していないため、みずみずしく清新な魅力を発揮する、が原義。ここでも、若々しい美しさのにおいたつ意。⑥**女はらから**　同母の姉妹。⑦**かいま見て**　「かいま見る」は、物陰から人の容姿や様子などを、うかがい見る意。物語の場面としては、偶然の恋をもたらす重要な契機となる。→要語ノート。⑧**思ほえず**　「思ほえず」は「心地まどひにけり」に続く。予想外の事態に動揺する気持ちをいう。⑨**ふる里**　ここでは旧都のこと。遷都した平安京の側から、平城京の旧都をさす。今は、廃都となり、さびれている。⑩**はしたなくて**　「はしたなし」は、中途半端、不似合い、困惑、ぐらいの意。ここでは、姉妹の意外な存在にまごつく思いをいう。古都にこの姉妹の存在が不似合いだとする一説もあるが、とらない。昔男自身のどうしてよいかわからない困惑の思いと解したい。⑪**狩衣**　もともと狩りや旅のための服。日常の男子の軽装にも用いられた。ここでは「狩りに往にけり」とあり、そのための服装である。⑫**信夫摺り**　後続の歌の「しのぶもぢずり」と同じで、しのぶ草の葉や茎を摺《す》りつけた乱れ模様。陸奥の信夫《しのぶ》郡の特産とされた。

【和歌1】春日野の……　姉妹への想いを訴える男の贈歌。「すり衣」までの上三句は「しのぶの乱れ」にかかる序詞。「しのぶ」には「信夫（摺《ず》り）」「忍ぶ」の両意が重ねられる。「信夫の乱れ」は信夫摺りの乱れ模様、「忍ぶの乱れ」は、自分のひそかな心の乱れ。「若紫」は若々しい紫草、若い姉妹の高貴な魅力を暗示する。紫草は白く小さな花をつけるが、その根が紫色の染料となる。「紫」は、縁《ゆかり》の色ともされ、また高貴な色としても好まれていた。ここでは姉妹の気品ある美しさを「若紫」とする。なお、「紫」を連想させる歌枕としては「武蔵野」が一般的。ここでは、「若草」「初草」を連想させる「春日野」

の歌枕に、「初」の縁で結びついている。なお、十二段で「武蔵野」を詠んでいるが、そこでは逆に「若草」と結びつけている。一首は、春日野にやって来た自分はひそかな心の乱れをかかえこんでしまったとして、相手に詠みかける歌である。〈重出〉新古今　恋一・業平。古今六帖　第五「摺衣」。

⑬**おひつきて**　「追ひつきて」の解に従う。すぐに、すばやく、の副詞的な意。なお、「老いづきて」として、大人ぶって、ぐらいの意に解する説もある。⑭**ついで……思ひけむ**　「ついで」は、時機、適当な機会。信夫摺の狩衣を着た男が、偶然にも美しい姉妹を見出して心乱したのは、まさしく「しのぶもぢずり」の古歌の趣にかなっているとする。「ついで」以下、「思ひけむ」まで語り手の補足的な口吻による挿入句。「けむ」も、昔男への語り手の推量。

【和歌2】陸奥の……　『古今集』恋四に源融《とおる》の作として収められている歌。「陸奥国」は、東海道・東山道の奥にある国、現在の福島・宮城・岩手・青森県などにまたがる広い地域。信夫摺りの産地の信夫郡は福島県に位置する。「しのぶもぢずり」までが、乱れ模様の比喩から「乱れ」にかかる。「しのぶもぢずり」は「信夫摺り」と同じ乱れ模様のことで、「乱れ」や「初《そ》め」にひびかせた「染め」と縁語。「なくに」は、打消の助動詞「ず」の古い未然形「な」に、名詞化する接尾語「く」がついた形。ここでは、……なのに、の逆接を表す。「我ならなくに」は「誰ゆゑに乱れそめにし」と倒置の関係。私自身のせいではないのに、の意から、真意は、あなたのせいで私の心が乱れはじめたとして、相手への恋情をさりげなく訴える歌となっている。〈重出〉古今　恋四・源融・四句「みだれむと思ふ」。古今六帖　第五「摺衣」。

⑮**いちはやきみやびをなむしける**　「いちはやし」は、神の威力のはげしさをいうのが原義。「みやび」は、文化的に洗練された行為というのが原義らしい。これは、昔男が、相手の魅力にすばやく反応して、すぐれた和歌を詠んだことを賛える語り手の評言である。なお、作中の「みやび」の用例は、この一段だけ。→要語ノート。

評釈

今日通行の百二十五段から成る『伊勢物語』は、主人公の男の元服を語る章段に始まって、死の予感を語る章段で終っている。この物語が数次の増補を経てきたらしいと推測する成長過程説にしたがえば、その最終段階で元服と死の首尾呼応の構成が整えられたということになる。その元服から死への首尾呼応の構成じたいに、作品としての固有の主張があるといってよい。なぜなら、そこには主人公の男がどのように人々と関わりあって、社会をどう生きたかという意味合いが含まれていると思われるからである。それというのも、元服という生活儀礼が、男子が官人としていよいよ貴族官僚社会に仲間入りする節目を意味するからでもある。そしてこの物語では、そうした作品構成の枠のなかで、この主人公の男がおおむね、いかに社会の世俗的な規矩から逸脱せざるをえないかを語ろうとしているようにみられる。

　この一段においても、現在の生活の場である平安京で多くの人々に元服を祝福されたであろうこの男が、あたかも権勢社会から逃れ出るかのように、廃都の春日の里へと狩りに出かけたというのである。しかもこの狩りは、秋の小鷹狩りや冬の大鷹狩りのような公儀への参加などではなく、歌に「春日野の若紫」とあり、季節は春のはじめ、春の野への気ままな遊猟であった。もしもこの男が在原業平だとすれば、旧都奈良は、政界の中枢から疎外されたその父祖の故地である。物語に「しるよしして」と語られるゆえんでもある。

　その地で男の心を魅了したのは、初々《ういうい》しくも美しい姉妹であった。自ら俗権から逃れて生きようとする男が、春の野を背景にしてこの若々しい姉妹へ、目くるめくような感動をおぼえたというのである。それにしても、男を魅了したのが、一人の女ではなく、なぜ姉妹なのか。確かに、古来の伝承には姉妹という対の存在が少なからず登場する。しかしその場合、たとえば大山津《おおやまつ》見神《みのかみ》の娘について、姉の石長比《いわながひ》売《め》が醜貌であるのに対して、妹の木花之《このはなの》佐《さ》久《く》夜《や》毘《び》売《め》が美貌であったというように（古事記・上）、姉妹の対照的な存在が語られることが多い。ところが、この章段にはそうした区別がない。ここでの姉妹とは、男に対して、女の存在そのものの象徴なのではないか。男が元服してまもない青年であるだけに、驚きのような、魂のあこがれ出るような対象としての「女はらから」が現れ出たのである。

　そのように惑乱する情動を、和歌という言葉の規矩に封じこめようとする。その和歌で、「かいま見」た姉妹の初々しい美しさを、なぜ「若紫」の語で言い表しているのか。「春日野」の歌枕の連想でいえば「若草」ぐらいが自然であろう。もとより「紫」を連想させるのは東国の武蔵野こそふさわしい。ゆかり（血縁）を象徴する「紫」は、ここでは姉妹という血縁をさすのか、あるいは父祖の地であり男の遠縁にあるというのだろうか。

それはそれとして、下の句では動揺する心を「乱れ」の語で表し、さらにその語を、着ていた狩衣の信夫摺にことよせて「すり衣しのぶの乱れ」の歌句に仕上げている。これは、語り手が同趣の歌として掲げる「陸奥の」の歌の引用によっている。語り手の評言は、歌のそうした表現のからくりを気づかせるための補足の言葉とみてよい。「陸奥のしのぶもぢずり」の引用があるだけに、ここには、青年期を迎えた若者の心の動揺が、荒々しいまでの純粋さとしてイメージされている。はじめて垣間見るまばゆいまでの世界に心躍るような気持ちでもある。

また、一首の語順、とりわけ歌枕とその関連物象に注目すると、その文脈の背後には「春日野」──→（若草）──→「若紫」──→（武蔵野）、あるいは、「すり衣」「信夫の乱れ」──→「陸奥」のような連想を生み出していることがわかる。男の心には、新たな平安京の俗権のうずまく現実が顧みられていないかわりに、見も知らぬ遠い東国の地への関心がめぐらされていよう。そしてその遥かなる地への憧憬に、姉妹への情熱的なあこがれが重なっているのではないか。

この男にとって、抑えがたい情動を和歌として詠みかける行動じたいに、彼自身の存在意義があるといってよい。彼が自らの感動を、日常の言葉によるのではなく、歌枕や景物など歌言葉固有の秩序に封じこめることによって、心の明確なかたちとしての和歌表現が具体的に実現している。そしてそれが、非日常的な魂の誠実な表白となっている。これこそが、語り手のいう「いちはやきみやび」である。しばしばこの物語は〈みやび〉の文学と評されてきた。この一段に限らず、和歌固有の言葉を媒介に人それぞれの魂が証されようとする点に、その〈みやび〉の本質があると思われる。

二段

昔、男《をとこ》ありけり。①奈良の京は離れ、この京は人の家まださだまらざりける時に、②西の京に女《をんな》ありけり。③その女、世人《よひと》にはまされりけり。その人、容貌《かたち》よりは心なむまさりたりける。④独《ひと》りのみもあらざりけらし、それを、⑤かのまめ男、⑥うち物語《ものがた》らひて、帰りきて、⑦いかが思ひけむ、⑧時は三月《やよひ》のついたち、⑨雨そほふるにやりける。

3 起きもせず寝《ね》もせで夜《よる》を明かしては春のものとてながめ暮らしつ

昔、ある男がいた。奈良の京からは離れて、いまの京には人家のまだ定まっていなかった時分、西の京に、ある女がいたのだった。その女《ひと》というのは、世間並みよりもすぐれていた。そしてその女は、顔かたちよりも心の方が、ずっとすぐれていたのだ。独り身でもなかったらしい、それなのに、あの誠実《まめ》男ときたら、しんみりと情を交わしあい、帰ってきてから、何を思ったのだろう、時はちょうど三月の月はじめ、折から雨のしとしと降る時に、歌を詠んでやったのだった。

3 起きているわけでもなく、かといって寝ているわけでもないままに、ひとり夜を明かしては、この長雨を春のものと思いながら、私はぼんやりと、またこの一日も暮らしてしまった。

【語釈】

①**奈良の京……この京**　「奈良の京」はかつての平城京。次の「この京」は今の京、平安京。建設途上にあるので、「人の家」が「まださだまら」なかった。史実としては、桓武天皇の延暦三（七八四）年、平城京から長岡京に遷るべく造成が始まり、同十三（七九四）年に平安京に遷都。②**西の京**　京の中央を南北に貫く朱雀大路の西半分。右京。東の京に比べて、西の京は開発が遅れていて、さびれている。③**その女……心なむまさりたりける**　その女は、世間並み以上の美貌だが、そのことよりも心のありようがより魅力的だとする。④**独りのみもあらざりけらし**　女はもともと、ある男を通わせているらしい。以下、語り手が、こうした推測をもとに批評的に語りついでいく。⑤**まめ男**　実直な男。冒頭の男をさす。「まめ」は人間の誠実な心をさす（↓要語ノート）が、何に対して誠実であるかが問

題。この物語全体の脈絡では男の、自身の魂に誠実になろうとする精神をいうのであろう。⑥**うち物語らひて**　「物語らふ」は男女関係にいうことが多く、男が言い寄ってたがいに情を交わしあう意。⑦**いかが思ひけむ**　挿入句。語り手が、男の本心がわかりかねるとする。⑧**時は三月のついたち**　晩春になりかけた時分。夜もまだ長いという設定が、次の歌をなめらかに導く。⑨**雨そほふるに**　この「雨」は、晩春の長雨。桜花などを損ねかねない。次の歌にも「ながめ（長雨）」とある。

【和歌3】起きもせず……　男の贈歌。逢瀬から帰った後の後《きぬ》朝《ぎぬ》の歌である。「起きもせず」「寝もせで」、「夜を明かしては」「暮らしつ」が、それぞれ対句的な語句。「春のもの」は春の景物の意で、晩春の長雨をさす。「ながめ」は「長雨」と「眺め（物思い）」の掛詞。一首は、春の長雨を背景に朦朧とした物思いの時を過ごしたとして、詠みかける歌である。〈重出〉古今恋三・業平。新撰和歌　四。古今六帖　第一「雨」・業平。同第五「朝《あした》」・業平。

評釈

この章段は、男が西の京の女への執心を強めるところから、彼女が独り身でもないと気づきながらも、わが心の嘆きの歌を訴えざるをえないという話である。

「起きもせず」の歌が『古今集』恋三に業平の実作として収められている点から、成立過程の上で、この章段は原初の段階からの部分に属するとみられる。『古今集』の詞書には次のように記されている。

三月《やよひ》のついたちより、忍びに人にものら言ひて、のちに、雨のそほ降りけるに詠みて遣《つか》はしける　在原業平朝臣

これと物語との相違を考えてみると、平安京遷都まもない、住人もまばらな西の京という物語の設定を除けば、二つは内容的にはさほどの相違もない。しかしこの物語においては、語り手を通して語られている。すなわち、相手の女との関わり方が漸層的に明確化され、やがて男が歌を詠まずにはいられなくなる心の必然をたぐろうとする語り口になっている。右の詞書とは根本的に異質である。

物語が女について「世人にはまされりけり」──→「容貌よりは心なむまさりたりける」と語る文脈の漸進は、そのまま

女への男の執心の深化を意味していよう。そのうえで、語り手が「独りのみもあらざりけらし」と推定し、それだけに「それを、かのまめ男……いかが思ひけむ」と想像してみる。男はまじめな人物なのに、独身とも思えぬ女になぜ歌を贈るのか、と疑問を投げかけていく。

一般的に、物語における語り手の推測や批評の言葉はしばしば、ほんとうにそうなのかという読者の想像や推測や批評の心を刺激することがある。この場合も、「まめ」は、語り手の推量をもとに、一応は、俗世間の良俗や常識への従順さという意味でのまじめさをいうのであろう。しかし物語全体の脈絡では、「いかが思ひけむ」ともあり、語り手自身の次元を超えて、自分自身の魂に対する誠実さとしてのまじめさを意味することを、おのずと浮かびあがらせているであろう。男が「まめ」なるがゆえに女に執着し、切ない後朝《きぬぎぬ》の歌を贈らざるをえなかったというのである。物語の文脈は、このように男の、歌を詠まざるをえない内的な必然を明らかにして、彼の詠む和歌を物語の頂点へと高めていく。

「起きもせず」の歌は、表現構成のうえで、語句の対照的なひびきあいのある点に、特に注意される。「起きもせず」「寝もせで」の対蹠的な言葉の重なりが、おのずと「昼」「夜」の時間帯の対応を導き、さらにそれが「夜を明かしては」の反復継続の語法に連なって時間の無限さをさえ主張している。そして、「ながめ暮らしつ」とある。平常心に覚醒しているのでもなければ、睡夢忘我のうちに耽っているのでもない、晴らしがたい憂愁が限りなく持続していくばかりである。もとより業平の実作の歌は、主情的で感情の澎湃《ほうはい》とするあまり、具象性に乏しい作が少なくない。これもその典型の一つであろう。しかし、歌を、物語の散文によって具体的な状況や人間関係に限定してみると、逢瀬から帰っていよいよ、歌を詠みあげずにはいられない人間の真情が明確にされてくる。ここでの現実と幻想のあわいのもの憂く空《うつ》ろな時空間は、独身とも思えぬ女に執着してしまった男の、心情の空虚さを鮮明にかたどっているのだ。

三段

昔、男《をとこ》ありけり。①懸想《けさう》じける女《をんな》のもとに、ひじき藻《も》②といふものをやるとて、

4 思ひあらば葎《むぐら》の宿《やど》に寝《ね》もしなむひじきものには袖《そで》をしつつも

③二条の后《きさき》の、まだ帝《みかど》にも仕《つか》うまつりたまはで、④ただ人にておはしましける時のことなり。

昔、ある男がいた。思いをかけていた女のもとに、ひじき藻《も》というものを贈ってやるといって、

4 あなたに私を思う気持ちがあるのなら、葎《むぐら》の茂る荒廃の家でもよい、いっしょに寝てしまおう。敷物には、ひじき藻ではないが、衣の袖を引き敷くなりしてでも……。

二条の后が、まだ女御として帝にお仕えにならず、普通のお方でいらっしゃった時分のことである。

【語釈】 ①**懸想じける**　「懸想ず」は、思いを寄せる、恋い慕う、の意。②**ひじき藻といふもの**　「ひじき藻」は海藻のひじき。京では海産物は稀少の品なので、「といふもの」の言い方になる。

【和歌4】思ひあらば……　男の贈歌。「葎の宿」は、葎（蔓草《つるくさ》の総称）など雑草のはびこる廃屋。「ひじきもの」は、「引《ひ》敷《じき》物《もの》」（引いた敷物）。これに贈り物の海藻の「ひじきも」をひびかせた。掛詞であるよりも、隠し題とする物名《もののな》の表現技法であり、海藻の「ひじき藻《も》」は歌意に直接結びついていない。一首は、寝具がないのなら、衣服の袖を共寝のための敷物としてもかまわないと訴える、求愛の歌となっている。〈重出〉大和物語・百六十一段。

③**二条の后の……**　以下、語り手の、後注のような言辞。「二条の后」は藤原長良の娘、高子《たかいこ》（八四二—九一〇）。清和天皇の女御として入内《じゅだい》、二条の后と呼ばれた。貞明親王（陽成天皇）を産んだ。④**ただ人**　普通の人、の意。ここでは、入内以前の身分をさす。

評釈

この話は、語り手の後注のような言辞によれば、「男」と、入内《じゅだい》以前の「二条の后」の恋の物語とされる。『伊勢物語』で在原業平と二条の后の交渉とその後日譚が、三・四・五・六・二十六・二十九・六十五・七十六・百・百六段に及んでいて、この物語の主要な内容の一つとなっている。

しかしこの二人の間には実際、恋の交渉など生涯なかったらしい。にもかかわらず『古今集』の時代にはあたかもそうであるかのように伝えられていた。たとえば、次の四・五段がそうであるように、『古今集』には同内容の詞書をもつ業平の実作が幾つも収められている。では、なぜ二人がそのように結びつけられたのか。それは、業平が人に深い感動をもたらす秀抜の歌人であったからという理由からだけでなく、実は高子自身の人柄の奔放さにも起因しているとみられる。『扶桑略記』などによれば、彼女は寛平八（八九六）年、東光寺の善祐との密通が露見して廃后の身となり、延喜十（九一〇）年没したという。

「思ひあらば」の歌は、男が贈り物の「ひじき藻」に託して詠み贈った懸想の歌である。これは『古今集』にも入集されず、業平の実作でもない。物語では、男が、あなたに私を思ってくれる気持ちがあるのなら、他には何も要らない、だいじなのは相手を思う心だけ、という趣である。この歌の背後には、次のような類歌がひかえている。同じく「八重葎」の廃屋での逢瀬を思い浮かべるという発想の歌である。

玉敷《たまし》ける家も何《なに》せむ八重葎おほへる小屋も妹《いも》と居《を》りてば　（万葉集　巻11・二八二五）

何せむに玉の台《うてな》も八重葎生《は》へらむ宿に二人こそ寝《ね》め　（古今六帖　第六「葎」）

業平と二条の后がひそかに逢っていたという伝承が、人知れぬ廃屋での逢瀬を思わせる和歌の類型表現と結びついたのであろう。贈り物の「ひじき藻」から「引敷物」としての「袖」を連想するところから、共寝できるのならば、夜具も用意できない「葎の宿」でもよいではないか、と訴える。おのずと「玉敷ける家」も「玉の台」も不要だという主張となる。ここには、相手の女の背後にある権門の力に屈することのない情熱がこもっていよう。

また『大和物語』百六十一段にも、「在中将（業平）、二条の后《きさい》の宮、まだ帝にも仕うまつりたまはで、ただ人におはしましける世に、よばひたてまつりける時、ひじきといふ物をおこせて」として、この歌を掲げている。これも、二人の忍ぶ恋の話が世間一般に喧伝されていた証拠となろう。

このような歌を詠む男は、業平本人ではないが、いかにも業平らしく、恋と歌に生きる人間の面影を宿している。

四段

昔、①東《ひんがし》の五条に、②大后《おほきさい》の宮おはしましける③西の対《たい》に、住む人ありけり。それを、④本意《ほい》にはあらで、⑤心ざし深かりける人、行《ゆ》きとぶらひけるを、正月《むつき》の十日《とをか》ばかりのほどに、ほかに隠れにけり。あり所《どころ》は聞けど、⑥人の行《い》き通《かよ》ふべき所にもあらざりければ、⑦なほ憂《う》しと思ひつつなむありける。

またの年の正月《むつき》に、梅《むめ》の花ざかりに、去年《こぞ》を恋ひて行《い》きて、⑧立ちて見、ゐて見、見れど、去年に似るべくもあらず。うち泣きて、⑨あばらなる板敷《いたじき》に、⑩月のかたぶくまで臥《ふ》せりて、去年を思ひ出《い》でてよ

昔、東の京の五条に、大后《おおきさい》の宮《みや》が住んでいらっしゃった、その邸の西の対《たい》に住む女《ひと》がいたのだった。そこを、不本意ながらも、情愛を深くとどめてしまったある男が、通《かよ》い訪ねていたのだが、正月の十日ごろに、女が他所《よそ》に隠れてしまった。その居場所は聞いているけれども、普通の人の行き来できるような所でもなかったので、やはり、その女《ひと》を思うとわが身がつらい、と思っては時を過ごしていたのだった。

翌年の正月になって、梅の花盛りに、男は去年を恋しく思い起こして、例の西の対におもむき、立ちあがっては見たり、座りこんでは見たり、周囲をあれこれ見まわすけれども、去年の趣とは似るべくもない。男は泣き出して、もぬけの殻になった板敷きに、月が西に傾くまで臥《ふ》せっていて、去年のことを

める。

5 月やあらぬ春や昔の春ならぬわが身一つはもとの身にして

とよみて、⑪夜《よ》のほのぼのと明くるに、泣く泣く帰りにけり。

思い出して詠んだ。

5 月は昔のままではないのか、春は昔のままの春ではないのか。わが身一つだけはもとのままなのに。すべてが変わりはててしまう……。

と詠んで、夜がほのぼのと明けてゆくころ、泣く泣く帰ってしまうほかないのだった。

【語釈】

①**東の五条**　京の都の中央を南北に走る朱雀大路の東側（左京）の五条。②**大后の宮**　東の五条に御所を設けていた「大后の宮」（皇太后）。仁明天皇の皇后、文徳天皇の生母の藤原順子をさす。「五条の后」とも呼ばれた。藤原冬嗣《ふゆつぐ》の娘で、兄弟に長良・良房がいる。③**西の対**　寝殿（大后の宮の居所）の西側にある対《たい》の屋《や》。そこに住まうのが、順子の姪にあたる高子《たかいこ》、後に「二条の后」と呼ばれる人物。→三段。④**本意にはあらで**　諸説あるが、不本意ながらも、の意と解して、「行きとぶらひける」にかかるとする説に従う。権門との関わりは自分の本意でないが、女君本人（高子）への恋情がいよいよつのっていく、という文脈になっている。また、（許されぬ仲なので）思うにまかせぬ状態で、「心ざし深かりける」にかかるとする説、あるいは自分の意思ではなく、「ほかに隠れにけり」にかかるとする説もあるが、いずれもとらない。⑤**心ざし深かりける人**　「心ざし」は、気持ち、情愛。思いを寄せていた男、業平とおぼしき人物をさす。⑥**人の行き通ふべき所にもあらざりければ**　常人の出入りできぬ場所だとして、宮中をさす。女の入内《じゅだい》を暗示する。⑦**なほ憂し**　「なほ」は、予想はしていたが、やはり、の意。「憂し」は、つらい意。わが身の不運を思う気持ちである。⑧**立ちて見、ゐて見、見れど**　往時の女の面影をさまざまに求め探そうとする男の思いを、印象的な行動として語る文体である。⑨**あばらなる板敷**　家具などの一切を取り払って、がらんとした板敷の間《ま》である。⑩**月のかたぶくまで**　月が西山に傾く、夜明けの近い時分まで。

【和歌5】月やあらぬ……　男の独詠歌。二度繰り返される「や」を、疑問の意に解する説に従う。反語と解する説もあるが、とらない。天然自然の「月」「春」をあえて変化したかと疑い、人間である「わが身」（身体）を変わらざるものとして対照させた。「身」「心」→要語ノート。一首は、春の情趣のなかで、わが心の動揺を詠みあげている。〈重出〉古今　恋五・業平。古今六帖　第五「昔を恋ふ」。

⑪夜のほのぼのと明くるに、泣く泣く帰りにけり　夜の明けそめる時分に帰るとしたのは、これを逢瀬の後朝《きぬぎぬ》の場面になぞらえた趣向である。

評釈

この章段は、業平とおぼしき男が藤原氏の高子のもとに忍び通っていたが、突然その高子が入内《じゅだい》したらしく男の前から姿をくらましてしまった、しかし彼女を容易に諦めきれない男は、翌年の同じ時節に女のいない邸を訪れて、泣きながら帰ってくるという話である。

相手の高子は、皇室との縁組を通して権勢の拡充をもくろもうとする権門の娘であり、将来の后がねとして深窓で愛育されてきたのであろう。物語の「本意にはあらで」の叙述に注意すれば、男は、女の背後に広がる世俗の権勢にからめとられるのを、いさぎよしとはしない。というよりも、男が女に近づけばこの一門から排除されて当然であろう。にもかかわらず、彼はこの高子その人に心を惹かれては、しげしげと通うことになってしまったのだ。

その彼女が突然姿をくらました。「あり所は聞けど」とあり、人の噂から入内の事実を知った。かねがね直感していたとおりになったのである。もともと恋すべきでない相手を恋してしまった、これもそうならざるをえないわが運命なのだろう、と思う。「なほ憂しと思」う感慨は、そのような運命への自覚から出ているのである。

「月やあらぬ」の歌は、『古今集』恋五に業平の実作として収められ、この物語とほぼ同じ内容の詞書が付されている。いわゆる成立過程説に従えば、原初段階以来の段とみられるゆえんである。『古今集』の詞書には次のようにある。

五条の后《きさい》の宮の西の対《たい》に住みける人に、本意にはあらで物言ひわたりけるを、正月《むつき》の十日余りになむ、ほかへ隠れにける。ありどころは聞きけれど、え物も言はで、またの年の春、梅の花盛りに、月のおもしろかりける夜、去年《こぞ》を恋ひて、かの西の対に行《い》きて、月の傾《かたぶ》くまで、あばらなる板敷に臥せて詠める

在原業平朝臣

この和歌の表現上の特徴を考えてみよう。「月やあらぬ」「春や昔の春ならぬ」の、対照的な歌句をややくどいまでに重ねている点に、変わるはずもない天然自然の物象を、あえて疑わざるをえない気持ちを言いこめている。逆に変わらないのは、「わが身一つ」という、心ならざる己れの個体としての身体。普通ならば、変わらざる自然と変化する人間の心を対照的にとらえるのであろう。しかしここでは、人の「心」ではなく「身」である。この歌では、実存するのは物質的な存在に近い、自らの肉体を措いて他にはないとする。そしてこの二つの対比を通して、じつは、わが身ならざる心の分裂と彷徨をおのずと切実に表白することになるのだ。しかも、「月」に対する語を、「花」などではなく「春」であるとした点に、強い時間意識がとりこまれ、時の経過が心の変化をもたらすという感慨をにじませている。

このような歌の表現は、主観的な感情を嫋々と歌いあげてはいるものの、それが何に起因しているかの具体性や必然性に乏しい。『古今集』仮名序が業平の歌風として、「その心余りて詞《ことば》足らず。しぼめる花の色なくて匂ひ残れるがごとし」と評しているが、この「月やあらぬ」の歌は、その特徴を最も典型的に表している一首といってよい。ところがこの歌を、ひそかに通じあった二人が女の入内で切り裂かれてしまうという、人間関係や情況のなかに置いてみると、男の心の必然的な真相が鮮明に浮かびあがってくる。しかも、詞書と物語の叙述の相違に注目すれば、後者がいかにも歌をいっそう物語的にとりこんでいる点に気づかされるであろう。

……またの年の春、梅の花盛りに、月のおもしろかりける夜、去年《こぞ》を恋ひて、かの西の対に行きて、月の傾くまで、あばらなる板敷に臥せて詠める　（詞書）

……またの年の正月に、梅の花ざかりに、去年を恋ひて行《い》きて、立ちて見、ゐて見、見れど、去年に似るべくもあらず。うち泣きて、あばらなる板敷に、月のかたぶくまで臥せりて、去年を思ひ出でてよめる　（物語）

物語における男の言動がその詠歌に必然的にたどりつくとともに、さらにこの歌の表現に逆照射され、男の根源的な孤独の魂が彼の「行きて、立ちて見、ゐて見、見れど」などという行動として鮮明に映像化されている。そして「夜のほのぼのと明くるに、泣く泣く帰りにけり」とあるのは、あたかも逢瀬からの帰りのように擬《なぞら》えた表現である。そのように擬制化された後朝の場面も、いかにも物語的な語り口によっている。男は西の対の空っぽの室内で、もう一つの恋に生きようとしたといってもよい。

前段で記したように、業平と高子との間には実際このような深い関係が考えられないので、詞書も物語も事実とは異なる虚構というほかない。したがって、この作歌の真の事情については知るよしもなく、あるいは恋の関係によってさえいないのかもしれない。しかしこの一首をこの物語の情況に置いてみると、その心の必然的な動きが人間の魂の普遍性にふれている趣である。あるいは、歌の真意を解しようとする高度の解釈の試みから、このような物語化がなされたのかもしれない。

五段

昔、男《をとこ》ありけり。①東《ひんがし》の五条わたりに、いと忍びて行《い》きけり。②みそかなる所なれば、門《かど》よりもえ入《い》らで、童《わらは》べの踏みあけたる③築地《ついひぢ》の崩《くづ》れより通《かよ》ひけり。人しげくもあらねど、度《たび》重なりければ、④主人《あるじ》聞きつけて、その通《かよ》ひ路《ぢ》に、夜《よ》ごとに⑤人を据《す》ゑて守らせければ、行《い》けどもえ逢《あ》はで帰りけり。さてよめる。

昔、ある男がいた。東の京の五条あたりに、ひどく人目を忍んで通《かよ》っていたのだ。人知れぬ秘密の場所であるから、門から入ることもできず、子どもたちが踏み開《あ》けてある築地《ついじ》の崩れ穴から通うことになっていた。人目が多いわけでもないが、訪れが度《たび》重なったので、邸の主人《あるじ》が聞きつけ、その男の通う通い路に、毎夜毎夜、人を据え置いて見張りをさせていたものだから、男は、行ったところで女に逢うこともできぬまま帰るほかなかった。そこで、詠んだ。

6 人知れぬままあの女《ひと》のもとに通う、その私の通い路で見張る関所の番人よ、毎晩毎晩ぐっすり

6 人知れぬわが通ひ路の関守《せきもり》はよひよひごとにうちも寝《ね》ななむ

とよめりければ、いといたう心⑥やみけり。主人⑦許してけり。

⑧二条の后《きさき》に忍びて参《まゐ》りけるを、世の聞こえありければ、⑨兄《せうと》たちの守らせたまひけるとぞ。

寝てしまってほしいものだ。

と詠んであったので、女はたいそうひどく心を痛めたのだった。そこで、主人は許すようになったのである。

じつは、男が二条の后のもとに忍んで参っていたのだが、それが世間の噂《うわさ》になったものだから、兄たちが見張らせなさったのだ、ということである。

【語釈】

①**東の五条わたり**　東の五条に住む人。前段との関係からも、五条の大后の邸の、西の対に住まう人（二条の后）を暗にさす。②**みそかなる所**　許されぬ恋ゆえに、ひそかに通う所。③**築地**　土を築いて造った塀。初期のものは屋根などもなく、崩れやすい。④**主人**　五条の大后（順子）をさす。⑤**人**　番人。

【和歌6】人知れぬ……　男の贈歌。「関守」は関所の役人。「人」（番人）を「関守」になぞらえて、これに呼びかける。末尾の「ななむ」は、完了の助動詞「ぬ」の未然形「な」に、他者への誂《あつら》えの意の終助詞「なむ」がついた形。一首は、関守への呼びかけを通して、相手の女に逢瀬をと哀願する歌である。〈重出〉古今　恋三・業平。⑥**心やみけり**　「心やむ」は、思いどおりにならず心が病む意。ここは、男の訴えかける歌に女が心を病んだとする。⑦**主人許してけり**　男の歌の力が「主人」（五条の大后）の心をも動かして、男を許したとする。⑧**二条の后に忍びて参りけるを……**　以下、語り手の言辞。「二条の后」→三段。⑨**兄たち**　二条の后の兄たち。次段にみえる藤原国経・基経であろう。

評釈

これも、業平とおぼしき男と二条の后との若かりしころの話である。「人知れぬ」の歌も前段同様、『古今集』恋三に業平の実作とされ同じ内容の詞書が付されているので、これも原初段階以来の章段とみられる。この話は、高子が入内《じゆだい》する前のことであろうから、彼女の入内をめぐる話の前段よりも早い時期にあたる。『古今集』の詞書をも掲げて二つを比べてみよう。

東の五条わたりに、人を知りおきてまかり通《かよ》ひけり。忍びなる所なりければ、門《かど》よりしもえ入《い》らで、垣の崩れより通ひけるを、度重《たび》なりければ、主人《あるじ》聞きつけて、かの道に夜ごとに人を伏せて守らすれば、行《い》きけれども逢はでのみ帰りて、詠みてやりける

業平朝臣

ここには物語のように、男の歌が先方にどう受け止められたかは記されていない。また、物語の語り手のいうようには、男の侵入を兄たちが制止したことも述べられていない。

物語の男は、忍び通うのに格好の道として築地の崩れを見出して通うようになる。しかし、それが頻繁になったためについに邸の主人に見顕され、監視役の番人がきびしく据えられた。しかし男は、容易に諦めようとしないばかりか、「人知れぬ」の歌を詠んで相手に届くようにする。この歌は、前段の「月やあらぬ」の主情的な独詠歌とは異なって、相手を強く意識した贈歌であるといってよい。番人を逢瀬の関を固く守る関守と見立てて、その関守に毎夜毎夜寝てしまってくれと、大胆に呼びかける。恋する男の危機感や苦衷が、表現の一面として、着想の大胆さや言葉の機知の装いに蔽い隠されている。その詠みぶりは諧謔的でさえある。こうした歌は、贈答歌らしい社交性を含むとともに、本当のところは何を言おうとするかの注意を喚起してやまない。その真意は何よりも、逢瀬を持続したい男の偽らざる哀願にある。そしてこれによって、男の禁じられた恋に屈するだけの人ではない、心の自由を持ちうる多感の懸想人という人物像をも浮かびあがらせているであろう。

男のこの歌が、相手の女を感動のあまり心病ませたのみならず、彼女の後援者である邸の主人の心をも動かして二人の仲を許すことになったという。しかし実際には起こりえない事態である。ところが物語ともなると、事情は異なる。これは、『古今集』仮名序に説かれている歌の本質としての、人の心を動かさずにはいられない歌の力というべきものではないか。この歌から想像されるこの男の人柄をも含めて、「力をも入れずして天地《あめつち》を動かし……」(仮名序)という歌の力な

のであろう。

しかし末尾の語り手の言辞によれば、女の後援者たちは男の歌への感動のままに放置したわけではなく、兄たちは、これが世間に広く噂されるのを恐れて厳重に彼女を守りつづけたという。その措置によって、彼女の恋愛の事実が不問に付され、彼女は清新な后妃として入内させられることになる。ちなみに『源氏物語』で、源氏と朧月夜との情交関係が世間に知られたところから、彼女の父右大臣が朱雀帝への入内を諦めて、女官として出仕させたのとは対照的に違っているともいえよう。こうした後日譚のような言辞が、二条后の若かりしころの裏話として、三〜六の諸段をゆるやかに結びつけているのである。

六段

昔、男《をとこ》ありけり。①女《をんな》の、え得《う》まじかりけるを、年を経《へ》て②よばひわたりけるを、からうじて盗み出《い》でて、いと暗きに来《き》けり。③芥川《あくたがは》といふ川を率《ゐ》て行《い》きければ、草の上に置きたりける露《つゆ》を、「かれは何《なに》ぞ」となむ男に問ひける。行《ゆ》く先おほく、夜《よ》もふけにければ、④鬼《おに》ある所とも知らで、⑤神《かみ》さへいといみじう鳴り、雨もいたう降りければ、あばらなる蔵に、女をば奥に押し入れて、男、弓・⑥胡籙《やなぐひ》を負《お》ひて戸口

昔、ある男がいた。ある女で、自分のものにできそうもなかったその女《ひと》を、多年を経て言い寄りつづけてきたが、ようやくのこと盗み出して、ひどく暗い道中を逃げて来たのだった。芥川《あくたがわ》という川を女を連れて渡ったところ、草の上に置いていた露を女が見て、「あれは何かしら、真珠かしら」というふうに男にたずねた。行き先はまだまだ遠く、夜もすっかりふけてしまったので、男は、鬼のいる所とも知らずに、雷《かみなり》までがひどくはげしく鳴って、雨も土《ど》砂降《しゃぶ》りに降っていたものだから、がらんとした蔵に、女をその奥の方におしこみ、男はというと、弓、胡籙《やなぐい》を背負って戸口でがんばっていて、はやく

にをり、はや夜《よ》も明⑦けなむと思ひつつゐたりけるに、鬼はや一口《ひとくち》に食《く》ひてけり。「⑧あなや」と言ひけれど、神鳴る騒ぎに、え聞かざりけり。やうやう夜《よ》も明けゆくに、見れば、率《ゐ》て来《こ》し女もなし。⑨足ずりをして泣けどもかひなし。

7 白玉《しらたま》か何《なに》ぞと人の問ひし時露《つゆ》とこたへて消《き》えなましものを

⑩これは二条の后《きさき》の、⑪いとこの女御《にょうご》の御もとに、仕《つか》うまつるやうにてゐたまへりけるを、容貌《かたち》のいとめでたくおはしければ、盗みて負《お》ひて出《い》でたりけるを、御兄《せうと》、⑫堀河《ほりかは》の大臣《おとど》、⑬太郎国経《たらうくにつね》の大納言《だいなごん》、まだ⑭下﨟《げらふ》にて、内裏《うち》へ参《まゐ》りたまふに、いみじう泣く人あるを聞きつけて、とどめてとり返したまうてけり。それを、かく鬼とはいふなりけり。まだいと若うて、⑮后《きさき》のただにおはしける時とや。

夜も明けてほしいと思い思い居座っていたところ、鬼がいきなり女を一口に食ってしまったのだった。女は、「あれいっ」と悲鳴をあげたけれど、雷の鳴る騒がしさから、男はそれを聞きとることができなかった。しだいに夜も明けていくので、男が周囲を見ると、連れて来た女もいない。地団駄《じだんだ》を踏んで泣くけれども、今さらその効《かい》もない。

7 白玉か、それとも何かしらと、あの女《ひと》がたずねた時、あれは露と答えてやって、この自分もその露のように消えてしまえばよかったものを。

これは、二条の后が、従姉妹《いとこ》の女御の御もとに、宮仕えするようなかたちでおいでになったのを、顔かたちがまことにすばらしくていらっしゃったものだから、男が盗み出し背負って連れ出していたところ、后の兄上の堀河の大臣、ご長男の国経《くにつね》の大納言が、——その方々もまだ身分低かったが、ちょうど宮中へ参上なさる途中で、ひどく泣く女《ひと》のいるのを聞いたので、引きとどめて取り返しなさったのだった。それを、このように鬼のしわざとは言ったのである。まだとてもお若く、后が入内《じゅだい》以前の普通の身分でおいでだった時のこととか。

【語釈】

①**女の、え得まじかりけるを** 女で、自分の妻にできそうもなかったその女を、の意。「の」は同格の格助詞。②**よばひわたりけるを** 「よばふ」は、言い寄る、求婚する、の意。③**芥川** 実在の川とする説もあるが、架空の川とする説に従う。④**鬼** この「鬼」は、人を食うと恐れられている霊物。廃屋に住むと

もいわれる。角の生えた赤鬼・青鬼のような、異形の恐ろしい怪物とするのは後世の想像によるもので、ここは目に見えない霊物である。⑤**神**　ここは、雷。⑥**胡簶**　矢を入れて背負う道具。⑦**明けなむ**　「なむ」は、他者への願望（誂《あつら》え）を表す終助詞。五段の歌の「寝ななむ」と同じ。⑧**あなや**　驚きの叫び声。⑨**足ずり**　足を地に擦りつけて、くやしがって嘆くさまである。

【和歌7】白玉か……　男の独詠歌。女の「かれは何ぞ」との問いに応じる形式になっている。「白玉」は真珠。「人」は、盗み出してきた女。「まし」は反実仮想の助動詞、実際には「露とこたへて消え」てはいない。「露」と「消え」は縁語。一首は、露が消えるように、いっそ自分も消え失せてしまってもよかったのに、と悔やむ気持ちの歌である。〈重出〉新古今　哀傷・業平・五句「消《け》なましものを」。新撰和歌　四・三句「問ひしより」。

⑩**これは……**　以下、語り手の言辞。→三・五段。⑪**いとこの女御**　藤原良房（高子の父長良の弟）の娘、明子。文徳天皇の女御で、清和天皇の母。染殿の后と呼ばれた。⑫**堀河の大臣**　藤原基経。長良の三男で良房の養嗣子となり、摂政・太政大臣から関白となった。⑬**太郎国経**　「太郎」は長男をいう。ここは、長良の長男国経。高子の長兄。

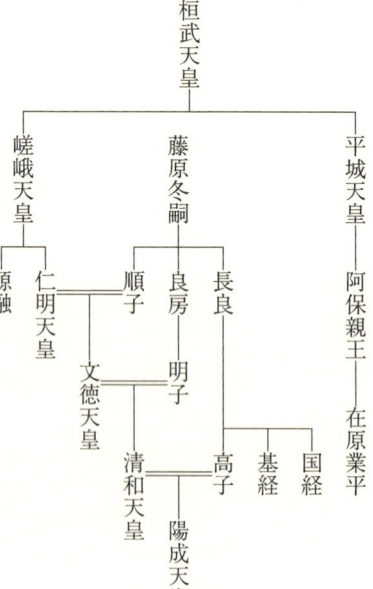

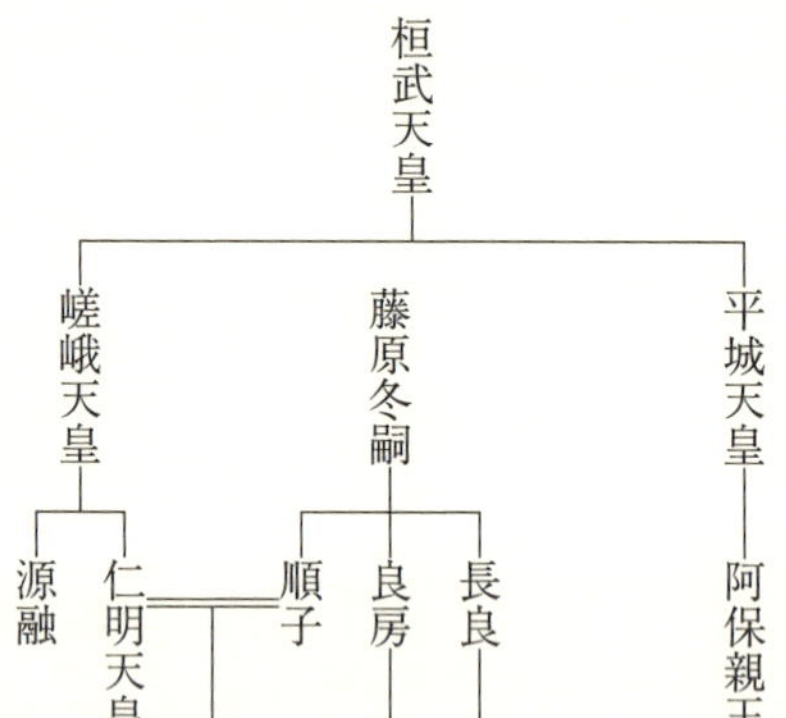

⑭**下臈にて**　まだ官位の低い時分に。⑮**后のただにおはしける時**　二条の后の入内する以前をさす。これは、三段末尾にみえる「ただ人にておはしましける時に」に相当する語り方である。

評釈

これも、業平とおぼしき男と二条の后との物語の一つである。年来忍び逢いを重ねてきた男は、結婚などとうてい望むべくもないと思うところから、ついに女を「盗み出」すことを考えた。彼女の親近者には無断で、強引に逃避行を遂げようとしたのである。ここに挿入された「白玉か」の歌が業平の実作でもなく『古今集』にも収められていないので、成立過程論の立場からいえば、増補段階の章段の一つとみられる。

男が女を伴って芥川を渡ったところで、夜の暗さの中にきらめくものが見えてきた。芥川を境にその雰囲気が一変したという点からいえば、その芥川を摂津国三島郡の川（現在の高槻《たかつき》市を流れる淀川の上流、京からは二〇キロぐらい）とする一説も捨てがたい。その夜の闇にきらめく光とは、「草の上に置きたりける露」であった。しかし、外出も稀な深窓の姫君にとっては、それがめずらしくも不思議なものに見えたのであろう。彼女の「かれは何ぞ」の問いは、後続の男の歌の「白玉か何ぞと人の問ひし時」と関連づけてみると、あれは真珠かしら、それとも何かしら、ぐらいの言葉だったと思われる。そして男も、女の言う真珠をあえて否定しなかったのであろう。二人はともに、闇の中の光の粒々を夢見心地で眺めていたにちがいない。

しかし突然、雷雨が襲来。とっさに女を空家の蔵の中におしこめた男は、自ら戸口で警戒して夜明けを待つ。ところが夜のしらむころ、女の姿はどこにもない。夜の逃避行の夢のような感動から覚めた男は、地団駄を踏んで泣くばかりだ。「鬼はや一口に食ひてけり」と語られているように、悪鬼のしわざと思うほかない。

「白玉か」の歌は、女の死後、彼女の「かれは何ぞ」の疑問に応じるかのように詠まれている。前記したように彼女は外出も稀な姫君であっただけに、「草の上に置きたりける露」を真珠かと直感したのであろう。その「白玉」の語を耳底にとどめている男は、こうした結末がわかっていたのなら、あれは露だと言って自分もはかなく消え失せてしまえばよかったのに、と悔やむほかない。ここで縁語として「露」「消え」の語を配した表現が重々しい。暗闇のなかにきらめく露のはかない輝きのなかに、若い女の生命のはかなさを惜しみ悲しむ心情がとりこめられている。これは美しいものを喪《うしな》った者の心の哀傷歌である。なお、この歌の「露……消えなましものを」のあたりには、わが身のはかなさを詠嘆する、いかにも女歌に特有の発想がとりこまれているようにもみられる。もともとは女の歌だったかもしれない。

しかし物語のなかでのこの歌の位相を考えてみると、物語全体がこの歌に集約してはいない。歌よりも、男が女を盗み出したとか、女が鬼に食われたとかの話それじたいの趣向が先行しているからである。それだけにこれは、より物語的な話になっている。

女を盗むという話は、説話の一話型としてもみられ、この物語の十二段も同趣向によっている。この話型では、男が高嶺の花ともいうべき高貴な姫君を盗み出して逃避行に及ぶが、見つけ出されたり女がはかなくなるなどして、おおむね悲劇的な結末に終わることになる。ちなみに『源氏物語』で、かねてから横恋慕していた青年柏木がついに源氏の正室女三の宮に通じてしまったところで、わが心情を「いづちもいづちも率《ゐ》て隠したてまつりて、わが身も世に経《ふ》るさまならず、跡《あと》絶えてやみなばや」（若菜下）と吐露する一節がある。どこぞとなりと女宮を連れてかくまい、自分も俗世間の暮らしを捨てて行方をくらましたいもの、というのであるが、これもこの話型をふまえているのであろう。『源氏』古注釈の多くが柏木の言葉を、芥川の段の業平像に重ねて読解していた。

また、女が鬼に食われたという話も、しばしば語られていたらしい。たとえば、『三代実録』（仁和三年八月十七日）には、武徳殿の東の松原の西を三人の美女が通っていて、その一人が折から現れた男に請われるまま同行して、やがて食い殺された、という話が載せられている。さらにこの章段の話は、後に『今昔物語集』巻二七の第七話に、鬼のしわざだとして収められている。

ところが、物語末尾の語り手の言辞によれば、じつは鬼に食われたのではなく、「(后の）御兄、堀河の大臣、太郎国経の大納言」が奪い返したのだとされる。この注記めいた語り口によって、もともとの説話的な関心に、さらに物語的な現実性が賦与されたことになろう。

七段

昔、男《をとこ》ありけり。京に①ありわびて②東《あづま》に行《い》きけるに、③伊勢・尾張《をはり》のあはひの④海づらを行《ゆ》くに、波のいと白く立つを見て、

8 いとどしく過ぎゆくかたの恋しきにうらやましくもかへる波かな

となむよめりける。

昔、ある男がいた。京に住みづらくなって、東国におもむいたところ、伊勢の国と尾張《おわり》の国との境の海辺を通り過ぎて行く時、波が真っ白に立つのを見て、

8 いよいよ遠のいていく京で過ごした往時が恋しく思われるのに、うらやましくも波は、岸辺に寄せては沖へ返ってゆくではないか。

というように、詠んだのだった。

【語釈】

①**ありわびて** 「……わぶ」は、……する気力を失う意。「わぶ」は、ままならぬ状況に苦しみ困る、が原義。②**東** 東国。ここでは尾張国（愛知県）以東をいうか。広くは逢坂の関以東の国々をもさす。③**伊勢・尾張のあはひ** 伊勢国（三重県）と尾張国との国境。④**海づら** 海岸。伊勢湾沿いに東方に向かう。

【和歌8】いとどしく…… 男の独詠歌。「いとどしく」は、「恋しきに」にかかる。「過ぎゆくかた」は、通り過ぎる潟《かた》（土地）、過ぎ去る時間、の両意。また「かへる」も、「返る（波）」「（京へ）帰る」の両意。「恋し」は、目の前にないものへの慕情・愛情をいだく心情、が原義。「うらやましくも」に「浦（海岸）」を掛ける。「潟」「浦」「波」が縁語。一首は、寄せては返す波に託して、遠のいてゆく故郷への感慨をいう歌である。〈重出〉後撰 羇旅・業平。

評釈

七〜十五段は、京の男がはるか東国へと旅立つ、いわゆる東下《あずまくだ》りの話である。東国の範囲は広狭さまざまであるが、この物語では尾張国以東をさしているのであろう。当時の東国は、西国に比べて未開の地であり、そこへの旅は漂泊の旅というのにひとしい。それを語る一連の章段では、いわゆる貴種流離譚の話型をもとに、旅の要所要所で貴種の男がその感懐を歌に詠んでいくことになる。

貴種流離の話とは、高貴な血を受け継ぐ身でありながら、原郷を離れて漂泊の人生を送るという話。「王子流され」ともいう。もともとは、異郷の神がこの人間世界にやってきて、さまざまな苦難を克服するという神話が、その原型であったとみられる。しかし、これが人間世界の話ともなると、さすらいの人生の悲劇性があらわになってくる。『古事記』中巻の、すぐれた皇子でありながらも、その生涯を討征の旅に過ごす倭建命《やまとたけるのみこと》の話はその典型である。この『伊勢物語』で東下りをする男が業平だとすれば、彼は平城天皇の皇孫、阿保親王の子という貴種の血を受け継ぐ人物である。

「京にありわびて」の叙述は、次段の「京や住み憂かりけむ」とともに、九段の「身をえうなきものに思ひなして、京にはあらじ」ともひびきあっている。おそらく七・八段は、九段を原点として派生的に形成された章段ではないかと思われる。この段に挿入されている「いとどしく」の歌は、業平の実作でもなければ『古今集』所収の歌でもない。

その「いとどしく」の歌は、寄せては返す波に、旅人が遠ざかる故郷を思いながら、「過ぎゆくかた」に二つの意味を与えている。時が過ぎ去っていくのにつれて、京からはいよいよ遠のいていく、というのである。時間的にも空間的にもわが心の原郷から遠ざかることへの悲しみが、「うらやまし」の心情語で受けとめられている。なお、下の句を「うらやましくも……」と結ぶのは、叙景表現の一類型かともみられる。たとえば、「かくばかり経《へ》がたく見ゆる世の中にうらやましくもすめる月かな」(拾遺　雑上・藤原高光)の例もある。また、この物語の文脈に即すと、「波のいと白く立つを見て」から、和歌の「うらやましくもかへる波かな」と緊密につながっている。これは、わが身が心の原郷からしだいに遠のいていく、流離の人の悲歌といってよいだろう。

八段

昔、男《をとこ》ありけり。①京や住み憂《う》かりけむ、東《あづま》の方《かた》に行《ゆ》きて、住み所求むとて、②友とする人、一人二人して行《ゆ》きけり。③信濃《しなの》の国、④浅間《あさま》の嶽《たけ》に煙《けぶり》の立つを見て、

9 信濃なる浅間の嶽に立つ煙をちこち人の見やはとがめぬ

昔、ある男がいた。京に住みづらくなったのだろうか、東国の方におもむいて、自分の住む所をさがそうとして、友人、一人二人とともに出かけたのだった。信濃《しなの》の国の、浅間《あさま》の山に煙の立ちのぼるのを見て、

9 信濃にある浅間の山に立つ煙を、あちらの人もこちらの人も、これはどうしたことかと、見ていぶかしく思わずにはいられようか。

【語釈】 ①**京や住み憂かりけむ** 「けむ」は過去推量の助動詞で、ここまで語り手の推測。「……憂し」は、……しづらい、の意。「憂し」はわが身のつらさを思う気持ち、が原義。前段の「京にありわびて」ともひびきあう。②**友** 友人。供人・従者ではない。漂泊の旅だとしても、一人だけの旅でない点に注意。③**信濃の国** 今の長野県。④**浅間の嶽** 長野・群馬両県にまたがる活火山。噴煙の山として知られる歌枕である。

【和歌9】信濃なる…… 男の独詠歌。「をちこち人」は、遠くの人も近くの人も。「をちこち」は、遠くと近く、が原義。「見とがむ」は、見てそれと知る、が原義。ここは、見て不審に思う、の意で、噴煙の山を奇異なものと気づくだろう、とする。一首は、山が噴煙をたてる光景をめずらしいと思う、旅の見聞ならではの感慨を詠む歌である。〈重出〉新古今 羇旅・業平。

評釈

前段同様、九段を原点としたような構成になっている。挿入された「信濃なる」の歌は、業平の実作でもなければ『古今集』にも収められていないので、いわゆる増補章段の一つであろう。流離の旅ではあっても、「友とする人、一人二人

して」と設定されるのも、九段と同じである。これは、歌中の「をちこち人」とも照応していよう。「信濃なる」の歌の浅間山は、東海道からは遥かに外れていて、尾張・三河国あたりからは望見できない。この歌がどの地点から詠まれたかも不確かである。しかしここでは、広範な東国の名所の一つとして、歌枕ふうの意識からとりあげられたのであろう。この歌では、浅間山の噴煙を、旅人の目にはめずらしくも奇異な光景と思わずにはいられないと詠んでいる。なおこれは、恋の歌とも解せられる。「いつとてかわが恋やまむちはやぶる浅間の嶽の煙絶ゆとも」(拾遺　恋一・読人知らず)のように、噴煙に恋の炎を託す表現も多いからである。そうだとすれば、結句「見やはとがめぬ」も、私の胸の内に燃える恋の思いを、自分以外の誰が気づかずにいるだろうか、の意ともなるであろう。もともと歌謡的な恋歌だったかもしれない。

しかし、この物語の文脈のなかでは、あくまでも、旅人の実見した浅間山の噴煙への驚きにも似た新鮮な感動を詠んでいる。そして以後、浅間山といえば、噴煙の山という連想をも促す歌枕として広く知られていく。ちなみに、『古今集』には「浅間山」を詠んだ歌として、「雲晴れぬ浅間の山のあさましや人の心を見てこそやまめ」(誹諧歌・平中興《なかき》)がある。「浅間山」から「あさまし」を導いた冷ややかな恋の歌である。一首は、噴煙で浅間山が見えないように、あなたはあきれた人だ、その心の底を見きわめてから思い切るとしよう、の意。

九段

昔、男《をとこ》ありけり。その男、身をえうなきものに思ひなして、京にはあらじ、東《あづま》の方《かた》に住むべき国求めにとて行《ゆ》きけり。もとより友と

昔、ある男がいた。その男は、わが身を必要のないものと思いきめて、京には住むまい、東国の方に住むことのできそうな国をさがし求めようとして、

する人、一人二人して行《い》きけり。道知れる人もなくて、④まどひ行《い》きけり。

⑤三河《みかは》の国⑥八橋《やつはし》といふ所にいたりぬ。そこを八橋といひけるは、水ゆく川の⑦蜘蛛手《くもで》なれば、橋を八つ渡せるによりてなむ、八橋といひける。その沢《さは》のほとりの木のかげに下《お》りゐて、⑧かれいひ食ひけり。その沢に、⑨かきつばたいとおもしろく咲きたり。それを見て、ある人のいはく、「⑩かきつばた、といふ五文字《いつもじ》を句のかみにすゑて、旅の心をよめ」と言ひければ、よめる。

唐衣《からごろも》着つつなれにしつましあればはるばるきぬる旅をしぞ思
　ふ

とよめりければ、皆人《みなひと》、⑪かれいひの上に涙落としてほとびにけり。

行《ゆ》き行《ゆ》きて⑫駿河《するが》の国にいたりぬ。⑬宇津《うつ》の山にいたりて、わが入《い》らむとする道はいと暗う細きに、つた・かへでは茂り、もの心ぼそく、⑭すずろなるめを見ることと思ふに、⑮修行者《すぎやうざ》あひたり。「かかる

出かけていった。以前からの友人、一人二人とともに行ったのである。道の案内を知っている人とてなく、迷いながら行ったのだった。

三河《みかわ》の国の八橋《やつはし》という所に行きついた。そこを八橋と呼んだ理由は、水の流れる川が蜘蛛《くも》の手足のように八方に流れ分かれているので、橋を八つ渡してあるところから、八橋と言うのだった。その沢のほとりの木の陰《かげ》に下りて座り、乾飯《かれいい》を食べたのだ。その沢に、かきつばたがまことに美しく咲いている。それを見て、ある人が言うには、「かきつばたという五文字を、それぞれ句の頭に置いて、旅の心を歌に詠んでくれ」と言ったので、男が詠んだ。

唐衣《からごろも》が着なれたというのでもないが、私にはなれ親しんできた妻が京にいるので、はるばるやってきた旅の遠さをしみじみと思う。

と詠んだので、人々はみな、乾飯の上に涙を落として、乾飯が食べごろにふやけてしまった。

どんどん旅を続けて、駿河《するが》の国に行きついた。宇《う》津《つ》の山にいたって、これから自分の入ろうとする道はじつに暗く細いうえに、蔦《つた》や楓《かえで》は生《お》い茂り、どことなく心細く、思いもかけないひどい目にあうことだと思っていると、修行者がやって来て出会った。「こんな所に、どうしておいでなのか」とたずねるのを見ると、見たことのある人だった。京に、あのお方の御もとにといって、文を書いて託すことにする。その歌に、

道は、いかでかいまする」と言ふを見れば、見し人なりけり。京に、その人の⑯御もとにとて、文《ふみ》書きてつく。

11 駿河なる宇津の山辺《やまべ》のうつつにも夢にも人にあはぬなりけり

富士の山を見れば、⑰五月《さつき》のつごもりに、雪いと白う降れり。

12 時知らぬ山は富士の嶺《ね》いつとてか鹿《か》の子《こ》まだらに雪の降るらむ

その山は、⑱ここにたとへば、比叡《ひえ》の山を二十《はたち》ばかり重《かさ》ねあげたらむほどして、なりは⑲塩尻《しほじり》のやうになむありける。

⑳なほ行《ゆ》き行《ゆ》きて、㉑武蔵《むさし》の国と下総《しもつふさ》の国との中にいと大《おほ》きなる川あり。それを㉒隅田川《すみだがは》といふ。その河のほとりにむれゐて、思ひやれば、かぎりなく遠くも来《き》にけるかな、とわびあへるに、㉓渡守《わたしもり》、「はや舟に乗れ、日も暮《く》れぬ」と言ふに、乗りて渡らむとするに、皆人《みなひと》ものわびしくて、京に㉔思ふ人㉕なきにしもあらず。さる折《をり》しも、白き鳥の、はしと脚《あし》と赤き、㉖鴫《しぎ》の大きさなる、水の上《うへ》に遊びつつ魚《いを》を食《く》

11 駿河の国にある宇津の山のあたりにまでやって来て、その宇津ではないが、現実《うつつ》にも夢にもあの人には逢わないのだった。

富士の山を見ると、五月の末だというのに、雪が真っ白に降り積もっている。

12 季節をわきまえないのは富士の山だ。今をいつの時季と思って、鹿《か》の子《こ》まだらに雪が降っているのだろうか。

その山は、この京に例をとれば、ちょうど比叡山《ひえいざん》を二十ほど積み重ねているような高さで、姿形は塩尻《しおじり》のようであった。

さらにどんどん旅を続けていると、武蔵《むさし》の国と下総《しもうさ》の国との間に、まことに大きな川がある。それを、隅田川《すみだがわ》という。その河のほとりに一同が集まって座り、はるかな京に思いをはせると、このうえもなく遠くまで来てしまったものよ、と嘆きあっている時、渡し守が、「はやく船に乗れ、日も暮れてしまう」と言うので、乗って川を渡ろうとすると、一同はみな何となく切なく悲しい思いで、京に残してきた愛する人がいないわけでもない。そうした折も折、白い鳥で、くちばしと脚の赤い、鴫《しぎ》ほどの大きさの鳥が、水の上で動きまわっては魚をついばんでいる。京では見かけない鳥なので、誰もみな見知らない。渡し守にたずねたところ、「これこそが都鳥」と言うのを聞いて、

13 都という名を持っているのなら、さあたずねて

ふ。京には見えぬ鳥なれば、皆人《みなひと》見知らず。渡守に問ひければ、

「これなむ㉗都鳥《みやこどり》」と言ふを聞きて、

13 名にし負《お》はばいざこと問《と》はむ都鳥わが思ふ人はありやなしやと

とよめりければ、㉘舟こぞりて泣きにけり。

みよう、都鳥よ。私の思う人は都で無事にしているかどうかと。

と詠んだので、船に乗りあわせていた全員が泣いてしまったのだった。

【語釈】

①**身をえうなきものに**　自分を、世間には必要もない人間として、の意。「えう」は「要」。「益《やう》」「用《よう》」ではない。②**思ひなして**　「思ひなす」は複合動詞で、意図して思うようにする、しいて思いさだめる、の意。自分自身の強い意思であることを表す。以下、自ら都の体制から脱出しようとする決意をいう。③**友**　ここでも、友人の一人二人が同行する点に注意。↓八段。④**まどひ行きけり**　「まどふ」は、どう対処するか判断がつかない意。⑤**三河の国**　今の愛知県東部。⑥**八橋**　愛知県知立《ちりゅう》市に八橋の遺跡がある。この段の話から、後に、「八橋」といえば「かきつばた」を連想させる歌枕となった。⑦**蜘蛛手**　蜘蛛の手足のように八方に分かれているさま。⑧**かれいひ**　携行用に便利な乾《ほ》した飯。蒸した飯を乾燥させた保存食品で、水や湯にひたしてもどす。⑨**かきつばた**　アヤメ科の多年草で、湿地に自生する。初夏、紫・白などの花をつける。『万葉集』では多く、恋しい女性にたとえた。⑩**かきつばた、といふ五文字を句のかみにすゑて**　和歌五句それぞれの頭に「か」「き」「つ」「は」「た」の五文字を置くこと。この技法を折句《おりく》という。

【和歌10】唐衣……　男の独詠歌。折句の技法のみならず、掛詞・縁語などを複雑に織りなした言葉遊びの歌である。「唐衣」は「着る」にかかる枕詞。「唐衣着つつ」は「褻《な》る（糊気が抜けて柔らかになる意）」にかかる序詞。「着」「来」、「褻れ」「馴れ」、「褄」「妻」、「張る」「遥《は》る遥《ば》る」が掛詞。「唐衣」「着」「褻れ」「褄」「張る」が衣に関する縁語。一首は、言葉遊びのなかに、旅の途上にあって家郷を思う感慨をこめた歌である。〈重出〉古今　羇旅・業平。新撰和歌　三。古今六帖　第六「かきつばた」・業平。

⑪**かれいひの上に……ほとびにけり**　乾飯《かれいい》が感涙でふやけて食

べごろになったとする。和歌への共感を諧謔的に評する語り口である。⑫**駿河の国**　今の静岡県の中央部。⑬**宇津の山**　静岡市と志太《しだ》郡の境にある山。東海道の難所の一つ、宇津谷《うつのや》峠である。⑭**すずろなるめ**　「すずろ」は、これという確かなわけもないのに、ある状態がおのずと進行していくさま、が原義。ここでは、思いもかけない事態に遭遇することをいう。⑮**修行者あひたり**　修行者（修行のために各地を行脚《あんぎゃ》する僧）が、こちらに来あわせた、の意。⑯**御もと**　「御」とあるので、高貴な女性とわかる。その人物の素姓をあえて伏せた語り口である。

【和歌11】駿河なる……　男の贈歌。「駿河なる宇津の山辺の」は「現《うつつ》」にかかる、同音繰り返しによる序詞。「現《うつつ》」は現実の意で、下の「夢」と対になる（→要語ノート）。この「宇津の山」は、「現《うつつ》」を連想させる歌枕。下の句の「人」は、前記の「その人」、手紙を託した相手の高貴な女性をさす。『万葉集』以来の恋歌では、相手の思いが深いとこちらの夢に現れると信じられてきた。しかし現実にはもちろん、夢の中でさえも逢えない、という気持ち。この一首は、夢に現れてもくれない相手への恋の嘆きを訴える歌である。〈重出〉新古今　羇旅・業平。古今六帖　第二「山」・二句「宇津のを山の」、四五句「夢にも見ぬに人の恋しき」。

⑰**五月のつごもり**　陰暦の五月末は盛夏に近い。それなのに雪が降るとは、として、富士山の霊妙さにふれる。

【和歌12】時知らぬ……　男の独詠歌。「時知らぬ山」は擬人法の表現で、時節をわきまえぬ山だとする。「鹿の子まだらに」は、雪が点々と置いてまだら模様になっているのを、茶褐色の鹿の背に白い斑点があるのに見立てた表現である。この「富士の嶺」は、夏でも雪が降る山、あるいは噴煙の山、を連想させる歌枕である。前段で浅間山の噴煙をとりあげたのに照応して、この時の季節から富士の山の夏の雪をとりあげたことになる。この一首も前段の浅間山の歌と同様、めずらしい自然の光景を旅での見聞ならではの感慨として詠む。〈重出〉新古今　雑中・業平。古今六帖　第一「雪」。

⑱**ここにたとへば**　「ここ」は京の都をさす。都から遠ざかりながらも、都への回帰を思わせる語り口である。⑲**塩尻**　製塩のために海浜に作る砂の山。摺鉢《すりばち》型で、塩が白く浮き出るさまも雪の白さに似ていよう。⑳**なほ行き行きて**　「なほ」の語勢に注意。前の「行き行きて駿河の国に……」に照応して、さらに遠い旅へと思う意思をいう。㉑**武蔵の国と下総の国**　「武蔵の国」は、東京都・埼玉県と神奈川県の一部。「下総の国」は、千葉県北部と茨城県南部。㉒**隅田川**　今の隅田川は東京都東部を流れるが、古くは、荒川・入間川を合せた利根川下流をさし、武蔵と下総国境をなしていたとされる。官設の渡し場もあった。㉓**わびあへる**　動詞「わぶ」は、行きづまった情況に思いわずらう意。ここは旅に生きねばならぬ運命のつらさに思

い悩む気持ちである。後続の「わびし」はその形容詞形。㉔**思ふ人**　自分のいとしく思う女性。前に「京に、その人」とあった女性と同じか。㉕**なきにしもあらず**　この消極的な語り口が、かえって心の切実さを強調。㉖**鴫**　日本には春・秋に渡来する渡り鳥。足やくちばしが長い。水田や池沼に棲み、古来和歌によく詠まれた。㉗**都鳥**　渡り鳥のユリカモメかといわれる。この鳥が「都」を冠した名であることから、都人である男たちに都への郷愁をかきたてる。

【和歌13】名にし負はば……　男の独詠歌。「名に負ふ」は、その名を持つ意。都鳥に呼びかける歌で、京の「わが思ふ人」が無事かどうかを問う趣である。後に、この都鳥のいる地として歌枕「隅田川」が広く知られるようになる。一首は、「都鳥」という言葉に触発されて、胸底の郷愁があふれんばかりだとする歌。〈重出〉古今　羇旅・業平。新撰和歌　三。古今六帖　第二「都鳥」。

㉘**舟こぞりて泣きにけり**　「名にし負はば」の歌への人々の強い共感を、ここでも諧謔的なまでに強調的に語っている。

評釈

この章段は、京を出て東海道をたどり、武蔵国にまで到る東下りの話を構成している。主人公の男が自らを京では不要だとしているが、その語り口は微妙である。「思ひなす」は自分を思いこませる意であるから、その自己規定は必ずしも彼の本心ではない。男は自らを、あえて京の都の局外者として生きるべく、本心を封じこめて漂泊の旅に出ようとするのである。

この東下りの旅では、歌枕として知られる土地を東へとたどっていく。歌枕とは、特定の連想作用を促す歌言葉としての地名のことである。後世、その歌枕を根拠に道行文《みちゆきぶん》と呼ばれる道中記さえ書かれるようになるが、この章段はその道行文の先蹤ともみなされる。

この章段は構成上、（Ⅰ）三河国の八橋、（Ⅱ）駿河国の宇津の山と富士の山、（Ⅲ）武蔵国の隅田川、の三つに区切られる。いずれも、かきつばたに結びついた八橋、現《うつつ》を思わせる宇津の山、夏も雪の降るという富士の山、都鳥のいる隅田川、という歌枕が中心に据えられている。このうち、（Ⅰ）の「唐衣」の歌と、（Ⅲ）の「名にし負はば」の歌が『古今集』に同様の内容の詞書とともに業平の実作として収められているので、この二つは原初章段以来のものと推定される。それに対して中間の（Ⅱ）の二首は業平の実作と認められない。おそらく、（Ⅰ）（Ⅲ）をもとに、後にその中間に（Ⅱ）を挿入して今日のような形になったとみられる。

ちなみに、（Ⅰ）（Ⅲ）の『古今集』所収の業平の歌には、それぞれ次のような詞書が添えられている。

（Ⅰ）　東《あづま》の方《かた》へ、友とする人ひとりふたりいざなひて行《い》きけり。三河国八橋といふ所にいたれりけるに、その川のほとりに、かきつばたいとおもしろく咲けりけるを見て、木のかげに下りゐて、「かきつばた」といふ五文字《いつもじ》を句のかしらにすゑて、旅の心を詠まむとてよめる　　在原業平朝臣

（Ⅲ）　武蔵国と下総国との中にある、隅田川のほとりにいたりて、都のいと恋しうおぼえければ、しばし川のほとりに下りゐて、思ひやれば、限りなく遠くも来にけるかな、と思ひわびてながめをるに、渡守、「はや舟に乗れ。日暮れぬ」と言ひければ、舟に乗りて渡らむとするに、みな人ものわびしくて、京に思ふ人なくしもあらず。さる折に、白き鳥の、嘴《はし》と足と赤き、川のほとりに遊びけり。京には見えぬ鳥なりければ、みな人見知らず。渡守に「これは何鳥ぞ」と問ひければ、「これなむ都鳥」と言ひける、聞きてよめる　　在原業平朝臣

（Ⅰ）の「唐衣」の歌は、折句の注文に応じただけでなく、掛詞・縁語の表現技法を駆使しながら、その実、はるかに遠のいた故郷を思う郷愁の心をさりげなく言いこめている。もとより、京には生きられないという疎外感から、痛ましくも東国への旅を決意した男ではあるが、その暗く重い心をかかえた辛苦の旅のうちにも、いつのまにか夏の明るい時節が到来したのだった。一面に言葉遊びのような機知をとりこんだこの歌は、そのように旅の途中で季節の花の美しさを見出す心の余裕や、時節の情趣を享受する喜びを言い表すのに、いかにもふさわしい表現である。一首全体は、都や愛する人への断ちがたい執着の想いを、機知の明るさで包みこんでいるような歌であり、さらにいえば、機知の快さが逆に心の奥の

暗鬱さを照らしているといってよい。

この歌への同行の友らの反応について、物語は、「皆人、かれいひの上に涙落としてほとびにけり」と語る。乾燥食品が水ならぬ涙でふやけて食べごろになったという点が、諧謔的なおもしろさをねらった語り口である。同行の人々が、男の、真情を機知で包みこんだ綱渡りのような言葉の力に動かされ、深く感動したことをおもしろ味をこめて語っている。和歌の高度な技が、孤心と共感、個人と集団の微妙なあわいを支えているのだ。男の傷心の旅路が、一個の孤独な旅であるにもかかわらず、「友とする人、一人二人」を必要とした理由も、このあたりにあるのではないか。同伴者の存在が、孤独な旅人の感動をそれと受けとめてくれる、いわば反響板の役割を担っていよう。『古今集』の詞書にはそのような叙述がなく、この物語の独自な語り口になっている。

男の旅はこの地にとどまることなく、駿河国へと歩を進めていく。「行き行きて」の語り口には、郷愁の想いを振り捨てて前進しようとする男の、強い意思がこめられている。そして、この（Ⅱ）では、その地の歌枕に徹底的に執することになる。

「駿河なる」の歌を詠み贈った相手は、あるいは二条の后（高子）のような女性であろうか。「その人」と不確かな語り方にしているが、これは恋の贈歌である。これに酷似する歌が『忠岑《ただみね》集』（書陵部蔵本）に、「駿河なる宇津の山辺のうつつにも夢にも人を見てややみなむ」とある。もとより「うつつにも夢にも（見ず）」は、万葉以来の恋歌の類型句であり、逢わぬ恋の嘆きをいう常套的な言いまわしである。物語の歌の「うつつにも夢にも人にあはぬなりけり」も、『忠岑集』の歌と同様に、あなたはこの私を思ってはくれないのか、という嘆きの訴えになっている。なお、この歌の「夢」は、地の文の「道はいと暗う細きに、つた・かへでは茂り、もの心ぼそく……」の、昼なお薄暗い山中のイメージともひびきあっていよう。しかしこの木々の鬱蒼とした暗がりの中には、夢のような幻影も現れてはくれない。相手はこの自分を忘れ去ってしまったのか、という気がかりな思いでもある。

「時知らぬ」の歌の「富士」の山は古来、噴煙をたなびかせる山、または夏でも雪が降る山、として詠まれてきた。後者の例として『万葉集』に、「富士の嶺《ね》に降り置く雪は六月《みなづき》の十五日《もち》に消《け》ぬればその夜降りけり」（巻3・三二〇　高橋虫麻呂）とある。この章段で夏の雪の富士を詠んだ歌をとりこんだのは、前段で噴煙の浅間山をとりあげ、それとの重複を避けたためであろうか。この歌では、そうした稀有の山容を、「時知らぬ」の擬人法で驚きの気持ちを喚起し、さらには「鹿の子まだら」の見立ての技法で鮮明な景を描いている。しかしここには、前の「駿河なる」の歌のような都人への執心がこめられていない。しかしそのかわりに、「ここにたとへば、比叡の山を二十ばかり重ねあげたらむほどして……」とあり、都人からの視線が注がれている。これも、旅に生きようとする者の心情を、逆に故郷の都へと回帰させる語り口であるといってよい。

しかし次の（Ⅲ）は、（Ⅱ）の「行き行きて」を受けて「なほ行き行きて」と始まり、旅への意思をいっそう強めて前進していく。ところが隅田川のほとりまでくると、「かぎりなく遠くも来にけるかな」の望郷の思いを禁じがたくなり、「わぶ」「わびし」の語が繰り返されて当初の意思もにぶくなってしまう。折から、めずらしい鳥が目にうつる。「白き鳥の、はしと脚と赤き、鴫の大きさなる、水の上に遊びつつ魚を食ふ」と、同格の語法によって畳みかけるような詳細な説明がなされるのも、都人の男たちがはじめて見る東国のこの地に棲む鳥だからである。ところが、東国のめずらしい鳥が、意外にも「都鳥」と呼ばれていた。そしてその意外さに驚く気持ちが、はげしい都への郷愁をかきたてていく。それが「名にし負はば」の歌に結実していく。「都鳥」という語じたい、前代の万葉歌にもなくはない。大伴家持の「船競《ふなぎほ》ふ堀江の川の水際《みなきは》に来居《きゐ》つつ鳴くは都鳥かも」（巻20・四四六二）もそれで、難波の堀江で都（奈良）に棲む鳥を懐かしむ歌である。しかしこの章段の「都鳥」は、それとは異なり、呼び名だけである。ちなみに、後世「隅田川」といえば「都鳥」を連想させる歌枕の地になるというのも、この章段の話がもとになったのであろう。

「名にし負はば」の歌は、その都鳥に呼びかけて、都のわが思う人の消息を問うている。渡り鳥であるならば、都の事情もわかっているはず、とは思うものの、しょせん名だけの鳥にすぎないことも知っている。容易には捨てがたい都への執着心を、旅の空の鳥を相手に吐露するほかない孤独の心を表出している。また、こうした歌について、「舟こぞりて泣きにけり」と皆人が反応したことも語られている。ここでも友人たちの存在は、この和歌がいかに人の心を惹きつけてやまないか、歌の言葉の力を証してくれているのだ。『古今集』の詞書の叙述との差異も明らかであろう。

この章段全体の構成を考えるのには、(Ⅱ)の二首がいずれも、宇津の山―→現、富士の山―→夏の雪、というように、歌枕の表現機構が歌の言葉の軸になっているのに対して、原初的な(Ⅰ)(Ⅲ)では歌の表現じたいに地名がとりこまれず、「かきつばた」「都鳥」という物象だけが詠まれている点に、特に注意されるのである。業平実作の二首には、歌枕への意識がない。もとより史実としては、業平の東下りなど考えにくいのであるから、本来、これら二首は八橋や隅田川とは無縁なのであろう。にもかかわらず、『古今集』の段階ですでに、八橋や隅田川で詠まれたとする詞書が付せられているのは、早くもその段階で業平の東下りの話が、歌枕の意識をもとりこみながら虚構されたと考えるほかない。そこには、歌枕の規範性も作用していよう。

原初章段の具体的な叙述は知るよしもないが、現行の本文では、「かきつばた」の歌と「都鳥」の歌の二つの物語を結びつけるとともに、さらに駿河国の歌枕による物語を増補したことになる。すなわち、全体を歌枕による旅として、統一的に構成したものと推測される。それによって物語は、男を東方への旅人として牽引しつつも、故郷の都への執心を噴出させることになる。後世、この章段は、東下りの物語の典型として、規範化されるようにもなるのである。

十段

昔、男《をとこ》、武蔵《むさし》の国までまどひ①歩《あり》きけり。さて、その国にある女《をんな》をよばひけり。父は②異人《ことひと》にあはせむと言ひけるを、母なむあて③なる人

昔、ある男が、武蔵《むさし》の国まで、あてどなくさまよって来た。そして、その国に住む女に求婚したのだ。女の父は他《ほか》の男と結婚させようと言っていた

に心つけたりける。父は④なほ人《びと》にて、母なむ⑤藤原なりける。さてなむ、あてなる人にと思ひける。この⑥婿《むこ》がねによみておこせたりける。住む所なむ⑦入間《いるま》の郡《こほり》、三芳野《みよしの》の里なりける。

14 三芳野のたのむの雁《かり》もひたぶるに君《きみ》が方《かた》にぞよると鳴くなる

婿がね、返し、

15 わが方によると鳴くなる三芳野のたのむの雁をいつか忘れむ

となむ。⑧人の国にても、⑨なほかかることなむやまざりける。

が、母の方は高貴な身分の男にと願っていた。父はごく普通の身分の人で、母は藤原氏の出身だった。だからこそ、高貴な男にと思ったのである。母がこの婿候補の男に、歌を詠んでよこした。母娘《おやこ》の住む所というのは、入間《いるま》の郡《こおり》の三芳野《みよしの》の里だった。

14 三芳野の田の面《も》の雁も、引板《ひた》を振ると一方向に鳴いて飛び立つように、私の娘もまたひたすらあなたを頼り、心を寄せて泣いている、その声が聞こえる。

婿候補の返歌は、

15 こちらを頼みに心を寄せようと鳴いているという、その三芳野の田の面の雁を、私はいつの世に忘れることがあろうか、忘れはしない。

とあった。地方の国にあっても、やはりこの男のこのような風流の心は、やむことがないのだった。

【語釈】 ①**まどひ歩きけり**　目的もなくあてどなく、さまよいやって行った。「まどふ」→前段注④。「歩《あり》く」は、歩きまわる、が原義。②**異人にあはせむ**　この男とは異なる男と結婚させよう、の意。③**あてなる人**　高貴な身分の人。母は、この男を都の高貴な人と判断して、娘の婿にふさわしいと思った。④**なほ人**　普通の家柄の人。その地方の有力者らしいが、身分は高からぬ人物。⑤**藤原なりける**　藤原氏出身の人。都から赴任してきた地方官の娘であろう。地方では素姓正しい人として特別視され、父の「なほ人」とは区別されている。⑥**婿がね**　婿の候補。接尾語「がね」は、予定者の意。「男」をさす。⑦**入間の郡、三芳野の里**　現在の埼玉県坂戸《さかど》市あたりか。

【和歌14】三芳野の……　母の贈歌。「たのむ」は、「田の面《も》」の転じた形である「田の面《む》」に、「頼む」を掛けた表現。その「たのむの雁」に、娘をさりげなく擬《なぞら》えた。「雁」は秋飛来する渡り鳥。「ひたぶるに」は、ひたすら、の意。これに「引板《ひた》張る」を掛けた。「引板」は稲田から鳥を追い払うための鳴子《なるこ》。「君」は男をさす。「よる」は、一つの方角に体をあずける、が原義。ここは、「君」を頼りどころとして身を寄せる意。「鳴く」は、雁の鳴く声に、引板の揺れて鳴る音をひびかす。一首は、三芳野の田園に鳴く雁に寄せて、わが娘との結婚をと訴えかける歌になっている。〈重出〉古今六帖　第六「雁」。

【和歌15】わが方に……　男の返歌。贈歌の下の句「君が方にぞよると鳴くなる」に直接続くかのように、その歌句に即して「わが方に……」と応じた。「いつか忘れむ」は反語の語法で、忘れないことを強調した言い方。一首は、自分に心寄せるという三芳野の雁をも娘をも忘れはしないとして、母の意図を率直に受けとめた返歌。〈重出〉古今六帖　第六「雁」。

⑧**人の国にても……**　この「人の国」は、都の外の地方の国々をいう。以下、語り手の評言。⑨**かかること**　和歌を詠み交して男女が親密になること。相手の魂とふれあわせるような男の〈いろごのみ〉の行為ともいえよう。

評釈

この章段は、武蔵国にまでやってきた男が、三芳野の里に住む娘を見そめたという話。しかし娘の父親は、土地の男との結婚を心づもりしていたのだろう、余所者《よそもの》であるこの男の求婚を退けようとする。他方、母親は男が都の貴人であるのに魅せられ、二人の結婚を積極的に願うようになる。母親はもともと都の藤原氏の血を受けていた。おそらく、地方官として赴任し、任果てた後もそのまま土着してしまった人の娘なのであろう。その彼女は土地の有力者の男と結婚して娘をもうけ、それなりに安穏な生活を営んでいたにちがいない。しかし二人の間には時として、鄙《ひな》ぶりの習俗と都会的な感覚との、ちぐはぐな苛立《いらだ》ちも起こっていたにちがいない。この娘の婿選びにも、それが端的に現れているといってよい。予想もしなかった都の高貴な男の出現によって、母親の、高貴な人への内なる憧れ心がにわかに呼びさまされたことになる。したがって、この章段の物語は、都の男と鄙の女の恋そのものであるよりも、都の男と彼を娘の婿にと思う母親との物語になっている。

男が女を「よばひけり」とあるところから物語が始まるが、そのために男が女にどんな懸想の歌を詠みかけたかなどは、語られていない。実際には歌を詠んでいて当然だが、それがない。物語はその段階を越えて、女の母親が二人の間に割りこむかのように、「三芳野の」の歌を積極的に詠みかけていく。この歌では、田園生活を背景に「田の面」「引板」の語をとりこんで、そこに強引にも掛詞として「頼む」「ひたぶるに」を重ねあわせ、それによって渡り鳥の雁の鳴き声が、遠来の旅人を頼もし人として慕う娘の心であるとして詠んでいる。鄙の風物を、きわどいほどに和歌の優美な表現様式に転化させているところに、土着ながら都ふうの感覚を呼びさまされたというべきか。ちなみに、後世も、「三芳野」が「雁」を連想させる歌枕として一般化されることはなかった。

これに対する男の「わが方に」の返歌は、贈歌の言葉に即しすぎるほど密着していて、一見すると鸚鵡返《おうむがえ》しのような応じ方にもみえる。しかし、一首全体を恋の常套句「いつか忘れむ」で強調的に結んでいるところに、詠歌の勘どころがおさえられている。あらためて訴えかける男の恋の贈歌という趣にもなっている。この歌じたいに即してみる限り、「(あなたの娘を) いつか忘れむ」とあるよりも、むしろ「(あなたを) いつか忘れむ」の表現にさえなっていよう。母親の贈歌に導かれながら、鄙の風物をも優美な和歌表現に仕立てているのである。こうした機知を凝らし、しかもすばやく応じた返歌の技は、相手の心を惹かずにはおかない和歌の力となっていよう。

末尾に添えられている語り手の評言「人の国にても、なほかかることなむやまざりける」は、この物語の「男」ならではの、すぐれた資質を称揚していよう。それとともにこれは、この贈答歌の機微にふれている。鄙の風物をもとりこんで共感を求めようとする東国の母親の贈歌も、それに即座に応ずる都人の機知の返歌も、ともに和歌の優美な様式によって贈答歌としての共感を深めあうことになる。そのように心のふれあう男女の〈みやび〉な詠歌の流儀が、京の文化圏のみならず、東国の鄙においてもしだいに実現していることを、この章段は証しているのであろう。

十一段

昔、男《をとこ》、東《あづま》へ行《ゆ》きけるに、友だちどもに、①道より言ひおこせける。②

16 忘るなよほどは雲居《くもゐ》になりぬとも空ゆく月のめぐりあふまで

昔、ある男が東国へ出かけて行った時に、友人たちに、道中から言ってよこした、その歌である。

16 忘れてくれるなよ。たとえあなた方と雲のかなたに隔たったとしても、空ゆく月がまた還《かえ》ってくるように、再びめぐり逢う時までは。

【語釈】

①**友だちども** 「だち」も「ども」も複数を表す接尾語。②**言ひおこせける** 「言ひおこす」は、(京に)言ってよこす意。男の側からは「(旅先から)言ひやる」となるべきだが、これは京の側から表現されている。

【和歌16】忘るなよ…… 男の贈歌。「忘るなよ」と命令的に言い切った初句切れの歌。「雲居」は雲の居る所、空をいう。京ははるかな彼方、というイメージ。月が「めぐる」とは、月が一周して戻ること。その月の進行のように、必ず再会できるとする。「雲居」「空」「月」が縁語。一首は、空をめぐる月のように再会の時を待っていてほしい、と訴えかける歌。〈重出〉拾遺　雑上・橘忠幹。

評釈

東国へ旅立った男が、旅の途中から、京の友人たちのもとに歌を送ったという話である。しかし、それを詠んだ場所もわからなければ、その土地の風物もとりあげられていない。歌に詠まれているのは、どこからでも眺められる天空の月だけだ。ここには歌枕の意識も反映されていない。

これと同じ歌が『拾遺集』雑上に、「橘忠幹《ただもと》が、人の娘に忍びてもの言ひはべりけるころ、遠き所にまかりはべるとて、この女に言ひつかはしける」の詞書とともに収められている。旅行く男と都にとどまる女という関係を前提に、男が出立を前に女に歌を贈ったという内容である。しかしこの章段では、男は京の「友だちども」に送ったのである。ふつうに考えれば男性同士、同じ官人仲間への便りとみられる。「だちども」の語法に注意すれば、相手は一個人というよりも、仲間たちというニュアンスである。

「忘るなよ」の歌は、親しい者同士ははるか隔てていても同じ空の月のもとにあり、その月がもとに戻るように再び会えるもの、という発想によっている。この発想は、恋しあう者同士に限らず、地方に赴任する官人と都の親しい友人との関係にもとりこまれて当然である。むしろ、男人官僚の送別や旅の歌として詠まれるのが一般的といってよい。次に掲げる『文華秀麗集』巻上「餞別」所収の漢詩など、その発想の原型のようにも思われる。

　地勢風牛域《さかひ》を異《こと》にすと雖《いへど》も　天文月兎《てんもんげつと》尚《なほ》し光を同じうす
　君を思ふこと一《ひとへ》に雲間の影に似て　夜々相随《したが》ひて遠き郷《くに》に到らむ

作者は中流官人、桑原腹赤《くわはらのはらあか》。同じ夜空の月を仰げるのだから、雲間から漏れ出る月光が、友を思う私の気持ちとして毎夜あなたに届けられるだろう、としている。

この章段の歌も、この官人同士の送別の発想を基盤としているのではないか。親しい者同士が離れねばならぬ執心のつらさを、月の巡行の法則によってからくも慰めようとする。また、こうした表現が男女関係に通用するのも、不思議ではない。

十二段

昔、男《をとこ》ありけり。①人のむすめを盗みて、②武蔵野《むさしの》へ率《ゐ》て行《ゆ》くほどに、盗人《ぬすびと》なりければ、③国の守《かみ》に④からめられにけり。⑤女《をんな》をば草むらのなかに置きて、逃げにけり。⑥道来る人、「この野は盗人あなり」とて、⑦火つけむとす。女⑧わびて、

17 武蔵野は今日《けふ》はな焼《や》きそ若草のつまもこもれり我《われ》もこもれり

とよみけるを聞きて、⑨女をばとりて、ともに率《ゐ》て往《い》にけり。

昔、ある男がいた。他家の娘を親に無断で連れ出して、武蔵野《むさしの》へ連れて行くうちに、盗人《ぬすびと》だということなので、国の守《かみ》につかまえられてしまった。というのは、男が、女を草むらの中に置いたまま、逃げてしまったのだ。道をやって来る追っ手の者が、「この野には盗人がいるそうだ」と言って、火をつけようとする。女は、どうにも困りはてて、

17 武蔵野は、今日という日だけは草焼きをしてくれるな。この若草のなかには夫も隠れているし、私も隠れている。

と詠んだのを追っ手の者が聞きつけ、女をとらえて、つかまえた男といっしょに連れ去ってしまったのである。

【語釈】①**人のむすめを盗みて** 親に無断で連れ出して、駈落ちしたこと。六段にも「盗み出でて」とある。②**武蔵野** 多摩川・荒川に挟まれるあたりの地域、現在の東京都・埼玉県・神奈川県の一部を含めた広大な野。③**国の守** 武蔵国の守。「守」はその地方の行政・司法・警察などをつかさどる国司の長官。④**からめられにけり** 「からむ」は、つかまえる、逮捕する、の意。⑤**女をば草むらのなかに置きて** 以下、時間を遡って、「国の守にからめられ」るまでの経緯を語る。⑥**道来る人** 追っ手の役人をさす。⑦**火つけむ** 盗人を引き出すために、草に火を放つ。⑧**わびて** 「わぶ」は、ままならぬ状況に苦しみ困る、が原義。ここは、絶体絶命という思い。

【和歌17】武蔵野は…… 女の独詠歌。「武蔵野」は、『古今集』以来、「紫（草）」を連想させる歌枕となったが、ここでは「若草」とかろうじてつながる程度（↓一段和歌1）。「な……そ」は、禁止の意の語法。「若草の」は、「つま（ここは夫の意）」にかかる枕詞。「つま」は、結婚した者が相手を呼ぶ称。男女ともにいう。一首は、野に火が放たれたと気づいて、今日だけは焼いてくれるな、と懇願する歌。また『古今集』には、初句「武蔵野は」を「春日野は」とする酷似の歌が収められている

（春上・読人知らず）。

⑨女をばとりて、ともに率て往にけり　女の存在に気づいて捕らえ、さらに男をも捕らえて、ともに連れて行った。

評釈

権勢家のだいじな姫君を恋してしまった男が、京の都では添い遂げられぬことを熟知するところから、恋する女を盗み出してしまうという話が、説話や物語の一つの型になっている。この物語でいえば、六段の芥川の話も、その一例である。同類の話では、逃亡する行き先の多くが、都の権勢社会から目のとどきにくい東国であった。

この章段では、男が女を首尾よく盗み出して、遠くはるかな武蔵国にやって来たまではよかったが、ついに追っ手たちにはばまれてしまう。男が女を草むらの中に隠して逃げるが、追っ手たちが草に火を放ってしまった。そこで、窮した女が、「武蔵野は」の歌を詠み出す。その声によって女の存在が知られ、けっきょくは国守の命を受けた追っ手に捕らえられてしまうのである。

その女の歌は、自分たちを捕らえるべく放たれた野火をとらえて、武蔵野は今日は焼いてくれるな、私の夫も私自身も隠れているのだから、と救命を懇願する歌になっている。それとともに、この野火は、古来行われてきた、早春の農作業としての野焼きを連想させる。この歌じたいは、田園生活の早春の風景を描き出しているが、古代以来の野遊びの習俗に根ざしてもいる。これに酷似する歌が『古今集』に、

春日野は今日はな焼きそ若草のつまもこもれり我もこもれり　（春上・読人知らず）

とある。「武蔵野」と「春日野」をとり替えたような相違である。歌枕としての「春日野」との関係でいえば、「若草」「若菜」ぐらいへの連想が一般的である（→一段）。対する「武蔵野」からいえば、「紫（草）」への連想がより自然である。「紫の一本《ひともと》ゆゑに武蔵野の草はみながらあはれとぞ見る」（古今　雑上・読人知らず）の歌以来、「紫」を連想させる歌

枕として一般化した。おそらく、『古今集』所収歌のように、もともと「春日野―若草」とあった歌が、武蔵野への逃避行の物語で、「野」「草」という共通点から「武蔵野―若草」として転用されたのではないか。また、もとは男の立場から詠まれた懸想の歌ともみられるが、ここでは女の歌になっている。そして「若草」の語は若い者の魅力をたたえる言葉であり、「つま」の語もそうであるように、用語からだけでは男女の区別がない。もともと農村集落での野遊びの習俗に根ざした、若い男女の恋の歌であったのだろう。しかし、ここでは愛の逃避行を証す歌として位置づけられている。

女を盗み出して東国に逃げのびていこうとする話は、そのほとんどすべて、逃げて行く途次で命を落とすとか捕縛の身になるとか、あるいは辺境での生活環境に堪えがたく絶命するとかの、きわめて悲惨な結末にいたるのが、共通した型になっている。ただし、『更級日記』にとりこまれている竹芝伝説はきわめて例外的で、都から皇女を連れ出した男が、その地で幸運を得たという。しかし現実には東国は、都人の容易になじむことのできない、はるかに遠い世界ということになる。それにもかかわらず、東国へと歩を進める逃避行の物語は、そのようにならざるをえない人間の切実な運命を語ろうとするのである。

十三段

昔、①武蔵《むさし》なる男《をとこ》、②京なる女《をんな》のもとに、「③聞こゆれば恥《は》づかし、聞こえねば苦し」と書きて、④表書《うはがき》に「⑤武蔵鐙《むさしあぶみ》」と書きて、おこせて後《のち》、⑥音《おと》もせずなりにければ、京より、女、

昔、武蔵《むさし》に住む男が、京にいる女のもとに、「お便り申しあげるとなると気後れする、かといって申しあげないのもつらい」と書いて、上書《うわが》きに「武蔵《むさし》鐙《あぶみ》――あなたという女《ひと》がありながら、武蔵の女と逢うようになった男から」と書いて、この消息をよこしてから後《のち》、すっかり音沙汰もなくなってしまったものだから、京から、女が、

18 あなたは武蔵鐙と書いて私以外の女と暮らして

18 武蔵鐙さすがにかけて頼むには問はぬもつらし問ふもうるさし

とあるを見てなむ、たへがたき心地《ここち》しける。

19 問へば言ふ問はねば恨む武蔵鐙かかるをりにや人は死ぬらむ

いると知らせてくれたが、それでもやはりあなたを心にかけて頼みに思っている私としては、あなたが言葉をかけてくれないのも恨めしいし、そうかといってまた言葉をかけてくるのもめんどうで厄介だ。

と詠んであるのを見て、男はたまらない気持ちになったのだった。

19 言葉をかけるとあなたはこんなことを言ってくるし、かけないでいると恨むというのでは、私としてはどうすればよいのか。武蔵鐙を掛けるではないが、かかる折こそ、人は進退きわまって思い死ぬものなのだろうか。

【語釈】

①**武蔵なる男**　京の都からやってきた男が、そのまま武蔵国に住みついているのであろう。②**京なる女**　男が京にいたころの恋人であろう。③**聞こゆれば……苦し**　以下、京の女への男の手紙の一部。武蔵国に新しい恋人ができたことを、さりげなく知らせる言葉である。「恥づかし」（相手への気後れ）と「苦し」（自分の堪えがたいつらさ）を、照応させて言う点にも注意。④**表書**　手紙を包んだ紙の表に記す言葉。⑤**武蔵鐙**　武蔵国に産する鐙。鐙は馬の鞍《くら》の左右に垂らして足をかける馬具。ここは、「定めなくあまたにかくる武蔵鐙いかに乗ればか踏みは違《たが》ふる」（古今六帖　第五「ふみたがへ」）の引用であろう。

⑥**音もせずなりにければ**　男が京の女に手紙を書いてよこして以後、男からは音信も途絶えて無沙汰になった、とする。女の側に立っての語り口である。

【和歌18】武蔵鐙……　女の贈歌。「武蔵鐙さすがに」は「かけて」への掛詞式の序詞。副詞「さすがに」に、鐙に取り付ける金具の「さすが（刺鉄）」を掛けた表現。「かけて」は、心にかけて、の意。「鐙」「さすが」「掛《か》けて」が縁語。「頼むには」は、あなたを頼りにしている自分には、の意。「問はぬもつらし問ふもうるさし」は、男の文面「聞こゆれば恥づかし、聞こえねば苦し」に照応。「問はぬ」「問ふ」は、相手の男の行為。「つらし」は恨めしい意。「うるさし」は応ずるのが厄介、の意。一首は、逡巡する恋の心の苦しみを訴える歌になっている。

【和歌19】問へば言ふ……　男の返歌。「問へば言ふ問はねば恨む」は、女の贈歌の「問はぬも……問ふも……」に照応。「鐙」の縁語「掛かる」と、このような、の意の「かかる」が掛詞。「死ぬ」は、恋歌には常套句的な、恋に死ぬ、の発想による表現。一首は、相手への処しがたい思いから恋死にしそうだと訴える歌である。

評釈

これは、武蔵国に下っていた男に新しい恋人ができるようになり、その彼をめぐって恋の複雑な関係が生じた、という物語である。遠く隔たった東国での恋だが、それを京の女にわざわざ報《しら》せようとする点に、この男の心の誠実さが証されるのであろうか。東国での今の関係も恋なら、かつての京での関係も恋だというように、京の女への思いも忘失されることなく、今に生きている。むしろ、今まで以上に京の女のことが気になってくるのだろう。しかし、どんな言葉を手紙に書いたものか。漠然とぼかして婉曲的に言うほかないのであろうが、「聞こゆれば恥づかし、聞こえねば苦し」の言いまわしの、その対句的なひびきには、逡巡する心の動きが誠実に告白されていよう。そして手紙の表書に「武蔵鐙」と記したのも、「定めなく」の歌（『古今六帖』所収）を言外にさりげなく引用している。この引用歌には「いかに乗ればか踏みは違ふる」とあり、自分ながら事の経緯がつかみがたいほどの気持ちだと告白していることになる。

男が手紙を送った後も、没交渉のままであったが、その長い沈黙を破ったのは彼女の「武蔵鐙」の歌であった。それは、男からの手紙への返事ではあるが、それが普通の言葉ではなく和歌であったことに注目していえば、女からの異例の贈歌ということになる。もとより男女の贈答歌では、まず男からの贈歌があり、それに応じて女が返歌を詠むのが一般的である。彼女が沈黙の相当な時間を経て、しかも積極的な女からの贈歌という行為に出たのには、逡巡する心の苦悶があったからである。それを何よりも証しているのが、「武蔵鐙」の歌である。この歌の「さすがに」の副詞には、彼女の万感が言いこめられている。断念するつもりだったが、やはり諦めきれずに今もあなたを頼むほかない、という気持ちである。これを表現の枢軸に据えて、男の対句ふうの文面「聞こゆれば恥づかし、聞こえねばつらし」に照応させながら、「問はぬもつらし問ふもうるさし」——音信がないのも情けなく、逆にあるのも厄介だ、と逡巡する心のありようを具体的に訴えている。これは、男の言いぶりに即応させながらの、男への反発にほかならない。男の言い分を切り返すのを旨とする女の返歌の、否定的な発想にもとづいている。この京の女は、男への執心から自ら率先して贈歌の行為に出ながら、その実、女の返歌らしい否定的な発想による歌を詠んだことになる。

この女の歌じたい、相手の男の心を揺さぶらぬわけがない。その「たへがた」い気持から、男の返歌が詠まれる。返歌は、「問へば言ふ問はねば恨む」の対句ふうの言いまわしといい、「武蔵鐙……かかる」の修辞といい、女の歌に密着して、それに照応させようとする表現によっている。しかしそれとともに、「人は死ぬらむ」という恋歌の常套語句による結び方で、京の女への恋情をあらためて訴えかけている。これは返歌ではあるが、発想としては男の贈歌にふさわしい、懸想の内実を含んだ歌である。

関係が複雑になっていく男と女の間に、贈答歌が詠み交わされ、それぞれの言葉がたがいにひびきあっていく。それがたがいの心の深いところで、ひびきあい、魂をふれあわせることになる。しかし、人の関係をいっそう複雑化することはあっても、その恋仲を日常的にとり戻すようなことは、けっしてない。歌の力は、あくまでも非日常なところで、人の魂をゆり動かすことのできる力以外にはないのである。

十四段

昔、男《をとこ》、①陸奥《みち》の国《くに》に②すずろに行《ゆ》きいたりにけり。そこなる女《をんな》、③京

昔、ある男が、陸奥《みちのく》の国に、なんというつもりもなく行きついてしまった。そこに住む女が、京の人

の人はめづらかにやおぼえけむ、④せちに思へる心なむありける。さて、かの女、

20 なかなかに恋に死なずは桑子《くはこ》にぞなるべかりける玉《たま》の緒《を》ばかり

歌さへぞ⑤鄙《ひな》びたりける。⑥さすがにあはれとや思ひけむ、行《い》きて寝《ね》にけり。⑦夜深《よぶか》く出《い》でにければ、女、

21 夜《よ》も明《あ》けばきつにはめなでくたかけのまだきに鳴きてせなをやりつる

と言へるに、男《をとこ》、「⑧京へなむまかる」とて、

22 栗原《くりはら》のあねはの松の人ならば都のつとにいざと言はましを

と言へりければ、⑨よろこぼひて、「⑩思ひけらし」とぞ言ひをりける。

はめったになくめずらしいと感じたのだろうか、切なく思う気持ちをかかえこんでしまうことになった。そこで、その女が、

20 なまじ恋いこがれて死んだりせず、蚕《かいこ》にでもなったらよかったのに。ほんの短い命の間でも、夫婦仲のよいという蚕に……。

その歌までもが田舎じみていたのだ。それでも男はやはり心うたれて、しみじみ思ったのだろうか、女のもとに行って寝てしまったのだった。男が深夜のうちに起きて出て行ってしまったので、女が、

21 夜も明けたならば、鶏《にわとり》を水槽にぶち込まずにおくものか。あのばかな鶏めが、はやばや鳴くものだから、私のだいじな男《ひと》を帰らせてしまったのだ。

と詠んだのだが、男がその後、「おいとまして、京へ上《のぼ》ることにする」と言って、

22 もしも栗原のあねはの松が人間であったのなら、都への土産《みやげ》にすべく、さあいっしょにと言うところなのだが。——あなたがこの土地から離れられぬのが残念でならない。

と詠んだところ、女はすっかりうれしく思いつづけて、「あの男《ひと》は私のことをいとしく思っていてくれたらしい」と、人々に言ってのけたのだった。

【語釈】

①陸奥の国　「道の奥の国（東海道・東山道の奥にある国）」の——変化した語。現在の福島・宮城・岩手・青森県などにまたがる広大な地域である。→一段和歌2。**②すずろに**　理由もなくな

んとなく、の意。「すずろ」は、これという確かなわけもなくおのずと物事が進行するさま、が原義。→九段注⑭。③**京の人は……おぼえけむ**　挿入句で、語り手が女の心を推測する叙述。④**めづらかに**　「めづらか」は、「めづらし」よりも珍しさの度合いが強い。

【和歌20】なかなかに……　女の贈歌。「なかなかに……ずは」は、なまじ……ないで、の意。この「ずは」は、打ち消しの「ず」を強調する用法。「桑子」は蚕のことで、夫婦仲の睦まじさの喩えにもなる。「玉の緒」は玉を貫く糸。玉と玉の間隙の短さから、短いもの、短い命の比喩にもなる。ここは蚕の生命の短さをいう。一首は、短期間であろうとも男女の睦まじい関係を熱望する気持ちを詠んだ歌である。

⑤**歌さへぞ鄙びたりける**　女の人柄はもちろん、その詠む歌までが田舎じみていたとする。⑥**さすがにあはれとや思ひけむ**　挿入句で、語り手が男の心を推測する。「あはれ」は、男の女への感動。⑦**夜深く出でにければ**　男が深夜のうちに女のもとを去るのは、相手への執心が深くない証拠となる。

【和歌21】夜も明けば……　女の贈歌。「きつ」は、水槽をいう東北方言とする解に従う。丸太をくりぬいて作ったものか。「はめなで」は、この下に「置かむやは」ぐらいを補って、（鶏を水槽に）嵌《は》めずにはおくものか、と解する。また一説には、「きつ」を狐と解して、（鶏を狐に）食わせずにはおくものか、と解する。「くたかけ」は、鶏を罵《のの》って言う呼び名。「せな」は、女から男をさす語で、夫、いとしい男、ぐらいの意。一首は、鶏の早鳴きが、いとしい男を早く帰らせたとして、訴えようもない怒りをこめて詠みかける歌である。

⑧**「京へなむまかる」**　女への別れの挨拶。「まかる」は退去する意の謙譲語で、男の、女への敬意を表す。

【和歌22】栗原の……　男の、その後の贈歌。「栗原のあねは」は、宮城県栗原市金成姉歯《かんなりあねは》。松を連想させる歌枕の地として知られるようになる。「……ば……まし」の反実仮想の構文によって、もしも松の木が人間ならば誘いもしようが、しかし松は松でしかない、とする。相手の女を、人間ならざる「松」になぞらえてみるが、それだけにこの地からは離れられない存在だとする。「都のつと」は都への土産。「いざ」は、さあ一緒に、の意。誘いの言い方である。一首は、執着を残して、ひとり都へ帰らねばならぬとする挨拶の歌になっている。

⑨**よろこぼひて**　「よろこぼひ」は、「よろこぶ」に反復・継続を表す接尾語「ふ」がついた形。ずっとうれしく思いつづける意。女は男の歌を、この自分への執心を詠んだ歌と解して、それを喜びつづけたとする。⑩**「思ひけらし」**　女の言葉。「けらし」は、「けるらし」と同じ。この私を男がいとしく思っていたらしい、の意。周囲の人々に言ったのであろう。続く「……をり」は、やや軽蔑した言い方。

評釈

物語は「男」をさらに北上させて、陸奥国での話を語ることになる。「陸奥の国」は文字どおり東海道・東山道の奥にある国であるが、男はなぜそのような奥地へと前進するのだろうか。まずその問題をふまえた上で、この物語を考えてみよう。

もとより、平安京開都以来、都城の整備とともに、蝦夷征伐を中心とする東国支配が、新しい国家事業の中での重要課題であった。それによって、朝廷の支配勢力がしだいに陸奥国にまで浸透するようになる。平安時代に形成されていく歌枕が、陸奥国の各地に及んでいくのも、国家勢力の拡大の現れといえよう。『古今集』の東歌が陸奥国七首を筆頭に、相模国一首、常陸国二首、甲斐国二首、伊勢国一首と配列されて、歌数の上からも陸奥国が別格視されている点に注意される。ちなみに、古代伝承の倭建命《やまとたけるのみこと》の東征がせいぜい常陸国の筑波山あたりでとどまったのに対して、『伊勢物語』の男が陸奥国にまで入りこんだのは、いかにも象徴的である。ここには明らかに、平安朝初期の東国政策の結果が反映されていよう。

この章段の陸奥国在住の女は、ふだんは見かけることもない都の男の、たぐい稀な魅力に心惹かれてしまった。その切実な思慕の情を抑えがたく、自分のほうから歌を詠みかけた。異例の女からの贈歌である。その「なかなかに」の歌では、自分が恋に死にかねないなどと、大袈裟なまでの熱情を言い表してみせる。しかし、その詠みぶりが、男に「歌さへぞ鄙び」ていると思われた。これに酷似する歌が『万葉集』に、

なかなかに人とあらずは桑子にもならましものを玉の緒ばかり　（巻12・三〇八六）

とあり、また「（なかなかに）……ずは……まし」による類歌をも多く見出すことができる。かつての万葉歌やその類歌が広く東国にまで伝播していたのであろう。女はそうした伝承歌を拠りどころに自分の情熱を詠み出そうとしたが、都の男には、女のそうしたありきたりの表現が古くさく田舎びた歌と思われたのである。しかも、「桑子」という田舎ならで

はの言葉もとりこまれている。しかしそれが鄙びた言いまわしではあっても、和歌の表現様式としてはおさまっている。それが男の関心を引きつけた。そうでなければ男が女と契りかわすこともなかっただろう。語り手の推測「さすがにあはれとや思ひけむ」が、その男の微妙な心の動きをとらえている。田舎風の詠みぶりながらも、妙に熱情があふれた歌だ、ぐらいには受けとめたにちがいない。

しかし男は、一夜契りかわしたものの深く共感できなかったのであろう、深夜のうちに立ち去ることになる。女にしてみると、たまらない思いである。そこでまたしても、女からの贈歌が一方的に詠み出される。それが「夜も明けば」の歌である。激した気持ちから、男の早すぎる出立は鶏の鳴き声が早すぎたからだとして、鶏をきびしく叱りつけて仕返しをしよう、というのである。このように後朝《きぬぎぬ》の苛立《いらだ》たしさや怒りを早鳴きの鶏にぶつける表現は、恋歌の一類型ともいえよう。男の例であるが、『和泉式部日記』での敦道親王が和泉式部と逢った翌朝の歌文で、「今朝は鳥の音におどろかされて、にくかりつれば殺しつ」と書いて、「殺してもなほ飽かぬかな鶏の折ふし知らぬ今朝の一声」と詠んだ。鶏を殺すとは異様であるが、こうした発想を通して相手への自分の誠実な情愛を訴えることにもなるのである。しかし陸奥の女の歌は、「きつにはめなでくたかけ」という言葉じたいが異様である。古来難解な歌として諸説を生じてきたのも、「きつにはめなで」の言い回しも「くたかけ」の呼び名も、当時の和歌の用語としてはその枠からはみ出しているからである。これこそ「鄙びたる」歌である。日常の言葉づかいを露出させて、その激情をむき出しにしている趣である。確かにその感情が熱情的だとしても、その野性的な熱情は和歌の様式をかろうじて保っているにすぎない。

物語は、男が「栗原の」の歌を詠み出すところで結ばれる。その詠歌の契機を語る経緯、「女、(歌を)と言へるに、男、『京へなむまかる』とて」の叙述をどう解するか、一考の余地があろう。従来、(男は女の歌に)あきれかえって、の意を補って解することが多かったが、それでよいかどうか。男が女に落胆したことが、彼の帰京の理由なのだろうか。ほんとうのところは、女のありようや歌とは関係なく、もともと男の帰京が予定されていた、と考えるべきではないか。女が歌を詠んできてから、しばらく経って、ぐらいの間隔があるとみる方がわかりやすい。それというのも、男の「栗原の」の歌が、この土地を立ち去るのに際して別れを惜しんで詠んだ歌とみられるからである。だいいち、この歌は女の贈歌とは発想も言葉も緊密にはつながっていない。この歌は、『古今集』の東歌（陸奥国）の一首、

小黒崎《をぐろさき》みつの小島の人ならば都のつとにいざと言はましを

に酷似している。陸奥国に赴任していた官人が帰京に際して別れを惜しんで、小黒崎のみつの小島がもしも人間であったなら、さあ一緒に都へと誘うこともできようものを、とその土地への愛着を詠んだ歌である。物語の男の「栗原の」の歌も、これと同様の発想から、その地を去るに際しての女への挨拶ともいうべき歌として詠んだものとみられる。

物語の勘どころは、その男の挨拶の歌を女がどう受けとめたかにある。「よろこぼひて、（男が自分を）『思ひけらし』とぞ言ひをりける」とあり、男の歌に接した女が喜びつづけて、あの男《ひと》がこの自分を慕ってくれているらしい、と思いこんでいたという。女は、男の別れの挨拶の歌を勘違いして、自らの願いも手伝って、男の懸想の歌と曲解したことになる。それを語り手は、歌の真意をも解せない田舎者といわんばかりに蔑《さげす》んで語っている。「……をり」は、他者を見下げて言う語法でもある。

この章段では、作中人物の詠む歌が贈答歌としては構成されず、女の二首と男の一首の、いずれも一方的な贈歌に終始している。それだけに歌同士の語句の照応もみられない。とりわけ孤立的なのは、異例の女からの積極的な贈歌。しかも、歌の体裁をかろうじて保っている程度の野鄙な表現である。しかし女に即していえば、男への最初からの思慕を貫いて、相手を疑うことがない。そのかたくなな純愛が、都人の側からすれば、歌のぎこちない詠みぶりなど、田舎女の野暮な恋としかみられない、ということである。このような話について従来、都と鄙、優美さと野暮ったさとの対立を際立たせ、京の都会的に洗練された美の基準から地方的な粗野なるものを否定的に評しがちであった。確かに「歌さへぞ鄙びたりける」とする語り手の評価もそうである。しかし、物語じたいが創りだそうとしているのは、都鄙の区別をも超える男と女の普遍的なありように近づいているようにもみられる。これは、東国の奥地にもやがて都ぶりの風儀が浸透しはじめ

る時代の、土地の女と都の男との交渉の一つのありかたとも解せられるであろう。

十五段

昔、陸奥《みち》の国《くに》にて、①なでふことなき人の妻《め》に通《かよ》ひけるに、②あやしう、さやうにてあるべき女《をんな》ともあらず見えければ、

23 信夫山《しのぶやま》しのびて通ふ道もがな人の心の奥も見るべく

女、かぎりなくめでたしと思へど、③さるさがなき④えびす心を見ては、いかがはせむは。

昔、陸奥《みちのく》の国で、格別の身分でもない人の妻と、男が通じて、そこに通っていたところ、不思議なことだが、そのような境遇にあるべき女ではなさそうに思われたので、男が、

23 信夫山ではないが、人目をしのんで通う道がほしい。あの女の心の奥までも見とおすことができるように。

女は男のことを、このうえもなくすばらしいと思うけれど、男が私のような粗野な田舎者の心を見たら、いったいどうしようというのだろうか。

【語釈】

①**なでふことなき**　女の夫の身分が平凡であることをいう。「なでふ」は、「何といふ」の約。②**あやしう**　「見えければ」にかかる。平凡な男の妻におさまる女とも思われないところから、「あやし」とされる。もともと都の女であったか。

【和歌23】信夫山……　男の贈歌。「信夫山」は、今の福島市北方の山とされる。これが、同音繰り返しの枕詞として、「忍びて」を導く。「もがな」は、願望の意の終助詞。「通ふ」「道」「奥」が山の縁語。「あやしう」と思う気持ちから、相手の女の「心の奥」を知りたいとする。一首は、相手の心の深奥にふれられるほど親交を深めたい、と訴える歌。〈重出〉古今六帖第二「山」・二句「しのびに越えむ」。

③**さがなき** 「さがなし」は、「嶮《さが》し」と同根で、ここではごつごつした、みっともない、の意。④**えびす心……いかがはせむは** 「えびす」は、「蝦夷《えみし》」の変化した形。ここでの「さがなきえびす心」は、東国の女の、田舎じみた野鄙な心であり、情理をわきまえぬ心をいう。女は、男がこの自分の田舎じみた心を知ったら、どうなるだろう、どうにもならないだろう、と危ぶんでいる。女の心に即しての語り手の評言である。

評釈

この章段も、明示してはいないが、陸奥国にやってきた都の男の話である。彼は、その土地に住む人妻と親しくなり、その彼女の境遇に強い関心を寄せるようになる。それというのも、彼女が、在地の平凡な夫と結ばれて当然のような女とも思われないからである。もしかすると都の高貴な血を受けた人かもしれない、ぐらいの推測をしたのであろう。そう思えば思うほど、彼女への関心がつのり、いよいよ恋心も強まっていく。

「信夫山」の歌は、そうした男からの女への贈歌である。しかし相手は他人の妻、人目をしのばねばならぬ恋である。その「しのぶ」の語を軸に、一首が構成されている。すなわち、この国の「信夫山」から連想して「信夫山しのび」と続け、誰からも知られずに通える秘密の道があってほしいと願う。「人の心の奥」は相手の心の真相をいうが、その「奥」は「山」「通ふ」「道」と連動しあう縁語であり、東国のさらに奥まった陸奥国をもイメージしながら、相手の心のはかりがたさを思うのであろう。これの類想歌として、

思ふてふ人の心の隈《くま》ごとにたち隠れつつ見るよしもがな　（古今　誹諧歌・読人知らず）

が想起される。知りがたい人の心のありようの機微を諧謔的に詠んだ歌であるが、こうした発想をもとりこみながら、「しのびて通」わねばならぬ恋の歌に仕立てた。

男の歌は、女をいたく感動させた。しかし彼女は己《おの》が「心の奥」を知られるのが恐ろしい。自分の「さがなきえびす

心」を男が見たらどうなるか、しかしどうなるものでもない、と思い、返歌も詠まず男との恋も諦める。問題は、この「さがなきえびす心」。これは男の歌の「心の奥」と照応しあっている。「えびす」はもともと朝廷によって征討され開発されてきた蝦夷の地、「えびす心」とはそうした北方の陸奥国の住民の心をいう。女は、そうした土地の粗野な心を男に見抜かれるのがおちだとして、男の接近を恐れてさえいる。

章段末尾の「いかがはせむは」は、女の気持ちでもあり語り手の感想でもある。女が田舎者の本心を知られまいと恋を諦めようとする心構えについて、語り手の立場に即していえば、賛同するというよりも、むしろ賛美さえしていよう。この語り手の評言はあくまでも、都人の美的価値観にもとづいている。この評言の延長上には、「さがなきえびす心」とは対極的な都の心がちらついていよう。それは、もともと男が「さやうにてあるべき女ともあらず」と直感したことと照応しあうことにもなる。彼女が男の贈歌に応じて返歌を詠まなかったことが、かえって都の男と対等に向きあえる位置を得たのである。

この女は、同じく陸奥国在住の人でありながら、前段の女とは対極的なまでに相違している。しかしここでも、都の風儀が地方にまで浸透していく時代相のなかで、都的なるものをどのように取りこんでいくかに、さまざまな個性が芽生えていることを語っているのである。

十六段

昔、①紀有常《きのありつね》といふ人ありけり。②三代《みよ》の帝《みかど》に仕《つか》うまつりて、③時にあひけれど、後《のち》は④世かはり時うつりにければ、⑤世の常の人のごともあ

昔、紀有常《きのありつね》という人がいた。三代の帝にお仕え申して、時めいてはぶりもよかったが、後には帝も替《か》わり時勢も移り変わってしまったので、暮らしぶり

らず。⑥人がらは、心うつくしく、⑦あてはかなることを好みて、異人《ことひと》にも似ず。貧しく経《へ》ても、なほ、⑧昔よかりし時の心ながら、⑨世の常のことも知らず。

年ごろあひ馴《な》れたる妻《め》、⑩やうやう床《とこ》離れて、⑪つひに尼《あま》になりて、姉のさきだちてなりたる所へ行《ゆ》くを、⑫男《をとこ》、⑬まことにむつましきことこそなかりけれ、いまはと行《ゆ》くを、いとあはれと思ひけれど、貧しければ⑭するわざもなかりけり。思ひわびて、ねむごろにあひ語《かた》らひける⑮友だちのもとに、「かうかう、今はとてまかるを、⑯何ごともいささかなることもえせで、つかはすこと」と書きて、⑰奥に、

24 手を折《を》りてあひ見しことをかぞふれば十《とを》といひつつ四《よ》つは経《へ》に
けり

かの友だち、これを見て、いとあはれと思ひて、⑱夜《よる》の物までおくりてよめる。

も世間の並みのようにはいかない。人柄は、心が純真であり、上品で高雅なことを好み、世間の他《ほか》の人とは異なっている。貧しく過ごしていても、今もやはり、昔栄えていた時の心そのままで、境遇に応じた世俗の暮らし方も知らない。

長の年月にわたってたがいに添い暮らしてきた妻が、しだいに寝床を別々にするようになって、ついに尼となり、姉もこれに先だって尼になっていたが、その同じ所へ行くことになったので、これを見て男は、心から仲睦《むつま》じいこともなかったけれど、いよいよこれでお別れ、と去って行くのを、ほんとに不憫《ふびん》と思ったが、貧しいものだから妻にしてやれることもないのだった。どうしてよいか困って、日ごろ懇《ねんご》ろにつきあっていた友人のもとに、「これこれの事情で、いよいよ去って行くことになりましたが、何事につけささいなことの一つさえしてやれぬまま送り出すことになったとは……」と書いて、その手紙の奥に、

24 指を折って、妻とともに過ごした年月を数えてみると、十ずつ数えて四つ、もう四十年は過ぎてしまった。

その友人がこれを見て、ほんとに不憫だと思い、衣類はいうに及ばず夜具までも贈って、歌を詠んだ。

25 単純に年数を数えるだけでも四十年は過ぎてしまったけれど、その間、あなたの妻は幾度あなたを頼りに思って生きてきたことであろう。

25 年だにも十とて四つは経にけるをいくたび君を頼み来《き》ぬらむ

かく言ひやりたりければ、

26 これやこのあまの羽衣《はごろも》むべしこそ君が御衣《みけし》とたてまつりけれ

よろこびにたへで、また、

27 秋や来《く》る露やまがふと思ふまであるは涙の降るにぞありける

と詠んでやったところ、有常は、

26 この尼の衣はなんと、天から降りてきた天女の羽衣《はごろも》ではないか。なるほど、天《あま》の羽衣だからこそ、あなたのようなすばらしいお方にふさわしいお召し物として、着ていらっしゃったのだった。

うれしさに堪えがたい思いから、またもう一首、

27 秋が来て露が置いたのか、それとも季節をまちがえた露なのか、そうまで思うのは、じつは自分の喜びの涙が降っていたのだった。

【語釈】

①**紀有常**　紀名《な》虎《とら》の子。惟喬親王の母静子の兄にあたる。貞観十九（八七七）年正月二十三日、従四位周防権守で死没（六十三歳）。在原業平の年長の友であり、その娘が業平の妻であった。

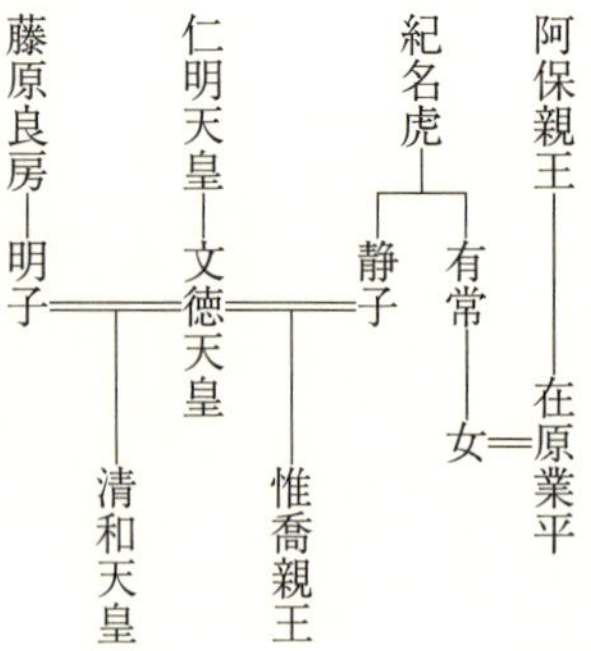

②**三代の帝**　仁明・文徳・清和天皇の三代。③**時にあひければ**　「時にあふ」は、時勢に恵まれて栄える意。④**世かはり時うつりにければ**　「世変はり時移る」は、時勢が移り変わる意。ここでは、皇位継承をめぐる政変を暗示する。⑤**世の常の人のごともあらず**　世間一般の人以下に零落したとする。⑥**人がらは、心うつくしく**　「心うつくし」は、純真無垢な心根をいう。『三代実録』には有常の人柄について、「性は清警にして、儀望有り」と賞賛されている。⑦**あてはかなること**　上品で高雅であること。⑧**昔よかりし時の心ながら**　「昔よかりし

時」は、前述の「時にあひ」て栄えていた時分。情況が変化しても、その生き方は一貫しているとする。この「ながら」は、そのままの状態が続く意。⑨**世の常のことも知らず**　渡世のための才覚がない、ということ。権門に取り入るなどの世事に疎いのである。⑩**やうやう床離れて**　老齢になり、寝所を別々にする意。⑪**つひに尼になりて**　失意の情況からの、安穏の幸せを願っての出家であろう。出家であるからには、家族から離れて、寺や庵で仏道に修行する。⑫**男**　有常をさす。⑬**まことにむつましきことこそなかりけれ**　心から親しみかわす夫婦仲ではなかったが。「こそ……已然形」の係り結びの語法が、次に逆接でつながっていく。⑭**するわざもなかりけり**　僧衣など、出家生活に必要な物品をも与えてやれなかった意。⑮**友だち**　業平とおぼしき友人。⑯**まかる**　この「まかる」は、下の「つかはす」とともに、丁寧語的な用い方。⑰**奥に**　手紙の最後に。

【和歌24】手を折りて……　有常の贈歌。「手を折る」は、指折り数える意。「あひ見しこと」は、夫婦として過ごしてきた、これまでの出来事。「十といひつつ四つ」は、指を十と数えて、四十。四十年である。一首は、多年にわたる夫婦仲をしみじみ回顧する気持ちをこめた歌である。

⑱**夜の物まで**　衣類はもちろん、夜具までも。

【和歌25】年だにも……　友人の返歌。「年だに」の「だに」に注意。単純に歳月を数えるだけでも、の気持ち。これを起点に前の贈歌の言いまわしを切り返すかのように、夫婦仲の内実に踏みこんで、夫への妻の多年にわたる信頼感の深さを推測する。「君」は相手の有常をさし、「頼み来ぬらむ」はその妻についていて。一首は、多年にわたる有常夫妻の深い情愛をたたえる歌となっている。

【和歌26】これやこの……　有常の贈歌。「これやこの」は、これはあの噂の……ぐらいの意で、「むべしこそ」の、納得する気持ちをいう語句に照応。贈られた衣を、感謝の心をこめて、「天の羽衣」と見立て、これに「尼」を言い掛けた。「御衣」は尊敬語で、贈り主のお召し物。「たてまつる」も、着る意の尊敬語。一首は、贈られた衣服への深い感謝から、あなたの着料なればこその天の羽衣だとほめたたえた歌である。

【和歌27】秋や来る……　有常の贈歌。「露やまがふ」は、露と涙の区別がつかないこと。「秋」は露の重く置く時節、悲哀の季節でもある。一首は、あふれる感動の涙を、袖をぐっしょり濡らす秋の露か、と見立てた歌。〈重出〉新古今　雑上・紀有常。

評釈

　この章段では、めずらしく具体的な姓名を示して、紀有常という人物をとりあげていく。その相手については「友だち」としか記していないが、暗に在原業平をさしていよう。紀有常は業平の妻の父、十歳ほど年長の岳父である。それをあえて「友だち」としたのには、それなりの理由があるのだろう。

　その有常が今では、往時の繁栄のあともなく零落してしまっているのは、「世かはり時うつ」るという時勢の変化に遭遇していたからだという。有常という人物に即して考えると、誰もが知る文徳天皇時代の皇太子選びをめぐる政界の事変の起こったことが想起されるはずである。すなわち、有常の妹の静子と文徳天皇の間に生まれた第一皇子の惟喬親王が、天皇自身の意図からも最有力視されていたのだが、しかし最終的には藤原良房の娘明子の生んだ第四皇子の惟仁親王が強引にも立坊してしまった。後の清和天皇である。これは、藤原氏による他氏排斥運動の一環であり、紀氏が皇統から遠ざけられたことになる。こうした皇位継承をめぐる政争では、敗者の当人はもちろんその縁者や支援者までもが世間から危険視され、体制の中枢からきびしく排除されるのが、この時代の常であった。惟喬親王の伯父にあたる有常は、もしかすると朝廷の外戚としていよいよ晴れがましく栄えるかもしれない、という夢も今では完全についえてしまった。苦境のなかで彼は、生来の「人がらは、心うつくしく、あてはかなることを好」む性情を際立たせるだけで、世俗を生き抜く知恵など持ちあわせていない。

　その上、多年連れ添ってきた妻も出家して遠ざかっていく。人生の終末近くに、死後の安寧を願って仏にすがろうというのであろう。しかし零落の有常は、妻とのだいじな節目を迎えたというのに、彼女のために法服をさえ新調することができない。思いあぐねた彼は、「友だち」と思う人に、窮状を率直に訴える。「手を折りて」の歌では、多年にわたる夫婦仲の歴史をしみじみと顧みている。「手を折りてあひ見しことをかぞふれば」の語句は、指の一本一本を折り曲げる動作を通して、夫婦として過ごしてきた日々の出来事を、だいじなものとして確かめている趣である。これと同じ歌句が『源氏物語』の雨夜の品定めの、左馬頭の歌にも次のように用いられている。

手を折りてあひ見しことをかぞふればこれ一つやは君がうきふし　（帚木）

この『伊勢物語』からの引用と思われるが、いずれも夫婦の歴史を重々しく顧みる歌句である。しかもこの章段では、その指折り数えるという言いまわしに照応して、具体的に「十といひつつ四つ」と続け、四十年という長い歳月の重さに万感を封じこめようとする。

これに対する「友だち」の返歌は、贈歌の「十といひつつ四つ」をキーワードとして受けとめ、こちらは「年だにも十とて四つ」と応ずる。副助詞「だに」に注意すれば、単なる歳月の長さだけでないとする気持ちが読みとれる。そしてそれを起点に、むしろその間の夫婦の心のありようこそが、として新たな文脈を起こしていく。すなわち、連れ添ってきた妻の側にたって、彼女が夫をどれほど頼みに思ってきたかと推測することになる。「頼む」の語は恋歌の重要語でもあり、あらためて、強い信頼感に結ばれた夫婦仲だとして称揚するのである。一面では贈歌に共鳴しつつも、もう一面では贈歌に反発するかのように別なもう一つの発想をも加味させている。いかにも返歌らしい返歌である。こうした言葉と発想の照応関係が、贈答歌として完璧なまでの共感をつくり出している。二人の関係が、単なる舅と婿であることを超えて、「ねむごろにあひ語らひける友だち」としてとらえられるゆえんであろう。ここでは贈答和歌の機知の精神にこそ、たがいの強い共感がはぐくまれていく。

友の返歌に接した有常の感動は、さらに二首の歌を詠ませている。「これやこの」の歌は、贈られた衣を「天の羽衣」と見立て、天からの恵みだとする。相手の慈しみの心に対する感動の歌である。もう一首の「秋や来る」の歌は、自身の心の声ともいうべき独詠歌のような歌をあえて贈歌としている。秋の露に見立てられる感動の涙。そこには、老妻を出家へと送り出さねばならぬ己が人生の秋への深い感慨も言いこめられていよう。

十七段

年ごろ①おとづれざりける人②の、桜のさかりに見に来たりければ、

主人《あるじ》③、

28 あだなりと名にこそ立てれ桜花《さくらばな》年にまれなる人も待ちけり

返し、

29 今日《けふ》来ずは明日《あす》は雪とぞ降りなまし消えずはありとも花と見ましや

この幾年間も訪ねてくれなかった人が、桜の花の盛りにそれを見に来たものだから、その家の主人《あるじ》が、

28 移ろいやすく散りやすいとの評判が高いけれど、この桜の花は、一年のうち稀《まれ》にしか訪れてくれない人をも、こうして散らずに待っていたのだ。

返しの歌、

29 もしも私が今日訪ねて来なかったとしたら、この桜は明日は雪のように降り散ってしまうだろう。たとえ散った花びらが消えずに残っていたとして、もとの花として眺め見ることができるものだろうか。

【語釈】

①年ごろ　一年以上の期間をいう。**②人**　暗に在原業平をさす。**③主人**　女とみる説もあるが、男であろう。

【和歌28】あだなりと……　主人の贈歌。「あだ」は、花が実を結ばずに散ってしまうように、もろく一時的なさま、気まぐれなさま、が原義。ここでは、散りやすい桜の花のはかなさをいう。「名に立つ」は、評判になる意。そのように評判されるのは、こちらの「桜花」。「名にこそ立てれ」（「れ」は存続の助動詞「り」の已然形）は係り結びの語法で、下に逆接でつながっていく。「年にまれなる人」は、一年に稀にしか来ない人、物語冒頭の「年ごろ……人」をさす。来訪の間隔は桜花のそれとも違うが、「年ごろ」を一年余ぐらいに解すべきか。「待ちけり」の主語は「桜花」。一首は、気ままに散りやすい桜花からさえ、あなたは稀にしか現れない人として待たれている、と皮

肉った歌である。〈重出〉古今　春上・読人しらず。

【和歌29】けふ来ずは……　めったに訪れない客人（男）の返歌。「来ずは」の「ずは」は、「ず」の連用形に係助詞「は」がついた形。ここは、仮定条件を表す。「……まし」は反実仮想の構文。以下、「来ずは……降りなまし」、「消えずは……見ましや」と同形式が繰り返されるが、後者の「消えずは」は仮定条件ではなく、消えないで、の意の強調。「見ましや」の「や」は反語、見るはずがない、の意。一首は、桜花の気まぐれは自分以上で、今日を限りに散るはかなさだ、と反発する歌である。〈重出〉古今　春上・業平。古今六帖　第六「桜」。

評釈　この章段の冒頭は、この物語一般の「昔、男……」の形式とは異なる。物語形成の事情と関わっていようか。これは、『古今集』春上に、ある人物（読人知らず）と業平の贈答歌として収められている。二首の詞書の内容も次のようにほぼ同じである。作品成立の段階的な過程説の考えに立てば、いわゆる原初章段の一つとみられよう。

　桜の花の盛りに、久しく問はざりける人の来たりける時に詠みける　読人知らず

　返し　業平朝臣

稀にしか訪ねてはくれない人が、たまたま、桜花の盛りにやってきた。邸の主人としては、めずらしく顔を見せてくれた来客として、歓待する気持ちにもなろうというもの。それだけに、親近の感情から、皮肉の一つも言ってからかってみたくもなる。折しも桜の盛り、その一時《いっとき》の華麗さにことよせて、久方ぶりの訪問を皮肉ってみようとするのが、「あだなりと」の歌である。桜花も「あだ」なら客人も「あだ」だとする点に、相手へのからかいを引き出す機知のおもしろさがある。さて、どちらがいっそう「あだ」なのか。桜の方は、あてにもならぬ人の来訪を待ちつづけて今を盛りに咲いているのだから、あなたこそ「あだ」の人だとする皮肉な恨み言である。この皮肉は、あたかも反発や切り返しを旨とする女歌の発想にも近似している。この詠み手である「主人」を女と解する一説も、完全には否定しがたい。

対する客人も、この皮肉などに負けてはいない。その返歌である「今日来ずは」は、咲いてはすぐに散る桜花の特徴をとらえ、散る花を吹雪に見立てる機知によってこれに応ずる。はなやかな桜の花もしょせん今日だけ、明日は吹雪となって散ってしまうほかない。地上に散り敷いている花びらだけを、誰が桜と認めるだろう。桜の花の「あだ」の度合いはこの自分などとは比べようもない、と言わんばかりに相手の言い分をうち砕くことになる。このような言い合いは、主人の本心からの恨み言でもなければ客人の怒りなどでもない。和歌ならではの、機知的な言葉のひびきあいを通して、二人の共感を深めることになる。

それにしても、この返歌は、散る花を吹雪に見立てる機知を最大限に発揮して、華麗なるもののなかの一瞬のはかなさをみごとに鋭く直感してもいる。古今集時代の、耽美と感傷をみごとにつなぎとめる典型的な歌といってよい。ここで想起されるのは、同じく『古今集』に収められている紀貫之の名高い歌である。

人はいさ心も知らずふるさとは花ぞ昔の香ににほひける　（春上）

長大な詞書によれば、かつて長谷寺参詣に常宿としていた家を、久方ぶりに梅の花のころ訪ねた折、その家の主人《あるじ》が「この家は昔どおりに、ちゃんとありますのに」と、疎遠になっている恨み言を言ったので、この歌をもって応じたとする。歌中の「人」は、直接には相手をさすが、人間一般をもいう。一首は、あなたはさあどうだろう、人の気持ちというものは私にはわからない、でも昔なじみの土地では、この花だけが昔のままの香りで咲きにおうのだった、ぐらいの意。この歌の、心変わりだとする相手の恨み言に逆に反発してみせるところに、この歌の洒落た機知がある。軽妙な語調のなかに、変わらざる自然の景物との対照を通して、人間一般の移ろいやすい心を冷ややかにとらえている。これも古今集時代の典型的な表現である。というよりも、この章段の核になっている業平の詠みぶりに、貫之の歌が習っているようにもみられる。

十八段

昔、①なま心ある女《をんな》ありけり。②男《をとこ》近うありけり。女、③歌よむ人なりければ、④心見むとて、⑤菊の花のうつろへるを折りて、男のもとへやる。

30 紅《くれなゐ》ににほふはいづら白雪《しらゆき》の枝もとををに降るかとも見ゆ

男、⑥知らずよみによみける。

31 紅ににほふが上《うへ》の白菊《しらぎく》は折りける人の袖《そで》かとも見ゆ

昔、なまはんかな風流心をひけらかす女がいた。ある男が、その女の近くに住んでいたのだ。女は、歌を詠む人だったので、その男の心をためしてみようと思い、菊の花の、色の移ろっているのを手折《たお》って、男のもとに贈る。

30 紅《くれない》に照りはえるところは、どこかしら。この菊は、白雪が枝もたわわに降りつもっているのかと思われるだけ。まるで、その気もないようだ。

男は、この歌の意図がわからぬふうを装って歌を詠んだ。

31 紅に照りはえる色を、上から雪で覆い隠しているかのような白い菊は、これを手折ったあなたの袖《そで》の襲《かさね》の色《いろ》かとも思われる。

【語釈】

①**なま心ある**　この「なま心あり」は、なまはんかに風流ぶっている意。「なま」は未熟の意の接頭語。「心あり」は物事の情理がわかる意。②**男近うありけり**　男が、その女の近隣に住んでいた。③**歌よむ人**　女のことと解する説に従う。一説には男。④**心見むとて**　「心」は男の心、内心。男がどう反応するかをみて、男の風流心や好色心をためそうというのである。⑤**菊の花のうつろへる**　白菊に赤みがさしているもの。当時、霜などで薄赤や薄紫に変化した白菊が特に賞美された。

【和歌30】紅に……　女の贈歌。「にほふ」は色づく意。臭覚ではなく、視覚でとらえた色彩をいう。この色彩は直接的には菊の花についていうが、暗に男の多感な好き心をさす。「いづら」は、いかにも意味ありげな言い方である。「白雪」は白菊の白さを強調した表現で、紅色が見えないとするが、どこかに色彩

（好色心）が残されているはずだと勘ぐっている。「とををに」は、重さでたわんでいる状態。一首は、相手が風流の人であるはずなのに、その心の色が見えないとして、相手の気を引いた歌。

⑥知らずよみによみける　知らぬふうに、何くわぬ態度で返歌した、の意。実は、女の歌の意図によく気づいていたのに、の気持ちがこもる。

【和歌31】紅に……　男の返歌。「上」は、色づいている、その上を雪のような白さが蔽っている、の意。「折りける人」は女をさす。「袖」は、その女の衣の襲《かさね》の袖。着重ねている衣の、袖口の段々に見える色目を、白菊の紅から白へと移っていくさまに見立てた。歌全体を贈歌の「紅ににほふ……とも見ゆ」の形式を踏襲して鸚鵡返《おうむがえ》しのような返歌として仕立てた。一首は、自分の心内をはぐらかして、もっぱら相手の女の袖口と白菊の調和した美しさをたたえた。

評釈

この話は、なまじ風流ぶっている女が、唐突にも男に歌を贈るところから始まる。女の方から積極的に男に歌を贈るのは異例である。女は、近隣であるという理由だけで男に贈ったのではない。その真の意図は、男をためそうとする点にある。彼女にとって、日ごろからその存在が気になっている男とは、いったいどんな心の持ち主なのか、こちらから彼の気を引いてみたらどう反応するか、その男の好き心を刺激してみようというのである。この積極的な行為が、「なま心ある女」と評されるゆえんでもあろう。

折から薄紅色に変わっている白菊が、季節の情趣をたたえている。女はそれを男に贈るが、添えられた「紅に」の歌では、その色変わりした白菊の実態とは異なり、花の白さだけが強調されている。あたかも白雪が枝もたわわに降り積もっているような白さばかりが目立つとしながら、あらためて相手に「紅ににほふはいづら」と問うのである。この問いかけは、いかにも謎めかしている。それだけにかえって、女の真意が他にあるのだろうと直感されるのだ。薄紅の色がどこかに隠れているはずだ、と言わんばかりの問い方は、白菊の花そのものだけをいうのではない。相手に対して、あなたは胸の内に色めいた好き心を秘めているはずだが、それがはっきり見えない、さてどうしたものか、と相手の敏感な心をくすぐろうとする魂胆が明らかである。これは、男への挑発的な試みの歌である。

　これに応ずる男の歌は、その女の魂胆を知りながらも、知らぬふりに応じた返歌である。贈歌の語句に密着して、「紅ににほふ」と切り出して「かとも見ゆ」と結ぶこの返歌は、しかし、紅色を覆う白雪のような白菊はあなた自身の袖の襲色ではないか、この自分には関わりがない、と切り返している。女の贈歌では「紅ににほふ」が人の心の内を象徴しているが、そうした発想にはけっして加担してはいない。女の挑発をさりげなく外した応じ方である。むしろ、贈られた白菊の美しさから相手の袖口の襲色を想像して、その趣味のよさだけをたたえている。そしてこの応じ方は、「なま心」ならざる男の、それなりの誠実さを思わせていよう。

　このような贈答歌も、男と女の交流しあう一つの典型ともみられる。「なま心ある」女とそれに対する男との微妙な交流を、和歌ならではの言葉と心が結びあわせているからである。

十九段

昔、①男《をとこ》、②宮仕《みやづか》へしける女《をんな》の方《かた》に、③御《ご》達《たち》なりける人をあひ④知りたりける、ほどもなく離《か》れにけり。⑤同じ所なれば、⑥女の目には見ゆるものから、男は、⑦あるものかとも思ひたらず。女、

32 天雲《あまぐも》のよそにも人のなりゆくかさすがに目には見ゆるものから

　昔、ある男が、宮仕えをしていた女人方のもとに、上臈《じょうろう》の女房が同じように仕えていて、その女《ひと》と情を交わす仲になっていたが、まもなくその仲が途絶えてしまった。仕えているのが同じところなので、男の姿が女の目には見えるものの、男は、そこに女がいるのかどうかさえも、目をとめようとしない。女が、

32 あなたは天の雲のように、よそよそしく遠ざかっていく。それでもやはり、私の目にはその姿が見えるけれど……。

と詠んだので、男が返しの歌を、

とよめりければ、男、返し、

33 天雲のよそにのみして経《ふ》ることはわがゐる山の風はやみなり

とよめりけるは、⑧また男ある人となむ言ひける。

33 私が天の雲のようによそよそしく遠ざかっているのは、雲の落ちつくはずの山なのに、その風が雲をすばやく吹き飛ばすように、あなたが私を寄せつけないからだ。

と詠んだのは、他にも男がいる女《ひと》だ、と人々が噂したからだった。

【語釈】

①男　「男」の語は、「あひ知りたりける」に続く。**②宮仕へしける女の方に**　宮仕えをしていた女の所で。その宮仕え先は女御か更衣かであろう。**③御達なりける人**　身分のある上臈《じようろう》女房であった女。「御達」は婦人の尊称。**④あひ知りたりける**　情を交わしあう仲となっていた、その男が。この「あひ知る」は男と女がたがいに情を通ずる意。**⑤同じ所**　男も女（御達）も同じ宮仕え所に仕えていたとする。**⑥女の目には見ゆるものから**　男の姿が女の目には見えるものの、の意。「ものから」は接続助詞。ここでは、……なのに、の逆接の意。次の歌の末尾「ものから」も同じ。**⑦あるものかとも思ひたらず**　女が存在するのかどうかも眼中にない、の意。男は、女を忘れたかのように目をとどめようともしないのである。

【和歌32】天雲の……　女の贈歌。「天雲の」は、比喩的に「よそ」にかかる枕詞。「よそ」は、遠く離れて近づきがたいもの、が原義。相手の「人」（男）が、自分とは疎遠な関係になったとする。「さすがに」は副詞で、それでもやはり、の逆接の意で、断ちがたい気持ちを表す。一首は、目には見える存在なのに、疎遠になった相手をなおも断ちがたく思う歌である。〈重出〉古今　恋五・紀有常か、あるいはその娘か。

【和歌33】天雲の……　男の返歌。「天雲のよそに」は贈歌と同じ歌句で、遠く離れていることをいう。「ふる」は、「経る」に、「天雲」の縁語「降る」をひびかせた。「わがゐる山」の「山」は暗に女をさす。「はやみ」は、速いので、の意。形容詞の語幹に接尾語「み」がついて原因・理由を表す語法。一首は、疎遠になった相手の女を、近づきがたい強風の吹く山だと喩えた歌である。〈重出〉古今　恋五・業平・初二句「ゆきかへり空にのみして」。

⑧また男ある人　相手の女には、別に男がいる、とする人々の噂である。

評釈

この段の二首の歌は、『古今集』恋五にも贈答歌として収められている。これも、成立過程説に従えば、原初章段の一つとみられようか。その二首それぞれの詞書には次のようにある。

業平の朝臣、紀有常が女《むすめ》に住みけるを、恨むことありて、しばしの間、昼は来て夕さりは帰りのみしければ、詠みてつかはしける

返し　　業平朝臣

右の贈歌の詞書からだけでは、作者が有常なのか娘なのか判然としない。

しかしこの物語の章段では、同じ宮仕えの場にいる上﨟女房と男との贈答歌として語られている。二人は恋仲になっていたが、ある時から突然、男の方から疎遠になってしまった。二人の間にどんな出来事があったのか、あるいは何の理由もなく疎遠になったのか、物語のこの段階ではその事情を一切語っていない。同じ宮仕え人同士なので姿を見かけることもあるが、男は冷淡にも見向きもしてくれない。女は男との仲を断念するほかないと思うが、しかしかえってきっぱりとは諦めきれない。

女の贈歌は、そのような執着の心を詠んでいる。異例の女からの贈歌というのも、顧みてくれない男への断ちがたい執心から、せめてこちらから自分の心の内を訴えようと、積極的な気持ちから詠み贈ったのであろう。二人の疎遠な関係を「天雲のよそ」として、天空はるかな雲の景を描いている。この歌でさらに重要なのは、「さすがに……ものから」の文脈である。諦めてはみたものの、それでもやはり、目には映ってくるという恋の孤独な執念がわき起こってくるというのである。

これに対する男の返歌は、贈歌の「天雲のよそ」を受けながらも、これを多少ずらした用い方をしている。この歌では、「天雲のよそ」の語句を「わがゐる山」に対照させるべく位置づける。「天雲のよそ」は、自分の居場所ではない、別

の遠くの所の意となる。一方の「わがゐる山」とはわが本来の居場所、「山」はこれまで親交してきた女を意味している。しかし今は、その「わがゐる山」も「天雲のよそ」に遠のいてしまい、自分の居場所がなくなった。自分が相手の女とは一緒にいられなくなったその理由は、風の吹き方が速すぎるからだとする。山に強風が吹きすさぶというのだから、女の方に何らかの変化があったことになる。歌じたいは、その理由を具体的に明らかにしていない。しかし二人が疎遠にならざるをえなくなったのは、女の方にそれなりの事情があったことだけは確かである。

物語の語り手は末尾で、この女について「また男ある人」と、世間で噂されていたことで語り結んでいる。そもそも、女には別の男がいたことに気づいて、この男の方から疎遠になったにちがいない。しかし男は、女の訴えの贈歌に対して、彼女の事情をきびしく探索することもなく、天雲を遠くになびかせて、山上にはげしく風の吹く光景を描いてみせているだけである。これも男と女のありようの一つの形なのであろう。

二十段

昔、男《をとこ》、①大和《やまと》にある女《をんな》を見て、②よばひて逢《あ》ひにけり。③さてほど経《へ》て、④宮仕《みやづか》へする人なりければ、⑤帰り来る道に、三月《やよひ》ばかりに、⑥楓《かへで》のもみぢのいとおもしろきを折りて、女のもとに、道より言ひやる。

34 君がため手折《たを》れる枝は春ながらかくこそ秋のもみぢしにけれ

昔、ある男が、大和《やまと》の国に住む女を見て、言い寄って親しく通うようになった。その後しばらく時が経って、男は都で宮仕えをする人であったので、京へ帰ってくる途中、三月ごろの時節であったが、楓《かえで》の紅葉《もみじ》がたいそう美しいのを折って、女のもとに、道中から歌を詠んで贈る。

34 あなたのために手折《たお》ったこの楓の枝は、今はまだ春の季節だが、こんなにも秋の紅葉の色になってしまっている——私の心もあなたを思う気持ちで色濃く染まっている。

とてやりたりければ、返りごとは⑦京に来着《きつ》きてなむ、もて来たりける。

35 いつの間《ま》にうつろふ色のつきぬらむ君が里には春なかるらし

と詠んで贈ったところ、女からの返事は、男が京に帰着した時分になって持ってきたのだった。

35 この楓はいつのまに色変わりしたのだろう。あなたの住む里には春がなく、秋ばかりなのだろう。——私に飽きて心変わりしたのかしら。

【語釈】

①**大和**　この物語での「大和」は、旧都平城京のあった国として特別視されていよう。→一段。②**よばひて逢ひにけり**　求婚して通うようになった、の意。③**さてほど経て**　「帰り来る……」に続く。④**宮仕へする人なりければ**　男は京の都で宮仕えする身なので、大和国にそのままとどまることができない。⑤**帰り来る道**　京の都（平安京）に帰る、その途中。⑥**楓のもみぢ**　カエデ科の落葉高木。秋、紅葉する。ここは晩春三月。若葉が萌え出して赤くなっているさまを「もみぢ」といった。秋の紅葉ではない。

【和歌34】君がため……　男の贈歌。「君がため」は、相手に何かを贈って誠意を表そうとする恋歌の常套句。「春ながら」は、春の季節のままに、の意。晩春の若葉の赤味を帯びた色彩を、秋の紅葉さながらだとして、赤さを強調する。一首は、晩春の楓の若葉の赤さこそ、相手を思う自分の心の色で濃く染められたもの、と訴える歌である。

⑦**京に来着きて**　男が京に帰り着いた時分。女は、返歌の届く時機をみはからって、使者に男の後を追わせたのであろう。

【和歌35】いつの間に……　女の返歌。この「うつろふ」は、（楓の）色が変わる、（相手の）心が変わる、の両意。贈歌で胸中の思いで赤く染められているとするのを、それはそちらの心変わりのせいだと切り返した。「春なかるらし」は、春がなく秋ばかりであるらしい、の気持ち。言外に「秋」「飽き」の掛詞による連想がなされている。一首は、相手の心を、いつの間にか紅葉のように移ろいやすい、と切り返した歌である。

評釈

この章段は、男が、大和国の女に求婚して、やがて情を交わす仲になったという話。その関係が深くなったとはいえ、

二十一段

国の境を越えての大和通いというのは、世間にざらにはないだろう。ここで想起されるのは、元服まもない若者が、縁故のある大和の春日野に狩りに出かけて、美しい姉妹を垣間見たという一段の話である。この段の男も、縁故のある大和の地を訪れたことが機縁で、このような恋の関係ができたのであろうか。

京で宮仕えをする男は、後ろ髪を引かれる思いで帰路を急ぐほかない。男が道中で赤味を帯びて萌え出ている楓を目にして、これこそが自分の胸の内を言うのに最適の景物だと考えついた。相手の女に誠意をこめて「君がため」と詠み出した歌は、晩春に萌え出た楓の若葉を、紅色の共通点から「秋の紅葉」と見立てて、相手を思う自分の心は紅に色濃く染まっている、と訴えることになる。機知にあふれた思いつきである。

ところが、女の返歌は、贈歌の勘どころである「秋のもみぢ」の見立てを、「うつろふ色」でしかないとして否定的に受けとめようとする。その「うつろふ」の語は人の心の移ろいをも意味する。そして贈歌の「秋のもみぢ」をとらえて、「春なかるらし」と応じるところから、その語句の背後に「秋」「飽き」の掛詞を連想していく。すなわち、「うつろふ色」→「紅葉」→「秋」→「飽き」と連想をつなげて、相手の飽きやすく移ろいやすい心を難じて、贈歌の言い分を完璧なまでに切り返した返歌に仕立てている。

この女の返歌は、男の心変わりを難じてはいるものの、二人の仲を必ずしも疎遠なものにしたいとは思っていまい。むしろ逆に、二人の間に交わされる言葉の緊密なひびきあいが、たがいの共感を強め、いっそうその関係を強化していくのであろう。男の懸想の訴えと、それへの女の切り返しによる贈答歌の力が、二人の関係をあらためて結びなおすことの例として、この話を解したい。

昔、男女《をとこをんな》、①いとかしこく思ひかはして、②異心《ことごころ》なかりけり。さるを、③いかなることかありけむ、いささかなることにつけて、④世の中を⑤憂《う》しと思ひて、出《い》でて往《い》なむと思ひて、かかる歌をなむよみて、⑥物に書きつけける。

36 出でて往なば心かるしと言ひやせむ世のありさまを人は知らねば

とよみ置きて、出でて往にけり。

この女かく書き置きたるを、⑦けしう、⑧心置くべきこともおぼえぬを、何《なに》によりてかかからむ、といといたう泣きて、いづかたに求め行《ゆ》かむと、門《かど》に出でて、⑨と見かう見、見けれど、⑩いづこをはかりともおぼえざりければ、帰り入りて、

37 思ふかひなき世なりけり年月《としつき》をあだに契《ちぎ》りて我や住まひし

と言ひて、ながめをり。

昔、ある男とある女とが、たいそう深く情を交わしあって、他の人に心を移すことがなかった。それなのに、どんなことがあったのだろうか、ほんの些細なことがもとで、女は、夫婦の仲をつらいものに思って、出て行ってしまおうと思い、こんな歌を詠んで、物に書きつけたのだった。

36 ここを出て行ったなら、心の浅い女よと、世間の人は言うだろうか。夫婦仲のありようを他人は知らないのだから。

と詠み置いて、出て行ってしまった。

この女がこう書き残していたのを見て、男は、どうにもわからない、自分に隔《へだ》て心《ごころ》をいだくようなことも思いあたらないのに、どうしてこうなのだろう、と実にひどく泣いて、どこに探し求めに行こうかと、門口《かどぐち》に出て、あちらを見こちらを見て、見渡したが、どこを目あてにすればよいとも思いあたらなかったので、家の中にもどってきて、

37 どんなにいとしく思っても効《かい》のない仲であった。これまでの長の年月を、むだな約束をして縁を結んできたのだろうか。

と詠んで、物思いに沈んでいる。男はまた詠んだ。

38 あの人は、さあ、私をどう思っているのだろうか、わからない。私の目にはあの人の姿が、幻となってありありと見えるのだが。

この女は、それからずっと久しく経《た》って、こらえきれなくなったのであろうか、歌を詠んでよこし

38 人はいさ思ひやすらむ玉かづら面影《おもかげ》にのみいとど見えつつ

この女、いと久しくありて、⑪念《ねん》じわびてにやありけむ、言ひおこせたる。

39 今はとて忘るる草の種をだに人の心にまかせずもがな

返し、

40 忘れ草《ぐさ》植《う》うとだに聞くものならば思ひけりとは知りもしなまし

またまた、⑫ありしよりけに言ひかはして、男、

41 忘るらむと思ふ心のうたがひにありしよりけにものぞ悲しき

返し、

42 中空《なかぞら》に立ちゐる雲のあともなく身のはかなくもなりにけるかな

た。

39 いよいよ別れの時だといって、この私を忘れるための忘れ草の種をあなたの心に播《ま》くようなことだけは、せめてさせたくないものだ。

返しの歌、

40 あなたが私を忘れるための忘れ草を植えている、とだけでも耳にしたとすれば、私を思っていた証拠と思いもしようものを。

その後、二人は、またまた以前にもまして語らいあって、男が、

41 あなたが私を忘れているだろうと、あなたの心が疑わしく思われ、以前にもまして何かにつけ悲しい気持にならざるをえない。

と詠むと、女は返しの歌に、

42 中空に浮んでいる雲が、あとかたもなく消えていくが、わが身もはかなく頼りどころもないものになってしまった。

とは詠んだけれども、それぞれ別に思う相手を得て暮らすようになったので、二人の間は疎遠になってしまったのだ。

とは言ひけれど、⑬おのが世々《よよ》になりにければ、うとくなりにけり。

【語釈】

①**かしこく** 「かしこし」は、ここでは、程度のはなはだしい意。②**異心** 他人に心をひかれること。二心。浮気心。③**いかなることかありけむ** 語り手の推測をいう挿入句。女の出奔の真意がつかめぬとする。④**世の中** ここでは、夫婦仲。世間一般とする一説もあるが、とらない。⑤**憂し** 自分の身や運命を念頭に、つらい、情けないと思う気持ち。他者のせいでつらい、というのではない。ここも夫婦仲を自分の運命として、憂愁の思いになっているとする。⑥**物** ここでは、身近な柱・壁・障子（襖）など。

【和歌36】出でて往なば…… 女の、男に詠み置いた贈歌。「出でて」は、夫のもとから出て行くこと。「世」は前出の「世の中」、夫婦仲をいう。「人」は夫婦以外の第三者。一首は、夫婦間の内情など他人にはわからぬもの、とする。〈重出〉古今六帖 第四「悲しび」・業平〈或本〉・二句「心かろしと」、五句「人は知らずて」。

⑦**けしう……** 以下、「かからむ」まで、男の心内語。「怪《け》し」は、普通とは違って異常だ、が原義。妻の出奔に納得できない男の心情である。⑧**心置く** 相手に隔意や警戒心をいだく意。⑨**と見かう見** 「と見かく見」の音便形。あちらを見、こちらを見、の意。類似した叙述が四段に、「立ちて見、ゐて見、見れど」とある。ここも、茫然の体を語る。⑩**はかり** 目あて、心あて。

【和歌37】思ふかひ…… 男の独詠歌。「思ふかひなき世」は、深く思う効《かい》もない夫婦仲。「あだ」は、浮わついて不誠実なこと、移り気。「契る」はここでは、男女が将来を誓う、夫婦関係になる、の意。「あだ」も「契る」も、男女関係をいう要語である。「我や住まひし」の「や」は反語。「住まふ」は、「住む」に継続を表す助動詞「ふ」のついた形。もともと「住む」には、夫として女のもとに通う、結婚生活を営む、の意がある。一首は、相手（妻）と不誠実な心で契り交わしてきたつもりはない、と自らを証す歌である。

【和歌38】人はいさ…… これも男の独詠歌。「人」は相手（妻）をさす。「いさ」は、判断もできず迷う気持ちから、さあ、と発する声。「思ひやすらむ」の「や」は、疑問の意。「玉かづら」は髪飾りのことだが、頭にかけることから、枕詞としても「懸《か》け」やその類音の「影」「面影」にかかる。「影」も「面影」も古来の恋歌に頻出。この「面影」も、恋しい人の姿が幻視されること。同様の発想による類歌が古来多くみられる。一首は、相手（妻）のことが忘れられず、その恋しい面影が目にちらつく、と嘆く歌である。

⑪**念じわびてにやありけむ**　語り手の推量をいう挿入句。「念ず」は、こらえる意。「……わぶ」は、……しかねる、の意。女が、男と別れている状態に堪えがたくなったか、とする推測である。

【和歌39】今はとて……　女の贈歌。「今は」は、いよいよ別れの時だ、の気持ち。「忘るる草」は、忘れ草（萱草《かんぞう》）。憂鬱な気分や恋の苦悩などを忘れさせてくれる草という。副助詞「だに」の文脈（せめて……ぐらいは……）に注意。「人」は、相手の男（夫）。その相手が自分の心の内に忘れ草の種を蒔いて、こちらを忘れることだけは、せめてさせたくない、という気持ち。忘れ草の種を蒔いて恋を忘れようとする発想の類歌も少なくない。一首は、こちらを忘れるための忘れ草を相手の心には植えさせたくないとする、恋の執心を訴える歌である。

【和歌40】忘れ草……　男の返歌。「忘れ草植う」の主語は相手の女。「……ば……まし」が、反実仮想の構文。もしも、あなたが忘れ草を植えているとだけでも私が聞いていたのなら、私のことを思ってくれていたと知りもしようものを、という。しかし実際には、あなたが忘れ草を植えたことなど知らないのだから、の気持ち。ただし、「忘れ草植う」の主語を逆に男とする一説もあるが、とらない。一首は、こちらに忘れ草をさえ植えようとしない相手への切り返しとして、相手のこちらへの無関心ぶりを難ずる歌である。

⑫**ありしよりけに言ひかはして**　以前と比較すると現在の睦ましさの程度がはなはだしいとする。「けに」は、いっそう、の意。この場合のように、「……よりけに」の形で用いられることが多い。

【和歌41】忘るらむと……　男の贈歌。前の「忘れ草」の贈答歌を引きずるかのように、「忘る」の語をキーワードとする。「忘るらむ」の主語は相手の女。「心のうたがひ」は疑心、疑念。「ありしよりけに」は、前行の地の文と同じ語句。相手がこちらを忘れるとする発想の類歌も多い。一首は、こちらを忘れはててしまったのかと、相手の心を疑う歌である。〈重出〉新古今　恋五・読人知らず。

【和歌42】中空に……　女の返歌。「雲の」までが序詞。中空に浮かぶ雲があとかたもなく消えるさまと、行き場もなく頼りないわが身とを重ね合わせた文脈になっている。一首は、中空の雲に託して、わが身の頼りなさを嘆く歌である。〈重出〉新古今　恋五・読人知らず・五句「なりぬべきかな」。

⑬**おのが世々になりにければ**　この男女がそれぞれに新しい伴侶を得て、別々の生活を営んだので、の意。それゆえに、おのずと疎遠な仲になるほかなかったとする。

評釈

この章段は、男と女の、不可解としか言いようもない、心の動きを語る物語となっている。かりに物語を四つに区切って整理すると、次のようになる。

（Ⅰ）たがいに心を交わしあっていたのに、女が突然夫のもとから立ち去り、夫は茫然とする。

（Ⅱ）久しく時を経て、女の方から男に働きかけて、縒《よ》りを戻す。

（Ⅲ）二人は以前にもまして親密な仲になる。

（Ⅳ）しかし、二人はたがいに他に思う相手を得て疎遠になってしまう。

作中人物がなぜこのように変化せざるをえないのか、その必然性がここではまったくたどられていない。理由も原因も語られぬまま、人の心が唐突に変わっていくさまだけを語っている。実際には、それなりの必然性があるはずだが、この物語はそれを明らかにしようとはしない。語られているのは、その節目節目で詠まれる男と女の歌だけである。しかしこのように必然性を追尋しないのは、物語としての未成熟さなどを意味するのではなく、むしろそこに、この物語の固有の方法があると考えるべきであろう。

（Ⅰ）の女の出奔の話では、語り手の推測の言葉「いかなることかありけむ」を挿入して、いかにも唐突の出来事であるかのように語っている。ここには女の歌と、それに追和するような男の歌二首がとりこまれる。女の「出でて往なば」の歌では、自分にはそれなりに出奔せざるをえない理由があるが、それは夫婦二人だけの問題であり、世人一般には理解されないだろう、とする。逆にいえば、夫婦間のことだから、あなたには私の真意がわかるはずだと言わんばかりの、屈曲した物言いである。しかし、男にはまるで思い当たるふしがないという。語り手は男の心を、「けしう、心置くべきこともおぼえぬを、何によりてかかからむ」と語るだけである。あるいは、女にとって「世の中を憂しと思」ったところからも、夫婦関係を続けることじたい、わが身の不運と思うようになったのか。それにしても出奔の理由は明らかにされていない。

男の「思ふかひ」の歌では、相手の女の出奔を気まぐれだと思い、けっきょくは夫である自分だけが誠意を尽くしてきた関係だったのか、とも思う。もう一首の「人はいさ」の歌は、相手への不信をいだきながらも、それとともに容易には断念できない執心を詠んでいる。また、上の句の「人はいさ思ひやすらむ」が人間一般をさす言いまわしでもあるところから、直接的には相手をさしつつも、女というもの一般、あるいは結婚生活一般に対しても、不信の念をいだかざるをえない。しかしそのように思いめぐらしてみても、男にとって思いもかけない離別であるだけに、さすがに執心がこみあげてくる。古来、目の前から姿を消した人への思いを「影」や「面影」で表そうとする類型表現が多くみられる。古い万葉歌「人はよし思ひ止《や》むとも玉鬘《たまかづら》影に見えつつ忘らえぬかも」（巻2・一四九　倭大后）も、その例である。

ところが（Ⅱ）に転ずると、女の方から積極的に歌を詠みかけ、それによって旧《もと》の関係に復したというのである。物語の語り手によれば「念じわびてにやありけむ」とあり、女の方が堪えきれなくなったからではないかと推量しているが、しかしその理由は、語り手の推測でしかない。女の「今はとて」の歌は、相手の心には忘れ草を生えさせたくない、彼の心にはいつもこの自分が住み続けていたい、という願望の表明である。忘れ草の種を蒔いて相手を忘れようとする発想の歌が、多くの類歌として詠まれてきた。たとえば、「忘れ草種とらましを逢ふことのいとかくかたきものと知りせば」（古今　恋五・素性）などとある。しかし、ここでの女は、もともと理由も告げない突然の出奔であったのだから、身勝手な言い分だといえないこともない。和歌としては、自らの執着心を、相手の心情と行為に即して詠んだ、屈曲した表現だといってよい。対する男の返歌「忘れ草」の歌は、「……ば……まし」の反実仮想の語法による表現で、実際にはあなたが忘れ草を植えたとも耳にしていないのだから、あなたは私のことを忘れ草を植えるほどには思ってくれているはずもない、という気持ちを表している。女の贈歌を切り返した歌である。

なお、この返歌の「忘れ草植う」を、相手の女ではなく、逆に男自身のことと解する一説もある。それによれば、もしも私があなた（女）を忘れようと忘れ草を植えていると、そのことだけでもあなたが耳にしてくれたなら、私があなたを思っていたのだとわかってもくれようものを、の意となる。しかし男女の贈答歌の息づかいとしては、女が、男が忘れ草を植えたかどうか、と言ってきたのに応じて、男も同じように、女が植えたかどうか、と反発しているとみる方が自然ではないか。女の言い分と男の切り返しの構成がより明確なものとなる。

もとより男と女の贈答歌では、まず男の方から懸想の歌を詠みかけ、それに対して女が何らかの形で反発する歌を返すのが、基本的な作法である。ここでの贈答は、その順序といい内容といい異例である。女の贈歌は、贈歌でありながらも女の返歌に固有の屈曲した発想がとりこめられている。対する男の返歌は、切り返しへの切り返しという形で、結局相手への懸想の発想へと転じていく。物語ではこうした緊密な贈答歌を契機に、「またまた、ありしよりけに言ひかは」す仲になったという。以前にもまして親密な夫婦仲になったとする。

しかし、その夫婦仲の親密さも、時の経過とともに持続しえなくなる。日常の無感動という風化作用に、やがてさらされた結果というべきか。(Ⅲ)では、男の「忘るらむ」の歌と、女の「中空に」の歌が、定石どおり男から女へという順序で詠まれた贈答歌であるが、歌じたいとしての嚙みあいがたさを含んでいる。だいいち、二首に共通する語句が一つとてない。男の歌が、あなたの心が疑わしく私は以前よりずっと悲しい、とするのはやや類同的な表現であり、『古今集』の「忘れなむと思ふ心のつくからにありしよりけにまづぞ恋しき」(恋四・読人知らず)とも似かよっている。これに対する女の歌は、雲が跡かたもなく消えるようにわが身もはかないものになってしまった、とする。この歌の「身のはかなさは、物語の冒頭で女が「世の中を憂し」と思ったという叙述とも照応しあっていよう。これを強調すれば、彼女の身には終生憂愁がまつわりついていることになる。そしてこの贈答歌は、たがいに反発しあっているというよりも、それぞれが自らを表明しようとしているのである。後続の(Ⅳ)の叙述には「おのが世々になりにければ」とあり、それぞれが他の男、他の女を得て疎遠になってしまったという。右の贈答歌は、そのような結末を招きかねない、孤立する関係から導き詠まれた歌々であった。

男と女の予期もしない別離が唐突にやってくるのだから、これは怖い話である。当事者たちは、その時その時の生身の感情に翻弄されながら、しかもその情況情況があたかも絶対的であるかのように生きているのであり、自分と相手との関係を相対化しようとはしていない。そのような関係のなかに、人間の感動を風化してしまう日常性がしのびこんでくる。

ここでの物語は人間の姿を節目節目の歌を詠む行為としてのみ語っている。じつは、そうした語り方がかえって、事の真相を見直すことにもなる、射程の奥深さを暗示的に表しているように思われる。

二十二段

昔、はかなくて絶えにける仲、①なほや忘れざりけむ、女のもとより、

43 憂《う》きながら人をばえしも忘れねばかつ恨みつつなほぞ恋しき

と言へりければ、「②さればよ」と言ひて、男《をとこ》、

44 あひ見ては心ひとつをかはしまの水の流れて絶えじとぞ思ふ

とは③言ひけれど、その夜往《よい》にけり。いにしへ行《ゆ》く先のことどもなど言ひて、

昔、さほど情愛も深まらないままに絶えてしまった仲だが、やはり忘れられなかったのだろうか、女のもとから、

43 情けないと思いつつ、あなたを忘れることもできないので、恨めしく思ういっぽう、やはり恋しくてならない。

と歌を詠んできたので、男は、「それ見たことか」と言って、

44 いったん夫婦となったからには、ただ心を一つに交わして、ちょうど川の水が川中の島に塞《せ》かれて二つに分かれても、ふたたびいっしょに合流するように、私たちの仲も絶えることがあるまいと思う。

とは歌に詠んでやったが、その夜、女のもとに行ってしまった。これまでのこと、将来のことなどを語

45 秋の夜《よ》の千夜《ちよ》を一夜《ひとよ》になずらへて八千夜《やちよ》し寝《ね》ばやあく時のあらむ

返し、

46 秋の夜の千夜を一夜になせりともことば残りてとりや鳴きなむ

④いにしへよりもあはれにてなむ通《かよ》ひける。

って、

45 秋の長夜の、千夜を一夜と見なして、その八千夜を重ねて共寝をしてみたら、満足する時があるだろうか。

と男が詠んだ歌への、女の返しの歌、

46 秋の長夜の千夜を一夜にしてみたところで、思いを語り尽さぬうちに暁を告げる鶏が鳴いてしまうだろう。

男はこうして、以前よりもしみじみと情愛をこめて、女のもとに通《かよ》ったのだった。

【語釈】

①なほや忘れざりけむ　語り手の推量をいう挿入句。相手への執着を断ちきれていなかったのだろうか、とする。「なほ」の語勢に注意。断念しつつも、やはり、の気持ちである。

【和歌43】憂きながら……　女の贈歌。「憂し」は、わが身のつらさを思う気持ち、が原義。ここではそれから派生して、相手からの仕打ちを情けなく思う気持ちをいう。「人」は相手の男。「え忘れず（ね）」は、忘れられない意。「かつ……なほ……」は、「一方では……他方ではやはり……」の構文で、ここでは相手への恨みと思慕が表裏しあう心情をいう。相手への愛執を捨てきれぬゆえんである。一首は、わが身を情けないと思いつつ、恋の執心を捨てきれぬ苦しみを訴える歌となっている。〈重出〉新古今　恋五・読人知らず。

②さればよ　それみたことか、自分が想像していたとおりだ、の意。男のこの自信と余裕の気持ちから次の返歌が詠まれる。

【和歌44】あひ見ては……　男の返歌。「あひ見る」は、男女が契りを結ぶ意。「心ひとつをかはす」は、いちずに誠意を尽くす意。「交はし」「川島」の掛詞で、二人の関係をいう文脈と、中島のある川の水流のさまをいう文脈を重ねあわせた表現である。一首は、情愛の深い男女関係を、川の中島に隔てられながらもやがて合流する水の動きに託した歌である。返歌ではあるが、贈歌の言葉をふまえることもなく、やや独立している趣である。

③**言ひけれど**　「……ど」の逆接の文脈に注意。歌では気長に、二人の関係は絶えることもあるまい、と詠んではみたものの、その実、相手の心を確かめたいと思い、逢うことになった、の気持ちを表す。

【和歌45】秋の夜の……　男の贈歌。「秋の夜」は、夏の短か夜に比べて長い。その千夜を一夜にあてて、しかもそれを八千夜に重ねるというのだから、気が遠くなるほどの逢瀬の時間の長さをいう。一首は、逢瀬の夜の時間がどれほど長ければ心が満たされるものかを問いながら、わが恋の切なさを訴えた歌である。〈重出〉古今六帖　第四「恋」・四五句「八千代し寝なば恋はさめなむ」。

【和歌46】秋の夜の……　女の返歌。男の贈歌の上の句「秋の夜の千夜を一夜に」に即しながら、しかも男の言い分を切り返した歌になっている。「ことば残る」は、思うところを言い尽くすことができない、の意。「とり鳴く」は、夜明けを告げるべく鶏が鳴くことをいう。一首は、逢瀬の夜の時間はあっという間に過ぎてしまうもの、と応じた歌である。

④**いにしへよりもあはれにてなむ通ひける**　語り手の言辞。二人の関係は、以前よりも深い感動を持ちあう仲になったとする。

評釈

これは、ある男女がその交渉をはかなく途絶えさせていたが、その後、女の方から歌を詠みかけたことがきっかけで、あらためて深い関係を結ぶようになったという話である。「はかなくて絶えにける仲」とは、かりそめの縁を結んだだけで、やがて男の足が遠のいて没交渉になっていた関係をいう。幾度かの逢瀬はあったものの途切れているこの男女の間には、深い情愛も強い信頼感もなかったのであろう。ところが、日時が経ったところで、女の方から歌を詠み送ってきた。異例の女の方からの贈歌である。それを意想外の事態と思う語り手が、「なほや忘れざりけむ」と推量する。長い時間の経過のうちにも、女は男との仲について、どうしたものかと絶えず思いつづけては、やはり忘れがたいと思ったにちがいない、と推測しているのである。

女の「憂きながら」の歌に用いられている「憂し」の語はもともと、わが身のつらい気持ちをいう。この歌ではいうまでもなく、その気持ちが男との関係に起因しているとみられている。「かつ恨みつつなほぞ恋しき」という、相手への恨みと自分の恋しさの表裏の感情も実は、わが悲運の身への痛恨の情であると自覚されてくる。これに類似した歌に、「憂きながら人を忘れむこと難《かた》みわが心こそ変はらざりける」(後撰　雑四・読人知らず)、「憂きながら人を忘れむこと難みまた心にぞかつさはりける」(伊勢集)などがある。こうしたいかにも女歌らしい発想が、この歌の背後にひかえているのであろう。

このような女の、忘れがたい恋しさを詠む歌の言葉に、男は女の立場の弱さを見出して、自らの優越感をおぼえるのであろう。彼の「さればよ」の反応には、そのような自信にみちた心の余裕が端的に表されている。そして男の「あひ見ては」の歌の、恋の仲も水の流れと同じにけっして途切れるものではないとする詠みぶりにも、不思議なほどの確信がこめられていよう。これは、女の贈歌への返歌であるよりも、自らの優位な立場からあらためて詠み出されたというべき歌ではないか。その証拠には、贈歌を受けるべき語句もなく、恋を観念的に詠んでいるにすぎない。とはいえ、女の詠み送ってきた行為に対しては、魂の底から心を動かさずにはいられない。心の余裕から「あひ見ては」の歌を詠んではみたものの、「その夜往にけり」とあり、時をおかずに再び契り交わすことになったのである。

物語の後半は、「秋の夜の千夜を一夜に」をめぐる贈答歌。再会を果たした男と女の感動を表現する典型的な贈答歌といってよい。男の贈歌に酷似した類歌に「秋の夜の千夜を一夜になずらへて八千夜し寝なば恋はさめなむ」(古今六帖　第四「恋」)がある。ここでの男が、長い秋の千夜を一夜に見立て、もしもその八千夜をともに寝たとしたら十分満足できるだろうか、という思いのたけを訴える。すると女は、そうだとしても心を表す言葉が尽きぬまま夜明けを告げる鶏が鳴くことだろう、と切り返す。「秋の夜の千夜を一夜に」をめぐる、男の懸想と女の反発が、男女の典型的な贈答歌の呼吸になっている。

こうした贈答歌の表現の機微によってであろう、二人は過往の関係よりも親密な仲になったという。前の二十一段の男女が、再会して親しく歌を詠み交わしたにもかかわらず、やがて別々の人生を歩んでいくのとは、その結末が異なっている。二つは対照的でさえある。とはいえ、人生の長い歴史のなかで相対化されてみると、この段の感動も瞬時の出来事にすぎないのかもしれない。

二十三段

昔、①田舎《ゐなか》わたらひしける人の子ども、②井《ゐ》のもとに出《い》でて遊びけるを、大人《おとな》になりにければ、男《をとこ》も女《をんな》も③恥《は》ぢかはしてありけれど、男はこの女をこそ得《え》めと思ふ、女はこの男をと思ひつつ、④親の逢《あ》はすれども聞かでなむありける。さて、この隣の男のもとより、かくなむ、

47 筒井《つつゐ》つの井筒《ゐづつ》にかけしまろがたけ過ぎにけらしな妹《いも》見ざるまに

女、返し、

48 くらべこし振分髪《ふりわけがみ》も肩すぎぬ君ならずして誰《たれ》かあぐべき

昔、田舎《いなか》暮らしをしていた人の子どもたちが、井のもとに出て遊んでいたのだが、大人に成長してしまったので、男も女もたがいに気恥ずかしく思うようになったけれど、男はこの女を妻にしようと思うし、女はこの男を夫にと思っていて、親が他の男にあわせて夫婦にしようとしても、承知しないでいた。そうこうするうちに、この隣の男のもとから、こう歌を詠んできた。

47 筒井の井筒で高さをくらべてきた私の背丈《せたけ》も、あなたを見ないうちに、井筒を越すほどに大きくなったらしい。大人としてあなたに逢《あ》わずにいるうちに。

女が、返しの歌を詠む、

48 あなたとどちらが長いかをくらべあってきた私の振分髪《ふりわけがみ》も、肩を過ぎるほど伸びてしまった。あなたのためでなくて、誰のために髪上げをするというのだろうか。

などと歌を詠み交わしつづけて、ついに念願どおりに結婚したのだった。

など⑤言ひ言ひて、つひに⑥本意《ほい》のごとく逢ひにけり。

さて、年ごろ経《ふ》るほどに、女、⑦親なく、頼りなくなるままに、⑧もろともにいふかひなくてあらむやはとて、⑨河内《かふち》の国、高安《たかやす》の郡《こほり》に、⑩行《い》き通《かよ》ふ所出《い》できにけり。さりけれど、このもとの女、⑪あしと思へるけしきもなくて、出《い》だしやりければ、男、⑫異心《ことごころ》ありてかかるにやあらむ、と思ひ疑《うたが》ひて、⑬前栽《せんざい》のなかに隠れゐて、河内へ往《い》ぬる顔にて見れば、この女、いとよう⑭化粧《けさう》じて、うちながめて、

49 風吹けば沖《おき》つしら波たつた山夜半《よは》にや君がひとり越《こ》ゆらむ

とよみけるを聞きて、かぎりなく⑮かなしと思ひて、河内へも行《い》かずなりにけり。

⑯まれまれかの高安に来て見れば、⑰はじめこそ心にくもつくりけれ、今はうちとけて、⑱手づから飯匙《いひがひ》とりて、笥子《けこ》のうつは物に盛《も》りけるを見て、⑲心憂《こころう》がりて、行《い》かずなりにけり。さりければ、かの女、⑳大和《やまと》の方《かた》を見やりて、

そのようにして何年か過ぎるうちに、女のほうでは、親が亡くなり、暮らし向きが不如意になるにつれて、男は、二人がともに貧しくふがいないさまでいてよいものか、と思って、河内《かわち》の国高安《たかやす》の郡《こおり》に、あらたに妻をもうけて行き通う所ができてしまったのだった。そうなったけれども、この前からの妻は、けしからぬと思っている様子もなく、夫を新しい妻のもとへ送り出してやったので、男は、妻には浮気心があってこんなに寛大なのであろうか、と疑わしく思って、庭の植込みの中に隠れてすわり、河内へ出かけたさまをつくろってうかがい見ると、この女は、じつに念入りに化粧《けしょう》をして、物思いに沈んで、

49 風が吹くと沖の白波《しらなみ》がたつ、その名の龍田山《たつたやま》を、この夜半にあの人は一人で越えているのだろうか。

と詠んだのを男は聞いて、このうえなくいとしいと思って、その後、河内の国の女のもとへも行かなくなってしまった。

ごく稀《まれ》に例の高安にやってきてみると、この女は、男の通いはじめた当初こそ奥ゆかしげにふるまっていたのだが、いまはだらしなく気をゆるして、直接自分で杓子《しゃくし》を取って、飯を盛る器《うつわ》に盛っていたのを見て、男はいや気がさして、以後行かなくなってしまった。そこで、その河内の国の女は、男のいる大和《やまと》の方角を見やって、

50 君があたり見つつををらむ生駒山《いこまやま》雲な隠しそ雨は降るとも

と言ひて見出《い》だすに、からうじて「㉑大和人《やまとびと》、来《こ》む」と言へり。よろこびて待つに、㉒たびたび過ぎぬれば、

51 君来《こ》むといひし夜《よ》ごとに過ぎぬれば頼まぬものの恋《こ》ひつつぞ経《ふ》る

と言ひけれど、男、㉓住まずなりにけり。

50 あの人のいるあたりをいつも望み見ていよう。大和との間の生駒山《いこまやま》を、雲よ、隠してくれるな、たとい雨は降っても。

と歌を詠んでぼんやり眺めていると、ようやく、「大和の国の人が来るようだ」と、周囲の者が言っている。女は喜んで待つけれど、そのたびごとに来ずじまいだったので、

51 あの人が来ようと言った、その夜がくるたびごとに、いつもむなしく過ぎてしまうので、あてにはせぬものの、恋しい思いで月日を送るほかない。

と歌を詠んだが、男は通《かよ》って行くようにはならなくなってしまった。

【語釈】

①**田舎わたらひしける人**　「田舎わたらひ」の人とは、地方暮らしの下級官人か。田舎まわりの商人とする説もあり、詳細は不明。②**井**　掘り下げて地下水を汲む井戸。後出の歌には「筒井」とある。③**恥ぢかはしてありけれど**　たがいに異性を意識して恥じらう。結婚適齢期の心理である。④**親の逢はすれども**　女の親が、娘にこの「男」以外の男を引き合わせて夫婦にしようとしたが。

【和歌47】筒井つの……　男の贈歌。「筒井」は、円形に掘った井戸。「つの」の語法が不審。伝本の多くには「筒井筒」とあり、同音の繰り返しで次の「井筒」の序となっている。語調を整えるためとみられる。その本文に従うべきか。「井筒」は、井戸のふちに設けた円形の筒。「かけ」は、背丈を井筒にかけて比べ計る意。「まろ」は、親しみをこめた自称。「妹」は、男からみた妻や恋人をいう語で、ここは相手の女をさす。一首は、自分の背丈も大人並みに成長したとして、結婚への意欲をさりげなく訴えかけた歌である。

【和歌48】くらべこし……　女の返歌。「振分髪」は、左右に分けて肩のあたりで切りそろえた幼童の髪型。男児も女児も同じこの髪型なので二人がその長さを比べてきた。ところがこの歌

で、女児の髪が肩を過ぎるほど長く伸びてきたとするのは、大人になった証《あかし》である。「あぐ」は、垂らした髪を結い上げて、成人女性の髪型にする意。この髪上げは、裳着（初めて裳を着ける儀）とともに、女子の成人の儀式の一つでもある。一首は、「君」こそが髪を上げてくれる相手だとして、男の求婚をそれとなく応諾した歌である。

⑤**言ひ言ひて**　その後も二人が情愛深い歌を詠み交わして、の意。⑥**本意のごとく**　念願どおりに。⑦**親なく、頼りなくなるままに……**　女が親のもとで男を婿として通わせていたが、その生活を支えていた親が亡くなり、やがて窮乏して男の世話も十分にできなくなったというのである。⑧**もろともに……あらむやは**　男の心内。女とともに貧しくふがいない状態でよいものか、の意。⑨**河内の国、高安の郡**　「河内の国」は、今の大阪府の南東部。「高安の郡」は、信貴《しぎ》山《さん》の西麓あたり。八尾《やお》市にその地名が残る。⑩**行き通ふ所**　男の通い所。その相手は富裕な女であろう。⑪**あしと思へるけしきもなくて**　河内の女に通う男への、妻の態度。⑫**異心ありて**　「異心」は浮気心。妻が他の男と通じているのではないか、と男は疑う。⑬**前栽**　庭の植え込み。以下は男の魂胆で、妻（もとの女）の真相を見定めようとする。⑭**化粧じて**　「化粧ず」は、身なりを美しくととのえることではあるが、次の歌の発想との関連からは、龍田の神に祈る信仰のためのしぐさともみられる。

【**和歌49**】**風吹けば……**　妻の独詠歌。初二句は、「（白波）立つ」「龍（田山）」の掛詞を契機とする序詞。沖の白波の立つ風景と、山越えの夫を気づかう心情をつなぐ文脈になっている。龍田山は奈良県生駒郡の西部の山。その龍田の神は風の神として厚く信仰され、ここでも難儀な夜の山越えの安全が祈られていよう。「（山を）君がひとり越ゆらむ」の類句は、ひとりで山越えをする相手を気づかう発想の類型として『万葉集』に多く見られる。また上の句の類句として「風吹けば沖つ白波」（万葉　巻15・三六七三）、「沖つ白波たつた山」（万葉　巻1・八三・長田王）などもある。この一首は、深夜の難儀な山越えを気づかい、その安全を神に祈る歌になっている。〈重出〉古今雑下・読人知らず。古今六帖　第一「雑の風」・香具山の花子・五句「ひとり行くらむ」、第二「山」・かごの山の花子・五句「ひとり行くらむ」。大和物語・百四十九段。⑮**かなし**　感情の痛切に迫った気持ち。もとの妻に対する愛憐の情を、あらためて男がかかえこむことになった。⑯**まれまれかの高安に来てみれば**　「まれまれ」とあり、高安の女への関係が疎遠になっていた。⑰**はじめこそ心にくもつくりけれ**　「……こそ……已然形」の文脈は、次に逆接で続く。高安の女は当初は奥ゆかしげに振舞っていたが、の意。「心にくも」は、形容詞「心にくし」（奥ゆかしい意）の語幹に「も」がついた形。⑱**手づから飯匙とりて**　「手づから」は、直接自分の

手で。「飯匙」は、飯を盛るしゃもじ。「笥子」は飯を盛る器。「うつは物」は容器。このあたりの女の行為は下女のなすべき仕事であり、「心にくも」とは対極的な行為である。⑲**心憂がりて**　男はいやな気持ちになったとする。関係はいよいよ疎遠になる。⑳**大和の方**　男の住まう方角。

【和歌50】君があたり……　高安の女の独詠歌。「見つつをらむ」の「つつ」は反復を表す接続助詞、「見つつを」の「を」は感動の助詞。いつも眺めていたい気持ちをいう。「生駒山」は、奈良県生駒市と大阪府東大阪市との境。この歌では、「生駒山」は、その向こう側に住む男の象徴的な存在とされる。また、これは雲に呼びかけた歌であり、山が二人を隔てている上に、さらに雲でその山容を隠すな、と命じた。「な……そ」は禁止の語法。一首は、遠く隔てられていても、相手のいる方角を常に見ていたいとする歌である。〈重出〉万葉　巻12・三〇三二・作者不明・二句「見つつもをらむ」、四句「雲なたなびき」。新古今　恋五・読人知らず。

㉑**「大和人、来む」と言へり**　下の「言へり」を、男の動作とみる解が普通だが、河内の女の周辺の人（侍女ぐらい）のそれと解する説に従う。文脈上は、「大和人、『来む』と言へり」ではなく、「『大和人来む』と言へり」となる。㉒**たびたび過ぎぬれば**　男は来るというが、そのたびごとに来ずじまいになった。

【和歌51】君来むと……　高安の女の独詠歌。「夜ごとに過ぎぬれば」は、地の文「たびたび過ぎぬれば」に照応。「頼まぬものの」は、あなたを頼りには思わないものの、の意。後続の叙述に、やはり執心を捨てきれずに「恋ひつつぞ経《ふ》る」と続く。「経《ふ》」（下二段活用）は、時を過ごす意。一首は、来ぬ人を空しく待ちながらも、断ちがたい恋着を訴える歌になっている。〈重出〉新古今　恋三・読人知らず。

㉓**住まずなりにけり**　この「住む」は、男が女のもとに通う意。

評釈

この章段は、田舎暮らしをしていた人々の話。「田舎わたらひ」とあるので、もともとは京の都の出身なのであろう。話の展開に従って、地方とはいえ、京からは遠からぬ大和国での話だとわかってくる。章段は、次のように三つの話から構成されている。

（Ⅰ）幼なじみの二人が希望どおりに結婚した。

（Ⅱ）その夫が新しく河内の女のもとに通うようになるが、夫を信ずる妻が夫の心をとり戻した。

（Ⅲ）その夫が新しい女に魅力を感じなくなり足が遠のいて、それを新しい女が悲しんだ。

それら一つ一つは男と女の固有の関係を簡潔に叙述する物語として自立しているが、（Ⅰ）から（Ⅱ）へと、さらに（Ⅱ）から（Ⅲ）へと展開してみると、いきおい人生の、あるいは人間世界の複雑な様相が見えはじめてくる。

（Ⅰ）では、幼いころ無邪気に遊んでいた子どもたちが、異性を意識する思春期を迎えたとき、たがいに恥じらって顔を見交わすのを避けながらも、その実、ひそかに恋しあうようになる。二人は、歌を詠みあうことによって、にわかに結婚へと進展する。もとより男女が歌を詠み交わすことと結婚との結びつきは、古代の歌垣の習俗以来、平安時代においても生活儀礼の一環として伝統的であった。この話では、まずは男が幼時の背比べを言いかけたのに対して、女は髪比べを言い出している。つまり男が背丈によって結婚適齢期への成長を主張したのに応じて、女は髪の長さによって自らの成長を証している。「君ならずして誰かあぐべき」の反語の言いまわしが、男の求婚への積極的な応諾になっている。恥じらう思春期の二人は、こうした歌の掛けあいで、ようやく念願の結婚を果たした。後続の（Ⅱ）、（Ⅲ）の歌々がいずれも一人で詠まれる独詠歌であるのに対して、この（Ⅰ）だけが贈答歌である点にも注意されよう。

（Ⅱ）は、その男が河内の高安の新しい女に通うようになるが、妻の思慮深さが夫の浮気をとどめさせたという話。男は妻の家の婿として援助を受けていたが、その妻の親の死で経済力も乏しくなったのを契機に、男の河内通いが始まったというのである。やがて妻は夫の浮気を直感しはじめるが、しかし夫への憤りや高安の女への嫉妬を少しも表情に出そうとはしない。こうした妻の態度が逆に、男の心にかえって疑いをさえいだかせていく。もしかすると妻は、自分の留守中に新しい男を通わせているのかもしれない、と。夫は河内へ行くふりをして、前栽の中に隠れて妻の行動に目を凝らす。しかし、ここで妻が夫の深夜の山行きの安全を祈って歌に詠んだことを知り、夫は疑いや不安を解消して、ひいては夫婦の共感をとり戻すという結末を導いていく。

これは話の類型からいえば、歌の効用を説く、いわゆる歌徳説話であるともみられる。しかし妻は、夫の浮気をとどめさせようとするよりも、ひとり空閨にとり残される孤独のなかから、あらためて夫への情愛を歌に詠んだのであろう。下の句の「（山を）……君がひとり越ゆらむ」は、だいじに思う男の山越えを気づかう歌の類型表現によっている。『万葉集』に次のような一首がある。

二人行《ゆ》けど行き過ぎがたき秋山をいかにか君がひとり越ゆらむ　（巻2・一〇五　大伯皇女）

物語の妻が歌を詠むのに「いとよう化粧じて」と語られているその所作や、歌の序詞「風吹けば沖つしら波たつた山」の言葉にも注意される。「いとよう化粧じて」というのは神に祈るための所作であり、また歌の序詞は風の神である龍田への信仰の言葉であり、夫の安全を神に祈る発想にもとづいている。それとともに、「風吹けば」の歌じたいは、待つ女の、恋しい男を気づかう表現となっている。今ごろ夫は夜の山中で難儀していないだろうかと想像しながら、夫婦の共感に生きようとしているのである。

最後の（Ⅲ）は、男が新しい女にいや気がさしたのに対して、女のほうは容易に断念できずにいるという話。出逢った当初は、女は奥ゆかしく振舞っていたが、現在ではそのたしなみさえも忘れて、召使い同然にしゃもじで飯を盛るというのだ。これは、女自身からいえば、気を許しあう仲として、親密な気持ちから出た行為であったかもしれない。受けとめようによっては、無邪気で憎めない、気のいい女だともいえよう。しかし男は、無教養で洗練されない女として、鼻につきはじめたのである。彼はもともと都出身の者の血を受けついで、優美の風儀を重んずる人物なのであろう。ところが、相手の女にしてみれば、なぜ男の足が遠のいたのか、よくも理解できないのであろう。

彼女は、諦めがたい男への恋慕の情を歌に詠むほかない。第一首「君があたり」の歌は、恋の悲しみを言葉遊びのおもしろさに封じこめている。雨が降るからには空に必ず雲があるはずなのに、それを承知の上で「雲な隠しそ雨は降るとも」とする点に、表現のおもしろみがある。古く『万葉集』で、額田王が近江国への遷都の折に詠んだ歌に、

三輪山《みわやま》をしかも隠すか雲だにも心あらなも隠さふべしや　（巻1・一八）

とあり、古都飛鳥の象徴としての三輪山をいつまでも眺めていたいという愛着を詠んでいる。物語のこの歌もそれに似た発想によっているが、さらに言葉遊びの要素が強まり、雨が降っても、雲よ生駒山を隠すな、と願う。こうした表現は、大げさな誇張というよりも、言葉じたいに即しながらの、心の切実な叫びとなっていよう。生駒山は単なる背景ではなく、その山のかなたにわが恋する人のいる場所として位置づけられ、それへの祈りにも似た憧れが歌われている。

そして第二首「君来むと」では、何よりも男への諦めがたい執着を歌っている。「夜ごとに」「恋ひつつぞ経る」の、男の来訪のないまま日々が限りなく繰り返されていく、そのむなしい時間がとりこまれている。「頼まぬものの」という逆接の言い方も、断ち切れない己が愛執の心を見つめた表現である。こうして（Ⅲ）の物語では、女にいや気のさした男の話であるよりも、そのようになった事態をなおも諦めがたい女の話へと、比重が移ろうとしている。一人の女の悲しみが、新たな主題にさえなろうとする。

（Ⅰ）──→（Ⅱ）、（Ⅱ）──→（Ⅲ）という物語の連続は、時の流れが人の心をさまざまに変えて動かしていく諸相を語っている。幼いころからの相思相愛の仲も、歳月の経過が容赦なくその関係を揺さぶっていく。物語が後半へと移るとき、妻や新しい女の身の証としての歌を軸に、物語には恋のはかなさとともに、愛執のすさまじささえもが見えてくる。ちなみに、『大和物語』一四九段は、この話の後半だけをより詳細に語っている。しかし新しい女の歌二首などがないだけに、右のような女たちの存在の奥行──人間の心の、時間の経過による風化作用のような実相がとりこまれていない。いわば、妻がすぐれた歌の力によって夫の浮気を封じこめるという歌徳説話の枠を超えてはいない。『大和物語』の場面がどんなに詳細に設定されようとも、『伊勢物語』とは決定的に異質である。この『伊勢物語』では何よりも、時間の経過による風化作用にさらされがちな男と女の関係が、特に女たちの側から、その堪えがたい心情が表現されている。歌をはじめに一首しか詠んでいない男の存在は、物語全体の主題からはやがて後退してしまっているのである。

二十四段

昔、男《をとこ》、①片田舎《かたゐなか》に②住みけり。男、③宮仕《みやづか》へしにとて、別れ惜《を》しみて行《ゆ》きにけるままに、④三年《みとせ》来《こ》ざりければ、⑤待ちわびたりけるに、いと⑥ねむごろに言ひける人に、⑦「今宵《こよひ》逢《あ》はむ」とちぎりたりけるに、⑧この男来たりけり。⑨「この戸開《あ》けたまへ」とたたきけれど、⑩開けで、歌をなむよみて出《い》だしたりける。

52 あらたまの年の三年《みとせ》を待ちわびてただ今宵こそ新枕《にひまくら》すれ

と言ひ出《い》だしたりければ、

53 梓弓《あづさゆみ》真弓《まゆみ》槻弓《つきゆみ》年を経《へ》てわがせしがごとうるはしみせよ

と言ひて、往《い》なむとしければ、女《をんな》、

54 梓弓引けど引かねど昔より心は君によりにしものを

昔、ある男が、片田舎《かたいなか》に女といっしょに住んでいた。男は、都に宮仕えをしに行くと言って、女と別れを惜しんで出かけたまま、三年間も帰ってこなかったので、女は待ちくたびれた末に、とても親切に言い寄ってきた他の男に、「今夜逢《あ》おう」と結婚の約束を交わしていた、ちょうどそこへこの男が帰ってきたのだった。男は、「この戸を開《あ》けてください」とたたいたが、女はあけないで、歌を詠んで男に差し出した。

52 三年もの間待ちくたびれて、私はちょうど今夜、他の人と新枕《にいまくら》を交わすことになっている。

と詠んで差し出したところ、

53 長の年月を重ねて、私があなたにしてあげたように、新しい夫のためにきちんと仲睦《むつま》じくやってくれ。

と男は詠んで、立ち去ろうとしたので、女は、

54 あなたが私の心を引こうが引くまいが、私の心は昔からあなた一人を頼りにしてきたのに。

と詠んだけれども、男は帰ってしまった。女はひどく悲しく思い、すぐ後を追いかけていったが、追いつけずに、清水《しみず》が湧《わ》いている所に倒れ伏してしまった。そこにあった岩に、指の血で書きつけた。

55 私の思いが通わずに離れてしまった人を、引き

と言ひけれど、男帰りにけり。女いとかなしくて、後《しり》に立ちて追ひ行《ゆ》けど、え追ひつかで、清水《しみづ》のある所に⑪伏《ふ》しにけり。⑫そこなりける岩に、⑬およびの血して書きつけける。

55 あひ思《おも》はで離《か》れぬる人をとどめかねわが身は今ぞ消えはてぬめる

と書きて、そこに⑭いたづらになりにけり。

とめることもできずに、私の身はいま死んでしまうことになるようだ。

と書いて、その場で死んでしまったのだった。

【語釈】①**片田舎** 京から遠い辺鄙《へんぴ》な村里。接頭語「片」は、中心からはずれて片寄っている意。②**住みけり** 「住む」はここでは、男が女のもとに通う意ではなく、夫婦として同居する意。③**宮仕へしにとて** 京の貴人に仕えることとも、朝廷に仕えることとも考えられるが、立身出世を夢みて上京したのであろう。④**三年来ざりければ** 夫婦の間に子がなく、夫が三年間家をあけて帰らない場合は、妻の再婚を認める法令があった。「已に成ると雖《いへど》も、其の夫外蕃に没落して、子有りて五年、子無くして三年帰らざる時、及び逃亡し、子有りて三年、子無くして二年出でざる者は、並びに改嫁を聴《ゆる》す」（養老律令・第四・戸令）。この前半の「没落外蕃」が、古来、物語の「三年来ざりければ」を解釈する上で有力な根拠とされてきた。しかし、「三年」は法令に即した叙述であるよりも、夫婦にとっての空白の歳月の長さをいう叙述として重要なのであろう。⑤**待ちわびたりけるに** 「待ちわび」の「わぶ」は、物事が行きづまって思いわずらう、が原義。ここでは、待ちくたびれて、どうしてよいかわからぬ気持ち。⑥**ねむごろに言ひける人** 「ねむごろに言ふ」は、情愛こまやかに求婚する意。求婚してきた男はもともと知己であったか。⑦**今宵逢はむ** 女（妻）の言葉。新しい求婚者と今宵結ばれてよい、と約束していたとする。⑧**この男** もとの夫。⑨**この戸開けたまへ** 夫の、帰宅を告げる言葉。⑩**開け**

で、歌をなむよみて出だしたりける　女は夫の帰宅を知りつつも、迎え入れようとしない。しかし、拒否しながらも、複雑な思いを次の歌に託す。

【和歌52】あらたまの……　女の贈歌。「あらたまの」は、「年」にかかる枕詞。それによって「年の三年」の長さを重々しく表現している。「待ちわびて」は前の地の文の叙述と照応。「ただ……こそ」の強調表現で、皮肉にも再婚の当日に、の気持ちがこもる。「新枕す」は、男女がはじめて枕を交わす、すなわち結婚する意。「こそ……已然形」で、逆接で下に続く文脈をつくることが多い。ここでも、今宵結婚することになったが、しかし……、の気持ちを表わしている。一首は、再婚の夜、諦めていた夫が帰還したのに戸惑う心を訴える歌である。

【和歌53】梓弓……　男（もとの夫）の返歌。女の贈歌の「年」をキーワードとした返歌である。上の二句は序詞。「梓弓」「真弓」「槻弓」は、それぞれ梓・檀《まゆみ》・槻でつくった弓。これら弓の羅列は神楽歌にも、「弓といへば　品《しな》なきものを　梓弓　真弓槻弓　品も求めず品も求めず」（採物「弓」）とあり、どの弓もみな結構だとしている。ただし、この歌意から、夫を選ぶにはどの男でも結構、の意を寓したとする解もあるが、とらない。ここは、語調よく畳みかけた序詞であり、本旨へのかかり方は、「槻」に「月」をひびかせて、「槻」──→（月）──→「年」という言葉の連想による。「うるはしみ」は、形容詞の語幹に接尾語「み」がついて名詞化した形。「うるはし」は、きちんと整っているさまをいうのが原義。ここでは、新しい男の妻として誠意を尽くし、ひいては妻としての幸せを願う気持ちを言いこめている。一首は、もとの妻の再婚を祝う歌である。

【和歌54】梓弓……　女のさらなる返歌（贈歌）。「梓弓」は前歌と共通する語句で、下の「引く」を導く枕詞。「引けど引かねど」は、あなたが私の気持ちを引きつけようが引きつけまいが、自分の本心は、の文脈になっている。なお、この歌句を、他の男が私の気を引こうが引くまいが、と解する説もあるが、とらない。あくまでも自分と相手（もとの夫）との関係を言う表現である。下の句の「心は君（妹）により（乗り）にしものを」が、『万葉集』の恋歌に類句として多く見られる。一首は、もとの夫への変わらぬ誠意を証そうとする歌である。

⑪**伏しにけり**　息苦しくなって水を飲もうとしたか。⑫**そこなりける岩**　清水のほとりの岩。⑬**およびの血して**　指から出た血で。

【和歌55】あひ思はで……　女の独詠歌。「あひ思はで」は、たがいに思いあうこと。ここでの「あひ思ふ」は、自分がこんなに思っているのに、相手（もとの夫）が思ってくれない意。それに「離れ」と続けて、相手の心が自分から遠のいてしまったとする。「身」は、「心」に対する身体・肉体の意。それが今こそ滅びる時だとして、わが身の死を思う。一首は、自分の本心がもとの夫に通じないわが身は、消えるほかないと嘆く歌である。

⑭**いたづらになりにけり**　「いたづらになる」は、無駄になる、が原義。ここでは、死ぬ、身が滅ぶ、の意。

評釈

この章段は、男が宮仕えしようと上京したまま三年も帰って来ない、それをひたすら待つ妻が困り果てていたところ、新しい男が熱心に求婚するようになる、ところが皮肉にもその結婚の夜、もとの夫が帰ってきてしまうという話である。古来この夫の不在が三年にもなったとする設定を、『戸令』の規定と積極的に関わらせようとする理解も行われてきた。すなわち、夫婦に子がなく夫が三年間家をあけて帰らぬ場合は妻の再婚が許されるとする法令である。しかしこの物語の妻は、この法令を楯に離婚・再婚を果たしたわけではあるまい。

この妻が夫を待ち続ける時間は、心理的には三年どころではないだろう。日々の生活をどう営むか困り果ててしまう。他方、夫の方も妻を忘れてはいない。おそらく都での勤務に忙殺されて帰郷がついつい伸びてしまっていたのだろう。しかし妻は、夫への情愛を失っていないまま、新しい男の求愛にほだされて新しい結婚に踏み切る。その二人が結ばれる夜、もとの夫が帰ってきた。三人それぞれには悪意のかけらもないだけに、この事態は運命の皮肉としか言いようもない。意地悪いほどの情況に女がどのように対処するか、それがこの物語の勘どころとなっている。

偶然にももとの夫が帰宅した時、女が戸を開けさせまいとするのは、再婚を決めた以上逢ってはならぬと考えるからである。とはいえ、三年ぶりの再会を思うと感動がこみあげてこないはずがない。その心の動揺が、異例の女からの贈歌を詠ませることになる。「あらたまの」の歌は、一面では、待ちつづける歳月の長さを訴えている。「年の三年」は、「年の五年《いつとせ》」「年の八年《やとせ》」などの例もあり、『万葉集』では長い期間をいう類型句である。そしてもう一面では、こともあろうに今宵新枕を交わすことになった事態へのはげしい悔恨の情を表してもいる。「ただ今宵こそ新枕すれ」の逆接の文脈を起こす語法の裏には、せめてもう一日でも早く帰ってくれたらよかったものを、ぐらいの無念さがこもっている。これは贈歌ではあるが、いかにも女の返歌を思わせる屈曲した表現になっている。

　これに対する男の「梓弓」の歌は、前歌の「年の三年を待ちわびて」に対して「年を経て……」と応じている点に、返歌らしい呼吸がみられる。その「年」をいうのに、「年月—槻」の同音をねらう機知から「梓弓・真弓・槻弓」の序詞を構成した。この弓の三種は、あるいは「三年」と照応させた表現かもしれない。しかし下の句では、新たな内容に転じて、かつて自分が妻に示したように、向後あなたも新しい夫に「うるはしみ」を発揮してほしい、という。「うるはし」は、きちんと整っている美しさ、が原義であるが、ここでは夫婦としての誠実さをいうのであろう。『万葉集』でも男女関係に用いた歌が、「うるはしと我《あ》が思《も》ふ妹《いも》を思ひつつ行けばかもとな行き悪《あ》しからむ」（巻15・三七二九）とあり、愛する女（狭《さ》野弟上娘女《ののおとがみのおとめ》）と別れて流罪の地に赴く中臣宅守《なかとみのやかもり》の歌である。こうして男の「梓弓」の歌は、もとの妻の新しい生き方を冷静に見つめながら、自ら彼女への執心をきびしく抑えようとする趣である。

　この男の歌は、妻の幸せを予祝する発想ではあっても、妻にしてみれば自分がつき放される思いから、かえって前夫へのはげしい執着につき動かされて、あらためて自らの恋情を訴えずにいられなくなる。それが「梓弓引けど引かねど」の歌である。返歌への返歌によって、女からの積極的な懸想の贈歌になっている。「弓を引く、心を引く」の両意を併せた恋の掛け合いは、『万葉集』では名高い久米禅師と石川郎女《いらつめ》の妻問いの贈答歌（巻2・九六—一〇〇）をはじめとして、相聞歌の一類型となっていた。

　　梓弓引かばまにまに寄らめども後《のち》の心を知りかてぬかも　（巻2・九八　石川郎女）
　　梓弓末はし知らず然《しか》れどもまさかは君に寄りにしものを　（巻12・二九八五　作者不明）
　　梓弓引きみ緩《ゆる》へみ思ひ見てすでに心は寄りにしものを　（巻12・二九八六　作者不明）

しかしこの物語では、こうした妻問いの掛け合いの言葉も二人の心と心をつなぎとめることができなかった。というよりも、皮肉なことに、魂をふれ合わせる歌を詠みあえば詠みあうほど、女の再婚という事実が重々しく前提されるところから、二人はいよいよ遠ざかるほかないように物語が展開していく。
妻は、立ち去る夫に追いすがろうとするが、ついに清水の湧くあたりで死んでしまう。その死に際して詠まれた歌が「あひ思はで」である。これまでの三首が万葉伝承歌などに連なる古風な歌であったのに対して、これは新しい表現になっている。特に「わが身」がはかなく「消ゆ」とする表現は、むしろ『古今集』以後の王朝和歌の典型的な歌句である。たとえば『後撰集』読人知らずの歌に、次のようにある。

光まつ露に心をおける身は消えかへりつつ世をぞうらむる　（恋一）
降りやめばあとだに見えぬうたかたの消えてはかなきよを頼むかな　（恋五）

ここでの表現の新しさとは、恋の人間関係を通して、わが身を運命のはかない存在として自覚する点にある。もとよりこの物語は、善良の男女三人が皮肉な運命の力に操られ、冷酷なまでの現実に遭遇することを語っている。物語のそうした運命的な展開とあいまって、最終歌の運命への痛恨の発想が、さきだつ伝承古歌を包摂しながら、この章段の新しい主題を担うことになる。そこに、宿命的な女の悲劇性が際立たせられていよう。

二十五段

昔、男《をとこ》ありけり。①逢《あ》はじとも言はざりける女《をんな》の、②さすがなりけるがもとに、言ひやりける。

昔、ある男がいた。逢《あ》うまいともはっきり言わなかった女で、いざとなるとやはり逢おうとしなかった、その女のもとに歌を詠んで贈った。
56 秋の野で露いっぱいの笹《ささ》の葉をおし分けて帰った早朝の袖《そで》よりも、あなたに逢わずに一人寝る

56 秋の野に笹《ささ》わけし朝《あさ》の袖《そで》よりも逢はで寝《ぬ》る夜《よ》ぞひちまさりける

③色好《いろごの》みなる女、返し、

57 みるめなきわが身をうらと知らねばや離《か》れなで海人《あま》の足《あし》たゆく来る

夜のほうが、悲しみの涙でぐっしょりと濡《ぬ》れるものだった。

色好みの女が、返しの歌をよこした。

57 あなたに逢うつもりもない私の身を、海松布《みるめ》の生えていない浦と同じだと知らないせいか、あなたは海人《あま》のように、絶え間もなく足がだるくなるまで通《かよ》ってくる。

【語釈】

①**逢はじとも言はざりける女の**　逢うまい、ともはっきり言わなかった女で。「じ」は、否定の意思を表わす助動詞。「の」は、ここでは同格の意の格助詞。文脈上、次の「さすがなりける〈女〉」と並列の関係になる。②**さすがなりけるがもとに**　「さすが」は、上を否定的に受けて、そうはいうものの、やはり、の意。逢うまいとはっきりは言わないものの、やはり、いざというと逢おうとしなかった女のもとに。ここでは女の心から出た叙述と解したが、男の心に即した叙述とみる一説もある。それによれば、そうはいうものの男が心ひかれる女のもとに、の意になる。しかし、「……女の」「……がもとに」の並列の文脈からすると、前者の解が穏当であろう。

【和歌56】秋の野に……　男の贈歌。「朝の袖」は、後朝《きぬぎぬ》の趣を言いこめた語。早朝、女のもとから帰る男の、朝露に濡れた衣の袖をいう。「ぬる」は「寝る」「濡る」の掛詞、「ひち」と縁語の関係にもなる。「ひち」は「ひつ」（上二段活用、ただし平安初期までは四段活用）の連用形で、濡れる意の自動詞。一首は、朝帰りの露よりも、独り寝の悲しみの涙の方がいっそう濡れまさるもの、として恋情を訴えた歌である。〈重出〉古今恋三・業平・四句「逢はで来し夜ぞ」。古今六帖　第一「露」初句「秋の野の」、四句「逢はで来し夜ぞ」。古今六帖　第五「来れど逢はず」・業平・三句「露よりも」。

③**色好みなる女**　「色好み」は、多感な性質をいう。→要語ノート。

【和歌57】みるめなき……　女の返歌。「見る目」「海松布《みるめ》」、「憂」「浦」、「離《か》れ」「刈れ」の三つの掛詞、さらに「海松布」「浦」「刈れ」「海人《あま》」を縁語として、景物と人事を有機的につなぎとめる。一首は、自分は無関心なのに性懲りもなく近づいてくる男を、うらぶれた海人だとして揶揄するとともに、荒寥たる海浜風景のわびしさに、わが身の絶望的な心情を託した表現の歌である。〈重出〉古今集　恋三・小町。古今六帖　第五「来れど逢はず」・小町。

評釈

この章段の贈答歌二首は、じつは『古今集』恋三に、「題知らず」の詞書のもとに、連続して、次のように掲げられている。

秋の野に笹わけし朝の袖よりも逢はで来《こ》し夜ぞひちまさりける　　業平朝臣
みるめなきわが身を浦と知らねばやかれなで海人の足たゆく来る　　小野小町

『古今集』では、この二首に贈答関係などもなく、それぞれに独立している。また、実際の業平・小町の間にも特別な恋の関係も考えられない。おそらく『伊勢物語』のこの段階での作者が、『古今集』の中の配列にヒントを得て、この小さな物語を構想したのではあるまいか。では、なぜそのような構想が可能なのか。

まず『古今集』の業平の歌と物語の男の歌の間に、微妙ながら「逢はで来し」「逢はで寝る」という異同がある点に注目される。業平の歌の「逢はで来し」は、自分は相手の女と逢えぬまま帰って来たという意。これがじつは言葉の上で、小町の歌の「足たゆく来る」の「来る」と照応しあっているともみられる。実際には何らの関係もないのに、男が訴えかける「逢はで来し」の語句を、女が切り返して「足たゆく来る」と揶揄したのだと、贈答歌としての言葉の照応関係を見出すこともできよう。

ところが『伊勢物語』には、その「来る」の語の照応などみられない。そのかわり、男の歌が「ぬる」とあるところから、「濡る」「寝る」の掛詞となり、それが「ひちまさる」と縁語関係をつくり出していく。しかもそれが、ぐっしょりと衣類を濡らす露の繁さをいう「秋の野の笹わけし」とひびきあい、恋の涙に濡れ悲しむ気分を強調的に言い表している。

秋の早朝にもまさる露しとどの度合は、業平実作の歌よりも物語の男の作の方がいっそう著しいものといってよい。

小町実作の歌でもある物語の女の返歌は、その濡れるという発想を共通の基盤として、男の贈歌への返歌として定位している。この返歌は男の贈歌の言い分を不満として、それよりも濡れる度合の強い海人のいる風景を描き出して反発している。たとい二人の心の内実が異質でたがいに嚙みあいがたいものだとしても、濡れることを共通発想としながら、それぞれに織りなしている風景によって、あらためて同次元の表現を可能にしているのであろう。男の贈歌の懸想の訴えを、女が男の発想と言葉を媒《なかだち》に切り返すという、男女の贈答歌の典型にさえなっている。

そして、その女の返歌に即していえば、海人のいる、わびしい海辺風景を通して、わが身の孤独な魂の風景を鮮明にさせているのである。歌に描き出されている、無為なままでに歩きまわる海人のみすぼらしい姿は、女自身の薄幸な情けない姿でもある。物語の語り口によれば、「色好みの女」と評されるような人物なればこそ、詠みうる歌だということにもなろう。人一倍多感な資質の女であるからこそ、傷つかざるをえないわが運命を思う、というふうにである。

二十六段

昔、男《をとこ》、①五条わたりなりける女《をんな》を、え得《え》ずなりにけることとわび②たりける、人の③返りごとに、

58 思《おも》ほえず袖《そで》にみなとの騒ぐかな唐船《もろこしぶね》の寄りしばかりに

昔、ある男が、五条あたりにいた女を、自分のものにすることができなくなってしまった、と悲しんでいる、その男が、ある人物への返事に詠んだ歌、

58 思いがけなくも、あなたの言葉に接して、港の波が騒ぎ立つように、私の袖《そで》に涙があふれることよ。まるで大きな唐船が港に立ち寄ったふうに。

【語釈】①**五条わたりなりける女**　四・五段などに、五条あたりの女とあるが、それと同じ人物であろう。二条の后の藤原高子《たかいこ》を暗にさす。②**わびたりける**　主語は、冒頭の「男」。文脈上、「五条わたりなりける……わびたりける（男）」とが並列の関係にある。「わぶ」は、行きづまった事態に処しがたく苦悩したり愁訴する、が原義。③**人の返りごとに**　「人」は、「男」の友人であろう。「男」はその「人」から手紙をもらい、それへの返事が次の歌とみられる。

【和歌58】**思ほえず……**　男の返歌。「思ほえず」は、予想外だと思う気持ちで、「騒ぐかな」にかかる。「袖にみなとの騒ぐ」は、袖に涙があふれるさまを港の波浪に喩えた表現。「みなと」はもともと河口、ここは船の碇泊する港。「唐船」は唐土と往来する大型船。大船だけに寄港する海上には大きな波浪が立ち騒ぐ。また唐船の寄港がめったにないところから、冒頭の「思ほえず」ともひびきあっている。一首は、思いもかけない感動の涙は、唐船が入ってきた港の波浪が袖に騒ぎ立つようなもの、とする歌である。〈重出〉新古今　恋五・読人知らず。

評釈

この章段の話は、四・五段あたりの、二条の后高子との恋を叶えられなかった男の、後日譚とみられる。

古来、冒頭の「男」と後続の「人」の関係について、諸説が行われてきた。その一説として、「男」と「わびたりける（人）」は別人であると解して、五条あたりの女に恋いこがれたのは、冒頭の「男」ではなく、もう一人の人物だということになる。しかし文脈上、「五条わたり……わびたりける」は、いわゆる挿入句で、「男」と「わびたりける」が並列だとする考え方から、右の一説はとらない。

この物語では、「男」がただただ恋に呻吟してどうにも処しがたくしていたのに対して、ある人物がこの男を気づかって歌を詠んでよこした、というのである。その歌がどんなものか物語は不問にしているが、その人物が、男の恋の悲痛さに同情し共感を寄せてくれたものだったにちがいない。男の恋の悲しみを自らの悲しみとして感じとってくれたのであろう。

男は、その人物のそうした歌の心くばりにいたく感動するほかなく、こちらからも返歌を詠まずにはいられなかった。その「思ほえず」の歌は、驚きにも似た感動を言いこめている。この歌は、思いもかけぬ感動の涙は、袖に港の波が騒ぎ立つ、しかも大船の唐船の寄港のようだ、として、大袈裟なまでの見立てによっている。こうした大胆な詠みぶりの背後には、いかにも業平らしい歌風がひかえている。たとえば、「ちはやぶる神代《かみよ》も聞かず龍田川からくれなゐに水くくるとは」（百六段、古今・秋下）などが想起される。紅葉の群《む》れ群れを浮かべて流れていく龍田川の水面を、韓紅色のくくり染め（しぼり染め）だと見立てる趣向は、いかにも大胆で新鮮である。そうした趣向が、この歌の、恋の悲しみの涙に濡れる自らの袖を、めったにやってこない大きな唐船が港にやってきたようなもの、とする大胆な想像に通じていないだろうか。しかも、「神代も聞かず」も「思ほえず」も、意外さに驚く感動を端的に表している。この「思ほえず」は、わが恋の苦々《にがにが》しさと、人の心のやさしさとを、ともに意想外の出来事としてとらえようとする言葉である。

この章段では、男が、ある人物との共感を通して、過ぎ去った恋をあらためて回顧することにもなる。しかし、この感動は失った恋への悲情そのものだけにとどまってはいない。何よりも、過去の恋を恋として回顧させてくれる人物の心くばりがあった。このように、恋をめぐる人それぞれの関係を通して、実はさまざまな感動をも生起させることもあることを、この話は証していよう。予想もできなかった、ある人物との共感も男の人生のかけがえのない一齣となった。

二十七段

昔、男《をとこ》、女《をんな》のもとに一夜《ひとよ》行《い》きて、またも行《い》かずなりにければ、女の、手洗ふ所に、①貫簀《ぬきす》をうち遣《や》り②て、たらひのかげに見えける

昔、ある男が、ある女のもとに一夜行って、二度とは行かなくなってしまったところ、女は、手を洗う所で、盥《たらい》の上にかける貫簀《ぬきす》をふと払いのけて、自分の顔が盥の水に映って見えたので、自分自身の独り言のように、

を、③みづから、

59 我《われ》ばかり物思ふ人はまたもあらじと思へば水の下《した》にもありけり

とよむを、来《こ》ざりける男、立ち聞きて、

60 水口《みなくち》に我や見ゆらむ蛙《かはづ》さへ水の下にてもろ声《ごゑ》に鳴く

59 私ほど物思いに屈している人は、ほかにあるまいと思っていたのに、この水の下にもいたではないか。

と詠んで口ずさむのを、来なかった男が物陰で立ち聞きして、

60 水口《みなくち》に私の姿が見えたのだろうか。田の水口の蛙《かえる》までもが、水の下で声を合わせて鳴いているではないか——もちろん私もあなたと声を合わせて泣いているのだ。

【語釈】

①貫簀　細く削った竹を糸で編んで作った簀《す》。盥《たらい》などの上に置いて、注いだ水が自分の方に飛び散らぬようにする道具。**②うち遣りて、たらひのかげに見えけるを**　貫簀を払いのけたので、盥の水に自分の顔が映って見えた、と解するのが通説。ただし、「たらひのかげ」を相手の男の面影と解する一説もありうる。**③みづから**　女自身が。男への贈歌ではなく、自ら口ずさむ独詠歌だとする。

【和歌59】我ばかり……　女の独詠歌。自分の顔が「たらひのかげ」として映っているのを、「水の下」にもあるとする。地の文の「たらひのかげ」が相手の面影であるとしても、この歌では自分の顔を詠んだことになる。上の句では自分ほど「物思ふ」人は他にはないとしながら、下の句では「水の下」にもいたと気づいた表現である。末尾の助動詞「けり」には、はじめて気づいたという気持ちがこもる。一首は、水の下に物思いに衰えた自分の顔が、水鏡となり映っていると驚く歌である。

【和歌60】水口に……　男の贈歌。「水口」は、田に水を注ぎ込む口。ここでは、盥に水を注ぎ入れる箇所を、田の「水口」に見立てた。その「水口」から、田の「蛙」を連想してとりこんだ。この「蛙」は、河鹿《かじか》ではなく、蛙《かえる》のことである。「蛙さへ」の副助詞「さへ」の語法から、蛙までも……だから、もちろん私も、の文脈を作り出している。「もろ声」は、二人の共感の声をさす。一首は、あなたの目に映ったのは、田の中の蛙のように、あなたと一緒に泣いていた私の顔だろう、と相手の言い分を切り返した歌である。

評釈

この話は、二度とは訪ねてこなくなった男が、たまたま、相手の女のもとに来あわせたという設定になっている。ここで「一夜行きて、また行か」なくなったというのは、新婚の夫が妻のもとに三日間通うという当時の結婚の習俗を前提に、この男は一夜だけで足が遠のいたというのであろうか。その折、男は偶然にも、物思いに屈している女の様子を目にして、彼女が思わず口ずさんだ嘆きの歌を耳にしてしまった。それに刺激された男は、彼女への返事のように歌を贈ることになる。

女の歌では、盥の水に映し出される自分の顔に気づいて、愕然《がくぜん》としたという。自分ほど深い物思いをかかえこんだ女《ひと》は他にはいないと思っていたのに、その「水の下」に見出した顔は想像をはるかに超えてやつれはてているではないか。物思う自分の憔悴した顔に、はじめて気づかされる。なお、歌にさきだつ地の文に「たらひのかげ」とあるのを、相手の面影とみる一説もある。「かげに見ゆ」の語句が、自分の思う相手が面影として現れる意として用いられる例も少なくない。しかし、「たらひのかげ」をそのように解しても、歌じたいは自分の顔が見えたとして詠んだことになる。あるいは、この女は相手の男の近づくのを感知して、あえて男の面影を自らの顔として、さりげなく訴えかけたのであろうか。「みづから」の語も相手のことではなく、自分のことだという言いまわしになる。

男の歌は、その女の独詠をあたかも自分への贈歌であるかのように受けとめ、彼女への返歌を試みる。何らかの反発を旨とするのが返歌の常である。ここでは、女の歌の「水の下」の語句を重要な言葉ととらえ、その水の下にはあなただけではなく、この自分もいるのだと切り返す。そのための趣向として、たらいの「水口」を水田の「水口」と見立て、そこには蛙もいるはずだとして、自分の存在を主張することになる。目には見えなくとも、蛙の声のようにこの自分の存在が耳に感取されているはずだというのである。この手のこんだ趣向は、その場かぎりの機知に終始するだけのものではあるまい。女の物思いを慰めようとするこの趣向は、相手との共感をもたらしうる歌である。

二十八段

昔、①色好《いろごの》みなりける女《をんな》、②出《い》でて往《い》にければ、

61 などてかくあふごかたみになりにけむ水もらさじとむすびしものを

昔、色好みであった女が、男のもとから出て行ってしまったので、男が詠んだ歌、

61 どうしてこう、逢《あ》うことがむずかしい仲になってしまったのだろう。水も漏らすまいと、固く約束していたのに。

【語釈】

①**色好み** 「色好み」は、多感な性格から恋に憧れがちな性分。→二十五段。②**出でて往にければ** 女が男のもとから出て、ひとり立ち去ったとする。

【和歌61】 **などてかく……** 男の独詠歌。「あふごかたみ」は、「逢《あ》ふ期《ご》難《かた》み」（逢う機会が得がたいので、の意）に、「朸《あふこ》」と「筐《かたみ》」を掛けた。「朸」は物を荷《にな》う棒（天秤棒《てんびんぼう》）。「筐」は竹で編んだ籠《かご》。「水もらさじ」は、水ももらさない緊密な関係を保とう、の意。「むすぶ」は、約束する意の「結ぶ」に、水をすくう意の「掬《むす》ぶ」を掛けて、「水」の縁語とする。一首は、固い約束もあてにはならない、男女の関係の難しさを呻吟する歌になっている。

評釈

この話の女は突然のように、男のもとから立ち去ってしまった。男にしてみると、なぜそうなったか理由も原因もわからない。この『伊勢物語』には、二十一段などもそうであるように、女がにわかに別れて行く話が少なくない。そうした女を、この章段では「色好みなりける女」と評している。「色好み」というのだから多感の女《ひと》、新しい恋に憧れがちなのであろう。あるいは、外の男《ひと》に心を移したのだろうか。

男のほうでは、女の出奔を予想もできなかった事態として、納得しがたい思いを噛みしめている。自分なりに誠意を尽くしてきたつもりなのに、いったいどうなっているのか。喩《たと》えていえば、水も漏らすまいと掌《て》を合わせて、水を「掬《むす》」んできたのに、実際には籠の「筐《かたみ》」のように水が漏れっぱなしだ、これでは逢うことがなしがたいのも当然だとしている。いかにも言葉遊びのような諧謔味をこめた表現であり、それによって自ら苦笑せざるをえない気持ちを詠んでいる。そして、その諧謔味が一種の批評性を呼び起こし、男と女の共感の保ちがたさを、冷ややかにとらえた一段となっている。

二十九段

昔、①春宮《とうぐう》の女御《にようご》の御方《おほんかた》の花②の賀に、③召《め》しあづけられたりけるに、

62 花に飽《あ》かぬ嘆きはいつもせしかども今日《けふ》の今宵《こよひ》に似る時はなし

昔、春宮《とうぐう》の女御《にようご》の御殿で催された花《はな》の賀《が》に、召し加えられたときに、ある男が詠んだ歌、

62 桜の花はいくら見ても飽きることがない、その見飽きないという嘆きは毎年のことだけれど、今日の今宵の感慨は格別で、これまで経験したこともない。

【語釈】

①**春宮の女御**　東宮（皇太子）の母である女御。ここは、二条の后、藤原高子《たかいこ》をさしていよう。↓四・五段。彼女は清和天皇の女御で、その生んだ貞明親王が皇太子となり、後に陽成天皇として即位した。②**花の賀**　桜花の咲くころ催された算賀。ここでの「賀」は四十歳以後十年ごとに催される、長寿を祝う儀。ここでの賀は誰のためかも、その年次も不明である。③**召しあづけられたりける**　男が召し加えられたとする。この「あづかる」は、担当する意。

【和歌62】花にあかぬ……　男の独詠歌。「花に飽かぬ」は、花を見ていて飽きない意。花をずっと見つづけていたい気持ちをいう。「いつも」「今日の今宵」が対比され、しかも今宵の花に感動を集中させた表現になっている。一首は、今宵ほど、桜の花への飽きることない感慨を深めたことがない、とする歌であ

る。〈重出〉新古今　春下・業平。

評釈

この章段は四・五段の物語の後日譚、すなわち二条の后（高子）をめぐる一連の物語の一つ。二十六段も同様である。もしも、この段から「花に飽かぬ」の歌だけを抽出したならば、今宵の桜花の美麗さを最大限に賞賛しようとする趣だけのものとなろう。ところが、これを二条の后との関係においてみると、その賞賛はにわかに複雑な様相を呈してくる。だいいち、なぜ「今日の今宵」こそが桜花への感動をきわまったものとするのか。いうまでもなく、「春宮の女御の御方」での「花の賀」だったからである。

この二条の后の「花の賀」が、誰のためか、またいつ催されたか詳らかではない。しかし、彼女とこの男の仲が裂かれた四・五段の時点からは、はるかに遠のいた時点であろう。

后のもとで「花の賀」に召された男は、賀宴の「花」に執した歌を詠む。その「花」は、はかなくも美しい桜花。人は、咲くのを思い頼んでは散り急ぐのを恐れる。「花に飽かぬ嘆き」は、花への愛惜から心を落ち着けられない気持ちであり、また心をときめかしながらも遠くから眺めやるほかない后への憧れの心でもある。それが「いつも」というのだから、生涯を通しての感慨である。それとともに、ここで「今日の今宵」と画されているのは、彼に主催者の女御方から催し事の任務をまかせられたからであろう。この「花の賀」こそが男にとって記念碑的な出来事とみられているはずだ。「今日の今宵」と強調されるゆえんである。これは、熱い情念を傾けつづけてきた青春の思いを証することのできる、人生の一つの節目だったことになる。はかなくも過ぎてゆく華麗な一時《ひととき》であった。

三十段

昔、男《をとこ》、①はつかなりける女《をんな》のもとに、

63 逢《あ》ふことは玉《たま》の緒《を》ばかり思《おも》ほえてつらき心の長く見ゆらむ

昔、ある男が、ほんのわずかしか逢《あ》ってくれなかった女のもとに、詠んでやった歌、

63 あなたに逢うことは、玉の緒ほどのほんの束《つか》の間《ま》しかないと思われるのに、つれないあなたの心だけが、どうしてこうも長く感じられるのか。

【語釈】

①はつかなりける　ほんの一部だけが現れるさま、が原義。ここでは、相手の女がほんのわずかしか逢ってくれないことをいう。

【和歌63】逢ふことは……　男の贈歌。「玉の緒」は、玉を貫き通す紐のこと、その玉と玉の間が短いところから短いものの喩え。地の文の、「はつか」な逢瀬の短時間をいう。これは、下の句の「(心の) 長く」と照応する表現でもある。「つらき心」は、こちらが恨めしく思って当然の、相手の冷淡な心。もともと「つらし」は他者への恨めしい気持ちをいう。「見ゆらむ」の「らむ」は現在推量の意の助動詞、「などか」ぐらいの疑問の語句を補って解す。一首は、逢うことはほんの瞬時でしかないのに、冷たいあなたへの恨めしい気持ちは、どうしてこうも長く続くのか、と訴える歌である。

評釈

これは、二人の間にはつかのまの逢瀬しかない、と男が嘆く内容の話である。なぜそうなのかを、物語は詳しく語っていない。男の贈歌には「つらき心」とあり、男にとって恨むほかない女の冷たい仕打ちだと訴えている。

おそらく二人は、あからさまには逢えない人目を忍ぶ恋の関係にあったのであろう。そうであれば、身の破滅を危惧する女は、一方では心惹かれながらも、男を遠ざけるべく冷淡な態度をとるほかない。男もその事情を熟知しながらも、逢うことは瞬時なのに逢えない恨めしい気持ちは気の遠くなるほど久しいと、訴えざるをえない。男の歌では、「玉の緒」

の逢瀬と「長」の恨みという対蹠的な言葉のおもしろさに導かれながら、悲運の恋の苦衷を冷ややかに詠んでいる。そしてこれは、「東宮の女御」との禁断の恋を思う前段の、ひとり遠くから眺めるほかないとする恋の孤独の心と、深くひびきあってもいよう。

三十一段

昔、①宮《みや》の内《うち》にて、ある②御《ご》達《たち》の局《つぼね》の前を③渡りけるに、④何《なに》のあたにか思ひけむ、「⑤よしや草葉よ、ならむ性《さが》見む」と言ふ。男《をとこ》、

64 罪《つみ》もなき人をうけへば忘れ草《ぐさ》おのが上にぞ生《お》ふといふなる

と言ふを、⑥ねたむ女《をんな》もありけり。

昔、宮中で、ある男が、ある身分の高い女房の局《つぼね》の前を通った時に、その男をどんな恨みのある敵だと思ったのだろうか、「まあよい、この草葉よ、のちにはどんなに衰えるか、そなたのほんとうの姿を見てやるとしよう」と言う。男が、

64 罪もない人を呪《のろ》うと、その本人の身の上に忘れ草が生《は》えて、人に忘れられるとかいうことだ。

と歌を詠んだのを聞いて、してやられたと悔やしがる別の女もいたのだった。

【語釈】

①**宮**　ここでは宮中のこと。②**御達の局**　「御達」は、身分のある女房・女官を敬って言う呼称。「達」とあるが単数にも用いる。→十九段。「局」は、一区画を仕切って個人用にあてた部屋。上臈《じようろう》女房の私室である。③**渡りける**　「渡りける」は、この物語の男の行為。「前渡り」は、情交関係のある女の前を素通りすること。女の側からすれば屈辱的な行為である。④**何のあたにか思ひけむ**　挿入句で、語り手が御達の心を推量する。「あた」は、こちらに敵対する相手。仇敵、かたき。⑤**よしや草葉よ、ならむ性見む**　御達の言葉。「よしや」は発語

で、ままよ、ぐらいの意。「草葉よ、ならむ性見む」は、古歌を引用した言辞のようにみられるが、適切な出典は見当たらない。相手の男を「草葉」に見立てた表現で、夏の草木は繁茂していても秋には枯れてゆくもの、それと同じように、いい気になっているあなたもやがて衰えてゆく、その本性《ほんしょう》も見ることになろう、とする。「性」は性格・本質の意。

【和歌64】罪もなき…… 男の贈歌。「罪もなき人」は、自分をさす。「うけふ」は、呪う意。自分のような潔白な人間を、神に願って呪詛するのは当たらないとする。「忘れ草」は、古来、恋忘れ草、人忘れ草として歌に詠まれてきた。↓二十一段。ここではそれを、女のいう「草葉」に対応する言葉として用いた。それが身の上に生えるとは、相手から忘れ去られる事態をいう。一首は、女の挑発的な言葉を切り返すべく、不当にもこちらを呪ってはあなたこそかえって人に忘れられるだろう、とする歌である。

⑥**ねたむ女もありけり** 「ねたむ」は、してやられたと、いまいましく思う意。うらやましく思う気持ちではなく、にくらしく思う気持ちである。この「女」は男が歌を贈った相手の「御達」ではない。「御達」に味方する同僚の女房であろうか。その女が、第三者の立場で、客観的に男にうまく切り返されたことを、いまいましく思うのである。

評釈

この「御達」は、並の身分の女房ではないだけに、契り交わした相手の男に自分の局《つぼね》の前を素通りされたことに、人一倍の屈辱感をおぼえたのであろう。彼女の投げかけた歌のような言葉「よしや草葉よ、ならむ性《さが》見む」は、相手を仇敵と思ったらしいと語り手が推測しているように、はげしい怨恨の情を含んでいる。「草葉」という自然景物に託して、今は得意満面だろうが将来はその本性が現れて……と、冷ややかな皮肉を浴びせかけている。

これに対して男は、古歌をふまえたような、この女の言いぶりをあえて贈歌とみなして、それに反発するがごとく返歌の趣で詠んだ。実際には男の贈歌ではあるが、相手の言い分を切り返そうとする返歌の趣向である。そのために、女の言う「草葉」の語に、「忘れ草」をもって応ずる。相手から忘れ去られることの連想を促す歌言葉であるが、さらにその語を効果的に高めるべく「罪」「うけふ」の語を用いた。もともと「罪」の原義は、聖なるものへの侵犯にある。また「うけふ」は神意を知るべく祈るというところから、呪う意を派生させた語である。そして男女が契り約すというのも神意を媒《なかだち》に考えられていた。もしも男女関係に違約があるならば、呪われて神罰をこうむってもしかたがない。しかしこの歌では、こちらは神意に背いてもいないのに、そちらから呪われるとは不当だとする。男は変わらざる自分の誠実な心を主張することにもなった。そして、不当の呪いはかえって、神意の現れとしての不幸な「忘れ草」を生やすことにもなろう、というのである。

こうして、「草葉」に対しての「忘れ草」による切り返しは、あなたはいよいよ忘れ去られる存在かもしれないと、暗にきびしく反発したことになる。

このような言葉の応酬によって、実際の二人の仲が破綻したかどうかはわからない。第三者としての同輩らしい別の女が、相手にしてやられたと思うほど、確かにこれは手応えのある歌の力を発揮しているのであろう。あるいは、この緊張感が逆に、二人の親密な関係を取り戻すこともありうるのかもしれない。

三十二段

昔、①もの言ひける女《をんな》に、年ごろありて、

65 いにしへのしづのをだまき繰《く》りかへし昔を今になすよしもがな

と言へりけれど、②何《なに》とも思はずやありけむ。

昔、かつて情を交わしたことのある女に、何年かたったのちに、男が、

65 昔の倭文《しず》織《お》りの糸巻ではないが、仲のよかった昔を今に取り戻すすべがあってほしいものだ。

と詠んでやったが、女はなんとも思わなかったのであろうか。

【語釈】

①もの言ひける女　「もの言ふ」は、男女が親密に言い交わす、契りを交わす、の意。しかしその関係が、ここでは「年ごろ」途絶えてしまっている、とする。

【和歌65】いにしへの……　男の贈歌。「しづ（倭文）」は、日本古来の、麻などの繊維を赤や青などに染め、乱れ縞《しま》模様に織った布。奈良時代までは清音で「しつ」と発音。「をだまき（苧環）」は、布を織るための糸巻き。紡《つむ》いだ麻糸を、芯《しん》が空洞になるように球状に巻いたもの。この二句目の「をだまき」までが、繰り返し糸を巻きつけるところから、「繰りかへし」を導く序詞。下の句の本旨では、過ぎ去った日々はどんなにしても取り戻せない、という後悔の念をいう。「昔を今に」の「昔」は、「いにしへ」ともひびきあい、取り戻せない昔日を強調。「よし」は、手だて、方法。「もがな」は願望の意を表わす終助詞。一首は、過ぎ去った日々を、糸巻きのように取り戻す方法がないものか、と願う歌になっている。

②何とも思はずやありけむ　語り手の推測。女が男の歌に共感しえたかどうか。それを読者に問いかける趣である。

評釈

かつて関係のあった女に、相手の男が、交渉のないまま長の歳月を経た後、あらためて往時を懐かしんで「いにしへの」の歌を詠み送ったという話である。歌の序詞として描き出されているのは、古代の倭文織りの、乱れ模様を織り出した素朴な美しさの意匠。過ぎ去った日の、今にしてみると純真な恋の甘美さが、その意匠に託されていよう。しかし、古代が憧れの対象でしかないように、この恋の昔日ももはや取り戻すことはできない。「いにしへ」「昔」を重ねた言葉のひびきあいも、重々しい。これに対する女の返歌こそないものの、男の追憶の哀しみは彼女の心にも共感をこみあげさせて当然であろう。語り手の言う「何とも思はずやありけむ」は、読者の注意を喚起してやまない評言といってよい。

なお、これと同じ序詞を用いた類歌が、『古今集』の雑上に「いにしへのしづのをだまきいやしきもよきも盛りはありしものなり」とある。「倭文《しづ》」と同音の「賤《しづ》」の連想から「いやし」を導き出す序詞となっている。下の句の本旨は、賤しい者も身分の高い者もみな若く盛りの時はあったものだ、の意。昔日への回想という点は共通していても、その詩情は異質である。

この『伊勢物語』の歌は、後世の作品にしばしば引用されてきた。たとえば『源氏物語』でも、斎院として神域に遠のいた朝顔の姫君に、源氏が往時をしのんで歌を詠み贈り、「昔を今にと思ひたまふるもかひなく、とり返されむもののやうに」（賢木）と添え書きした。叙述の後半に、もう一首の古歌「取り返すものにもがなや世の中をありしながらの我が身と思はむ」（源氏釈）をもからめて引用し、過ぎ去った昔日をいまだに容易には放念しがたいとする。

また『義経記』では、白拍子舞の名手でもあった静《しづか》御前が、鎌倉の若宮八幡の神前で、初句を「しづやしづ」と変えて歌い舞った。その歌「しづやしづ倭文《しづ》のをだまき繰りかへし昔を今になすよしもがな」は、義経を憎む兄の頼朝の面前で、静御前はこともあろうに、夫の義経への変らぬ情愛を表明したことになる。

『伊勢物語』のこの歌は、こうした後世の引用の側からも知られるように、過ぎ去った昔日の感動を取り戻したいとする発想の、一つの原型となっていたのである。

三十三段

昔、男《をとこ》、①津《つ》の国《くに》、菟原《むばら》の郡《こほり》に通《かよ》ひける女《をんな》、②このたび行《い》きては、または来《こ》じと思へるけしきなれば、男、

66 葦辺《あしべ》より満《み》ちくる潮《しほ》のいやましに君に心を思ひますかな

返し、

昔、ある男が、摂津《せつつ》の国の菟原《うばら》の郡《こおり》に住む女に通《かよ》っていたが、女は、男が今度帰って行ったら、もう二度とは来るまいと思っている様子なので、男が、

66 葦《あし》が生《は》えている岸辺からだんだん満ちてくる潮のように、いよいよあなたを慕う心がつのってくるのだ。

と詠んだ返しの歌に、

67 葦で隠れている入江のように、外にあらわれずに深く思っている私の人知れぬ思いを、あなた

67　こもり江《え》に思ふ心をいかでかは舟さす棹《さを》のさして知るべき

③田舎人《ゐなかびと》のことにては、よし④やあしや。

はどうしてそれとはっきり知ることができよう。

田舎人《いなかびと》の歌としては、よい歌だろうか、まずい歌だろうか、まずまずの出来ばえなのだろう。

【語釈】

①津の国、菟原の郡　摂津国菟原郡、現在の兵庫県芦屋《あしや》市あたり。その地に住んでいた「女」のもとに、「男」が通っていた、という関係である。②このたび行きては……けしきなれば　「このたび行きては、または来じ」は、女の心内語。男が通わなくなるのではないか、という不安の気持ちをいう。そのような女の素振りを、男が目ざとく察知する。男が女を慰める歌を贈るゆえんである。

【和歌66】葦辺より……　男の贈歌。「葦辺より満ちくる潮の」は、「いやまし」を導く序詞。文脈上、「いやまし」は二重の文脈で、上下に続く。潮のどんどん満ちるように、相手への思いもいよいよつのるとする。「君」は相手の女をさす、親密な呼称。歌全体が、『万葉集』の古歌と類歌関係にある。一首は、あなたを思う自分の気持ちは、潮が満ちるように、いよいよつのるばかりだ、と訴える歌である。

【和歌67】こもり江に……　女の返歌。「こもり江」は、葦などに蔽われて人目に隠れている入江。贈歌の「葦辺」に応じた言葉。この語句は、枕詞ともみられるが、次の「思ふ心」に比喩的につながり、人知れぬわが心のありようを表す。「いかでかは……知るべき」は、反語の文脈で、あなたにはわかるまい、とする。「さして」は、（棹を）さして、はっきりと、の両意。この直前の「舟さす棹の」を、序詞とみることもできる。一首は、贈歌の言い分を切り返して、あなたは私の真の気持ちをわかってはくれないと恨む歌である。

③田舎人のことにては……　以下、語り手の一ひねりした評言。鄙《ひな》びた歌などではなく、すぐれた表現であることを、暗にいう。④よしやあしや　「良し・悪し」に、この地の水辺に群生する「葦《よし》・葦《あし》」の語音をひびかせた洒脱な表現でもある。

評釈

この章段は、同じ土地を設定した六十六段・八十七段などと深い関係にあるらしい。八十七段には、「男、津の国、菟原の郡、蘆屋《あしや》の里にしるよしして」とある。その芦屋あたりには、業平の父阿保《あぼ》親王の領地があったとされ、現在、親王の墓と伝えられる場所もある。この章段も、在原氏ゆかりの土地にまつわる一連の話の一つとみられる。

男が、相手の女の不安を慰めるべく詠み贈った「葦辺より」の歌は、じつは『万葉集』の次の歌と酷似している。

葦辺《あしへ》より満ちくる潮のいやましに思へか君が忘れかねつる　（巻4・六一七）

題詞に「山口女王《おほきみ》、大伴宿禰《すくね》家持に贈る歌五首」とある、その一首である。『伊勢物語』とは逆に、女から男への贈歌になっている。『万葉集』の相聞歌では「君」が女から男をさす呼称であったが、『古今集』以後では男女の区別なく親密な相手をさす語となった。二首の「君」がそれぞれ異なっていて当然である。この山口女王作の恋歌が、『万葉集』という文献を離れ、恋の古歌として流伝してきたのであろう。ただし、もとの万葉歌の下の二句「思へか君が忘れかねつる」（私が思うせいか、あなたのことを忘れられない、の意）が、この物語の歌では「君に心を思ひますかな」とあり、平安朝和歌の一般的な言いまわしになっている。

この章段の男は、相手の女が彼との関係にこれきりかと不安がっている気配を直感した。男は、彼女のそうした気持ちを慰めようと、この伝承歌を用いて贈歌したことになる。この歌の「葦辺より満ちくる潮」は、彼女の住まう土地にふさわしい景観になっている。しかも、葦に蔽われている水辺は、よく見ると波がひたひたと寄せているではないか。それが、相手を思うわが心の動きとばかりに、あらためてわが心を訴えたのである。

これに対する女の返歌は、同様の景観にもとづきながらも、その詠みぶりは独自である。一首全体を「思ふ心をいかでかは……知るべき」の反語の文脈で統一し、贈歌の言い分を切り返している。自分の心の真相はわかってはいないだろう、と言わんばかりである。しかもその文脈のなかに、「こもり江」の、目には映りにくい「舟さす棹」の光景をも細《こま》やかに詠みこんだ。それによって、顧みられないわが身の孤独な心を固有の風景として描き出すことになる。そして、このような内省の歌が、贈答歌における女の返歌の典型として定着しているのであろう。鄙《ひな》びた歌などと評されるはずのものではない。われわれ読者の注意を喚起させようとする語り手の評言である。

三十四段

昔、男《をとこ》、①つれなかりける人のもとに、

68 言へばえに言はねば胸にさわがれて心ひとつに嘆くころかな

②面《おも》なくて言へるなるべし。

昔、ある男が、すげない態度をとっていた女のもとに、歌を贈った。

68 口に出して言おうとすればうまく言えず、言わずにいると胸の中に思いが乱れて、わが心の内に人知れず嘆くばかりのこのごろだ。

厚かましく苦しい心の中を言ったのであろう。

【語釈】

①**つれなかりける人** 「つれなし」は、こちらの働きかけや期待に無反応であったり、無反応を装ったりするところから、相手の冷淡さ、無表情をいう語である。この相手も、冷淡・無表情の女《ひと》だとする。

【和歌68】言へばえに…… 男の贈歌。「言へば……言はねば……」は対句ふうの言いまわし。「言へばえに」は、下の打消の語と呼応する副詞「え」に、打消の助動詞「ず」の古形の連用形「に」がついた形で、言うことができない意。「さわぐ」は、個人の心を表す場合、激しく乱れて動揺する状態をいう。「心ひとつ」は、自分一人だけの心。孤独を強調する表現である。歌全体が、類歌を見出せる、やや類同的な表現になっている。一首は、言葉に出しても言えず、心の内で人知れず嘆くばかりだ、と訴える歌である。

②**面なくて言へるなるべし** 語り手の推測。「おもなし」は、面目ない、が原義。ここでは、こうした歌を詠み贈った男を厚

かましいと評してもいるが、しかし彼が歌を詠まざるをえなか―った、その本心をもおのずと想像させる言辞である。

評釈

男の「言へばえに言はねば……」の歌は、口に出して言おうとしても言えず、かといって言わずに黙していても……、という意の類同的な歌句である。類歌として、

言へばえに言はねば苦し世の中を嘆きてのみも尽くすべきかな　（古今六帖　第四「恨み」）

などを見出すことができる。

この男の歌には、「胸にさわがれて」などとある。恋するがゆえに相手への言葉を失ってしまったかと思うと、逆に、ひとり自分の心内には激しい動揺がきざしてしまったか、というのである。その心の騒乱から、和歌としての言葉を相手に訴えざるをえない。

そのことを語り手が、臆面もない行為と評しているようにもみえるが、その実、恋ゆえの鬱々たる情念をついに表明してしまう男の純粋な心を証してもいよう。これに対して相手の女がどう共感したか、あるいはしなかったかは語られていない。物語の真意は男の心と言葉と行為そのものに、その主眼があるとみられる。

三十五段

昔、心[①]にもあらで絶えたる人[②]のもとに、

昔、不本意のまま仲の絶えていた女のもとに、男が詠んだ歌、

69 玉を連ねる緒《お》をあわ緒に縒《よ》って結ぶように、二人の仲も固く結んであったのだから、いったんは絶えていた後《のち》も、やがては逢《あ》うことになるの

69　玉《たま》の緒《を》をあわ緒によりて結べれば絶えての後《のち》も逢《あ》はむとぞ思ふ

だろう。

【語釈】
①心にもあらで　本心からではなく、の意。自ら望んで仲が途絶えたのではないとする。②人　相手の女をさす。
【和歌69】玉の緒を……　男の贈歌。「玉の緒」はここでは、魂の意。「玉」は「魂」に通ずる語。「あわ緒」は、糸（紐《ひも》）の縒り方をいうらしいが、具体的には不詳。容易には解けにくい縒り方なのであろう。「玉の緒をあわ緒によりて結ぶ」など、『万葉集』に酷似した歌も見出せるが、やや難解な語句である。しかし、「あわ緒」の縒り方だから、途切れることもあるまいというのである。全体が、「玉の緒」「あわ緒」「結ぶ」「絶ゆ」の縁語群で構成される。一首は、二人があわ緒で結ばれた関係だから途切れることはない、と訴える歌である。

評釈

相手の女と疎遠になっているのを、男自身は「心にもあら」ぬ、不本意な事態と思っている。その男から贈り届けられた歌であるが、これと酷似した歌が『万葉集』に次のようにある。

玉の緒《を》を沫緒《あわを》に縒《よ》りて結べらばありて後《のち》にも逢《あ》はざらめやも　（巻4・七六三）

これは、分別盛りの紀郎女《きのいらつめ》が、十歳以上も若い大伴家持に贈った歌であり、やや諧謔味を帯びた挨拶ふうの相聞歌の一首である。二人の魂を「沫緒」に縒ったようなものだから後々も途切れないだろうとする。このように途切れることのない関係を願う発想は、男の側からも女の側からも、恋の関係への願望として表現されて当然であろう。恋歌としての普遍的な発想といってよい。『古今六帖』第五「玉の緒」にも採録され（ただし下の句は「ありての後《のち》も逢《あ》はざらめやは」）、伝承の古歌として広く伝播していたのであろう。この章段では、下の句が言葉の緊密なひびきあいを伴って「絶えての後も逢はむとぞ思ふ」とあり、現在はともかくとしても、将来は必ずや逢えるはず、と強調した。男の切実な願望をこめた歌となっている。

三十六段

昔、「①忘れぬるなめり」と、②問《と》ひ言《ごと》しける女《をんな》のもとに、

70 谷せばみ峰まで延《は》へる玉かづら絶えむと人にわが思《おも》はなくに

昔、「私を忘れてしまったようだ」と、男の心を問いただしてきた女のもとに、男が詠んでやった歌、

70 谷が狭いのでずっと峰の上まで生《お》い延《の》びている玉葛《たまかずら》のように、いつまでもあなたとの仲をつづけ、途絶えようなどとは思ってもいないのに。

【語釈】

①忘れぬるなめり　女からの言葉。あなたは私のことを忘れてしまったようだ、の意。**②問ひ言**　相手の真意を問いただすこと。相手の応答・釈明を求めようとする。

【和歌70】谷せばみ……　男の贈歌。上三句「谷せばみ……玉かづら」が序詞で、「絶えむ」以下にかかる。「谷せばみ」は、形容詞「せば（狭）し」の語幹に接尾語「み」がついた語法で、谷が狭いので、の意。「延へる」は四段動詞「延ふ」の已然形に、存続の助動詞「り」の連体形がついた形。「玉かづら」は、蔦《つた》など、つる性の植物の美称。「絶ゆ」「延ふ」「長し」などの語につながることが多い。ここでは、そのつるは絶えそうになっても、けっして途切ることがない、とする。「思はなくに」の「なく」は、ク語法。→一段。ここでは逆接の意を含んで、思ってもいないのに、として、女の「問ひ言」に応じている。また、この歌全体、上の句、下の句がそれぞれ『万葉集』以来の類歌群につながっている。一首は、綿々と続く玉葛のつるのように、あなたとの仲は延々と続くのだと応じた歌である。

評釈

この章段も、関係の途絶えていた男女の話。女の方から、「忘れぬるなめり」と恨み言を言ってきた。男は、女のこの「問ひ言」に応ずるように、歌をもって返答することになる。この男の歌に酷似する歌が『万葉集』の東歌に、

谷狭《せば》み峰に延《は》ひたる玉かづら絶えむの心我が思《も》はなくに　（巻14・三五〇七）

とあり、次のような作者不明の歌々とも類歌関係にある。

谷狭み峰辺《みねへ》に延《は》へる玉かづら延へてしあらば年に来《こ》ずとも　（巻12・三〇六七）
丹波道《たにはぢ》の大江《おほえ》の山のさな葛《かづら》絶えむの心我が思《おも》はなくに　（巻12・三〇七一）

「かづら」による序詞の構成で二人の関係の持続を願うとする発想が、『万葉集』以来の伝承歌を通して培われてきたことになる。物語では、疎遠になっている男に、女がその真意を問いただしたという話である。それに対して男は、こうした類同的な発想ではあるが、それだけにかえって骨太の説得力をもって応じたことになる。とはいえ、それが相手の女をどう説得して共感させたか否かは、語られていない。

三十七段

昔、男《をとこ》、①色好《いろごの》みなりける女《をんな》に逢《あ》へりけり。②うしろめたくや思ひけむ、

昔、ある男が、色好みの女に逢《あ》っていた。男は、その女の心を気がかりに思ったのだろうか、
71 私以外の男に、下紐《したひも》を解《と》いてはならぬ。たとい

71 我ならで下紐《したひも》解くな朝顔《あさがほ》の夕《ゆふ》かげまたぬ花にはありとも

あなたが、夕べを待たずにうつろう朝顔の花のように、はかなく頼みがたい人だとしても。

返し、

72 二人して結びし紐をひとりしてあひ見るまでは解かじとぞ思ふ

と詠んだのに対して、女の返しの歌、

72 二人で結び固めた下紐を、あなたとふたたび逢うまでは、私一人で解くようなことはすまいと思う。

【語釈】

①**色好み**　→二十八段。②**うしろめたくや思ひけむ**　「うしろめたし」は、背後からみて不安な気持ちや状態をいうのが原義。以下、語り手の、男の心への推測。相手は「色好み」の女だっただけに、男は気がかりで不安に思ったのだろう、との推量である。

【和歌71】我ならで……　男の贈歌。「下紐」は、下裳《したも》・下袴《したばかま》につける紐、下着類の紐である。それを「解く」とは男女が情を交わすこと、逆に「結ぶ」とは貞操を守ることをいう。この「我ならで下紐解くな」は、自分以外の男との情交を禁ずる言葉。「朝顔」以下は、相手の女の心の移ろいやすさをいう。「朝顔」は、早朝咲いては夕べにはしぼむ、はかない花とされる。また、女の朝の素顔の連想から、情交をにおわせる言葉でもある。「夕かげ」は、夕陽の光。また、この一首に「紐解く」とあるが、花の咲くことを「紐解く」ともいうところから、「下紐」と「朝顔（の花）」とが有機的にひびきあってもいる。一首は、相手の心の移ろいを恐れて、下紐を解くなと禁じる歌である。

【和歌72】二人して……　女の返歌。贈歌の「下紐解くな」に対応させて、「結びし紐」「解かじ」として、再会までは下紐を解くまいと誓う。それを貞操の証だとする。「ひとりして」は、初句の「二人して」と照応。現在の独り住みの孤心をもりこんだ表現になっている。二人がたがいに下紐を結びあって再会までは解くまいと約束する発想が、『万葉集』以来の恋歌の一類型にもなっている。一首は、約束どおり下紐を解くことはないと誓う歌である。

評釈

相手の女の多感ぶりを熟知している男は、やはり彼女の移ろい心が気がかりで、じっとしてはいられない。それだけ男はこの女に心から夢中になっているのであろう。

女の多感を恐れる男は、その贈歌のなかで、自分以外の男にはけっして下紐を解くな、とずばり言ってはみたものの、しかし下の句ではその相手を朝顔の花のようだと喩《たと》えている。早朝咲いては夕べにはしぼんでしまう朝顔の移ろいやすい花のように、やすやすと他の男のために下紐を解きかねない、それが気がかりでならないというのである。「朝顔」は『万葉集』で秋の七草の一つなどとして詠まれていたが、それが咲いてははかなくしぼむ花、または女の早朝の素顔を連想させるようになるのは、平安時代の歌言葉の成立以来である。この男の贈歌の下の句の「朝顔」も、その延長上にある。彼は彼女を「朝顔」と喩えるところから、いよいよ彼女の多感さを確信して、その移ろう心への不安をつのらせるほかない。一首を結ぶ末尾「花にはありとも」も、男の心の微妙な動きを言い表していよう。相手の多感を認めながらも、自らの断ちがたい執心をも示しているからである。

これに対する女の返歌は、男の言う「朝顔」に一切ふれることなく、もっぱら「結びし紐」「解かじ」の語句によって応ずるばかりである。これに類似した作者不明の相聞歌が『万葉集』で次のようにある。

二人して結びし紐を一人して我《あれ》は解き見じ直《ただ》に逢《あ》ふまでは　（巻12・二九一九）

女の返歌は、このような古来の伝承歌の類型に即している。自分の心の微細なありようや、相手との詳しい関係などよりも、いわば習俗の知恵を盾に、「紐」を「解くな」に対して「解かじ」と応ずるだけの、骨太な応じ方になっている。これも男女の一つの贈答歌のありようではある。

なお、三十三段からこの章段あたりまで、『万葉集』以来の伝承歌を多くとりこんでいることに、特に注意される。いかにも伝承歌らしい発想の類型が、作中人物の詠む歌を骨太な表現として定着させているといってよい。

三十八段

昔、①紀有常《きのありつね》がり行《い》きたるに、②歩《あり》きて遅く来《き》けるに、③よみてやりける。

73 君により思ひならひぬ世の中の人はこれをや恋といふらむ

返し、

74 ならはねば世の人ごとに何《なに》をかも恋とはいふと問ひし我しも

昔、紀有常《きのありつね》のところへ、ある男が行ったところ、有常が外出して、あちこち歩きまわって遅く帰ってきたので、後《のち》に歌を詠んでやった。

73 あなたのおかげで、よく体験することができた。世間の人は、このような待ち乞う気持ちを、恋というのだろうか。

有常の返しの歌、

74 わたくしは恋を経験したことがないので、世間の会う人ごとに、いったい何を恋というのかと問うてきたが、その自分があなたに恋の心を教えるとは。

【語釈】

①**紀有常がり行きたるに**　紀有常→十六段。この有常のもとを、ある男が訪ねた。その男は、あるいは業平であろうか。「……がり」は接尾語で、……の所へ、の意。②**歩きて遅く来けるに**　有常が歩きまわっていて、遅く帰ってきたので、の意。③**よみてやりける**　その後、帰宅した有常のもとに、男が歌を詠み贈った。

【和歌73】君により……　男の贈歌。「思ひならひぬ」の「ならふ」は慣れる、経験をする、の意。「ぬ」は完了の助動詞の終止形。ここでは、しかるべき思いを経験させてもらった、の気持ち。「これ」は、相手（有常）に容易に会えず待たされたという思いをさす。その思いを男女間の恋の気持ちにみなして、恋とは何かをはじめて経験したとする。これは、待つ女の立場に立って、顧みられない女の嘆きの発想にもとづいた表現である。一首は、あなたに待たされた私は、世の人のいう恋とは何かを知ることができた、とする歌である。

【和歌74】ならはねば…… 有常の返歌。贈歌の「思ひならひぬ」に照応させて、「ならはねば」とした。自分は恋をし慣れていないのでと反発して、自分こそ恋とはどんなものかを今まで世の人々に尋ねてきた、とする。末尾の「我しも」の強調表現によって、自分こそあなたのおかげで教えてもらったとして、相手の言い分を切り返した。一首は、恋の経験のない自分こそ、あなたのおかげで恋とは何かをはじめて教えてもらった、とする歌である。

評釈

これは、二人の男が、自らは恋を経験したこともないと主張する者同士として、男と女の間の恋とはいかなるものかを問いかけあう趣向で、たがいに贈答歌を詠み交わすという話である。もちろん彼らが恋の未経験者であろうはずもなく、むしろ日常から、恋を通して人間や物事を感じたり考えたりする者同士であればこそ、こうした洒脱な言葉で詠み交わすことになるのであろう。

事の発端は、男が、日ごとから親しくしているらしい有常を訪ねて、昵懇の語らいをと思っていたのに、あいにくと彼が不在であった点にある。親しい歓談の感動への期待が意外にも外れてしまった。さればいつ再会ができるのか、それにしても待たされる身とはいかにも苛立《いらだ》たしいもの、そのように思うと、待てよ、世の人はこれを「恋」というのだろうか、と思いつく。男の歌の「これをや恋といふらむ」という大袈裟で大胆な思いつきの表現は、親しい者同士に新たな共感をもたらすことにもなるのであろう。もちろんここには、恋という人間感情の微妙な真実にもふれられていて、それだけに二人の心を揺り動かす共感をも生起させて当然である。

これを詠みかけられた有常にしてみると、その思いもかけぬ機知に、してやられたという思いなのであろう。こちらもそうだが、恋に不案内だと言うあなたから、こともあろうに恋の機微を指南してもらうとは、という意外さをもって応じたことになる。返歌の末尾で「……と問ひし我しも」として、相手の言い分を切り返すところが、返歌の急所となっている。恋の道では、とうていあなたにはかなわない、という気持ちである。この「恋」をめぐる男同士の贈答歌は、人間感情の本性にふれながら、彼らの親しい共感をも深めていく。

　この男がもしも業平だとしたら、物語の奥行がいっそう深まるであろう。多くの女性交渉を経験したと伝えられているのに、ここでは恋にはまるで初心《うぶ》だといっているからである。しかも相手の有常が、あなたには教わるばかりで、恋の道ではまったくたちうちできないといっている。業平の恋の英雄像を一ひねりして描き出した一段である。

三十九段

昔、①西院《さいゐん》の帝《みかど》と申す帝おはしましけり。その帝の皇女《みこ》、②崇子《たかいこ》と申す③いまそがりけり。その皇女亡《う》せたまひて、④御葬《おほんはぶり》の夜《よ》、その宮の隣なりける男《をとこ》、御葬見むとて、⑤女車《をんなぐるま》にあひ乗りて出《い》でたりけり。⑥いと久しう⑦率《ゐ》て出《い》でたてまつらず。⑧うち泣きてやみぬべかりける間《あひだ》に、⑨天《あめ》の下《した》の色好《いろごの》み、⑩源　至《みなもとのいたる》といふ人、これも⑪物見るに、この車を女車と見て、寄り来《き》てとかく⑫なまめく間《あひだ》に、かの至、⑬蛍をとりて、女の車に入れたりけるを、⑭車なりける人、⑮この蛍のともす火にや見ゆらむ、ともし消《け》ちなむずる、とて、乗れる男のよめる。


　昔、西院《さいいん》の帝と申しあげる帝がおいでになった。その帝の皇女で、崇子《たかいこ》と申しあげるお方がいらっしゃった。この皇女がお亡《な》くなりになって、御葬送の夜、そのお邸の隣に住んでいた男が、御葬送を見送ろうとして、女車《おんなぐるま》に女と同乗して出かけていたのだった。

　じつに長い間、柩車《きゅうしゃ》をお引き出し申しあげない。亡きお方を思っては泣くだけで、お見送りを断念してしまいそうだった時、天下の色好《いろごの》み、源　至《みなもとのいたる》という人が、これも見物に来ていたのだが、この車を女車だと見てとり、そばに寄ってきて、あれこれと色めかしいそぶりをするうちに、その至は蛍を取っておいて、女の車の中に入れたので、車に乗っていた女が、この蛍のともす灯で、自分の顔が見られるかもしれない、灯を消してしまおう、と思うところから、車に乗っている男が、女の気持ちを歌に詠んだ。

75 出《い》でて往《い》なば限りなるべみ灯火《ともしけ》消ち年経《へ》ぬるかと泣く声を聞け

かの至、返し、

76 いとあはれ泣くぞ聞こゆる灯火《ともしけ》消ち消《き》ゆるものとも我は知らずな

天の下の色好みの歌にては、⑯なほぞありける。

至《いたる》は⑰順《したがふ》が祖父《おほぢ》なり。⑱皇女の本意《ほい》なし。

75 柩《ひつぎ》が出て立ち去ってしまったら、それが皇女のこの世での最後というもの。だからあなたも、蛍の灯などを消して、灯の消えるように亡くなった皇女のはかない生命《いのち》を惜しんで、長いこと泣き悲しんでいる人々の声を聞くがよい。

その至が詠んだ返しの歌、

76 まことにおいたわしい。人々の泣く声も確かに聞こえる。しかし蛍の灯を消したからとて、皇女の魂は消え失《う》せるものとも思えないし、それに車中のお方への私の心の灯も消えはすまい。

天下の色好みの歌にしては、平凡な作であった。

至は順《したごう》の祖父である。これは、皇女の成仏を願うためには不本意なことではある。

【語釈】 ①**西院の帝**　淳和天皇（七八六—八四〇）。桓武天皇の第三皇子、在位は八二三—八三三年。譲位の後、四条の北、大宮の東の淳和院に住んでいた。その御所を西院ともいったので、「西院の帝」と呼ばれた。②**崇子**　崇子内親王（八三〇—八四八）。母は橘船子。内親王の没したのは、仁明天皇時代の承和十五（八四八）年五月十五日、享年十九歳。③**いまそがりけり**　「いまそがり」（ラ変動詞）は、「いますがり」の変化した形で、「あり」などの尊敬語。④**御葬**　「はふり」は、葬送。⑤**女車**　「女房車」ともいい、女性が外出のために乗る牛車。車の簾の内側に下簾を垂らし、その下から衣裳の端を出すこと（出衣《いだしきぬ》）が多い。見るからに女車とわかる装いである。ここでは、「その宮の隣なりける男」もその女車に同乗していた。人目につかぬよう死者を見送るためであろう。⑥**いと久しう**　柩《きゅう》車《しゃ》を門の外に引き出すのに、予想以上に長い時間が経過していることをいう。⑦**率て出でたてまつらず**　「たてまつる」は謙譲語で、亡き皇女の霊魂への敬意を表す。⑧**うち泣きてやみぬべかりける**　人々は、皇女の死を悲しむだけで、柩車の見送りを断念して、ということ。⑨**天の下の色好み**　「天の下の」は、「色好み」の人として強調する表現。⑩**源至といふ人**　「源至」は、嵯峨天皇の皇子、大納言源定の子。従四位上右京大夫。後述されるように源順の祖父。また、河原左大臣と呼ばれた源融《とおる》（→一段）の甥《おい》にあたる。この源至が「天の下の色好み」とされているが、その記録など明らかでない。

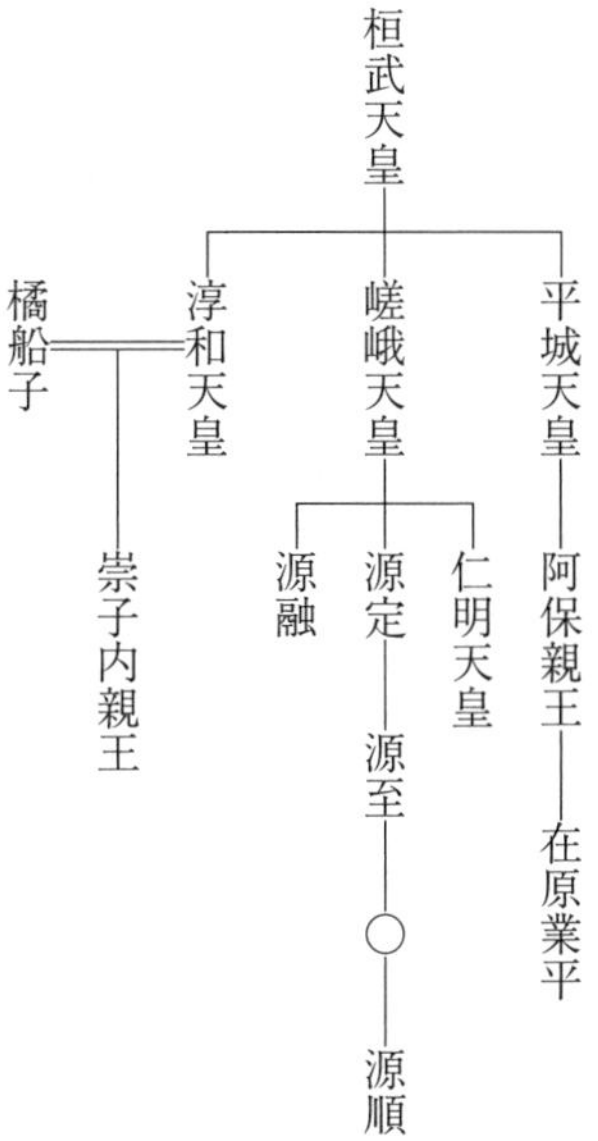

⑪**物見る**　男が「御葬見る」とあるのに比べて、至が「物見る」のは見物に近い。⑫**なまめく**　この「なまめく」は、風流な様子で好色めいた振る舞いをする、ぐらいの意。「天の下の色好み」とされるゆえんでもある。⑬**蛍**　「蛍」は、歌言葉としては、恋する者の内心に秘める思いを連想させる。ここでも、それと無関係でない。→四十五段。⑭**車なりける人**　女車に乗っていた女。身分低からぬ女性であろう。⑮**この蛍の**　以下、「ともし消ちなむずる」まで、直接には車中の女の心内語であるが、それが同乗の男の気持ちでもあるとして、男の贈歌を導くことになる。

【和歌75】出でて往なば……　男の贈歌。「出でて往なば」は、やがて皇女の柩車が出て行ったならば、という仮定条件。「限り」は、これが最期、の気持ち。皇女との最後の別れだとする。「べみ」は、推量の助動詞「べし」の語幹に接尾語「み」がついた形で、……だろうから、の理由の意を表す。「ともし消ち」は、皇女の生命の灯が滅びていくことの象徴的な表現。ここには、『法華経』序品の釈迦の死をいう「仏此夜滅度したまふこと薪《たきぎ》尽きて火の滅するが如し」がふまえられている。また、その暗闇の悲しみの世界には、蛍の灯など邪魔だ、とも言いこめている。「年経ぬるか」の「か」は反語。皇女はこの世に長い年月生きられたか、いや短い生涯だった、の意。さらに、その皇女の最期を悲しむ人々が、柩車の出るのを幾年も経ったかと思うほど長時間待ちつづけた、それも当然だとする気持ちも言いこめた。「泣く声を聞け」は、相手の至への呼びかけで、余計なことをせずに、皇女の死を泣く人々の声を聞くがいい、と相手をたしなめた言辞。一首は、灯が消えたように亡くなった死者を悲しむ人々の声を聞いて、あなたも泣くがよい、と訴える歌である。〈重出〉古今六帖　第四「悲しび」。

【和歌76】いとあはれ……　至の返歌。初句「いとあはれ」は、直接的には死せる皇女への悲哀感を表しているが、さらに車中の女への感動をも秘めている。二句目では、贈歌の「泣く声を聞け」を率直に受け止めて、「泣くぞ聞こゆる」と応じながらも、第三句以下では贈歌に反発して「我は知らずな」とする。すなわち、蛍の灯も消えず、皇女の魂も滅亡したとは思われない、と切り返したことになる。ここには、同じ『法華経』の文言ではあるが、贈歌での引用とは逆の内容の「我涅槃《ねはん》を説くといへども是また真滅にあらず」がふまえられている。また、蛍の灯が消えないとするのには、車中の女の姿が忘れられない気持ちも言いこめられている。一首は、死者の魂は灯が消えるように滅びることもない、と切り返した歌である。

---

⑯**なほぞありける**　この「なほ」は、「直《なほ》々し」と同義の名詞形で、普通のさま、平凡なさま、ぐらいの意。⑰**順**　源順（九一一―九八三）は、十世紀半ばの代表的な文人。梨壺の五人の一人として、『後撰集』の撰者にもなった。⑱**皇女の本意なし**　難解な一文で、明解を得がたい。ここでは、こんな不謹慎なやりとりは亡き皇女にとって不本意だ、ぐらいの意に解しておきたい。

評釈

淳和天皇の皇女、崇子の葬送の夜、その隣の邸に住んでいた男が、葬送を見送ろうとして女車に女と同乗していた。そこへ源至という人物が現れ、この女車に対して何かと色めかしいそぶりを見せる。やがて至は、持っていた蛍を女のいる車中に入れた。その蛍火で女の顔がはっきり見られてしまいそうだというので、同乗の男がその灯を消そうとして、「出でて往なば」の歌を詠んだ。蛍を投げ入れるなどの邪魔をせず、死者を悲しむ人々の声を聞け、とたしなめた歌である。これに対する至の返歌は、蛍の灯を消したところで、車中の美しい女《ひと》への自分の思いは消えようがない、そもそも皇女の魂も死滅してはいないと反発した。二首は、「灯火消ち……泣く声を聞け」と「泣くぞ聞こゆる灯火消ち消ゆる」が照応しあう贈答歌になっている。

もとより、蛍の光で美しい女《ひと》の顔容貌《かたち》を照らし出そうとする趣向は、この三十九段をはじめとして、『うつほ物語』「初秋」巻や、『源氏物語』「蛍」巻などで試みられるようになる。『うつほ物語』では、尚侍《ないしのかみ》の美貌をとくと見届けたいと思う帝が、殿上童たちに蛍をたくさん集めさせ、それを自らの直衣《のうし》の袖に移し入れて、尚侍のいる几帳のもとに出た。薄い生地の直衣の袖に包まれた蛍の光が、尚侍の姿をありありと照らし出すことになった。「ほのかに見ゆるは、ましていとなむ切《せち》なりける」というのである。また『源氏物語』では、源氏が、養女の玉鬘《たまかずら》を、彼女への求婚者である兵部卿宮に、一瞬の蛍火の光で照らし出して見せる。兵部卿宮は源氏の思惑どおり、ほのかな蛍火でわずかに照らし出された玉鬘の美貌に、魂を抜かれる思いとなった。

しかしこの話では、蛍の光が女の姿態を照らすところまでにはいたっていない。また、蛍の灯が恋する者の胸に秘める思いを連想させる歌言葉のイメージも不鮮明である。だいいち、贈答歌二首には「蛍」の語じたいがとりこめられていない。これは、贈答歌全体のありようが、男の詠みかける「出でて往なば」の歌に領導されているからであろう。その贈歌では、仏典の釈迦入滅についての「薪尽きて火の滅すが如し」という文言に即して、人の死の厳粛さにとって「灯火消ち」て当然であり、いわんや蛍の灯などまったく邪魔で不謹慎だとする。「蛍」の語さえも意識的に排除されている。これに対する返歌は、贈歌の表現に密着するところから、「消ち消ゆるものとも我は知らずな」として、「消ち」にこだわりすぎている。しかも、贈歌の仏典引用に対抗すべく、逆の内容の文言「真滅にあらず」を引用しようとする、いわば言葉の次元にとどまっている。初句の「いとあはれ」が何への感動か漠然としているのも、そのためである。

至という人物に即していえば、車中の女への関心から物語の恋がはじまるかにみえながらも、そうはならなかった。それというのも、同車の男の詠歌にはばまれる結果となったからである。だいいち、女車への男の同乗にも気づかず蛍を投げ入れるうかつさなども、やや滑稽でさえある。末尾の語り手の評言として、天下の色好みといわれた至にしては、平凡な歌の詠みぶりに終始したとされる点に、それが明らかであろう。もしも同車の「男」が業平だとしたら、その男の歌の力に圧倒されて当然だともみられる。

四十段

昔、若き男《をとこ》、①けしうはあらぬ女《をんな》を思ひけり。②さかしらする親ありて、③思ひもぞつくとて、この女をほかへ④追ひやらむとす。さこそいへ、まだ追ひやらず。⑤人の子なれば、まだ⑥心いきほひなかりければ、とどむるいきほひなし。女も⑦いやしければ、⑧すまふ力なし。さる間《あひだ》に、⑨思ひはいやまさりにまさる。にはかに、親、この女を⑩追ひうつ。男、⑪血の涙を流せども、とどむるよしなし。⑫率《ゐ》て出《い》でて往《い》ぬ。男、泣く泣くよめる。

77 出《い》でて往《い》なば誰《たれ》か別れのかたからむありしにまさる今日《けふ》は悲しも

とよみて、⑬絶《た》え入《い》りにけり。親あわてにけり。⑭なほ、思ひてこそ言ひしか、いとかくしもあらじと思ふに、⑮真実《しんじち》に絶え入りにければ、まどひて⑯願《ぐわん》立てけり。今日の⑰入相《いりあひ》ばかりに絶え入りて、またの

昔、ある若い男が、そう悪くはない女をいとしく思ったのだった。男には、差し出たふるまいをする親がいて、わが子が惚れこんでは大変だと懸念して、この女を他《ほか》の所に追い出そうとする。そうは思うものの、まだ追いはらってはいない。男は親がかりの身なので、まだ自分の意志を押し出す意気ごみもなかったので、女を引きとどめる勢いもない。女も身分低かったので、これに抗《あらが》う力がない。

そうこうしている間に、男の女に対する気持ちがいよいよつのるばかりである。にわかに親が、この女を追い放ってしまう。男は、血の涙を流すけれども、女を引きとどめるすべとてない。誰かが女を連れて家を立ち去ってしまった。男が泣く泣く詠んだ歌である。

77 女が自分から去って行くのなら、誰がこんなに別れがたいと思うだろう、けっして思うまい。そうではなく無理やり連れて行かれたのだから、以前にもまして恋しさのつのる今日は、いつになく悲しい。

と詠んで、気を失ってしまったのだ。親はうろたえてしまった。なんといってもやはり、わが子のためを思って女に言っただけなのに、まさかこんなになろうとは思ってもみなかったが、真実息も絶え絶えになってしまったので、おろおろしながら神仏に願を立てたのだった。今日の日暮れごろに気を失って、翌日の戌《いぬ》の刻《とき》ごろに、ようやく息をふき返した

日の⑱戌《いぬ》の時ばかりになむ、からうじて⑲生《い》き出《い》でたりける。昔の⑳若人《わかうど》は、さる㉑すける物思ひをなむしける。今の㉒翁《おきな》、㉓まさにしなむや。

のである。

昔の若者は、こんないちずな恋の物思いをしたものだった。今どきは翁だって、どうしてこのようなことができようか。

【語釈】

①**けしうはあらぬ**　「異《け》（怪《け》）しうあらず」は連語で、（容姿や才覚などが）そう悪くはない、の意。②**さかしらする**　この「さかしら」は、差し出たふるまい、お節介、の意。③**思ひもぞつく**　女に思いこんだら困る。「思ひつく」は、本心から思いこむ意。「もぞ」は、危ぶむ気持ちを表す語法。④**ほかへ追ひやらむとす**　わが家から他所に追い出そうとする意。⑤**人の子**　まだ親がかりの身の上、という状態。⑥**心いきほひ**　「心いきほひ」で一語。（自分の意思を押し出す）意気ごみ。生活力。⑦**いやしければ**　身分低いので、の意。冒頭の「けしうはあらぬ」は容姿や人柄について、ここは身分や素姓をいう。召使なのであろう。⑧**すまふ力**　「すまふ」は、抵抗する意。男の親に抗《あらが》う女の力をいう。⑨**思ひはいやまさりにまさる**　女を思う男の恋慕がいよいよつのっていく。⑩**追ひうつ**　「追ひ棄《う》つ」で、追放する意。「ほかへ追ひやらむ」としたことが、実現してしまった。⑪**血の涙**　痛切な悲しみゆえの涙。紅涙。⑫**率て出でて往ぬ**　親に命じられた者が、女を連れて出て行ってしまった、の意。

【和歌77】出でて往なば……　男の独詠歌。「出でて往なば」は、もしも女が自分の意思で出て行ったのなら、の仮定条件。「誰か」の「か」は反語、誰も別れ難《がた》いとは思わないだろう、の意となる。しかし実際には無理やり別れさせられたのだから、の気持ちで下の句に続く。「ありし」は、女と一緒にいた当時のころ。一首は、女と無理に離れさせられた今日ほど悲しいことはない、と嘆き訴える歌である。〈重出〉古今六帖　第四「別れ」・初句「いと（厭）ひては」、五句「今朝《けさ》は悲しも」。⑬**絶え入りにけり**　息が絶え絶えで気を失ってしまった、の意。「……入る」で、すっかりその状態がひどくなることをいう。⑭**なほ、思ひてこそ言ひしか、いとかくしもあらじ**　「あらじ」まで、親の心内語。親として子のためによかれと思って言ったのに、よもやこうまでなるとは思ってもみなかった、の気持ち。「こそ……已然形（「しか」）」の語法で、次に逆接の文脈をつくる。⑮**真実に**　漢語「真実」で強調した表現。わざとではなく、ほんとうに。⑯**願立てけり**

親が、子が息を吹き返すことを、神仏に祈願した。⑰**入相**　日没ごろ。⑱**戌の時**　午後八時前後。⑲**生き出でたりける**　蘇生した。この「生き出づ」は、前の「絶え入る」の語に照応。⑳**昔の若人は……**　以下、末尾まで、語り手の評言。「昔の若人」は、この章段の男主人公、冒頭の「若き男」をさす。㉑**すける物思ひ**　恋に溺れて物思いに屈していること。「すける」は、四段動詞「好《す》く」の已然形に、助動詞「り」の連体形のついた形。㉒**今の翁**　「昔の若人」と同一人物と考える必要はない。言葉の上で対極的に「今の翁」と呼んだまでである。「昔の若人」が純粋な恋に生きようとしたのに対して、「今の翁」は世俗のしがらみにとらわれて分別くさくなっている人物。㉓**まさにしなむや**　反語の文脈で、どうしてそんな恋などできようか、の意。

評釈

この話の主人公「若き男」は、後文によれば「人の子なれば、まだ心いきほひ」がない年頃であったという。まだ親がかりの少年である。その若者が、小ぎれいで気のきいた女《ひと》に好意をいだくようになった。その女は、身分が「いやしければ」とあり、この少年の邸に召し使われる下仕えだったのであろう。これを知った親は、わが息子がその女に惚れこんでしまっては大変だ、とばかりに強引に二人を引き裂こうとした。しかしこの対処のしかたは、子の心を思わぬ親の頑固さや意地悪さを必ずしも意味しない。むしろ、身分違いの恋の不都合を思い、常識的に身分相応の結婚を願う親心からであろう。親は邸内の誰かに命じて、ついに女を連れ出させてしまった。

しかしこの若者の悲嘆は尋常の沙汰ではなかった。「出でて往なば」の歌には、絶叫のような思いがこめられている。そのためか、上の句の表現がやや言葉少なの印象を与える。言葉を補って解すと、あの女《ひと》がもしも自分の意思から出て行くというのなら、誰もがこんなに別れがつらいと思わないだろうが、という気持ちになる。また、それを受ける下の句の「ありしにまさる今日」の悲しみとは、さきだつ叙述「思ひはいやまさりにまさる」ともひびきあい、離別の今日こそ悲嘆の極みだとする。

若者はこの衝撃から、「絶え入りにけり」「真実に絶え入りにければ」となった。これに動転した親は神仏の力にすがるほかない。どうにか翌日の夜に蘇生したという。「絶え入る」「生き出づ」の言葉が照応しあう表現からもわかるように、若者は九死に一生を得たも同然である。初々しい少年の心は、いかにも脆《もろ》くはあるものの、芯《しん》のしなやかさをも証していよう。末尾の語り手の評言には「昔の若人」「今の翁」の語が対極的に用いられている。世俗にまみれて分別くさくなっている大人とは違っていて、純粋な恋に生きようとした昔の若者の情熱を称揚しているのである。純真無垢の心から出た真剣な恋も、恋の一つのかたちであるとして語っている。

四十一段

昔、①女《をんな》はらから二人ありけり。②一人はいやしき男《をとこ》のまづしき、一人は③あてなる男持《も》たりけり。

④いやしき男持たる、十二月《しはす》の⑤つごもりに、⑥袍《うへのきぬ》を洗ひて、⑦手づから張りけり。心ざしは⑧いたしけれど、さるいやしきわざも慣《な》らはざりければ、袍の肩を張り破《や》りてけり。せむ方もなくて、ただ泣きに泣きけり。これを、かのあてなる男聞きて、いと心苦しかりければ、いと⑨きよらなる⑩緑衫《ろうさう》の袍を⑪見出《みい》でてやるとて、

昔、同腹の姉妹二人がいた。一人は、身分低い男でしかも貧しい人を、もう一人は高貴な男を、それぞれ夫にもっていた。

身分低い男を夫にしている女が、十二月の末ごろに、夫の袍《ほう》を洗って自分自身で洗い張りをしたのだった。気持ちは一生懸命努力したけれど、そのような身分賤しい者のするような仕事にも慣れていなかったので、袍の肩のあたりを引っ張って破ってしまった。どうしようもなくて、ただただ泣くばかりだった。このことを、あの高貴な男が聞いて、まことに気の毒に思ったものだから、じつに美しい緑衫《ろうそう》の袍を探し出し、贈ってやるというので、歌を詠んだ。

78 紫草《むらさきぐさ》の色濃い時は、目のとどくはるか遠くまで、春の芽をふく緑一色なので、野に生えている草木も紫草とは区別のつかないものだった。

78　紫の色こき時はめもはるに野なる草木ぞわかれざりける

⑫武蔵野《むさしの》の心なるべし。

――妻を思う気持ちが強いものだから、その縁につながるあなたのことも、とうてい他人ごととは思えないのだ。

「武蔵野の」の歌と同じ趣なのであろう。

【語釈】

①**女はらから**　同腹の姉妹。→一段。②**一人はいやしき男のまづしき**　以下、「一人は……一人は……」と、対照的に述べる。「いやしき男の貧しき」は、身分の低い夫で貧しい者。「男」は夫、「の」は同格を表す格助詞。③**あてなる男**　高貴な身分の夫。④**いやしき男持たる**　身分の低い男を夫としている女が、の意。⑤**つごもり**　この「つごもり」は、月末ごろ。⑥**袍《うへのきぬ》を洗ひて**　袍《ほう》は男性貴族の正装（束帯）用の表衣。位階によって色が定められている。後文に「緑衫」とあり、この夫は六位。身分上、六位と五位の差は著しい。下級官にとって、五位は昇進の目標でもあった。ここは「十二月のつごもり」で、新年の儀のための晴れ衣を準備すべく、それを洗い張りする。着衣を洗い、糊《のり》づけして張る作業である。⑦**手づから**　洗い張りは召使の作業であるが、それを「手づから」（直接自分の手で）するのは、召使を雇えないほど貧しいからである。⑧**いたしけれど**　「（心を）いたす」は、真心を尽くすこと、力の限りを尽くすこと。⑨**きよらなる**　この「きよら」は、最高の美しさをいう。⑩**緑衫**　「ろうさう」は「ろくさん」の音が転じた形。緑色の袍で、六位の者の着用である。この「いやしき男」が六位であることが知られる。⑪**見出でてやる**　見つけ出して、「いやしき男」に贈ってやる。自分が六位のころに用いたのを、そのまま保管していたのであろう。

【和歌78】紫の……　「あてなる男」の贈歌。「紫」は「紫草」のこと。→一段。「色濃き」は春の草の緑色の濃さをいう。袍の「緑衫」色にことよせた。「めもはる」は、「芽も張る」「目も遥る」の掛詞、さらに「春」の語をもひびかせる。「野なる草木ぞわかれざりける」は、「紫（草）」と「野なる草木」一般とが、その深緑の色彩から区別できなかったとする。また、紫草の根の紫色が縁故《ゆかり》の色とされるところから、わが妻の縁故《ゆかり》の者と思えば、その親情は区別しがたいとする。一首は、紫草も色濃い緑のなかでは他の草木と区別がつかないように、自分の縁につながる人は他人とは思われないとする、親近感をこめた歌である。〈重出〉古今　雑上・業平。古今六帖　第五「紫」業平・四五句「野なる草木もあはれなりけり」。

⑫**武蔵野の心なるべし**　語り手の、男の歌の心への推測。次の歌を根拠とする推測である。「紫の一本《ひともと》ゆゑに武蔵野の草はみながらあはれとぞ見る」（古今　雑上・読人知らず）。一首は、紫草が一本だけでもあれば、広い武蔵野じゅうのすべての草がなつかしいものに見えてくる、の意。その底意には、自分にはだいじな一人がいるので、その縁故のある人々のすべてに親しみを感じる、という気持ちがある。

評釈

「女はらから」の一人が、高貴の身で裕福な夫をもったのに、もう一人が身分高からぬ貧しい夫をもったというのは、不可思議なまでの結婚運の違いというべきか。身分低い夫の妻は、あわただしい歳末のある日、夫の正月用の晴れ着の袍を、自らの手で洗い張りすることになった。貧窮の暮らしぶりから、この作業を頼める召使などさえもいなかったのであろう。この妻は、日常の家事に慣れていなかったせいで、せっかくの正月用の一張羅《いっちょうら》を引き破ってしまった。彼女はなすすべもないまま、ただ泣くほかない。これに同情した姉妹のもう一人の夫が、急遽、六位用の緑の袍を贈ってやった。上位に昇進していた彼は、かつて着用したその緑の袍をしまいこんでいたのであろう。

それに添えられた歌は、袍の色にちなんで、表面上は野原の草の緑を詠んでいる。しかし、縁故を連想させる「紫（草）」の歌言葉をとりこむところから、武蔵野の木草の緑色が一様に区別がつかないのと同様に、縁故につながる人々を思う心も同じで、その区別がないとする。そのことを確認するかのように、末尾での語り手が「武蔵野の心なるべし」と注記している。「紫（草）」といえば、すぐに歌枕の地として武蔵野が連想されてくる。その武蔵野を印象づける紫草の色が濃いように、自分たちの二人の妻も血を分けた姉妹同士であることを強調した歌である。

この章段の歌は『古今集』雑上に、次のような詞書とともに収められている。

妻《め》のおとうとを持《も》てはべりける人に、袍を贈るとて詠みて遣《や》りける　業平朝臣これによれば業平の実作であるとされる。その業平の妻の姉妹の夫とは、歌人として知られる藤原敏行のこと。しかし、生涯従四位上にまでいたった敏行が貧困の身であったとは思われない。敏行であるとするかぎり、不審である。しかし『古今集』の詞書では、必ずしも相手の貧困さから袍を贈ったとは限定されていない。それよりも、贈り主の心の細《こま》やかな心づかいが、巧まれた歌の言葉に転位している点に注意すべきであろう。そしてこの章段が、「いやしき男の貧しき」「あてなる男」の人間関係を設定して、十二月の袍の洗い張りの作業という物語的情況にこの歌をとりこむことになった。それによって、この歌がいっそうの輝きを発揮して、おのずと名歌人業平の面影も浮かびあがらせている趣である。物語のこの設定は、業平の歌の高度な解釈によるものといえるかもしれない。

なお、『古今集』にあっては、語り手が末尾で「武蔵野の心」として掲げる「紫の一本ゆゑに」の歌の次に、この章段の歌が配されている。縁故を連想させる紫草の生える歌枕「武蔵野」の歌という点で二首が隣合せになっている。その配列からも、この章段の成立事情が考えられるのかもしれない。

四十二段

昔、男《をとこ》、①色好《いろごの》みと知る知る、女《をんな》をあひ言へりけり。されど、②にくくはた、あらざりけり。しばしば行《い》きけれど、なほいとうしろめたく、さりとて、いかではた、えあるまじかりけり。③なほはた、えあらざりける仲なりければ、二日三日《ふつかみか》ばかり④障《さは》ることありて、え行《い》か

昔、ある男が、多感な相手とは十分知りながら、その女と情を交わしあっていた。しかし、そうは知っていても、一方では憎くも思わなかった。男はしばしば女のもとに通《かよ》っていたが、やはり女の心変わりが気がかりで信頼しがたく、かといって、行かずにはやはりいられないのだった。なんといってもやはり、そのように関わらざるをえない仲でもあったので、二、三日ほど差しつかえがあって、行くこと

で、かくなむ、

79 出《い》でて来《こ》し跡《あと》だにいまだ変はらじを誰《た》が通《かよ》ひ路《ぢ》と今はなるらむ

⑤もの疑《うたが》はしさによめるなりけり。

ができずに、このように詠んでやった。

79 あなたのもとから出てきた私の足跡さえも、まだそのままに変わってはいまいが、今ごろは誰かの通い路になっているのだろう。

女の心のどことなく疑わしく思われるところから、詠んだのだった。

【語釈】

①色好みと知る知る　相手の女の多感な性分を十分知っているとする。「色好み」→二十八・三十七段など。この「色好みと知る知る」は、文脈上は挿入句ともみられるが、内容的には逆接の機能を含んでいる。**②にくくはた、あらざりけり**　一方では憎くも思わなかった。「はた」は副詞で、またそうはいっても、ぐらいの意。以下にもこの語が、「いかではた……」「なほはた」と繰り返される。一方では女の浮気性に不安をいだきながらも、他方では執着の念を捨てきれないとする、男の心の動きをとらえている。**③なほはた、……仲なりければ**　やはり、なんといっても、また逢わずにはいられないという仲であったので、の意。副詞「なほ」（やはり、の意）が、前にも「なほいとうしろめたく」とあり、繰り返される点に注意。**④障ることありて**　支障があって。物忌《ものい》みなどであろう。**【和歌79】出でて来し……**　男の贈歌。「跡」は、女のもとから帰って来た時の自分の足跡。「だに」に注意。消えやすい足跡さえも変わらず残っている、その短時間のうちに、の気持ち。「誰が……」は、自分以外の男の誰かが、もうそちらに通っているのだろう、の意。一首は、自分の帰ったすぐ後にも、別の男を通わせているかもしれない、と相手の女の心を疑う歌である。〈重出〉新古今　恋五・業平・初句「出でて往にし」、三句「変はらぬに」。**⑤もの疑はしさによめるなりけり**　男の歌についての、語り手の評言。男の疑心に注意させる叙述である。

評釈

この話の男は、相手の女を「色好み」の人と十分知りながら、その彼女との愛恋にのめりこむほかなかったという。

「色好み」は、その当人の内面に即せば多感な性分をいうのだが、他人からみれば移り気や浮気の人としてしか見えなくもない。

ここで「されど、にくく、はたあらざりけり」と語る文脈が、男の心の微細な動きをとらえた文体として注意される。男は、彼女を「色好み」の人だと思い、嫌悪の情をいだいて断念してもよさそうなもの、しかし同時に好意を禁じえないという。冷静な判断と熱っぽい情動の二つに揺れ動いているのだ。以下、「なほ」「さりとて」の逆接的な意を含む語が繰り返される文体によって、男の揺れ動く心の振幅がとらえられていく。

頻繁に逢っていても、やはり女の移り気が心配でならない。かといって、逢わずにはいられない。そして、自分の方に避けがたい支障があり数日間の隔てが生じたところで、男の心の葛藤が頂点にのぼってしまう。それが、男に「出でて来し」の歌を詠ませることになる。この歌の「……いまだ変はらじを……今はなるらむ」の、対照的なとらえ方からも、愛恋と不信が同時に把握されている。

この物語の男は、恋すればこその疑いをいだき、また逆に、不信をいだけばいだくほどその恋に深くのめりこんでいく。語り手の言辞に「もの疑はしさによめるなりけり」とあるが、疑いそのものだけを言うのではなく、その分だけその恋に執するほかないことを語ろうとしているのであろう。その恋における疑心と執心とは、この男に限らないのであろう。恋とはこんなもの、と言わんばかりにである。

四十三段

昔、①賀陽《かや》の親王《みこ》と申す親王おはしましけり。その親王、②女《をんな》を思《おぼ》し

昔、賀陽《かや》の親王と申しあげる親王がおいでになっ

召《め》して、いとかしこう③恵《めぐ》みつかうたまひけるを、④人なまめきてありけるを、⑤我のみと思《おも》ひけるを、⑥また人《ひと》聞きつけて、文《ふみ》やる。⑦ほととぎすの絵《かた》をかきて、

80 ほととぎす汝《な》が鳴く里のあまたあればなほうとまれぬ思ふものから

と言へり。この女、⑧けしきをとりて、

81 名のみ立つしでの田《た》をさは今朝《けさ》ぞ鳴く庵《いほり》あまたとうとまれぬれば

時は五月《さつき》になむありける。男《をとこ》、返し、

82 庵多きしでの田をさはなほ頼むわがすむ里に声し絶えずは

た。その親王が、ある女をご寵愛になって、たいそう目をかけ、だいじに召し使っておられたが、その女にある男が色めかしいそぶりを見せていたのを、自分だけがその女と深い関係にあると思っていたのに、と、もう一人の男がそれを聞きつけて、女に手紙をやる。ほととぎすの絵を描いて、

80 ほととぎすよ、おまえには飛んで行って鳴く里がたくさんあるから、やはり疎《うと》ましい感じがしてしまう。心のうちにいとしく思ってはいるものの。

と詠んだ。この女は男の機嫌をとって、

81 よからぬ噂だけが立つしでの田おさは、今朝はただその鳴き声ばかりが聞こえてくる。住む庵《いおり》がたくさんあるといって嫌われてしまったので……。

時はちょうど五月だった。男が、返しの歌を詠んだ。

82 住む庵の多いしでの田おさを、やはり頼みとしよう。私の住む里でその声が絶えず聞かれるのならば。

【語釈】

①**賀陽の親王**　桓武天皇の第七皇子。七九四―八七一。②**女を**　ある女を。この章段の女主人公。③**恵みつかうたまひけるを**　「恵む」は、相手を思いやって恩恵を与える意。ここは「恵み

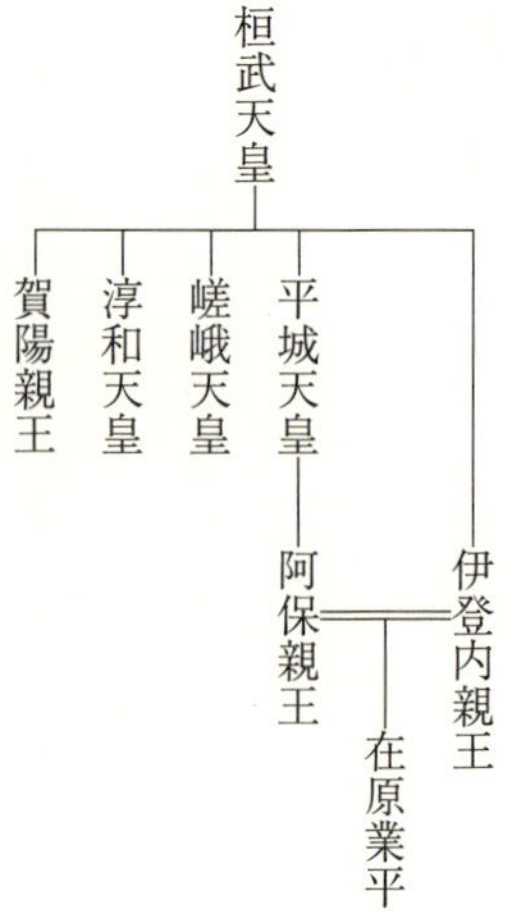

つかふ」とあり、目をかけて召し使うこと。④**人なまめきてありけるを**　ある男が、色めかしく言い寄っていたが、の意。この「なまめく」は、好色めく振る舞う意。⑤**我のみと思ひけるを**　自分だけがその女と深い関係にあると思っていたのに、の意。そのように思っていたのは「また人」。ただし、このあたりの文脈がややあいまいで、前の「人」（男）からも、この「我のみと思ひけるを」に続いているようにもみえる。しかしここでは、「人なまめきてありけるを」から「また人聞きつけて」に直接続く文脈であると解した。⑥**また人聞きつけて**　「また人」は、もう一人の男。この章段の男主人公である。その「また人」が、前の「人」が女に懸想したのを聞きつけて、というのである。⑦**ほととぎす**　後文にあるように、夏五月の鳥とされる。

【和歌80】ほととぎす……　「また人」の贈歌。相手の女を「ほととぎす」に擬《なぞら》えて、それに呼びかけた。「鳴く里のあまたあれば」は、ほととぎすが自分の時節とばかりに山里のあちこちを鳴いて飛びまわること。それに、相手の女の、多岐にわたる男性交渉を擬えてもいる。「なほ」は副詞で、やはり、の意。「うとまれぬ」の、「れ」は自発の助動詞、「ぬ」は完了の助動詞。「思ふ」は自分が相手の女を恋しく思う意。このあたり、「なほ」「ものから」（逆接の接続助詞）による文脈が、女に対する「また人」の、不信と恋着との間に揺れ動く心の微妙な動きを言い表している。一首は、ほととぎすが山里のあちこちで飛びわたるように、あなたが私以外の男たちと交渉するのを、私は疎ましく思わざるをえない、と訴える歌である。〈重出〉古今　夏・読人知らず。

⑧**けしきをとりて**　「けしき（を）とる」は、事情を察する、機嫌をとる、の意。

【和歌81】名のみたつ……　女の返歌。「名のみ立つ」は、実際はそうでないのに浮名ばかりが立つ、の意。「しでの田をさ」は、ほととぎすの異名で、「死出の田長」とも「賤《しで》（「賤《しづ》」の音転）の田長」とも表記される。「田長」は農夫のこと。この鳥が冥土の険しい山を越えて飛来するからとも、田植えの時節を告げるべく飛来するからともいわれる。いずれにせよ、この「しでの田をさ」の言葉には、他界から人間世界に豊穣をもたらす神霊の力のイメージがこもっている。贈歌の「ほととぎす」を「しでの田をさ」に言い換えて、田植え時のその鳴き声も疎まれるとして、顧みられないわが身を悲嘆する。「鳴く」には「泣く」の意をもひびかせていよう。一首は、ほととぎすが至るところで鳴くと評判され、自分も多くの男との交渉を噂されるが、その根も葉もない噂から、あなたから嫌われて泣くしかない、と弁明する歌である。

【和歌82】庵多き……「また人」のさらなる返歌。もともと男の贈歌に用いられた「ほととぎす」が、女の返歌に応じて「しでの田をさ」となる。また、「庵多き」も、女の返歌の「庵あまた」に密着した言葉づかい。「なほ頼む」は、男の最初の贈歌の「なほうとまれぬ」とは正反対に、やはり昵懇の交流を頼むほかないとする。男の、女への強い執心である。一首は、ほととぎすが私の住む里にやってくる限りは頼もしく思うように、あなたとの仲が続く限りは頼むとしよう、と親交を切願する歌である。

評釈

この話は、他の章段の冒頭と異なって、その語り口が一風変っている。物語の男主人公は、冒頭の「賀陽の親王」でもなければ、「人なまめきてありけるを」の「人」でもない。じつは、「また人聞きつけて」の「また人」が、「女」とどう交渉するかが、この物語の具体的な内容である。冒頭に「賀陽の親王」を提示してあるのも、せいぜいこの話に九世紀半ばぐらいの時代性をとりこむ程度のものであろう。

この物語において右の「人」と「また人」の関わり方や、それを語る文章もわかりにくい形になっている。「人」が「なまめきてありける」のを、「また人」が「聞きつけて」というのであり、しかもその「また人」は「われのみと思」っていたのに、というのである。あるいは、「我のみと思ひけるを」の文脈は、前の「人」からも続き、「また人」へも二重に続いているのかもしれない。物語の異例の語り出しと、この複雑な文体が、やや人間関係をわかりづらくしているが、「また人」が相手の女の移り気を恨みながら、自らの一途な思いに生きようとする物語になっている。

その「また人」が女に、「ほととぎす」の歌を詠みかけた。この歌はもともと、『古今集』の夏部の一首として収められた読人知らずの歌である。夏の歌としては、ほととぎすの鳴く里があれこれと多く、それによってどの里にも夏が到来した、という季節の感動を詠んでいる。そもそも「ほととぎす」は、五月ごろ南方から飛来して九月ごろには帰っていく渡り鳥である。山から里に来ては再び山に戻る鳥とされていたが、里では五月近くになると人々が競ってその初声を聞こうとした。やがて里を彩る藤の花、花橘、卯の花の上を鳴きわたるところから、やや移り気の鳥とからかわれたり、あるいは「ほととぎす初声聞けばあぢきなく主さだまらぬ恋せらるはた」(古今　夏・素性)と歌われたりする。この章段のこの歌でも、「里のあまたあれば」と表現するあたりに、この鳥のありようを浮気の恋だと洒落た趣がはっきりしている。この物語では、この歌をいっそう恋の歌のように仕立てていく。しかも、男が女の移り気を難じて、「なほうとまれぬ」と言い切った。

その「ほととぎす」の飛びまわることを、男女関係の比喩として表現する場合、男が多くの女たちを訪ね歩きまわることの喩《たと》えになるのが一般的である。この場合のように、女が多くの男たちから来訪を受けることの喩えは稀である。しかし「ほととぎす」が男が女を訪ねることには変わりない。

男に対する女の返歌「名のみ立つ」は、自分が移り気だといわれても、それは実のない噂にすぎないとして、きっぱりと反発した。贈歌の「ほととぎす」「里」の語に、「しでの田をさ」「庵」を対応させ、しかも「鳴く」「あまた」「うとまれぬ」の同じ語彙を用いながら、男の贈歌に密着した詠みぶりによってかえって相手の言い分を切り返すことになる。これは、女の返歌の典型といってよい。

これに対して、男がさらに「庵多き」の返歌で応ずるのは、右の二首が贈答歌としての共感を生み出したからであろう。男も女の返歌の言葉に密着しながら自らの執心を訴えようとする。歌中の「なほ頼む」の語句が表現の勘どころとみられるのは、男の最初の歌の「なほうとまれぬ」と照応しあっているからでもある。「なほうとまれぬ」と「なほ頼む」とでは、その気持ちがまったく逆である。とはいえ、男の強気がやがて気弱さに変化した、というだけでは説明がつかない。それよりも、女の返歌にみられる、微妙に揺れ動く女心に男の心が共鳴するところから、男の「なほ頼む」とする感情が率直に引き出されたとみられるのである。

四十四段

昔、①県《あがた》へ行《ゆ》く人に、②馬《むま》のはなむけせむとて、呼びて、うとき人にしあらざりければ、③家刀自《いへとうじ》、盃《さかづき》ささせて、④女《をんな》の装束《さうぞく》⑤かづけむとす。主人《あるじ》の男《をとこ》、歌よみて⑥裳《も》の腰に結《ゆ》ひつけさす。

83 出《い》でて行《ゆ》く君がためにとぬぎつれば我さへもなくなりぬべきかな

⑦この歌は、⑧あるがなかにおもしろければ、心とどめてよまず、⑨⑩腹《はら》にあぢはひて。

昔、地方へ行く人に、餞別の宴を催してやろうと、当人を家に招いて、疎遠な仲の人ではなかったので、その家の主婦が、侍女に盃を勧めさせて、女の装束を贈り物として客人に与えようとした。主人《あるじ》の男が、歌を詠んで、裳の腰紐《こしひも》に結びつけさせる。

83 出立《しゅったつ》するあなたのために贈ろうと、裳を脱いでしまったので、裳のなくなった私は喪までなくなってしまうことだろう。

この歌は、その折に詠まれたなかでも興趣ぶかいものだったので、感動の心をとどめ、声に出して詠誦はせずに、腹のなかで味わうこととして。

【語釈】

①**県**　地方。ここは地方官が任国に赴任することをいう。②**馬のはなむけ**　餞別（送別）の宴。旅立つ人の馬の鼻を行き先に向けて、旅の前途を祝うところから言われた言葉である。③**家刀自**　家の主婦。ここは「主人の男」の妻である。④**女の装束**　裳・唐衣《からぎぬ》・袴《はかま》など一揃え。豪華で高価なので贈り物に用いられ

ることが多い。⑤**かづけむとす** 「かづく」は、贈り物の衣服を相手の左肩にかぶせること。⑥**裳** 女性用の腰から下につける服。「裳の腰」は、その裳についている腰紐。

【和歌83】出でて行く…… 「主人の男」の贈歌。ただし、「女の装束」を直接渡そうとする「家刀自」の立場に立って詠まれている。「われさへもなく」の「も」は、「裳」と「喪」（災禍《わざわい》）の掛詞。洒落た言葉遊びである。旅の無事を予祝した発想による。一首は、出発するあなたの前途を祝って衣服を脱いでみると、裳のなくなった私は喪までもなくなりそうだ、とする送別の歌である。〈重出〉古今六帖　第四「別れ」・業平・二句以下「君を祝ふとぬぎつれば我さへなくもなりにけるかな」。

⑦**この歌は……** 以下、語り手の評言。諸本の異文もあり難解な一文である。⑧**あるがなかに** 送別の宴で詠まれた多くの歌々のなかでも。⑨**よまず** 「よむ」を「読」と解した。「読まず」は、声に出しては読まず、の意。また「読ます」とすれば、人に読ませる、の意となる。なお、「よむ」を「詠」として、あえて返歌を詠まない、と解する説もある。⑩**腹にあぢはひて** 腹のなかで十分に味わって、ぐらいの意か。

評釈

地方へ赴任する人のために、「主人の男」も「家刀自」も一緒になって送別の宴を催したという内容の物語である。家族ぐるみでもてなすというのだから、送別される人物とは、同族縁者なのだろうか。「うとき人にしあらざりければ」ともある。古来、業平の岳父にあたる紀有常（↓十六段）かとする解釈も行われてきたが、確証はない。

餞別のための贈物として、ここでは「女の装束」が用意されていた。だいじな人への丁重な贈物として、高価な「女の装束」を用いることが、当時の慣習としてよく見受けられる。その贈物に添えられる「出でて行く」の歌を実際に詠んだのは、「主人の男」である。しかしその表現の主体は「家刀自」によって統一されている。歌中の「ぬぎつれば我さへも（裳）なくなり」というのは、衣服を脱いでみると、この私の裳までもなくなった、の意。当時の慣習として、贈り主が自分の身に着けている衣服をそのまま贈るというのが、贈り方として丁重だとされていた。贈り主の身体のぬくもりが残っていてこそ、その人の親密な厚情が伝わるというのであろう。ここでは、前もって準備していた女性用の装束一式を、あたかも今まで身に着けていたかのように、歌で表現したのである。

この歌の勘どころは、女性用の「裳」と、災禍の意の「喪」を掛詞として、「我さへもなくなり」と表現した点にある。「我さへ」としたのは、あなたはもちろん、この私までもが災いから逃《のが》れられるというのであり、何よりも相手の門出を重々しく予祝していることになる。このように女の立場に立って、女らしい心やさしさをこめた詠みぶりが、旅立つ人への親密な心を証しているのである。

末尾の語り手の評言は難解であるが、この歌の微妙に趣向を凝らした言葉のおもしろさに、注意力を喚起させようとしているのであろう。

四十五段

昔、男《をとこ》ありけり。①人の娘《むすめ》のかしづく、いかでこの男に②もの言はむと思ひけり。③うち出《い》でむことかたくやありけむ、④もの病《や》みになりて、死ぬべき時に、「⑤かくこそ思ひしか」と言ひけるを、親、聞きつけて、泣く泣く⑥告げたりければ、⑦まどひ来たりけれど、死にければ、⑧つれづれと籠《こ》もりをりけり。時は⑨六月《みなづき》のつごもり、いと暑きころほひに、宵《よひ》は⑩遊びをりて、⑪夜《よ》ふけて、やや涼しき風吹きけり。⑫蛍高く飛び上がる。この男、⑬見臥《ふ》せりて、

昔、ある男がいた。ある人の娘で、その親がだいじにしている娘が、何とかしてこの男と親密な仲になりたいと願ったのだった。しかし、口に出して言うことは難しかったのだろうか、どことなく病む身となり、いまにも死んでしまいそうになった時、娘が「私はこんなにも深くあの男《ひと》を思っていたのに」と身近な者に言ったのを、親が聞きつけて、泣く泣く男に告げてやったところ、男は気も動転してやって来たが、娘が死んでしまったので、ぼんやりと娘の家で喪に籠もっていたのだった。時は六月の晦日《みそか》、まことに暑いころで、宵の口は魂鎮《たましず》めのための管絃の遊びをしていたが、夜がふけてやや涼しい風が吹いてきた。蛍が高く飛び上がる。この男は、横に臥したままで見て、

84 空行く蛍よ、雲の上まで行くことができるのな

84 行《ゆ》く蛍雲の上まで往《い》ぬべくは秋風吹くと雁《かり》に告げこせ

85 暮れがたき夏の日ぐらしながむればそのこととなくものぞ悲しき

ら、地上では秋風が吹きはじめたと、天上の雁《かり》に告げておくれ。

85 暮れそうで暮れない夏の日長を、一日中物思いにぼんやり時を過ごしていると蜩《ひぐらし》も鳴き、何がということもなく、無性に悲しい。

【語釈】

①**人の娘のかしづく**　ある人の娘で、その親がだいじに愛育していた娘が。「娘の」の「の」は、同格の格助詞。「人の……かしづく」全体が、この文の主語。②**もの言はむ**　この「もの言はむ」は、男女が親密な関係になることを願う意。③**うち出でむことかたくやありけむ**　「うち出でむ……ありけむ」は、語り手の推測をいう挿入句。④**もの病み**　漠然と病むこと。ここは、片思いの恋わずらいをいう。⑤**かくこそ思ひしか**　その男に懸想していたという内容。そのことを娘が、乳母など親しい者に打ち明けたのであろう。⑥**告げたりければ**　親が当の男に、娘が死にそうになった経緯を。⑦**まどひ来たりけれど**　男が。「まどひ」とあり、事の意外さに動転して、とるものもとらず駆けつけてきた。⑧**つれづれと籠もりをりけり**　この「こもる」は、死の穢れにふれて喪にこもる意。男は女の家でぼんやり喪にこもった。⑨**六月のつごもり**　夏の最終日。一年上半期の穢れを祓う神事、六月祓《みなづきばら》えの日でもある。⑩**遊びをりて**　「遊ぶ」はここでは、死者の霊を慰めるために管絃を奏すること。⑪**夜ふけて、やや涼しき風吹きけり**　夜が明けると初秋七月。暦どおりに秋の涼風が吹きはじめる趣である。⑫**蛍**　↓三十九段。⑬**見臥せりて**　横臥したまま眺めている。物思いのなかで、夢見がちなのであろう。

【和歌84】行く蛍……　男の独詠歌。「行く蛍」は、空ゆく蛍よ、と呼びかけた言い方。「往ぬべくは」は仮定条件を表し、行くことができるのなら、の意。「雁」はここでは、秋飛来する「来る雁」のこと。春の「帰る雁」の対。古来、雁は魂を運んでくる鳥とされ、ここでも亡くなった女の霊魂の存在を暗示していよう。「こせ」は、上代の助動詞「こす」（希望の意を表す）の命令形。秋とともに早く飛来してくれ、と願う気持ちをいう。一首は、飛ぶ蛍を相手に、地上では秋風が吹きはじめたと、亡き魂を運ぶという上空の雁に告げてくれ、と呼びかける歌である。〈重出〉後撰　秋上・業平。古今六帖　第六「蛍」。

【和歌85】暮れがたき……　男の独詠歌。「暮れがたき」は、晩夏の日中の時間が長いことをいう。「日ぐらし」は一日中。「蜩《ひぐらし》」をもひびかす。晩夏の夕べの蜩の鳴き声が物思いをつのらせる趣である。「ながむ」は忌《いみ》にこもりつづけている間の物思いをいう。一首は、夏の日長を所在なく過ごし、無性に悲しい物思いに屈するほかない、と嘆く歌である。

評釈

ある女が、「男」に恋いこがれて死んだ。その男の駆けつけた時には女がすでに死んでいて、彼はその女の家で喪に服することになった。その日が「六月のつごもり」であった点に注意すべきであろう。明日からは秋という夏の終わりの日であるが、それは半年間の穢れを祓い流す六月《みなづき》の祓え（夏越《なごし》の祓えとも）の日であり、また亡き魂の訪れ来るのを祠《まつ》る日でもあったらしい。そして物語では、宵になってから管絃の遊びをしたという。いうまでもなく、死者の霊を慰めるためである。亡き魂の訪れ来る日の宵、そこに蛍が飛んできた。

男の詠む歌に、その「蛍」の語が詠みこまれる。「蛍」は、「夕されば蛍よりけに燃ゆれども光見ねばや人のつれなき」（古今　恋二・友則）が典型的な例であるように、心の内に燃える恋の思いを連想させる歌言葉でもある（→三十九段）。この歌でも、亡き女《ひと》を思う男の魂を象徴しているのではないか。高く飛ぶ蛍の明滅する光が、そのような彼の魂をゆさぶったにちがいない。

この「行く蛍」の歌では、また一方では、新たな詩的情趣をもとりこめている。『和漢朗詠集』所収の、次の名高い許《きょ》渾《こん》の詩句が、ここには投影されている。

兼葭《けんか》水暗うして蛍夜《よ》を知る　楊柳《やうりう》風高うして雁《かり》秋を送る　（上・夏）

葦の水辺が暗くなると蛍が夜の訪れを知って光を放ち、柳の高い梢に風が吹くと雁が秋を知って南に飛んでやってくる。いかにも初秋らしい情趣を描き出した詩句である。この章段では、夏の最終日から翌朝の秋の初日にかけての時間帯を設定し、しかも第一首目の歌では蛍と雁をともに詠みこんでいる。「いと暑きころほひに、……夜ふけて、やや涼しき風吹きけり。蛍高く飛び上がる」というのである。『古今集』では前掲の歌のように、蛍は季節の言葉であるよりも恋の言葉として、その放つ光の語感から、せいぜい晩夏ぐらいの漠然とした季節感にとどまっている。しかしここでは、その蛍と雁によって、初秋の訪れをさわやかに印象づけようとしている。

また、第二首目の歌には、「ひぐらし」＝蟬がとりこまれている。これも『和漢朗詠集』に、次のような同じ許渾の詩句が所収されている。

鳥緑蕪《りよくぶ》に下《お》りて秦苑寂《しんゑんしづ》かなり　蟬黄葉《くわうえふ》に鳴いて漢宮《かんきう》秋なり　（上・夏）

鳥は緑草の茂る野に飛び下りて秦苑（秦の始皇帝の、咸陽《かんよう》宮の苑）は寂かであり、蟬は紅葉に色づいた林に鳴いて漢宮（漢の高祖の宮殿）は秋を迎えている、というのである。こうした漢詩句の浸潤によって、この章段は清新な季節感をとりこんでいる。

ふたたび第一首に戻って、さらに「雁」と「蛍」の関係を考えよう。古来、「雁」は常世《とこよ》の国から飛来してくる鳥とも、天翔る霊魂ともみられてきた。この歌では、もう秋なのだから早くこの世に飛来してほしいと願望している。しかも、「六月のつごもり」の亡き魂の訪れる日が設定されている。じつは、この「雁」こそが、亡き女の天翔る霊魂だったのではないか。となれば、他方「蛍」は男自身の魂であるはずだ。逢うことさえなかった女を思うあまり、男の身から魂があくがれ出ていく。その魂が、地上ではついにめぐり逢うことのなかった女の魂と、はじめて天空で邂逅したのである。「蛍高く飛び上がる」とは、男の魂が女の魂を招き迎えるべく、天空高く飛びあがる趣である。これは、地上で叶えられなかった恋を、天空の恋としてあこがれ描き出した心の風景である。蛍を、恋に生きる者の魂と見立てる非合理の発想が、死せる魂との交感の構図をつくらせたことになる。しかし、あこがれはあこがれでしかなく、その裏返しとして現実の痛恨がはねかえってくる。

第二首の「暮れがたき」の歌では、詩句の秋の景物である蝉をとりこみながらも、実際には夏の日に逆戻りして、叶わぬ恋ゆえの憂愁を詠んでいる。「そのこととなくものぞ悲しき」とあり、わけもなく悲しいというのだが、その「もの」はもともと魂の意でもある。前者の「行く蛍」の歌における魂のあこがれが、後者の「暮れがたき」の歌における魂の痛恨へと転じているのである。魂の共感としての恋にあこがれる者だけの知る、魂の痛ましさがここにかたどられている。これは、愛の一つの極致のすがたといってよい。この蛍の章段は、晩夏から初秋に移る清新な季節感の枠組のなかに、一方ではより民俗的な発想を呼び起こしながら、魂のあこがれと絶望を夜の天空に美しく映像化しているのである。

四十六段

昔、男《をとこ》、いと①うるはしき友ありけり。片時《かたとき》②さらずあひ思ひけるを、③人の国へ行《い》きけるを、いとあはれと思ひて、別れにけり。月日経《へ》ておこせたる文《ふみ》に、

④あさましく、対面《たいめん》せで、月日の経《へ》にけること。⑤忘れやしたまひにけむと、いたく⑥思ひわびてなむはべる。世の中の人の心は、⑦目離《めか》るれば忘れぬべきものにこそあめれ。

と言へりければ、よみてやる。

昔、ある男が、まことにきちょうめんな友人をもっていたのだ。片時も離れずたがいに信頼しあっていたが、その友人が他国へ行くことになったので、たいそう悲しい思いのまま、別れてしまった。月日がたって、その友人がよこした手紙に、

意外さにあきれるほど、お目にかからぬまま長の月日がたってしまった。私のことをお忘れになってしまったのだろうかと、ひどく嘆き沈んでおります。世の中の人の心は、会うことがなくなると忘れてしまうもののようです。

と言ってきたので、男が歌を詠んでやる。

86 あなたと会わずに離れているとも思われぬのに……。忘れる折とてないから、あなたの面影が

目離るとも思《おほ》ほえなくに忘らるる時しなければ面影《おもかげ》に立つ

私の目の前に現れ立つのだ。

【語釈】①**うるはしき**　「うるはし」は、端正だ、きちょうめんだ、の意。これを、美麗な（人）と解する一説もあるが、とらない。②**さらず**　「避らず」で、避けられない意。ここでは、いつも離れられぬ仲だとする。③**人の国**　都の外の地方。この友人は地方官として赴任した。④**あさましく……**　以下、「友」の手紙。「あさまし」は、意外さに驚く気持ちをいう。この「あさましく」は、「月日の経にける」にかかる。⑤**忘れやしたまひにけむ**　あなたは私のことをお忘れになったのだろうか、の意。⑥**思ひわびて**　この「思ひわぶ」は、悲観する、気落ちする、の意。⑦**目離るれば**　「目離る」は、会うことがなくなる意。疎遠になることをいう。和歌に用いられることの多い言葉である。

【和歌86】**目離るとも……**　男の贈歌。友人の手紙への返事として詠まれた。この歌では、友人の文中の「忘れやしたまひにけむ」と「目離るれば忘れぬべき」の語句を、一首に「目離るとも」「忘らるる」と詠みこんで、この自分はあなたの懸念とは逆に、忘れるどころなどでない、と切り返す。「面影に立つ」は、相手の姿が幻として現れること。相手を忘れがたい気持ちゆえである。一首は、あなたに会わぬ時とてないと思う気持ちから、あなたはいつも幻となって現れてくれている、という親近の情をこめた歌である。〈重出〉古今六帖　第四「面影」・業平。

【評釈】

主人公の男は、ある友人と片時も離れないほど親密であった。その友人が地方に赴任するのをつらい思いで見送ったまま歳月が過ぎてしまっている。この話ではまず、その友人が「うるはしき」人だったことに注意される。そのきちょうめんで律儀な性格が、この話をどう特徴づけているかも、勘どころの一つである。

その後、地方にいる友人の方から都の男のもとに便りが届けられた。その文面には、会わぬまま驚くほど年月が経った、私のことを忘れたのかと悲しく思う、人の心は離れていると忘れてしまうもの、それが人の世のならいのようだ、と訴えている。二人それぞれの友情の深さの度合いはいざ知らず、はじめに言葉を送ってきたのは地方在住の友であり、男の方はそれに従っている体《てい》である。その友人の手紙には、自分の心をきちんと相手に伝えようとする律儀さがある。それこそが「うるはしき」人のやり方なのだと納得されるのである。

他方、都の男は、遠隔の地からの友人の便りに心うたれたのであろう、早速、普通の書簡ならざる「目離るとも」の歌で応ずる。この歌はじつは友人の手紙の言葉に密着した表現として構成されている。したがってこれは、男から友人への贈歌ではあるが、友人の書簡への返事という点で実質的には返歌の趣になっている。手紙の「目離るれば忘れぬべきものにこそあめれ」に即して、「目離るとも思ほえなくに」とあり、あなたに会っていないとは思わない、と反発してみせる。また「忘れやしたまひにけむ」をも否定して、「忘らるる時しなければ」とする。こうした切り返しの表現が成り立ちうる根拠として、末尾の「面影に立つ」の語句が重々しく据えられている。これは、冒頭の叙述「片時さらずあひ思ひける」ともひびきあう、この歌の勘どころとなっている。

こうして一首は、遠く隔たっているがゆえに、かえってあなたの面影といつも会うことができるのだとして、相手の訴えを巧みにとらえ返したのみならず、自らの誠意をも証そうとする。もとより「面影」の語は、恋歌の歴史のなかではぐくまれてきたキーワードである。ここではそれを、男同士の友情の表現として転用した。この男の歌は、あたかも贈答歌における女歌のすぐれた反応ぶりを思わせる。この一首の呼吸こそが、二人の友情関係に新たな共感を呼び起こすことになろう。そしてこの男は、友人のような「うるはしき」人であるよりも、多感な心あつい人ということになる。

四十七段

昔、男《をとこ》、①ねむごろに、②いかでと思ふ女《をんな》ありけり。されど、③この男をあだなりと聞きて、④つれなさのみまさりつついへる。

87 大幣《おほぬさ》の引く手あまたになりぬれば思へどえこそ頼まざりけれ

返し、男、

88 大幣と名にこそたてれ流れてもつひに寄る瀬はありといふものを

昔、ある男が、心の底から、何とか逢《あ》いたいものと思う女がいたのだ。けれども女は、この男を浮気者と聞き知って、いよいよ冷淡な態度を強めていくばかりになって、詠んだ歌、

87 あなたは大幣《おおぬさ》のように、大勢の女たちから引く手あまたの身になってしまったので、私も慕わしく思うけれど、とても頼みにすることはできなかった。

返しの歌を、男が、

88 引く手あまたの大幣という評判にはなっているが、その大幣は川に流されてもついに流れ寄る瀬があるというではないか。——あなたこそが頼りなのだ。

【語釈】

①**ねむごろに**　心をこめて熱心であるさま。②**いかでと思ふ女**　なんとしてでも逢いたいと思う女。その女を自分になびかせたいと、しきりに懸想している趣である。③**この男をあだなりと聞きて**　その相手の女は、男を浮気者だと噂に聞いて。「あだ」は、はかなく実意のないこと。一時《いっとき》の気まぐれをいう。④**つれなさ**　相手への冷淡な態度。

【和歌87】**大幣の……**　女の贈歌。「大幣」は、大祓《おおはら》えに用いるために大串に垂らした幣《ぬさ》（神への捧げ物。木綿や麻などを用いる）。祓えが終ると人々がそれを引き寄せて身を撫で、わが身の穢《けが》れをそれに移し、祓えが終わると川に流す。和歌では、「引く」の語とともに用いられることが多い。ここでも「大幣の」を掛詞的な枕詞として用いて、「大幣の引く」「引く手あまた」の二重の文脈をつくる。相手の男の「あだ」心を「引く手

あまた」として非難し、それゆえに信頼しがたいとする。一首は、あなたは大幣のように、多くの女たちから引く手あまたの身になっているので、私としては頼りようもない、と反発する歌である。〈重出〉古今　恋四・読人知らず。

【和歌88】大幣と……　男の返歌。上の句の「こそ……已然形」は、逆接の意で下に続く。「流れても」は、大幣が川に流れても、の意。しかし、それも最後には川瀬にとどまるのだから不安もなく信頼している、として相手の言い分を切り返した。一首は、大幣が結局は浅瀬に流れ寄るように、私がついに身を寄せるところは、あなたを措《お》いて他にない、と訴える歌である。〈重出〉古今　恋四・業平・五句「ありてふものを」。

評釈

男は、女と親密な仲になることを心から願っていた。しかし相手は、すげない態度をいっそう強めていくばかりだという。それというのも、彼女が男の移り気の噂を耳にしていたからである。もしもいったん親しくなったとしても、やがては自分のもとから彼の足が遠のいていくにちがいない、そうした危惧をいだいていたのであろう。それならば、男の懸想を徹底的に無視すべく、身をかたく構えていて当然である。ところが、実際には女の側から「大幣の」の歌が寄せられていく。女から男への贈歌は異例であり、それだけに女の積極的な行為とみなければならない。

女は、男の求愛を拒もうとする「つれな」い態度を持しながらも、その心内には相手への抑えがたい憧れの気持ちが動いていたとみなければならない。とはいえ、その歌が男の求愛を率直に受けいれるような言葉では、けっしてない。女の男への返歌の多くがそうであるように、ここでも相手への反発的な詠みぶりになっている。恋歌には稀な「大幣」の語を大胆にとりこんで、引く手あまたの相手では自分がどんなに思っていても信頼できない、とする。しかし反発しながらも、「思へどえこそ頼まざりけれ」とするところに、相手への断ちがたい執心もくすぶっている。

これに対する男の返歌は、女の反発をさらに切り返す発想から、女への懸想の心を詠んだ。ここでは女の言い分を一面で承認しながらも、「大幣」も最後には流れ寄る瀬にたどりつくもの、私の最終の寄りどころはあなた以外には誰もいない、と反発する。相手のいう「頼まざりけれ」に「つひに寄る瀬」を対応させて、相手の不満をさりげなく打ち消している。これによって二人の関係がどうなったかは知るよしもないが、女の反発をさらに切り返す男の歌は、それによって自らの誠意を訴えようとするのである。

この二首は『古今集』恋四に、業平の贈答歌として収められ、物語成立の原初段階に属するとみられる。ここには、次のような詞書が付されている。

ある女の、業平の朝臣を、所《ところ》定めず歩《あり》きすと思ひて、よみて遣はしける　　読人知らず

返し　　業平朝臣

「所定めず歩きす」というのは、男があちらの女こちらの女へと忍び歩きまわること。そうした男の浮かれ歩く姿を想像する女としては、たまらぬ忿懣をわが胸一つにおさめきれない思いなのであろう。この四十七段の話と強いて区別すれば、『古今集』では二人の恋愛関係が相当に進行している段階であるのに対して、この章段では恋の最初期かと想像される。しかし基本的にはさほどの径庭はない。

もとより『古今集』には、贈答歌が贈歌・返歌二首のまま収められる例がきわめて少ない。その数少ない二首を揃えている贈答歌として、とりわけ業平の歌が重んじられている点が注目される。十七段・十九段なども、この章段と同じような贈答歌になっている。特に注意されるのは、業平の歌の方がその返歌としての位置を占めている点である。返歌に固有の反発の発想によって相手の心をさりげなく刺激して、そこに相手との深い共感をつくり出すことにもなる。やわらかに切り返しては惹きつけていく、これこそ業平に固有の歌のわざである。この四十七段も、その典型的な一つといってよい。

四十八段

昔、男《をとこ》ありけり。①馬《むま》のはなむけせむとて、人②を待ちけるに、来《こ》ざりければ、

89 今ぞ知る苦しきものと人待たむ里をばかれず訪《と》ふべかりけり

昔、ある男がいた。男が餞別の宴を催そうということで、当人を待っていたのに、来なかったので、

89 今になってわかる、苦しい思いだということを。人の訪れを待っているような女の里には、間《ま》をおかずに訪うべきものだった。

【語釈】

①**馬のはなむけ** →四十四段。②**人** これから旅立とうとする人。

【和歌89】今ぞ知る…… 男の贈歌。初・二句は、「苦しきものと今ぞ知る」の倒置した表現。「人待つ里」は、女が男の来訪を待っている所という、恋歌の言いまわしを転用した表現である。一首は、人を待つことの苦しさがわかった、女の待つ里には間《ま》をおかずに訪ねるべきことも知った、とする歌である。〈重出〉古今 雑下・業平。新撰和歌 四。古今六帖 第二「里」・業平。

評釈

男が、地方に赴任する人のために、せっかく送別の宴を設けたのに、肝心の主客がなかなかやって来ない。長く待たされている苛立《いらだ》たしさから、「いまぞ知る」の歌を詠んだという話である。この歌では、人を待つ身になってはじめて待つ身がこんなにもつらいものかを知った、と詠み出したところで、その「待つ」が恋歌の重要語であるところから、待つ女のありようを想像する文脈へと転じていく。恋歌での「待つ」は、女が男の来訪を今か今かと待ち望んで、あるいは期待に胸を高ぶらせ、あるいは逆に失望に沈んでいくという、女の揺れ動く心に思いを馳せることになる。歌の後半「人待た

む里を離れず訪《と》ふべかりけり」では、女をすっぽかした自分自身の経験を反省的に顧みているのであろう。そして、それに照らしながら、待つ女一般の堪えがたい悲しみを想像していく。この歌は直接的には来ぬ客への不満に発しているのだが、そこに女の感覚をとりこむことによって、期待を裏切られる者の心が鮮やかに表現されているのだ。自己反省をも含みながら、相手への反発的な発想に立っている点で、女歌に固有の説得力を発揮しているといってよい。

この歌が『古今集』の雑下の部に業平の実作として収められているところから、これも前段同様に原初段階以来の章段とみられる。これには次のような詞書が付せられている。

紀利貞《きのとしさだ》が阿波介《あはのすけ》にまかりける時に、馬《むま》のはなむけせむとて、「今日」と言ひ送れりける時に、ここかしこにまかり歩《あり》きて夜ふくるまで見えざりければ、遣《つか》はしける　業平朝臣

この利貞が阿波介に任じられたのが元慶五（八八一）年、しかし前年の元慶四年に業平が没しているので、この詞書はその史実にあわない。また、この歌が離別の部立にではなく、雑歌の中に収められているのも、送別の歌一般とは一味異なっている。それはそれとして、右の詞書に「ここかしこにまかり歩《あり》きて夜ふくるまで見えざりければ」とあるのは、離京直前の利貞自身が日ごろの交渉相手の女たちを忍び訪ねたことをも、におわせていよう。日ごろからこまめに行っておくべきだったのに、と自分たちをすっぽかした利貞の行為を難じたことになる。そのために迷惑をこうむった、という不満が、かえって親しい友人同士ならではの親密な心の交流をつくり出している。そして物語のこの章段では、男の来訪を待つ女のありようを想像しながら、いっそう人を待つ恋の苛立ちの心が際立たせられている。

四十九段

昔、男《をとこ》、①妹《いもうと》のいとをかしげなりけるを見をりて、

90 うら若みねよげに見ゆる若草を人の結ばむことをしぞ思ふ

と聞こえけり。②返し、

91 初草《はつくさ》のなどめづらしき言《こと》の葉《は》ぞうらなくものを思ひけるかな

昔、ある男が、妹がいかにも愛らしい様子をしていたのを見ていて、

90 若々しいので、根はねでも、添い寝したく思われる若草のようなあなたを、他人が契りを結び交わして共寝をするであろうことを思うと惜しくてならない。

と申しあげたのだった。返しの歌、

91 初草のように、なんとめずらしく妙な言葉だこと、これまで私はただ素直に、兄妹としか思ってこなかった。

【語釈】

①**妹**　ここでは異母姉妹か。一説には同母姉妹とする。異母姉妹ならば結婚も許されるが、同母姉妹はできない。

【**和歌90**】**うら若み……**　男の贈歌。「うら若し」は、草木などの若々しいみずみずしさをいう。「うら若み」は、形容詞語幹に接尾語「み」がついた形で、原因・理由を表す。「若み」「若草」を重ねて、若々しい魅力を強調している点に注意。「ねよげに」の「ね」は、「根」「寝」の掛詞。「草を結ぶ」は、旅寝をする意でもあるが、男女が契りを結ぶ意にも用いられ、以下の下の句ではそれによって恋の表現があらわになる。また一首全体、「根」「寝《ね》」の掛詞に導かれて、「草」「結ぶ」が縁語となって文脈を有機的に構成している。また「人の」とあり、自分以外の男がこの妹と契りを結ぶのを想像している。一首は、寝たくもなる柔らかな若草、そのような若々しいあなたと契り交わそうとする男もいるだろうが、それが口惜しい、と訴える歌である。〈重出〉古今六帖　第六「春草」・業平・三句「若草の」。

②**聞こえけり**　「聞こゆ」と謙譲語が用いられたのは、「妹」の

母の身分が高かったためか。

【和歌91】初草の……　妹の返歌。「初草の」は、ここでは「めづらし」にかかる枕詞。この「めづらし」は、新鮮なものへの感動などではなく、めったにない、奇妙だ、ぐらいの意。贈歌の「若草」に即して「初草の……」と応じながらも、とんでもない奇妙なこと、と反発する。「言の葉」は、贈歌の内容をさす。この「(言の)葉」から「(葉の)裏」を介して、「うらなし」の語に連なっていく。「うらなし」は、心に隔てない、素直な、の意。兄妹だからと安心してきたのに、うかつであったという気持ちを言いこめる。一首は、あなたはどうして思いもよらぬ言葉を口に出すのか、これまで私は安心しきって慕ってきたのに、と男の言い分を切り返す歌になっている。

評釈

同腹か異腹《ことばら》かでそのニュアンスも異なろうが、「妹」に恋をしかけるのは、やはり異様なことであろう。平安時代の貴族社会の家族環境を考慮すると、いわゆる一夫多妻の慣習から異母の兄弟姉妹が多く、異なる家庭でそれぞれ養育されるのが通例である。また同腹の場合も、それぞれが異なる乳母《めのと》や女房によって世話されるのが普通である。現代の兄弟姉妹のあり方に比べて、その仲は疎遠であったかもしれない。しかし異母姉妹との恋愛や結婚が許されていたとはいえ、父方の血を受けついでいる者同士だという点で、実際には多少のためらいもあったにちがいない。

この話の男が、美しく成長した妹の愛らしさに魅せられ、思わず懸想の歌を詠みかけたというのは、やはり大胆な行為なのであろう。彼はその気持ちを、春の若草の若々しい快さに託して、さりげなく訴える。その一面には、名高い万葉歌、

春の野にすみれ摘みにと来《こ》し我ぞ野をなつかしみ一夜寝《ね》にける　（巻8・一四二四　山部赤人）

などにも通ずる趣向がとりこまれていよう。よみがえる春のいぶきのなかの、なつかしくも親しい草葉の柔らかな感触である。しかしここでは、それにとどまらず、「根」「寝」の掛詞や、「草を結ぶ」という男女の結合の象徴的な表現によっ

て、妹と「人」（自分以外の男）との恋の関係を想像している。しかもそれが、「……しぞ思ふ」の強調表現で結ばれているところから、妹を他人に譲り渡すのが惜しいとする気持ちまでが言いこめられている。男の懸想がそれとなく表明された歌である。ここには、古代のいわゆる野遊びの発想もひびきあっていようか。木草の生命のよみがえる野で、男と女が求愛しあう習俗である。

　これに対する妹の返歌は、男のいう「若草」に「初草」の語で応じて、その「初」から「めづらし」の語を導いて、思いもよらぬとんでもない懸想だと難ずることになる。さらに下の句では、「言の葉」の縁から「うら（裏）なく」の語を引き出して、自分としては素直に兄妹の親密さだとばかり思っていたのに、とさりげなく切り返している。巧緻な機知にあふれたこの返歌は、男の贈歌といかにも対等な位置を占めているのだ。男にしてみると、手応えのある感動をおぼえて当然である。

　ちなみに、『源氏物語』「総角《あげまき》」巻の、匂宮が同母妹の女一の宮に唐突にも恋をしかける物語の一節に、この章段が引用されている。匂宮が女一の宮のそばに置かれていた絵入りの『在五が物語』（『伊勢物語』のこと）に刺激されたのであろう、物語の男が妹に琴《きん》を教えて、「人の結ばむ」と言っているところから、匂宮も次のような歌を詠みかけた。

　　若草のねみむものとは思はねどむすぼほれたる心地こそすれ

若草のようなあなたと共寝をしようとまでは思わないが、悩ましく晴れやらぬ私なのだ、の意である。これに対して女一の宮は、「言《こと》しもこそあれ、うたてあやし」と、気味悪くさえ思って、返歌どころか一言も応じようとしない。彼女は、物語の妹が返歌を詠んで「うらなくものを」と言うのを、洒落すぎて不愉快だとも思う。中宮腹である女一の宮の高貴な優雅さや清廉さからすれば、このような拒否的な応じ方も当然であろう。それはそれとして、匂宮の多感な好色心《すきごころ》の躍如たる一場面である。

　しかしこの四十九段の男と妹の物語では、匂宮と女一の宮の関係よりもさらに踏みこんで、贈歌と返歌の言葉を媒《なかだち》に、たがいに魂をふれあわせる関係ぐらいにはなっている。贈答しあう歌の力が作用しているのであろう。

なお、前掲の匂宮と女一の宮が見たという『在五が物語』では、男が妹に琴《きん》を教えている場面だとされる。今日の主要な伝本にはないが、そのような本もあったのだろうか。

五十段

昔、男《をとこ》ありけり。恨①むる人を恨みて、

92 鳥の子を十《とを》づつ十は重《かさ》ぬとも思はぬ人を思ふものかは

と言へりければ、

93 朝露《あさつゆ》は消えのこりてもありぬべし誰《たれ》かこの世を頼みはつべき

また、男、

94 吹く風に去年《こぞ》の桜は散らずともあな頼みがた人の心は

昔、ある男がいた。恨み言を言ってくる女を恨んで、

92 たとえ鳥の卵を十個ずつ、しかもそれを十積み重ねることができたとしても、思ってもくれぬ人を思うことができるものか。

と歌を詠んでやったところ、相手の女は、

93 朝露は消えやすいとはいえ、時には消えずに残ってもいよう。しかし誰が、朝露よりもはかないあなたとの仲を、最後まで頼み通すことができよう。

また、男が、

94 たとえ吹く風に、もしも去年咲いた桜がまだ散らずに残っていたとしても、それはほとんどありえないこと、ああなんと頼みがたいことか、人の心は。

また、女《をんな》、返し、

95 行《ゆ》く水に数かくよりもはかなきは思はぬ人を思ふなりけり

また、男、

96 行《ゆ》く水と過ぐる齢《よはひ》と散る花といづれ待ててふことを聞くらむ

②あだくらべ、かたみにしける男女《をとこをんな》の、③忍び歩《あり》きしけることなるべし。

また、女が返しの歌を、

95 流れる水に数を書くよりも、いっそう頼りなくはかないのは、思ってもくれない人を思うことなのだった。

また、男は、

96 流れゆく水と、過ぎ去る年齢と、散る花と、どれが待てという言葉を聞き入れてくれるだろうか。――人の心とて同じ。

どうでもよいようなことを、たがいに歌で比べ競っていた男と女がそれぞれ、ひそかに別々の相手と浮かれていた時のやりとりなのであろう。

【語釈】

①**恨むる人を恨みて**　男を恨んでいる女に対して、逆に男の方からも恨んで、の意。「恨む」（上二段活用）は、相手に不満をいだきながらも、表には出さず、じっと相手の心をうかがう、が原義。

【和歌92】鳥の子を……　男の贈歌。「鳥の子」は卵、特に鶏の卵。「十づつ十」は、十箇ずつのものを十、すなわち百にすること。古代中国の故事に「累卵の危」とあり、不安定できわめて危険なことの喩《たと》え。この歌では、不可能なことの喩えになっている。「思はぬ人」は、相手の女をさす。末尾の「かは」は反語の語法で、こちらを思ってもくれぬ相手を思ったりするものか、の語勢。冒頭の「恨むる人を恨む」の叙述にも似た言いまわしで、恨み言を訴えかけた。一首は、たとえ卵をたくさん重ねる難しいことができたとしても、あなたが私を思ってくれないかぎり、私もあなたを思うことはない、とする歌である。〈重出〉古今六帖　第四「雑の思ひ」・紀友則・初句「雁の子を」、四五句「人の心をいかが頼まむ」。

【和歌93】朝露は……　女の返歌。「朝露」は、はかなく消えるものの喩え。それが稀には残ることもあろうが、そのような朝露よりも、の気持ちで下に続く。「誰か」は「……べき」に呼応して、反語の文脈をつくる。「世」は男女の仲、相手の男との関係をさす。「は（果）つ」は、最後までし通す意。一首は、消えやすい朝露がたとえ消え残るとしても、その朝露よりはかなく頼りがたいあなたを誰がいつまでも頼ろうとするだろうか、と切り返した歌である。

【和歌94】吹く風に……　男の贈歌。「桜」の花は「吹く風」で散りやすいもの。もしもそれが昨年咲いた花びらだとしたら、でもそれはほとんどありえない。上の句は、そのようにありえないことの比喩である。「あな頼みがた」は、感動詞「あな」＋形容詞語幹の、深い感動を言いこめる語法。「人の心」は、相手の女をさすとともに、人間一般をもさす。下の句の「頼みがた」が、前の女の歌の「誰か……頼みはつべき」に照応。一首は、たとえ吹く風に、去年の桜花が散らずに残っていたとしても、頼りがたいものは人の心、と男女の仲の頼りなさを訴えた歌。

【和歌95】行く水に……　女の返歌。「行く水に数かく」は、流れる水の上に数字などを書くこと。不可能なことの喩えである。『万葉集』に「水の上に数書くごとき我が命」（巻11・二四三三）などとあり、慣用句ともなっているが、もとは『涅槃経』巻一の「是の身は無常にして……亦《また》水に画く如く」によるとされる。下の句の「思はぬ人を思ふ」は、男の最初の歌の「思はぬ人を思ふ」にも照応しあう。一首は、流れる水の上に数字を書くよりもずっと頼りないのは、こちらが思っていても思ってくれない人を思うことだった、と相手を恨み、人の心のはかなさを嘆く歌。〈重出〉古今　恋一・読人知らず。

【和歌96】行く水と……　男の贈歌。「行く水」「散る花」は、前の贈答歌で詠まれた不可能やはかないものの喩え。それを操り返しながら、あらためて「過ぐる齢」をも加え、人間存在のはかなさを思う。一首は、流れる水、過ぎていく人の齢、そして散っていく花のうち、どれを待ってくれると聞き入れてくれるのかと問い、人の心のはかなさを嘆く歌である。

②**あだくらべ**　どうでもいいような歌くらべを、の意か。この「あだくらべ」については、浮気くらべ、はかないものくらべ、などとも解されることが多い。③**忍び歩きけること**　人目を忍ぶ男の浮気沙汰に関して、と解すのが通説。しかし「男女の」とある文脈からすると、男も女もそれぞれ別の相手との忍ぶ恋にうつつをぬかしていたらしい、と解すべきではないか。この「歩く」は、他の動詞について、あれこれ……してまわる、……しつづける、ぐらいの意。

評釈

この章段は、たがいに「恨み」あっている男女の二組の贈答歌と男の贈歌、合計五首の歌で構成されている。もともと「恨む」の語は前記したように、相手に不満をいだきながらも表には出さず、じっと相手の心をうかがう、というのが原義である。また、男女の贈答歌では、まず男が訴えるのに対して女がそれに反発的に応ずるのが、その基本形式である。ここでもその形式によって、恋の関係のはかなさを訴えたり、相手の心の頼みがたさを嘆いている。そして特に注目されるのは、そのはかなさや頼みがたさを言うために、それぞれに強調した比喩が用いられている点である。それによって相手をうちまかそうとする、比喩くらべのような様相を呈している。こうした表現の工夫を通して、相手の心をうかがおうとする、まさに「恨み」の言葉の連鎖になってもいるのである。

しかし、これらの歌々を贈答歌としてみると、必ずしもその贈答歌らしい特徴が明確ではない。二首間の言葉の照応という要素も稀薄であり、贈答歌として嚙みあっていないからである。最初の歌「鳥の子を」についていえば、もしもこれが『古今六帖』（第四「雑の思ひ」）所収の類歌「雁の子を十《とを》づつ十は重ぬとも人の心をいかが頼まむ」（紀友則）のようになっていたら、次の女の返歌「朝露は」の「誰かこの世を頼みはつべき」と照応しあって、いかにも贈答歌らしい形になっていただろうが、実際にはそのようになっていない。

ところが、その個々の贈答歌二首の関わり方とは別に、この歌群全体としての有機的な構成もみられる。前半の男の贈歌「鳥の子を」の「思はぬ人を思ふものかは」が、後半の女の返歌「行く水に」の「思はぬ人を思ふなりけり」と照応しあい、また前半の女の返歌「朝露は」の「誰かこの世を頼みはつべき」が、後半の男の贈歌「吹く風に」の「あな頼みがた人の心は」に照応しあう。そして最後の男の贈歌「行く水と」の「行く水と……散る花と……」と男の歌「吹く風に」の「桜」を再びとりあげ、歌群全体をまとめあげる役割を担っている。歌群全体が、それぞれ贈答歌としての意識を超えて、人の心の頼みがたさ、はかなさを明確なものにして、それを全体の主題として統一しようとしているのである。

最後に語りこまれている語り手の憶測も、これと不可分に結びついている。語り手が、この男女がともに別々の相手と忍ぶ恋を楽しんでいたらしい、と冷ややかに想像しているのも、物語全体の人の心の頼みがたさ、はかなさという主題に導かれているからとみられる。

五十一段

昔、男《をとこ》、人の①前栽《せんざい》に②菊植ゑけるに、

97 植ゑし植ゑば秋なき時や咲かざらむ花こそ散らめ根さへ枯れめや

昔、ある男が、ある人の邸の植え込みに菊を植えた時に、

97 しっかり植えておけば、秋のない時には咲かないこともあろうか、でも秋のない年などないのだから必ず毎年咲くものだ。そして、その花が散ってしまっても、根までは枯れることがあるはずもない。

【語釈】

①**前栽**　草花を植えるための庭の植え込み。ここでは、その前栽に植えるべく菊を根ごと贈り、それに和歌を結び添えた。②**菊**　「菊」を贈ったのは、相手の長寿を祈るためであろう。

【和歌97】植ゑし植ゑば……　男の贈歌。「植ゑし植ゑば」は、しっかり植えこんでおいたなら、の意。副助詞「し」を介して、同じ動詞を重ねるのは、強調の語法。「秋なき時や咲かざらむ」は、文脈上挿入句的な歌句となっている。秋でない時には咲かないだろうか、の意。「や」は軽い疑問の意。言外に、でも秋のない年はないのだから毎年咲くのだ、の意が現れる。「花こそ散らめ」の、「こそ……已然形」の文脈は次に逆接で続く。「根さへ枯れめ」の「さへ」は、花はともかく根までも、の意。「や」は反語の意で、枯れることがないとする。一首は、しっかり植えておけば毎年秋になると花が咲き、花が散っ

ても根までは枯れることがない、として菊の生命力を賛える歌――になっている。〈重出〉古今　秋下・業平。古今六帖　第六――

「菊」・みちひら（なりひら、の誤りか）。大和物語　百六十三段。

評釈

菊は、早く中国大陸から渡来した植物。奈良時代の漢詩集『懐風藻』には早くも詠まれているが、『万葉集』には菊を詠んだ歌が一首もない。しかし平安時代のはじめから和歌にも詠まれるようになるのは、九月九日の重陽《ちょうよう》の節句（これも中国渡来の行事）が盛んになったからであろう。この日、菊花を浮かべた酒を飲むと邪気を払うことができるとする風習が朝廷の年中行事としてとりこまれ、宮中では重陽の宴の節会《せちえ》が行われ、家々でも長寿を祈る行事が盛んになった。そのために、九世紀の漢詩集に菊の詩が多く収められたのみならず、和歌でもこれを詠むようになったのである。

この話では、相手に菊を贈るのに、根ごと贈ったとする点に、その勘どころがある。そして詠み添えられた歌の表現にも、その企図するところが巧みに工夫されている。「植ゑし植ゑば」の強調した表現や、挿入句的な「秋なき時や咲かざらむ」の文脈を介するところから、下の句の逆接的な文脈「花こそ散らめ根さへ枯れめや」がきわめて説得的になる。その花こそ散って残らなくなるが、根までは枯れて滅びることなどありえない、とする。根さえ残っていれば、秋がめぐってくると必ず花となって咲くはずだ、と確信されている。花そのものは一時《いっとき》のものながら、菊の生命は容易に滅びることがない、そうした自然の運行を人間の不可知の運命と比べているのではないか。すなわち、はかない人間世界の現実を見つめる者の、永続なるものへの切実な願いなのであろう。

この歌は『古今集』秋下に、業平の作として収められているので、原初段階以来の章段であろう。その詞書には、

人の前栽に、菊に結びつけて植ゑける歌　　　在原業平朝臣

とあり、この章段とほぼ同じ内容になっている。この歌の一ひねりした文脈の表現が、いかにも業平の実作であることを

思わせる。このように花と人との実相にふれた詠歌は、長寿を祈る菊の節句にはいかにもふさわしい。だいじな人への、祈りの心の贈り物となっていよう。

なお、この歌は『大和物語』百六十三段にもとりこまれ、その詞章に「在中将に、后《きさい》の宮より菊を召しければ、奉りけるついでに」とある。在中将（業平）に二条の后の宮（高子）のもとから菊を所望されたので奉った、そのついでにこの歌を贈ったのだとする。しかし、これを二条の后の物語の一環とみなければならない根拠は見出せない。

五十二段

昔、男《をとこ》ありけり。人のもとより①飾《かざ》り粽《ちまき》おこせたりける返りごとに、

98 あやめ刈り君は沼にぞまどひける我は野に出《い》でて狩るぞわびしき

とて、②雉《きじ》をなむやりける。

昔、ある男がいた。ある人のもとから、飾《かざ》り粽《ちまき》を贈ってきた、その返事に、

98 あやめを刈るために、あなたは泥の沼で難儀をした。私は私で、野に出ての狩りでひどく苦労したのだ。

と詠んで、雉《きじ》を贈ってやったのだった。

【語釈】

①飾り粽 「粽」は、もち米や米の粉をこねて、菖蒲《しょうぶ》や笹の葉などで包み巻いて蒸《む》したもの。もともと「茅《ち》（チガヤ）」で巻いたので「ちまき」の称となったといわれる。「飾り粽」は、

その粽を五色の糸や花などで飾ったもの。

【和歌98】あやめ刈り…… 男の贈歌。「あやめ」は、水辺に群生する多年草。今の菖蒲《しょうぶ》。その葉は細長く、香気を発する。五月五日の端午の節句に、邪気を払うものとして、軒や牛車などに挿し、薬玉《くすだま》の材料にもした。この歌全体の構成として、相手と自分それぞれの行動とその場を、「刈り」と「狩る」、「沼」と「野」、「まどひ」と「わびしき」として区別し、相手の沼でのあやめ刈りと、自分の野での狩りを照応させた。一首は、あなたは粽のあやめを刈るのに沼で難儀をし、私は野に出て狩りをして苦労した、とする歌である。〈重出〉大和物語　百六十四段。

②雉をなむやりける この狩りで雉を得たことが、物語の末尾の叙述からわかる。この雉を、粽の返礼として贈ったことになる。

評釈

平安時代のはじめごろの宮廷社会に、五月五日の端午の節句が定着するようになった。これも、もとは中国渡来の習俗をもとにした年中行事の一つであり、宮廷では盛大な節会《せちえ》が行われた。その節句の当日、民間でも粽を食べたり贈りあったりする習慣が広まった。

この章段は、その端午の節句ならではの「粽」「あやめ」にちなんだ話である。相手が飾り粽を贈ってきたというが、その粽があやめの葉に包んであったか、あやめ草を添えてあったかなのであろう。そうした節句の贈り物への返礼として、男は狩りの獲物の雉に歌を添えて届ける。

ところで、飾り粽の贈り主とはどんな人物であるのか。一読するだけでは、男か女かもはっきりしない。歌の前半によれば、節句のために沼の水辺であやめ草を採ってくれた人であり、その人はそのために「まどひける」とある。「まどふ」は、どうしてよいかわからなくなる意。美しいあやめ草を刈ろうと沼の岸辺に出て、あれがよいかそれがよいかと、あちこち歩きまわるその人の姿を想像しては、その労苦をいたわり深い感謝をいだいている。それに対して自分のことを、野での狩りでひどくきびしい経験をしたとする。「わびし」は、ままならぬ状態に窮する気持ちをいう。和歌の表現としては、その相手と自分のそれぞれの行動を、同音の語「刈る」「狩る」を契機として対照的に構成してみせたことになる。そしてこの対照は、節句の準備に心くばりする女のやさしい嗜《たしな》みと、男の官人にふさわしい行動的な嗜みをいうのではないか。実際にはその女本人《ひと》が水辺のあやめ草を採ったのではないとしても、である。男は、相手の女の厚情に感動をおぼえたはずである。

男は、相手の厚志へのねぎらいと感謝から、自分がどうにか手にした狩りの獲物を、返礼として贈ることになった。しかしその獲物が何であるかは歌に明示されることなく、物語の末尾に「雉なむやりける」と語られているにすぎない。歌では相手の「あやめ」をきわだたせ、自らはさりげなく返礼を述べたことになる。この歌は何よりも、相手の女の心のやさしさをかみしめながらの、恋の思いをこめた贈歌とみられるのである。

なお、この歌も『大和物語』百六十四段にとりこまれ、詞章に「在五中将のもとに、人の飾り粽おこせたりける返しに、かく言ひやりける」とあり、この章段とほぼ同じ内容になっている。その物語の直前の百六十三段（五十一段参照）のような二条の后との関係は語られないが、その両段がこの物語の五十一・五十二段と同じ順序に配されている点には、作品の成立上の問題も含まれていようか。

五十三段

昔、男《をとこ》、①逢《あ》ひがたき女に逢ひて、②物語などするほどに、③鶏《とり》の鳴きければ、

昔、ある男が、容易に逢うことのできない女に逢って、恋の語らいなどをしているうちに、夜明けを告げる鶏が鳴いたので、

99 どうして今ごろ鶏が鳴いているのだろう。人知れずひそかに思っている私の心は、こうも深いのに、それにまだ夜深くて夜明けにはほど遠い

99 いかでかは鶏の鳴くらむ人知れず思ふ心はまだ夜深《よぶか》きに

のに。

【語釈】

①逢ひがたき女　容易には逢えない女。人知れぬ恋の相手である。②物語などする　この「物語」は、男女の語らい、睦言《むつごと》である。③鶏の鳴きければ　「鶏」は、夜明けを告げる。その鳴き声は逢瀬の終わりを告げる鶏鳴である。

【和歌99】いかでかは……　男の贈歌。「いかでかは」は、疑問の副詞「いかで」に係助詞「か・は」のついた形で、ここでは強い疑問の気持ちをこめている。「鳴くらむ」の「らむ」は、現在推量の助動詞。ここでは現在の事態について、その原因・理由を推量。「いかでかは」と呼応して、いま鳴いている鶏について、自分にはその原因・理由がわからぬとする。「人知れず思ふ」は、自分の胸一つに思う意。相手にもわかってもらえないという気持ちである。「まだ夜深きに」は、夜がまだ深いことをいうとともに、上の「思ふ心は」からも「深きに」と続いている。一首は、どうして鶏が鳴き出しているのだろう、人知れぬ私の心は深いのに語り尽くせず、それに夜もまだ深いのに、と逢瀬の短さを嘆き訴える歌になっている。

【評釈】

男は容易には逢うことのできない女《ひと》を慕いつづけている。相手が「逢ひがたき女」であると思えば思うほど、逢いたい気持ちがいっそうつのってくるのは、人の心の自然の働きというものであろう。

ところが、ある宵、逢瀬が実現することになる。男は常日ごろ、もしもあの女《ひと》と夜をともに過ごすことができれば、どんなに嬉しくその感動を深めることができるだろうか、と夢想してきたはずである。しかし、いざ逢ってみると、日ごろの甘い夢想とはまるで違う。だいいち、感動を深めるどころか、あっという間に時間が過ぎてしまう。歌の表現に即していえば、「鶏の鳴く」のがいま現在の事実、誰の耳にも夜明けを告げる鶏鳴がひびいている。しかし男自身の気持ちは「まだ夜深き」ままで、この逢瀬の感動も持続して当然だ、と言わんばかりである。このように実際の時間の経過と心の内の時間がずれているのは、何よりも相手を「人知れず思ふ心」のためである。日ごろの切実な思慕と夢想が、突然の逢瀬の現実のなかで、物理的と心理的、あるいは日常と非日常の時間のずれに、ただただ呻吟するほかないのである。

五十四段

昔、男《をとこ》、①つれなかりける女《をんな》に言ひやりける。

100 行《ゆ》きやらぬ夢路《ゆめぢ》を頼む袂《たもと》には天《あま》つ空《そら》なる露や置くらむ

昔、ある男が、冷淡だった女に詠んでやった。

100 行こうにも行けない夢の通い路ではあるが、しかしせめてそれを頼みとして寝ている私の袂《たもと》には、天空の露が置いているのだろうか、涙でぐっしょり濡れている。

【語釈】

①**つれなかりける女**　「つれなし」は、こちらからの働きかけや期待に反応してくれないこと。相手の女が、この自分に応じてくれない、冷淡な、よそよそしい女だとする。

【和歌100】行きやらぬ……　男の贈歌。「行きやる」は、構わずどんどん進んで行くこと。ここでの「行きやらぬ夢路」は、進もうにも進むことのできない夢のなかの路をいう。ここでの「夢路」は、夢のなかで恋しい人のもとに行く路。「袂」は、自分の夜の衣の袂。「露」は、涙を見立てた表現。一首は、行こうにも行けない夢の通い路だが、せめてそれを頼みに寝る自分の夜の衣の袂には、大空の露が置いたように涙があふれている、と独り寝の悲しみを訴えた歌。〈重出〉後撰　恋一・読人知らず・二句「夢路にまどふ」、四五句「天つ空なき露ぞおきける」。

評釈

これは、男が、つれなかった相手の女に、歌を詠んで訴えるという話。その歌にいう「行きやらぬ夢路」とは、現実には逢えぬ相手について、せめて夢の道中をたどって逢瀬を遂げたいと思うが、それも叶わないというのである。しかしそれでも、やはり逢瀬をと「頼む」ほかないという。

古来、恋の歌には「夢」の語が多く用いられ、またそこから「夢路」「夢の通《かよ》ひ路《ぢ》」などの語も工夫されてきた。たとえば、

現《うつつ》にはさもこそあらめ夢にさへ人目を避《よ》くと見るがわびしさ　（古今　恋三・小野小町）
限りなき思ひのままに夜《よる》も来《こ》む夢路をさへに人はとがめじ　（古今　恋三・小野小町）
住《すみ》の江の岸による波夜さへや夢の通ひ路人目避《よ》くらむ　（古今　恋二・藤原敏行）

右の三首はいずれも、第三者の監視である「人目」のために夢の中でさえ容易に逢えない、という発想にもとづいている。小町の前者は、昼の現実にはそうせざるをえないだろうが、夜の夢の中でまで人目を避けていて私の夢に現れてくれないというのでは、どうにも悲しい、の意。同じ小町の後者では、あなたへの限りない思いを案内の灯として、せめて夜になって夢路を通って行くことまでは、誰もとがめだてはすまい、というのである。また敏行の歌は、住の江の岸に寄る、ではないが、夜の夢の中の通い道にまで、あなたは人目を避けようとするのか、の意。

このように第三者の監視を恐れる内容の歌も多いが、一方では他者を介在させることなく相手と自分の関係だけを嘆く歌も少なくない。これは『万葉集』以来の、相手が思うと自分の夢に相手が現れ、また自分が思うと相手の夢に現れる、などという発想の延長上にある。次の一首もそれである。


夢路にも露や置くらむ夜もすがら通へる袖《そで》のひちてかわかぬ　（古今　恋二・紀貫之）

夜じゅう歩きつづけた夢の中の道にも露が置いていたせいか、自分の袖が濡れて乾くことがない、の意。夢を「夢路」とするところから、その途上には露など多様なものが置いているという着想が導かれてくる。

この章段の歌は、右の貫之の歌の着想と酷似している。ここでは「天つ空なる露」――大空を蔽《おお》うばかりの露っぽさだ

と強調するところから、恋ゆえの涙がぐっしょりだとする。この話では、相手から顧みられないことを熟知していながらも、相手を「頼む」ほかなく、断ちがたい執心の悲しみを嘆くばかりである。

五十五段

昔、男《をとこ》、思ひかけたる女《をんな》の、①え得《う》まじうなりての世に、

101 思はずはありもすらめど言《こと》の葉《は》のをりふしごとに頼まるるかな

昔、ある男が、思いをかけている女が自分のものにはできそうもなくなった時に、

101 あなたは私のことをまったく思ってもくれていないだろうが、あなたの言ってくれた言葉は、今も折あるごとに、思い起こされては頼みと思わせてくれるのだ。

【語釈】

①**え得まじうなりての世に**　「え得まじう」は、手に入りそうにもなく、の意。「世」はここでは、男女の仲をいう。

【和歌101】思はずは……　男の贈歌。「思はずは」は、打消の助動詞「ず」に係助詞「は」のついた強調の語法で、相手がこちらをけっして思ってくれないで、の意。「言の葉」は、相手の女の言葉。かつて耳にした相手の言葉であろう、まだ交渉のあった過去のことである。「頼まるるかな」の「頼む」は、恋歌の常套的な語で、男女相互の信用関係をいう。また「るる」は自発の助動詞「る」の連体形で、ここでは抑えがたい恋のおのずからの感情をいう。一首は、あなたはもう私のことを思ってはいまいが、私はあなたの言葉を今も折ごとに思い起こしては頼みに思わずにはいられない、と訴える歌である。

評釈

「え得《う》まじうなりての世」とあるので、かつては親密な恋仲であったが、今では疎遠になってしまったというのである。

したがって歌中の「言の葉」も、親しかったころの女の言葉と解されるであろう。これを、現在もたまさかに届く彼女の手紙と解せなくもないが、やはり現在は没交渉になっているとみるべきであろう。

男の贈歌は、「思はずはありもすらめど」と詠み起こした。今ではこの自分などを思ってはくれまいとして諦めるところから、あらためて己が心を見つめようとする。かつて親交していたころの逢瀬での言葉、あるいは書き交わした手紙の言葉が、ふと思い起こされる。すると、諦めようとする気持ちも弱まり、あらためて切実な恋情がわき起こってくる。また、恋歌に常套の「頼む」の語をとりこんだ歌であり、男と女がたがいに共感しあう心を持ちあえることを願うばかりだ。これは、一たび諦めてはみたものの、かえってわき起こる恋の執心にほかならない。

なお、これも二条の后の物語の一環だと解する読み方がある。確かに過ぎ去った青春への回想とは解せるが、しかしそのように限定して解されねばならぬ根拠はない。

五十六段

昔、男《をとこ》、①臥《ふ》して思ひ、起きて思ひ、思ひあまりて、

102 わが袖《そで》は草の庵《いほり》にあらねども暮るれば露の宿《やど》りなりけり

昔、ある男が、臥しても女を思い、起きても思い、そして思いあまって、

102 私の袖は、草で葺《ふ》いた庵《いおり》ではないが、日が暮れると露いっぱいの宿となり、涙でぐっしょりになってしまうのだった。

【語釈】

①**臥して思ひ、起きて思ひ、思ひあまりて** 相手の女を思い、その恋の情につき動かされる思いをいう。四段の「立ちて見、ゐて見、見れど」にも似た文体である。

【和歌102】わが袖は……　男の独詠歌。「草の庵」は、草葺《ぶ》きの粗末な家。歌語として、わび住まいをいうことが多い。ここは男の日ごろ起居する自邸をあえて「草の庵」とするところから、下の句の「露の宿り」に照応しあうことになる。「露」は涙を象徴する語。一首は、私の衣の袖は草庵ではないが、日が暮れると露の宿となって、涙でぐっしょりになる、と訴える歌である。

評釈

冒頭の行文「臥して思ひ、起きて思ひ、思ひあまりて」は、男の心のありようを行動として語る、きわめて特徴的な文体である。横臥していると思い屈するほかなく、起き上がってみるといよいよ物思いがつのり、というのである。これは、二条后との物語の一つ、四段の「去年《こぞ》を恋ひて行きて、立ちて見、ゐて見、見れど、去年に似るべくもあらず」とも類似している。男が秘かに通っていた女（高子、後の二条の后）が突然姿を隠した、その翌年の春、あばら屋同然となったその邸を訪れた男が、往時を回想して悲嘆にくれたというのである。とはいえ、その四段の行文に似ているからといって、この物語も二条の后の物語の一環として解さねばならぬということではない。しかし、この男が胸一つにありったけの物思いをかかえこんでいるのは、過ぎ去った恋を重々しく思い出しているからであり、その限りでは四段の話とも共通していよう。

男の歌に即してみると、過往の恋を回想する感動が、「わが袖」を涙でぐっしょり濡らし、まさに「露の宿り」の趣であるとする。また「暮るれば」とある点にも注意される。夕暮れは一日のなかでの人恋しい悲哀の時間帯である。やがて薄暗くなると、かつての逢瀬が思い起こされ、その回想は走馬灯のようにめぐっていく。そうであればあるほど、いま現在の孤独の悲しみがいっそうつのってくる。上の句の「草の庵」のわびしさが、下の句の「露の宿り」の涙と有機的にひびきあって、悲愁の情をきわだたせることになる。

五十七段

昔、男《をとこ》、①人知れぬ物思ひけり。つれなき人のもとに、

103 恋ひわびぬ海人《あま》の刈る藻《も》に宿《やど》るてふわれから身をもくだきつるかな

昔、ある男が、人知れぬ恋で物思いに屈していた。冷淡な女のもとに、

103 わが恋にどうしてよいかわからなくなってしまった。海人《あま》の刈る藻《も》に宿るという虫のわれからではないが、我から求めてわが身をも砕き滅ぼしてしまった。

【語釈】

①人知れぬ物思ひ 自分の胸一つに秘めての物思い。相手からも顧みられぬ気持ちである。↓五十三段和歌99「人知れず」。

【和歌103】恋ひわびぬ…… 男の贈歌。「恋ひわびぬ」の「わぶ」は、対処しがたく困る、が原義。ここでは、相手への恋慕の情が高じて、どうにもならなくなることをいう。「ぬ」は完了の助動詞の終止形。ここで区切れる初句切れの歌。「海人の……宿るてふ」は序詞で、「われから」にかかる。「われから」は、海藻類に生息する甲殻類の一種。これに「我から」の語を掛けて、以下の、自ら招来させたとする己が身の苦悶をいう文脈へと転じていく。「身をも」は、心はもちろん身（肉体）をも、の気持ち。一首は、海人の刈る海藻に住むというわれからではないが、我からすすんで身までをも砕く恋の苦悶を訴える歌である。

評釈

「人知れぬ」恋とは、他者に知られぬ秘密の恋である。この章段の男は、それを誰からも知られず秘密にしてこられたことを、それなりによいことだと思いながらも、他方では、当の相手からも自分が顧みられていないのではないか、と苛立《いらだ》つようになる。こうして恋の悶々とした物思いをかかえこんだ男は、ついには相手を冷淡ですげない女だと恨むことにな

る。「つれなし」の語は、こちらに反応してくれない薄情さをいう（↓五十四段）。

男がそうした気持ちをどう歌に詠んで訴えたか、それがこの話の要になっている。ここで特に注目されるのは、虫の「われから」と「我から」を掛詞とする表現のありようである。「我から」は、ほかならぬ自分自身のせいで、の意。自分が原因理由になっているとする自己認識をいう言葉である。次はその典型例の一首である。

海人の刈る藻に住む虫のわれからと音《ね》をこそ泣かめ世をば恨みじ　（古今　恋五・典侍《ないしのすけ》藤原直子《なおいこ》）

この歌は、海人の刈る虫のわれからではないが、我からすすんで苦しみをかかえこみ、声をたてて泣くこともあろうが、あの人との仲を恨んだりはすまい、の意。

この物語の歌でも、何よりもわが心と身を思っている。相手を「つれなき人」と恨みながらも、しょせん自分自身のせいで心も身も砕くことになったと嘆くほかない。そのように、相手をせめたてるよりも、そうした自分のありようを凝視しているのである。

五十八段

昔、①心つきて色好《いろごの》みなる男《をとこ》、②長岡《ながをか》といふ所に家つくりてをりけり。そこの隣《となり》なりける③宮ばらに、④こともなき女《をんな》どもの、田舎《ゐなか》なりければ、⑤田刈らむとて、この男のあるを見て、「⑥いみじのすき者のし

昔、情理を深くわきまえた風流好みの男が、長岡という所に家を造って住んでいた。そこの隣に住む宮邸の皇女たちにお仕えしている、難点もなく小ぎれいな女たちが、そこは田舎だったので、この男が田の稲を刈ろうというのを見かけて、「たいそう物

わざや」とて、集りて入《い》り来《き》ければ、この男、逃げて奥にかくれにければ、女、

104 荒れにけりあはれ幾世《いくよ》の宿なれや住みけむ人のおとづれもせぬ

と言ひて、⑦この宮に集り来《き》ゐてありければ、この男、

105 葎生《むぐらお》ひて荒れたる宿のうれたきはかりにも鬼《おに》のすだくなりけり

とてなむ出《い》だしたりける。この女ども、「⑧穂ひろはむ」と言ひければ、

106 うちわびて落穂《おちぼ》ひろふと聞かませば我も田面《たづら》に行《ゆ》かましものを

好きな人のすることだわ」と言って集まり、邸内に入ってきたものだから、この男が逃げて建物の奥に隠れてしまった。そこで、女の一人が、

104 空き家になって荒れはててしまったこと。それにしても何世つづいた邸だというのだろう、住んでいたであろう人が声をかけてもくれないとは。

と歌を詠んで、その邸に女たちが集まってきたので、この男が、

105 葎《むぐら》の生い茂って荒れたこの家の情なさといったら、かりそめにも鬼が集まってきては騒いだりするほどだ。

というふうに詠んで、女たちにさし出したのだった。そしてこの女たちが、「落穂《おちぼ》を拾おう」と言ったので、

106 もしもあなた方が暮らしに困って落穂を拾うのだと聞き知っていたのなら、私も逃げたりせずに田のほとりに出て行こうものを。

【語釈】

①**心つきて色好みなる男**　「心つく」は情理を深くわきまえている意。「色好み」は多感なこと、ここでは風流を好むこと、ぐらいの意。物語の「男」が、すぐれた心の持ち主で、洗練された情趣を愛好する人物として設定されている。②**長岡**　現在の京都府長岡京市あたり。桓武天皇の延暦三（七八四）年から同十三（七九四）年まで、長岡京と呼ばれる都が置かれていた。③**宮ばら**　宮（皇族）たち。「ばら」は複数をさす接尾語。この長岡の地は、桓武天皇の皇女たちが多く住んでいたという。業平の母伊都《いと》内親王も桓武の皇女で、この地に住んでい

た（↓八十四段）。物語の「男」の背後には、業平像も想定されていよう。④**こともなき女ども**　「こともなし」は「異も無し」で、難点がない意。小ぎれいな女たちだとする。⑤**田刈らむ**　主語は「男」。しかし、男自身が稲刈りをするというよりも、実際にはそのような農作業を人に指図しているのであろう。この「田」は、家の近くにある、いわゆる門田《かどた》である。⑥**いみじのすき者のしわざや**　「すき者」は、物好きな人、趣味の人。冒頭の「心つきて色好み」の語句ともひびきあっているが、そのニュアンスは異なる。ここでは身分高い男が農作業にたずさわるのを、女たちがからかい、一ひねりした言い方で「すき者のしわざ」と評した。

【和歌104】荒れにけり……　女の贈歌。「荒れにけり」で切れる初句切れ。「あはれ……なれや」は、歳月の経過への深い感慨をこめた物言い。「住みけむ人のおとづれもせぬ」は、（この廃屋には）かつての住んでいたであろう人もなく物音もしない、の意。「おとづる」は音をたてる、が原義で、訪ねる意にも用いられる。もともとこの歌は、廃屋を見て人の世の栄枯盛衰のはかなさを思う歌。物語の女はこの歌を、この場にうまく転用させて、歌の「住みけむ人のおとづれもせぬ」に、男が奥に隠れて自分たちに応じてくれない態度をあてこすり、男をからかう歌になっている。〈重出〉古今　雑下・読人知らず。新撰和歌　四。古今六帖　第二「宿」・伊勢・初句「荒れにける」。

⑦**この宮に**　男の住む邸。「宮」とあるので、男は母宮と同居しているか。

【和歌105】葎生ひて……　男の返歌。女の贈歌の「荒れにけり」「幾世の宿」に即しながらの返歌である。「葎」は、ヤエムグラなど蔓草《つるくさ》の総称で、荒廃の家屋を象徴。「葎の宿」↓三段。「うれたし」は、思うようにならぬ情況を厭う気持ち。ここでは、情けない意。「かりにも」は、「仮りにも」「刈りにも」の掛詞。その「刈り」に、男の「田刈らむ」の行為を関連づけた。「鬼」は、目には見えない、恐ろしい魔物。↓六段。暗に女たちをさす。「すだく」は、集まって騒ぐ意。一首は、この邸は言われるような廃屋だと認めながらも、集まって騒ぐ女たちを、廃屋に集まる鬼だとからかい、贈歌のあてこすりに一矢を報いた。

⑧**穂ひろはむ**　女たちの言葉。あなたが田で稲刈りをするのなら、私たちも落穂を拾ってお手伝いしよう、の意。男をなおも誘い出そうと意図する言葉である。

【和歌106】うちわびて……　男の贈歌。女たちの言う言葉「穂ひろはむ」の言葉に応じた歌。実質的には返歌の趣である。一首全体が、「……ませば……ましものを」の反実仮想の構文で構成されている。「うちわびて」の「わび」は、ここでは実生活が困窮する意。女たちの言葉「穂ひろはむ」を根拠に、落穂を拾うほどの貧窮かとするが、反実仮想の構文から、実際には困窮などしていない、とする。一首は、女たちが落穂拾いをするほど窮していないのだから、自分が一緒に田に出てそんな農作業などはすまい、として女たちの言い分を切り返した歌になっている。

評釈

これは、長岡に住む男が、隣の邸に仕えている女たちから関心を持たれて、歌を詠み交わすことになるという話。この男が、単なる「色好み」というだけでなく、「心つきて色好み」の人であった点が、話の勘どころになっていよう。「心つく」は、判断がつく、分別がつくなど、どちらかといえば理知的な作用を意味する。それに対して「色好み」は、多感の心情にもとづく語とすれば、感性的な作用を表すことになる。この二つの結びついた文言は、きわめて微妙である。この男は、いちずに感情に傾くこともなければ、かといって理知に過ぎることもない。いわば、情理をわきまえた多感の趣味人、ぐらいの人物なのであろう。このような心性の持ち主である男が、彼に強い関心を寄せて近づこうとする女たちにどう対処するのか、それがこの章段の主眼となる。

その女たちは、近隣の宮邸に仕えている女房らしく、気のきいた洒落者なのであろう。そうした女たちに強い関心をもたれる男というのも、世評の高い理想人《びと》であるはずだ。しかし男は、彼女たちの誘いにうかつに乗せられるような人物ではなかった。ありきたりの色恋沙汰やその場かぎりの遊びごとなどを好まぬ性分であったとみられる。

女たちは男を誘い出そうと、さりげなく歌を詠みかける。その歌とは、こともあろうに『古今集』にも雑歌として収められている「荒れにけり」の歌である。廃屋を見て人の世の栄枯盛衰を思うこの歌をさりげなく詠みかけて、奥に隠れていた男を引き戻そうとする。大胆なまでの意図と趣向である。

これに対して男は、「葎生ひて」の歌で応じた。これは、いかにも返歌らしい切り返しかたで、女たちの言動を廃屋に現れがちな「鬼のすだくなりけり」と言い放った。

しかし女たちは、なおも男に近づこうと、「穂ひろはむ」と言い寄ってくる。これに対しても男は、女たちの言葉をあたかも贈歌のように受けとめて返歌のような趣で応じた。その「うちわびて」の歌では反実仮想の構文によりながら、あなたがたには落穂拾いなど必要もない、と反発するのだ。こうして女たちと男は、贈答歌ならではの発想形式によって、女の誘いと男の拒否という通じあいが、みごとに実現しているのである。したがって、女たちが男から拒まれたからとて、その心が傷つくというものでもあるまい。男の応じ方が、双方のそれなりの通じあいを可能にしている。冒頭にこの男が、「心つきて色好みなる男」と設定されているゆえんでもある。その男がもしも業平だとすれば、いかにも業平らしい説得力のある話ということになろう。

五十九段

昔、男《をとこ》、京①をいかが思ひけむ、東山《ひむがしやま》②に住まむと思ひ入《い》り③て、

107 住みわびぬ今はかぎりと山里に身をかくすべき宿求めてむ

かくて、ものいたく病みて④、死に入りたりければ⑤、面《おもて》⑥に水そそきなどして、生き出《い》でて⑦、

108 わが上《うへ》に露ぞ置くなる天《あま》の川門《がはと》わたる舟の櫂《かい》のしづくか

昔、ある男が、京をどう思ったのだろうか、東山に住もうと思い決めて、

107 京には住みづらくなってしまった。もうこれきりと覚悟して、山里にわが身を隠すべき住まいを探し求めるとしよう。

このような歌を詠んでから、何かの病気をひどく患《わずら》って、死んだようになったところ、人々が顔に水をそそいだりして、どうにか息を吹き返して、

108 私の顔の上に露が置くようだ。それとも、これは天の川の川門《かわと》を渡る舟の櫂《かい》の雫《しずく》だろうか。

と歌を詠んで、息を吹き返したのだった。

となむいひて、生き出でたりける。

【語釈】

①**京をいかが思ひけむ**　語り手の推量。男の心の真意がはかりがたいとする。②**東山**　京の賀茂川の東側、南北に連なっている丘陵地。当時は平安京の外側とみられ、次の歌にも「山里」とある。③**思ひ入りて**　「思ひ入る」は、思いつめる、深く思いこむ、の意。強い決意だとする。

【和歌107】住みわびぬ……　男の独詠歌。「住みわびぬ」は、京には住みづらくなってしまう意。「……わぶ」は、……しにくい、の意。「今はかぎり」には、人生の最終段階を迎えたという気持ちがこめられる。「身をかくす」は、自分が世人からは知られない存在、いわゆる遁世者となること。俗世間との交渉を絶つことをいうが、必ずしも出家だけを意味するとは限らない。一首は、京に住みづらくなった自分は、今こそ身を隠すべき住まいを山里に求めよう、と覚悟を決める歌である。〈重出〉後撰　雑一・業平・四句「つま木こるべき」。古今六帖　第二「山里」・業平・二句「今はかぎりぞ」、四句「つま木こるべき」。

④**ものいたく病みて**　何かの病気をひどくわずらって。「もの」は漠然とした状態。→「もの病みに」（四十五段）。⑤**死に入りたりければ**　「死に入る」は、死んだ状態、気絶した状態になる意。後続の叙述「生き出づ」と照応。⑥**面に水そそきなどして**　周囲の者が、男の顔面に水をかけたりして、の意。「そそ（注）く」の語は当時、清音で発音した。⑦**生き出でて**　息を吹きかえしたとする。前の「死に入りたりければ」と照応。

【和歌108】わが上に……　男の独詠歌。「わが上に露ぞ置くなる」は、顔面に水を注がれたことを、このような見立ての技法で表現した。ただし、人々が水を注いだことを、明確に認識したとは限らない。さらに、その「露」を、七夕伝説にいう、天の川を渡る船の櫂の雫《しずく》か、とも見立てた。「か」は軽い疑問の意。「とわたる」の「と」は、「川門《かわと》」のことで、川幅の狭くなっている場所。一首は、自分の顔に露が置くようだ、それとも天の川の川門を渡る舟の櫂の雫なのだろうか、と意識の朦朧とした思いを詠んだ歌である。〈重出〉古今　雑上・読人知らず。新撰和歌　四・五句「櫂のしづくに」。

評釈　東山の山里に身を隠そうとするこの男の気持ちは、「京にはあらじ、東の方に住むべき国求めにとて行きけり」（九段）などと語られる東下りの話と、一脈通じていよう。ここでも、出家などという信仰心よりも、何よりも京の俗塵の現実から逃れようとする、その決心こそが重要である。語り手の推測に「京をいかが思ひけむ」とあるが、同様の叙述が東下りの一連の章段にも、「京にありわびて」（七段）、「京や住み憂かりけむ」（八段）とある。

男の第一首「住みわびぬ」の、「住みわびぬ」――→「今はかぎりと」の文脈の運びかたに注意すると、わが人生の重大な転機とばかりに、もはや猶予できない切迫した気持ちが読みとれよう。末尾の「求めてむ」の物言いも、東下り段の「住み所求むとて」（八段）、「住むべき国求めにとて」（九段）とも共通して、新たな生き方を積極的に求めようというのである。消極的な遁世生活とは趣を異にしていよう。

しかし男の山里住まいは、そのまま安穏ではなかった。突然の罹病で、一時は息絶えるほどの重態であった。ところが、人が「面に水をそそきなどして」の、あつい介護もあったからであろう、そこから奇跡的に蘇生した。彼は、いったんは「死に入」ったのに、そこから「生き出《い》で」るところへと運命を逆転させる。蘇生した男の歌「わが上に」は、「面に水」とあるところから、「わが上に露」と想像し、さらにそれによって七夕の船の櫂の雫をも連想していく。もとより七夕の伝説は、古く『万葉集』の時代から多くの歌を生み出してきた。地上の雨や露を七夕の船の櫂の雫だろうかとする想像も、その七夕歌の発想の一類型となっている。たとえば、

この夕《ゆふ》へ降りくる雨は彦星のはや漕ぐ船の櫂の散りかも　（万葉　巻10・二〇五二　作者不明）

これの類歌は、『赤人集』（四五句「とくらの船の櫂の雫か」）や、『家持集』（三四句「天の川とく漕ぐ船の」）にも収められている。この物語の男の歌も、こうした表現類型にもとづきながら、しかも「面に水」という稀有な体験を、「露」を連想する言葉遊びのおもしろさとしてとりこんだのである。

この章段では、前半の隠棲への強い決意と、後半の蘇生後の意識の朦朧とした話との間には、一見するところ飛躍があるようにも思われる。しかし、男の生き方として、常に現実との間に適度な距離を置こうとする、その心と態度は一貫している。悠々迫らぬ人生の余裕がこの人物を貫いているのではないか。蘇生して、わが顔が濡れているのに気づいて、死と生のはざまの朦朧とした意識の内に、天上の恋の物語にまで思いをめぐらすというのも、軽妙さをも含んだ心の余裕である。それは、俗塵から逃れえた者の心の自由なありようだといってよい。

六十段

昔、男《をとこ》ありけり。宮仕《みやづか》へいそがしく、心も①まめならざりけるほどの②家刀自《いへとうじ》、③まめに思はむと言ふ人につきて、④人の国へ往《い》にけり。この男、⑤宇佐《うさ》の使ひにて行《い》きけるに、⑥ある国の⑦祇承《しぞう》の官人の⑧妻《め》にてなむあると聞きて、「⑨女主人《をんなあるじ》に⑩かはらけとらせよ。⑪さらずは飲まじ」と言ひければ、⑫かはらけとりて出《い》だしたりけるに、⑬さかなりける橘《たちばな》をとりて、

109 五月《さつき》待つ花たちばなの香《か》をかげば昔の人の袖《そで》の香ぞする

昔、ある男がいた。男は宮仕えに忙しく、妻に実意のこもる情愛をそそがなかった、その家の主婦が、誠心誠意を尽くそうと言ってくれる他《ほか》の男に従って、他国へ立ち去ってしまった。

このもともとの男が、宇佐への勅使として出かけて行った時、もとの妻がある国の勅使接待の役にあたる地方官の妻になっていると聞いて、「女主人に盃を持って来させよ、そうでなければ飲むまい」と言ったので、その女主人が盃を持って来て差し出したところ、男が酒の肴《さかな》として出してあった橘の実を取って、

109 五月を待って咲く橘の花の香《か》をかぐと、昔親しんだ人の袖《そで》の香がする。

と詠んだものだから、女は昔のことを思い起こして、尼になり、山に入って暮らすようになったのだ

と言ひけるにぞ思⑭ひ出《い》でて、尼になりて、山に入《い》りてぞありける。

った。

【語釈】 ①**まめならざりけるほどの**　「まめ」は誠実な心をいう。男の公務が繁忙で、結果的には妻に対して誠実さのこもった扱いをしていなかったとする。②**家刀自**　家の主婦。ここでは「男」の妻をさす。③**まめに思はむと言ふ人**　誠心誠意を尽くそうと言う、別の男。④**人の国**　都から離れた地方の国。新しい男が地方に赴任したのを機に、女も妻として従った。⑤**宇佐の使ひ**　豊前国（大分県）にある宇佐八幡宮への、朝廷からの使者。恒例の祭礼や、即位や国家の大事の際に派遣され、奉告・奉幣する勅使である。⑥**ある国**　豊前国までの途中の、ある国。⑦**祗承の官人**　勅使が下向する際、国々ではこれを丁重にもてなす。「祗承の官人」は、その時の饗応接待などの役にあたる地方官。⑧**妻にてなむある**　もとの妻が今はその祗承の官人の妻になっている、とする。⑨**女主人に**　以下、「男」の言葉。「女主人」は、ここでは祗承の官人の妻をさす。実は「男」のもとの妻でもある。⑩**かはらけとらせよ**　盃を持って来させよ、の意。「かはらけ」は素焼《すやき》の盃。ここでは、酌《しゃく》をさせよ、というのである。⑪**さらずは飲まじ**　そうでなければ私は飲食の接待を受けまい、の意。⑫**かはらけとりて**　祗承の妻が。⑬**さかなりける橘をとりて**　酒の肴《さかな》の一つとして出してあった橘の実を「男」が手に取って。

【和歌109】五月待つ……　男の贈歌。「五月待つ」は、五月を待って咲く、の意。「花橘」は、橘の花のこと。歌言葉としては、過ぎ去った時や人を、なつかしく回想させる花として連想される。「昔の人」は、昔なじみであった人。「袖の香」は、その「昔の人」が袖にたきこめた薫香。橘の花の香に似通っていたのであろう。その二人の間には、男女関係が想起されて当然である。この一首は、「昔の人」が回想される花橘の歌として、よく知られていた。〈重出〉古今　夏・読人知らず。新撰和歌　二。古今六帖　第六「橘」・伊勢（業平とこそ）。

⑭**思ひ出でて**　もとの夫との関係をあらためて回想する。

評釈

この物語の女は、官吏として多忙だった夫から顧みられなかったのを、「まめならざる」夫と見限って、後に、「まめに思はむと言ふ人」と再婚し、新しい夫の地方赴任とともに任地に下った。その地で、この女が、もとの夫と皮肉にも再会することになるという話である。というのも、もとの夫であった男が宇佐の勅使となって、通過するある国で祇承の官人からの世話を受けることになったが、その祇承の官人の妻が、かつての妻だったと偶然にも知ったからである。もとの妻から酒盃を受け取った男は、肴の橘をつまんで「五月待つ……」と花橘の古歌を口ずさむ。ところが、男の口ずさむその歌が女を絶望的にさせ、ついに尼になってしまったというのである。

もとより、この「五月待つ」の歌は、『古今集』「夏」に読人知らずの歌として入集する古歌である。夏の到来とともに橘の花が芳しく咲きはじめると、普段忘れかけていた昔の人の袖の香がして、にわかに記憶がよみがえってくる、という意である。人々がそれぞれ衣服の薫香について工夫を凝らし、個人の趣向を競いあった時代のことである。この歌では、「昔の人」のあの時の衣の香が、花橘のそれに似ていたというのである。夏五月を迎えると、季節の運行に違《たが》うことなく、橘が開花してその香が世間に漂う。時節の細やかな移ろいへの心づかいがあってこそ、「昔の人」への懐かしさがはじめてこみあげてくる。日ごろ忘れかけていた人だからとて、大事な人でないことはない。日常の雑事は恐ろしいほど人間の感動を風化させがちである。しかしここでは、外界への細心の注意が、心の内に過往の感動をそれ以上の新鮮さとしてよみがえらせたことになる。この歌が人口に膾炙されることによって、「花橘」は過往を思い起こさせるもの、という連想の歌言葉が固定化した。またこの歌では、「袖の香」の記憶をいうのだから、ごく親しい関係の人、むしろ情交のあった人と解するのが自然であろう。

この章段は、この「五月待つ」の古歌に具体的な状況を設定しながら、その心を解釈し直すところで作られている、といってよいのではないか。いったい、この歌を口ずさむ男は何を思ったのか。別れ去った妻への愛着や悔恨もなくはないだろう。あるいはまた、妻が勝手に自分を不誠実な男と決めつけたけれども、自分自身は誠実な人間のつもりでいたのに、という気持ちも去来していよう。しかしそうしたことよりも、偶然にも再会した今現在、かつてこの女とともに生きた往時が、無性に懐かしくてならないはずだ。これまでのこの女との関わり方の経緯や、自らの生き方の歴史を一挙に飛躍させて、ともに過ごした往時に対面する趣である。その限りで、これは男の一方的な感情でしかない。

　これに対して女は、返歌をさえ詠まない。「思ひ出でて、尼になりて、山に入りてぞありける」とあり、昔日を思い起こさせられてしまった女は、出家という行為でしか応じようがないというのである。しかし、この寡黙の行為の裏にある心は複雑である。この再会では、宇佐の勅使にまで昇進した前夫のはえばえしさと対面するところから、勅使の接待に奔走する一地方官の妻におさまっている自分が、いかにもわびしくみじめで、また眼前の前夫が過往の自分の離別をいかに無分別な行為とみているだろうか、とも思われていよう。もとより女は現在、新しい夫とともに平穏無事の日常生活を送っていたにちがいない。しかし、前の夫の出現がその平穏さをうち砕いてしまったのだ。もちろん前夫には、女に対してそのように苛酷なことをしたという自覚はない。しかし男の「花橘」に発する過去の日々へのかたくななまでの執着が、女の再婚から今日に及ぶ一個の歴史を無残にも踏みつける結果になった。女には、男に歌で応ずるような余裕も力もない。歌をもって己が心を証そうとする男の行為が、結果的には相手を傷つけてしまうことになったのである。

六十一段

昔、男《をとこ》、①筑紫《つくし》まで行《い》きたりけるに、「これは、②色好《いろこの》むといふ好《す》き者」と、③簾《すだれ》の内《うち》なる人の言ひけるを、聞きて、

110 染川《そめかは》を渡らむ人のいかでかは色になるてふことのなからむ

昔、ある男が筑紫まで行っていた時に、「これは、色好みと噂される風流人だ」と、簾の中にいる女が他の女に言っていたのを聞いて、男は、

110 染川を渡った人ならば、どうして色に染まることがなくていられようか。――それだけのことで、自分は特に色好みなどではない。

女《をんな》、返し、

111 名にし負《お》はばあだにぞあるべきたはれ島波《じまなみ》のぬれ衣《ぎぬ》着るといふなり

女が返した歌、

111「たはれ」の名をもっているのなら、浮気であるはずだが、その「たはれ島」は波に濡れて無実の濡《ぬ》れ衣《ぎぬ》を着ているだけだという。染川も同じこと、あなたの色好みとは無関係だ。

【語釈】

①**筑紫**　現在の北九州地方。具体的には筑前・筑後両国（今の福岡県）。②**これは、色好むといふ好き者**　簾中の女の言葉。「色好むといふ好き者」は、色好みと噂される趣味人、ぐらいの意。「色好む」「好き者」→五十八段「色好み」・要語ノート「色好み」「すき」。③**簾の内なる人の言ひけるを、聞きて**　男の泊まった家の、簾を下ろした内側にいる女。その女が別の女に言ったのを、男が聞きつけたのであろう。

【和歌110】染川を……　男の贈歌。「染川」は、現在の福岡県太宰府市の、太宰府天満宮と観世音寺との間を流れる川。この歌枕の「染川」の語から、色を染める意を引き出し、その川を渡れば誰もが色に染まって当然だとする。「いかでかは……なからむ」は反語の文脈。自分も色に染まったと一面では肯定しながらも、一首は、それは「染川」の「染め」色のせいであり、もともとの自分はけっして「色好む」人間などではない、と女の言葉に反発した歌である。〈重出〉拾遺　雑恋・業平。

【和歌111】名にし負はば……　筑紫の女の返歌。「名に負ふ」は名をもつ意。ここでは、「たはれ島」が「たはれ」という名（言葉）をもつこと。「あだ」は浮気、移り気の意。男の贈歌の「色」にひびきあう。「たはれ島」は肥後国、現在の熊本県宇土《うと》市の緑川河口にある岩礁。これに「たはる」（色恋におぼれる意）の語を言いこめた。「波の」は、波で濡れるところから、次の無実の罪の意の「ぬれ衣」を引き出す。「たはれ島」の「たはれ」の名のとおり浮気なはずだが、実は波の濡れ衣を着ているだけの地名だとする。それと同じように、あなたが染川に難癖をつけようとしても、それは当たらない、とする。一首は、染川のせいだとする相手の男の主張を切り返して、あなたはやはり浮気の男だと反発する歌である。〈重出〉後撰　羇旅・読人知らず・二句「あだにぞ思ふ」、五句「幾夜着つらむ」。

評釈

男の宿泊していた家の、簾中の女が言ったのによれば、この男はたいへんな色好みの男として噂される人物だ、という。これを聞きつけた男は、「染川を」の歌で、当地の「染川」の名を機知的にとりこんで、女の言い分を切り返した。すなわち、私がこの染川を渡ったばかりに色好みの噂をたてられただけのことで、もともと色好みなどではない、というのである。したがって、この土地の「染川」こそが問題だと言わんばかりである。

これに対して簾中の女は、当地の地名に文句をつけられたような不満からも、「名にし負はば」の歌で、それならば肥後国の「たはれ島」だって同じこと、濡れ衣を着せられただけの名、あなたはこの地の染川のせいだとするが、そんなことは当たらないと切り返した。地名などとは無関係に、あなたはもともと色好みの人だ、というのである。

この女の返歌の「たはれ島」に含まれる「たはれ」の語について、さらに付言しておきたい。『万葉集』で高橋虫麻呂が詠んだ珠名娘子《たまなのおとめ》の伝説歌にも、「……人皆の　かく迷《まと》へれば　うちしなひ　寄りてそ妹《いも》は　たはれてありける」（巻9・一七三八・長歌）とある。その娘子は容姿の整っている上に、花のような笑顔を見せる女。男たちがみな心を惑わすのをよいことに、なよなよとしなをつくり、しなだれかかって、その娘子は、みだりに振る舞っていたとする。男を翻弄して得意げに振舞う女をいうのに、「たはれ」の語がその要となっている。この返歌でもその「たはれ」を、「色好むといふすき者」と噂される相手の男の人柄として、強調したことになる。

この章段の贈答二首の間には共通する語句もなく、贈答歌としての緊密性にやや欠けるところもある。しかし、西海地方を旅行く男が好色者かどうかをめぐって、その地方の歌枕「染川」「たはれ島」の表現力を最大限に活用している。やはり二首には、贈答歌としての絶妙な息づかいが発揮されているといってよい。各地の歌枕の発達を前提にした話であろう。

なお、前段が宇佐八幡宮への使者の話、この段も九州地方への都人の話、さらに次段もその土地こそ不詳ながら地方での都人の話という点で共通している。この三段は、一連の話柄として組みこまれたとみられる。

六十二段

昔、年ごろ①訪《おとづ》れざりける女《をんな》、心②かしこくやあらざりけむ、はか③なき人の言《こと》につきて、人④の国なりける人につかはれて、もと⑤見し人の前に出《い》で来て、もの⑥食はせなどしけり。夜⑦《よ》さり、「このありつる人たまへ」と主人《あるじ》に言ひければ、おこせたりけり。男、「我⑧をば知らずや」とて、

112 いにしへのにほひはいづら桜花《さくらばな》こけるからともなりにけるかな

と言ふを、い⑨と恥《は》づかしと思ひて、いらへもせでゐたるを、「な⑩どいらへもせぬ」と言へば、「涙のこぼるるに目も見えず、も⑪のも言はれず」といふ。

113 これやこの我にあふみをのがれつつ年月経《としつきふ》れどまさり顔《がほ》なき

と言ひて、衣《きぬ》ぬぎてとらせければど、捨⑫てて逃げにけり。いづち往《い》ぬ

昔、男が幾年も訪れてやらなかった相手の女が、もともと賢明な分別がなかったのだろうか、他人のつまらない口車にのって、地方に住んでいた男に使われるようになり、その後、もとの夫だった男の前に出てきて、食事の給仕などをすることになったのだった。夜になって、「あの先刻いた女を、こちらによこしてください」と、男がその家の主人に言ったので、その女をよこしてきた。男が、「この私のことを知らないか」とたずねて、

112 過ぎ去った昔のつややかな美しさはどこへ消え失せたのか、桜花よ、花びらをしごき落とした残骸とはなってしまった。

と歌を詠むのを、女はたいそう恥ずかしいと思って、返事もせずに座っていたので、男が、「どうして返事もしないのか」とたずねるものだから、「涙がこぼれるので目も見えず、ものも言えない」と言う。

113 これがまあ、私に逢う身でありながら私から逃れ去ったあの女《ひと》なのか、年月も経ったけれど、以前に比べて見まさりもしない様子だ。

と男が言って、衣を脱いで女に与えたが、女はそれを捨てて逃げてしまった。どこへ去ってしまったのか、それとてわからない。

らむとも知らず。

【語釈】

①年ごろ訪れざりける女　何年もの間、男が訪ねて行かなかった、その相手の女が。②心かしこくやあらざりけむ　挿入句。女には男の本心を見抜く賢明な分別がなかったのだろうか、とする語り手の推測。この語り手の言葉が、やがて女が地方へ連れていかれる経緯へと語りつないでいく。③はかなき人の言につきて　頼みにもならぬ男の口車に乗せられて。「はかなき」は「人の言」（一語）にかかる。④人の国なりける人につかはれて　地方に住む人に使われる身となって。「つかはれて」とあり、その地方官に召し使われる女になったのであろう。したがって、前出の「はかなき人の言」の「人」とは別人物とみられる。⑤もと見し人　以前の夫であった「男」をさす。この「見る」は連れ添う意。その以前の夫が所用で地方に下り、二人が偶然にも再会したのである。⑥もの食はせなどしけり　饗応の際の給仕などに仕えた、の意。⑦夜さり　夜。饗応の済んだ時分であろう。男は、あらためて女と対面すべく、「主人」（地方官）に、「このありつる女」（先ほどの女）をよこしてくれと頼んだ。⑧我をば知らずや　男のこの言葉は、自分が前夫であることを、さりげなく知らせようと意図したもの。

【和歌112】いにしへの……　男の贈歌。もとの妻を「桜花」に擬《なぞら》えて、一首を構成した。「いにしへのにほひ」は過ぎ去った桜の花の美しさ、それに往年の妻の美貌を擬えた。「にほひ」は、視覚的につややかな美しさをいう。「こけるから」は、花びらをしごき落とした後の幹《みき》。「こける」は、四段動詞「こく」（しごく意）の已然形に、助動詞「り」の連体形のついた形。「から」は幹、茎、枝。一首は、女の往年の美貌も、今ではすっかり衰えて見るかげもなくなった、とする歌である。

⑨いと恥づかしと思ひて　男に対して顔を合せられないほどの、女の恥ずかしい気持ち。⑩などいらへもせぬ　男の言葉。女を詰問する語調である。⑪ものも言はれず　男への返歌を詠むどころか、何も言えない気持ちをいう。

【和歌113】これやこの……　男のさらなる贈歌。「これやこの……」は、話題を提供する言い方で、これが先刻承知のあの……、の語調。直接的には末尾の「まさり顔なき」につながる。「あふみ」は「逢ふ身」。これに「近江《あふみ》」の地名をも掛けているか。ただし「近江」の地名との関係は不確かである。「まさり顔なき」は、以前よりも劣った様子。容色がすっかり衰えたことをいう。一首は、歳月が過ぎたのに、あなたの身辺には向上もみえず劣るばかりだとする、落胆の気持ちをいう歌になっている。

⑫捨てて逃げにけり　女は、その場にいたたまれず逃げ出して――しまった。

評釈

京から隔たった地方で落ちぶれていた女が、もとの夫と偶然にも再会することになる点で、前の六十段の話によく似ている。もちろん二者の間には相違点もある。この女がもともとの夫となぜ別れねばならなかったのか、その原因理由が明確でない。語り手が推測するように、女には思慮分別が足りなかったからだろうか。

とにかく彼女は、頼れそうにもない男の口車に乗せられて他国に移った。しかしその男と夫婦関係を続けたふうでもなく、けっきょく地方官に召し使われる身となった。六十段の女に比べると、こちらは男たちに翻弄されがちな境遇のなかで、いっそう漂泊《さすらい》の度が強いともみられよう。

地方官の催した饗応の場で、もとの夫がこの女の存在に気づき、「我をば知らずや」と詰問しては、「いにしへの」の歌を詠み出す。相手の女を散り終った桜花に擬《なぞら》えて、往年の美貌もすっかり衰えて、今では花のない幹だけの桜の木に過ぎないではないか、とする難詰調の一首である。女の美しさを桜花に擬えて、散るのを惜しむのが表現の常套ではあるが、しかしここでは、はかなく散ってしまう美しさへの、哀切な情もなければ悲嘆の情もない。それどころか、「こけるから」の無残さをいう点には、相手への悪意さえ感取されよう。女の容色の衰えを残忍なまでの言葉で言い表し、残酷な物語に仕立てていくのである。

男は、応ずる言葉も失った女に対して、なおも「などいらへもせぬ」と責めたてては、二首目の歌を詠みかける。「これやこの……まさり顔なき」とあり、これがあの女の、それなりに小ぎれいだったあの顔なのか、と驚きをもって相手をまじまじと見つめている趣である。ここには歌枕としての「近江《あふみ》」の地名がにおわせられている。その地が物語の場とどう関わるかは詳《つまび》らかではないが、歌の表現として、各地をめぐり歩く女の足どりをも思わせてくれるであろう。京を出て男と逢うのを逃れ、さらに近江の地をも逃れるという漂泊の人生を直感させるのだ。しかもこれが、下の句の「年月経」るという語句とひびきあうところから、女のはかない生涯が浮びあがってくる。

この話が、『今昔物語集』巻三十・第四話と類似していることが、しばしば指摘されてきた。こんな内容である。中務大輔《なかつかさのたいふ》の一人娘が、父や母に次々と死別して零落していく。女は、それまで通ってきた夫の兵衛佐《すけ》に対してこのように言った。「こんな情況ではあなたのお世話も十分できなくなったので、私との関係についてはどうぞ自由にお考えください」と。夫はいったんは、けっして見捨てたりするものかと言ったが、ついにはこの邸から足が遠のいてしまった。女はひとり、わび住まいの身となる。やがて、この邸内に寄居していた尼が媒《なかだち》となって、近江の郡司の息子と結ばれ、その近江国に連れて行かれる。ところが、その息子のもとからの妻からはげしく嫉妬され、そこを出た彼女は、息子の父である郡司に仕える身となった。そこへ、新しく国守として赴任してきたのが、最初の夫であった。皮肉な運命というべきか、二人はそれと知らぬまま親しくなったが、やがて男の方が先に、女がもとの妻であることを知ることになる。彼は、

これぞこのつひにあふみをいとひつつ世には経《ふ》れども生けるかひなし

と詠んで、自分がもとの夫だったことを告げる。驚いたのは女である。身体《からだ》がやがて冷えすくんで、ついに息絶えてしまった、というのである。

この説話にも右のように、この章段の第二首に酷似した歌が挿入されている。しかし右の説話の歌では、「これぞこの」の初句もこの章段の場合のような驚きの語法ではない。そして末尾の「生けるかひなし」の語句が、女が息を絶えたとする結末と重なっている。この歌には『伊勢物語』のような男の非情な感情が薄く、逆に女の身のありようにより即した表現になっていよう。

これに対してこの章段の和歌は、第一首にも第二首にも、それを詠み出す男の女に対する難詰や非難の感情の一面がきわだっている。しかし、そのような詠み方であるところから、かえって女のさすらいの人生が冷ややかに浮びあがらせられてもいるのである。

六十三段

昔、①世心《よごころ》つける女《をんな》、②いかで心情《こころなさ》けあらむ男《をとこ》に逢《あ》ひ得《え》てしがなと思へど、③言ひ出《い》でむもたよりなさに、④まことならぬ夢語《ゆめがた》りをす。子三《み》人《たり》を呼びて語りけり。二人の子は、⑤情けなくいらへてやみぬ。⑥三郎《さぶらう》なりける子なむ、⑦「よき御男ぞ出《い》で来《こ》む」と⑧あはするに、この女、けしきいとよし。⑨異人《ことひと》はいと情けなし、いかでこの⑩在五中将《ざいごちゆうじやう》に逢はせてしがな、と思ふ心あり。狩りし歩《あり》きけるに行《い》きあひて、道にて⑪馬《むま》の口をとりて、⑫「かうかうなむ思ふ」と言ひければ、⑬あはれがりて、来て寝《ね》にけり。

さてのち、男見えざりければ、⑭女、男の家に行《い》きてかいまみけるを、男、⑮ほのかに見て、

114 百年《ももとせ》に一年《ひととせ》たらぬつくも髪《がみ》われを恋《こ》ふらし面影《おもかげ》に見ゆ

とて、⑯出《い》で立つけしきを見て、⑰うばら・からたちにかかりて、家に

昔、男との交際を願う心のとりついた女が、何とかして情の深そうな男に逢《あ》うことができるようになりたいもの、と思うけれど、自分からそれを言い出す機会もないままに、作りごとの夢の話をする。わが子三人を呼んでそれを語ったのだった。二人の子は、そっけなく応じて、とりあわなかった。三男だった子だけが、「高貴な殿が現れるだろう」と夢合わせをするものだから、この女は、機嫌がまことによい。その三男には、他の男では情というものがまったくない、どうにかしてあの在五中将に逢わせてやりたいものだ、と思う気持ちがある。中将が狩りをして歩きまわっていたところにこの三男が出会い、その途中で中将の乗る馬の手綱《たづな》の口をとらえて引きとどめ、「こんなふうに、母のために思うのです」と言ったところ、中将は不憫に思い、女のもとに来て寝てしまった。

その後、それっきりで、男が現れなかったので、女が男の家に行って物の隙間からのぞき見をしたのを、男がちらと見て、

114 百歳に一歳足りないほどの白髪の老女が、私のことを恋うているらしい。その証拠には、その姿が面影となって現れ見える。

と詠んで、出かけようとする様子を見て、女は茨《いばら》や枳殻《からたち》にひっかかりながら、家に帰ってきて横になっている。男が、その女がしたように、こっそりと立

来てうち臥《ふ》せり。男、⑱かの女のせしやうに、忍《しの》びて立てりて見れば、女、⑲嘆きて寝《ぬ》とて、

115 さむしろに衣片《ころもかた》しき今宵《こよひ》も恋しき人に逢はでのみ寝《ね》む

とよみけるを、男、あはれと思ひて、その夜《よ》は寝《ね》にけり。

⑳世の中の例《れい》として、思ふをば思ひ、思はぬをば思はぬものを、この人は、思ふをも、思はぬをも、けぢめ見せぬ心なむありける。

っていてのぞき見ると、女はため息をつきながら、寝ようとして、

115 敷物の上に衣の片方を敷いて、今夜もまた恋しい人に逢うこともなく、独り寝をするだけのことか。

と詠んだのを、男が不憫《ふびん》だと思って、その夜は共寝をしてしまった。

　男女の仲らいの常として、恋しく思う相手を恋しいと思い、そうも思わぬ相手を思わぬものであるのに、この男《ひと》は、恋しく思う相手にも思わぬ相手にも、その区別を見せない心というものを持っていたのだった。

【語釈】①**世心**　異性との交際を求める心。②**いかで心情けあらむ男に逢ひ得てしがな**　「いかで」は、下の「てしがな」（願望を表す終助詞）と呼応。「心情け」で一語。男女関係での、相手への思いやりや情の豊かさをいう。③**言ひ出でむもたよりなさに**　自分の願望をそのまま口に出せる機会がないとする。「たより」は契機、機会。④**まことならぬ夢語り**　作りごとの夢の話。もともと「夢語り」は、自分の見た夢の内容を他者に語ること。⑤**情けなく**　「情けなく」はここでは、女（母）の夢語りにとりあおうとしない、そっけない態度についていう。⑥**三郎**　三男。前の「二人の子」が長男・次男にあたる。⑦**よき御男ぞ出で来む**　三男の言葉。高貴なお相手（愛人）に恵まれるだろう、の意。⑧**あはするに**　この「あはす」は、夢合わせをすること。夢の内容から、未来に起こることや、吉凶のよしあしを判断する。⑨**異人はいと情けなし**　以下、「逢はせてしがな」まで、三男の心内語。「異人」は、他の男。⑩**在五中将**　在原氏の五男で中将である人、業平をさす。⑪**馬の口をとりて**　男（在五中将）の乗った馬の手綱の口のあたりを握って。その馬をとどめ、懇願する体である。⑫**かうかうなむ思ふ**　三郎の、在五中将への言葉。具体的な内容は、前出の「いかで……逢はせてしがな」とする願望。⑬**あはれがりて**　三男の母を思う心に感動。その結果、男（在五中将）は、その願いどおりに、三

男の母のもとを訪ねて共寝することになった。⑭**女、男の家に行きてかいまみける** 女（母）が男の家にやって来て、その内部を垣間見したとあるが、当時の風習としてはありえない。来訪、垣間見は通常、男の行動である。⑮**ほのかに見て** 女が垣間見するのを、男がちらりと見て。

【和歌114】百年に…… 在五中将の独詠歌。「百年に一年たらぬ」は、九十九歳。実際の年齢をいうのではなく、老齢を強調した表現である。「つくも髪」は、海藻の一種「つくも」に似ているところから蓬髪《ほうはつ》（長く伸びてみだれた髪）とも、また「白」の文字が「百」より一画少ないところから白髪とも説かれてきた。「恋ふらし」は、老女がこの私を恋しく思っているらしい、の意。「らし」は根拠を示して推定する助動詞。ここでは、「面影に見ゆ」がその根拠になっている。「面影」は、心に投影される相手の影。実態は存在しないのに幻となって眼前に現れることをいう。人を恋い慕うと、その人の姿が面影となって現れるもの、という俗信によっている。古来恋歌に多くみられる、恋の強い執心をいう発想類型の一つである。一首は、年老いた嫗《おうな》がこの自分を恋しているらしい、その証拠にその老女が幻となって眼前に現れている、とする歌である。

⑯**出で立つけしきを見て** 男が女の家へ出かけようとするのを、垣間見していた女が見て、の意。⑰**うばら・からたちにかかりて** 「うばら」は茨《いばら》。「からたち」と同じように、とげが多い。以下、あわててわが家に帰ろうとして、道なき道を急ぐ女のさまである。⑱**かの女のせしように** 前の叙述「女、男の家に行きてかいまみけるを」を受けて、男も同じように垣間見したとする。⑲**嘆きて** 男の来訪を待ちあぐねて、物思いにため息をつく。

【和歌115】さむしろに…… 女の独詠歌。一首全体が、女の独り寝の孤独な寂しさで構成された歌である。「さむしろ」の「さ」は接頭語。「むしろ」は敷物。「衣片《かた》しく」は、共寝ではなく、衣の片袖だけを敷いて独り寝ること。独り寝の寂しさをいうのに、よく用いられる言葉である。一首は、敷物にわが衣の片方を敷いて、今宵もまた恋しい男《ひと》に逢うこともなく独り寝をするだけなのか、と嘆く歌になっている。〈重出〉古今 恋四・読人知らず・四五句「我を待つらむ宇治の橋姫」。古今六帖 第五「家刀自を思ふ」・四五句は古今に同じ。

⑳**世の中の例として……** 以下、語り手の、男（在五中将）のすぐれた心のありようを賛える評言。この男は、世の中一般の男とは異なって、自らいとしく思う相手にも、いとしくは思わない相手にも、差別をつけない広く情愛深い心やりの持ち主だとする。

評釈

この物語の「女」は、成人した三人の息子の母である。「つくも髪」とは誇張した表現だが、少なくとも初老の女である。その「女」が年がいもなく、「世心」に駆りたてられて男を求めようというのであるから、これはいかにも物語らしい、世にもめずらしい話柄である。その願望をさすがに口に出しがたい彼女は、息子たちを相手に、作りごとの夢語りをした。他の二人はまるでとりあわなかったが、三男だけはその夢を「よき御男」の出現だと占《うらな》ってやった。

母の「夢語り」も「まことならぬ」作りごとなら、三男の「夢占い」も作りごとである。その三男が母の上機嫌な様子を知って、「在五中将」（在原業平）にぜひ逢わせようと考え、ついにそのきっかけをつくった。この物語では稀少でしかない「在五中将」の呼称が用いられたのは、彼が多くの女性を惹きつけてやまない魅力の男として、すでに世に喧伝されているからであろう。その恋の理想人《びと》である「在五中将」が、「よき御男」として選ばれたのである。末尾の語り手の評言には「この人は、思ふをも、思はぬをも、けぢめ見せぬ心なむありける」とあり、女たちを区別なく包んでやまない博大な情の人であったという。これは、恋の理想の一類型といってよいのであろう。

この老女はこうして息子の仲介で、ついに中将と一夜を契ってしまった。しかしその後の彼女は、相手の男の来訪のなさに苛《いら》立《だ》って、男の家の中をのぞきにやってくる。これも異例のことである。女は男の来訪を待ちつづけることはあっても、自ら男のもとへと出向くことなど考えられないからである。そうした老女の行為に驚く男の気持ちが、「百年に」の歌に言いこめられている。老女がこの自分を恋い慕っているらしい、その証拠には彼女の姿が面影となって見える、という歌である。「ほのかに見」たことを、歌では老女の「面影」だとした。ここで注意したいのは、下の句の「われを恋ふらし面影に見ゆ」の歌句である。なぜなら、老女の恋が超越的な力を発揮しているかのような趣だからである。もとより、相手の面影が幻となって現れるというのは、たがいに魂が強く惹きあっている証《あかし》である。女が自ら男のもとにやって来るという異例の事実と、その魂が男にまつわりついているらしいという想像とが、たがいに照応しあっている。もともと古代の伝承などでは、老齢の者の多くが神秘的で、神に近い存在とみられがちであるが、この老女もいかにも神に近しい巫女《みこ》じみた存在のようにさえ思われる。

しかし物語は、あくまでも人間そのものの魂のありようへと収斂していく。老女の「さむしろに」の歌は、今宵もまた恋しい人に逢うこともなく、独り寝をするだけなのだろうか、という嘆きを詠んでいる。これは、宇治橋の神、いわゆる橋姫《はしひめ》の信仰にまつわる一連の歌群に裏うちされている。

さむしろに衣かたしき今宵もや我を待つらむ宇治の橋姫　（古今　恋四・読人知らず。古今六帖　第五「家刀自を思ふ」）

ここでは、宇治橋の女神を、あたかも待つ女であるかのように擬《なぞら》えながら、男の側から発想された表現になっている。この歌は実際、橋姫の信仰や説話そのものに関わっている歌か、あるいは旅行く男が家郷に残してきた妻を橋姫に擬えた歌かなのであろう。

この物語の老女も、一面ではこうした橋姫信仰にふれあいつつ、男の来訪をひとり待ちつづけなければならない女の立場の悲しみを強調している。物語はこうした女の歌を含むことによって、老齢の身ながら愚かしくも恋に執着せずにはいられぬ人間の魂をもとらえているのである。そして男もまた、それへの共感をいだかずにはいられぬことを通して、彼の多感な魂の鋭敏さを語ろうとしている。それは、末尾の語り手の評言に端的に表されていよう。この男は恋しく思う女に対しても、またそうも思わぬ女に対しても、区別なく応じられる人物だ、と。まさしく業平ならではの造型である。この物語はこうして、年がいもない老女の滑稽さや、あるいは神婚を思わせる神秘さから、人間の魂の不思議さを思わざるをえない地点へと抜け出ようとするところで成り立っている。

六十四段

昔、男《をとこ》、①みそかに語らふわざもせざりければ、②いづくなりけむ、あやしさによめる。

116 吹く風にわが身をなさば玉すだれひま求めつつ入《い》るべきものを

返し、

117 とりとめぬ風にはありとも玉すだれ誰《た》がゆるさばかひま求むべき

昔、ある男が、相手の女と密《ひそ》かに逢《あ》って語りあうこともしなかったので、あの女はどこに住んでいるのか、それを不審に思うところから詠んだ。

116 もしも吹く風にわが身を変えたとすれば、玉簾の隙をさがし求めては、あなたの側に入って行けるものを。

返しの歌を、女が、

117 つかまえることのできない風ではあっても、いったい誰の許しで玉簾の隙間などさがし求めて、中に入りこんで来ることができるというのだろうか。そんなことは許されない。

【語釈】

①みそかに語らふわざもせざりければ　相手の女が男とひそかに逢うこともなかった、とする。文を通わすことはあっても実際の逢瀬などなかったのであろう。**②いづくなりけむ**　男の疑問をいう挿入句。女の所在を詳しく知らないとする。文通は使者を介してのことか。

【和歌116】吹く風に……　男の贈歌。全体が「……ば……べきものを」の、仮定表現の構文で構成される。「吹く風にわが身をなさば」は、もしも自分自身を風に変えたなら、の意。「すだれ」は、男と女が対する際の隔ての簾。それに冠した「玉」は美称。高貴な場所にふさわしく、宝玉で飾られたような立派な簾である。その内側に座する相手は高貴な女性であろう。「ひま求めつつ入る」は、御簾の隙間《すきま》を探してはそこから御簾の内側に入り、女に逢《あ》うことをいう。男女の情交を意味する。

一首は、わが身を風に変えられるものならば、御簾の隙間を探り求めては簾中に入りこみ、あなたに逢えようものを、と逢えぬ恋の苦衷を訴える歌である。

【和歌117】とりとめぬ…… 女の返歌。これも「……とも……べき」の構文で構成され、贈歌の「……ば……べきものを」に応じた。「とりとめぬ風」は、誰もがつかまえられぬ風。「誰がゆるさばか……べき」は反語の文脈。私はけっして許さぬ、の気持ち。一首全体が、男の贈歌に密着した表現であり、「風」「玉すだれ」「ひま求めむ」が二首に共通した語句。それらを裏返しに用いて、一首は、相手の言い分を切り返し、簾の隙間から入りこむことなど、誰が許すものか、と反発する歌になっている。

評釈

たがいに文通することもあるのに、男が相手の女の所在がわからないというのは不自然である。実際には機転のきく使者などがそれを可能にしたのだろうか。古来、これを四・五段あたりの後日譚、すなわち藤原高子が后として入内《じゅだい》した後の業平との交流を語る内容と解する一説があるのも、女の所在への不審を解消させるための解釈によるのだろうか。文中の「いづくなりけむ、あやしさに」の叙述がじつは、人の容易に近づくことのできない大内裏であることを、ぼかして言っているともみられる。四段の「あり所は聞けど、人の行き通ふべき所にもあらざりければ」にも近似している。

ちなみに前段（六十三）には、物語内容は異るが「在五中将」の実名が示され、また次段（六十五）では、入内後の高子とおぼしき女が登場してその相手が「在原なりける男」だとされる。このことから、六十三〜六十五段の三章段は業平の話としてまとめられている趣でもある。しかしそこに組みこまれている歌々は業平の実作とも思われず、彼の事実譚という確証もない。いわば虚構化された業平像である。

男の贈歌は、自らを「風」に擬《なぞら》えた歌である。『万葉集』以来、夜の女の閨《ねや》の簾の隙間から、男ならざる風がやってくるという趣で詠まれる歌がある。風を男の来訪の前兆とみる発想である。しかしこの歌で、「吹く風にわが身」を託すというのは、いかにも大胆な発想である。業平の実作ではあるまいが、それに類する歌風だともいえよう。また、その贈歌の言葉に即して巧みに反発する女の機知的な返歌にも、贈答歌としての呼吸がいきいきと息づいている。二者の間には深い共感が生まれて当然であろう。

六十五段

昔、①おほやけ思《おぼ》して使うたまふ女《をんな》の、②色許されたるありけり。③大《おほ》御息所《みやすんどころ》とていますがりける④いとこなりけり。⑤殿上《てんじやう》にさぶらひける⑥在《あり》原《はら》なりける男《をとこ》の、⑦まだいと若かりけるを、⑧この女あひ知りたりけり。男、⑨女がた許されたりければ、女のある所に来て⑩向かひをりければ、女、「⑪いとかたはなり。⑫身も亡《ほろ》びなむ、⑬かくなせそ」と言ひければ、

118 思ふには忍《しの》ぶることぞ負けにける逢《あ》ふにしかへばさもあらばあれ

と言ひて、⑭曹司《ざうし》に降《お》りたまへれば、⑮例《れい》の、この御《み》曹司には、⑯人の見

昔、ある帝がご寵愛になって召し使っていらっしゃる女で、禁色《きんじき》を許された女がいた。その女は、大《おお》御息所《みやすんどころ》と呼ばれていらっしゃった方の、従姉妹《いとこ》であった。清涼殿の殿上の間にお仕えしていた在原氏の男で、まだとても若かったその男と、この女がたがいに知りあう仲になっていた。男は、女たちのいる場所への出入りを許されていたので、この女のいる所にやって来て、目の前で向かいあったりするものだから、女は、「じつに見苦しい。あなたも私も身を滅ぼしてしまうだろう、こんなふうにしてはなりませぬ」と言ったところ、男が、

118 あなたを思う心の力には、こらえようとする心も負けてしまった。逢《あ》うことと引き換えならば、いっそ身を破滅させようと、あとはどうなろうとかまうものか。

と詠んで、女が帝のもとからご自分の部屋に下がっておいでになると、男はいつものように、このお部

るをも知らでのぼりゐければ、この女、⑰思ひわびて里へ⑱行《ゆ》く。されば、⑲何《なに》の、よきこと、と思ひて、行《い》き通ひければ、⑳皆人《みなひと》聞きて笑ひけり。㉑つとめて㉒主殿司《とのもづかさ》の見るに、㉓沓《くつ》はとりて、奥に投げ入れてのぼりぬ。

かく㉔かたはにしつつありわたるに、㉕身もいたづらになりぬべければ、つひに亡《ほろ》びぬべし、とて、この男、「いかにせむ。㉖わがかかる心やめたまへ」と、仏神《ほとけかみ》にも申しければ、㉗いやまさりにのみおぼえつつ、なほわりなく恋しうのみおぼえければ、㉘陰陽師《おんやうじ》・㉙神巫《かむなぎ》よびて、恋せじといふ㉚祓《はら》への具《ぐ》してなむ行《い》きける。祓へけるままに、いとど悲しきこと数まさりて、㉛ありしよりけに恋しくのみおぼえければ、

119 恋せじと御手洗川《みたらしがは》にせし禊《みそぎ》神はうけずもなりにけるかな

と言ひてなむ往《い》にける。

㉜この帝《みかど》は、顔容貌《かほかたち》よくおはしまして、㉝仏《ほとけ》の御名《な》を御心に入れ

屋に、周囲が様子を見ているのも気づかぬままに上がって座る、というふうだったので、この女はすっかり困りはてて、里邸に逃れていく。そうなると男は、何をかまうものか、かえって好都合、と思って、訪ね通うこととなったものだから、人々はみなこれを聞いて笑ったのだった。女のもとから帰った翌朝、主殿司《とのもづかさ》が見ていると、男は自分の沓《くつ》を取って、沓置きの奥の方に投げ入れてから、殿上に上がった。

このようにみっともない行状を繰り返して過ごしているうちに、自分の身もだめになってしまいそうなので、ついには身を滅ぼしてしまうにちがいない、と思って、この男は、「どうしたものか。私のこうした心をとめてください」と仏や神にお祈り申したけれども、かえって思いがますますつのる一方で、やはり無性に恋しく思われるばかりなので、陰陽師《おんようじ》や巫《かんなぎ》を呼んで、恋をすまいという祓えの道具を持って河原に行ったのだった。祓えをするにつれて、いよいよ悲しみの度合がつのってきて、今までよりもいっそう恋しくばかり思われるので、

119 恋をすまいと、御手洗川《みたらしがわ》でした禊《みそぎ》を、神は受けいれずじまいだった。

と詠んで、その場を立ち去ってしまった。

この帝は顔かたちが美しくていらっしゃり、仏の御名《みな》をお心深くに思いこめて、お声はまことに尊いひびきで仏の御名をお唱《とな》え申していらっしゃる、そ

て、御声はいと尊くて㉞申したまふを聞きて、㉟女はいたう泣きけり。「かかる君に仕《つか》うまつらで、㊱宿世《すくせ》つたなく、悲しきこと、㊲この男にほだされて」とてなむ泣きける。かかるほどに、帝㊳聞こしめしつけて、この男をば㊴流しつかはしてければ、㊵この女のいとこの御息所《みやすどころ》、㊶女をばまかでさせて、蔵にこめて㊷しをりたまうければ、蔵にこもりて泣く。

120 海人《あま》の刈る藻《も》にすむ虫のわれからと音《ね》をこそ泣かめ世をば恨みじ

と泣きをれば、この男、㊸人の国より夜《よ》ごとに来《き》つつ、笛をいとおもしろく吹きて、㊹声はをかしうてぞ、あはれにうたひける。かかれば、この女は蔵にこもりながら、㊺それにぞあなるとは聞けど、あひ見るべきにもあらでなむありける。

121 さりともと思ふらむこそ悲しけれあるにもあらぬ身を知らずし

れを聞いて、女はさめざめと泣くのだった。「このような帝にお仕え申しあげずに、わが宿運のつたなく悲しいこと、この男《ひと》の情にほだされて」と言って、泣いたのである。こうしているうちに帝がこのことをお聞きになって、この男を流罪に処しておしまいになったので、この女の従姉妹《いとこ》にあたる御息所が、この女を宮中から退出させて、里邸の蔵におしこめて監禁なさったものだから、女は蔵に籠もって泣く。

120 海人《あま》の刈る藻《も》に住む虫のわれから、ではないが、
われからしでかした不幸だとして、声を出して
泣きはするけれども、あの男《ひと》との仲を恨んだり
はすまい。

と歌を詠んで泣いていると、あの男が、流された他国から毎夜毎夜やってきては、笛をたいそう趣深く吹いて、声は声で美しく、しみじみとした情趣があるさまで唱《うた》ったのだった。このようなことなので、この女は蔵に籠もっていながらも、男がそこにいるのだとその声から聞き知るけれども、逢ってたがいに顔を見交わすこともできずにいた。

121 こうなってもいつかは逢えるもの、とあの男《ひと》が
思っているだろう、そのことがとても悲しい。
生きているともいえぬわが身のありようを、あ
の男《ひと》は知らずに……。

と女は思っている。男は、女が逢ってくれないものだから、このようにうろうろ歩きまわっては、夜明

て

と思ひをり。男は、女し逢はねば、㊻かくし歩《あり》きつつ、人の国に歩《あり》きて、かくうたふ。

122 いたづらに行《ゆ》きては来《き》ぬるものゆゑに見まくほしさにいざなはれつつ

㊼水《みづ》の尾《を》の御時なるべし。大御息所も㊽染殿《そめどの》の后《きさき》なり。㊾五条の后とも。

けとともに配流の地にさまよい戻り、こんなふうに歌う。

122 むなしく出て行っては帰ってくる自分なのに、いよいよ逢いたくなる強い気持ちに誘われては、またさまよい出てしまう。

清和天皇の御時のことであろう。大御息所という方も、染殿《そめどの》の后のことである。五条の后ともいう。

【語釈】

①**おほやけ**　ここでは、天皇。末尾の叙述「水の尾の御時なるべし」によれば、清和天皇をさすことになるが、ここは漠然とした語り口である。②**色許されたる**　禁色《きんじき》を許されている特別の身分の女性。禁色は、天皇・皇族など特定の人以外、着用を禁じられている衣服の色。その禁色が許されたこの「女」は高貴な身分である。③**大御息所**　天皇の生母となった后。もともと「御息所」は皇子・皇女を生んだ女御・更衣。そのなかで天皇の母となった者を特に「大」の尊称を付して呼んだ。ここでの「大御息所」は、清和天皇の生母。文徳天皇の女御で、染殿《そめどの》の后と呼ばれた藤原明子（藤原良房の娘）。④**いとこなりけり**　「大御息所」（明子）の「いとこ」とは、明子の父である良房の、兄の長良の娘である藤原高子をさす。後に清和天皇の女御（二条の后。→三段）となる。⑤**殿上にさぶらひける**　「殿上」は、宮中清涼殿の南廂にある殿上《てんじょう》の間《ま》。ここに昇れるのは、いわゆる殿上人《てんじょうびと》、また殿上童《てんじょうわらわ》。殿上人は、四位・五位の一部、お

よび六位の蔵人《くろうど》。公卿《くぎょう》に次ぐ名誉ある地位とされた。天皇の身辺の雑事に奉仕する。また殿上童は、公卿の子で、元服前に作法見習いのために昇殿を許された少年。⑥**在原なりける男**　在五中将（六十三段）、在原業平をさすのであろう。⑦**まだいと若かりける**　殿上童であったとみられる。⑧**この女**　「大御息所」の「いとこ」とされている女。⑨**女がた許されたりければ**　「女がた」は、女性たちのいる場所。台盤所など、女房の控え所をいう。そこへの出入りを許されるのは年少の男子だからである。殿上童とみられるゆえん。⑩**向かひをりければ**　向かい合って動こうともしない態度。「……をり」には、蔑視の意がこめられることもある。⑪**かたはなり**　ここでは、不体裁で見苦しいこと。⑫**身も亡びなむ**　禁色を許されるこの女は、帝から寵遇されているだけに、勅勘をこうむって身を破滅させるのではないかと危ぶむ。⑬**かくなせそ**　こんなことをしてはならぬ、の意。「な……そ」は禁止の語法。

【和歌118】思ふには……　男の贈歌。「思ふ」は恋しく思う感性的な力。「忍ぶ」は恋情を抑制させようとする理性的な力。その理性的な力も感情の力には圧倒されるほかないとする。この上の三句と共通する類歌が『古今集』（恋一・読人知らず）にあり、四五句が「色には出でじと思ひしものを」とある。また、下の句の「逢ふにしかへば」の「し」は強調の副助詞。「かへ」は「換へ」で、逢うことに換えるならば、の意。逢うことさえあれば、の気持ち。「さもあらばあれ」は、女の言葉の「身も亡びなむ」に対応させて、身が滅ぼうと、どうともなれ、という居直った気持ちである。一首は、あなたを思う心の力には、抑えようとする心の力も圧倒され、逢えるのなら身の破滅も辞さないほどだ、と執心のすさまじさを訴える歌である。

⑭**曹司に降りたまへれば**　「曹司」は女房などの私的な居室。「降る」は帝のもとから退出してくる意。⑮**例の**　「例の」とあり、男の出入りが日常的に繰り返されている点に注意。⑯**人の見るをも知らで**　人目がどうあろうとかまわず、の気持ち。⑰**思ひわびて**　「思ひわびて」の「わぶ」は、処置しかねて困る、が原義。⑱**里**　宮仕えの女の実家。⑲**何の、よきこと**　「何の、よきこと」は男の心内語。それがどうしていけないのか、かえって都合がよい、の意。男の居直った気持ちである。⑳**皆人聞きて笑ひけり**　周囲の人々が男の狂おしい態度を嘲笑した、とする。㉑**つとめて**　男が女のもとに行った翌朝。㉒**主殿司**　宮中の清掃・灯火や、天皇の輿《こし》などの役にあたる役所または役人。㉓**沓はとりて、奥に投げ入れて**　沓を置く場所の奥の方に、自分の沓を投げ入れて、昨夜宿直していたように見せかける。朝帰りを咎められないようにした。㉔**かたはにしつつありわたるに**　「かたはに」は、前の女の言葉「いとかたはなり」とも照応。ここでは「……しつつありわたるに」とあり、

同じ不体裁な状態が続いているうちに、という意。ここでは、時間が経過して、男もやがて成人した段階をいうか。㉕**身もいたづらに**「いたづらなり」は無駄だ、役たたず、の意。これも女の言葉「身も亡びなむ」と照応。ここでは男自身もわが身の空しさを感じ、さらに身の破滅をさえ危惧するようになっている。㉖**かかる心** 女への恋の執心。㉗**いやまさりにのみ** 以下、「いやまさりにのみ……なほわりなく」の語り口に注意。執着心を捨て去ろうとする強い意思とは裏腹に、かえって執心がいっそうつのってくる、という皮肉な状況をいう。㉘**陰陽師** 陰陽道に属する職員で、占いや祓えなどを行う。㉙**神巫** 神を祭り、神降ろしをしたり神意をうかがったりする人。㉚**祓への具** 祓えの道具（幣帛《へいはく》など）。これに罪や穢れを移し、祓え終ると川へ流す。そのために、川原に「行きける」ことになった。㉛**ありしよりけに恋しくのみおぼえければ** 前の「いやまさりに……恋しうのみおぼえければ」に照応。「けに」は、いっそう、の意。

【和歌119】恋せじと…… 男の独詠歌。「御手洗川」は、神社のほとりを流れる小川。参拝の前に手を洗い清める川である。「禊」は、「祓へ」と同様、水をそそいで身を清め、穢れをはらうこと。一首は、神の力をしても恋の執心を鎮められなかったとする、わが恋への絶望的な思いを嘆いた歌である。〈重出〉古今 恋一・読人知らず・四五句「神はうけずぞなりにけらしも」。新撰和歌 四。

㉜**この帝は、顔容貌よくおはしまして**『三代実録』に、清和天皇について「風儀甚だ美しく、謹厳なること神の如し」（元慶四年十二月四日）などとある。㉝**仏の御名を御心に入れて** 帝が仏の名号《みょうごう》を熱心に唱えて誦経する。仏の名号を唱えるのは、年の暮れの朝廷で、仏名会《ぶつみょうえ》と呼ばれる法会がよく知られている。諸仏の名号を唱えて、罪障を懺悔する法会であるが、ここは必ずしもその法会に限らない。㉞**申したまふ**「申す」は、仏への敬意を表す謙譲語。㉟**女はいたう泣きけり** 帝への感動が自らの慚愧の念をわき起こさせて、おのずと落涙を禁じえない。㊱**宿世つたなく、悲しきこと**「宿世……悲しきこと」は挿入句的な語句。自らの意思を超えた悪因縁を思い、嘆息する気持ち。「宿世」は前世からの因縁、宿運。㊲**この男にほだされて** 相手の男の情につなぎとめられて、の意。「ほだす」は自由を束縛する意。㊳**聞こしめしつけて** 帝が、二人の深い関係を。㊴**流しつかはしてければ** 流罪にしてしまわれたので、の意。「つかはす」は「遣《や》る」の尊敬語。ただし、業平が流罪になった史実は見あたらない。㊵**この女のいとこの御息所** →注③。㊶**女をばまかでさせて** 宮中から里邸（実家）に退下させて。女の処遇は同族内で管理されることになった。㊷**しをりたまうければ**「しをる」は、折檻《せっかん》する、罰する、の意。

【和歌120】海人の刈る…… 女の独詠歌。「海人の……虫の」が序詞。「われから」は、海藻につく虫「われから」と、「我から」との掛詞。→五十七段和歌103。「音《ね》を泣く」は、声に出して泣く意。この語句に係助詞「こそ」がくみこまれて、次に逆接で続く。「世」は男女の仲、その相手との関係を「恨みじ」とする点に注意。女の心の内にもやがて相手への執心が強まっていく。一首は、自ら招いた不幸だと声に出して泣くほかないが、あの男《ひと》との仲を恨んだりすまい、とする相手への自分の執着心をかみしめている歌である。〈重出〉古今　恋五・藤原直《なお》子《いこ》。新撰和歌　四・内侍のすけきよいこ。古今六帖　第三「われから」・内侍のすけきよいこ。

㊸**人の国より夜ごとに来つつ**　「人の国」は、地方。男の配流された国をさす。しかしいかに都に近い地方とはいえ、「夜ごとに来」るとは、実際にはありえないことである。㊹**声はをかしうてぞ**　相手の男の声である。前述の、帝の「御声はいと尊くて……」とも照応しあっていよう。㊺**それにぞあなるとは聞けど**　男がそこにいるようだと声を聞いて知るが。「あなる」は「あるなる」の音便無表記の形。「なり」は伝聞・推定の助動詞。

【和歌121】さりともと……　女の独詠歌。「さりともと思ふらむ」は、相手の男の今現在の心内を推量する叙述。現在はそうであっても将来はきっと逢えるだろうと、今ごろ相手は思っているだろう、の意。「あるにもあらぬ身」は、この世に生きているとも実感できない自分自身をいう。そうした自分の実態をも知らぬ相手を「悲し」と思う。一首は、生きているとも思えない自分なのに、逢瀬を諦めきれないでいるあの男《ひと》のことを思うとひどく悲しい、と相手への執心を自覚する歌である。

㊻**かくし歩きつつ、人の国に歩きて**　女のもとを歩きまわっては、また配流の地に戻って行く。女には逢えないことを知りつつも、この無償な行為を繰り返すほかないとする。

【和歌122】いたづらに……　男の独詠歌。「いたづらに」は、無駄に、むなしい思いで、の意。相手の女に逢えないことをいう。「行きては来ぬる」は、前述の「かくし歩きつつ、人の国に歩きて」に照応。無駄とは思いながら行っては帰って来るのを繰り返す。逆接の助詞「ものゆゑに」を境に文脈を反転させ、下の句では相手への断ちがたい執心のわき起こることを告白する趣となっている。「まくほし」は助動詞「む」を名詞化した「まく」に「欲《ほ》し」がついたもの。願望の助動詞「まほし」よりも古い語法である。「いざなはれつつ」の、自発の助動詞「る」や反復の助詞「つつ」にも注意。おのずと心を動かされては繰り返し足を運ぶとする。一首は、むなしく行っては帰って来るほかないと知っているのに、逢いたい気持ちの力に引かれて往来を繰り返してしまう、と自らの執心を見つめた歌である。〈重出〉古今　恋三・読人知らず。古今六帖　第五「来れど逢はず」。

㊼**水の尾の御時なるべし……** 以下、語り手の言辞か。後人の注記のような趣である。「水の尾の御時」は、清和天皇（八五〇―八八〇）の時代。在位は八五八―八七六。清和天皇は文徳天皇の第四皇子、母は藤原明子。晩年、水尾（京都市右京区、愛宕山の西麓）に隠棲したので、このように呼ばれる。㊽**染殿の后** →注③。㊾**五条の后** 「五条の后」は、藤原冬嗣の娘である順子をさす。仁明天皇の后で文徳天皇の生母。→四段注②。したがってこの順子は高子といとこの関係にない。文献上この箇所には問題もある。「五条の后とも」の語句のない伝本もあり、また「二条の后」とする伝本もある。

評釈

これは業平と高子（二条の后）の交渉を語る章段の一つ。四・五段などが『古今集』に業平実作として収められた歌によっているのに対して、この段は同じく『古今集』所載歌を多くとりこんではいても、業平の実作ではない。物語が原初から増補へと生成する過程を考える成立論からすると、これは原初章段ならざる、増補章段の典型的な一章段とみられる。

もとより『伊勢物語』の語る業平と高子の話は、それが原初章段であろうと増補章段であろうと、実録などではなく、虚構の作りばなしでしかない。そのことは、たとえばこの作中人物の実際の年齢差を考慮するだけでも明らかであろう。業平の出生は天長二（八二五）年、高子は承和九（八四二）年、その高子が入内《じゅだい》した清和天皇（惟仁親王）は嘉祥三（八五〇）年の誕生である。業平と高子では十七歳の差もあり、特にこの章段では、入内後の高子に対して、業平は殿上童のような若者として設定されている。

この話は、殿上に伺候する在原氏の「男」が、帝寵あつい「女」と知りあったとして始まる。ただし、その「男」は殿上童ともみられる年少の者であり、彼が女のもとに入りこんだまま動こうとしないのも、少年の無邪気さゆえとして大目にみられているらしい。しかし当の女は、ひどくみっともない、このままでは身を滅ぼしかねない、と言って突っぱねようとする。そこで男が「思ふには」の歌を詠みかけて、自らの思いを訴える。この歌は、『古今集』所収の次の歌と、上三句が共通する類歌関係にある。また、『新古今集』恋三にも重出して、業平の作とされている。

思ふには忍ぶることぞまけにける色には出《い》でじと思ひしものを

（恋一　題知らず・読人知らず）

上の句では、擬人法の機知から、「思ふ」と「忍ぶ」が争って、ついに後者の「忍ぶ」が負けたとして、下の句ではその証拠に心に秘めた恋が「色に出」たとする。諧謔味のあるおもしろさや、「色に出づ」の類同的な言い方が、いかにも読人知らず時代の大らかな詠みぶりを示していよう。しかし、男の歌の後半「逢ふにしかへばさもあらばあれ」は、年少の者の歌とはいえ、恋の苦悶に呻く者の自暴自棄の言い分になっている。このような歌を詠むことによって、若い男はいよいよ女への執心を深めてしまう。女が帝のもとから自室に退下すると、男が人目も構わずそこに居座っているので、困りきった女は自邸に里下りする。すると、男もまたその里邸へと通いはじめるという始末である。それを「皆人聞きて笑ひけり」とあるが、この段階ではせいぜい少年の早熟な愚かさぐらいに見られていたのだろう。

しかし男は、やがて成人したのであろう、己が身の破滅を危ぶむようになる。恋心を落ちつけるべく神や仏にまで祈ってみるが、かえって恋慕がつのるばかりである。さらに陰陽師や神巫を呼んで恋をやめる祓えをすべく河原に出たが、皮肉にもいっそう恋の悲しみが強まるばかりだった。その折に詠んだのが「恋せじと」の歌。この『古今集』所収の歌も、前歌と同じく恋の情を諧謔的に表現しているが、二首の連動によって男の愚かしいまでの執心ぶりを語ろうとするのである。

他方、女は、帝の美しい魅力に感動しながらも、やがて男の情にひきずられていくわが身のつたなさを、「宿世つたなく」と嘆き悲しむようになる。その後、二人の仲が帝の知るところとなり、男は流罪、女は幽閉の身となった。女は、おしこめられている蔵の中で泣きつづけ、「海人の刈る」の歌を詠む。『古今集』では典侍《ないしのすけ》の藤原直子の詠作とされるが、特に下の句の対句ふうの「音にこそ泣かめ世をば恨みじ」がこの歌の勘どころである。物語では泣くほかないとしているが、歌ではけっして相手を恨もうとは思わないとして、男への執心をさりげなく表している。

すると、例の男が配流の地から毎夜やってきては、笛を吹き歌を唱う。他国から毎夜やって来るとは実際にはありえないことだが、人間のやみがたい魂のありようとしては説得力をもっていよう。女は男の近づく気配に気づくが、逢うこともできない。その思いを託したのが、「さりともと」の歌である。これは相手の男を推測しての表現であり、あの男《ひと》はそれでも逢えると願っているのだろう、それが悲しい、私がここに生きがたく生きているとも知らぬままに、というのである。そして男は逢えぬまま流離の地に帰って、「いたづらに」の歌を詠む。逢いたいと思うばかりに心動かされては幾度となく足をはこぶほかない、として、いかんともなしがたい愛執の情に、我ながら絶望する。この物語はこの男の歌で終わっている。

この物語では、作中の和歌が一首一首詠みつがれていくにつれて、しだいにのっぴきならない恋が深まっていき、ついには男も女も身を破滅させてしまう話になっている。はじめは男の一方的な恋慕のように語られているが、それが帝にまで知られる後半に転ずると、女の悲しい恋の物語の様相をさえ呈してくる。女の詠む二首の歌が何よりもそれを証している。前の歌の「われから……世をば恨みじ」とは、相手の男への恨みではなく、己が運命への痛恨である。帝に寵遇されながらも、男との不幸な恋に生かされているわが身を恨むほかない。また後の歌の「さりとも思ふらむこそ悲しけれ」とは、恋のために自滅した男への憐憫の情であり、己が恋への断ちがたい執心である。こうして、身を滅ぼした者同士としての共感が歌いこまれているのである。

そして最後の男の歌「いたづらに」は、自分をとりこにしている相手の女に向けて詠まれた絶唱といってよい。無駄な行為とは知りつつも、自らの情《こころ》の力に促されて、おのずと恋ゆえの遠路の往来を繰り返さざるをえないことを自覚している。神仏の力をもってしても制御することのできない情念のすさまじさである。人間なるがゆえに抱かざるをえない愛憐執着の、一つの典型ともみられよう。

六十六段

昔、男《をとこ》、①津《つ》の国にしる②所ありけるに、兄、弟《おとと》、友だちひき率《ゐ》て、③難波《なには》の方《かた》に行《い》きけり。渚《なぎさ》を見れば、舟どものあるを見て、

123 難波津《なにはづ》を今朝《けさ》こそみつの浦ごとにこれやこの世をうみ渡る舟

これをあはれがりて、人々帰りにけり。

昔、ある男が、摂津《せっつ》の国に領有する土地があったので、兄、弟、友だちを引き連れて、難波《なにわ》の方に行ったのだった。渚を見ると、幾艘もの舟があり、それを見て、

123 難波津を今朝になって見たが、その御津《みつ》の浦ごとに浮かんでいる舟、これこそが、この世を憂きものと渡るように、海を渡る舟なのだ。

この歌にしみじみと感興をもよおして、人々は帰ってしまった。

【語釈】

①津の国　摂津国《せっつ》。現在の大阪府と兵庫県にまたがる地帯。**②しる所**　この「しる」は、領有する意。八十七段では、男が「津の国、菟原《むばら》の郡《こほり》、蘆屋《あしや》の里」に土地を領有していたとある。**③難波**　現在の大阪市とその周辺地域。入江が港に入る地で、その港を難波津《なにわづ》とも御津《みつ》（三津）とも呼んだ。

【和歌123】難波津を……　男の独詠歌。全体が二組の掛詞「みつ」「うみ」によって構成されている。「見つ」「御津」（難波津の別称）が掛詞、「こそ」を受けて「見つれ」と結ぶべきところが、「御津《みつ》の浦」の文脈に続いた。「憂《う》み」「海」も掛詞である。「これやこの……」は、これがまああの……、の気持ちで、話題を集中的にとりあげる言い方。→六十二段和歌113。御津の浦の「海」から「憂」を連想して、結句「うみ渡る舟」では海上の舟を歌表現の焦点として絞りあげている。一首は、御津の浦の海上風景を眺望して、この世を生きていくわが人生の憂愁を顧みる歌となっている。〈重出〉後撰　雑三・業平・二句「けふこそみつの」。古今六帖　第三「船」・業平・二句「けふこそみつの」。

評釈

この六十六段から六十八段まで、摂津・和泉《いずみ》国への旅の物語が続く。この段では、「男」に同行するのは「兄、弟、友だち」という近親の者、昵懇の友人たち。「男」の私有地のある土地への、そうした親しい者同士の遊山であろうか。一同は難波の海辺に出ることになる。歌に「今朝こそみつの浦」とあり、朝なぎの港に船の出入りする風景は、日ごろ京の市中にある彼らの目には、めずらしくも新鮮な感興を起こさせて当然である。

ところがこの「男」には、その海が「憂み」ととらえられてしまう。「見つ」「御津」の掛詞と同様に、これが和歌に固有の語法であるとはいえ、なぜ「憂み」でなければならないのか。同じこの歌を業平の作として収めてある『後撰集』雑三の詞書には、

身のうれへはべりける時、津の国にまかりて住みはじめはべりけるに　業平朝臣

とある。わが身の「うれへ」から海を「憂み」と発想したことはわかるが、その「うれへ」の具体的な由因はわからない。ここで想起されるのが、業平の異母兄行平のよく知られた歌「わくらばに問ふ人あらば須磨の浦に藻塩《もしほ》たれつつわぶと答へよ」である。これを所収する『古今集』(雑下)の詞書には次のようにある。

田村の御時に、事にあたりて津の国の須磨といふ所にこもりはべりけるに、宮のうちにはべりける人に遣はしける　在原行平朝臣

文徳天皇の時代、ある事件に連座して配流の憂き目に遭ったとされるが、それがいかなる事件であったか不明である。しかし業平兄弟にとって、摂津国は、私有地のある土地でもあるが、人生の不運を思わせる土地柄でもあったのだろう。この歌の「これやこの」は、これがあの土地の、という因縁の土地を示す言い方である。また、「この世をうみ渡る舟」の「渡る」には渡世の意も重なり、この世俗に生きるわが人生の憂愁が言いこめられていよう。旅路を今朝越えて御津の浦

へと出てみると、舟の出入りする難波の海上の景が、なじみの土地とはいえ、どことなく憂愁に満ちている。この歌のこうした独自な心象風景の表現が、在原氏ゆかりの人々の共感を誘ってやまないのであろう。「兄、弟、友だち」が「これをあはれが」ったというのも、それなりの理由もあったはずである。

六十七段

昔、男《をとこ》、①逍遥《せうえう》しに、思ふどち②かい連ねて、③和泉《いづみ》の国へ二月《きさらぎ》ばかりに行《い》きけり。河内《かふち》の国、④生駒《いこま》の山を見れば、⑤曇りみ晴れみ、⑥立ちゐる雲やまず。朝《あした》より曇りて、昼晴れたり。雪いと白う⑦木の末《すゑ》に降りたり。それを見て、⑧かの行《ゆ》く人のなかに、ただ一人よみける。

124 きのふけふ雲の立ち舞ひかくろふは花の林を憂《う》しとなりけり

昔、ある男が、気の向くままに歩き遊ぼうと、親しく思う者同士と連れだって、和泉《いずみ》の国へ二月ごろ出かけて行ったのだった。河内《かわち》の国の生駒《いこま》の山を見ると、曇ったり晴れたりのありさまで、人が立ったり座ったりするように、のぼりくだりの雲がたえない。朝から曇っていて、昼になって晴れるようになった。雪が真っ白く梢《こずえ》に降りかかっている。その景色を見て、その一行のうちで、この男一人だけが歌を詠んだ。

124 昨日も今日も雲が立ち舞って、山が隠れているのは、降る雪で花のようになった林を、人に見せるのがいやだと思ってのことだった。

【語釈】 ①**逍遥**　気の向くままに、情趣を求めて歩きまわること。②**かい連ねて**　連れだって。「かきつらねて」の音便形。③**和泉の国**　現在の大阪府の南西部。④**生駒の山**　大阪府と奈良県の境に位置する山。↓二十三段。ここでは生駒山を河内国側から見る。⑤**曇りみ晴れみ**　「……み……み」は、……たり……たり、の意。⑥**立ちゐる雲やまず**　雲の様子を、人間の「立ち居る」動作に擬《なぞら》えた擬人法の表現による。⑦**木の末**　木々の梢。⑧**かの行く人のなかに、ただ一人**　同行の人々のなかで、この「男」一人だけが。

【和歌124】きのふけふ……　男の独詠歌。全体が「……は……なりけり」の、はじめて気づいたという感動の語法で構成されている。これは、擬人法や見立ての表現を効果的たらしめる言い方でもある。「立ち舞ひ」は地の文の「立ちゐる雲」に照応して、これも擬人法の表現になっている。「かくろふ」は山がずっと隠れている状態。「ふ」は継続を表す助動詞。「花の林」は、木々の梢に降る雪を、遠くの山の桜の花だと見立てた表現。ここでの「憂し」は、人に見られるのがいやだ、の意。一首は、山が雲で隠れているのは、花のような雪の林を見せたくないからだとして、遠景の生駒山の趣深さを機知的に詠んだ歌である。

評釈

「男」が気のあう者同士と、和泉国方面に気ままに遊山に出かけた。時期は仲春二月、そろそろ桜の花も咲きはじめるころである。

彼らが都を出て南下すると、大和国と河内国との境には長い山脈があり、そのなかに目だつのは生駒山（現在の奈良県生駒市と大阪府東大阪市の境に位置）だが、あいにくと大気の状態が思わしくない。曇っては晴れ、たちのぼる雲が切れない山容の風情だ。しかし目を凝らすと、山の木々の梢が降雪で白く望見される。山ならではの春の雪である。

同行の一人、「男」の歌であろう。山が人々に見られるのをいやだと思うから、その全容を隠しているのだ、と機知的に詠んだ。雪が「立ち舞ひかくろふ」とする擬人法、また梢の雪の白さを「花の林」と見立てる表現、そのような表現技法を駆使しながら、山が「憂し」と思っているのだとする。この「憂し」がこの歌のキーワード、しかも前段の「憂み」ともひびきあっている。ここでの「憂し」は、単に他者を厭う気持ちなどであるよりも、容易に世俗の人々とは感動を分かちがたい孤独な己が身の憂愁をもいうのであろう。擬人化された山への思いは、ほかならぬ歌の詠み手の心でもある。そして、同行の「思ふどち」であればこそ、この歌に深く共感をおぼえたはずである。

六十八段

昔、男《をとこ》、和泉《いづみ》の国へ行《い》きけり。①住吉《すみよし》の郡《こほり》、住吉の里、住吉の浜を行《ゆ》くに、いとおもしろければ、②おりゐつつ行《ゆ》く。ある人、「③住吉の浜とよめ」と言ふ。

125 雁《かり》鳴きて菊の花さく秋はあれど春のうみべにすみよしの浜

とよめりければ、④みな人々よまずなりにけり。

昔、ある男が、和泉《いずみ》の国へ出かけて行ったのだ。住吉の郡《こおり》、住吉の里、住吉の浜を通り過ぎて行く時、まことに趣深いので、馬から降りて腰をおろしてはさらに進んで行く。ある人が、「歌に住吉の浜と詠みこんでみよ」と言う。

125 雁が鳴いて菊の花が咲く秋はすばらしい光景だけれど、それにもましてこの春の海辺の住吉は、憂き世では住みよい浜だと思う。

と男が詠んだところ、人々はみなこの歌に感じ入って、誰も詠まずじまいになってしまった。

【語釈】

①住吉の郡、住吉の里、住吉の浜 「住吉」は摂津《せっつ》国、現在の大阪市住吉区の住吉神社のあたり。和泉国への、あるいは和泉国からの途上である。ここで「郡」「里」「浜」と畳みこんでいく点に注意。目に映る風景が次々と変化する趣である。**②おりゐつつ行く** 「おりゐ」るは、馬から降りて腰をおろすこと。**③住吉の浜とよめ** 「住吉の浜」という七音句を詠みこんで一首を構成せよ、という要請である。

【和歌125】雁鳴きて…… 男の独詠歌。全体が秋・春を対比させた構成になっている。歌言葉として「雁」は、秋の「来る雁」と春の「帰る雁」に区別されるが、ここは前者。「秋」には「飽き」を、「海」には「憂み」をそれぞれ掛けた。また「住吉の浜」には「住み良し」を掛ける。一首は、春の住吉の浜のよさは、「飽き」を連想させる秋よりも、春がずっと住みよい地だとして、春の住吉の光景を推賞する歌である。

④みな人々よまずなりけり 一行の人々は、この歌に感動するあまり、誰もが歌を詠もうとしなかった、とする。

評釈

この段での「男」は、和泉国へと向かう、あるいは和泉国から帰る途次、住吉で歌を詠んだことになる。その地名を「住吉の郡、住吉の里、住吉の浜」と重畳させた語り口は、歌の「すみよし」の語の重さに注目させるためでもあろう。その男の詠む歌は、同行のある人から「住吉の浜とよめ」と要請されての作である。名高い東下りの章段（九段）で、同行のある者が「かきつばた、といふ五文字を句のかみにすゑて、旅の心をよめ」と請うたのと同じ趣向である。「男」が、「雁鳴きて菊の花さく秋」と詠みはじめる。いかにも秋の風情を詠んでいる趣である。しかし、その「秋」は「飽き」でもあるとして、「飽きはあれど」という逆転の文脈に転じて、折からの春の住吉を推賞する。これは、『万葉集』時代以来の春秋の優劣を争う発想によってもいるが、単に二つを比べるのに終始していない。ここで「春の海辺」に「憂み」が掛けられ、さらに「住吉の浜辺」に「住み良し」が掛けられている点に注目しなければならない。「海」に「憂み」を重ねたのは、前々段の「この世をうみ渡る舟」と同様に、憂き世を生かされる人生の憂愁を思う発想によっている。そのように憂愁を思わせる海の風景ではあるが、自分にとっては「住み良」い浜だとあらためて感動を禁じえない。幾つもの掛詞の技法を駆使した言葉遊びが、わが身の愁いをかかえこむ者の、静謐な観照をひき出している趣である。

この歌に対して、同行の皆人が深く感動したためであろう、誰も歌を詠まなかった。こうした同行の人々の存在は、「男」の歌がいかに感動的であるかを証すことにもなる。前段にも前々段にもこのような同行者たちがいる。彼らは歌を正当に受けとめる反射板のような存在になっている。

六十九段

昔、男《をとこ》ありけり。その男、伊勢《いせ》の国に狩りの使ひに①行《い》きけるに、かの伊勢の②斎宮《いつきのみや》なりける人の親、③「常の④使ひよりは、この人よくいたはれ」と言ひやれりければ、親の言《こと》なりければ、いとねむごろにいたはりけり。⑤朝《あした》には狩りに出《い》だし立ててやり、夕さりは帰りつつ、そこに⑥来《こ》させけり。かくて、ねむごろに⑦いたつきけり。

⑧二日といふ夜《よ》、男、「⑨われて逢《あ》はむ」と言ふ。⑩女もはた、⑪いと逢はじとも思へらず。されど、人目しげければ、え逢はず。⑫使ひざねとある人なれば、⑬遠くも宿《やど》さず。女の閨《ねや》近くありければ、女、⑭人をしづめて、⑮子《ね》一つばかりに、⑯男のもとに来《き》たりけり。⑰男はた、寝《ね》られざりければ、外《と》の方《かた》を見出《い》だして臥《ふ》せるに、月のおぼろなるに、⑱小さき童《わらは》を先に立てて、人立てり。男、いとうれしくて、わが寝《ぬ》る所に率《ゐ》て入《い》りて、⑲子一つより丑《うし》三つまであるに、まだ何《なに》ごとも語らはぬに帰りにけり。⑳男、いと悲しくて、寝《ね》ずなりにけり。つとめ

昔、ある男がいた。その男が伊勢の国に狩りの使いとなって行った時、あの伊勢の斎宮《さいぐう》だった人の親が、「いつもの勅使よりも、この人をだいじにねぎらいなさい」と言ってやったので、斎宮は、親の言う言葉だったものだから、たいそう丁重に世話をしたのだった。朝には、狩りに出かけられるように世話をして送り出し、夕方には、帰ってくるやすぐに自分の御殿に来させるというふうであった。こうして心をこめて労をねぎらった。

二日目という日の夜、男が「ぜひとも逢《あ》おう」と言う。女もまた、けっして逢うまいとは思っていない。けれども、人目が多かったので、容易に逢うこともできない。男は一行の中でも正使となっている人であるから、離れたところに泊めてもいない。その場所が女の寝所に近かったので、女は、人を寝静まらせてから、子《ね》の一刻のころに、男のもとにやって来たのだった。男もまた、女を思って寝られなかったので、外の方をぼんやり眺めやって臥していると、月の光のおぼろな中に、小さな童女を先に立てて、人が立っている。男は、たいそううれしくて、女を自分の寝所に連れて入り、子の一刻から丑《うし》の三刻までいっしょにいるが、まだ何も親密に語らうこともないうちに、女は帰ってしまった。男は、まこ

て、㉑いぶかしけれど、㉒わが人をやるべきにしあらねば、㉓いと心もとなくて待ちをれば、明けはなれてしばしあるに、女のもとより、

㉔詞《ことば》はなくて、

126 君や来《こ》し我や行《ゆ》きけむ思ほえず夢かうつつか寝《ね》てかさめてか

男、いといたう泣きてよめる、

127 かきくらす心の闇《やみ》にまどひにき夢うつつとは今宵《こよひ》さだめよ

とよみてやりて、狩りに出《い》でぬ。

㉕野に歩《あり》けど、心はそらにて、㉖今宵だに人しづめて、いととく逢はむと思ふに、㉗国の守《かみ》、斎宮の頭《かみ》かけたる、狩りの使ひありと聞きて、㉘夜《よ》ひと夜《よ》、酒飲みしければ、㉙もはら逢ひごともえせで、明《あ》けば尾張《をはり》の国へ立ちなむとすれば、男も人知れず㉚血の涙を流せど、え逢はず。夜《よ》やうやう明けなむとするほどに、女がたより出《い》だす㉛盃《さかづき》の皿に、歌を書きて出《い》だしたり。取りて見れば、

とに悲しくて、そのまま寝ずじまいになってしまった。その翌朝、気にはなるけれども、こちらから使いの者をやるべき立場にもないので、まことにじれったい思いで女からの使いを待っていると、夜がすっかり明けきってからしばらくして、女のもとから、手紙の言葉はなく、歌だけが、

126 あなたが来たのか、私が行ったのだろうか、それさえはっきりしない。あれは夢だったのか、現実だったのか、あるいは眠っていたのか、目ざめていたのか。

男は、たいそうひどく泣いて、歌を詠んだ。

127 目も涙にくれ、心も暗闇にさまよってしまった。何の分別もなくなった私なのだから、あれが夢だったか現実のことだったか、今宵それを確かめておくれ。

と詠んで女にやって、狩りに出かけてしまった。

男は野に出て、狩りをして動きまわるけれども、心はうつろで、せめて今宵だけでも人を寝静めてからすぐにも逢おう、と思ったのだが、伊勢の国の守《かみ》で、斎宮寮の長官を兼任している人が、狩りの使いが来ていると聞いたので、その夜は一晩中、酒宴を催したものだから、まったく逢うこともできないで、夜が明けると尾張《おわり》の国へ出発することになっていたので、男も人知れず血の涙を流すけれど、逢うことができない。夜がしだいしだいに明けようとするころ、女の方からさし出す盃《さかずき》の皿に、歌を書いて

128 かち人の渡れど濡《ぬ》れぬえにしあれば

と書きて、末《すゑ》はなし。その盃の皿に㉜続松《ついまつ》の炭《すみ》して、歌の末を書きつぐ。

129 またあふ坂《さか》の関《せき》はこえなむ

とて、明《あ》くれば尾張の国へ越えにけり。

㉝斎宮は水《みづ》の尾《を》の御時、㉞文徳天皇の御女《むすめ》、惟喬《これたか》の親王《みこ》の妹《いもうと》。

きた。手にとって見ると、

128 これは徒歩《かち》で渡っても濡れはしない浅い入江
——それだけの浅い縁でしかなく……。

と書いて、下の句はない。男はその盃の皿に、たいまつの炭で、歌の下の句を書きつける。

129 またもう一度、逢坂《おうさか》の関を越えて、伊勢まで逢いに来よう。

と詠んで、夜が明けたので、尾張の国へと、越え去ってしまうのだった。

斎宮は清和天皇の御代のお方《かた》で、文徳天皇の皇女、惟高《これたか》親王の妹である。

【語釈】

①**狩りの使ひ** 平安朝初期、朝廷の宴などに用いられる鳥獣を狩猟するべく、諸国に派遣された勅使。五位の蔵人が任ぜられることが多かった。狩猟にことよせて地方の治政・情勢を査察させたともいわれる。十世紀はじめには廃された。②**斎宮なりける人** 斎宮は、伊勢神宮に奉仕する未婚の内親王、または女王。天皇の御代ごとに選ばれて赴任する。「斎宮なりける人」は、斎宮にいた人という言い方でもあるが、ここは斎宮その人をさす。③**親** この親は、斎宮の母親だけに高貴な身分である。京在住であろう。④**常の使ひよりは** 以下、その母親からの伝言。末尾の記事によれば、斎宮と勅使の男とは縁戚関係にある。普通の勅使よりも丁重にもてなすように、と伝言するゆえんである。⑤**朝には……帰りつつ** 「朝には……夕さりは……」の対句ふうの語り口で、丁重な遇し方を専らにしたとする。⑥**来させけり** 斎宮の御座所である殿舎に。特別のはからいであろう。⑦**いたつきけり** 「いたつく」は前述の「いたはる」と同意。世話をすること、ねぎらうこと。⑧**二日という夜** 男が泊まってから二日目の夜。⑨**われて** 「われて」は、強《し》い

て、どうしても、ぐらいの意。この語句を地の文の一部とする解し方もあるが、「われて逢はむ」の一続きで、男の言葉とみるべき。このあたりで斎宮への男の恋着の心がにわかに起こる。⑩**女もはた**　「女もはた」とあり、女も男と同様に。「女」の呼称は、男女関係を強調した語り口である。⑪**いと逢はじとも思へらず**　「逢はじ」「思へらず」の二重の否定形を含む微妙な語り口に注意。神に仕える身で男に逢うのは禁忌、しかし同時に男に惹かれる気持ちも制御できない。恋ゆえの逡巡の心である。「思へらず」の「ら」は、存続の助動詞「り」の未然形。⑫**使ひざねとある人**　男は正使という資格の人物。「ざね」は主となるものを表す接尾語。⑬**遠くも宿さず**　女の居所から遠く隔てられた部屋には泊めていない。一行の他の人々は、別の場に泊まっているのであろう。⑭**人をしづめて**　周囲の人々が寝静まるのを待って、の意。⑮**子一つ**　「子」は午前零時を中心とする二時間（午後十一時から午前一時まで）。それを四分して、「一つ」「二つ」と数える。この「子一つ」は午後十一時から三十分後まで。⑯**男のもとに来たりけり**　女の方から男のもとを訪ねるのは、きわめて異例である。⑰**男はた、寝られざりければ**　「男はた」とあり、男の方も女同様に。相手の女を思って眠れぬまま、外をぼんやり眺めている。⑱**小さき童**　女の召し使う女童《めのわらわ》。⑲**子一つより……何ごとも語らはぬに帰りけり**　「丑《うし》」は午前二時を中心とする二時間。「丑三つ」は二時半から三時ごろまで。「子一つ」から「丑三つ」までは三、四時間。密会の時間を共有しながらも、「何ごとも語らはぬ」とあり、二人の間には実事がなかったとする語り方になっている。⑳**男、いと悲しくて**　前の「男、いとうれしくて」に照応。㉑**いぶかしけれど**　「いぶかし」は、様子がわからず気がかりに思う意。帰った斎宮がどうしているか気がかりだとする。㉒**わが人をやるべきにしあらねば**　逢瀬の後は男の方から後朝《きぬぎぬ》の文を届けるのが常だが、ここではそれをしない。もともと当時の慣習とは逆に女の方からやって来ただけに、男は女からの連絡を待つことにしたのであろう。「わが人」は自分（男）の方からの使者。㉓**いと心もとなくて**　「心もとなし」は気持ちばかりが先走って落ち着かない意。㉔**詞はなくて**　手紙の文句はなく歌だけがしたためてある。

【和歌126】君や来し……　女（斎宮）の贈歌。自覚できないとする歌語「思ほえず」を中心に据えて、一首を構成した。上の句の「君や来し我や行きけむ」も、下の句の「夢かうつつ（現）か」も「寝てかさめてか」も、それぞれ対照的な語句を対句ふうに仕立てて、逢瀬への不確かな感覚を強調する。一首は、現実か夢幻かの区別もわからぬほど、理性を失うほどの情念をかきたてられた、と訴えかける歌である。〈重出〉古今恋三・読人知らず。古今六帖　第四「夢」・斎宮（ある本）。

【和歌127】かきくらす……　男の返歌。「かきくらす」は、すべてを真っ暗にする意。「心の闇」は、分別を失った心を暗闇に見立てた表現。女の贈歌の語句に即しながら、「夢うつつ」の区別がつかないのは、この自分も同じだとする。「夢うつつとは今宵さだめよ」は、逢瀬の実感のなさから、あらためての逢瀬をと願う言葉。一首は、理性を失った心の暗闇ゆえに、あらためて逢瀬の感動をとり戻したいとする歌である。〈重出〉古今　恋三・業平・三句「迷ひにき」五句「世人さだめよ」。古今六帖　第四「夢」・業平・五句「世人さだめよ」。

㉕**野に歩けど、心はそらにて**　狩りの間も心はうわの空で、相手の斎宮のことばかりを思っている。㉖**今宵だに**　せめて今宵だけでも。副助詞「だに」の語勢に注意。㉗**国の守、斎宮の頭かけたる**　伊勢の国守で、斎宮寮の頭《かみ》を兼任している人。㉘**夜ひと夜……**　以下、勅使（男）のために接待の酒宴を催したこと。㉙**もはら逢ひごともえせで**　女（斎宮）とまったく逢うこともできず。「もはら」は、打消の語を伴って、まったく……ない、の意となる。㉚**血の涙**　痛切な悲しみの涙。→四十段注⑪。㉛**盃の皿**　盃をのせる皿か。

【和歌128】かち人の……　女の歌。ただし上の句だけ。「かち人」は徒歩で渡る人、「男」をさす。「ぬ」は打消の助動詞「ず」の連体形。「えにし」は、「江にし」（「し」は間投助詞）と「縁《えにし》」の掛詞。裾が濡れないほどの浅瀬の入江のように、二人の仲は浅い縁でしかなかったので、と嘆く歌句である。

㉜**続炭して、歌の末を書きつぐ**　たいまつの消炭《けしずみ》で、「盃の皿」に下の句を書き継ぐ。早朝なので、たいまつが灯されていた。その燃え残りの消炭である。

【和歌129】またあふ坂の……　男の歌。ただし下の句だけ。「逢坂の関」は、京と伊勢国を往来するには必ず通らねばならない。その地名に「逢ふ」を掛ける。「な」は完了の助動詞「ぬ」の未然形。「む」は意志を表す助動詞。前の女の歌の「濡れぬえにし」に反発して、浅からぬ縁だから、これからも逢おうと訴える歌句である。

㉝**斎宮は水の尾の御時……**　以下、語り手の言辞か。後人の注記のような趣になっている。「水の尾の御時」は清和天皇の御代。→六十五段注㊼。㉞**文徳天皇の御女、惟喬の親王の妹**　そ

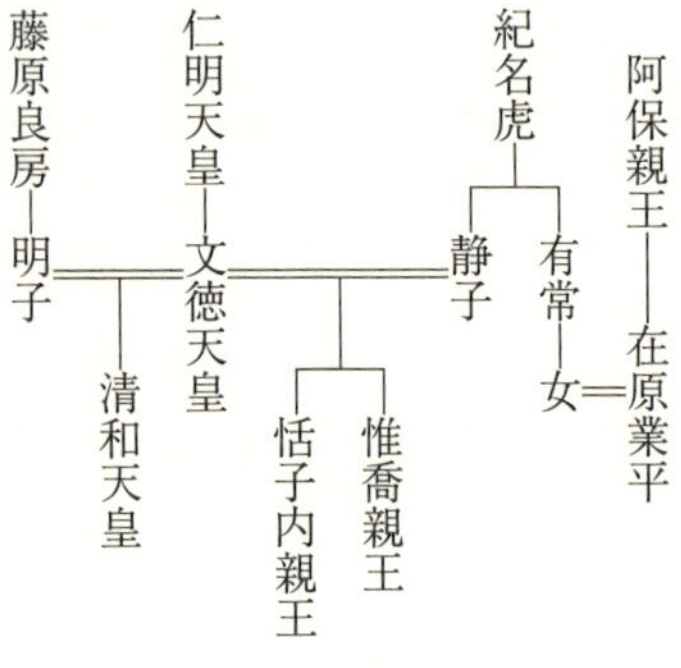

の御代の斎宮とは「文徳天皇の御女」である恬子《やすこ》内親王のこと。この恬子は惟喬《これたか》親王の同母妹、母は紀有常の妹静子である。また、この物語の「男」に擬せられた在原業平は、紀名虎《なとら》の子の有常の娘を妻とするので、縁つづきである。静子からすると、姪の夫ということになる。

評釈

『伊勢物語』の数多い恋の話のなかでも、とりわけ危うさ恐ろしさを秘めているのは、この伊勢の斎宮との関係を語る話である。それというのも、男を近づけてはならぬとする禁忌《タブー》を犯して、男が神聖な存在である斎宮と通ずることは、信仰上の罪であるのみならず、時の帝と皇室を冒瀆する罪にもあたるからである。ちなみに、三～六段あたりに語られている藤原高子（二条の后）という、入内《じゅだい》を予定していた権門の姫君と秘かに通じてしまい、そのために一門の人々から憎まれる話などとは、罪という点ではまったく質が異なる。斎宮関係の話とは、『古今集』所収の業平実作の歌を含んでいる点で原初からの章段と思われるこの六十九段と、後の増補章段とおぼしき七十～七十二段の諸段であるが、いずれの章段においても男が斎宮と通じてしまったらしいことを、あからさまには語ろうとしない。

　最も問題的なのはこの六十九段、男が泊って二日目の夜、斎宮が深夜男のもとをたずねるという条である。これはきわめて慎重な語り口で、その分いかにも曖昧な表現となっている。はたして二人の間に実事があったかどうか。それをあえて不鮮明にすることが、この物語の巧みな方法であるかのようでもある。物語の情況を語る地の文では、女が男のもとにいた時間帯を厳密に、「子一つより丑三つ」（午後十一時ごろから午前三時ごろまで）と限定した上で、「まだ何ごとも語らはぬ」のに女が帰ってしまったとある。人目を避けて逢瀬を遂げるべく女が深夜になってやってきたのに、二人の間には実事などなかったように語っている。「語らはぬ」と否定されている「語らふ」という語はもともと、長時間親しく語りあう意を表し、そこから派生して、男女が契り交わす意で用いられることが多い。ここでは、二人が今の時間でいえば四時間近くも一緒にいながら情交がなかったというのである。ところが、翌朝早々に詠み返される二人の歌は、あたかも実事でもあったかのように、一夜を顧みる後朝《きぬぎぬ》の贈答歌になっている。

男女の恋の贈答歌では男──→女の順序が一般的であるから、この段の物語は異例の女からの贈歌になっている。さらにいえば、女の来訪じたいも異例である。普通ならば女は「待つ」身でなければならない。その女の「君や来し」の贈歌は、あなたが来たのか、私が行ったのか、はっきりとはおぼえていない、いったいあれは夢なのか現実なのか、寝ていたのか目覚めていたときのことか、というのである。これに対する男の返歌「かきくらす」は、まっ暗になった心の闇のなかに迷いこんで、私には分別もつかなかった、あれが夢だったか現実だったかは、今宵逢ったうえではっきりきめておくれ、の意である。女が「夢かうつつか」と訴えるところを、男がやや切り返すような調子で「夢うつつとは今宵さだめよ」と応じて、今宵もふたたび逢瀬をと嘆願する。そこに、たがいに共感しあう男女の息づかいが言いこめられていよう。「夢」「うつつ」の語が、この贈答歌の勘どころである。しかしそれにしても、夢と現実の境界も、何もかも区別がつかないほど心がはげしく動転するというのは、いかにも魂の根源からの感動を表している。

また「心の闇」の語句にも注意される。日常的な規矩を顧みる余裕とてなく、夢か現実かをさえ判断できないとするこの男は、そうした自分をまっ暗な「心の闇」に迷いこんだと表現している。『古今集』時代前期ごろまで、「心の闇」の語句は類例を見出だしがたい。分別を見失った心を、光明のまったくさしこむことのない暗黒の闇に見立てた表現であり、煩悩に迷う心を言い表そうとする言葉である。

このことを念頭に、この贈答歌としての息づかいをあらためて考えてみよう。女の歌で、あなたが来たのか私が行ったのか、あれは夢か現《うつつ》かもわからない、などといっているのは、日常の規矩から逢瀬の非日常的な時空へと飛び出てしまった者の、心の混迷を意味している。日常的な判断は相手の男にゆだねるほかない、という訴えでもある。これに対して男の返歌は、夢か現かわからぬとしながらも、自らの「心の闇」から出た迷妄であるとして、内省的に歌いあげている。この「心の闇」には、意思の力などでは容易に制御することのできない、恐るべき恋の力が見すえられている。犯してはならぬ斎宮だと思い返しつつも、断ちがたい愛憐の情がわき起こるばかりである。そしてこの返歌では、女の、身と心を相手にまかせるような贈歌を、自らの「心の闇」として内省的に受けとめつつも、さらに「夢うつつとは今宵さだめよ」と、再度の逢瀬の実現をと訴えている。この歌は、人間が人間であるがゆえに抱《かか》えこまなければならない、心の迷妄のすさまじさを言い表そうとしている。魂の呻吟といってよい。この二人の贈答歌は、実事のあるなしはともかく、完璧なまでに魂の交感を歌いあげている。

それにしても、「まだ何ごとも語らはぬに帰りにけり」という、実事にまでいたらなかったらしいという語り口と、贈答歌じたいの魂の深い共感の表現とを、どのように関連づければよいのか。この贈答歌は『古今集』恋三にも入集していて、次のような詞書が付されている。ただし、女の歌は「読人知らず」、男の歌は「業平朝臣」とされ、その歌の結句が「世人さだめよ」となっている。

業平朝臣の伊勢国にまかりたりける時、斎宮なりける人にいとみそかに逢ひて、またの朝に、人やるすべなくて思ひをりける間に、女のもとよりおこせたりける　読人知らず

返し　業平朝臣

内容的には『伊勢物語』とほとんど変わらないが、「いとみそかに逢」った折の後朝の歌という説明のしかたは、実事のあったことをにおわせていよう。『伊勢物語』にも『古今集』にも「斎宮なりける人」とあり、この言い方は、斎宮その人であってもよいが、斎宮の居所にあった人物、そこに奉仕する女の一人、とも解すこともできる。これを斎宮内に住まう侍女の一人ぐらいに解して、またその歌の詠み手が読人知らずであることをそのまま素直に読みとれば、業平が神域にのりこんで逢瀬を遂げてしまったとしても、皇室の神聖さを冒瀆するほどの罪にはあたるまい。

しかし『伊勢物語』の場合もこの『古今集』の場合も、男女の贈答歌の通常の方式とは異なって、なぜ女の方から詠みかけねばならないのか。大胆な推測ではあるが、当時の宮廷儀式としての神楽の発想がここにふまえられていると考えられないか。それは、男女の恋の行為に擬せられる神事であり、詳しくは後続の七十一段の評釈によられたい。

そのような神楽の発想をふまえた物語のしくみを前提にすることによって、いくつもの謎が解けてくるように思われる。まずは、女の方から男のもとをたずねるということ。一般的には、男がたずねて行くのであり、女はそれを待つ立場にある。したがって、「女、人をしづめて」「男のもとに来たりけり」というのは、並みの男女関係ではない。これは、神の来臨を歓待する人間の所作に擬える表現ではなかったか。また「小さき童を先に立てて」とあるのも、神を迎え受ける側の儀礼的な作法のように思われる。次に「子一つより丑三つまであるに、まだ何ごとも語らはぬに帰りにけり」というのは、一見するところ後の贈答歌そのものと矛盾しかねない。「子一つより丑三つまで」の時間帯は、もちろん人目を避けるための深夜を設定したものだが、神楽の儀に即していえば採物《とりもの》から前張《さいばり》への、人が神の来臨を迎えて神人の相和楽する時間帯に対応している。また「まだ何ごとも語らはぬ」とあるのは、世間の普通の男女関係のように、契り交わした後の男が相手の女に対して、将来の変らぬ誠意を親密に誓約することなどを、ここではしなかったということであろう。逢瀬の一般的な慣習とは異なって、夜明けのはるか前に逢瀬の時間が終わったことになる。それは、神と人との和楽の一時《ひととき》の区切れであるかのように、歓待の役割を担う女の方から男のもとを立ち去って行く、ということである。

逢瀬の後の朝を迎えても、男の方からは、後朝の歌を詠み送るなどの働きかけをしない。彼は「いぶかしけれど、わが人をやるべきにしあらねば」として、じれったく待ちどおしい受身の立場を保っている。ここで、異例の女の贈歌という女の側からの働きかけが加わる。ここでも女には、神に奉仕すべき人間としての役割が担わされている。神楽の構成に対応させれば、去っていく神と名残を惜しむ明星《あかぼし》の儀の段階にあたる。名残を惜しむのは、当然ながらその宴の儀を営む人間の側、すなわち女でなければならない。女を先導役とする異例の贈答歌の成り立つゆえんである。

このような神楽の儀礼の構造や儀礼歌の発想がとりこまれているとしても、それじたいが物語の主題を担っているわけでもなければ、作中人物の意識を表しているわけでもない。しかし、そうした儀礼の構造なり儀礼歌の発想なりを物語の深層の骨格にすえることによって、じつは作中人物たちの心の深層が鮮明に証されてくる。そのような物語のしくみに導かれてかえって、神ならざる人間の魂の深々とした感動が集約的にかたどられてくるからである。前記したように、業平とおぼしき男の「かきくらす」の歌には、人間なるがゆえに心の極北を見つめてしまう魂が痛ましくも告白されているのである。

もしも、斎宮関係の物語がこのような儀礼的な発想を骨格として、「男」を歓待されるべき神に近い存在だとするならば、斎宮内の神域での恋も、必ずしも神の戒める恋などではなくなるであろう。たとえ実事があったとしてもである。『伊勢物語』を業平の実録として享受していた近世初頭ごろまでは、むしろ二人の実事ある密通として理解するのが一般的であった。この六十九段の章末の注記とおぼしき叙述「斎宮は水の尾の御時、文徳天皇の御女、惟喬の親王の妹」、すなわち話題の清和天皇時代の斎宮とは文徳天皇の恬子内親王、したがって業平と親交の深かった惟喬親王の妹とする記述も重視されてきた。そこから一気に飛躍して、二人の密通で生まれたのが高階師尚《たかしなもろひさ》という人物だとする説も有力視されてきた。しかし、その二人の関係が世間にありがちな不義密通であるというのならば、男は朝廷への冒瀆者となりかねない。業平は恋の理想的な英雄どころか、悪行の俗人へと陥落しかねないのである。

そのような危惧から彼を救援しようとしたのであろう、鎌倉時代の注釈書『和歌知顕集』は、業平とはじつは観音の化身にほかならなかった、と読み解いた。観音は観音でも、業平の「右馬頭」の官にひっかけたのであろう、馬頭観音を想定するのだから、一見するところいかにもうさんくさい荒唐無稽の思いつきのようにもみえる。しかし、物語が儀礼的なるものによって擬制的に構えられていることを考慮すれば、この考え方はけっして看過すべきではない。神に擬せられることによってはじめて、男は俗世間を抜きんでた恋の英雄として高められ、神と人との信仰的な共感を媒介に、人間の魂からの感動のありようが鮮明にかたどられることになるからである。

この章段の後半の物語によれば二人は再会に期待をつないだが、予想もしない国守の饗応に邪魔され、再会も叶わぬまま男が涙ながらに帰京するほかなかったという。その別れぎわ、またもや女の方から歌の上の句を記した盃が渡され、男がそれに唱和して下の句を書き連ねる。女が、徒歩《かち》で渡っても裾の濡れることのない浅瀬のような、あなたとの浅い縁でしかないので、ぐらいの意を訴えかけると、男はこれに反発して、人が逢うという逢坂の関を越えて、ふたたび逢うとしよう、ぐらいの意で応ずる。相手との縁の薄さを嘆くような屈折した女の訴えを、男は逆接的に受けとめて、再会の意思を強調するのである。これも、女の嘆きと男の切り返しによって贈答歌らしい呼吸をつくり出している。それぞれ「かち人の渡」る川と「あふ坂」の関が、言葉として照応しあってもいるが、それは神の異界と人間の現世との隔たりを暗示した表現のようにも思われる。特に女の歌には、神が川の向こうから渡ってやってくるという、神楽の採物の歌などにみられる発想がふまえられていよう。ここでも女は、発想的には歓待や奉仕の側にまわっていることになる。こうして神と人との相和する共感をなかだちに、遠のく男と女との間に生ずる魂の深い交感が語られているのである。『伊勢物語』の特に斎宮関係の章段ではこのように、業平とおぼしき「男」をついに神に近しい人物にまで仕立ててあげてしまった。物語の底部には彼をそのように仕立てあげるべく、数々の伝承にもとづく発想なり方法なりが巧みに敷設されているとみられる。それらに媒介されながら、「男」の固有の人間関係のなかで、そのきわめて人間的な魂が証し出されていく。この物語は、そのような人物をこそ、恋の英雄として理想的に造型していると思われる。

七十段

昔、男《をとこ》、狩りの使ひより帰り来けるに、①大淀《おほよど》のわたりに宿《やど》りて、②斎宮《いつきのみや》の童女《わらはべ》に言ひかけける。

130 みるめかるかたやいづこぞ棹《さを》さして我に教へよ海人《あま》の釣舟《つりぶね》

昔、ある男が狩りの使いから帰って来た時、大淀の渡し場に泊まって、斎宮に仕える童女に、歌をもって呼びかけたのだ。

130 海松布《みるめ》を刈りとる方角、逢《あ》えないあの女《ひと》のいる方角はどちらの方か。舟に棹をさして私に教えてくれ、海人の釣舟よ。

【語釈】

①**大淀のわたり**　大淀の渡し場。この「大淀」は現在の三重県多気《たき》郡の海岸で、宮川の河口の渡し場。斎宮が御禊をする河口の海辺でもあり、斎宮寮からは東北の方向へ四キロほど離れた地である。「男」は、この渡し場から船で尾張方面に渡るのであろう。②**斎宮の童女**　前段に「小さき童」とある斎宮づきの女童《めのわらわ》。「男」を見送るために来ている。

【和歌130】**みるめかる……**　男の贈歌。「みるめ」は海藻の「海《み》松布《るめ》」と「見る目」の、「かる」は「刈る」と「離《か》る」の、さらに「かた」は「潟」と「方（方角）」の掛詞。「見る目離る方」は、逢うことのできない女《ひと》（斎宮）のいる方角。全体が「海松布」「潟」「海人」「釣舟」の縁語群で構成され、海辺の景が統一的に描き出されている。「海人の釣舟」に呼びかける形になっているが、暗に「童女」をさす表現になっている。一首は、海松布を刈る方角はどこか、逢えなくなったあの女《ひと》のいる方角を私に教えてくれ、と訴える歌になっている。〈重出〉新古今　恋一・業平・二句「かたやいづくぞ」。

評釈

この章段は、その内容が前段から直接連なるべく構成されている。前段では「男」が後ろ髪を引かれる思いで、斎宮のもとを出て尾張国へと向かうが、ここではその「男」が旅の途上で、斎宮に仕える女童を相手に歌を詠みかけた。斎宮その人もおそらく、「男」への断ちがたい思いから女童に彼を見送らせたのであろう。「男」は、そうした相手の心をも推測しながら、いよいよ尾張路に別れ出ていこうとする地点で、斎宮への執心の歌を詠む。女童の存在は、恋の執心を断ちがたい二人をつなぎとめる媒《なかだち》の役割を担っている。

「男」の「みるめかる」の歌は、尾張へ通ずる「大淀のわたり」で詠まれたものだが、その地の固有の風物などを具体的にとりこんではいない。それよりも、海人のいる海浜一般の風景のなかに、恋の思いを寄せる表現になっている。そして、「童女」をも暗示する「海人の釣舟」に方角を教えてくれ、と呼びかけるところに、この歌の勘どころがある。しかし「海人の釣舟」じたいは人間ならざる存在である。無機的な存在としての釣舟に呼びかけているだけに、その思いは孤独である。隠岐《おき》に配流された時の小野篁《たかむら》の歌にも、「わたの原八十島《やそしま》かけて漕ぎ出でぬと人には告げよ海人のつり舟」

（古今　羇旅）とある。この章段で呼びかける内容とは、海松布《みるめ》を刈り取ることができる潟、すなわちあの女《ひと》と逢える方角はどこなのか、棹をさしてその方向を私に教えてくれという懇願である。断念することのできない女《ひと》とどうすれば再会できるのか、という孤独な訴えである。

七十一段

昔、男《をとこ》、伊勢《いせ》の斎宮《いつきのみや》に、①内《うち》の御使ひにて参《まゐ》れりければ、②かの宮に、好《す》きごと言ひける女《をんな》、③わたくしごとにて、

131 ちはやぶる神の斎垣《いがき》も越えぬべし大宮人《おほみやびと》の見まくほしさに

男、

132 恋しくは来ても見よかしちはやぶる神のいさむる道ならなくに

昔、ある男が、伊勢の斎宮に、帝のお使者として参上していたところ、あの斎宮の御殿で、色めかしい言葉を言いかけた女が、自分自身のこととして、

131 神聖なこの神の垣根をも越えてしまいそうだ。大宮人のあなたに逢いたくて。

男は、

132 恋しく思うなら、私のもとに来てごらん。恋の間柄は、神聖な神の戒めている道でもないのだから。

【語釈】

①**内の御使ひ**　帝の使者。勅使。六十九段にいう「狩りの使ひ」をさす。②**かの宮に、好きごと言ひける女**　斎宮の御殿で、好色がましい言葉を言いかけた女。この人物は、斎宮その人ではなく、斎宮に仕えている女である。③**わたくしごとにて**　主人（斎宮）のための公的なことではなく、この女自身の内証

事だとする。

【和歌131】ちはやぶる……　「女」の贈歌。「ちはやぶる」は、「神」にかかる枕詞。「斎垣」は、神域であることを区別するために、神社の周囲に設ける垣。その「斎垣」を「越え」るとは、みだりに神域に侵入して穢《けが》す行為をいう。禁忌を犯す行為である。ここでは、斎宮に仕えるべく清浄な身であらねばならないのに、不浄の恋に踏みこむことをいう。「大宮人」は宮廷に仕える人。ここでは、都から来た勅使の「男」。「見まく」は「見むこと」の意。この一首は、『万葉集』以来の伝承歌をもとにした歌であり、都人に逢いたいばかりに、神域を越えてしまいそうだ、と訴える歌である。

【和歌132】恋しくは……　「男」の返歌。「恋しくは」は、恋しく思うならば、の意。このあたり、歌謡的な言いまわしになっている。「道ならなくに」は、「我ならなくに」（一段）と同じ語法。一首は、女の贈歌にいう恋の禁忌などないとして、「神のいさむる道ならなくに」とし、自分との恋に踏みこむことを誘い出そうとする歌である。

評釈

男の「伊勢の斎宮に、内の御使ひにて参」ったという事情は、六十九段とほぼ同様である。しかし女について語る「かの宮に、好きごと言ひける女、わたくしごとにて」というのは、斎宮の神域に仕える一人の女が、好色がましい懸想の言葉をかけ、自分自身のこととして男に歌を詠みかけるというのである。女が斎宮その人ではないとしても、色恋を禁忌とする斎宮内で、しかも女の方から「好きごと言ひける」とは、大胆なまでに積極的である。その女の歌は、私は、越えてはならぬ神の斎垣をも越えてしまいそうだ、大宮人のあなたに逢いたいばっかりに、の意。これに対する男の返歌は、恋しく思うのなら来てごらん、神のいさめる恋の道でもないのだから、の意。女が、「神の斎垣も越え」て禁忌を犯しそうだと訴えるのに対して、男が、それは「神のいさむる道」ではないとして、女の言い分を切り返し、あらためて共感を分かちあおうとする。懸想と切り返しの呼吸がうまくかみあっている点で、これも贈答歌の典型とみられるが、それにしても女の贈歌のあまりの積極性をどう解すればよいのか。女の歌の「神の斎垣も越え」るとは、次に掲げる万葉歌やその流伝歌から推して、道ならぬ禁忌の恋を言い表す常套的な語句だったことがわかる。

ちはやぶる神の斎垣も越えぬべし今はわが名の惜《を》しけくもなし
（万葉　巻11・二六六三　作者不明）

『古今六帖』第二「社」には結句「惜しからなくに」として、また『拾遺集』恋四には人麿の作として入集している。このように歌が時代や地域などをも越えて流伝するのは、その歌じたいが集団的な発想に根ざしているからである。歌謡的な普遍性に裏打ちされているといってよい。この場合、「神の斎垣も越え」るという語句が、禁じられた恋や許されぬ恋の発想の、表現の要となって類型化されている。この章段の物語では、そうした類型的な発想もふまえつつ、下の句を「大宮人の見まくほしさに」とすることによって、朝廷から派遣された男との禁じられた恋に踏み出そうとする女の、一回的な心情表現の歌に仕立てあげている。

これに対する男の返歌では、「神のいさむる（恋）」という言葉も集団的歌謡的な発想によっているが、それよりも上の句の「恋しくは来ても見よかし」の歌句が、次の「三輪山《みわ》」の歌とも根深くつながっていて、いかにも歌謡的である点に注意される。

わが庵《いほ》は三輪の山もと恋しくはとぶらひ来《き》ませ杉立てる門《かど》
（古今　雑下・読人知らず）

この歌は、女の方から男を訪ねるというのでは習俗上穏かでないので、「とぶらひ来」るのは女ではなく男、したがって女の立場で詠んだ歌なのであろう。しかし女が男を積極的に誘い出そうとするのも不自然であるから、並の恋歌などではない。おそらく、三輪の神への信仰を背景に、「杉」に象徴される三輪の神への盛んな参詣ぶりを歌謡ふうに歌ったものと思われる。すなわち、三輪の神への盛んな参詣を、あたかも女の住まいである「わが庵」に、恋いこがれる男たちが熱心に通うさまのように擬せられた表現であろう。その擬制的な表現が、いかにも歌謡的なのである。

ここで想起されるのは、神楽歌など儀礼の歌の発想である。神楽歌をその文脈に即して考えてみると、夜の男の妻問いの発想が、稀《まれ》なる神が降臨するという発想に、しばしば転用されるという点に注目される。異界からの神の降臨を人々が女の立場で歓迎する体であり、神と人の出逢いを男と女の逢瀬として擬制的に表現するのである。待たれていた男が深夜ついに、川を渡って暗闇のなかから立ち現れる、それが客人《まれびと》の出現であった。神楽の次第によれば、庭燎《にわび》→採物《とりもの》→前《さい》張《ばり》→明星《あかぼし》の順に進む。庭燎は神の来臨を迎える準備。人長《にんじょう》が神の憑代《よりしろ》である採物（榊・杖・篠など）を手に持って舞い、神の来臨を証《あか》す段階。前張は、神と人がともに興ずる饗宴であり、神人相和する境地。最後の明星は、戻っていく神に名残を惜しむ神宴の終り。その神楽の採物にせよ前張にせよ、神は遠く異界から各地を巡行してやって来る、という発想が前提されている。

この章段での、女の異例なまでの積極的な歌いかけ、あるいは男の歌の三輪信仰をも思わせるような詠みぶりに、右の歌謡的な発想をひきあわせてみると、ほとんど相似形のようにみえてくる。ここでの女が積極的に訴えかけている相手の男とは、世間尋常の男なのではなく、神の威力を背負ったような存在ということになる。この章段では、女と男の魂の底からの共感のありようが、神の来臨を歓待する儀礼歌的な発想を骨格に構成されている。儀礼歌が神の来臨を男女の逢瀬に擬《なぞら》えているとすれば、この物語では逆に男女の逢瀬を神の来臨に擬えていることになり、二つは逆の相似形の関係にある。この七十一段のような増補章段の物語では、こうした擬制的な表現構造が、比較的見やすい形になっていよう。そして、斎宮関係の最も中心的な六十九段にも、そのような発想が秘められているとみられるのである。

七十二段

昔、男《をとこ》、①伊勢《いせ》の国なりける女《をんな》、②またえ逢《あ》はで、③隣の国へ行《い》くとて、④いみじう恨みければ、女、

昔、ある男が、伊勢の国にいた女に、再び逢うことができず、隣の国へ行くと言って、その女をひどく恨んだところ、女が、

133 大淀の松ではないが、あなたの来訪を待つ私はつれない人間でもないのに、あなたは寄せては返す波のように、浦ばかりを見て、恨みだけを

133
大淀《おほよど》の松はつらくもあらなくにうらみてのみもかへる波かな

残しながら帰っていくのだ。

【語釈】①**伊勢の国なりける女**　伊勢の国にいた女。斎宮に仕える女房をさすか。②**またえ逢はで**　ひとたびは逢ったものの、再び逢うことができないでいる状態。③**隣の国へ行く**　六十九段で「男」が尾張国に出て行ったのを受けての叙述であろう。④**いみじう恨みければ**　男が女を。

【和歌133】**大淀の……**　女の贈歌。「大淀」→七十段。その大淀の「松」に「待つ」を掛ける。その「松」に自分を擬《なぞら》えてもいる。「つらし」は、相手の薄情を恨めしく思う、が原義。ここでは「なくに」の語法を伴って、あなたが恨めしく思うほど私は薄情ではない、とする。「うらみ」は、「浦見」と「恨み」の掛詞。「波」に、相手の男を擬えてもいる。「かへる」は、波が返る、男が帰る、の両意。一首は、私はあなたにつれない女でもないのに、あなたは恨みだけを残して帰って行く、と嘆き訴える歌になっている。〈重出〉新古今　恋五・読人知らず。

評釈

この章段も、斎宮づきの女房の一人とおぼしき女の話である。男が再会せずに隣国に旅立ったのを恨んだその女は、女である自分の方から積極的に歌を贈ることになった。歌の贈答の作法からは、これも異例の女の贈歌である。しかし男がそれにどう応じたかは、物語に語られてはいない。

この女の歌は、こちらが「つらくもあらなくに」と思うのに、そちらは「うらみてのみもかへる」だけだとして、自分と相手を対置的にとらえて一首を構成している。その前半には、海辺の松の木の根もとに波が寄せては返る景を描き出している。その「松」に「待つ」の語を重ねながら、「待つ」のは女である私の立場だとして、その自分は他者から恨まれるような薄情の人間ではないと主張する。これに対して後半では、それなのにあなたは、寄せては返っていく波のように私のことを恨んで帰って行く、と相手を難じている。贈歌ではあっても、いかにも女歌らしく、相手への反発的な発想によって自らの思いを訴える趣である。

和歌表現の類型として、寄せては返す波を、東下りでの歌の「いとどしく過ぎゆくかたの恋しきにうらやましくも返る波かな」（七段）のように羨ましいものの喩えともし、またこの例のように恨めしいものの喩えともする。後者の例として、

逢ふことのなぎさにし寄る波なればうらみてのみぞ立ちかへりける　（古今　恋三・在原元方）

などとある。男の立場から、逢えないことを繰り返すのを渚に寄せては返す波だとばかりに、恨んで立ち帰るほかないとする。男女の差異はともかく、この章段の歌は、その類型によるだけでなく、「うらみて」の語句が上の句の「つらくもあらなくに」と対置させられるところから、はたしてどちらが薄情なのか、どちらが悲しくてつらいのか、などという感情も複雑にうずまいていよう。

七十三段

昔、そこには①ありと聞けど、②消息《せうそこ》をだに言ふべくもあらぬ女のあたりを思ひける。

134 目には見て手にはとられぬ月のうちの桂《かつら》のごとき君にぞありける

昔、そこにいると聞くけれど、便りさえすることのできない女の身辺を、男があれこれ思うのだった。

134 目では見ていても手ではとてもつかまえることのできない、月の中の桂のようなあの女《ひと》なのだった。

【語釈】
①そこにはありと聞けど　どこに住んでいるか、その場所を聞いてはいるが、の意。**②消息をだに言ふべくもあらぬ女**　逢うことはもちろん、文通さえできない相手の女。副助詞「だに」の語勢に注意。
【和歌134】目には見て……　男の独詠歌。「月のうちの桂」は、月の中には桂の木が生えているとする考え方による。これは、中国古代の伝承による発想で、『万葉集』にも同じ発想の歌があり、この歌もその伝承歌によっている。「君」は、ここでは相手の女をさす。一首は、わが思う女《ひと》は、はるか月の桂のように手の届かぬ存在でしかない、と嘆く歌である。〈重出〉古今六帖　第六「桂」・五句「妹《いも》にもあるかな」。

評釈

「そこにはありと聞けど、消息をだに言ふべくもあらぬ女」というのは、六十九段以後の物語に即してみるかぎり、禁忌の恋の相手である斎宮その人をさすことになろう。
　この章段では、その禁忌の恋を断念して、隣国へと出立した男が、それでもやはり諦めきれない思いから、こうした歌を詠むのである。その相手が神域にいる斎宮であるだけに、逢瀬を遂げるすべとてない。それが歌の「目には見て手にはとられぬ」相手である。それを比喩として言いかえれば、「月のうちの桂のごとき君」だ。この比喩は、はるかな天空に輝く存在であり、憧れてやまない対象である。男は、こうした歌に自らの心のやるせなさを封じこめるしかない。この歌は、『万葉集』所収の、湯原《ゆはらの》王がある娘女《おとめ》に贈った歌の伝承歌である。

　目には見て手には取らえぬ月の内の桂のごとき妹《いも》をいかにせむ　（巻4・六三二）

人称詞の異同からも、これの伝承歌であることが証されよう。『万葉集』時代には男から女を「妹《いも》」と呼ぶのが一般的だが、平安時代になると「君」が男女の区別なく大切な相手をさすようになる。業平と斎宮の物語が、このような伝承歌とも結びついて、その伝承が分厚く増幅されていく点に注意される。

なお、この章段の「そこにはありと聞けど……」の叙述が、業平と高子（二条の后）の恋を語る四段の、彼女がついに入内《じゆだい》してしまったことを「あり所《どころ》は聞けど、人の行《い》き通《かよ》ふべき所にもあらざりければ」と語る叙述と類似するところから、この章段も二条の后関係の話とする読み方もある。しかし物語の配列順序からしても、やはり斎宮関係の話と解されるべきであろう。

七十四段

昔、男《をとこ》、女《をんな》をいたう恨みて、

135 岩根《いはね》ふみ重なる山にあらねども逢《あ》はぬ日おほく恋ひわたるかな

昔、ある男が、女をひどく恨んで、

135 岩を踏み越えねばならぬような、重なりあった山々があなたとの間にあるわけでもないのに、逢《あ》えぬ日々が多く、ただただ恋しく思いつづけるほかない。

【語釈】

【和歌135】岩根ふみ…… 男の独詠歌。「岩根」は、大地に根を下ろしたような、どっしりした巨大な岩。「重なる山」は、重なり続く山々。この「岩根ふみ重なる山」は、男女の間にたちふさがる障害をいう。「逢はぬ日多く」以下、逢瀬を遂げられぬ恋の孤独な日々の苦しみをいう。一首は、二人の間にはどうにもならぬ障害もないのに、逢えぬ日々の続くのを嘆く歌である。

評釈

前段では、逢ってはならぬ神域の女をやはり忘れきれないという関係を語っているが、この段ではそのような特殊な境遇や立場が明らかでないのに、逢ってはくれない女の冷淡さを、相手の男が恨むという話になっている。その女とは、この段の叙述に即すかぎり、斎宮関係の女ではないようにみられるが、あるいは前段からの連続として斎宮関係の人物と解すべきであろうか。

この男の歌では、上の句の「岩根ふみ重なる山」が、二人をきびしく隔てる障碍《しょうがい》の比喩の表現となっている。しかし実際にはそれほどの障碍とも思われないとするこの歌では、けっきょくは相手の冷淡なしうちを恨むほかなく、「逢はぬ日おほく」とする嘆きを訴えていることになる。この歌は次の『万葉集』歌の伝承によっている。

石根《いはね》踏む重なる山はあらねども逢はぬ日多《まね》み恋ひわたるかも　（巻11・二四二二　人麻呂歌集）

『拾遺集』にも坂上郎女《さかのうえのいらつめ》の作として収められて、「岩根ふみ重なる山はなけれども逢はぬ日数を恋ひやわたらむ」（恋五）とある。詞句や作者名の異同から、伝承歌であることがわかる。『伊勢物語』の形成の一面には、このような古歌の伝承も強く関与していたであろうことが注意されるのである。

七十五段

昔、男《をとこ》、「①伊勢《いせ》の国に率《ゐ》て行《い》きてあらむ」と言ひければ、女《をんな》、

136 大淀《おほよど》の浜に生《お》ふてふみるからに心はなぎぬ語らはねども

と言ひて、ましてつれなかりければ、男、

昔、ある男が、「あなたを伊勢の国に連れて行って、そこで暮らそう」と言ったので、女が、

136 大淀の浜に生えているという海松布ではないが、あなたを見るだけで、私の心はなごんでしまう。睦言《むつごと》を語りあって契り交わさずとも……。

137 袖《そで》ぬれて海人《あま》の刈りほすわたつうみのみるをあふにてやまむとやする

女、

138 岩間《いはま》より生《お》ふるみるめしつれなくは潮干《しほひ》潮満《しほみ》ちかひもありなむ

また、男、

139 涙にぞぬれつつしぼる世の人のつらき心は袖のしづくか

②世に逢《あ》ふこと難《かた》き女になむ。

と詠んで、以前にもまして冷淡になったので、男が、

137 袖を濡らして海人が刈り干す海の海松布《みるめ》、それと同じように私も涙に濡れてあなたを思っているのに、あなたは、見るだけを逢《あ》うことのかわりとして終わりにしようというのか。

女は、

138 岩の間から生えてくる海松布ではないが、見るだけではつれないというのなら、潮《しお》の満ち干の繰り返すうちには貝も現れ出ることもあろうから、あなたが私を思ってくれるその効もきっとあろうというもの。

また、男が、

139 涙に濡れては私の袖をしぼるほかない。世の人のつれなさを恨む心は、私の袖の雫となっているのか。

まったく、逢うことの容易ならざる女ではあった。

【語釈】

①**伊勢の国に率て行きてあらむ**　都での、男が女を伊勢国へ誘い出そうとする言葉。

【和歌136】大淀の……　女の贈歌。男からの誘いの言葉に応ずる歌である。「大淀」→七十段。二句目までが、「海松《みる》」（海松《みる》布《め》に同じ）と「見る」の掛詞を契機とする序詞。「てふ（といふ）」は伝聞の語法。伊勢の地を知らぬ都の住人らしい言い方である。この歌は、「見る」と、下の「語らふ」を区別している点に注意。この「見る」は対面する意。「語らふ」は睦言を語りあって情を交わす意。「心はなぎぬ」の「なぐ」は、穏やかになる、和《なご》む意。一首は、見るだけで心が和むのだから、親しく情を交わさずともよい、として男の誘いに同意しない趣の

歌である。

【和歌137】袖ぬれて…… 男の返歌。女の贈歌に応ずるべく、この歌も三句目までが、「海松」と「見る」の掛詞を契機とする序詞。「わたつうみ」は、海。この序詞には、「袖ぬれて」などとあり、恋ゆえの涙に濡れるイメージをとりこんでいる。一首は、女の歌の「見る」を受けて、ただあなたは「見る」だけで「逢ふ」ことを済ませたつもりかと、相手の言い分を切り返す歌になっている。

【和歌138】岩間より…… 女の贈歌。実際には、男の返歌へのさらなる返歌の趣である。この歌も「海松布《みるめ》」「見る目」の掛詞。「し」は強意の助詞。「つれなし」は、外からの働きかけに動ずることなく変化しないさま、が原義。ここでの「つれなくは」は、男から冷淡だと言われたことを念頭に、海松布がずっと変わらず生え続けているなら、の意で用いた。「潮干潮満ち」は、潮が引いたり満ちたりして、の意。「かひ」は、「貝」「効《かひ》」の掛詞で、貝も生ずるだろうし、逢うという効もあろう、とする。表現の上で、全体を「岩間」「海松布」「潮干潮満ち」「貝」の縁語群で統一づけている。一首は、潮が干満を繰り返すうちに貝も現れ出よう、あなたもじっと待っていたらそれなりの効もあろうというもの、と相手を冷静につき放した歌になっている。

【和歌139】涙にぞ…… 男のさらなる返歌。「涙にぞぬれつつしぼる」は自分のこと。「しぼる」は終止形、三句切れの構成である。「世の人」は、世人一般とともに、相手の女をもさす。相手の存在を、とかく薄情と思われがちな世人一般と同じだ、とする気持ちである。「つらき心」は、こちらが恨めしく思わざるをえない相手の薄情さをいう。「袖のしづく」は、袖を濡らす悲しみの涙。冒頭の「涙」とひびきあう。一首は、自分に逢ってはくれない、相手の冷淡な心をさりげなく恨む歌である。〈重出〉貫之集 五。

②世に逢ふこと難き女になむ 語り手の評言。この女の頑強な性分にふれながら、男女の関係の難しさを示唆していよう。

評釈

この話も前段同様に、男の懸想に同意しない女と、なおも執着する男との交渉を語っている。この話の「伊勢」や「大淀」の地は六十九段以後の諸段と共通しているが、相手が都在住の女であるところから、話じたいは斎宮周辺とは無関係であろう。しかし物語の形成を推測すると、その共通する地名から、一連の斎宮関係の章段群にくみこまれているようにも思われる。

この物語の男と女の関係はすべて、二人の贈答歌の応酬によって構成されている。第一首の女の「大淀の」の贈歌は、男の誘いの言葉をさりげなく拒んだもの。「見る」だけで私の心は和《なご》むのだから、あらためて「語ら」うことなどなくてよい、とする。「見る」と「語らふ」を微妙に区別した表現で男の懸想を軽やかにかわすところに、切り返しを旨とする女歌に固有の、絶妙の呼吸が息づいている。これに対する男の「袖ぬれて」の返歌も、女の歌の「見る」を受けとめたうえで、さらに「見る」「逢ふ」の二語を連ねて反発的に応ずる。あなたは、顔を見合せるだけで男女の逢瀬だと思うのか、と詰問する体である。しかも序詞の「袖ぬれて」には、海人の海水に濡れる姿とともに、自分の恋ゆえの悲しみの涙をもかたどっている。自らの悲嘆を訴えるほかない。

第三首の女の「岩間より」の贈歌は、男の返歌にさらに応じた返歌のような趣で、なおも「海松布」「見る目」を表現の要としている。男がいきりたつかのように「みるをあふにてやまむとやする」と詰問するところを、ここでも冷静に切り返す。海松布がいつも変わらぬ常緑の色に保たれていたら潮の動きでそこに貝もつくことだろう――あなたも気長に構えていたらその効《かい》もあろう、と将来に期待をもたせている。男のいきりたつ気持ちを和ませながら、当座の逢瀬をさりげなく拒むのであり、これも女歌の絶妙な技である。男はたじたじの思いだろうが、さらにそれへの返歌として「涙にぞ」の歌を詠む。ここでは、「海松」「見る」の語からは離れて、あらためて涙に濡れるほかない恋の悲しみを訴える。これは、第二首の男自身の歌の「袖ぬれて」と緊密にひびきあっている。ここで特に注意されるのは、相手の冷淡な気持ちを「世の人のつらき心」とする点である。「人」が相手をさすとともに、世の人一般にまで広がるところから、男と女の関係とは、あるいは世の人情とはしょせんこんなものなのか、という批評的な感情までが引き出されているのである。

この章段では、男女二人が執拗なまでに贈答歌を繰り返していく。「海松」「見る」を共通の言葉として、あたかも輪唱であるかのように歌い交わし、最後は男の「袖のしづく」で結ばれている。そこに一貫するのは、男の懸想とそれへの女の切り返しの発想であるが、そのような詠歌が繰り返されることによって、二人の間には魂のふれあうところもあるにちがいない。末尾の語り手の言葉「世に逢ふこと難き女になむ」も、日常の次元としては確かに逢いがたい関係でしかないが、歌による心のふれあいがあることをも、それとなく主張しているのであろう。

七十六段

昔、①二条《にでう》の后《きさき》の、まだ②春宮《とうぐう》の御息所《みやすんどころ》と申しける時、③氏神《うぢがみ》にまうでたまひけるに、④近衛府《このゑづかさ》にさぶらひける⑤翁《おきな》、⑥人々の禄《ろく》たまはるついでに、⑦御車よりたまはりて、よみて奉りける。

140 大原や小塩《をしほ》の山も今日《けふ》こそは神代《かみよ》のことも思ひ出《い》づらめ

とて、⑧心にもかなしとや思ひけむ、いかが思ひけむ、知らずかし。

昔、二条の后が、まだ東宮の御息所《みやすんどころ》と申しあげていた時分、氏神に参詣なさった折に、近衛府《このえふ》にお仕えしていた翁が、お供の人々が褒美の引き出物をいただくついでに、御息所のお車からじかに禄をいただいたので、歌を詠んで献上したのだった。

140 大原の小塩の山も、今日という今日こそ、遠い始祖の昔の、神代のことをも思い起こしていることだろう。——あなたも私との昔の日々に思いを馳せているだろう。

と詠んだが、翁自身の心のうちにも昔日をしみじみと思ったのだろうか、あるいはどう思ったのだろうか、それはわからない。

【語釈】

①二条の后 藤原高子《たかいこ》。→三段注③。**②春宮の御息所** 皇太子の母である御息所。「御息所」は皇子・皇女を産んだ女御・更衣。この「二条の后」が貞観十（八六九）年、清和天皇の皇子、貞明親王（後の陽成天皇）を出産、翌年その親王が皇太子となり、貞観十八（八七六）年に即位した。したがって二条后が「春宮の御息所」と呼ばれるのは、貞観十一年から十八年まで。**③氏神** 藤原氏の氏神は、現在の京都市西京区の大原野神社。もともと奈良の春日神社が藤原氏の氏神であったが、平安遷都後、大原野神社に勧請《かんじょう》された。藤原氏出身の后たちの、こ

の神社への参詣が通例となっていた。④**近衛府**　皇居警護や行幸供奉《ぐぶ》などにたずさわる武官の役所。左右二つがある。⑤**翁**　暗に在原業平をさす。その業平は貞観十七（八七五）年正月に右近衛権《ごんの》中将。中将は近衛府の次官。この大原野への参詣は、二条后の「春宮の御息所」の呼称と、業平の官名と併せて推測すると、貞観十七、八年となり、業平は五十一、二歳。「翁」と称されても不自然でない。⑥**人々の禄たまはる**　供奉の人々が、褒美として引き出物を頂戴する意。「たまはる」は、もらう意の謙譲語。当時の通例から、衣類を下賜されたのであろう。⑦**御車よりたまはりて**　他の人々とは違って、御息所の車から直接に下賜されたとする。

【和歌140】大原や……　「翁」（業平）の贈歌。「大原や小塩の山」は、大原野の小塩山に鎮座する神、の意。大原野神社が小塩山の麓にある。「神代のこと」は、天孫降臨の際、藤原氏の祖先神天児屋根命《あめのこやねのみこと》が、皇祖神瓊々芸命《ににぎのみこと》を守護して天降《あまくだ》ったとする話。『古事記』『日本書紀』に語られている神話である。「思ひ出づらめ」の主語は「小塩の山」（藤原氏の祖先神）。「小塩の山も」の「も」にも注意。后と翁とのかつての関係を前提にすれば、后も過ぎ去った若い時分の出来事を思い起こしているだろう、の意が添加される。一首は、小塩の山も、后の行啓を迎えた今日という今日は、藤原氏の祖先神が天降ってきた神代の昔を思い出しているだろう、と后の行啓を祝う歌だが、后自身も私と関わった昔に思いを馳せていよう、の意も言いこめている。〈重出〉古今集　雑上・業平。古今六帖　第二「山」・業平・三句「今日しこそ」。大和物語　百六十一段。
⑧**心にもかなしとや思ひけむ**　翁の心にも。以下、歌を詠んだ翁自身の心内を、後になって推量する語り手の評言である。「かなし」は、身にしみて感動する気持ちをいうのが原義。

評釈

この章段は、業平と高子（二条の后）の後日譚の一つとして、后の大原野神社への参詣に業平が随行するという話になっている。藤原氏出身の后がこの氏神に参詣するのは恒例のことであり、藤原氏繁栄の晴れがましい慶事である。

ここで詠まれた「大原や」の歌が、『古今集』雑上にも業平作として収められ、その詞書に次のようにある。

二条の后のまだ春宮の御息所と申しける時に、大原野にまうでたまひける日よめる
業平朝臣

二書の緊密な関係から、『伊勢物語』成立の過程を推量すると、この七十六段がいわゆる原初章段の一つであったと考えやすいであろう。

また二つの相違に注意すれば、物語中の「近衛府にさぶらひける翁、人々の禄たまはるついでに、御車よりたまはりて」の叙述が、この話に独自な人間関係や奥行きをつくり出していることに気づかせられる。特に「御車よりたまはりて」とあり、「翁」に対してわざわざ后の方から直接に下賜されたというのだから、遠い昔日の若者同士の恋が彷彿とされるのであろう。三～六段あたりによると、入内する以前の高子のもとに、この男が忍び通っていたとされるからである。

歌じたい、あるいは『古今集』の詞書だけからは、藤原氏への慶祝を表す歌の範疇にとどまるほかない。もちろん歌そのものは、神話の時代に溯り、藤原氏の輝かしい由緒をも言いこめた表現を通して、すぐれて巧まれた祝賀の歌の典型になっている。しかしここに物語の二人の関係が加えられることによって、「神代のこと」には過ぎ去った恋への回想が重ねられてくる。「思ひ出づらめ」にも、大原野神社の神だけでなく、后も昔日の恋を思い出しているにちがいない、というもう一つの想像も広がってくる。

なお、『大和物語』百六十一段では、前半に三段の話（「思ひあらば」の歌）を、後半にはこの章段の話を置いて、一章段としている。若い時分の話とその後日譚を合せて統一づけようとする趣なのであろう。しかも、その後半の語り口はこの章段よりも詳細であるが、物語としての奥行きが深くない。この章段では「心にもかなしとや思ひけむ、いかが思ひけむ、知らずかし」という語り手の評言に刺激されて、「翁」の多様な感情が想像されてくるからである。

七十七段

昔、①田村《たむら》の帝《みかど》と申す帝おはしましけり。②その時の女御《にようご》、多賀幾子《たかきこ》と申す③みまそがりけり。それ亡《う》せたまひて、④安祥寺《あんじやうじ》にて⑤御《み》わざしけり。人々捧《ささ》げ物奉りけり。⑥奉り集めたる物、⑦千《ち》ささげばかりあり。⑧そこばくの捧げ物を木の枝につけて、堂《だう》の前に立てたれば、⑨山もさらに堂の前に動き出《い》でたるやうになむ見えける。それを、⑩右大将《うだいしやう》にいまそがりける⑪藤原常行《つねゆき》と申すいまそがりて、⑫講《かう》の終《を》はるほどに、歌よむ人々を召し集めて、⑬今日《けふ》の御《み》わざを題にて、春の心ばへある歌奉らせたまふ。⑭右《みぎ》の馬頭《むまのかみ》なりける翁《おきな》、⑮目はたがひながらよみける。

141 山のみなうつりて今日にあふことは春の別れをとふとなるべし

とよみたりけるを、⑯いま見ればよくもあらざりけり。そのかみはこれやまさりけむ、あはれがりけり。

昔、田村の帝と申しあげる帝がいらっしゃった。その時の女御に、多賀幾子《たかきこ》と申すお方がおいでになった。そのお方がお亡くなりになり、安祥寺《あんじようじ》で御法事を催したのだった。人々がお供えものを差し上げた。人々の差し上げたそのお供え物を集めると、千《ち》捧《ささげ》ほどもある。そのたくさんのお供え物を木の枝に結びつけて、堂の前に立てたところ、あたかも山のようで、しかもその山がことさら堂の前に動いて出現したかのように見えたのだった。それを、右大将でいらっしゃった藤原常行《つねゆき》と申す方がいらっしゃって、ご覧になり、法会の講の終るころに、歌を詠む人々を召し集めて、今日の御法事を題として、春の趣を詠んだ歌を奉らせなさる。右の馬頭《うまのかみ》であった翁が、ほんとうの山とばかりに見まちがえたままで、詠んだのだ。

141 山がみな移り動いて、今日の法会に来合わせるということは、女御との春の別れを弔《とむら》おうというのだろう。

と詠んでいたのを、今になって見ると、すばらしい歌でもなかった。その当座はこれが他の歌よりもすぐれていたのだろう、人々は感じいっていたのだった。

【語釈】

①田村の帝　文徳天皇（八二七―八五八）。在位は八五〇―八五八。その御陵が山城国葛野郡田邑《たむら》（現在の京都市右京区太秦《うずまさ》）にあるところから、「田村（邑）の帝」と称された。**②そ**

の時の女御、多賀幾子**　右大臣藤原良相《よしすけ》の娘。嘉祥三（八五〇）年に文徳天皇の女御として入内《じゅだい》、天安二（八五八）年十一月十四日没した。③**みまそがり**　「いまそがり」と同じ。「ある」「いる」の意の尊敬語。④**安祥寺**　仁明天皇の皇后順子（五条の后）の祈願によって、嘉祥元（八四八）年、僧恵運が創建した寺。山城国宇治郡山科（現在の京都市山科区山科）にあった。⑤**御わざ**　この「わざ」は仏事。四十九日の法要か。それならば貞観元（八五九）年一月。⑥**奉り集めたる物**　供え物として奉った物品が。⑦**千ささげ**　「千」は多数を表す。「捧《ささげ》」はこの供え物を数える助数詞。⑧**そこばくの捧げ物を木の枝につけて**　供え物などは、木の枝につけて奉るのが通例。⑨**山もさらに堂の前に動き出でたるやうになむ見えける**　供え物をつけた木の枝を数多く立てかけた様子が、あたかも木々の茂る山が堂の前に移動してきたように見えた、とする。⑩**右大将**　右近衛大将、右近衛府の長官である。⑪**藤原常行**　藤原良相の子息。亡き女御、多賀幾子の兄弟。彼がこの法会の主催者なのであろう。この常行が右大将に任じられたのは貞観八（八六六）年。多賀幾子の没した天安二（八五八）年の時点では右近衛権少将であった。⑫**講**　経文の講義。法要の際に行う行事である。⑬**今日の御わざを題にて、春の心ばへある歌奉らせたまふ**　今日の法要を歌題として、春の情趣を盛りこんだ歌を制作するよう要請したとする。⑭**右の馬頭**　右馬寮《うめりょう》の長官。在原

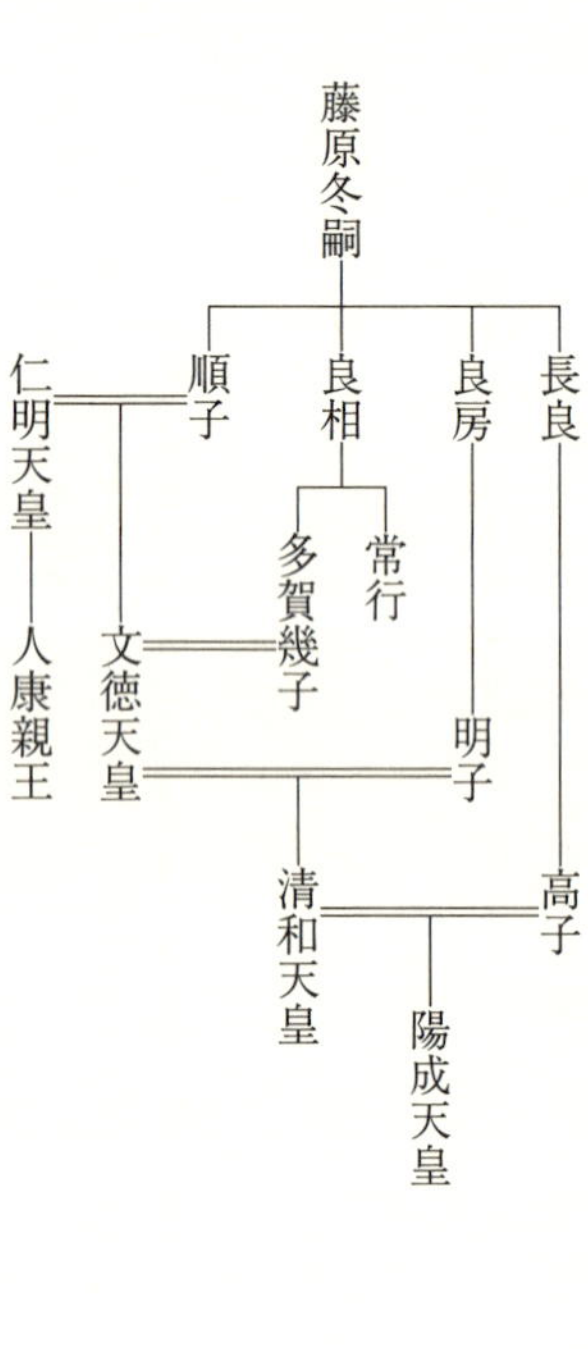

業平か。ただし、業平の右馬頭任命は四十一歳の貞観七（八六五）年で、この法要の後年である。なお、この法要の時点では、業平の年齢は三十五歳。ここで右馬頭としたところから、「翁」とみられたか。⑮**目はたがひながら**　次の歌で、たくさんの供え物を山と見まちがえたかに詠んだのは「翁」の老眼のせいだ、ぐらいにみている。「翁」の自嘲・謙辞と解することも多いが、語り手の主観を含んだ叙述と解したい。

【和歌141】山のみな……　右の馬頭（業平か）の唱和（独詠）。上の句の「山のみなうつりて」は、前述の「山もさらに堂の前に動き出でたるやうに」に照応する見立ての表現。この見立ての表現には、『涅槃《ねはん》経』にいう、釈迦の入滅の時、沙羅《しゃら》双樹《そうじゅ》の東西二双、南北二双それぞれが合体して各一樹となり、大山が裂けて崩壊したとする仏説もとりこまれている。「春の別れ」

は、春の季節における死別、この初春の法要をさす。また釈迦の入滅が春の盛りの二月十五日であるところから、この「春の別れ」にはそれもイメージされていよう。「今日の御わざを題にて、春の心ばへある歌」という要請に応じた表現である。「とふ」は弔う意。一首は、山がみな移り動いて今日の法会に出あったのは、女御との春の別れを弔おうとする心からであろう、と法会への感動を詠んだ歌になっている。

⑯**いま見れば……**　以下、右の馬頭の詠んだ歌に対する語り手の評言。前述の「目はたがひながら」ともひびきあい、難点をあげつらっているが、しかしこれは、歌の評価を読者にゆだねながら、物語の情況を相対化する言辞でもある。

評釈

この章段と次の七十八段はともに、文徳天皇の亡き女御、多賀幾子の法要にちなんだ場で、多賀幾子の兄弟である藤原常行が介在して、業平とおぼしき「右の馬頭」がすぐれた歌を詠むという物語になっている。ここには業平と常行の親交が前提されているらしいが、実際のところ二人がどのような関係にあったかは判然としない。もとより常行の父である良《よし》相《すけ》（八一三―八七三）は、藤原冬嗣《ふゆつぐ》の第五男として生まれ、若く大学に学び学識も豊富であり、兄の良房（冬嗣の次男）の政権下で実力を発揮して右大臣にまで昇進した。しかし、その子の常行の代にいたると、家勢が衰退したとはいえないまでも、権勢の中枢から外れてしまうことになる。その点では、皇統に連なりながらも中流階層に甘んずるほかなかった在原業平と、共通する一面があったともいえよう。この話では、その常行が業平のすぐれた歌のわざを引き出す点で、二人の共感を語ることになる。

女御多賀幾子の死は天安二（八五八）年であるが、常行が右大将に就任したのは貞観八（八六六）年、業平が右馬頭に就任したのは貞観七（八六五）年。ここでいう故人の「御わざ」を四十九日の法要のことだとすれば、常行や業平の官位の年時とかけ離れたことになろう。そのことから、この「御わざ」を後年の追善法要とする一説もある。しかし、ここで詠まれる歌の表現の切実さからすれば、死の時点から幾年もの時が経っているとは思われない。史実の矛盾と歌の表現の双方から推測すると、後世の伝承によって仕立てられたのであろう。

「右の馬頭」の歌は、さりげなく仏教的な説話をもとりこんだ大胆な発想によっている。いま行われている亡き女御の法要の季に、釈迦の入滅の時節を引き寄せて、「春の別れ」としたところが、最大の勘どころである。女御の死を悼む人々の多さが、世のすべてが悲しんだという釈迦入滅を想起させるばかりか、その時に大山が動き崩れたという伝奇的な仏説までが引用されているのだ。その仏典による「山のみなうつりて」という大袈裟な詠みぶりは、その場の状況「そこばくの捧げ物を木の枝につけて、堂の前に立てたれば、山もさらに堂の前に動き出でたるやうになむ見えける」を受けていることになるが、実際には逆に、この歌の大袈裟な表現から物語の叙述が引き出されたともみられる。特にこの章段が伝承的な説話性を含んでいるとすれば、いっそうそのように考えられてくる。

この歌の大袈裟な言いまわしは、歌の一面に、ある種の諧謔味をもたらしている。語り手から「目はたがひながら」と評され、老眼をからかわれるほどである。しかしこのような諧謔性は、けっして歌の抒情性をそこなわせるものではない。むしろ、その大袈裟な言い方にどんな真意があるのか。それを想像させる理知的な作用を含んだ「春の別れ」の語句が、真の心情を彷彿させるしくみになっている。末尾の語り手による言辞が、当座の人々の評価と現在のそれとも比べて読者に再評価をゆだねていながら、この歌の綱渡りのような表現の力に注意を向けさせようとしている。

七十八段

昔、①多賀幾子《たかきこ》と申す女御《にようご》おはしましけり。亡《う》せたまひて、②七七日《なななぬか》の御《み》わざ、安祥寺《あんじやうじ》にてしけり。③右大将《うだいしやう》藤原の常行《つねゆき》といふ人いまそが

昔、多賀幾子《たかきこ》と申す女御がいらっしゃった。お亡くなりになって、四十九日のご法事を、安祥寺《あんじようじ》で催したのだった。右大将藤原常行《つねゆき》という人がいらっしゃった。そのご法事に参列なさってその帰り道に、山科《やましな》の禅師《ぜんじ》の親王のおいでになる、その山科のお邸

りけり。その御《み》わざにまうでたまひて、④帰《かへ》さに、⑤山科《やましな》の禅師《ぜんじ》の親王《みこ》おはします、その山科の宮に、⑥滝落とし、水走らせなどして、おもしろく造られたるにまうでたまうて、「年ごろよそには⑦仕《つか》うまつれど、近くはいまだ仕うまつらず。今宵《こよひ》はここにさぶらはむ」と申したまふ。親王喜びたまうて、⑧夜《よる》の御座《おまし》の設《まう》けせさせたまふ。

さるに、かの大将、⑨出《い》でてたばかりたまふやう、⑩「宮仕《みやづか》へのはじめに、ただなほやはあるべき。⑪三条の大御幸《おほみゆき》せし時、⑫紀《き》の国《くに》の千里《ちさと》の浜《はま》にありける、いとおもしろき石奉れりき。⑬大御幸の後《のち》奉れりしかば、⑭ある人の御曹司《みざうし》の前の溝《みぞ》に据《す》ゑたりしを、⑮島好みたまふ君なり、この石を奉らむ」とのたまひて、⑯御随身《みずいじん》、舎人《とねり》して取りにつかはす。いくばくもなくて持《も》て来《き》ぬ。この石、聞きしよりは見るはまされり。⑰「これをただに奉らばすずろなるべし」とて、⑱人々に歌よませたまふ。⑲右《みぎ》の馬頭《むまのかみ》なりける人のをなむ、⑳青き苔《こけ》をきざみて、蒔絵《まきゑ》のかたにこの歌をつけて奉りける。

に、そこは滝を落としたり水を走らせたりして趣向を凝らして造ってある邸だが、そこに参上なさって、「幾年もの間よそながらお慕い申しているけれど、お側《そば》近くはいまだにお仕え申したことがない。今宵はここに伺候いたそう」と申しあげなさる。親王はおよろこびになって、夜の宴席の用意をおさせになる。

ところが、その大将が、人々のいる所に出てきて、ひと趣向をひねり出そうとお考えになって、「宮仕えのはじめというのに、ただ何もせずに、このままでよいものだろうか。三条への行幸のあった時、紀伊の国の千里《ちさと》の浜にあった、まことに趣深い石をある人が献上したことがあった。それを献上したのが行幸の終わった後だったものだから、そのままある人のお部屋の前の溝のところに置いてあったのだが、この親王は庭園にご趣味をお持ちのお方だ、ぜひともあの石を献上しよう」とおっしゃって、御随身や舎人に命じて、石を取りにおつかわしになる。時がいくらも経《た》たぬうちに石を持って来た。この石は、かねて聞いていたのよりも、実際に見る方がすぐれている。「これを、何の趣向もこらさずに献上するのでは、つまらぬことになろう」とおっしゃって、人々に歌をお詠ませになる。右の馬《うま》頭《のかみ》であった人の歌を、石の青い苔を刻《きざ》んで、蒔絵《まきえ》模様のように印《しる》して、この歌を詠み添えて献上したのである。

142 あかねども岩にぞかふる色見えぬ心を見せむよしのなければ
となむよめりける。

142 もの足りない思いだが、私の気持ちを岩にかえて献上しよう。外に現れ出ない私の深い心を、見せようにもそのすべとてないのだから。
というふうに詠んだのだった。

【語釈】
①**多賀幾子** →前段注②。②**七七日の御わざ、安祥寺にてしけり** 四十九日の法要。「安祥寺」→前段注④。③**右大将藤原の常行** →前段注⑪。④**帰さ** 「帰るさ」の略。帰る折に、の意。⑤**山科の禅師の親王** 山科に住む法師の親王。「山科」は、現在の京都市山科区山科。「禅師」は広く法師をいう。この親王は、通説では、仁明天皇の第四皇子、人康親王をさす。彼は貞観元年（八五九）五月に出家。多賀幾子の四十九日の法要の時点（貞観元年一月）では、まだ落飾していないことになる。なお、一説には、業平の伯父、平城天皇第三皇子の高丘親王とする。その親王は、若く弘仁十三年（八二二）に出家、貞観四年（八六二）に渡唐。⑥**滝落とし** 以下、山科の親王邸の庭園のさま。⑦**よそには仕うまつれど** 離れたところから心の内では仕えてきたが、の意。「よそには」は、次の「近くは」と対照。⑧**夜の御座の設けせさせたまふ** 実際には、夜の宴席をもうけさせたこと。⑨**出でてたばかりたまふやう** 親王の御前から退出して、親王のための趣向を供の者と相談なさる、の意。以下、その相談の言葉。⑩**宮仕へのはじめに、ただなほやはあるべき** 親王にははじめて直接お仕えするのに、何の趣向もなくてよいものだろうか、の意。⑪**三条の大御幸せし時** 清和天皇が、貞観八（八六六）年三月二十三日、常行の父の藤原良相の西三条の百花亭に行幸したことをいう。ただし、多賀幾子の四十九日の法要よりも七年も後のことである。⑫**紀の国の千里の浜** 現在の和歌山県日高郡みなべ町あたりの海辺。⑬**大御幸の後奉れりしかば** 行幸当日には間に合わず、役立たなかったとする。⑭**ある人の御曹司の前の溝に** 行幸先の西三条邸の、ある女房の局の前の水の流れの所に。「曹司」は、女房の部屋。⑮**島好みたまふ君** 禅師の親王はもともと、「島」の趣

藤原良相
- 常行
- 多賀幾子 ＝ 文徳天皇

仁明天皇
- 文徳天皇 ― 清和天皇
- 光孝天皇 ― 宇多天皇
- 人康親王

向に深い関心をもつ人だとする。「島」は、池に中島のある庭園。⑯**御随身、舎人**　「随身」は、貴人の警護のために朝廷から派遣される近衛府の役人。「舎人」は、天皇・皇族や、特に許された人たちに近侍して雑事に仕える者。ここでは、特別に常行に随行する者たちであり、重い石の運搬に奉仕する。⑰**これをただに奉らばすずろなるべし**　これをそのまま、何の趣向も加えずに献上するのでは、興趣がなさすぎるだろう、の意。この「すずろなり」は、情趣もなく心づかいのないさま。⑱**人々**　常行に随行する人々。⑲**右の馬頭なりける人**　在原業平か。→前段注⑭。⑳**青き苔をきざみて……**　石の表面に生えている青い苔をきざんで、蒔絵の模様のようにして歌の言葉を石に印《しる》すという趣向である。「蒔絵」は、漆《うるし》で絵や模様を描き、その上に金銀粉を蒔《ま》いて磨《みが》いたもの。「かた」は、図柄、絵。

【和歌142】あかねども……　右の馬頭が、常行の立場で詠んだ唱和（独詠）。「あかねども」は、自分の心が満たされないが、の意。もともと「飽く」の語は打ち消しの語とともに用いられることが多い。「岩」は、献上する石。西三条の邸の庭にあった石である。その「岩にぞかふる」というのは、あなたを思う私の気持ちを岩にかえさせて表そうとする意。ここで切れる二句切れの構成。「色見えぬ心」は、色彩のように目にはっきり見せることができない私の内なる誠意、の意。前の「よそには仕うまつれど、近くはいまだ仕うまつらず」に照応。外には現れないが心の内に慕ってきた、とする気持ちである。「よし」は、方法、手段。ここでは、見せる術《すべ》がない、とする。一首は、色となって外には現れないこちらの、長く慕ってきた深い誠意を、地味な石に代えて献上しようとする、常行の立場に立って詠んだ歌である。

評釈

これも前段と同様に、多賀幾子の法要が契機となって、その兄弟の藤原常行との親交から、在原業平とおぼしき「右の馬頭」が抜群の歌才を発揮するという話である。しかしここでも、業平と常行の関わり方や、その背後にある史実が不鮮明である。しかも、常行が親しく仕えようとする「山科の禅師の親王」が、仁明天皇の人康親王であるかどうかも確かでない。一説に、平城天皇の高丘親王か、とも疑われるゆえんである。

常行の立場で詠まれた「あかねども」の歌は、こちらの誠意をはっきり示すこともできないものだから、せめて献上の庭石にそれを託してわかってもらいたい、というのである。歌中の「色見えぬ心」が、表現の一つの勘どころといってよい。その「心」はいうまでもなく、禅師の親王に親しく仕えていたいとする常行自身の気持ちであるが、それが言葉では容易に表せないほど尋常ならざるものだとする。

この歌のもう一つの勘どころは、常行自身の気持ちを代弁させようとする「石」の語にある。これには、「(石の)青き苔をきざみて、蒔絵のかた」として、歌を送るのに独自な趣向がこめられている。歌には「石」としかないが、その「石」の「青き苔」にこそ自分の「心」を代弁させようとする意図があった。「苔」は、『万葉集』以来、岩や松・杉など常緑樹などに生えている様相が、悠久の時間を象徴する歌語として用いられてきた。『古今集』賀部の冒頭に据えられた「わが君は千代に八千代にさざれ石の巌《いはほ》となりて苔《こけ》のむすまで」(読人知らず)も、永続を寿《ことほ》ぐ賀歌の典型になっている。また「青」は、五行説でいえば春の季にも通じて、よみがえる生命の力を象徴することにもなろう。「青き苔」には、永遠の生命力への願いがこめられているはずだ。

ところで、「青き苔をきざみて、蒔絵のかた」としたのは、歌を依頼した常行なのか、それとも歌を詠んだ「右の馬頭」自身なのか、やや曖昧である。「……人々に歌よませたまふ。右の馬頭なりける人のをなむ、……この歌をつけて奉りける」の文脈が、敬語法などから落ちつかないからである。もしも蒔絵の趣向を工夫したのが常行だとすれば、彼が「右の馬頭」の歌をそのように解釈したということになる。もちろんそれは彼の単なる恣意によるのではなく、歌の急所である「色」と「石」の語の真意を見抜いて、当然ながらそこから「青」「苔」を連想したのである。これは、歌の高度な解釈といってよい。このことは、この歌が大胆なまでにすぐれた表現力を備えていることを証していることになる。「右の馬頭」はこの章段においても、歌の抜群のわざを発揮しうる人とされている。

七十九段

昔、①氏《うぢ》のなかに②親王《みこ》生まれたまへりけり。③御産屋《うぶや》に、人々歌よみけり。④御祖父《おほぢ》がたなりける翁《おきな》のよめる。

143 わが門《かど》に千《ち》ひろあるかげを植ゑつれば夏冬誰《たれ》か隠れざるべき

⑤これは⑥貞数《さだかず》の親王、⑦時の人、中将の子となむいひける、兄の⑧中納《ちゅうな》言行平《ごんゆきひら》の娘の腹《はら》なり。

昔、ある一族のなかに、親王がお生まれになった。御産屋《うぶや》の祝いに、人々が歌を詠んだ。御祖父側であった翁が詠んだ歌である。

143 わが一門に千尋《ちひろ》もの陰をつくる樹木を植えたのだから、夏であれ冬であれ、一門のなかで誰がこの陰に庇護されない者があろうか。

これは貞数《さだかず》の親王の誕生、当時の人々のなかには中将業平の子だと噂する者もいたが、兄の中納言行平の娘から生まれたお方である。

【語釈】
①**氏**　ここでは、在原氏。②**親王**　後出の「貞数の親王」をさす。③**御産屋**　この「産屋」は、産屋の祝い。出産後の三・五・七・九日目の晩に行われる産養《うぶやしない》の儀である。④**御祖父がたなりける翁**　親王の外祖父の側にある翁。後文によれば「中納言行平」の弟、在原業平をさすことになる。→七十七段「右の馬頭なりける翁」。

【和歌143】わが門に……　「翁」の唱和（独詠）。「ひろ（尋）」は長さの単位で、「一ひろ」は大人が両手を横に広げた長さ。「かげ」はここでは木の陰《かげ》。また人々に及ぼす威光、恩恵をも暗示する。「千ひろ」とあるので、巨大な樹木の大きな陰であり、偉大な恵みである。この歌では、皇子の誕生によって一門の人々が常に恩恵をこうむることになったとする。ただし、この「かげ」の語を「たけ（竹）」とする伝本もあり、それによるべきとする読み方も有力である。その「竹」とする説によれば、中国古代の故事、梁の孝王（前漢の文帝の子）が竹を愛好して東苑に多くの竹を植えて竹園と呼ばれた、その話をふまえたと解する。この故事から、皇族を「竹の園」と称するようにもなった。また、崑崙《こんろん》山に千尋《ちひろ》の竹が生ずることも、『山海経』にはみられる。「誰か……べき」は、反語の文脈。一首は、わが家には千尋の陰をつくる大木を植えたので、夏冬の区別なく誰もが恩恵をこうむることになろう、と一門の繁栄を祝福する歌になっている。

⑤これは…… 以下、語り手の言辞である。**⑥貞数の親王** 清和天皇の第八皇子。貞観十七（八七五）年誕生。母は、在原行平（業平の異母兄）の娘、更衣の文子《あやこ》。この皇子誕生の時点で、歌を詠んだ業平は五十一歳。**⑦時の人、中将の子となむいひける** 「時の人……いひける」は挿入句。この「中将」は在原業平をさす。その業平の子とする、根拠のない風評もあったことになる。**⑧兄の中納言行平** 在原行平（八一八―八九三）は、業平よりも七歳年長の異母兄。

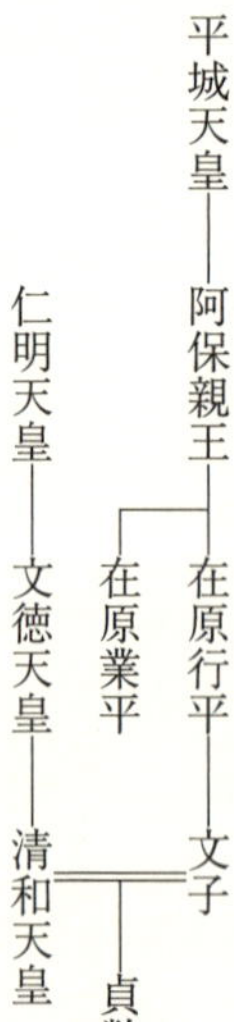

評釈

在原氏は平城天皇の血統を受けつぎながらも、阿保《あぼ》親王の子、行平・業平兄弟の代にいたると、世の権勢の中枢からは外れてしまっている。十世紀半ばごろから、藤原北家の皇室とのミウチ関係による摂関勢力が強力に起こるようになると、他氏の家々が政治権勢の中枢から追い出されるようになったからである。ところが、衰弱しかけている在原氏一門に、めずらしくも皇室と血縁を結ぶ慶事が出来した。貞観十七（八七五）年、行平の娘の更衣文子が清和天皇との間に皇子を産んだ、それが貞数親王の誕生である。家勢が衰えているだけに、これは一門の人々にとって比類なく慶《よろこ》ばしい出来事であった。

その喜びの感動を一門の慶事として詠んだのが「わが門に」の歌である。詠んだのは「御祖父方」の「翁」、当年五十一歳の業平である。この歌では親王の誕生を、わが一門に「千ひろあるかげ」を植えたも同然だとする。巨大な樹木は、それだけに周囲に大きな木陰を広げてくれる。この「千ひろあるかげ」の表現は、木・葉・枝などの語を介さない、やや約《つづ》まった言い方である。その分だけ、「かげ」は、猛暑や寒冷さをも防げる木陰であるとともに、多くの人々を庇護する恩恵でもあることを直感的に連想させる言葉づかいになっている。しかもその「かげ」は、結句の「隠る」の語と密接にひびきあって、庇護のイメージをいっそう強めていよう。

歌の「かげ」の語が、伝本の一つに「たけ」とあるところから「竹」と解して、古代中国の伝承を直接に結びつけながら皇族誕生を強調する表現だとする解し方は、いかがなものか。皇族を意味する「竹の園」が表面に出すぎて、和歌表現の本来的な象徴性がかえって薄められてしまうのではないか。「たけ」とする本文は、後世のさかしらによるともみられる。この歌はあくまでも、一門の繁栄を漠然と予祝すべく詠まれたのであり、表現そのものに政略的な意図などないはずである。表現の要となっている「千ひろのかげ」「隠る」の言葉の連繋に、一門の繁栄と安泰の願望がさりげなく託されているにすぎない。この願望は、一門の衰弱という現実への嘆きの裏返しなのであろう。

この慶事の九年前の貞観八（八六六）年、一部では業平と恋仲にあったと伝えられる藤原高子が清和天皇のもとに女御として入内《じゅだい》して、二条の后と呼ばれるようになっていた。そして翌年には貞明親王を出産した。その親王は誕生の翌年には東宮に立てられ、じつは在原氏一門に慶事と思わせた貞数親王の誕生の翌々年には、十歳の幼さで陽成天皇として即位することになる。こうした世の権勢の情況について、在原一門の人々は無関心であるはずがない。なればこそ、「わが門に」の歌の、現実と願望のさりげない表現が説得力をもつのであろう。

物語の末尾で、語り手は、貞数親王が業平の子だとする風評もあることを述べている。若いころの業平は二条の后と恋仲にあったという伝承を想起して、恣意的にそれを重ねるような人の噂もあったのだろうか。多感な人物として伝えられてきた業平ではある。しかし実際には、貞数親王が行平の娘、更衣の文子腹であり、その親王の存在が在原氏再興の力にはなりえないことをも暗に語っているのであろう。

八十段

昔、おとろへたる家に、藤の花植ゑたる人ありけり。三月《やよひ》のつごもりに、その日、雨のそほふるに、人のもとへ折りて奉らすとてよめる。

144 濡《ぬ》れつつぞしひて折りつる年のうちに春はいく日《か》もあらじと思へば

昔、家運の衰えた家で、藤の花を植えている人があった。三月の末ごろ、その日は雨がしとしと降っていたが、ある人のもとにその枝を折り、使いの者に献上させようとして、詠んだ。

144 雨に濡れつつも、無理してこの花の枝を折りとった。今年一年のうちで、春はあと幾日もあるまいと思うものだから。

【語釈】
①**おとろへたる家**　家運の衰微した家。②**藤の花**　「藤」は、晩春から初夏に咲く花。「三月のつごもり」の時期にふさわしい景物である。③**人のもとへ**　「人のもとへ」とあるが、その相手は女ではない。④**奉らすとて**　献上させるということで。「奉る」は謙譲語。相手の「人」が、こちらよりも身分高い人物であることがわかる。

【和歌144】**濡れつつぞ……**　「おとろへたる家」の住人の贈歌。「濡れつつ」は、晩春のそぼ降る雨に幾度となく濡れて、の意。「しひて折りつる」は、無理をして藤の花を折ってしまった意。この「しひて」には、「春（の花）」への執心がこめられていよう。「春はいく日《か》もあらじ」とあり、物語の「三月のつごもり」と照応。「春」は花を咲かす生気の季節。その時節が終っていくのを惜しむ気持ちである。一首は、逝く春を惜しむ気持ちを、藤の花に託した歌である。〈重出〉古今　春下・業平。

評釈

冒頭の「おとろへたる家」は、前段の「氏のなかに親王生まれ」た家門と対蹠的な存在のようにもみえる。しかしこの二つは同じく、衰運にある在原氏に属していることを暗示していよう。二つの章段の歌の詠み手が在原業平であるらしいことも、おのずと知られる。

ここで詠まれた「濡れつつぞ」の歌は、『古今集』春下に業平の作として、次のような詞書とともに収められている。

三月のつごもりの日、雨の降りけるに、藤の花を折りて人につかはしける　業平朝臣

これは、内容的にはこの章段とほぼ同じだといってよい。しかし物語には、贈歌の詠み手を「おとろへたる家」の住人とする点、あるいは贈歌の相手である「人」に「奉る」の謙譲語を用いている点に、その人間関係に社会的なあり方の相違が認められる。おそらくその「人」とは、権門藤原氏の身分高い人物なのであろう。

この物語で歌の詠み手が藤の花を手折って献上するのは、その相手が藤原氏の人であったからであろう。百一段の物語からも知られるように、藤の花は藤原氏の象徴ともみられていた。その盛りの藤の花を、しかも春雨の中で無理やり贈るという行為じたいは、権門に阿《おもね》ようとする態度とみられなくもない。

しかし和歌そのものには、相手へのへつらいなどない。これは何よりも、晩春の一時《いっとき》の花の盛りを通して詠まれた惜春の歌だからである。歌に「しひて」とあり、あえて降雨をおかしてまでというのは、せっかく咲いた花が雨中に衰えるのを危ぶんで、盛りのままを手折ろうとする意図からである。花のはかない美しさ、その一時《いっとき》の生命をいとおしむ心である。この歌で「藤」といわず「春」の語だけを用いた点にも注意されよう。その春の花の生命のはかなさから、時の経過の迅速さが連想されてくる。もう幾日も残っていない春が、再びめぐってくるのは来年。この「春はいく日もあらじ」とする感慨は、反転して、やがて人生の時のはかなさをも思わせる。逝く春を惜しむ心情が、おのずと人世のはかなさを直感させてしまう。この物語では、相手へ昵懇の態度のなかに、己が自省の感慨をも封じこめようとしたのである。

八十一段

昔、左①の大臣《おほいまうちぎみ》いまそがりけり。②賀茂川《かもがは》のほとりに、六条わたりに、家をいとおもしろく造りて、住みたまひけり。③十月《かんなづき》のつごもりがた、④菊の花うつろひざかりなるに、紅葉《もみぢ》の千種《ちぐさ》に見ゆる折、親王《みこ》たちおはしまさせて、夜《よ》ひと夜《よ》、酒飲みし⑤遊びて、夜《よ》明けもてゆくほどに、この殿《との》のおもしろきをほむる歌よむ。そこにありける⑥かたゐ翁《おきな》、⑦板敷《いたじき》の下にはひ歩《あり》きて、人にみなよませはててよめる。

145　塩竈《しほがま》にいつか来《き》にけむ朝なぎに釣《つり》する舟はここによらなむ

となむ⑧よみけるは。⑨陸奥《みち》の国に行《い》きたりけるに、あやしくおもしろき所々多かりけり。わが⑩みかど六十余国《よこく》のなかに、塩竈といふ所に似たる所なかりけり。さればなむ、かの翁、さらにここをめでて、塩竈にいつか来《き》にけむとよめりける。

昔、ある左大臣がおいでになった。賀茂川のほとり、六条あたりに、邸をたいそう趣深く造って住んでいらっしゃった。

十月の末ごろに、菊の花が盛りの色に移ろっているうえに、紅葉が色とりどりに見える時に、親王たちをお招きして、一晩中、酒を飲んで管絃を楽しみ、夜がしだいに明けてゆく時分、人々がこの邸の風情をたたえる歌を詠む。そこに居あわせた乞食の翁が、板敷の縁の下で身をかがめてうろうろしていて、他の人々がみな詠み終るのを待って詠んだ。

145　遠い塩竈にいつのまに来てしまったのだろう。
この朝なぎの海で釣りをする舟も、この浦に寄ってきてほしい。

と詠んだのだった。かつて陸奥の国に行ってみたところ、不思議なほど興趣深い所々が多かったからだった。わが国六十余国のなかで、塩竈という所に似ている光景が他にはなかったのである。だからこそ、あの翁は、ことさらにこの邸を賞賛して、「塩竈にいつか来《き》にけむ」と詠んだのだった。

【語釈】

①**左の大臣**　ここでは、左大臣 源 融《みなもとのとおる》（八二二―八九五）をさす。源融は、嵯峨天皇の第十二皇子、承和元（八三四）年元服して臣籍に降って源姓を賜わった。貞観十四（八七二）年、大納言から左大臣に昇進。一段の「陸奥《みちのく》の」の歌の作者でもある。②**賀茂川のほとりに、六条わたりに、家をいとおもしろく造りて**　河原院《かわらのいん》と呼ばれた融の大邸宅が、六条坊門の南、万里《までの》小路の東、賀茂川の西側にあった。その庭園は、陸奥国の歌枕として知られる塩竈の景を模したものだという。難波《なにわ》から海水を運ばせ、塩焼く煙を立ちのぼらせることまでさせたと伝えられている。しかし平安時代中期には荒廃して、怪異譚の舞台ともなった。『源氏物語』で源氏が夕顔という女を「某《なにがし》の院」に連れ出したところ、深夜物の怪が現れて女をとり殺した、その「某の院」もこの荒廃の河原院かとされる。ここは源融の生前、貴人たちの雅遊の舞台になっていた時分である。③**十月のつごもりがた**　「十月」は初冬。菊花はまだ咲き残っている。④**菊の花うつろひざかり**　当時の人々の鑑賞眼には、晩秋から初冬の、色があせて紅色を帯びたのが菊の花の最高の美とされた。「うつろひざかり」という一語で、菊花に特有な盛りの美をいう。⑤**遊びて**　この「遊ぶ」は、詩歌を詠んだり、管絃を演奏したりすること。⑥**かたゐ翁**　乞食の老人。「かたゐ」は、卑しめていう語。暗に在原業平をさしていよう。⑦**板敷の下にはひ歩きて**　来客のための座を設けた板敷の間《ま》から下った場所。そこに「はひ歩きて」とは、謙遜のしぐさである。

【和歌145】塩竈に……　「翁」の唱和（独詠）。「塩竈」は、現在の宮城県塩竈市の、松島湾の眺望される地。景勝の地として知られた陸奥の代表的な歌枕である。この歌での「塩竈」は、実際にはその「塩竈」の景を模して造られた、左大臣の邸（河原院）の庭園をさす。「いつか来にけむ」は、いつのまに来たのだろうか、の意。ここで区切られる二句切れの構成。この邸の庭園から、はるかに遠い塩竈の地を幻視する趣である。「朝なぎ」は、海上の波の静かな朝の時分をいう。物語に「夜明けもてゆくほど」とあるのに照応。「釣する舟」は、漁のための海《あ》人《ま》舟《ぶね》。「なむ」は誂《あつら》えの意の終助詞。一首は、いつのまに塩竈の地にやって来たのだろう、いっそ釣舟も近寄ってほしい、と明け方の大臣邸の庭園で塩竈の海上風景を思い描いた歌である。

⑧**よみけるは**　ここで、文が切れる。「は」は感動を表す助詞。⑨**陸奥の国に行きたりけるに**　これによれば、「翁」がかつて陸奥に旅したことになる。この物語の一連の東下りの物語を前提とした語り口であろう。⑩**みかど**　この「みかど」は、帝の治める国。『和名抄』では、国の数は六十六国二島とする。

評釈

嵯峨天皇の皇子として誕生した源融は、元服とともに臣籍に降下した、いわゆる一世の源氏であった。政界で手腕を発揮して後には左大臣にまで昇進した彼は、一代の繁栄を築くとともに、すぐれた情趣生活を享受した。賀茂川のほとり六条あたりに河原院と呼ばれる豪華な邸宅を造成し、そこに陸奥の塩竈の景に模した庭園までをつくり出したのも、一代の繁栄に裏づけられた美的な趣向の試みであったとみられる。

この章段では、初冬十月、名残の秋の情趣を集めたその河原院に、親王たちなどが集まって遊宴を楽しんだという。源融ももとは皇子であり、この宴にも皇統の風流《みやび》といってよい趣向があるのかもしれない。同席の人々は夜通し酒を楽しんでは詩歌・管絃に興じ、夜明け近くになってこの邸の風情を賞揚する歌を詠むことになる。実際には多くの詩歌が出来したのであろうが、物語では、在原業平とおぼしき「かたゐ翁」の一首だけをとりあげている。彼を「かたゐ翁」と呼ぶのは、一つには、皇統により近い源融や親王たちと区別するためでもあろう。しかし業平とて、阿保親王の子であり、いわば二世の源氏である。また、彼は融より三歳下だけであり、同世代の人である。物語では、社会的な立場の一面を区別しながらも、業平を和歌のすぐれた技量を発揮しうる人物として、その存在を中心に据えていく。

その和歌の勘どころは、物語の末尾にも繰り返されている、「塩竈にいつか来にけむ」の詞句にある。「夜ひと夜、酒飲みし遊」んでいるうちに、いつの間にか夜がしらじらと明けそめると、朦朧とした目には、いつの間にこの自分が来てしまったのか、と塩竈の光景が幻視されてくる。塩竈といえば、『古今集』に東歌として収められている「陸奥《みちのく》はいづくはあれど塩竈の浦漕《こ》ぐ舟の綱手《つなで》かなしも」の歌以来、漁に従事する海人《あま》や、舟、塩焼く煙などを連想させる歌枕として知られるようになっていた。ここでも、折からの夜明けにちなんで、「朝なぎ」の海上を想像し、どうせなら海人の釣舟がこの自分のいる場所まで近づいてほしいもの、とまで願っている。

塩竈の地が歌枕として広く知られていたとはいえ、都人には未踏の土地である。それなのに「翁」がこうも具体的に描き出しているのは、「陸奥の国に行きたりけるに、あやしくおもしろき所々多かりけり」とあるように、彼の若年の体験がそれを裏づけているからだとする。すなわち一連の東下りの章段と照応しあって、ここには孤独な漂泊の旅の体験がふまえられている。「翁」は、河原院での美的生活を享受する源融の風流精神に共感しつつも、わが人生を歌にこそ封じこめようとする、もう一つの風流精神を証そうとするのである。

八十二段

昔、①惟喬《これたか》の親王《みこ》と申す親王《みこ》おはしましけり。②山崎のあなたに、③水《み》無瀬《なせ》といふ所に、宮ありけり。年ごとの桜の花ざかりには、その宮へなむおはしましける。その時、④右《みぎ》の馬頭《むまのかみ》なりける人を、常に率《ゐ》ておはしましけり。時世《ときよ》経《へ》て久しくなりにければ、⑤その人の名忘れにけり。⑥狩りはねむごろにもせで、酒をのみ飲みつつ、⑦やまと歌にかかれりけり。いま狩する⑧交野《かたの》の渚《なぎさ》の家、⑨その院の桜、ことにおもしろし。その木のもとに⑩おりゐて、⑪枝を折りて、かざしにさして、⑫上《かみ》、中《なか》、下《しも》、みな歌よみけり。馬頭なりける人のよめる。

昔、惟喬《これたか》の親王《みこ》と申し上げる親王がいらっしゃった。山崎の向こう、水無瀬《みなせ》という所に離宮があった。毎年の桜の花盛りには、その離宮においでになるのだった。その時、右の馬頭《うまのかみ》であった人を、いつも連れておいでになった。そのころから時が経って久しくなってしまったので、その人の名を忘れてしまった。狩りは熱心にもしないで、酒ばかりを飲んでは和歌を詠むのに熱中していた。近ごろ狩りをよくする交野《かたの》の渚《なぎさ》の家、その院の桜がとりわけ美しく興趣深い。その木の下に馬から下りて座り、枝を折って冠の飾りとして挿し、身分の上、中、下にかかわらず、人々がみな歌を詠んだ。馬頭だった人の詠んだ歌。

146 もしもこの世の中に桜がまったくなかったとしたら、春の時季を過ごす人の心はのどかなもの

146 世の中に絶えて桜のなかりせば春の心はのどけからまし

となむよみたりける。⑬また人の歌、

147 散《ち》ればこそいとど桜はめでたけれ憂《う》き世《よ》になにか久しかるべき

とて、その木のもとは立ちて帰るに、⑭日暮《ひぐ》れになりぬ。

⑮御供《とも》なる人、酒を持たせて、野より出《い》で来たり。この酒を飲みてむとて、よき所を求め行《ゆ》くに、⑯天《あま》の川《がは》といふ所にいたりぬ。親王に馬頭、⑰大御酒《おほみき》まゐる。親王ののたまひける、「交野を狩りて、天の川のほとりにいたるを題にて、歌よみて盃《さかづき》はさせ」とのたまうければ、かの馬頭よみて奉りける。

148 狩り暮《く》らし棚機《たなばた》つ女《め》に宿《やど》からむ天《あま》の川原《かはら》にわれは来にけり

親王《みこ》、歌をかへすがへす誦《ず》じたまうて、返しえしたまはず。⑱紀有《きのあり》常《つね》、御供に仕《つか》うまつれり、それが返し、

であったろうに。

と詠んだのだった。もう一人の人が詠んだ歌、

147 その花が散るからこそ、いよいよ桜はすばらしいのだ。つらいこの世の中で、何がいったい久しく長らえるものがあるのだろう、何もないではないか。

と詠んで、その木の下から立ち離れて帰途につくと、もう日暮れになってしまった。

お供をしている人が、下部《しもべ》に酒を持たせ、野を通って現れ出てくる。この酒を飲んでしまおうということで、趣ある場所をさがしまわっているうちに、天の川という所にたどり着いてしまった。親王に、馬頭がお酒をおすすめする。親王がおっしゃったことには、「交野で狩りをして、天の川のほとりにいたる、というのを題として、歌を詠んで、それから飲もう」とおっしゃったので、例の馬頭が詠んでさしあげた。

148 一日じゅう狩りをして暮らし、夜は織女に宿を借りよう。私は幸運にも天の川原にやってきてしまったのだ。

親王が、歌を繰り返し繰り返し朗誦なさったが、返歌することがおできにならない。紀有常がお供としてひかえている、その有常の詠んだ返歌、

149 織女は、一年に一度だけおいでになるお方を待っているのだから、天の川のこの地には宿を貸してくれる人とてあるまいと思う。

149 一年《ひととせ》にひとたび来《き》ます君《きみ》待てば宿かす人もあらじとぞ思ふ

帰りて⑲宮に入《い》らせたまひぬ。夜ふくるまで酒飲み、物語して、主人《あるじ》の親王、酔《ゑ》ひて⑳入りたまひなむとす。㉑十一日の月も隠れなむとすれば、かの馬頭のよめる。

150 飽《あ》かなくにまだきも月の隠るるか山の端《は》にげて入《い》れずもあらなむ

親王にかはりたてまつりて、紀有常、

151 おしなべて峰《みね》もたひらになりななむ山の端なくは月も入《い》らじを

親王は水無瀬にお帰りになって離宮にお入りになった。それからも夜がふけるまで酒を飲み、話にうち興じたが、主人《あるじ》の親王は酔って寝所にお入りになってしまおうとする。十一日の月も今にも山の端に隠れようとするので、あの馬頭が詠んだ歌。

150 まだ満ち足りた気分でもないのに、早くも月が隠れるのか。いっそのこと、山の端が逃げ去って月を入れないようにしてほしい。

親王にお代わり申して、紀有常が、

151 いっそどの山の峰もおしなべて平らになってしまってほしい。山の端がなければ、月が入り沈むこともなかろうものを。

【語釈】

①**惟喬の親王** 惟喬親王（八四四―八九七）は、文徳天皇の第一皇子。母は紀名《きのな》虎《とら》の娘の静子、紀有常の妹である。第一皇子でありながら、藤原良房らの策略によって皇位を継承できなかった。すなわち第四皇子の惟仁《これひと》親王（母は良房の娘の明子、染殿の后）が、天安二（八五八）年清和天皇として即位した。この物語の惟喬親王は、貞観十四（八七二）年ついに出家して、洛北の小野に隠棲した（↓次段）。②**山崎** 現在の京都府乙訓《おとくに》郡大山崎町。淀川の西岸にあたる。③**水無瀬といふ所に、宮ありけり** この「宮」は、離宮のこと。この水無瀬離宮は、現在の大阪府三島郡島本町広瀬あたり。京からみれば、「山崎」よりも向こう側にあたる。④**右の馬頭なりける人** 暗に在原業平

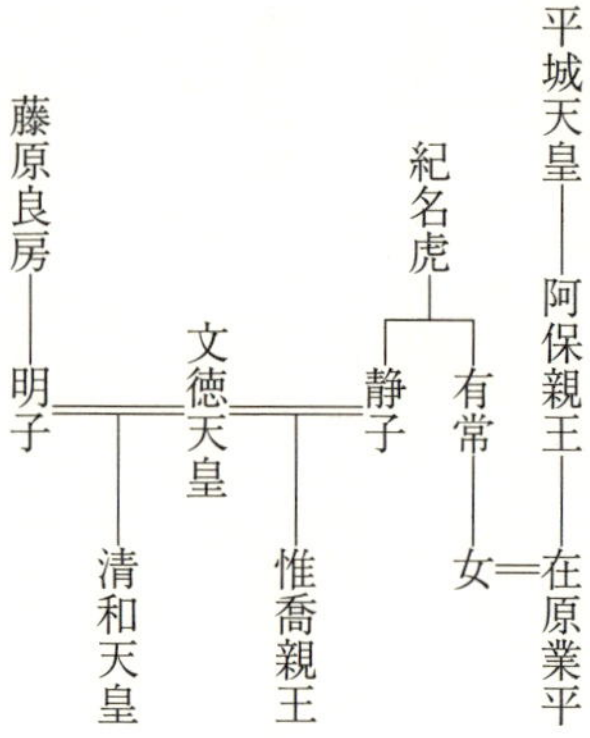

をさす。惟喬親王の母静子と、業平の妻（有常の娘）とは、叔母と姪にあたる。そうした縁故からも、業平は親しく親王に仕えていたらしい。⑤**その人の名忘れにけり**　「右の馬頭」と具体的な官名を示しておきながら、業平の名を忘失したとする。わざとぼかした語り口である。⑥**狩りはねむごろにもせで**　「狩り」は鷹狩り。しかし実際には「狩りはねむごろにもせで」とあり、狩りそのものより、春の野での宴遊に興じた。⑦**やまと歌**　和歌を意味する「やまと歌」は、「漢詩（からうた）」に対する語。⑧**交野**　現在の大阪府枚方《ひらかた》市の、枚方川流域のあたり。水無瀬からは南の方角、淀川の対岸に位置する。鷹狩りと桜の名所であった。皇室のための猟場として禁野ともされた。水無瀬離宮にやってきた親王一行は、まず交野での狩りをして、渚の院で宴をしたことになる。⑨**その院**　「院」は、貴族の邸宅。前の「（交野の渚の）家」を「院」と言いかえた。⑩**おりゐて**　馬から下りて腰をおろして、の意。⑪**枝を折りて、かざしにさして**　桜の花の枝を折り取って、髪にかんざしとして挿す意。⑫**上、中、下、みな歌よみけり**　人々の身分を上中下に区別しながらも、ここではその社会的な身分差を越えて、多くの人々が対等に詠歌に興じたとする。

【和歌146】世の中に……　馬頭の唱和（独詠）。一首全体を構成するのは、「……せば……まし」の反実仮想の構文。もしも世の中から桜がなくなったら、という大胆な仮想を通して、逆に現実の真相をとらえる語法である。「春の心」は、生命をよみがえらせた春の景物にとりこまれた人間の、その時節を過ごす落ち着きがたい心。「のどけし」どころか、その逆だとする。一首は、桜がいつ咲いていつ散るかを気づかずにはいられぬ、春の自然環境に置かれた人間の気ぜわしい心を通して、桜の美を賛えた歌である。〈重出〉古今　春上・業平。新撰和歌一。古今六帖　第六「桜」・業平・三句「咲かざらば」。

⑬**また人**　馬頭とは別の人物。不特定の一人物である。

【和歌147】散ればこそ……　「また人」の唱和（独詠）。前歌に対して、言葉の上ではやや反発的な応じ方をしている。「憂き世」は、つらく思わざるをえない人の世。その「憂き世」では「桜」も何もかも、はかなく変化してやまないとして、世の無常を強調する。この一首は、はかなく散るからこそかえって桜の花の美がすばらしい、として前歌とは別の観点から桜花を賞賛した歌である。

⑭**帰るに**　渚の院から水無瀬の離宮に帰る、その途中で。⑮**御供なる人……**　水無瀬の離宮に残っていた供人が、下人に酒を持たせて迎えにきた、というのであろう。「野より」は、野を通って、の意。⑯**天の川**　現在の枚方市の禁野の別称。現在も「天野川」があり、淀川に注いでいる。⑰**大御酒まゐる**　お酒をさしあげる意。この「まゐる」は奉仕する意の謙譲語。

【和歌148】狩り暮らし……　馬頭の唱和（贈歌）。これは、実在の地「天の川」を天上の天の川に見立てて、七夕の伝説をとりこんだ趣向によっている。親王とともに過ごす周辺の世界を天上の楽園とも見ていよう。親王に向けて発想された歌である。「棚機つ女」は七夕伝説にいう織女。「宿かる」は、旅先の宿を借りて寝る意で、棚機つ女のような女《ひと》と一緒にいたいという気持ちである。一首は、現実の地名と天上の川原の意を重ねながら、天上の織女のような美しい女性との出逢いをも想像した歌である。〈重出〉古今　羇旅・業平。新撰和歌　三四句「天の川瀬に」。古今六帖　第二「大鷹狩」・業平。

⑱**紀有常、御供に仕うまつれり**　右の歌が親王に向けて詠まれたとみて、有常（親王の伯父、業平の舅）が、親王に代わって詠んだ。

【和歌149】一年に……　有常の応じた唱和（返歌）。「君」は、「棚機つ女」の相手である牽牛の男（彦星）、暗に親王を擬えた。「ます」は尊敬の補助動詞。一首は、織女は年一回だけ、七月七日に牽牛の男との逢瀬を待つ身の上であるから、あなたの所望は諦めるがよい、と切り返す歌である。親王を一座の中心の主君として賛えたことにもなる。〈重出〉古今　羇旅・有常。古今六帖　第二「大鷹狩」。

⑲**宮に**　水無瀬の離宮に。⑳**入りたまひなむとす**　奥の部屋に。寝室であろう。㉑**十一日の月も隠れなむとすれば**　親王と同じように「月も」。十一日の月は比較的早い時分に西の山に沈む。

【和歌150】飽かなくに……　馬頭の唱和（贈歌）。「飽かなくに」は、まだ満足していないのに、の気持ち。「まだきも」は、まだその時がやってこないのに早くも、の気持ち。「月」は、親王を暗示。奥に入ろうとする親王を、西の山に沈む月に擬えた。「隠るるか」の「か」は感嘆の助詞。「山の端にげて入れずもあらなむ」は、大胆な擬人法による表現で、山の端（稜線）が逃れ出して月を入れないようにしてほしい、の意。「なむ」は誂えの意の終助詞。この一首は、親王に対して、いつまでも一緒にいてほしいと懇願する歌である。〈重出〉古今　雑上・業平。新撰和歌　四・二句「まだきに月の」。古今六帖　第一「雑の月」・業平。

【和歌151】おしなべて……　有常の、親王に代わっての唱和

〈返歌〉。贈歌の「山の端にげて……」を肯定的に受けとめながらも、趣向を加えて「おしなべて峰もたひらになりななむ」と応じた。ここに、贈答歌としての機知的な呼吸がある。「なくは」は、ないのなら、の仮定条件。一首は、山の頂がみな平らになってほしい、山の端《は》がないのなら月も入るまいから、として、こちらも親王と一緒にいたい気持ちをいう。〈重出〉後撰雑三・上野岑雄《かむつけのみねお》〈九世紀半ばの人〉・五句「月も隠れじ」。古今六帖　第一「雑の月」・かんつけのみわけ〈或本「いまを」〉・初句「大方は」、四五句「山のあればぞ月もかくるる」。

評釈

この章段では、惟喬親王を中心とする饗宴の場が設定されて、人々がそこでどう共感しあったかを語っている。ここで右の馬頭という人物が三首の歌を詠んでいるが、そのすべてが『古今集』に業平の実作として収められている。物語の形成過程という点からみれば、これはいわゆる原初章段の一つである。

惟喬親王は、皇位継承を取り沙汰されながらも、ついに果たせなかった人物である。すなわち、文徳天皇の第一皇子である彼を、父帝が東宮に立てようとしたが、しかしこの親王の母は紀名虎の娘の静子、藤氏ならざる紀氏出身であることが障碍《しょうがい》となる。嘉祥三（八五〇）年、藤原氏出身の皇后明子が惟仁親王を出産するに及んで、惟喬親王の皇位継承への道は閉ざされてしまった。惟仁親王は後に東宮となり、やがて清和天皇として即位する。惟喬親王は、継皇継承に敗れた悲運の人となったのである。

当時の貴族社会では、皇位継承をめぐる政争に敗れた人物を、とかく危険視して遠ざけがちになる。それだけに当人は孤独な敗残の皇子として、わが悲運をかこつ身となる。その最も典型的な例として、『源氏物語』の宇治の八の宮が想起される。桐壺帝の第八皇子である彼は、源氏や藤壺を敵視する弘徽殿方にかつぎ出されて皇位継承の政争にまきこまれ、ついに果たされずその犠牲者となった。後年、宇治の山里に隠棲するようになり、世人からは忘れ去られた古宮《ふるみや》となったという。古来、注釈などでは宇治の八の宮には惟喬親王のおもかげがあるとして、二人の類似も指摘されてきた。

この章段は、この惟喬親王を中心に据えて、彼を慕う馬頭（業平）たちが親王の水無瀬の離宮や渚の院あたりで、遊行し親交の心を深めあうという物語になっている。政治的な策略におちたこの親王が世人から敬遠されて当然の人物であるのに、物語での彼をめぐる人間関係は、心から共感しあう親密さに結ばれている。もともと親王の母静子と業平の妻とが、叔母・姪の関係にあるが、そうした縁続きの関わり方以上の親密さが深められている。

物語によれば、「狩りはねむごろにもせで、酒をのみ飲みつつ、やまと歌にかかれりけり」とある。しかし彼らは大酒だけを飲んで楽しんだというのではない。これは前段の河原院の遊宴を「夜ひと夜、酒飲みし遊びて……この殿のおもしろきをほむる歌よむ」と語っているのに共通していよう。この「酒」「歌」とは、中国古代の文人の理想「三友」（酒・詩・琴）と相通じているのではないか。ここでは琴（楽）の要素こそないが、酒と和歌によって居合わせる人々の心を深くつないでいく趣である。次々に出来する歌々をどう解すればよいか、それがこの章段の要《かなめ》である。

この段の六首の和歌は、三組の贈答歌によって歌群が形成されている。

第一歌群の馬頭の歌「世の中に」は、「春の心」を詠んだ。期待のあまり開花前からじっとしていられなかったのに、いざ咲きはじめるや、すぐに散るのを気遣わねばならない、その心の休む暇とてない気持ちを、反実仮想の構文によって言い表している。現実世界から桜がなくなってしまえば、というとてつもない大胆な仮想であるだけに、いきおい現実の真相が何であるかがはねかえってくる。桜花を賞賛愛着するあまり、逆にそれを厭わざるをえないのが現実である。ここには、桜への賞美と嫌厭の間にゆれ動く切実な執着の心がこめられている。そして「世の中に……」と切り出したところから、「世の中」は「心」にひびきあって、その対象が、現世にある人心一般にまで広がっていく。したがって、事柄が単に桜花にのみ終始せずに、万象の迅速無常の変化を、桜が象徴してしまっている。永久不変を切実に願いながらも、叶えられることのない世の理が透けて見える。とはいえ、現世の無常をはじめから意図した歌ではない。桜花への執着が思わず世の理を見つめてしまった、というべきであろう。

これに対して、第二首目の返歌は、たとえば「散る花をなにか恨みむ世の中にわが身もともにあらむものかは」（古今・春下　読人知らず）のように、現世が無常だとする観念によって花の散る事実が認識しなおされ、散ることに積極的な美的価値が求められている。上の句の、前歌への反発とみられる「散ればこそいとど桜はめでたけれ」は、常識に逆らった意表をつく表現であるだけに、下の句「憂き世になにか久しかるべき」という無常の考えを効果的に説得しようとしているが、いかにも理づめに終始した平板な叙述である。前歌のような桜花への逡巡する心の起伏もない。あたかも、前歌に対して注解的に付随された歌であるかにみられる。それだけに前歌に密着した返歌ともなっている。

そして、これら二首の無常的なるものへの傾斜は、何らのかげりも語ろうとしない地の文からすれば、いささか唐突でもある。すなわち、歌の一面の桜花賞美の要素が、陽春の花盛りの興趣の歌であることを保証し、二首とも「その院の桜、ことにおもしろし」の場にすっぽりと吸収されている。それにもかかわらず、桜花爛漫の耽美のなかに得体の知れぬ無常のかげりを、俊敏に感じとってしまったのだ。それは、歌のもう一面として個人的な孤心も、ここにとりこまれているからである。物語はそれによって、明言などしないにもかかわらず、一座の中心にある惟喬親王の不遇をさえ思わせることになるのではないか。親王を中心とする興趣ぶかい宴が、同好の者たちの共同体として営まれているといってよい。そのような共同の場こそ、和歌に固有の、集団と個人とを緊密に結びつける表現力をいっそう効果的に発揮させるのである。

第二群では地名「天の川」の言葉から引き出された「交野を狩りて、天の川のほとりにいたるを題にて」が詠歌の条件となっている。前歌群とはやや趣を異にして、贈答歌としての機能が最大限に活かされている。第三首の馬頭の歌は、「天の川」の縁によって「棚機つ女」を連想するところから、どうせ旅寝をするのなら織女に一夜の宿を借りたいもの、と詠んだ。この場にふさわしく野遊びの情趣をとりこんでいるともみられるが、野遊びは野遊びでも天上世界でのそれを幻視しているのだ。そのような幻想をいだかせるのも、親王を中心とする饗宴の場が興趣に耽りあう人々の共感をつくり出しているからである。この歌じたいは親王への献歌ぐらいに意識されていただろうが、同行の有常がこれを一対の贈答歌に仕立てるべく、いかにも返歌らしい返歌を詠む。その「一年に」の歌は、贈歌にいう天上の恋の発想に導かれながらも、棚機つ女は君（牽牛の男）との一年一度の逢瀬に生きようとする貞女なのだから、あなたに宿を貸すはずもない、と小気味よいまでに切り返した。この贈答歌の息づかいもまた、この饗宴の共感をいっそう高めていくのである。

第三群の「主人の親王、酔ひて入りたまひなむとす。十一日の月も隠れなむとすれば」の条件からは、「月」と「主人の親王」を重ねる表現がなかば予想されるだけに、和歌から逆に物語の叙述が導かれたという関係になっているのかもしれない。馬頭の詠む第五首の、山の端が逃げて月を入れずにおいてほしい、とか、有常の詠む第六首の、どの峰もひとしく平らになってほしい、とかの希望はいかにも奇抜なほど大胆な発想によっている。その奇想天外さがはっきりしているだけに、かえってその真意として、親王と親しく心を通じあった感動の永続をと願う切実な気持ちがはねかえってくる。そして月の運行に即した表現は、自然と人間の理《ことわり》のきびしさとして、やがては散会し人それぞれの日常に戻らねばならぬ無念さをも象徴している。しかも、ここでの時間の経過の迅速なはかなさが、さきの第一歌群の無常のひびきと微妙に交響しあっていよう。

親王のもとに集う人々が単なる社交を超えて親密に心を交わしえているのは、主として和歌の表現に担わされているからだといってよい。無常ではかない現世の理を期せずして気づかせられるだけに、人間連帯の無上の価値が発見され、遊興のなかに積極的に生きようとする人生史の一齣がここには語られている。桜花を賞で酒をたのしみ、時と所の風物を歌に詠むという行為じたいは、社会の風俗の享受にすぎない。しかしこの物語では、固有の心情を詠みあげる和歌の表現を通して、なぜ観桜飲酒の遊びに耽るかの内的必然をも明らかにしているように思われる。

八十三段

昔、①水無瀬《みなせ》に通ひたまひし惟喬《これたか》の親王《みこ》、例の狩りしにおはします供《とも》に、②馬頭《むまのかみ》なる翁《おきなつか》仕うまつれり。日ごろ経《へ》て、③宮に帰りたまうけり。御送りしてとく④往《い》なむと思ふに、大御酒《おほみき》たまひ、禄《ろく》たまはむとて、⑤つかはさざりけり。この馬頭、心もとながりて、

152 枕とて草ひき結ぶこともせじ秋の夜《よ》とだに頼まれなくに

とよみける。時は⑥三月《やよひ》のつごもりなりけり。⑦親王、大殿籠《おほとのごも》らで明かしたまうてけり。

かくしつつまうで仕うまつりけるを、⑧思ひのほかに、⑨御髪《みぐし》おろしたまうてけり。⑩正月《むつき》に拝《をが》みたてまつらむとて、⑪小野《をの》にまうでたるに、比叡《ひえ》の山のふもとなれば、雪いと高し。⑫しひて⑬御室《みむろ》にまうでて⑭拝みたてまつるに、⑮つれづれといともの悲しくておはしましければ、⑯やや久しくさぶらひて、⑰いにしへのことなど思ひ出《い》で聞こえけ

昔、水無瀬《みなせ》の離宮にお通いになった惟喬《これたか》の親王が、いつものように狩りにおいでになるそのお供として、馬頭《うまのかみ》である翁がお仕えしていた。幾日か経ってから、親王が京のお邸にお帰りになることになった。馬頭は、お見送り申して早々に立ち去ろうと思うが、親王は、お酒をくださって、褒美をくださろうということで、馬頭をお離しにならなかった。この馬頭は、じれったく思って、

152 ここでは、枕として草を引き結ぶような旅寝もいたすまい。秋の夜ならば、せめて夜長を頼みにもできようが、短か夜の晩春ではそれも頼みがたいのだから。

と詠んだ。時節は三月の末であった。親王は、お寝《やす》みにならずに夜を明かしておしまいになった。

馬頭がこのように親しみ申してはお仕え申しあげていたのに、思いがけなくも、親王は剃髪しておしまいになったのだった。馬頭が、正月に拝謁《はいえつ》申しあげようとして、小野に詣でたところ、その地は比叡の山の麓《ふもと》であるから、雪がたいそう高く積もっている。無理に雪を踏みわけてご庵室に詣でて拝謁申しあげると、親王は所在なく何やら寂しく悲しい様子でいらっしゃったものだから、そこにお仕えしたましばらく時を過ごしてから、往時のことなどを思い起こしてお話し申しあげたのだった。そのまま親

り。⑱さてもさぶらひてしがなと思へど、⑲公事《おほやけごと》どもありければ、えさぶらはで、⑳夕暮れに帰るとて、

153 忘れては夢かとぞ思ふ思ひきや雪ふみわけて君を見むとは

とてなむ泣く泣く来《き》にける。

王の御前にお仕えしていたいもの、と思うけれども、朝廷の公用も数々あったので、お仕えしていることもできず、夕暮れ時に帰るということで、

153 現実であることをふと忘れて、これは夢ではないかと思う。今の今まで一度だって想像したことがあったか、雪を踏みわけてわが君を拝するとは。

と詠んで、泣く泣く帰って来てしまったのである。

【語釈】

①**水無瀬に通ひたまひし……つかはさざりけり**　前段参照。②**馬頭なる翁**　在原業平をさす。ここでは前段と異なり、「馬頭」を「翁」ともする。③**宮**　この「宮」は、惟喬親王の京の邸。④**往なむ**　馬頭の自邸に。⑤**つかはさざりけり**　「つかはす」は、「遣《や》る」の尊敬語。親王が馬頭を帰らせまいとなさる。

【和歌152】枕とて……　馬頭の贈歌。「枕とて草ひき結ぶ」は、野宿をすること、旅寝をすること。ここでは、自宅ならざる宮邸で泊まることをいう。「秋の夜とだに」は、もしも今がせめて秋の長夜であったなら、の気持ち。実際は短か夜の「三月のつごもり」である。副助詞「だに」の語勢に注意。一首は、晩春の短か夜だけに、早く自宅に帰りたい気持ちを訴える歌になっている。〈重出〉古今六帖・第四「旅」・二三句「草結びてしことも惜し」。古今六帖・第五「枕」。

⑥**三月のつごもり**　晩春三月の月末。桜の時節も終わり、短か夜の夏に移ろうとする時分。⑦**親王、大殿籠らで**　親王は一睡もせず、酒宴を楽しんで夜を明かす。「大殿籠る」は、寝る意の尊敬語。馬頭もこれに侍して自宅には帰らない。⑧**思ひのほかに**　思いもかけなかった事態として驚く気持ちである。⑨**御髪おろしたまうてけり**　惟喬親王の剃髪出家は貞観十四（八七二）年→前段注①。⑩**正月**　親王出家の翌年の正月。⑪**小野**　現在の京都市左京区の修学院から大原にかけての地。比叡山の西麓にあたる。大原の一隅にはこの親王の墓も残されている。⑫**しひて**　無理に雪を踏みわけて。⑬**御室**　「室」は、僧侶の住居、庵室。⑭**拝みたてまつるに**　「拝みたてまつる」の語が前にもあり、繰り返される点に注意。⑮**つれづれ**　「つれづれ」の原義は、単調な状態の続くさま。在俗のころは人々の出入りもあり、それなりににぎわっていた。特に正月には行事も多く

繁忙である。しかし現在の出家生活では世間との交渉も絶え、所在ない暮らしぶりで、どことなく寂しく悲しい、とする。⑯**やや久しくさぶらひて**　長居をして、思わず時が経過する趣である。⑰**いにしへのことなど思ひ出で**　在俗のころの思い出話。水無瀬の離宮での遊宴などの思い出であろう。⑱**さてもさぶらひてしがな**　このまま、お仕えしていたい意。「てしがな」は強い希望を表す終助詞。⑲**公事どもありければ、えさぶらはで**　特に正月は宮廷行事が多い。宮仕えの身では思うにまかせないとする。⑳**夕暮れに**　前の「やや久しくさぶらひて」とも照応して、時の迅速な経過をいう。

【和歌153】忘れては……　馬頭の贈歌。「忘れては」は、親王の現実の情況を一時《いつとき》忘れては、の意。「思ひきや」の「や」は反語。親王が出家するとは、かつては思いもかけなかった、とする。「雪ふみわけて」は、小野の雪ぶかい山里にわざわざやってきて、の気持ち。「とは」は、上の「思ひきや」に続く倒置法による語法。一首は、雪深い山里に出家の主君を拝するとは思いもかけなかった、としてその突然の出家に驚く気持ちを詠んだ歌である。〈重出〉古今　雑下・業平。古今六帖　第一「雪」。

評釈

これも前段に続いて、惟喬親王との関係を語っている。一読してわかるように、親王の京の邸での春の遊宴を語る前半と、雪深い小野の山里での親王の出家生活を語る後半の二つから構成されている。前半の物語の内容が前の八十二段と直接に連なっているのに別章段になっているのは、この八十三段が晩春の交流の感動と雪深い山里の出家生活の失意とをきわだたせるべく、後に増益された話だからであろうか。

前半の話では、渚の院での桜狩りの果てた後も、親王の京の邸でなおも人々の交流が続いたことになる。これは京の邸でのことであり、馬頭もようやく帰るべき時だと思うが、親王は彼を引きとめて放そうともしない。退出の挨拶ともみられる「枕とて」の歌は、もう旅寝はせずお暇をいただこう、夏も近い短か夜でもあるし、と詠んでいるが、けっきょく親王にとどめられてしまう。ここでの親王は「大殿籠らで明かしたまうてけり」とある。これは前段の「主人の親王、酔ひて入りたまひなむとす」とは逆である。ここで一同が共感を深めて馬頭がそのまま帰宅しなかったというのも、前段での男の詠歌がその契機となっていよう。この歌は、帰宅したいとする歌意とは別に、親王を相手に歌う行為そのものに意味があった。歌を詠みあげることによって、かえって彼への敬愛の情がこみあげて、わが家を顧みようとする日常の心は後退してしまっている。日常から非日常へと転じていく感動が、この前半部の主題となっていよう。

後半の話では、親王の突然の出家に、馬頭の動転するような心が語られている。「思ひのほかに」という驚きも、馬頭と語り手が一体になった趣の表現である。なお、ここに含まれる歌が『古今集』雑下に業平の実作として収められているので、これだけは物語の原初的な部分なのであろう。その詞書は次のような文章である。

惟喬親王のもとにまかり通ひけるを、頭《かしら》おろして小野といふ所にはべりけるに、正月《むつき》にとぶらはむとてまかりたりけるに、比叡《ひえ》の山の麓《ふもと》なりければ、雪いと深かりけり。しひてかの室《むろ》にまかりいたりて拝《をが》みけるに、つれづれとして、いとものがなしくて、帰りまうできて、詠みておくりける　（業平朝臣）

親王の出家は、『三代実録』によれば、貞観十四（八七二）年七月十一日、病弱のために出家したとある。この記事を根拠に、親王の出家は政界敗北ゆえの失意によるものではないとする読み方もある。確かに惟喬親王が東宮になる可能性がなくなってから十余年も経っている。しかし、少なくとも物語の文脈では、多年、無念の思いを忘れるべく水無瀬の渚の院などに遊んでいた親王が、その失意に堪えがたくついに山里に出家したのだ、と読まれるであろう。その親王への馬頭（業平）の変わらざる親交もまた、勇気ある行為であった。公務多端の正月、ひとり親王の庵室に赴くというのも、官人としての常識を超えているほどである。

前記したように親王の出家は七月。この物語ではなぜ、その時期より半年後の雪深い一月を設定しているのか。比叡山の西麓に位置する小野は、冬は雪も深く、寒冷のきびしい山里である。ここでいう「雪いと高し」は、歌の「雪ふみわけて……」とも照応して、遠い雪の道中に難渋しながら訪ねて行く行為として、親王への熱い親近の情を表している。それとともに、親王出家への悲しみを、冷えびえの感情としてかたどっている。出家とはいうまでもなく人間世界との訣別であり、同じ地上にありながらもう一つの世界に生きることである。馬頭の悲嘆は、親しく仕えてきた親王が自分と同じ俗世間の住人ではなくなることへの悲しみである。

また、「正月に拝みたてまつらむ」とか「御室にまうでて拝みたてまつるに」とかの過度の謙譲表現の繰り返しには、出家の親王をあたかも仏のごとく崇拝する気持ちがこもっている。二人の生きる世界の相違がはっきりと意識されてもいよう。僧形に変った親王を目《ま》のあたりに、しばらくは言葉も出ない。沈黙の後にようやく交される対話は、過往の話題ばかりである。「いにしへ」は、漠然とした過去の「昔」とは異なり、事実に裏づけられた過去をいう。水無瀬の渚の院での遊興（前段）など、親王との感動の日々が走馬灯のようによみがえってくる趣である。「忘れては」の歌は、そうした回想からの絶唱にほかならない。「思ふ、思ひきや」の同語重畳の特徴的な語法を含むこの歌は、過去をふり返る限り現実は夢でしかないと言い、またあらためて過去においてはこの現在は想像さえできなかった、と歌い継ぐ。親王と人間的な共感に生きた過去に溯って、そこから脱俗の世界に転じてしまった現在をとらえるという二つの時間帯の照応を通して、動転する心の悲しみをさりげなく歌っている。

過ぎ去った日々と今現在との違いは、俗世間と出家世界との相違として照応しあっている。そして、二つの時間、二つの世界を区別する境目のところに、「雪」がある。「雪ふみわけて君を見」るというのには、ひとり日常の俗界を踏み出して仏に会いに来るような孤独のイメージがある。宮廷行事で多忙をきわめる正月、その公務多端の隙をねらっての参詣である。彼はそのまま親王の出家生活に仕えようかとも思うが、官位を捨てることもできない。生きる世界が親王と異なることを思いながら、夕暮れには帰還するほかない。あたかも降雪のかなたに、親王の存在も、共感の過往の日々もはるかに遠ざかってしまった思いである。こうして雪は、別世界に遠のく別離の悲しみを象徴している。

八十四段

昔、男《をとこ》ありけり。①身はいやしながら、②母なむ宮なりける。その母、③長岡《ながをか》といふ所に住みたまひけり。子は京に宮仕《みやづか》へしければ、まうづとしけれど、しばしばえまうでず。④ひとつ子にさへありければ、いと⑤かなしうしたまひけり。さるに、十二月《しはす》ばかりに、⑥とみのこととて御文《ふみ》あり。おどろきて見れば歌あり。

154 老《お》いぬればさらぬ別れのありといへばいよいよ見まくほしき君かな

かの子、いたううち泣きてよめる。

155 世の中にさらぬ別れのなくもがな千代《ちよ》もと祈る人の子のため

昔、ある男がいた。官位は低いままの状態で、母は皇女であった。その母が、長岡という所に住んでいらっしゃった。子は京で宮廷勤めをしていたので、母のもとに参上しようと思っていたが、あまり頻繁には参上することもできない。この子はそのうえ一人っ子であったので、母がとてもかわいがっていらっしゃったのだった。ところが、十二月ごろに、急の用件だといってお便りがある。男が驚いて見ると、歌がある。

154 すっかり年老いてしまったからには、避けられぬ死別があるというので、いよいよ会いたく思うあなただ。

その子は、ひどくさめざめと泣いて、歌を詠んだ。

155 この世の中に避けられぬ死別がなければよいのに……。親が千年も生きてほしいと祈る子のために。

【語釈】

①**身はいやしながら** 官位が低いこと。この「身」は、家柄などではなく、官職をさす。「ながら」は接続助詞で、……のままの状態で、の意。低い官位のままにとどまっているとする。

②**母**　在原業平の母だとすれば、桓武天皇の皇女、伊都《いと》内親王。貞観三年（八六一）九月十九日に薨去。③**長岡**　現在の京都府向日《むこう》市・長岡京市あたり。都が平安京に遷《うつ》る前の長岡京である。→五十八段。④**ひとつ子にさへありければ**　伊都内親王腹の子は業平だけとする。業平には行平などの兄弟もあったが、いずれも異腹《こと》である。⑤**かなしうしたまひけり**　「かなし」は、身にしみて、いとおしく思う気持ち。ここは、子への親の切実な心をいう。⑥**とみのこと**　急の用事。送り届けられた歌からは、母が自分の体調不良を「とみのこと」として告げてきた、とみられる。

【和歌154】老いぬれば……　母の贈歌。「さらぬ別れ」は、避けることができない死別。「さる」は避ける意。「見まくほし」は、「見まほし」の古い言いまわし。ここでは母親の、愛《いと》し子に会いたい気持ちをいう。「君」は相手、子（男）をさす。一首は、避けがたい死別が自覚されるので、いよいよあなたに会いたくてたまらない、とわが子への執着心を訴える歌である。〈重出〉古今　雑上・業平の母・二句「さらぬ別れも」。

【和歌155】世の中に……　子（男）の返歌。母の贈歌の「さらぬ別れ」を共通の語句として、共感を表す。「千代も」は、母の寿命が千年もあってほしい、という気持ち。「人の子」で一語。親に対する子、自分（男）をさす。一首は、避けがたい死別などなく、親は子のために千年もの長生きをしてほしい、と母の長寿を祈る歌である。〈重出〉古今　雑上・業平・四句「千代もと嘆く」。

評釈

朝廷に宮仕えしている息子（男）のもとに、急な用件があるとして、長岡の地に離れ住んでいる母のもとから、にわかに消息が送り届けられるという話である。これは『古今集』（雑上）にも、母とその子息である業平との贈答歌として収められ、次のような長い詞書が添えられている。

業平朝臣の母の皇女《みこ》、長岡に住みはべりける時に、業平、宮仕へすとて、時々もえまかりとぶらはずはべりければ、十《し》二月《はす》ばかりに、母の皇女のもとより「とみのこと」とて文《ふみ》を持《も》てまうできたり。あけて見れば、詞《ことば》はなくてありける歌

業平朝臣

返し

『古今集』とのこのような密着度からも、物語の形成過程の観点からみれば、これも原初章段の一つと思われる。しかし物語では、右の詞書にない「ひとつ子にさへありければ、いとかなしうしたまひけり」の叙述がとりこめられている点に注意されよう。ここには、愛《いと》し子への母親の切実な真情があふれている。親はこうも思いつづけているのに、子は容易に対面することができない。なぜなら、その子が「京に宮仕へ」していて、その公務が多端なために時間の余裕がないからである。この章段の前後、八十三段も八十五段も、宮仕えの多忙さゆえに、だいじな人と真情をふれあわせる余裕がない、にもかかわらず歌を詠む行為でようやく感動をもちえたという話になっている。ここでも、親が思うほど子は思ってくれない、という世間にありがちな親子関係を超えて、母子の偽らざる真情があふれんばかりに歌に託されている。

業平の母、伊都内親王の薨去は、貞観三（八六二）年九月。ここに「十二月」とあるのは、この話の前年の歳末であろうか。もとより「十二月」は一年の最終月であるだけに、一種の終末感をいだかせて当然である。ここでも、その一年の終末という設定に、人生の終末感を重ねていよう。

母の贈歌の「さらぬ別れ」は、人間であるかぎり避けがたい死別を、さりげなく表現した言葉である。さらにいえば、日ごろ必ずしも思っていない死別という人生の重大事を、ふっと思い浮かべては、それをさりげなく言ったのである。その現世への別れを思うところから、日ごろ交流の絶えているわが子の存在があらためて重々しく思い起こされる体である。その「さらぬ別れ」を共通の語句として、子が返歌を詠む。「さらぬ別れ」こそ、この贈答歌を重々しく印象づけるキーワードである。そして、返歌で注意すべきは、「世の中」「人の子」の語で応じている点である。これによって、この祈りの感情の表現が、単に自分たち親子に限られることなく、人間や人間世界のありようにまで普遍化されていく。しかも、そうした人生の重大事が、きわめて自然な真情として吐露されているのである。

八十五段

昔、男《をとこ》ありけり。童《わらは》より仕《つか》うまつりける①君、②御髪《みぐし》おろしたまうてけり。③正月《むつき》にはかならずまうでけり。④おほやけの宮仕《みやづか》へしければ、常にはえまうでず。されど、⑤もとの心失《うしな》はでまうでけるになむありける。⑥昔仕うまつりし人、⑦俗《ぞく》なる、禅師《ぜんじ》なる、あまた参《まゐ》り集りて、正月なれば⑧ことだつとて、大御酒《おほみき》たまひけり。⑨雪こぼすがごと降りて、⑩ひねもすにやまず。みな人酔《ゑ》ひて、雪に降りこめられたり、といふを題にて、歌ありけり。

156 思へども身をしわけねば目離《めか》れせぬ雪のつもるぞわが心なる

とよめりければ、親王《みこ》、いといたうあはれがりたまうて、⑪御衣《ぞ》ぬぎてたまへりけり。

昔、ある男がいた。童のころからお仕えしてきた主君が、剃髪しておしまいになった。男は、正月にはかならず参上するようにしていた。朝廷でのお勤めをしていたので、いつもいつも参上することもできない。けれども、もともとの真心を失わずに参上したということだった。昔お仕えした人々が、俗体のままの者も僧になった者も大勢がそこに集まりまいって、正月だから特別だというおぼしめしから、お酒をくだされたのだった。雪が、こぼすように盛んに降って、一日じゅう止《や》まない。人々がみな酔って、「雪が降って閉じこめられている」というのを題として、歌を詠むことになった。この男が、

156 主君のことをいつも思っているのに、わが身を二つに分けてここにお仕えすることもできないので、いま私の目の前で絶え間なく降りつづく雪は、ここに閉じこめられていたいと願う私の心にかなっている。

と詠んだので、親王はまことに深く感動なさり、お召し物をぬいでお与えになった。

【語釈】

①**君** この「君」は主君。末尾に「親王」とあり、この章段は前の八十二・八十三段と一連の、惟喬親王関係の話になっている。②**御髪おろしたまうてけり** 「君」の出家をいう。→八十

三段。③**正月**　八十三段にも、「男」が「正月」に参上したとある。④**おほやけの宮仕へしければ**　「男」が朝廷に仕える身であるとする。⑤**もとの心失はで**　在俗の主君に仕えていた時分と、同じ心のままで、の意。⑥**昔仕うまつりし人**　出家以前の主君に仕えていた人々。⑦**俗なる、禅師なる**　「俗」は在俗の人。「禅師」は僧。⑧**ことだつとて**　「ことだつ」は、特別なことをする意。⑨**雪こぼすがごと**　雪のはげしいさま。器から水をこぼすようだ、とする喩《たと》え。⑩**ひねもす**　朝から晩まで。降雪がやまないので外には出られない、とする気持ち。
【和歌156】思へども……　男の唱和（贈歌）。「思へども」は、昔の主君に仕えようと思うが、の意。「身をしわけねば」は、わが身体は一つしかないので、主君に仕えることと、朝廷に出仕することとに二分することができない、の意。「目離る」は、目が離れる、会わなくなる、の意。「目離れせぬ」の「ぬ」は、打消の助動詞「ず」の連体形。ここでは、雪が降りつづけて帰れないので、結果的には私の目が主君から離れないことになった、とする。「わが心」は、自分の本望、ぐらいの気持ち。一首は、絶え間なく降り続ける雪が、主君のもとに居続けたいと思う自分の本望を叶えてくれたとする歌である。〈重出〉古今六帖　第一「雪」・四句「雪のとむるぞ」。
⑪**御衣ぬぎてたまへりけり**　それまで着用していた衣服をそのまま贈物にするのは、その謝意が特別に深いことの証。ここでは、「男」の歌への親王の感動が格別だったことになる。

評釈

この章段も、惟喬親王と「男」との親交を語る話。おそらく前の八十二・八十三段をもとに作られたのであろう。ここでは、「男」が少年の日以来、身近に仕えていたと設定されているが、「男」が業平だとすれば、業平が親王よりも十九歳年上であるので史実にあわない。しかし、それはそれとして、物語的な虚構によってこの話が開始されていく。

この話では、親王が出家してから「男」が毎年正月にはかならず参上したという。前の八十三段の話を受けて、正月の参賀が恒例となったのであろう。「男」の親王への親交は今も変わることがない。しかし、在俗の官人たちにとって、とりわけ正月は朝廷の儀礼も多く公務が多端である。ここでの「男」は、繁忙の隙をかいぐるように、参賀をなんとか実現させようとしている。恒例となったこの参賀は、八十三段のように彼一人だけではなく、「昔仕うまつりし人、俗なる、禅師なる」者たちが、親王を慕って往時を懐かしむべく参集してくる。また、出家の人の庵で大勢の人々のための酒宴がもたれるというのは、やや場違いのようにも思われるが、しかしここには、正月という特別の節目を理由に、同じ心ざしの者同士の共同の場が設定されたことになる。

宴集の場では多く、参加者による詠歌がなされる。折から「雪こぼすがごと降りて、ひねもすにやまず」という状態であり、その折にふさわしく、「雪に降りこめられたり」の題で詠もうというのである。「男」の詠む歌は、次の『古今集』の歌と近似している。

思へども身をし分けねば目に見えぬ心を君にたぐへてぞやる　（離別　伊香子淳行《いかごのあつゆき》）

詞書によれば、東国に下った人に贈った送別の歌になっている。一首は、身体を二分したいと思っても出来ないのだから、人の目には見えない私の心を君に連れ添わせよう、の意。この歌も物語の歌も、『古今集』時代以来の、人間とは身体（肉体）と心（魂）から成るものとする発想によっている。身体がどうにもならないのなら、せめて心だけでも身体から分離させたいもの、という気持ちがこれらの歌に共通する発想である。

しかし物語の歌では、『古今集』の歌が「目に見えぬ心」とするのとは逆に、「目離れせぬ」ものがあるとする。それが、ほかならぬ自分の眼前の、降りやもうともしない大雪。自分を親王のもとから帰らせてくれないこの降雪こそが、自分の心の、目に見える形姿だというのである。この『古今集』歌と物語歌とは単に類歌関係にあるというよりも、前者をいわゆる引歌として後者が詠まれているとみることもできる。それによって、目には見えないはずの心が、目の前に降り積もる雪こそがわが心として現れたとするのである。このように、「見えぬ心」を「目離れせぬ雪」として、とらえなおしてみせる機知の力が、集団の共感を強く呼びさますことにもなる。親王も感動を深めて、着用していた衣をそのまま褒美として下賜したというのである。

八十六段

昔、いと若き男《をとこ》、若き女《をんな》を①あひ言へりけり。②おのおの親ありければ、③つつみて④言ひさしてやみにけり。年ごろ経《へ》て、女のもとに、⑤なほ心ざし果たさむとや思ひけむ、男、歌をよみてやれりけり。

157 今までに忘れぬ人は世にもあらじおのがさまざま年の経《へ》ぬれば

とてやみにけり。男も女も、⑥あひ離《はな》れぬ宮仕《みやづか》へになむ出《い》でにける。

昔、ごく若い男が、若い女を相手に情を交わしあっていたのだった。男にも女にもそれぞれ親があったので、気がねして関係を中途でやめてしまった。それから幾年か経《た》って、女のもとに、やはりもとの思いを遂げようと思ったのだろうか、男が歌を詠んでやったのだ。

157 今にいたるまで昔のことを忘れないでいる人など、けっしているはずもないが……。人それぞれがたがいの暮らしをもって年を過ごしてきたのだから。

と詠んで、それきりになってしまった。男も女も、離れ離れになることのない同じ宮仕え所に出仕していたのである。

【語釈】

①**あひ言へり** 「あひ言ふ」は、男女が情を交わしあう意。直前の格助詞「を」は、「言ふ」の対象を表し、……を相手に「言ふ」の意になる。②**おのおの親ありければ** 二人とも親の庇護下で世話をされている状態。③**つつみて** この「つつみて」は、親の思惑に遠慮して、の意。④**言ひさしてやみにけり** 二人の関係を中途でやめた意。⑤**なほ心ざし果たさむとや思ひけむ** 「なほ……思ひけむ」は、語り手の推測をいう挿入句。「なほ」で、やみがたい男の執心を表す。

【和歌157】今までに…… 男の贈歌。上の句「今までに……あらじ」は、今にいたるまで昔のことを忘れない人はあるまい、忘れて当然だとする。しかしそれは世の中一般のことで、この私には今も忘れられない、の気持ちをも言いこめている。「おのがさまざま」は、男（自分）も女（あなた）もそれぞれの人生を生きている意。一首は、それぞれの暮らしをしているのだから、普通なら今まで忘れずにいる人もいないだろうが、しかし自分は……、と断ちがたい執心を詠んだ歌になっている。〈重出〉新古今 恋五・読人知らず。古今六帖 第五「昔ある人」。

⑥**あひ離れぬ宮仕へ**　同じ貴人の邸への宮仕えとして、たがいに顔を合せるような環境にあることをいう。

評釈

この物語では、男も女も親がかりの若い者同士であった。その二人は、それぞれの親の思惑に遠慮して、恋の関係を貫くことなく、途中でやめてしまったという。ところが後年、物語の語り手の推測によれば、「なほ心ざし果たさむとや思ひけむ」とあり、男の方が交渉を復活させて当初の関係を貫こうと思ったにちがいないとする。その証拠に、男が「今までに」の歌を女に詠み贈ったという。しかし、それにしては、男の歌は一見するところ、その恋仲を諦めたかのような言いぶりでもある。あるいは、相手の反応を試そうとする魂胆によるのか。あるいはまた、この歌は逆に女からの歌なのか。これをどう解すればよいかが問題である。

文中の「女のもとに」以下の叙述について、「女の方より、なほこの事遂げむと言へりければ、男、歌を詠みてやれりけり。いかが思ひけむ」とする本もある（塗籠本など）。これによれば、女の方から往時の関係に縒《よ》りを戻そうと言ってきたので、男がそれに応じて歌を返したことになる。しかし、女の方から積極的に「この事遂げむ」とするその具体的な文言が語られていない。女からの贈歌が省略されたというのも、不自然である。また、「男、歌を詠みてやれりけり」とあるので、すぐ続いて男の懸想の歌があるべきなのに、それも省かれている。それだけに、その語られざる男の贈歌への女の返歌が「今までに」の歌だと解する見方もある。しかし、男の贈歌の省略というのも不自然だ。やはり通行の本文どおりに、もともと男の方から、往時を追懐する気持ちをこめて「今までに」の歌を贈ったとみるべきであろう。

この「今までに」の歌は、一見するところ過往の関係を諦めているようにもみえるが、けっしてそうではない。人はそれぞれ、多年自らの人生を生きてきたのであり、常に往時の記憶にだけ生きてきたのではない。歌の「人」は、当事者であるよりも、世人一般をさすのである。そしてこの歌では、そう言っておきながら、言外におのずと、その実この自分に限ってはいまだにあの時の感動を忘れずにいるのだ、の気持ちをも表そうとしているのであろう。時の経過についていけない自分の不器用さを自覚しながら、もってまわった言い方であらためて訴えている趣である。

また、「なほ心ざし果たさむとや思ひけむ」の叙述にも、あらためて注意してみよう。これは男の本心そのものではなく、あくまでも語り手の推測にすぎない。しかしこのような語り手の言葉に刺激されると、男の歌の一般化された「人」の語に、男の心の微妙な動きもみてとれるであろう。ところが二人は「やみにけり」というのだから、この歌は復縁をもたらすほど相手の女の心を揺り動かすことがなかった。その分だけ男は孤独だったことになる。

その後の二人は、「あひ離れぬ宮仕へ」に従っていて、同じ環境に身を置いている。それによって、再びその恋の関係が復活しないという保証もない。しかし物語の文脈には、「つつみて言ひさしてやみにけり」「とてやみにけり」とあり、交渉の中絶が繰り返し語られてきた。ここで同じ宮仕えという環境が設定されているのは、皮肉なまでの運命的な情況というべきか。

八十七段

昔、男《をとこ》、①津《つ》の国、菟原《むばら》の郡《こほり》、蘆屋《あしや》の里に②しるよしして、行《い》きて住みけり。昔の歌に、

158 蘆《あし》の屋《や》の灘《なだ》の塩焼きいとまなみつげの小櫛《をぐし》もささず来《き》にけり

昔、ある男が、摂津《せっつ》の国の菟原《うばら》の郡《こおり》、蘆屋《あしや》の里に領有する土地があった縁から、そこに行って住んでいた。昔の歌に、

158 蘆の屋の灘《なだ》の浜で塩を焼く仕事が忙しく暇もないので、黄楊《つげ》の小櫛もささずにやって来てしまった。

とよみけるぞ、この里をよみける。ここをなむ蘆屋の灘とはいひける。③この男、④なま宮仕《みやづか》へしければ、⑤それをたよりにて、⑥衛府《ゑふ》の佐《すけ》ども集まり来にけり。この男の⑦兄《このかみ》も衛府の督《かみ》なりけり。その家の前の海のほとりに、遊び歩《あり》きて、「いざ、この山の上《かみ》にありといふ⑧布引《ぬのびき》の滝見にのぼらむ」と言ひて、のぼりて見るに、その滝、⑨ものより異《こと》なり。長さ⑩二十丈《ぢやう》、広さ五丈ばかりなる石のおもて、⑪白絹《しらぎぬ》に岩をつつめらむやうになむありける。さる滝の上《かみ》に、⑫わらうだの大きさして、さし出《い》でたる石《いし》あり。その石の上に走りかかる水は、⑬小柑子《せうかうじ》、栗《くり》の大きさにてこぼれ落つ。そこなる人にみな滝の歌よます。かの衛府の督まづよむ。

159 わが世をば今日か明日かと待つかひの涙の滝といづれ高けむ

⑭主人《あるじ》、次によむ。

160 ぬき乱る人こそあるらし白玉《しらたま》のまなくも散るか袖《そで》のせばきに

と詠んだのは、この里を詠んだものだった。ここを、蘆屋の灘とはいうようになったのだ。この男は、形ばかりの宮仕えをしていたので、その縁をたよって、衛府の佐《すけ》たちも集まって来た。この男の兄も、衛府の督《かみ》であった。その家の前の海辺のあちこちを遊覧してまわって、「さあ、この山の上にあるという布引《ぬのびき》の滝を見物しに登ってみよう」と言って登って見ると、その滝は普通のとは趣が異なっている。長さ二十丈、広さ五丈ほどの石の表面が、そこに水の流れるさまはあたかも白絹《しらぎぬ》で岩を包んでいるようだった。そのような滝の上に、円座《わろうだ》ぐらいの大きさをして、突き出している石がある。その石の上に走りそそぐ水は、小柑子《しょうこうじ》や栗ほどの大きさな水玉となってこぼれ落ちる。そこにいる人々にみな、滝の歌を詠ませる。あの衛門の督《かみ》が、まず詠む。

159 わが人生の栄える時を、今日か明日かと待っていてもその効《かい》もなく、涙が滝となって流れてしまうが、その涙の滝とこの滝とどちらが高いだろうか。

主人《あるじ》である男が、次に詠む。

160 滝の上には、白玉を貫《ぬ》いている緒を抜いて散らし乱している人がいるらしい。白玉が絶え間なく飛び散っているではないか。それを受けとめる私の袖は狭いのに。

と詠んだので、傍《そば》にいる人が、おかしく思ったのだろうか、この歌に興じて自らは歌を作らずじまいにとよめりければ、⑮かたへの人、⑯笑ふことにやありけむ、⑰この歌にめでてやみにけり。
⑱帰り来る道遠くて、亡《う》せにし⑲宮内卿《くないきやう》もちよしが家の前来るに、日暮《く》れぬ。やどりの方《かた》を見やれば、海人《あま》の⑳いさり火《び》多く見ゆるに、かの主人の男よむ。

161 晴るる夜《よ》の星か川べの蛍かもわが住むかたの海人のたく火か

とよみて、家に帰り来《き》ぬ。

その夜《よ》、南の風吹きて、波いと高し。つとめて、その家の㉑女《め》の子ども出《い》でて、㉒浮き海松《みる》の波に寄せられたる拾ひて、家の内に持《も》て来《き》ぬ。㉓女方《をんながた》より、その海松を㉔高坏《たかつき》にもりて、㉕柏《かしは》をおほひて出《い》だしたる、柏に書けり。

162 わたつみのかざしにさすといはふ藻《も》も君がためにはをしまざりけり

なってしまった。

　帰って来る道中が遠く、亡くなった宮内卿もちよしの家の前にさしかかるころ、日が暮れてしまった。男の家の方を望み見ると、海人《あま》の漁火《いさりび》がたくさん見えるので、あの主人《あるじ》の男が詠む。

161 あの輝きは、晴れわたる夜空の星か、あるいは川辺の蛍か、それともわが住む家の方で海人がたいている漁火《いさりび》だろうか。

と詠んで、家に帰ってしまう。

　その夜、南の風が吹いて、波がたいそう高い。翌朝、その家に仕える女の子たちが海辺に出て、水に浮かんでいる海松《みる》の波にうち寄せられてあるのを拾って、家の内に持ってきた。家の主婦の方から、その海松を高坏《たかつき》に盛って、柏《かしわ》の葉をおおいかぶせてさし出してきた、その柏の葉に歌が書いてある。

162 海の神が、冠の飾りにしようとだいじに祭る藻も、あなたのためには惜しまずにくださったのだ。

田舎人の歌としては、言葉が余分なのだろうか、それとも足りないのだろうか。

㉖田舎人《ゐなかびと》の歌にては、あまれりや、たらずや。

【語釈】

①**津の国、菟原の郡、蘆屋の里**　摂津国菟原郡。現在の兵庫県芦屋《あしや》市あたり。→三十三段注①。②**しるよしして**　領地のある縁で。「しるよしして」→一段注④。現在の芦屋あたりには、業平の父阿保親王の領地があった。

【和歌158】蘆の屋の……　昔の歌。「灘《なだ》」は荒々しい波のある海上の難所をいうが、ここでは地名か。「いとま」は暇《ひま》。「なみ」は、「なし」の語幹「な」に接尾語「み」がついた形。無いので、の意。「つげの小櫛」は、黄楊《つげ》の木で作った櫛。「小」は美称。女の髪に飾る。一首は、海女《あま》とみられる女が、時間に余裕がないので「つげの小櫛」をもつけずに、あわてて男のもとにやってきた、と詠んだ歌である。もともと『万葉集』所収の歌であり、後に詞句に異同を生じながら伝承された歌である。

〈重出〉新古今　雑中・業平。古今六帖　第五「櫛」。

③**この男**　冒頭の「男」と同じで、暗に在原業平をさす。業平は貞観五（八六三）年に左兵衛権佐（「権」は定員外の官。「佐」は次官）、翌六年には四十歳で左近衛権少将に転じた。④**なま宮仕へ**　形ばかりの宮仕え。ここではあえて、たいした用務もない宮廷勤め、閑職だとする。「なま」は、不完全の意を表す接頭語。⑤**それをたよりにて**　同じ役所勤めであるのを縁として。「たより」は、縁故、機縁。⑥**衛府の佐**　「衛府」は、宮中警備や行幸供奉《ぐぶ》などをつかさどる役所。「六衛府」といえば、左右の近衛府・兵衛府・衛門府の総称である。「佐」は次官。⑦**兄**　業平の異母兄の行平をさす。彼は同じ貞観六年に四十七歳で左兵衛督《かみ》になっている。「督」は長官。⑧**布引の滝**　現在の神戸市中央区葺合町にある。雄滝・鼓の滝・雌滝の三段から成り、生田川にかかる。⑨**ものより異なり**　普通の滝とは異なっているとする。その具体的な景観を次に叙述。⑩**二十丈**　一丈は十尺で、約三・三メートル。⑪**白絹に岩をつつめらむやうに**　比喩の表現で、岩を白い絹布でおおい包んでいるような景観だとする。実際は、岩の表面を滝が白く光るように激しく流れているさま。「つつめらむ」の「ら」は、助動詞「り」の未然形。⑫**わらうだ**　円座。藁《わら》などで、座蒲団のように作った円《まる》い敷物。⑬**小柑子**　「柑子」は、みかんの一種で、酸味が強い。「小柑子」は、大柑子に対して、小型のもの。

【和歌159】わが世をば……　衛府の督（行平）の唱和（贈歌）。「わが世を待つ」は、自分の人生に栄光のもたらされるのを期待して待つ意。「かひの涙」の「かひ」は「峡《かひ》」「効《かひ》」の掛詞。また、「涙」に「無み」を掛けた。一首は、待つ効もなく、涙が山峡の滝のように流れた、とする。一首は、自分の涙の流れと、布引の滝の流れと、どちらが高いかの自問を通して、わが人生の低迷を嘆いた歌である。〈重出〉新古今　雑中・在原行平。

⑭**主人**　主人である男、暗に業平をさす。

【和歌160】ぬき乱る……　主人（業平）の唱和（返歌）。「ぬき乱る」の「ぬく」は、玉を貫いている緒（紐）を引き抜く意。またこの「乱る」は他動詞（四段活用）で、乱す意。「白玉」は真珠。前歌の「涙の滝」ともひびきあわせて、さりげなく自らの涙をも言いこめた。「まなく」は、間断なく、の意。「散るか」の「か」は感動を表す終助詞。ここで文脈がいったん切れる。「袖のせばきに」は、「白玉」がたくさん飛び散るのに、自分の袖が狭すぎるので受けとめきれない、の意。また「袖のせばき」は不遇な身ゆえの狭小さをも暗示していよう。一首は、滝のしぶきを真珠の輝きと見立てて、自分の袖が狭いのでそれを受けとめきれないとした歌である。〈重出〉古今　雑上・業平。新撰和歌　四・初句「ぬき乱す」、三四句「したひものまたくもあるか」。古今六帖　第三「滝」・四句「まなくも降るか」、同　第五「玉」・初句「ぬきとむる」。

⑮**かたへの人**　そばにいた人々。⑯**笑ふことにやありけむ**　語り手の推測をいう挿入句。⑰**この歌にめでてやみにけり**　この歌に感心するあまり、人々は詠歌を断念したとする。⑱**帰り来る道**　「男」の、芦屋の家へ帰る途中。⑲**宮内卿もちよし**　「宮内卿」は、宮内省の長官。「もちよし」は不明、一説には、藤原元善（後撰集時代の歌人）とする。⑳**いさり火**　漁火《いさりび》。漁のために舟で焚《た》くかがり火。夜の海上の暗闇のなかで、きらめく。

【和歌161】晴るる夜の……　主人（業平）の唱和（贈歌）。一首は、海上のかがり火の輝く光を、夜空の星か、夕闇の川辺の蛍かと想像しながら、「海人のたく火」を印象的に描き出した歌である。〈重出〉新古今　雑中・業平・四句「わが住むかたに」。

㉑**女の子ども**　召使いの女子。㉒**浮き海松**　根が切れて海上にただよっている海松（海藻）。㉓**女方**　この「女」は、その家の主婦。㉔**高坏**　食物を盛るための、一本足のついた台である。㉕**柏**　「柏」の広い堅い葉は、古来、食物を盛るのに用いられた。ここでは、海松を包むように用いて、そこに歌を書き記した。

【和歌162】わたつみの……　「女」の唱和（贈歌）。「わたつみ」は、海の神。「いはふ」は、「いつ（斎）く」と同根の語で、だいじに扱う意。海の神が、大切にしている海松を、あなたのために惜しまず海辺に寄せ届けてくれた、とする。一首は、「君」は神の加護を受けている人だと賛えている歌である。

㉖**田舎人の歌にては……**　以下、語り手の評言。三十三段の末尾の「田舎人のことにては、よしやあしや」と同趣である。田舎人の歌なのにと貶すことによって、逆にこの歌じたいのすぐれた点を強調していよう。

評釈

この章段では、業平とおぼしき「男」と、彼をめぐる人々との心の交流が、土地柄の風情に即した詠歌を通して語られている。語られる舞台は蘆屋の里を中心とする地域であるが、この地は「男」にとって「蘆屋の里にしるよしして」とされる。もともとそこには業平らの父阿保親王の領地があり、在原氏ゆかりの地であった。在原氏の人々が、生活の根拠地の京を離れて、地方のゆかりの土地を舞台に交遊して、たがいに共感を深めあう物語となっている。

物語の冒頭に、その蘆屋の地を印象づけるための古歌を掲げているが、これはおそらく次の万葉歌の異伝であろう。

志賀《しか》の海女《あまめ》は藻刈り塩焼き暇《いとま》なみ櫛笥《くしげ》の小櫛《をぐし》取りも見なくに　（第3・二七八　石川少郎）

地名の異同からも、この章段の歌はいかにも後世の伝承歌とみられる。万葉歌では志賀の海女を詠んでいるが、藻を刈っては塩を焼く暮らしには暇がないので櫛箱の小櫛も手に取れない、という内容は同じである。漁の労働の激しさに身なりさえも整えられない海女たちの、わびしい身の上をとらえた歌である。京の人々にとっては物めずらしい、海浜のわびしい暮らしぶりが背後に置かれるところから、この章段の物語が開始される。しかも話の終わりで、浜に打ち寄せられた「海松」が歌に詠まれるというのだから、この海浜生活の風景が物語の構成として首尾一貫しているともいえよう。

物語の前半では、海浜のあちこちを遊覧した後、そこから目を転じて山中の布引の滝をとらえて、歌を詠み交わしたというのである。ここで、その同行の「男」を「なま宮仕へ」の人としている点にも注意される。実際には衛府の官がけっして閑職などではないはずだから、彼らが官僚の中枢からは外れていたことを語っているのではないか。政務の重責を担わせられていないだけに、地方への遊山をも楽しむ余裕を持ちえたということを主張しているのであろう。逆にいえば、この遊覧交遊は、時の権勢からやや疎外された者ならではの風流精神として理解されるべきであろう。そしてその精神の発露が、和歌の表現を通してのみ具体化されるのである。巨大な規模の布引の滝に接して、その圧倒的な景観を「白絹に岩をつつめらむやう」とも、「（水は）小柑子、栗の大きさにてこぼれ落」ちるとも喩《たと》えてみる。この比喩は、和歌に固有の見立ての技法による表現だといってよい。こうした発想に導かれながら、やがて和歌じたいが詠み出されていく。

まず衛府の督（行平）の歌は、滝のほとばしる水滴と、目からあふれる無念の涙を重ねあわせるところから、「待つかひの涙」がその表現の骨子となっている。眼前の巨大な滝の景観とわが心の悲しみとを比較して、不遇に甘んずるほかない人生のわびしさを詠んだ歌である。「待つかひの涙」は、暗く重々しい心象風景だといってよい。これに対する次の主人（業平）の歌は、軽やかな言葉遊びを弄した、明るく洒落た表現になっている。もとよりこの歌は、二者による贈答歌ではなく、同行の人々が詠みかわす唱和の一首である。しかし、滝のほとばしる水滴をどうとらえるかを、場の共通の発想とするところから、前歌とひびきあって当然である。こちらは、ほとばしる水滴を「白玉」と見立てて、真珠の一つぶ一つぶの散り輝く光景を描き出している。しかも、誰か玉を緒から外す者がいたからだ、という理屈までとりこんで、理知的なおもしろさをねらった趣向になっている。

この主人の歌について、物語の語り手は同行の人々が「笑ふことにやありけむ」と推測している。この「笑ひ」は、滑稽やからかいなどではなく、緊張感から解放される一種の安堵感に近いものであろう。というのも、前歌が不遇の人生を深刻に思っているだけに、この主人の歌の理知的な明るいひびきが、その重苦しい心を救ってくれるというのではないか。もちろん、この歌の「白玉」が前歌との関係から「涙」を、あるいは「袖のせばき」が身の不遇ゆえの狭小さを暗示しているとしても、一首全体は軽やかな言葉遊びにつつみこまれている。その知的な洒落が、現実の悲観を沈めて、光輝く白玉の美を情緒深く歌いあげているのだ。この歌のすぐれた言葉の技に圧倒されて、追和する人とてなかったという。

一行の人々が帰路について夕暮れになったところで、「やどりの方」を眺めて、「海人のいさり火」を幾つも眺望することになった。そのように海上の漁火を望見して詠んだ歌が、主人の第二首目の作である。夜空の星か、川辺の蛍か、とも見立てておきながら、わが住む方角で海人のたく火かと推測してもみる。ここには、故郷を離れた者の、望郷の思いも言いこめられていよう。歌そのものが、家郷から遠ざかるほかない流離の発想によっている。七段以下の東下りの物語が想起されて当然であろう。夜空の星にしても、薄暗がりの川辺の蛍にしても、あるいは海人のたく火にしても、漂泊の孤独の身にはいっそう心にしみいる輝きである。

一行が家に着いた後、その家の「女方」から詠み出される歌が、最終の歌である。これは、南風で吹き寄せられたという海松《みる》を詠んだ歌だが、その海藻は海の神からの贈物だとする。南風も人に幸いをもたらす風である。海神が波風を起こして貴重な海の幸《さち》を惜しまず贈ってくれたのだ、われわれには神の加護が与えられている、という信仰的な感動がこの歌には言いこめられている。いわば一族の明日への予祝の感情で、この長大な章段が結ばれている趣である。「田舎人の」云々という語り手の評言も、そうした歌のすぐれた意図をさりげなく賛えているのであろう。

八十八段

昔、いと若きには①あらぬ、これかれ友だちども集まりて、月を見て、それがなかに一人、

163 おほかたは月をもめでじこれぞこのつもれば人の老《お》いとなるもの

昔、それほど若いという年齢ではない、あの人この人と友人たちが集まり、月を見ていて、その仲間のなかで、一人が、

163 通り一遍《いっぺん》の気持ちでは、もう月を賞《め》でるのをやめにしよう。この月こそ、積もりに積もると、人に老いをもたらすものなのだから。

【語釈】

①**いと若きにはあらぬ**　じっさい若いとはいえない年齢。次の歌から察して、年齢を重ねていくのが実感される年ごろ、人生の節目とされる四十歳に近づく年配か。

【和歌163】おほかたは……　ある人の唱和（独詠）。「おほかたは」は、たいていの場合。この歌では、下の「めでじ」とも呼応して、よりよく考えてみると通り一遍の気持ちでは、ぐらいの意。「これぞこの」の「これ」は、上の「月」を受ける。しかし月は月でも、天上の月ならざる、歳月の月だとする機知の表現に転ずる。一首は、月が歳月に連なると思うと、うかつには月も賞《め》でられない、と慨嘆する歌である。〈重出〉古今　雑上・業平。古今六帖　第一「雑の月」。

評釈　この章段の歌は、『古今集』雑上にも収められている業平の代表作の一首である。そこでは「題知らず」としかないが、ここでは若からぬ友人たちの集まりで月を詠んだ歌とされている。これは、同好の人々の共同の場を設定しての物語である。

この歌は大胆なまでの言いまわしによっていて、夜空の月を眺めてよくよく考えてみると観賞するどころではないとしている。人々の賞美してやまない天空の「月」を、言葉の機知から暦の「月」に転じてみると、人間を老い衰えさせる歳月なのだった、と気づかせられたというのである。言葉遊びの軽妙なひびきのうちに、のっぴきならぬ老いの嘆きの重苦しさを封じこめている趣である。若くもない友人同士の観月の集団のなかで、歌の機知の明るさが共同の場を盛り上げることになる。またそれとともに、逆に一面の嘆老の暗さが、集団のなかの一個としての孤独感をもきわだたせていよう。

この歌の発想には、次の『白氏文集』巻十四「内に贈る」の詩句などが裏うちされていると、指摘されてきた。

莫対月明思往時　　月明に対して往時を思ふこと莫《な》かれ
損君顔色減君年　　君が顔色を損じ君が年を減ぜん

『竹取物語』で語られている「月の顔見るは忌《い》むこと」の叙述も、これの影響下にあったとみられている。とはいえ、古来の日本人のなかでも、月の満ち欠けの変化に、時の経過を敏感に応じて、老いを嘆き、人間存在のはかなさを思ってきた。そうした古来の発想が基盤に据えられているところから、右の外来の詩文も積極的に摂取されてきたのであろう。古く『万葉集』に、

天《あめ》なるや月日のごとく我《あ》が思へる君が日に異《け》に老ゆらく惜《を》しも　（巻13・三二四六）

とあり、主君の老いを惜しんでいる。天空の日月の変化に歳月の経過を思う古来の発想が、外来の詩文の発想と結びついて、いよいよ嘆老の思想をきわだたせることになる。この章段の歌は、集団の場にふさわしい言葉の機知を通して、それをいっそう鮮明にさせているのである。

八十九段

昔、①いやしからぬ男《をとこ》、②我よりはまさりたる人を思ひかけて、年経《へ》ける。

164 人知れず我恋ひ死なばあぢきなくいづれの神になき名おほせむ

昔、身分いやしくはないある男が、自分よりも身分のまさっている女《ひと》に思いをかけて、そのまま幾年かが経ったのだった。

164 人知れずこの私が恋にこがれ死んでしまったなら、不本意にも、神の祟りのせいで死んだと噂され、世間ではどの神にその無実の罪をおしつけるつもりだろう。

【語釈】

一 ①**いやしからぬ男**　いやしい身分ではない男。業平のような中

流貴族をさすのであろう。②**我よりはまさりたる人**　「男」よりも高貴な身分の女。
【和歌164】人知れず……　男の贈歌。「人知れず」は、自分の恋が誰からも知られていないことをいう。「あぢきなし」の原義は、道にはずれて、どうにもならない状態、不本意だと思う気持ち。ここでは、自分が人知れず恋い死ぬのを不本意だとするとともに、世人がその真相を知らないので神の祟《たた》りだと噂するのも不都合だとする。「なき名」は無実の噂。ここでは、自分が神の祟りで死んだとする見当違いの噂。「おほす」は、負わせる意。自分の死は神のせいだとする。この一首には、相手からはもちろん世人からも、せめて自分が恋い慕って死んだと思われたい、の真情を言いこめている。

評釈

この章段の話は、自分よりも高貴な女に、男が多年、恋いこがれてきたという内容を語っている。身分や立場の違いなどから推して、おそらく二条の后をめぐる一連の話の一齣になっているのであろう。

男の歌に「恋ひ死なば」とあるのは、男が「思ひかけて、年経ける」というのに、とうてい遂げられそうにもない絶望的な恋だと思うからである。この「恋ひ死ぬ」は、『万葉集』以来、恋の苦しみをいう恋歌の重要な発想類型の一つである。もちろん、実際には恋い死ぬこともないが、和歌の表現として馴致した言葉づかいである。この歌と類似した歌が、『万葉集』の東歌に、

我妹子《わぎもこ》に我《あ》が恋ひ死なばそわへかも神に負《お》ほせむ心知らずて　（巻14・三五六六）

とある。「そわへかも」は「そこをかも」の訛《なま》りかともされるが、はっきりはしない。自分の恋ゆえの死の真相を知らぬ世人は、神の祟りゆえの死だと思う点が、この章段の歌と同じ発想である。神祇に寄せる相聞歌の一首として分類されよう。物語のこの歌は、こうした古来の発想に根ざした、いわゆる伝承歌と目される。しかし一面では、「人知れず」「なき名」という平安時代の新しい恋歌の類型語句をもそなえて、新しい歌物語のかけがえない一首となっている。

九十段

昔、①つれなき人を②いかでと思ひわたりければ、③あはれとや思ひけむ、「④さらば、明日《あす》、もの越《ご》しにても」と言へりけるを、⑤かぎりなくうれしく、またうたがはしかりければ、⑥おもしろかりける桜につけて、

165 桜花《さくらばな》今日こそかくもにほふともあな頼みがた明日の夜《よ》のこと

⑦といふ心ばへもあるべし。

昔、つれない女《ひと》を何とかして、と思いつづけてきたところ、相手もしみじみした思いになったのだろうか、「それでは明日、物を隔ててでも」と言ってきたものだから、男はこのうえもなくうれしく、また一方では本当かと疑わしかったので、みごとに咲いた桜につけて、

165 桜の花が今日はこんなに照りはえていても、なんとも頼みがたい。明日の夜はどうなることやら。

という信じがたい気持ちにもなるのであろう。

【語釈】①**つれなき人**　ここでは、男の懸想に応じてくれない冷淡な女をいう。②**いかで**　なんとか相手の女を引きつけよう、とする男の思い。③**あはれとや思ひけむ**　「あはれとや思ひけむ」は、語り手の推測。「さらば、……」と言ってきた女の気持ちを推測する。「あはれ」は、ここでは、男への不憫な気持ちをいう。④**さらば、明日、もの越しにても**　女からの言葉。「もの越し」は、几帳や簾などを隔てて逢うこと。うちとけて接するのではないが、女房などを介さず、直接言葉を交す応待である。⑤**かぎりなくうれしく……**　以下、女の言葉に対する男の反応。一面ではうれしく、またもう一面では女の真意が疑わしい、とする気持ち。⑥**おもしろかりける桜**　今を盛りに咲く桜の花の枝。

【和歌165】 **桜花……**　男の贈歌。「今日こそ」の係助詞「こそ」による強調の語法に注意。下の「あな頼みがた」に逆接の気持ちでつながる。「明日の夜」は上の「今日」と照応。「にほふ」

は、美しい色彩に照り輝く意。「あな頼みがた」は、まあ頼みがたいこと、の意。「あな」は感動詞、「頼みがた」は形容詞の語幹。一首は、今日の盛りの桜花もはかなく散りやすい花、同じように相手の約束も、明日の夜まで守られるかどうか頼みがたい、とする歌である。

⑦**といふ心ばへもあるべし**　歌から続くこの叙述は、やや不自然。「とあり。その心ばへも……」と解すべきか。「心ばへ」は、心の動き、気持ちのありよう、の意。ここでは、歌の「あな頼みがた」を受けて、相手の心を信じきれないとする疑いの気持ちをいう。

評釈

この章段の男は、日ごろ、相手の女が自分に対して心を開いてくれないことに不満をいだいている。ところが、ある日、その女の方から、物越しぐらいには逢ってもよい、と言ってきた。男には予想さえできなかった事態となった。一面では天にものぼるような有頂天の気持ち、しかし一面ではこんなことがありうるのかと疑わしい。その半信半疑の思いから、「桜花」の歌が詠み出される。現前の今を盛りに咲きにおう桜花は、みごととしか言いようもない春の美しさだ。しかしその美しさは明日まで咲きつづけるか、どうか。そして、そのはかなさから、相手の女の不確かな心をおのずと連想してしまう。恋すればこその気持ちである。

この歌は、桜の花の美しさが、いかにも瞬時のはかなさでもあることを歌っている。さらに、そのはかない美しさは、相手の女への半信半疑の思いにとどまることなく、人の心というものの頼みがたさを思う気持ちをも引き出しているのであろう。

九十一段

昔、①月日のゆくをさへ嘆く男《をとこ》、②三月《やよひ》つごもりがたに、

166 をしめども春のかぎりの今日の日の夕暮れにさへなりにけるかな

昔、嘆きがちなのに、そのうえ月日が過ぎてゆくことまでをも嘆く男が、三月も末になろうというころ、

166 どんなに惜しんでも、これで春も最後になる今日という日の、そのうえ夕暮にまでなってしまったのだ。

【語釈】

①**月日のゆくをさへ嘆く**　嘆きがちな思いをいだくことはもちろん、そのような気持ちのままで歳月が過ぎることまでも嘆く、の意。添加の意を表す副助詞「さへ」の語勢に注意。②**三月つごもりがた**　三月末ごろ。春の季が終わろうとしている。

【和歌166】をしめども……　男の独詠歌。「春のかぎり」は、春の最後の日。「三月つごもりがた」とあるのに照応。「今日の日の夕暮れにさへ」は、今日は春の最終日である上に、それも夕暮となり、春ももう数時間しか残されていないという気持ちである。一首は、嘆きがちな日々の過ぎてゆくのをさらに嘆く気持ちを、逝く春を惜しむ発想でまとめた歌である。〈重出〉後撰　春下・読人知らず・三句「今日のまた」。

評釈

この話は、一見すると、春の逝くのを惜しむだけの内容のようにもみられるが、「月日のゆくをさへ嘆く男」とする点に注意しなければならない。男はおそらくこれまで、相手の女との恋の成就を実現できないまま歳月を過ごしてきたのであろう。その男にとって、相手に顧みられないというだけでなく、そうした関係が長の歳月にわたっていることが、何よりも嘆かわしいというのである。「さへ」の語法が重々しくひびいている。

男の詠む歌じたいは、逝く春を惜しむ発想にもとづいている。今日は「春のかぎり」、しかも今現在は「夕暮れにさへ」なっている。ここでも副助詞「さへ」が微妙な表現力を発揮している。もう数時間で春が過ぎて、やがて夏がやってくる。あっという間に時は過ぎるもの、そうした時間の移ろいへの意識がここには強く作用している。その時間意識が、わが恋の経緯、ひいては己が人生のありようを回顧させているのである。さらに地の文の「月日のゆくをさへ嘆く」の叙述を併せてみると、これは人生の一刻一刻の時間を含んでの惜春の一首といってよい。

九十二段

昔、恋しさに①来《き》つつ帰れど、女に②消息《せうそこ》をだにえせでよめる。

167 蘆辺《あしべ》こぐ棚《たな》なし小舟《をぶね》いくそたび行《ゆ》きかへるらむ知る人もなみ

昔、ある男が恋しい思いから、女のもとに来ては帰って行くけれど、実際には、その女《ひと》に手紙を贈ることさえできなくて詠んだ。

167 蘆辺《あしべ》を漕《こ》ぐ棚なし小舟は、行っては戻ることを、いったい幾度繰り返しているのだろう。蘆に隠れているように、誰からも知ってもらえぬままに。

【語釈】

①**来つつ帰れど**　男が、女の近くに幾度もやって来ては逢わずに帰る。「つつ」は反復の意を表す接続助詞。②**消息をだにえせで**　「消息」は、ここでは手紙。副助詞「だに」の語調に注意。手紙をさえ渡すことができない。「え……打消の語」は、不可能の意を表す。

【和歌167】蘆辺こぐ……　男の独詠歌。「蘆辺」は、蘆の群生している水辺。「棚なし小舟」は、舟棚のない小さな舟。舟棚は舟端に取りつける渡り板で、水夫がここに上がって漕ぐが、波を防ぐ横板でもある。またこの語は、頼りなさ、不安定さを連想させる。「いくそたび」は幾度も、の意。地の文の叙述「来つつ帰れど」と照応しあう。「知る人」は、第三者はもちろん、相手の女をもさす。「知る人もなみ」はここでは、知ってくれる人もないままに、ぐらいの意。一首は、棚無し小舟の行っては戻るさまに、女のもとに近づいては帰ってくる自分の孤独をかたどった歌である。

評釈

この章段では、ある女に恋心をいだきながらも、その気持ちを伝える便りさえ送れないでいる男を語っている。交渉できない障碍《しようがい》があったのか、それとも言葉に出せないほど小心なのか、定かでない。しかし、ひとり恋心に動かされると、じっと落ちついてはいられない。女の近くに出かけては何事もなく戻ってくる、そのような無為の行動が繰り返されてしまう。それを、棚無し小舟の繰り返し往来する風景に喩えたのが、この男の歌である。これは、次の『古今集』の恋歌と類歌関係にある。

堀江漕《こ》ぐ棚無し小舟漕ぎかへり同じ人にや恋ひわたりなむ　（恋四・読人知らず）

堀江（人工的に掘った川）を上り下りする棚無し小舟に、同じ相手への恋心を繰り返しいだく心を喩えている。これに比べて、この章段の歌では、「知る人もなみ」とする点に注意されよう。誰からも知られていない秘かな恋心、そればかりか肝心な相手さえも自分の気持ちを知らない。恋の心をいだいたばっかりに、人間とはこうも孤独なものかを知ることになった。

九十三段

昔、男《をとこ》、身①はいやしくて、いと②になき人を思ひかけたりけり。す③

昔、ある男が、自分の官位は低いのに、まったくこし頼みぬべきさまにやありけむ、④臥《ふ》して思ひ、起きて思ひ、⑤思ひわびてよめる。

168 あふなあふな思ひはすべしなぞへなくたかきいやしき苦しかりけり

⑥昔もかかることは、世のことわりにやありけむ。

比べようもないほど高貴な女《ひと》に、思いをかけていたのだった。すこしぐらいは期待してもよさそうな様子だったのだろうか、臥しては思い、起きては思い、思う気持に堪えかねて詠んだ。

168 身分相応に恋はするがよい。比べようもなく身分高い者と低い者とでは、苦しいというほかなかった。

昔も、こうした恋の苦しみは、世間の道理というものだったのだろうか。

【語釈】
①**身はいやしくて**　官位が低いままの身分。②**いとになき人**　比類なく高貴な女。「になし」は、似つかわしくない、比類ない、の意。③**すこし頼みぬべきさまにやありけむ**　語り手の推測。男には希望的な見通しもあったのだろうか、と推測する。
④**臥して思ひ、起きて思ひ**　寝ては思い、起きては思い、の意。→五十六段「臥して思ひ、起きて思ひ」。四段の「立ちて見、ゐて見、見れど」にも似通っている。⑤**思ひわびて**　「思ひわびて」の「わぶ」は、どう対処すべきか困る、が原義。
【和歌168】あふなあふな……　男の独詠歌。「あふなあふな」は、身分に応じて、分相応に、の意。「おふなおふな」「おほなおほな」（ともに、本気になって、の意）とは別語。「なぞへなく」は、比べるすべもなく、の意。身分の隔たりすぎることをいう。この一首は、分不相応の恋をかかえこんだとして、わが心の苦哀を顧みる歌。〈重出〉古今六帖　第五「になき思ひ」・三句「なのめなく」。
⑥**昔も……**　以下、語り手の評言。「かかること」は、身分不相応の恋に苦悩すること。「世のことわり」は、世間一般の情理。

評釈

この話では、「身はいやし」い男が、「いとになき」身分高い女を恋してしまったために、どう対処してよいかわからず心の内に重々しい物思いをかかえこんでしまっている。語り手が「すこし頼みぬべき」こともあろうかと、男の心を推測しているが、もしも彼自身がそのような希望的な予測をしているとすれば、それは男にとって都合のよい甘えというほかないのであろう。

その男の歌が、「あふなあふな思ひはすべし」と詠みはじめて、恋は身分相応にと思っているのは、身分の比類なく隔たった者の恋がどんなに重苦しい思いであるかを、自分自身の体験を通してわかったからだ。「苦しかりけり」の「けり」には、今はじめてわかったという感動がこめられている。身分不相応の恋の苦しみこそ、わが恋の現実だという趣である。身分相応にという理屈は理屈としてわかるけれども、また他人には甘えと見られるかもしれないが、将来の万が一の可能性にせめてもの希望をつないでいきたい。それが、ひとたび思いこんでしまった恋の、いかんともなしがたい執心の恐ろしさというものである。末尾での語り手が「世のことわりにやありけむ」と推量するように、それが男と女の普遍的なありようなのであろう。

九十四段

昔、男《をとこ》ありけり。①いかがありけむ、その男②住まずなりにけり。③後《のち》に男ありけれど、④子ある仲なりければ、⑤こまかにこそあらねど、

昔、ある男がいた。どうしたのだろうか、その男が女のもとに通わなくなってしまった。その後、女には他の男ができたけれど、前の男とは子をもうけた仲だったので、情愛こまやかでこそないものの、

時々《ときどき》⑥もの言ひおこせけり。
⑦女がたに、⑧絵描《か》く人なりければ、⑨描きにやれりけるを、今の男の⑩ものすとて、一日《ひとひ》二日《ふつか》おこせざりけり。⑪かの男、⑫「いとつらく。⑬おのが聞こゆることをば、いままでたまはねば、ことわりと思へど、なほ⑭人をば恨みつべきものになむありける」とて、⑮ろうじてよみてやれりける。時は秋になむありける。

169 秋の夜《よ》は春日《はるひ》わするるものなれや霞《かすみ》に霧や千重《ちへ》まさるらむ

となむよめりける。女、返し、

170 千々《ちぢ》の秋ひとつの春にむかはめや紅葉《もみぢ》も花もともにこそ散れ

男が時々便りをよこしていたのだった。

男から女の方に、その女が絵を描く人だったものだから、絵を描いてほしいと便りをやったところ、新しい男が来ているということで、一日二日返事をよこさなかった。あの前の男が「まったく恨めしいこと。私がお願い申していることを、いままでくださらないので、無理からぬとは思うものの、やはりあなたを恨んでしまいそうな気持ちになった」と言って、皮肉って歌を詠んでやった。時節はちょうど秋であった。

169 秋の夜になると、過ぎ去った春の日を忘れてしまうものなのか。春の霞よりも、秋の霧の方が千倍もまさっているというのだろうか。

と詠んだのだった。女が、返歌を、

170 千の秋を集めたとしても、一つの春にかなうものか。しかし、秋の紅葉も春の花も同じように散るもの。——男は二人とも、はかなく頼りがたいものだ。

【語釈】
①**いかがありけむ**　語り手の推測。②**住まず**　「住む」は、男が女のもとに通って夫婦の関係になること。③**後に男ありけれど**　その後、女のもとには新しい男が通うようになったこと。④**子ある仲なりければ**　前の男とは、子をもうける仲だったので、の意。⑤**こまかに**　こまやかな情愛、親密な関係をいう。⑥**もの言ひおこせけり**　「もの言ひおこす」は、何かと言ってよこす、手紙をよこす、の意。ここでは、前の男から女のもとに、と解したが、逆に女から前の男の方に、とも解せるか。⑦**女がたに**　女のもとに、の意。「描きにやれりけるを」にかか

る。⑧**絵描く人**　女には絵を描く特技があったとする。⑨**描きにやれりけるを**　前の男が、絵を描いてくれるよう言ったところ、の意。この「絵」は、扇面の絵ぐらいであろうか。⑩**ものす**　「ものす」は代動詞。女のもとに来ている意を表す。⑪**かの男**　前の男。⑫**いとつらく**　「つらし」は、相手のしうちを恨めしく思う意。この「いとつらく」を地の文とする解し方もあるが、ここから以下を男の言葉とすべきであろう。⑬**おのが聞こゆること**　自分がお願い申すこと。絵の依頼をさす。⑭**人をば恨みつべき**　男の言葉の冒頭「いとつらく」を繰り返すような趣である。「人」は、相手、女をさす。⑮**ろうじて**　「弄《ろう》ず」は、嘲笑する、からかう、の意。ここでは、相手への皮肉をこめて言う。

【和歌169】秋の夜は……　男の贈歌。「秋」に、自分が女に「飽き」られた意を言い掛ける。その「秋の夜」は、女が今の男と一緒に暮らす現在の時間帯でもある。これに対される「春日」は、前の男（自分）と暮らしていた過去の時間帯。「なれや」の「や」は疑問の意の係助詞。一説では、詠嘆の間投助詞とも。「霞」は春の天象、「霧」は秋の天象、それぞれに二人の男を喩えた。「千重」は千倍。以下、たくさんまさっているのだろうか、の意。一首は、今の男を秋の霧に、自分（前の男）を春の霞に喩えて、霞よりも霧の方がはるかにすぐれているのかと反発し、新しい男を得た女のありようを皮肉った歌である。

【和歌170】千々の秋……　女の返歌。贈歌の表現に即して、今の男を「秋」に、前の男を「春」に喩える。「千々の秋」はたくさんの秋、「ひとつの春」に対される。「むかはめや」は、匹敵できようか、いや匹敵できない、の意。「や」は反語の意の係助詞。「紅葉」は晩秋の彩り、「花」は春爛漫の桜花。一首は、紅葉も花も華麗ではあるが、同じくはかなく散りやすいものとして、今の男の存在をも前の男の存在をも否定的にとらえて、男の贈歌の皮肉っぽい言い分を切り返した歌である。

評釈

この話は、女のもとに足が遠のいた男を語っているが、その交渉がふっつりと途切れたわけではない。二人の間には子もあり、その関係は長く続いていたのであろう。なぜ男が遠のいたのか、その原因理由は定かではない。その後、女のもとに新しい男が通うようになったという。もともと女には、絵を上手に描く特技があった。別れた男は今も、それをよいことに絵を描いてくれるよう依頼してきた。むろん男には、彼女への未練が残っているからである。ところが、女のもとには、あいにくと新しい男が逗留していて、すぐに絵が描けないでいる。依頼したもとの男の心は、しだいに苛立っていく。男は、「いとつらく。……ことわりと思へど、なほ人をば恨みつべきものになむありける」と言ってやる。これを物語では「ろうじて」と評しているが、きっぱりとは別れがたい女への未練、それゆえの新しい男への嫉妬から出た、皮肉交じりの冗談言である。そして、ここから男の歌が詠み出される。

その男の歌は、折から「秋」の時節であるとして、「秋」に「飽き」をひびかす和歌的な連想に導かれていく。今はあなたから「飽き」られる「秋」、しかし私はもともと「春」だとするところから、おのずと「秋」が新しい男をさすことになる。「霞」も「霧」も同じ自然現象だが、前者は春の、後者は秋の景物。また、「秋の夜」は夜長、二人にとっては睦《むつま》じい夜だろうが、自分にとっては独り寝の心さびしさだといわんばかりである。新しい男と秋の夜長を過ごしていると、この自分のことなど忘れ去ってしまうのだろうか、と妬心をにじませた歌であり、相手にとっては皮肉をこめた歌になっている。

これに対する女の歌も、男の贈歌に即して、「春」に前の男を、「秋」に今の男をそれぞれ喩えるところから始まる。そして、「千々の秋」も「ひとつの春」には匹敵できないとして、前の男の比類ないすばらしさを賛えてみせる。しかしその上で、その前言を翻すかのように、「紅葉も花もともにこそ散れ」として、春秋のすばらしさもしょせん一時《いっとき》のはかなさでしかないとして、男の贈歌を切り返したことになる。

『万葉集』以来、春秋どちらが優れているかの論争がしばしば歌の上でも取り沙汰されてきた。男の歌もそうした発想をとりこんで、秋の夜ともなると春のよさが顧みられないものなのか、と詰問すると、女は、春秋争いそのものを否定的にとらえて反発するのである。女の返歌作法としては完璧だともいえよう。その後の二人がどうなったかを物語は語っていないが、こうした贈答歌を詠み交わすことが、実はたがいの共感を引き出して、少なくとも男の未練の心をいっそう強めさせていくのであろう。

九十五段

昔、①二条《にでふ》の后《きさき》に仕《つか》うまつる男《をとこ》ありけり。②女《をんな》の仕うまつるを、常に③見かはして、よばひわたりけり。「④いかで⑤物越《ものご》しに対面《たいめん》して、⑥おぼつかなく思ひつめたること、すこし⑦はるかさむ」と言ひければ、女、いと⑧忍びて、物越しに逢《あ》ひにけり。物語などして、男、

171 彦星《ひこぼし》に恋はまさりぬ天《あま》の川《がは》へだつる関《せき》をいまはやめてよ

この歌にめでて、逢ひにけり。

昔、二条の后にお仕えする男がいた。ある女が同じ后に仕えているが、その女の姿をいつも見かけていて、求婚しつづけていた。「何とか物越しにでも逢《あ》って、鬱々《うつうつ》と思いつめている胸のつかえを、すこしは晴ればれとさせたい」と言ったところ、女は、たいそう人目をしのんで、物越しに逢ったのだった。あれこれ語らって、男が、

171 彦星よりも、私の恋心の方がずっとつのってしまった。織女との間を隔てる天の川のような、隔ての関をもう取りはらっておくれ。

女はこの歌に心ひかれて、男に逢ってしまったのだ。

【語釈】 ①**二条の后**　清和天皇の女御、藤原高子。→三段など。②**女の仕うまつるを**　ある女で、后にお仕え申しているその女を。③**見かはして、よばひわたりけり**　「見かはす」は、たがいに相手の姿を見かけること。「よばふ」は求婚する意。「……わたる」は、……続ける意。④**いかで……**　以下、男の言葉。「いかで」は、なんとかして、の意。切実な願望の気持ちを言いこめる。⑤**物越し**　几帳や簾などを隔てての対面。→九十段。⑥**おぼつかなく**　「おぼつかなし」は、はっきりせずもどかしい気持ち。自分の恋しい気持ちが相手に届いていないという思いである。⑦**はるかさむ**　「はるかす」は「晴る」の他動詞形で、気持ちを晴れるようにする意。⑧**忍びて**　人目を忍んで。

【和歌171】 **彦星に……**　男の贈歌。「彦星」は、七夕の夜に一年一回だけ織女と逢う牽牛。ひそかに物越しの対面しかできない自分は、牽牛以上に恋心がつのるとする。「天の川」は牽牛と織女とを隔てている川。それに関連づけて、二人の物越しの対

面を「へだつる関」とした。一首は、天の川のような隔ての関——を取り払って、直接逢ってほしいと懇願する歌になっている。

評釈

これは、同じく「二条の后」に仕えている男と女の物語である。同じ宮仕えという環境から、男がその女と顔をあわせることも多く、おのずと格別の関心を強めていく。彼は長いこと求婚しつづけているが、彼女は容易に同意してくれそうもない。このような状況が、男の恋心をいよいよつのらせて、もどかしくも苛立たしい思いをさせるのであろう。ある時、男は、自分のこのもどかしい気持ちが晴れるようにと訴え、せめて「物越し」でよいから対面してほしい、と懇願する。これに対する女は、男の願いを素直に聞き入れて、物越しを条件に人目を避けて対面した。その対面で男が「物語など」をする。これは単なる世間話などに終始したというのではなく、男女間の睦言を含んでいるのであろう。そして男はその機をとらえて、即座に「彦星に」の歌を詠みかけたというのである。

男の歌の表現の勘どころは、今現在の対面が「物越し」であることを、「へだつる関」と見立てた点にある。「関」は、『万葉集』以来、自由な通行を妨げるものとして詠まれ、さらに平安時代以後、特に恋路を妨げるものとして恋歌の常套的な言葉となってきた。この歌ではさらに、天上の恋を思い描くところから、その「関」を、牽牛星と織女星とを隔てている「天の川」とも見立てている。してみると自分は牽牛星(彦星)、しかし、七夕の恋は一年に一度は必ず逢瀬を遂げることができるのに、この自分はけっして直《じか》には逢うこともできず、恋しさのもどかしさはいかんともなしがたい、いっそのこと「へだつる関」を外《はず》してくれ、と懇願する体の歌である。

「物越し」——→「関」——→「天の川」という見立ての連想によるこの歌の技《わざ》が、相手の女の心を揺さぶることになった。二人が「逢ひにけり」となったのは、歌の力がたがいの共感を強め、恋の対等な関係を出来《しゅったい》させたのである。

九十六段

昔、男《をとこ》ありけり。女《をんな》を①とかく言ふこと月日経《へ》にけり。②石木《いはき》にしあらねば、③心苦しとや思ひけむ、やうやう④あはれと思ひけり。

そのころ、⑤六月《みなづき》の望《もち》ばかりなりければ、女、身に⑥瘡《かさ》一つ二つ出《い》できにけり。女、言ひおこせたる、「⑦今は何《なに》の心もなし。身に瘡も一つ二つ出でたり、時もいと暑し。⑧すこし秋風吹き立ちなむ時、かならず逢《あ》はむ」と言へりけり。⑨秋待つころほひに、⑩ここかしこより、「⑪その人のもとへ往《い》なむずなり」とて、⑫口舌《くぜち》出《い》できにけり。さりければ、女の⑬兄《せうと》、にはかに迎へに来《き》たり。さればこの女、⑭かへでの初《はつ》紅葉《もみぢ》を拾はせて、歌をよみて、⑮書きつけておこせたり。

172 秋かけていひしながらもあらなくに木《こ》の葉《は》ふりしくえにこそありけれ

と書きおきて、「⑯かしこより人おこせば、これをやれ」とて往《い》ぬ。

昔、ある男がいた。ある女をあれこれ口説くことが続いて、月日が経ってしまっていた。女の心も非情の木石ではないので、相手を不憫《ふびん》と思ったのだろうか、しだいに男をいとしいと思うようになったのだ。

そのころ、六月の十五日ごろだったので、女は身体《からだ》にできものが一つ二つできてしまった。女が言ってよこしたのには、「いまは、あなたを思うほか何も考えていない。でも、身体にできものが一つ二つできているし、時節もまったく暑い。すこし秋風が吹きはじめるころになったら、かならず逢《あ》おう」と言っていたのだった。もうまもなく秋というころ、あちこちから、「あの女《ひと》が、例の男のもとに行ってしまおうとしているそうだ」と噂がたって、けちをつけられてしまった。そのようになったので、女の兄が、女を渡すまいと急に迎えにやって来た。そこで、この女は、楓《かえで》の初紅葉を女房に拾わせて、歌を詠んで、それに書きつけて男のもとによこすことにしたのである。

172 秋になったらと心にかけて約束をしたのに、それもできぬまま秋になると、まさか飽きるなどということでもないのに、木の葉が江《え》に散り敷いて江が浅くなるように、浅くはかない縁でしかなかったのだ。

と書き置いて、「あちらから使者をよこしてきたなら、これを渡しておくれ」と言って去った。そしてさて、やがて後《のち》つひに、今日まで⑰知らず。⑱よくてやあらむ、あしくてやあらむ、往《い》にし所も知らず。かの男は、⑲天《あま》の逆手《さかて》を打ちてなむ⑳呪《のろ》ひ㉑をるなる、㉒むくつけきこと。㉓人の呪《のろ》ひ言《ごと》は、負《お》ふものにやあらむ、負はぬものにやあらむ、㉔「いまこそは見め」とぞ言ふなる。

そのまま、後に女がどうなったか、とうとう、今日までわからない。幸《しあわ》せに過ごしているのだろうか、不幸《ふしあわ》せになっているのだろうか、行った先の場所もわからない。あの男は、天《あま》の逆手《さかて》を打って、呪っているということだが、それは気味わるいことだ。人の呪いごとというものは、そのとおり相手の身にふりかかってくるものなのか、それともふりかからぬものなのか知らないが、男は、「いまに思い知るだろう」と言っているそうである。

【語釈】

①**とかく言ふ**　ここでは、男が女を口説いて言い寄る意。②**石木にしあらねば**　この女も非情の石や木ではないから。以下、「思ひけむ」まで、語り手の推測。「石木にしあらねば」の語句は、『白氏文集』の「人は木石にあらず皆情あり」(第四「李夫人」)によるか。『遊仙窟』の「心木石にあらず、豈《あに》深恩を忘れんや」を指摘する説もある。③**心苦しとや思ひけむ**　この「心苦し」は、相手が不憫で心が痛む気持ち。男の真剣な態度にほだされて不憫と思ったのだろうか、とする語り手の推測。④**あはれ**　「あはれ」は感動・共感。女はしだいに恋の感動をいだくようになる。⑤**六月の望ばかり**　六月十五日ごろ。夏の暑さの盛りである。⑥**瘡**　腫《は》れもの。汗疹《あせも》の悪化したものか。⑦**今は何の心もなし**　以下、女の言葉。「何の心もなし」は、あなたを思う気持ちばかりで、それ以外の気持ちはない、の意。⑧**すこし秋風吹き立ちなむ時**　夏の暑さもおさまり、秋の涼しい風が吹きはじめるころ。⑨**秋待つころほひ**　秋も間近だと感じられる時分。七月からは秋になる。⑩**ここかしこより**　女の周辺のあちこちから。彼女の身内の者からであろう。⑪**その人のもとへ往なむずなり**　「その人」は男をさす。その男のもとに女が行ってしまおうとしているそうだ、の意。「往なむずなり」は、動詞「往ぬ」の未然形に、推量の助動詞「むず」の終止形がつき、さらに伝聞の助動詞「なり」がついた形。⑫**口舌**　「くぜつ」とも。口論、非難、の意。物語冒頭の「男」と女の交際に反対したというのである。⑬**女の兄、にはかに迎へに来たり**　女をこの男のもとへ渡すまいと考えての措置である。「迎へ」について、これまで母親のもとにいた女を、父親のも

とに迎え取った、とする説もある。⑭**かへでの初紅葉を拾はせて**　楓《かえで》は秋の早い時期に紅葉する。その紅葉した楓の葉を、女房に拾わせる。⑮**書きつけて**　楓の葉に。

【和歌172】秋かけて……　女の贈歌。「かけ」は、心にかけて、の意。秋になったら逢おうと心にかけて約束したのに、とする。「秋」に「飽き」の意をもひびかせ、下の「あらなくに」とつながり、相手（男）を飽きたということもないのに、の気持ちをにおわせる。「あらなくに」は、動詞「あり」の未然形に、打消の助動詞「ず」のク語法のついた古めかしい言い方。ないことなのに、ぐらいの意。下の句の「えに」は「江に」「縁《えに》」の掛詞。木の葉が江に散り敷いて江が浅くなっているように、二人の縁も浅いものだった、とする。一首は、秋にはとの約束も果たせず、二人ははかない縁でしかなかった、と嘆く歌になっている。

⑯**かしこより人おこせば**　女の、その場に居残る女房に言いおいた言葉。相手の男の方から使者をよこしたならば、の意。⑰**知らず**　女の消息が不明になったとする。⑱**よくてやあらむ、あしくてやあらむ**　幸せに過ごしているのだろうか、不幸になっているのだろうか。男の心に即しての、語り手の推測である。⑲**天の逆手《かしわで》を打ちてなむ**　「天の逆手」は、まじないをする際の拍手。ここは後続に「呪ひをるなる」とあり、人を呪うためのもの。その具体的な手の打ち方は不明。『古事記』上・神代記に、大国主《おおくにのぬし》の神の子の事代主《ことしろぬし》の神が、この国を天孫に譲ろうとして、「其の船を踏み傾《かたぶ》けて、天の逆手を青柴垣《あをふしかき》に打ち成して、隠りましき」とある。⑳**呪ひ**　「呪ふ」は、恨みなどのある相手に災いが起こるよう祈る意。㉑**をるなる**　動詞に続く「をり」（ラ変動詞）は、軽蔑や非難を含むこともある。呪いやがるそうだ、くらいの意か。㉒**むくつけきこと**　「むくつけし」は、超人的なものへの恐怖から、気味がわるいと思う気持ち、が原義。㉓**人の呪ひ言は……**　以下、語り手の推測。前の叙述「よくてやあらむ、あしくてやあらむ」にも照応しあう言い方である。㉔**いまこそは見め**　男の言葉。いまに見ていろ、の気持ち。

評釈

長く求愛しつづけてきた男に、相手の女の方から逢ってもよいと言ってきた。語り手が推測するように、男の真剣な態度にほだされて、しだいにその心が男に傾いたからであろう。ただし、今は猛暑の六月中旬、そのためか身体に瘡《かさ》までできるほどだ。「すこし秋風吹き立ちなむ時、かならず逢はむ」というのが、女からの言葉である。男は長らく言い寄ってきただけに、天にものぼるような思いで、秋到来をいまかいまかと待ちつづけていたにちがいない。

ところが、女の身内《みうち》から二人の交際への反対の声があれこれと起こり、彼女は兄の裁量できびしく管理される身となってしまった。この経緯は、二条の后、高子の恋を語る六段の顚末をも思わせるであろう。高子が業平とおぼしき男と逃避行を遂げられず、彼女の兄などに取り返されてしまうという結末である。この章段の女もそれと同じように、権勢家の深窓に養われる姫君で、その縁談も一族の利害による政略結婚が考えられていたはずである。眷族の干渉があって当然である。となれば、女にしてみると、これに抗することのできる状況にはなかったであろう。

秋になったが、彼女は男との約束を果たすこともできない。早くも色づいた楓の初紅葉に、男への歌をしたため、男方からの使者に託してほしいと言い置いて、姿をくらましてしまう。この女の歌は、男への最後の言葉のような訣別の一首である。秋には逢えると心にかけてきたのに約束を果たせなかったとして、下の句の「木の葉ふりしくえにこそありけれ」に万感を言いこめた。「江」「縁」の掛詞によって、散り降ちた木の葉が「江」の底を浅くさせるように、しょせん二人の「縁」は浅いものでしかなかったと考え直す。抗しがたい宿命の力を思うほかないのである。秋とともに当然ながら「木の葉ふりしく」という自然界の道理とひとしく、二人の関係が人の力を超えた宿命の力としてとらえられ、諦めるほかない悲しみの感情が、この歌の抒情の質になっている。

この物語では、この女の贈歌に対して男は返歌を詠んでいない。というよりも、女がこの歌を詠み置いたまま姿をくらましたのだから、男には女の行方もわからず、歌をもって応ずるすべとてない。そのかわり男は、「天の逆手を打ちて」呪ったという。これは「むくつけきこと」、めったにない無気味な行為である。本人はかたくななまでに「(相手に災いが)いまこそは見め」と思いこむ。いうまでもなく、恋を諦めきれない男の、愛憐執着のすさまじい行為だ。

物語の語り手は、女の運命を「よくてやあらむ、あしくてやあらむ」と推測し、また男の呪いを「負ふものにやあらむ、負はぬものにやあらむ」と思量している。いずれも、冷ややかな目で見ている。そのような語り手の評言を契機として、物語じたいは、それぞれの人生を生かされる二人の心のありようを深く見つめようとしている。

九十七段

昔、①堀河《ほりかは》の大臣《おほいまうちぎみ》と申す、いまそがりけり。②四十《しじふ》の賀《が》、③九条の家にてせられける日、④中将なりける翁《おきな》、

173 桜花《さくらばな》散《ち》り交《か》ひ曇れ老《お》いらくの来《こ》むといふなる道まがふがに

昔、堀河の大臣と申しあげる方が、いらっしゃった。四十の賀を、九条の邸で催された日、中将だった翁が、

173 桜花よ、散り乱れてあたりを曇らせてくれ。老いがやってくるという道がわからなくなるように。

【語釈】

①**堀河の大臣**　藤原基経。→六段注⑫。②**四十の賀**　四十歳の祝賀。こうした算賀は、四十歳を最初に、五十賀・六十賀……と十年ごとに行われる。この基経の賀は貞観十七年（八七五）。③**九条の家**　九条にあった基経の別邸。④**中将なりける翁**　在原業平をさすとみられる。彼はこの年五十一歳で「翁」とみられて不自然ではないが、まだ中将にはなっていない。『三代実録』の卒伝によれば、これより二年後の元慶元年に右近衛権中将になったとある。

【和歌173】桜花……　男の唱和（贈歌）。「桜花」は、盛んに咲いている桜の花に、桜花よと呼びかけた言い方。「散り交ひ曇れ」の動詞の重畳に注意。花びらが散り乱れ飛びかい、それによって一帯を暗く曇らせてくれ、と願う。それというのも「老いらく」（「老ゆらく」の転じた形）のやって来る道がわからなくなるようにさせるためだ、とする。この「老いらく」は、擬人化した表現で、老いを一個の人格のように言い表している。「まがふ」は、入りまじって見分けられなくなる意。「がに」は接続助詞で、目的や理由を表す。……となるように、の意。一首は、桜花は華麗だがはかなく散るもの、しかし散り乱れる花びらが空を暗く曇らされて、老いのやって来る道を封じこめた

い、と機知をめぐらして長寿を予祝する歌である。〈重出〉古 一 今 賀・業平。

評釈 この話では、権勢家の「堀河の大臣」、藤原基経の四十賀で詠まれた「中将なりける翁」の歌のすぐれた機知が語られている。『古今集』賀にも、ほぼ同内容の詞書とともに、業平の作として収められている。

堀河の大臣の四十の賀、九条の家にてしける時に詠める　　在原業平朝臣

時の権勢家の賀宴であるだけに、多くの人々が晴れがましく集っているのであろう。そうした場で、この「翁」も歌を献呈することになった。ここでの作者は、わが身の不遇をかこつ存在でもなければ、逆に権門におもねる卑屈な態度などを示してもいない。しかしこの歌そのものは、協調的な明るさのなかにも、得体のしれないかげりをはらませている。誰しもが避けがたい老齢を思わざるをえないという趣を含んでいるからである。この歌に似通う発想として、次のような類想歌もある。

老いらくの来むと知りせば門鎖《かどさ》してなしと答へて会はざらましを　（古今　雑上・読人知らず）

これはもう一歩進み出ると、笑いを誘う誹諧歌にもなりかねない、きわどい嘆老の表現になっている。

しかしこの章段の歌は、老いを人格化したのみならず、さらに趣向を凝らして、まず「散り」「曇れ」「老い」などという祝賀にはあるまじき言葉をあえてとりこむところから始まる。ところが後半になって、それを逆に「まがふがに」と反転させる大胆なまでの機知をきかせたのだ。この表現の機転によって、無数の桜の花びらの散りかう華麗さのなかに、底知れぬ不安と憂愁も直感させられてくる。ここまでくると、人間存在の普遍の、光と影が見え出してくるであろう。饗宴のなかに埋没することの出来ない人間の、孤立する心までもがおのずと表現されているのである。

九十八段

昔、①太政大臣《おほきおほいまうちぎみ》と聞こゆる、おはしけり。②仕《つか》うまつる男《をとこ》、③九月《ながつき》ばかりに、④梅《むめ》の造《つく》り枝《えだ》に雉《きじ》をつけて奉るとて、

174 わが頼む君がためにと折《を》る花は時しもわかぬものにぞありける

とよみて奉りたりければ、いとかしこくをかしがりたまひて、使ひに禄《ろく》たまへりけり。

昔、太政大臣と申しあげる方が、いらっしゃった。お仕え申す男が、九月ごろ、梅の造花の枝に雉《きじ》をつけて献上するといって、

174 私の頼みとする主人のために、と思って折りとったこの花は、時節もわきまえずこんなふうに咲くものだった。

と詠んで差し上げたところ、たいそう深く感興をおぼえなさって、使者に褒美をお与えになったのだった。

【語釈】

①**太政大臣**　藤原良房（八〇四—八七二）。前段の藤原基経の養父にあたる。②**仕うまつる男**　在原業平を暗示。③**九月ばかり**　「九月」は晩秋。④**梅の造り枝**　つくり物の梅の枝。今は九月、造花の梅である。

【和歌174】わが頼む……　男の贈歌。「わが頼む君」は太政大臣をさす。「折る」は、つくり物の梅を、あたかも生花のように表現した言葉づかい。「時しもわかぬ」は、時節にかかわりなく、年中咲いている意で、梅の造花の枝を用いた意図を明らかにする。この「時しも」に「きじ（雉）」の語を物名《もののな》（隠し題）の歌のよう詠みこんだ。一首は、「時しもわかぬ」花に、太政大臣家の末長い栄耀栄華を祝う気持ちを言いこめた歌である。〈重出〉古今　雑上・読人知らず・初句「限りなき」。古今六帖第五「かたみ」・初二句「限りなき君がかたみと」。

評釈

ある男が、自分の仕える主君のために、雉を梅の造花の枝につけて献上したという話。雉は、冬の鷹狩りの獲物として引出物にされることが多い。ここは晩秋九月だが、その季節柄の贈物であろう。

この鷹を「梅の造り枝」につけたところから、添えられる歌の具体的な表現が導かれてくる。九月という時節に合わない梅の造花を、歌では「時しもわかぬもの」とする。その時節を越えた花の存在は、いうまでもなく主君の実際の年齢を超えた偉力の象徴だとして、その生命力を賛えることになる。その生命力の偉大さゆえに、その一族の末長い栄耀栄華も祝福されて当然だとする。なればこそ自分も、「わが頼む君」として心から仕えようというのであろう。こうした表現をつくり出すために、九月の梅の造花を準備したともみられる。趣向を凝らして祝意を言いこめた歌である。

この歌は、『古今集』雑上には、題知らず・読人知らず、として載せられていて、初句は「限りなき」となっている。寿命が無限だとするこの初句によれば、いっそう算賀としての祝意がはっきりする。またこの『古今集』の歌には、「ある人のいはく、この歌は前太政大臣のなり」とする左注も添えられている。「前太政大臣」は藤原良房、この章段では献呈される側の人物であるが、その左注では一説に歌の作者だとする。その良房といえば、人臣最初の摂政、わが娘明子を文徳天皇の後宮に送りこんで藤原氏による摂関勢力を確立させた人物である。その良房には、『古今集』に一首だけ採られた名高い歌がある。

年ふれば齢《よはひ》は老いぬしかはあれど花をし見れば物思ひもなし　（春上）

詞書によれば、後宮に冠たる位置を占めたわが娘の中宮明子を、花瓶の桜花に喩えて詠んだという。これは、わが一統の栄耀栄華への謳歌である。このように「花」に一統の繁栄を象徴させる言いまわしは、この章段の歌の表現と似ていなくもない。ことによると良房には、「花」による謳歌にふさわしい人物だという伝承が行われていて、それが左注の文言になったのかもしれない。しかしこの章段では、良房は詠み手ではなく、それを献上される側に立っている。彼はあくまでも、「わが頼む君」という絶対的な存在とされているのである。

九十九段

昔、①右近《うこん》の馬場《むまば》のひをり②の日、向かひ③に立てたりける車に、女の顔の、④下簾《したすだれ》よりほのかに見えければ、中将⑤なりける男《をとこ》のよみてやりける。

175 見ずもあらず見もせぬ人の恋しくはあやなく今日やながめ暮らさむ

返し、

176 知る知らぬ何《なに》かあやなくわきていはむ思ひのみこそしるべなりけれ

のちは⑥誰《たれ》と知りにけり。

昔、右近の馬場で騎射《きしゃ》の行われた日、馬場の向こう側に立ててあった車の中に、女の顔が、下簾《したすだれ》の間からちらと見えたので、中将であった男が詠んでやった。

175 まったく見ないわけでもなく、かといってすっかり見たわけでもない女《ひと》が、こうも恋しくてならないのだから、今日はわけもなくぼんやり物思いをしながら過ごすことになるのだろうか。

女の返歌、

176 知ったとか知らないとか、どうして無理やり区別して言うのだろう。この私を知るのには、ただあなたの思いの「灯」だけが恋の道案内をしてくれるはず。

後には、女が誰であるか、逢《あ》ってわかったのだった。

【語釈】

①右近の馬場　右近衛府に属する馬場。一条大宮にあったという。**②ひをり**　五月五・六日、それぞれ、左・右近衛府による正式の騎射の試合。真手結《まてつがい》と呼ばれるが、これをなぜ「ひを

り」ともいうのかは諸説があって不明。ここは六日の右近衛府による真手結である。③**向かひに立てたりける車**　馬場の向こう側にとめてある牛車。女車である。「中将なりける男」の位置からも、馬場の柵を隔てて向かい側にある。④**下簾**　車の簾の内側に垂らし、その端を簾の下から外に出す細長い絹布である。これによって女車であることが知られる。⑤**中将なりける男**　近衛中将であった男。在原業平を暗示する。

【和歌175】見ずもあらず……　男の贈歌。「見ずもあらず見もせぬ人」は、牛車の「下簾よりほのかに見」えた「女の顔」をさす。その対句的な言いぶりに注意。この「あやなく」は、わけもなく、ぐらいの意で、「ながめ暮らさむ」に続く。「今日や」の「や」は疑問の係助詞。「ながむ」は、ぼんやり物思う意。「暮らす」は、昼の時間帯を過ごす意。一首は、見たとも見ないとも分からぬ女《ひと》に、得体のしれぬ恋の物思いをかかえさせられた、と訴える歌である。〈重出〉古今　恋一・業平。

【和歌176】知る知らぬ……　女の返歌。「知る知らぬ」は、私を見て知ったとか知らないとか、の意。男の贈歌の「見ずもあらず見もせぬ」に応ずる語句。「何か」は疑問の意で、「いはむ」に続く。「あやなく」も「いはむ」に続くが、ここでは、無理やりに、必要もないのに、ぐらいの意。下の句の「思ひ」には「灯」を掛け、相手への思いだけが灯が夜道を照らすように恋の道しるべだ、とする。一首は、見た見ないの区別はどうでもよい、人にとって思いの「灯」だけが恋の道しるべだ、と贈歌を切り返した歌である。〈重出〉古今　恋一・読人知らず。

⑥**誰と知りにけり**　相手の女が誰であるかを知った。たがいに情を交わしあう関係にもなったとする。

評釈

この時代の女性たちも、祭のような戸外の催し物ともなると、女車を仕立てて見物に出かける。それが彼女たちの楽しみの一つであったらしい。すると、どこかで男がそれを目ざとく見つけて車中の女と歌を詠み交わし、それが意想外の恋のはじまりになることもある。

この章段の話も、そのような偶然の機会の場面から新しい恋が生まれた。五月六日、右近の馬場で騎射が行われ、業平とおぼしき右近衛中将も役目柄からその場に立ちあっていた。彼が、見物の女車の存在に気づくと、車の下簾の下から女の顔が「ほのかに」見えるではないか。その「ほのか」という感覚が、かえって強烈な感動を惹起し、得体の知れない重々しい恋心を誘発してしまったというのだろう。

二人の詠み交わす贈答歌の呼吸に注目しよう。男が女の顔を「ほのかに」見たという感覚が、彼の詠む贈歌では「見ずもあらず見もせぬ」と表現される。この畳みかけた対句ふうの語句は、いかにも執拗な言いまわしである。まったく見ないわけでもなく、また見たともいえない漠然とした感覚が、かえって恋の物思いをはげしく引き出してしまった、というのである。さらに、そうした心の動きが、重々しく「あやなく」の語でとりおさえられている。「あやなし」は、対象のはっきりしない状態について、物事が道理に合わない、筋道が立たない、というのが原義。ここでも、漠然とした感覚がわけもなくわが心を刺激して、これまで経験したこともない恋の物思いをつのらせているとする。

これに応ずる女の返歌も、男の贈歌の言葉づかいに即している点に注意される。対句ふうの「知る知らぬ」が贈歌の「見ずもあらず見もせぬ」に対応させられ、贈歌の重要語である「あやなく」も踏襲されている。しかし、その「あやなく」の語義を贈歌とはやや異ならせて、あなたが見たとか見ないとか言うが、どうして無理やり区別するのか、と相手に反発する。それのみならず、下の句ではあらためて「思ひ」に「灯《ひ》」を掛け、恋の道では思いという灯だけが道しるべなのではないか、——私を恋うあなたの思いの「灯」こそがその導きというもの、と相手を挑発する。この一首には、女の返歌らしい切り返しの発想のなかに、さらに男を挑発する趣がある。いわゆる女歌の典型といってよい。贈答歌のこのような言葉の微妙なひびきあいが、二人の共感を強めてもいくのであろう。二人は深い仲になったという。

この贈答歌は、『古今集』恋一にも載せられている。次のようにほぼ同文の詞書が添えられているが、その二首の作者名を業平と読人知らずとする点だけが異なる。

右近の馬場のひをりの日、向かひに立てたりける車の下簾より女の顔のほのかに見えければ、詠みてつかはしける

在原業平朝臣

返し

読人知らず

もとより『古今集』では、その採歌方針が一首としての自主性を重んずるせいか、恋の部でも贈答の二首がこのように丸ごと採られる例が、きわめて少ない。そして、その稀少例がほとんど『伊勢物語』の業平関係に限られている点に、特に注意されるのである。そこに物語のいわゆる原初形態が想定されるとともに、贈答歌の最も典型的なありようが見定められているように思われる。さらにいえば、物語のなかに置いてこそ贈答歌としての本性がきわだつということになる。

また、この話は、『大和物語』百六十六段にも、同じような内容が語られているが、女の返歌が次のように異なっている。

見も見ずも誰《たれ》と知りてか恋ひらるるおぼつかなみの今日のながめや

見たとも見ないとも言ったところで私を誰と思って恋しく思うのか、あなたの今日の物思いとやらも頼りないことだ、とする歌意じたいには女の返歌らしい反発も見てとれよう。しかし、二首相互の言葉のひびきあいという点からすれば、この章段のような贈答歌としての絶妙の呼吸にはいたっていない。右の返歌は切り返すためだけの返歌にしかなっていない。

この章段の男の贈歌が、『源氏物語』の柏木が、源氏の正妻となった女三の宮のもとにはじめて送り届ける歌文に引用されていることも、よく知られている。三月の六条院で蹴鞠の催された折、柏木が、御簾のはざまに女三の宮を隙見して、魂のあくがれ出る思いから次のような言葉を、女房の小侍従を介して届ける。

一日《ひとひ》、風にさそはれて（六条院の）御垣《みかき》の原を分け入りてはべしに、……その夕《ゆふべ》より乱り心地かきくらし、あやなく今日はながめ暮らしはべる。（若菜上）

柏木は女三の宮に、隙見の一件を知らせて、恋の物思いを訴えようとした。しかし事情を知らぬ小侍従にはその意図が分からず、世間並の恋慕と解すほかなかった。柏木自身は、『伊勢物語』の男のような得体の知れない物思いをかかえこんだのだが、一方的な訴えにしかならなかったというのである。

百段

昔、男《をとこ》、①後涼殿《こうらうでん》のはさまを渡りければ、あるやむごとなき人の御局《つぼね》より、②忘れ草《ぐさ》を「③忍《しの》ぶ草《ぐさ》とやいふ」とて、④出《い》ださせたまへりければ、⑤たまはりて、

177 忘れ草生《お》ふる野辺とは見るらめどこはしのぶなりのちも頼まむ

昔、ある男が、後涼殿の、清涼殿との間を通ったところ、ある高貴な女君のお局《つぼね》から忘れ草を、「これを忍ぶ草というのかしら」と言って、差し出させなさったので、それをいただいて、

177 このあたりを忘れ草の生えている野辺だと人は見ているだろうけれど、これは人目を忍ぶ忍ぶ草。また私を偲《しの》んでくれるのなら、後の逢瀬を頼みとしよう。

【語釈】

①**後涼殿**　内裏の殿舎の一つ。清涼殿の西側に付属した建物で、女御・更衣などの居所がある。ここは「やむごとなき人」とあり、女御の居所をさすのであろう。「はさま」は、その殿舎の狭い通路。②**忘れ草**　萱草《かんぞう》。ユリ科の多年草。夏、淡い黄赤色の花をつける。和歌などでは、恋の憂いなどを忘れさせてくれる草とされる。ここでは暗に、私のことを忘れたか、ぐらいの気持ちを表そうとする。③**忍ぶ草**　「のきしのぶ」とも。シダ植物の一種。茎が地上を這う。葉は五～十センチ。和歌などでは、「(人目を)忍ぶ」や「(相手を)偲《しの》ぶ」の語に掛けて用いられる。ここでは、「忘れ草」を提示した上で、私のことを忘れて逢いに来なくなったのを、人目を忍んでのことだと言うのか、と詰問する気持ちを言いこめた。④**出ださせたまへりければ**　女房に命じて、男に。⑤**たまはりて**　男が。

【和歌177】 **忘れ草……**　男の贈歌。相手の女が「忘れ草」を提示したところから、「忘れ草……とは見るらめど」として、自

分を難ずる相手の女の心を推量。「忘れ草生ふる野辺」は、相手のことを忘れる人の心を、忘れ草の生えている野原と喩えた表現。「しのぶ」は、しのぶ草。ここでは、人目を「忍ぶ」、相手を「偲ぶ」の両意を合わせた。「のちも頼まむ」は、将来にわたる親交を、と期待する気持ち。一首は、自分が「忍ぶ」のも「偲ぶ」のも当然だが、そちらもこの自分を偲んでくれるよう向後を期待している、と訴える歌である。〈重出〉大和物語百六十二段。

評釈

この話の女は、後涼殿に住まう高貴な女性、対する男との交渉がどれほどのものかは定かでないが、人目をきびしく忍ばねばならない立場にあるらしい。あるいは、二条の后と業平のことかともみられるが、しかしその確証はない。

女の方から女房に命じて、男に「忘れ草」を手渡させて、さらに「忍ぶ草とやいふ」と言わせた。「忘れ草」も「忍ぶ草」も、特に恋歌に重要な歌言葉である。その歌言葉の連想から、女は暗に、私のことを忘れたのかしら、また、私のもとに足が遠のいているのは人目を忍ばねばならないことを口実にしているからかしら、と男の不訪を難じたことになる。このように歌言葉に即した女の言動は、いわば女からの贈歌に準じたものともいえよう。もとより男の方から懸想を訴えかけるのが男女の贈答歌の常套的な方式なのだから、これは異例の女の贈歌のような言葉である。しかも、女の返歌がそうであるように、相手への反発的な発想もとりこまれている。これは、女の、男に対する積極的な働きかけであり、挑発的でさえある。

これに対して男の歌はどう応じているか。贈歌ながら、女の言動への返歌のような趣になっている。女の言う「忘れ草」をも「忍ぶ草」をもとりこみながら、あらためて下の句の「しのぶなり／後も頼まむ」で女の非難を否定する。勘どころは「しのぶ」の語にある。この語は、人目を「忍ぶ」であるとともに、相手を「偲ぶ」ことでもある。そして「後も頼まむ」と結ぶ。これは、「偲ぶ」が自分だけでなく、相手もこちらを偲んでほしいと、その期待を将来につなげたい気持ちである。言葉の自然の運び方として、「忘れ草」――→「忍ぶ草」――→「偲ぶ草」が緊密に連なっている。こうした言葉によって女の非難を打ち消すことになり、おのずと男の懸想がきわだってくるのである。

この話は『大和物語』百六十二段にも載せられているが、微妙な違いがある。そちらでは女の言動を、「忘れ草をなむ、『これは何とかいふ』とて」とあり、「忍ぶ草」の語がない。忘れ草だけを提示して、この草は何というのだろう、と言うのだから、女は、男が私のことを忘れてしまったのか、と詰問するだけである。『伊勢物語』の女の言動に比べると、これは単純である。また、歌に続く叙述にも「同じ草を忍ぶ草、忘れ草と言へば」とあり、二つの草を同一のものとしている。これに従えば、女と男が「忘れ草」をめぐって言い交わし、男が歌で「忘れ草」を「忍ぶ草」と言い換えて自らの恋を訴えたということになる。しかし二つの草は同一ではなく、はじめから物語の女の言動には「忍ぶ草」——人目を忍ぶだけの、男の消極的なありようへの不満が意識されていたと解するべきである。そして、それへの反発が男の歌であった。

百一段

昔、①左兵衛督《さひやうゑのかみ》なりける②在原《ありはら》の行平《ゆきひら》といふありけり。その人の家によき酒ありと聞きて、③④上《うへ》にありける⑤左中弁《さちゆうべん》⑥藤原の良近《まさちか》といふをなむ、⑦まらうどざねにて、その日は⑧あるじまうけしたりける。⑨情けある人にて、瓶《かめ》に花をさせり。その花のなかに、⑩あやしき藤の花ありけり。花の⑪しなひ、三尺六寸ばかりなむありける。それを題にてよ

昔、左兵衛督であった在原行平という人がいた。その人の邸によい酒があると、人々が噂を聞いて集まっていたが、殿上への昇殿を許されていた左中弁藤原良近という人を正客として、その日はもてなしの宴を催したのだった。主人《あるじ》の行平は風流を好む人で、瓶《かめ》に花をさしてある。その花の中に、目を疑うほどすばらしい藤の花があった。花の房は、長さ三尺六寸ほどもあった。それを題にして人々が歌を詠

む。よみはてがたに、⑫主人《あるじ》の兄弟《はらから》なる、⑬あるじしたまふと聞きて来《き》たりければ、とらへてよませける。もとより⑭歌のことは知らざりければ、⑮すまひけれど、しひてよませければ、かくなむ、

178　咲く花の下《した》にかくるる人を多《おほ》みありしにまさる藤のかげかも

⑯「などかくしもよむ」と言ひければ、⑰「太政大臣《おほきおとど》の栄花《えいぐわ》の盛りに⑱みまそがりて、藤氏《とうし》の、ことに栄《さか》ゆるを思ひてよめる」となむ言ひける。⑲みな人、そしらずなりにけり。

む。詠み終わろうとするころになって、主人の兄弟である男が、この邸で客をもてなしていらっしゃると聞いてやってきたものだから、この男をつかまえて歌を詠ませたのだ。もとより当人は、歌の詠み方を知らなかったので、詠むのを辞退したけれど、無理やり詠ませたところ、こうであった。

178　咲く花の下に隠れている人々が多いので、以前にもまして大きくなる藤の木蔭ではある。

人々が「どうしてこんなふうに詠むのか」とたずねたところ、男は、「いま太政大臣が栄華の絶頂にいらっしゃって、藤原氏が格別に栄えているのを思って詠んでいる」とは言ったのだった。人々はみな、この歌の悪口を言わなくなってしまった。

【語釈】①**左兵衛督**　左兵衛府の長官。兵衛府は宮中警護などにあたる。②**在原の行平**　八十七段では「衛府の督」とある。③**聞きて**　仲間たちが。「聞きて」の次に、「集まり」ぐらいを補って解す。④**上にありける**　「上」は殿上の間。この清涼殿の殿上の間に伺候する人物が、いわゆる殿上人である。⑤**左中弁**　弁官は太政官に直属し、左右の大・中・少弁に分けられる。諸官省・諸国が申し出る庶務を上申し、また太政官内の命令を伝達する。行政の中軸をなす重要な官であり、文才・学問に秀でた人物が任命された。⑥**藤原の良近**　藤原良近（八二三―八七五）は、吉野の子で、貞観十二（八七〇）年右中弁、十六（八七四）年左中弁。藤原氏の中でも、陽のあたらない式家の一人であった。在原行平が左兵衛督であったのは貞観六（八六四）年から同十四（八七二）年の間なので、良近の左中弁在職期間と重ならない。史実とは違っている。⑦**まらうどざね**　主客。「ざね」は主となるものであることを表す語。⑧**あるじまうけす**　主人役として客をもてなすこと。饗応すること。⑨**情け**　この「情け」は、風流、趣味、の意。⑩**あやしき**　この「あや

し」は、どうしてこうもすばらしいのか、とほめそやす気持ちをいう。⑪**しなひ**　花房が長く垂れさがっているさま。その花房の三尺六寸は、約一メートル五十センチ。長大な花房の華美さである。⑫**主人の兄弟**　主人の行平の兄弟。暗に業平をさす。⑬**あるじ**　この「あるじ」も、饗応の意。⑭**歌のことは知らざりければ**　歌の詠み方がわからないとする。⑮**すまひければ**　「すまふ」は、辞退する意。

【和歌178】咲く花の……　行平の兄弟（業平か）の唱和（贈歌）。「咲く花」は今を盛りの藤の花。後続の叙述によれば、藤原氏の栄華の象徴とされる。「花の下にかくるる人」は、花の下に隠れている人々、藤原氏の庇護下にある人々をいう。「人を多み」は、人が大勢なので、の意。形容詞の語幹に接続語「み」がついて、理由・原因を表す語法。「ありしにまさる」は、以前にもましたすばらしさ、栄華の絶頂だとする。「かげ」は、木蔭。上の「花の下」ともひびきあって、人々に恵みをもたらす庇護のもと、のイメージ。一首は、藤の花のみごとさを賞《め》でるとともに、人々に恵みを与えている藤原氏の繁栄を賛える歌になっている。

⑯**などかくしもよむ**　参会者の誰かの、この歌の詠みぶりへの批判的な感想。どことなく世間尋常の詠み方ではないというのであろう。⑰**太政大臣の……**　以下、歌を詠んだ作者の弁明。「太政大臣」は藤原良房（→九十八段）。ただし、良近が左中弁になる二年前に、良房は死没している。⑱**みまそがりて**　尊敬語。「いまそがり」に同じ。⑲**みな人、そしらずなりにけり**　良房を話題にして藤原氏の栄華を賛えたことに、人々は黙ってしまった。「そしらずなりにけり」は、前の「などかくしもよむ」の非難がましい言辞と呼応して、それを否定している。

評釈

この章段は、在原行平のもとに美酒があるという噂が広まっていて、大勢の人々が集まってきたという話である。そこで家の主人《あるじ》である行平が、藤原良近という人物を主客として酒宴を催すことになった。行平は大きな瓶に、花房の長さ三尺六寸ほどもある藤の花を入れて飾った。藤は晩春から初夏にかけて咲く花である。人々はその花を題に歌を詠む。その詠歌が一わたり終わりかけたところで、行平の兄弟がやってきた。いうまでもなく兄弟とは、歌人としても知られた業平のことであろう。にもかかわらず彼は、歌の詠み方も知らぬとして固辞する。これは謙虚の言葉なのか、それともいやみなのか。しかしこれは、後続の一座の言葉「などかくしもよむ」とも通じあい、彼の詠みぶりがいかにも世間並々ならぬ独自な作であることを証すことにもなるのであろう。

その「咲く花の」の歌について、参会者のなかには「などかくしも」と評して、どことなく違和感をおぼえる者もいたという。これに対して作者自身は、太政大臣良房が栄華の絶頂にあって、藤原氏がとりわけ繁栄しているのを念頭において詠んだ、と表明している。「藤」──→藤原氏という和歌的な連想による表現であり、「咲く花の下」「藤のかげ」とは、藤原氏の庇護下にある人々をさす。これは藤原氏の栄耀を賛える歌であること、いうまでもない。こうした「藤」──→藤原氏の連想にもとづく表現は、次の例歌にも顕著である。

水底の色さへ深き松が枝に千歳《ちとせ》をかねて咲ける藤波　（後撰　春下・読人知らず）

松と藤を組み合わせた歌で、一首は、水底に映っている色までが深く見える松の枝の長寿にあやかって、千年後の繁栄を予見させるように咲いている藤波だ、の意。藤の花房が常緑の松にからまっている図柄に、藤原氏が皇室とともにいつまでも繁栄するであろうことを予祝する歌である。

あらためて、この章段の藤の花の歌を考えてみよう。藤の花を賞美した表現ではあるものの、「下にかくるる」「藤のかげ」とするあたりには、確かに藤原氏の傘下の晴れがましさが謳歌されてはいるが、他方ではそれに対する世人の阿諛《あゆ》追従《ついしょう》を見ているような目も光っているのではないか。藤原氏の栄耀栄華を賛えているとともに、その一統の専横を冷ややかに見てもいるであろう。文中、「歌のことは知らざりければ」という屈折した物言い、あるいは「などかしくもよむ」とする批評がとりこまれるのも、この歌へのそうした視線とも無縁ではあるまい。

ここに参集する人々が、すべて藤原氏の権勢に連なってはいないだろう。主客の良近という人物も、藤原氏とはいえ、権勢の中枢からほど遠い式家の出身である。そうであるだけに、この「咲く花の」の歌は、藤の花の光と影を交錯させた表現として、人々の共感を呼びさまさせることになるのであろう。

百二段

昔、男《をとこ》ありけり。①歌はよまざりけれど、②世の中を思ひ知りたりけり。③あてなる女《をんな》の、尼になりて、④世の中を⑤思ひうんじて、京にもあらず、はるかなる山里に住みけり。もと⑥親族《しぞく》なりければ、よみてやりける。

179 そむくとて雲には乗らぬものなれど世の憂《う》きことぞよそになる
　てふ

となむ言ひやりける。
⑦斎宮《いつきのみや》の宮なり。

昔、ある男がいた。歌は詠まなかったけれど、男女の仲についてはその機微をわきまえていた。ある高貴な女が尼になって、俗世間をいやなものと考えるようになり、京にもとどまらず、はるか遠い山里に住むようになった。男はもともとこの女と親族であったので、歌を詠んでやったのである。

179 世を背いて尼になるからとて、仙人のように雲に乗るわけでもないけれど、俗世の男女の仲のつらさが別世界のできごとのように遠のいてしまうそうだが……。

と詠んでやったのだ。
そのお方は、斎宮《さいぐう》をお務めになった内親王である。

【語釈】 ①**歌はよまざりけれど**　前段の「もとより歌のことは知らざりけれど」と同じ趣である。②**世の中を思ひ知りたりけり**　「世の中」はここでは、男女の仲の意。「思ひ知る」は、物事の情理をわきまえ知る意。③**あてなる女**　高貴な身分の女。末尾に「斎宮」とあり、皇女か皇孫である。④**世の中**　「世の中」は、ここでも男女の仲を中心とする人間関係をいう。⑤**思ひうんじて**　「うんず」は、「倦《う》みす」の撥音便形。嫌気がさす、の意。⑥**親族なりければ**　男は、「あてなる女」（尼）と親族の関係にあるとする。その関係からは、男から尼に和歌を詠み送るのに不都合はない。
【和歌179】そむくとて……　男の贈歌。「そむく」は、ここでは俗世に背くこと。出家する、尼になる、の意。「雲に乗る」は、仙人のように雲に乗り別世界に行くこと。「世の憂き」は、地の文にいう「世の中を思ひうんじ」ること。「憂し」は、わが身の宿世を思い、その人生をつらいと思う気持ちをいうことが多い。「てふ」は、「といふ」の意。一首は、出家によって、男女関係のつらさとは無縁になるというが、今はどういう心境か、と問う歌である。〈重出〉古今六帖　第二「あま」。
⑦**斎宮の宮なり**　六十九段末尾の文言によれば、清和天皇の時代の斎宮、恬子《やすこ》内親王（文徳天皇皇女）の母が、業平の妻（紀有常の娘）のおばに当たることになる。ここでも恬子内親王と業平の縁戚関係を想定しているのであろう。

評釈

『伊勢物語』には、六十九段を原型として、斎宮をめぐる話がさまざまに広がっている。作品の形成からいえば、六十九段こそ原初章段ともみられる。この章段や後続の百四段なども、その六十九段のいわば後日譚として語られている。

　この話ではまず、斎宮に対する男を、「歌はよまざりけれど、世の中を思ひ知りたり」とする点が勘どころになっている。男女関係や人情の機微を心得ている者こそが、すぐれた歌を詠みうるとする考え方が、ここには前提されていよう。それならば、この男が「歌はよまざりけり」とあるのは、どういうことか。実際には「そむくとて」と詠んだその歌は、読むに耐えがたいほどの駄作だったというのか。

　この歌の文脈では、初句の「そむくとて」が直接、下の句の「世の憂きことぞよそになる」に連なっていく。俗世間に背いて出家するというのは、己が人生をつらいと思わせている俗世のしがらみから解き放たれていることだとするのである。そして、右の文脈に挿入されたともみられる「雲には乗らぬものなれど」の叙述が、ここで重要なのであろう。仙人のように雲に乗ることはないにしても、出家以前までとは異なる世界に、自在に飛翔するというイメージである。出家による心の自由さを思い描いたことになる。末尾の「てふ」の語句も相手の尼の心に即して、……ということだね、と共感する言い方である。この一首では、尼生活のあらまほしき境地を想像しながらも、さらにその理想の心境がどんなものかと、俗界の側から強い関心をいだいている趣である。生きる世界を異にするとはいえ、やはりこの相手とはどこかで関わりたい思いもこみあげてくるのであろう。未練を断ちがたい人間関係の一つである。特にこれが斎宮との物語の後日譚であることを重視してみると、愛執の情をさえ感取することになろう。

前段の男も、「もとより歌のことは知らざりければ」とされながらも、「咲く花の」の歌を詠んで一座の人々を感動させた。それと同じように、この章段の男も、「歌はよまざりけれど」と評されながらも、相手の出家ゆえの心の自由さを想像するところから、このような独自の歌を詠んだ。こうした歌の心と言葉が、他者との共感を呼び起こして当然であろう。その歌が、世間でいううまい歌ではなかったともいわれるゆえんである。

百三段

昔、男《をとこ》ありけり。いと①まめにじちようにて、②あだなる心なかりけり。③深草《ふかくさ》の帝《みかど》になむ仕《つか》うまつりける。④心あやまりやしたりけむ、⑤親王《みこ》たちの⑥使ひたまひける人を⑦あひ言へりけり。さて、

180 寝《ね》ぬる夜《よ》の夢をはかなみまどろめばいやはかなにもなりまさる

昔、ある男がいた。ほんとにまじめで実直であり、軽薄な心がなかった。深草《ふかくさ》の帝に、お仕えしていたのだ。ところが、心得違いをしたのだろうか、親王たちのお召しになっている女《ひと》と親密に語らってしまった。そこで、

180 逢って寝た夜の夢がとてもはかなかったものだから、いまいちど手応えを確かめようとまどろんでみると、あれが現実だとさえ思われず、い

かな

となむよみてやりける。⑧さる歌のきたなげさよ。

【語釈】

①**まめにじちようにて**　「まめ」も「じちよう」もほぼ同じ意で、誠実さ、実直さをいう。後者については「実用」「実要」などの漢字があてられてきた。②**あだなる心**　誠実さがない心、浮気心。「まめにじちよう」とは正反対。③**深草の帝**　仁明天皇（八一〇―八五〇。嵯峨天皇の第二皇子）。嘉祥三（八五〇）年崩御。その御陵が深草の地、現在の京都市伏見区深草東伊達町にあるので、深草の帝と呼ばれる。④**心あやまりやしたりけむ**　語り手の推測による挿入句。「まめにじちよう」の男にしては、心得違いを起こしたのだろうか、の気持ち。あってはならぬ恋愛沙汰だという感想をこめての推測である。⑤**親王たち**　深草の帝（仁明帝）の子たち。この親王たちには、後に即位する文徳・光孝天皇も含まれるが、ここが誰をさすか具体的にはわからない。⑥**使ひたまひける人**　親王の誰かが寵愛した女。⑦**あひ言へりけり**　「あひ言ふ」は、たがいに親しく語らうこと。相思相愛の仲になったとする。

よいよ自分の頼りなさがつのるばかりだ。

というふうに詠んでやった。その歌の、いかにも見苦しさよ。

【和歌180】寝ぬる夜の……　男の贈歌。「寝ぬる」は相手の女と共寝をしたこと。「夢をはかなみ」は、形容詞語幹に「み」がついて、原因・理由を表す語法。共寝をした一夜のことを夢の出来事だとするが、その夢がまさしくはかないので、の意。とても現実の出来事とは思われぬ気持ちをいう。「まどろむ」は、相手のもとから帰ってから、もう一度まどろんでみる意。夢よもう一度、の気持ちである。「いや」は接頭語で、物事の状態が盛んなさまをいう。「はかな」を強調。この一首は、情交の翌朝詠み送った後朝《きぬぎぬ》の歌であり、逢瀬の夢見るような名状しがたい感動を訴えた。〈重出〉古今　恋三・業平。古今六帖第四「夢」・業平。

⑧**さる歌のきたなげさよ**　語り手の評言。「きたなげ」が人の心を対象に用いられると、よこしまだ、恥知らずだ、ぐらいの意。ここは、歌の巧拙についてではなく、男が相手の女に歌を詠み送ることじたいを、見苦しいことだ、と評している。男の「まめにじちよう」の性格を前提しての評言でもあろう。

評釈

この歌は『古今集』恋三にも業平の実作として収められているが、その詞書は次のように、後朝の歌であることを記すだけで、返歌もなく、その人間関係など詳らかでない。

人に逢《あ》ひて、朝《あした》に詠みてつかはしける　業平朝臣

しかし物語では、男の人となりを「いとまめにじちようにて、あだなる心なかりけり」として、その誠実さを強調している。したがって深草の帝への奉仕も、彼の誠心誠意からだと想像される。にもかかわらず男は、その帝の皇子が寵愛している女と逢瀬を交わしてしまったという。それを語り手は「心あやまりやしたりけむ」とも推量しているのだが、その真意はどうなのか。はたして、背信の行為として批判されてしかるべきなのかどうか。この語り手の推測は、末尾の「さる歌のきたなげさよ」の評言ともひびきあっている。しかし男の心の真相は、彼の詠む歌そのものによってのみ証されるほかないであろう。その和歌だけが彼の心の誠実さを証す言葉である。もともと語り手の言葉は、世の良俗に従う世俗的な地点から発せられることも多い。

もとより、このような逢瀬後の歌における「夢」の語は、確実に情事を暗示することになる。たとえば、六十九段の斎宮との交渉での「夢」の贈答歌なども、その典例とみられる。ここでの「寝ぬる夜の」の歌も、秘密の情交の後に歌いあげられた後朝の歌である。その「はかなみ」「はかなにも」の重々しい繰り返しの表現にも注意される。まず、「寝ぬる夜の夢」を「はかな」いとして、共寝がいかに瞬時の出来事でしかなかったかを顧みる。その「はかなみ」の語句は直接には「まどろめば」にかかっている。この文脈に即してみると、逢瀬の感動を実感できなかったとする男は、女のもとから帰るなり、せめて「夢」を再現させるべく、あらためて「まどろ」もうとする。しかし夢は夢でしかなく、「いや……なりまさる」はかなさなのだ。逢瀬の不確かな感覚のみならず、相手の魂をつかみかねる二重の孤独をかかえこんでしまう、いやしがたい魂の彷徨が歌われている。

このように自らの心を証そうとする、自己に対する誠実さという点において、彼は「いとまめにじちよう」であり、「あだなる心」などない。その彼自身の誠意に即すかぎり、女への対し方も帝への誠心と変りないともいえよう。それを「心あやまりやしたりけむ」とする語り手の評言は、この男の真意にあえて立ち入らずに、男の多感さを一様に難じてしまう世俗的な観点にとどまる言辞だといってよい。末尾の「さる歌のきたなげさよ」の評言も、同様に男の行為と詠歌を浮気の沙汰とみなしがちな世俗の理屈によっている。しかしこの語り手の評言はかえって、歌によるほかない男の誠心を証すための否定的な媒介になって、物語の真相を明らかにしているのである。

百四段

昔、①ことなることなくて尼《あま》になれる人ありけり。②かたちをやつしたれど、③ものやゆかしかりけむ、④賀茂《かも》の祭《まつり》見に出《い》でたりけるを、男《をとこ》、歌よみてやる。

181 世をうみのあまとし人を見るからにめくはせよとも頼まるるかな

これは、⑤斎宮《いつきのみや》のもの見たまひける車に、かく聞こえたりければ、

昔、格別の理由もないまま尼になっている人がいたのだった。身を尼姿にやつしているけれども、なんとなく祭に心ひかれたのだろうか、賀茂《かも》の祭を見に出かけていたのに、ある男が歌を詠んでやる。

181 世の中がいやになり出家した尼と見受けられるので、海人《あま》が海藻《め》を食わせるということでもないが、私に目くばせをしてくれぬものかと、頼みに思われることよ。

これは、斎宮《さいぐう》が見物なさった車に、男がこう申しあげたものだから、見物を途中でやめてお帰りになってしまった、ということで。

見⑥さして帰りたまひにけりとなむ。

【語釈】 **①ことなることなくて**　格別の事情や理由もなく出家したとする。**②かたちをやつしたれど**　尼姿になったことをいう。質素な身なりで、僧衣をまとい、髪も尼削ぎに短くする。**③ものやゆかしかりけむ**　語り手の推測による挿入句。仏事などでない、俗世間の祭などに関心を寄せるべきでもないのに、ぐらいの批判めいた気持ちがこめられていよう。**④賀茂の祭**　京都の賀茂神社の例祭。四月の中の酉《とり》の日、斎院や勅使などの行列があり、大勢の人々がそれを見物しようと、道脇に桟敷を設けたり車を立てたりして集まってくる。

【和歌181】 世をうみの……　男の贈歌。「（世を）倦《う》み」「海」、「尼」「海人《あま》」が掛詞。「人」は、ここでは祭見物の車中の女、「尼になれる人」をさす。上の句で「世を倦」む「尼」に「海の海人」を掛けたところから、下の句でも「目くはせ」「海藻《め》食はせ」の両意を掛ける。「目くはす」は、ここでは、（相手の女が）目で色めかしく合図をする意。一首は、相手の女を挑発すべく、せめてこちらに目くばせしてくれるよう心頼みされる、と詠みかけた歌である。**⑤斎宮**　百二段にも「斎宮」とあった。同一人物であろう。**⑥見さして帰りたまひにけり**　「……さす」は、中途でやめる意。男からの懸想を避けるべく帰った。

評釈

この話も、前の百二段と同様に、斎宮関係の後日譚の一つとして、出家後の斎宮のありようを語っている。ここでは、その斎宮が「ことなることなく」尼になったとして、その出家の理由も曖昧だとしている。しかも、出家の身でありながら、世俗のはなやかな風俗に無関心でいられずに、祭見物に出かけたというのである。それを目ざとく見つけた男が、思わず歌を詠みかけたというのが、この話の内容である。

男の詠みかける「世をうみの」の歌では、「世を倦《う》みの尼」に「海の海人《あま》」を言い掛けているが、これは掛詞として一般的な用法である。しかし、そこからさらに「海藻《め》食はせよ」に「目くはせよ」を言い掛けるのは特殊な言いまわしであろう。この「目くはせよ」とは、こともあろうに尼に対して、目で合図をしてくれと、色めかしい振舞いを要求しているのだから、尋常ではない。いかにも恋の風流に淫した、懸想の歌である。

こうした突然の懸想の歌に、相手の尼が驚かないはずがない。彼女は、歌の詠み手の男をどう思うかよりも、自分が仏門に帰依している身であることに、あらためて自覚させられたということではないか。そのために、祭を「見さして」帰途につくことになった。そのように尼の身を自覚させるというのも、一つには男の歌の力が彼女の心を動かしたからにちがいない。同じく斎宮出家後の後日譚とはいえ、前の百二段とはやや異なる趣である。

百五段

昔、男《をとこ》、「①かくては死ぬべし」と言ひやりたりければ、女《をんな》、

182 白露《しらつゆ》は消《け》なば消《け》ななむ消《き》えずとて玉にぬくべき人もあらじを

と言へりければ、②いとなめしと思ひけれど、③心ざしはいやまさりけり。

昔、ある男が、「このままでは死んでしまうだろう」と言ってやったところ、女が、

182 白露は、消えてしまうものなら消えてしまうがいい。消えずにあるからとて、それを玉として緒《お》を貫いてくれる人もあるまいから。

と言ったので、男は、まったく無礼だと思ったけれど、女を思う気持ちはますますつのるのだった。

【語釈】

①**かくては死ぬべし**　男の言葉。相手の女に対して、このままでは恋い死にしそうだとして、相手からの同情を求めようとする意図による。

【和歌182】白露は…… 女の贈歌。「白露」は、相手の男を喩えた表現。「消なば」は、古い時代の下二段動詞「消《く》」の未然形「消《け》」に、完了の助動詞「ぬ」の未然形「な」、接続助詞「ば」のついた形。「消ななむ」の下の「なむ」は、他者への願望（誂《あつら》え）の終助詞。「消なば消ななむ」で、消えてしまうのなら消えてしまってほしい、の意。「玉にぬく」は、白珠《しらたま》（真珠）などに緒を突き通して装身具にすること。ここでは、白露を玉のように貫こうとしても、しょせん露だから不可能だとする。一首は、相手の男の訴えを、「玉にぬくべき人もあらじ」として切り返して、相手を拒む歌となっている。
②**いとなめし** 「なめし」は、無礼だ、の意。相手の歌の詠みぶりについての男の感想。③**心ざしはいやまさりけり** 相手を恋い慕う気持ちがいっそう強くつのってくる。「心ざし」は気持ち。

評釈

男が、恋い慕う女に、「かくては死ぬべし」と訴えるところから、物語が開始する。これに対する女は、男の言葉をあたかも懸想の贈歌のように受けとめたのであろう、いかにも返歌のような詠みぶりの歌で応じた。女の贈歌でありながらも、返歌らしく男の言い分を切り返す発想によっている。

女は、男の言う「死ぬ」の語はさすがに用いることなく、これに「消《く》」という語で応じた。その「消」や「消《き》ゆ」には、縁語として「露」が多く用いられる。男を「白露」と喩えたのもそのためであり、男の死を白露がはかなく消えることだとする。古来、「消」「消ゆ」は消失、死滅のイメージをつくり出す語として、特に恋歌に多く用いられてきた。

わが宿の夕影草の白露の消《け》ぬがにもとな思ほゆるかも　（万葉　巻4・五九四　笠女郎）
身を憂しと思ふに消えぬものなればかくても経《へ》ぬる世にこそありけれ　（古今　恋五・読人知らず）
あひ思はで離《か》れぬる人をとどめかねわが身は今ぞ消えはてぬめる　（伊勢物語　二十四段）

これらの例歌からもわかるように、恋の苦しみに堪えがたくはかなく消え失せてしまいそうだという言いぶりは、とりわけ女が、女の身であるがゆえにそうだと言わんばかりの口吻である。いわゆる女歌の表現の一つの特徴のように思われる。

ところが物語の女は、男が「かくては死ぬべし」と訴えた、その「死ぬ」の語をとらえて、自分ならざる相手の男について、白露のようにはかなく消えうせて当然だとした。しかも白露であるから、緒を貫けるような白珠《しらたま》（真珠）などではなく、しょせん一時《いっとき》の生命でしかない、ともいったことになる。これは、男女の贈答歌の作法としての、女の返歌に特有な相手への強い切り返しのありかたである。男にしてみると、自分が言い出した「死」をそのまま肯定されたのだから、「いとなめし」とは思うけれども、一面では女の小気味のよいまでの反発に、確かな手応えをおぼえるのであろう。女歌のすぐれた力を通して、男はいよいよ恋慕の情を高ぶらせざるをえない。「心ざしはいやまさりけり」とあるのも説得的である。

百六段

昔、男《をとこ》、親王《みこ》たちの①逍遥《せうえう》したまふ所にまうでて、②龍田《たつた》川《がは》のほとりにて、

183 ちはやぶる神代《かみよ》も聞かず龍田川からくれなゐに水くくるとは

昔、ある男が、親王たちが逍遥《しょうよう》なさる所にうかがって、龍田川のほとりで、

183 不思議なことの多かった神代の昔にも、聞いたことがない。龍田川の水面を唐 紅《からくれないいろ》色にくくり染めにするとは。

【語釈】

①**逍遥**　風情ある土地を気ままに散策すること。↓六十七段。

②**龍田川**　奈良県生駒郡斑鳩《いかるが》町の、龍田山の山裾を流れる川。大和川の支流である。このあたりは紅葉の名所として知られ、紅葉を連想させる歌枕の地である。

【和歌183】ちはやぶる……　男の唱和（独詠）。「ちはやぶる」は、神にかかる枕詞。「神代」は神々の活躍した時代、それだけに不思議なことの多かった時代、ぐらいの気持ちをこめた。「からくれなゐ」は、韓《から》（または唐）から渡来した紅《くれない》の意で、鮮やかな紅色。「水くくる」は、水をくくり染め（しぼり染め）にする意。実際には紅葉を浮かべて流れる龍田川の水面を、からくれない色のくくり染めだと見立てた。ただし、これを「くぐる」と読んで、水が紅葉の下をくぐって流れる、と解する一説もあるが、ここでは採らない。「……とは」は、上の句の「……聞かず」へと続く倒置になっている。一首は、紅葉を浮かべて流れる龍田川の水面が、からくれないの絞り染めかと驚くほかなかった、とその美しさを賛えた歌。〈重出〉古今　秋下・業平。

評釈

この男の歌は、『古今集』秋下では業平の実作として、次の詞書が添えられて収められている。

二条の后の春宮《とうぐう》の御息所《みやすんどころ》と申しける時に、御屏風《びょうぶ》に龍田川に紅葉流れたる絵《かた》を描《か》けりけるを題にてよめる

業平朝臣

「二条の后」は、清和天皇の后で、出仕以前の若い日に、業平らしき男と秘かに通じあう仲であったことは、三〜六段などからも見当づけられよう。『古今集』ではこの歌が「二条の后」ゆかりの屏風歌だとする。

しかしこの章段では、そのような関係とは無縁で、親王たちに同行した龍田川周辺の逍遥の場で詠まれた歌だとされる。ここでの「逍遥」は、六十七段がそうであるように、一人の物見遊山であるよりも、集団のなかでの共同の行為として語られている。物語では、男の詠む歌がいかにも共同の場にふさわしく、人々の共感を誘《いざな》って当然だとばかりに語っているのだ。

この歌の実際のところは、龍田川が周辺の木々から散り落ちた紅葉を集めながら流れているという景である。それを、からくれない色に川の水をくくり染めに染めているとした点が、奇抜な見立てになっている。しぼり染めになっているのだから、水面に浮かぶ色さまざまの紅葉が群れをつくりながら流れている様相をいう。これは、紅葉を錦織りに見立てる古来の常套的な技法の程度ではない。しかも、その奇抜さに照応しながら、「ちはやぶる神代も聞かず」という驚きを加えて、いよいよ大げさに誇張している。

言い方が大げさになることによって、かえって、本当のところはどういうことか、という注意力を呼びさましてくれるのが、見立ての技法の特徴でもある。ここでもその注意力に導かれて、川面に浮かび流れる紅葉の色濃い紅《くれない》の華麗な群れが、くっきりと浮かびあがってくるのである。このような機知に富んだ技法によって、実際にもまさる華やかな美を描き出す言葉の力こそ、人々の共感を引き出すことになるのであろう。いかにも「逍遥」の場にふさわしい一首である。

百七段

昔、①あてなる男《をとこ》ありけり。②その男のもとなりける人を、③内記《ないき》にありける④藤原の敏行《としゆき》といふ人⑤よばひけり。⑥されど若ければ、⑦文《ふみ》もをさをさしからず、ことばも言ひ知らず、⑧いはむや歌はよまざりければ、⑨かの主人《あるじ》なる人、⑩案を書きて、⑪書かせてやりけり。⑫めでまどひにけり。⑬さて男のよめる。

昔、ある高貴な男がいた。その男の邸にいた女《ひと》を、内記《ないき》の官にあった藤原敏行《としゆき》という人が求婚していた。けれども、女はまだ年若だったので、手紙もしっかりとは書けず、恋の言葉の言いまわしもわからず、まして歌は詠まなかったので、その邸の主人《あるじ》である男が、下書きを書き、それを女に清書させて届けてやった。すると相手の男はひどく感嘆してしまった。そこでその男が詠んだ歌である。

184 恋につかれてぼんやり物思いをしていると、長雨で水量《みずかさ》のふえた川のように増えつのってくる私の涙の川で、ただ袖が濡《ぬ》れるばかりで、実際

184 つれづれのながめにまさる涙川《なみだがは》袖《そで》のみひちて逢ふよしもなし

返し、⑭例《れい》の、男、⑮女にかはりて、

185 浅《あさ》みこそ袖はひつらめ涙川身さへながると聞かば頼まむ

と言へりければ、⑯男いといたうめでて、⑰いままで、⑱巻《ま》きて文箱《ふばこ》に入れてありとなむいふなる。

⑲男、文おこせたり。⑳得《え》て後《のち》のことなりけり。「㉑雨の降りぬべきになむ見わづらひはべる。㉒身幸《さいはひ》あらば、この雨は降らじ」と言へりければ、例の、男、女にかはりてよみてやらす。

186 かずかずに思ひ思はず問ひがたみ身を知る雨は降りぞまされる

とよみてやれりければ、㉓蓑《みの》も笠《かさ》も取りあへで、しとどに濡《ぬ》れてまどひ来《き》にけり。

には逢うすべとてない。

返しの歌は、例によって、主人の男が、女にかわって、

185 あなたの涙の川は浅いからこそ袖が濡れるのだろう。もしも涙の川があふれて身体《からだ》までもが流されると聞いたなら、思いの深さを信じて頼むとしよう。

と言ってやったので、男はたいそうひどく感嘆して、今にいたるまで、その文を巻いて文箱《ふばこ》に入れてある、ということだそうだ。

　相手の男の方から、手紙を届けてきた。女を得てから後のことだった。「いまにも雨が降ってきそうなので、空模様を見て困っております。わが身が幸運に恵まれているのなら、この雨は降らないでしょう」と言ってやったところ、例によって、主人の男が、女にかわって歌を詠んで届けさせる。

186 私を思ってくれるのか思ってくれないのか、あれこれとはたずねることもしにくいので、そのかわりわが身の幸不幸を知らせてくれる雨が、ますますひどく降りつのるばかりだ。

と詠んでやったところ、男は蓑《みの》も笠《かさ》も用意する余裕もないままに、ぐっしょりと濡れながらあわててやってきたのだった。

【語釈】

一 ①**あてなる男** 暗に在原業平をさす。「あて」とするのは、業

平は阿保親王の子で、高貴な血を受けているからであろう。②**その男のもとなりける人**　「人」は、「あてなる男」の家に仕えている女房であろう。③**内記**　中務省《なかつかさ》に属す官人。詔勅・宣命を作り、位記などの記録を司る職。漢詩文の教養が豊かで、文章に巧みな者が任ぜられた。もともと大・中・少の三等級があったが、後に中内記は廃された。④**藤原の敏行**　藤原敏行。南家藤原氏の出身。生年は未詳。父は富士麿、母は紀名虎《なとら》の娘なので、業平の妻のいとこにあたる。貞観八（八六六）年少内記、同十二年大内記、翌十三年には蔵人となる。寛平七（八九五）年蔵人頭、同九年従四位上右兵衛督。延喜七（九〇七）年没、あるいは昌泰四（九〇一）年とも。歌人としても知られ、『古今集』には十八首が収められている。⑤**よばひけり**　「よばふ」は、求婚する意。→十・二十段。⑥**されど若ければ**　以下、女（「その男のもとなりける人」）についての記述。まだ少女ぐらいの年齢だったとする。⑦**文もをさをさしからず**　手紙を書くのに、その文章も筆跡も幼稚であったとする。「をさをさし」は、名詞「長《をさ》」を重ねて形容詞化した語。人の上に立ちそうなほど、すぐれている、りっぱだ、の意。⑧**いはむや歌は**　そのような程度だったので、まして歌は、の語勢。⑨**かの主人なる人**　主人である男。「あてなる男」をさす。⑩**案**　この「案」は、歌の下書き。⑪**書かせてやりけり**　女に清書させて相手（敏行）に届けてやった、の意。⑫**めでまどひにけり**　ひどく感嘆した意。「……まどふ」は、はなはだしく……、の意になる。⑬**男**　敏行をさす。

【和歌184】つれづれの……　敏行の贈歌。「ながめ」は、「長雨《ながめ》」「眺め（物思いの意）」の掛詞。「涙川」は、涙がとめどなく流れるさまを「川」にたとえた表現。「ひち」は、上二段活用の自動詞「ひつ」の連用形。ぐっしょり濡れる意。一首は、恋の物思いから出る涙が川のように流れて袖を濡らしているとして、相手の共感を求める歌である。〈重出〉古今　恋三・敏行・四句「袖のみぬれて」。古今六帖　第一「雨」・敏行・五句「逢ふよしもなみ」。同　第四「涙川」・敏行。

⑭**例の**　「かはりて」にかかる。⑮**男**　「あてなる男」をさす。女のために代作したとする。

【和歌185】浅みこそ……　「あてなる男」の代作。「浅み」は、涙の河が浅いので、の意。形容詞語幹に接尾語「み」がついて、原因・理由を表す語法。「身さへ」の副助詞「さへ」の語勢に注意。袖はもちろん身体までも、という添加の意を表す。「頼む」は恋歌の重要語で、男女の信頼関係をいう。一首は、贈歌の「袖」「涙川」を共通の語として用いながら、涙川に袖が濡れる程度では頼みがたいとして、いかにも返歌らしく切り返す表現の歌である。〈重出〉古今　恋三・業平。古今六帖　第四「涙川」・業平。

⑯**男**　敏行をさす。⑰**いままで**　その歌を受けとった時点から

今現在にいたるまで。⑱**巻きて文箱に入れてありとなむいふなる**　貴重な歌として、大切に保管してきたことをいう。⑲**男**　敏行をさす。⑳**得て後のことなりけり**　敏行がこの女を妻として、その家（「あてなる男」の家）に通うようになった後のこととする。㉑**雨の降りぬべきになむ……**　以下、敏行の伝言。㉒**身幸ひあらば**　自分が幸運にも天候に恵まれているなら、ぐらいの意。

【和歌186】かずかずに……　「あてなる男」の代作。「かずかずに」は、さまざま、の意。「問ひがたみ」にかかる。「思ひ思はず」は、あなたが私をどれほど思ってくれているか、それとも思っていないか、の意。「問ひがたみ」の「かたみ」は、前歌の「浅み」と同じ語法、問うこともできかねるので、の意。「身を知る雨」は、わが身の運命を知ることのできる雨。わが身のつたなさを思い知らせる雨、として用いられることが多い。一首は、その雨が降りまさるのは、わが身が相手から十分顧みられていない証拠だとばかりに、相手に反発するとともに、わが身の薄幸を訴えた歌になっている。〈重出〉古今　恋四・業平。古今六帖　第一「雨」・業平。㉓**蓑も笠も……まどひ来にけり**　相手の男の反応。大事とばかりに、取るものも取りあえず、あわてて女のもとに向かうさまをいう。

評釈

歌人としても知られる藤原敏行が、ある女に懸想して贈答歌を詠み交わすようになったとき、その返歌の抜群の技量に驚嘆したという話である。ところがその返歌は、実は彼女の仕える家の主人《あるじ》が代作したものだった。その人物を物語では漠然と「あてなる男」とするだけだが、この物語一般の語り口からは暗に在原業平をさしているとみられる。敏行自身はその歌が代作と知らないらしいが、われわれ読者には業平の代作と明らかであり、それだけに敏行が驚嘆するのも当然だとさえ思われる。

この話には二組の贈答歌が含まれるが、いずれも『古今集』に業平の作として収められている。その内容は物語とほぼ同じになっているが、詞書の方が、次のように物語よりも簡略な記述になっている。

〈前半〉「いままで、巻きて文箱に入れてありとなむいふなる」まで。

業平朝臣の家に侍《はべ》りける女のもとに、詠みて遣はしける　敏行朝臣

かの女に代はりて、返しに詠める　業平朝臣

（恋三）

〈後半〉「男、文おこせたり。得てのちのことなり」以下。

藤原敏行朝臣の、業平朝臣の家なりける女をあひ知りて、文遣はせりける詞《ことば》に「いままうで来《く》、雨の降りけるをなむ見わづらひはべる」と言へりけるを聞きて、かの女に代はりて詠めりける　在原業平朝臣

（恋四）

このような詞書の記述に比べると、物語では、敏行の反応のしかたなどが詳細になっていて、代作の返歌の抜群さがきわだたされている。また、敏行の相手の女の素姓などについては詞書でも物語でもはっきりしない。業平の娘や妹とする見方もなされてきたが、やはり彼の邸に仕える若い女房の一人と解するのが今日の通説である。

この物語では、特定の季節が明示されていない。しかし、最初の敏行の歌に「つれづれのながめ」とあり、最終の代作の歌にも「雨は降りぞまされる」とあるところから、五月の長雨の降りつづける時節の話として統一されていると思われる。人々は室内に籠もりがちで、無聊《ぶりよう》をかこつようになる。まさに「つれづれ」、はっきりした仕事もないまま、単調さの続く状態に気持ちを満足できないでいる心境である。

敏行の贈歌の「つれづれのながめ」は、この長雨に閉じこめられる所在なさに、さらに恋ゆえの物思いが加わった気持ちである。そうした心情から涙があふれて川となり、袖も濡れすぎて逢いに行くすべとてない、として、恋の苦悶を訴え相手の共感を求めようとする歌になっている。この歌の「涙川」の語は、『古今集』の古層の読人知らずの時代以来、恋歌の常套的な言いまわしとなっていた。たとえば、

涙川なに水上《みなかみ》をたづねけむ物思ふ時のわが身なりけり　（恋一・読人知らず）

とあり、涙川の源流はわが身にあったとする。敏行の歌もこうした「涙川」の発想に立ち、その川の水に濡れるところから「逢ふよしもなし」といって、かえって切実に逢いたい気持ちを強調している。

これに対する返歌は、贈歌の「袖」「涙川」を共通させながら、「涙川」の水底が浅いので、袖が濡れる程度でしかないのだ、と切り返す。「涙川」が浅いとは、いうまでもなく相手への思いが浅いというのであり、もしもその水底が深くあなたの身体までが流れるというふうであれば、とする反駁《はんばく》である。「身さへ」の副助詞の効果的な語勢にも注意されよう。返歌のこうした切り返しが可能なのも、じつは贈歌のなかにその契機があると思いたくなるほど、二首は言葉をみごとなまでに照応させている。この返歌を得た敏行は感動のあまり、「今まで、巻きて文箱に入れ」ていたという。やや滑稽なまでに語っているが、これは、男女間の贈答歌としての完璧なまでのみごとさを、冷ややかに評した言辞であろう。贈答歌の典型ともいうべき詠みぶりである。

物語の後半では、敏行が歌ならざる日常の言葉で「雨の降りぬべきになむ見わづらひはべる。身幸ひあらば、この雨は降らじ」と言ってきたのに対して、前半と同様に「男」は「かずかずに」の歌を返したとする。ここでは、敏行の言葉をあたかも贈歌のように受けとめ、反発をむねとする返歌の発想に立って「雨は降りぞまされる」と応じた。しかも、雨は雨でも、それを「身を知る雨」とした点がこの歌の勘どころになっている。この語句は斬新な歌言葉として、わが身を思念する言葉となりつつあった。この歌では、雨は私の運命を知っているとみえて、ますますその雨がひどく降ってくるとする。雨はわが宿世のつたなさを知っている、というのである。敏行の言う「身幸ひあらば」ともひびきあっている。

この語句は後世、わが人生を顧みる歌にしばしば用いられるようになる。『和泉式部日記』『源氏物語』の例を掲げよう。

しのぶらむものとも知らでおのがただ身を知る雨と思ひけるかな　（和泉式部）
つれづれと身を知る雨のをやまねば袖《そで》さへいとどみかさまさりて　（浮舟）

前者は『和泉式部日記』で、敦道親王の贈歌に感動した式部の返歌。私を恋い慕ってくれる涙とも知らず、わが身の情けなさを思い知らされる雨とばかり思っていた、の意。また後者は「浮舟」巻で、薫への返歌として詠まれた浮舟の歌。つたないわが身を思い知らされる雨が所在なく降りやむこともないので、川の水量《みずかさ》が増すばかりか、この自分の袖までもいよいよ涙で濡れまさっている、の意である。「身を知る雨」とは、雨によってわが運命のつたなさを思い知らされること、雨に即していえば、人間に不可知の運命の力を知らせてくれるもの、ということになる。

この物語では、返歌を受けとめた敏行が、「蓑も笠も取りあへで、しとどに濡れてまどひ来にけり」と語られている。ここでも滑稽さを誘い出す語り口で、返歌の抜群の詠みぶりを推賞することになる。それにしても、「男」の返歌がいずれも女の代作である点に注意されるのだ。男の作者が、男であることをやめて、女の身のはかなさや運命的な悲しみへの痛恨を詠んでいる。それじたい、いわゆる女歌の独自な表現性をとりこんで、自作の新たな領域を拓いているともいえよう。これは、男女の差異を超えて、人間感情の普遍に迫る表現にもなっていく。これを和歌史の実際に即していえば、早くも六歌仙時代のこの業平あたりから、選者時代の紀貫之へと、男のつくる女歌の脈流が形成されてきたともみられるのである。

百八段

昔、女《をんな》、①人の心を恨みて、

昔、ある女が、ある男の心を恨んで、
187 風が吹くといつも波が越して濡《ぬ》らす岩と同じなのだろうか、私の袖《そで》がかわく時とてない。——

187 風吹けばとはに波こす岩なれやわが衣手《ころもで》のかはくときなき

と、常の②言《こと》ぐさにいひけるを、③聞きおひける男《をとこ》、

188 宵《よひ》ごとにかはづのあまた鳴く田には水こそまされ雨は降らねど

あなたに裏切られる悲しみの涙にいつも泣き濡れるほかない。

と、いつもの口癖《くちぐせ》のように言っていたのを、自分のことだと思いこんだ男が、

188 毎夜毎夜蛙《かえる》がたくさん鳴く水田では、水量《みずかさ》はどんどんふえるものだ。雨は降らなくとも。

【語釈】

①**人** 相手の男をさす。

【和歌187】風吹けば…… 女の贈歌。「とは」は、永久。ずっと変わらぬさま。「岩」は、自分の存在を海岸の岩に見立てた表現になっている。「なれや」は、下の事柄についての原因・理由を疑う意を表す語法。この「や」は疑問の意。この「なれや」の語法は、下の事柄への見立てや比喩を兼ねている場合が多い。「衣手」は、袖の歌語。一首は、相手の男のせいで袖をいつも涙で濡らすばかりだ、と恨む歌になっている。〈重出〉新古今 恋三・紀貫之・三句「磯なれや」。

②**言ぐさ** 口癖、決まり文句。③**聞きおひける** 「聞き負《お》ふ」は、聞いて自分のことと思いこむ意。女の贈歌の言い分を、男は自分のことでもあると思いこんだ、というのであろう。

【和歌188】宵ごとに…… 男の返歌。「宵」は、日が暮れてから夜中までの時間帯。「かはづ」はここでは、田などに棲息する蛙《かえる》。「なく」は、鳴く、泣く、の両意。「泣く」のは、自分（男）自身。相手の女とする解し方もあるが、とらない。一首は、女の贈歌に対抗すべく、自分もあなたに劣らず泣いているとする歌である。

評釈

この話は、女の方から積極的に、相手の男の薄情さを恨んで、歌を詠み贈ってきたところから始まる。贈答歌としては異例の、女からの贈歌である。

「風吹けば」の贈歌は、『新古今集』恋一では「題知らず／貫之」とされ、また『貫之集』第五・恋にも収められている

ところから、貫之の実作であることは確実である。男である貫之が、前段（百七段）の男のように、女のために代作したものかどうかは不明だが、しかし男が女の立場に立って詠む、いわゆる女歌の一首にはなっている。絶えず涙に濡れているわが衣の袖を、波をかぶりつづけている岩に見立てた表現を通して、恋ゆえの孤独な悲しみが鮮明な映像として描き出されている。なお『新古今』には第三句が「磯なれや」とあり、『貫之集』にも「たえず波越す磯なれや」とあるので、もとは「磯」の語が用いられた可能性が強い。「磯」は海辺の岩や砂などのある場所、「岩」ならば海辺でもよいが海中でもありうる。この歌が物語化される際に「磯」から「岩」に替えられたのだろうか。「岩」の方が、海水に濡れる度合から涙に濡れる度合がいっそうひどいことになる。

これに対して、相手の男がどう応ずるのか。女が海辺の風景に託してわが恋の悲しみを訴えるのに対して、男は蛙《かえる》のいる田園風景に託して、自分こそ悲しみが深いと切り返した。すなわち、たくさんの蛙の鳴く田には、雨が降らなくとも、蛙の涙で田の水量が増している、それが私の悲しみの涙だとするのである。女の恨みと嘆き、それに男が反発的に応ずる点では、男女の贈答歌らしい照応のしかたである。しかし二首の間には共通した言葉の照応がない点で、贈答歌としてやや異例である。返歌の解釈に別解が考えられてきたのも、そのためであろうか。その一説によれば、「かはづのあまた鳴く田」の「水こそまされ」を女のこととして、毎晩たくさんの蛙が鳴く田には、その蛙の鳴く涙——あなたの泣く涙——で田の水量が増す、雨は降らないのに——私のせいではないのに、と解する。しかし一対の贈答歌だとすれば、贈歌で自分がこうだと訴えるのに対して、返歌も自分なりのありようを主張して反発するのが、贈答歌の定石ではないか。歌の直前に「聞きおひける」とあり、男は女の言い分は自分のことでもあると思いこんでいるのである。しかし右の一説では、相手を難ずるだけの歌としてしか解せなくなる。

この章段の形成という観点からいえば、貫之の説得力ある女歌を正面に据えて、それに相手の男がどう応ずることができたか、という関心から成り立っているのではない。女が海岸風景をもち出しているのに対して、相手は、意表をつくかのように蛙のいる田園風景を描き出しては、あなたばかりでなくこの自分だって涙に濡れるばかりだ、と対抗した。この風景が、類例の少ない新鮮なイメージとなっているのも確かである。

百九段

昔、男《をとこ》、友だちの人①をうしなへるがもとにやりける。

189 花よりも人こそあだになりにけれいづれをさきに恋ひむとか見し

昔、ある男が、友人の、だいじな人を失ったところに詠んでやった。

189 はかない花よりも、人の方が先にむなしくなってしまった。かつてのあなたは、花と人の、そのどちらを先に失って恋慕するようになるだろう、と思ったことか。

【語釈】

①人　友だちの妻か恋人か。はっきりしないが、だいじな存在の人である。

【和歌189】花よりも……　男の贈歌。「花」は桜の花。「人」は友だちのだいじな人。「あだ」は一時的、表面的なさまをいうのが原義。花のはかなく散ることをいう例が多い。ここでも、花の散るのと人の死ぬのとを、ともにはかないこととして「あだ」ととらえた。「いづれ」は、桜の花と、そちらのだいじな人と。そのどちらを先に恋い慕うのか、と問う。言外に、人の死がこんなにも早くやってくるものか、と驚く思いを言いこめている。「恋ふ」の語は基本的に、身近から隔てられている対象に、心ひかれ慕わしく思う気持ちをいう。一首は、桜花の散るのと人の死とを、ともにはかないものとして嘆くほかないとする歌である。〈重出〉古今集　哀傷・紀茂行《もちゆき》。新撰和歌　三。古今六帖　第四「悲しび」。

評釈

この歌は、『古今集』の哀傷歌として、次のような詞書とともに収められている。作者は紀茂行という人物。

桜を植ゑてありけるに、やうやく花咲きぬべき時に、かの植ゑける人みまかりにければ、その花を見てよめる　紀茂行

これによれば、桜の木を植えてその花の咲くのを楽しみにしていたらしい人が、そろそろ咲きそめようとする時機がやってきたのに、はかなく亡くなってしまったというのである。その人とは、ともに暮らしてきた妻であろうか。そのだいじな人を喪った悲しみを詠んだのがこの歌だとする。これに対して、物語では、ある男が、友人のだいじな人が亡くなったので、その友人の傷心を思いやって歌を贈るという、物語としての人間関係が広がっている。そうであることが、和歌のみに終始することなく物語的なのである。「花よりも人こそあだになりにけれ」とは、常日ごろ桜の花はすぐに散るもの、はかない華麗さだと思ってきたが、それよりもずっとはかないのは人の生命、今それを知人のだいじな人の突然の死によって思い知らされたというのである。

百十段

昔、男《をとこ》、①みそかに通《かよ》ふ女《をんな》ありけり。②それがもとより、「③今宵《こよひ》夢になむ見えたまひつる」と言へりければ、男、

昔、ある男に、秘《ひそ》かに通う女がいた。その女のもとから、「今宵、夢にあなたのお姿がお見えになった」と言ってきたので、男が、

190 あなたを思うあまり、私の身から抜け出して行った魂《たましい》があるのだろう。夜がふけてからまた現れたならば、魂結《たまむす》びのまじないをして、そちら

190　思ひあまり出《い》でにし魂《たま》のあるならむ夜《よ》深《ぶか》く見えば魂結《たまむす》びせよ

にとどめておいておくれ。

【語釈】
①**みそかに通ふ**　人目を憚らねばならぬ秘密の恋の関係である。②**それがもとより**　相手の女のもとから。③**今宵夢になむ見えたまひつる**　「宵」は日が暮れてから夜中までの時間帯であるが、ここで「今宵……」とあるのは、夜の早いうちにうとうととして夢に相手の男を見たので、その夜のうちに男のもとに言いやった、というのであろう。

【和歌190】思ひあまり……　男の贈歌。「出でにし魂」は、身体から抜け出た魂。過度の物思いから魂が勝手に抜け出すこともあるとする、当時の人々に信じられていた発想による。「魂結び」は、抜け出た魂を身体にとどめておくまじない。一首は、さまよい出るわが魂、ひいては恋ゆえの物思いを鎮めてほしい、と懇願する歌になっている。

評釈

秘密の恋仲にある二人は、容易には逢うこともできない。女のほうも満たされない思いから、夢に男を見たという。それを知らされた男は、自分の激しい思いから、わが魂が抜け出てその夢に現れ出たのだろうと歌に詠んで、それならば「魂結び」をしてくれと懇願する。女からの言葉をあたかも贈歌のように受け止めて、男がそれへの返歌を詠んだ趣である。当時の俗信として、人があまりに激しく物思いをかかえこんでしまうと、魂が身体から勝手にさまよい出るものと思われていた。その信仰と密接に対応する言葉として、「身」（肉体）と「心」（魂）の照応しあう関係があり、それによって人間存在を二元的にとらえようとしている。早くも『古今集』の読人知らずの古層部に、次のような「身」と「心」の歌がみられる。

人を思ふ心は我にあらねばや身のまどふだに知られざるらむ　（恋一）

寄るべなみ身をこそ遠くへだてつれ心は君が影となりにき　（恋三）

いずれも、恋に執する魂や情念が、それゆえに身体からさまよい出て、相手にとりつかれてしまうものと詠んでいる。不思議としか言いようのない、恋の執ねきまでの情動である。『源氏物語』の六条御息所の物の怪《け》が源氏の正妻葵の上にとりつくという物語も、この発想の延長上にある。葵の上の病床で、源氏を相手に語る言葉と歌である。

「……もの思ふ人の魂《たましひ》はげにあくがるるものになむありける」となつかしげに言ひて、

嘆きわび空に乱るるわが魂《たま》を結びとどめよしたがひのつま　（葵）

この歌の下の句「わが魂を結びとどめよしたがひのつま」が、この『伊勢物語』の男の歌を解するのに参考になる。「したがひ」は、着物の前を合せた内側になる部分、下前《したまえ》である。その褄《つま》（下の角）を結ぶと、さまよい出た魂ももとに戻るという俗信があったらしい。この物語の男の歌の「魂結びせよ」も、魂結びのまじないとして、下前の褄を結び、さまようわが魂を戻してくれと懇願していることになる。

この物語の男と女が、物思いの魂はさまよい出るものという俗信を信じて心をたがいにふれあわせているのは、その二人が人目を忍ばねばならない関係にあるからである。秘密の恋に生きる者同士である二人が、歌の心と言葉を通して、かえって心の共感を持ちえているともいえよう。

百十一段

昔、男《をとこ》、①やむごとなき女《をんな》のもとに、②なくなりにけるをとぶらふやうにて、言ひやりける。

昔、ある男が、ある高貴な女のもとに、亡くなってしまった人を弔《とむら》うような形で、歌を詠んでやった。

191 いにしへはありもやしけむいまぞ知るまだ見ぬ人を恋ふるものとは

返し、

192 下紐《したひも》のしるしとするも解《と》けなくに語るがごとは恋ひずぞあるべき

また、返し、

193 恋しとはさらにも言はじ下紐の解けむを人はそれと知らなむ

191 昔はこんなこともあったのだろうか、しかし私は今はじめて経験した。まだ逢ったこともない人を恋い慕うことがあるとは。

女の返しの歌、

192 下紐《したひも》がしぜん解けるのを、慕われている証拠とはいうのに、それが解けないのだから、そちらが言葉で語っているほどには、私を恋してはいないのだろう。

また男の返しの歌、

193 言葉に出して恋しいとは、もう言うまい。下紐がおのずと解けるだろうから、それを私の思いだとはっきり知ってほしい。

【語釈】

①**やむごとなき女**　相手を高貴な身分の女性としているが、具体的に誰かはわからない。②**なくなりにける**　「なくなりにける」人とは、「やむごとなき女」に仕える侍女であろう。あるいは親族の誰かか。

【和歌191】いにしへは……　男の贈歌。「いにしへ」は、過去。「昔」が漠然としているのに対して、これは根拠のある過去を表すことが多い。ここも、その事実があったかどうかを問う文脈になっている。「いま」は、その「いにしへ」に対する。「まだ見ぬ人」は、噂などで知っているが逢ってはいない相手。文脈上は「なくなりにける」人をさすが、暗に「やむごとなき女」その人をもさす。一首は、侍女のような人の死を弔うように詠んでいるが、秘かに相手の「やむごとなき女」を思う懸想の歌になっている。

【和歌192】下紐の……　女の返歌。「下紐」は、下袴や下裳の紐。これが自然に解けると恋人に逢うことになる、と信じられていた。「しるし」は、その前兆の意。「なくに」→一段和歌2。「語るがごとは」は、あなたが言う、その言葉ほどには、の意。かつて相手（男）は自分に好意を寄せて親しい言葉をかけたとする。「恋ひずぞあるべき」（こちらを恋しくは思うまい、の意）は、逆に相手の懸想を挑発する言いまわしである。一首は、下紐の前兆もないのだから逢瀬もなさそうだ、と相手を恨みながらも挑発する歌になっている。〈重出〉後撰　恋三・読人知らず・五句「あらずもあるかな」。古今六帖　第五「紐」。

【和歌193】恋しとは……　男の、女の返歌への返歌。「恋しとはさらにも言はじ」は相手の「恋ひずぞあるべき」に即して、言葉に出すよりも、と切り返した。「下紐の解けむ」は、あなたを思う私の思いで、あなたの下紐がやがて解けるだろう、の意。「人」は相手（女）をさす。「それ」は、自分があなたを思っていること。「なむ」は誂えの意の終助詞。一首は、言葉よりも下紐の俗信を信じて、こちらの思いに気づいてほしいと訴える歌である。〈重出〉後撰　恋三・在原元方。古今六帖　第五「紐」。

評釈

これは、高貴な女性を秘かに恋い慕う男が、どのように懸想したかを語る話である。身分差があるだけに、容易には接近することができない。ところが、彼女の周辺にいる人――おそらく侍女ぐらいであろう――が亡くなったことを知って、これが歌を詠み贈ることのできる絶好の機会ではないか、と思ったのであろう。

男の「いにしへは」の歌は、こうした意図から、その表現は二重の言葉として構成されている。表面は故人を弔う歌であるかのように装いながらも、その内実には当の高貴な女本人への恋慕の気持ちを言いこめている。「まだ見ぬ人」が実際には見も知らぬ故人をさすとともに、まだ逢瀬を遂げていない相手（女）をもさしている。恋歌の発想類型でいえば「知らぬ人」（『古今六帖』第五にも掲げられる題）である。上の句の「いにしへはありもやしけむ」で、世間の誰がこんな経験をしたのだろうかと問いかけた上で、その稀有な経験をこの自分は「いまぞ知る」というのである。その経験とは「まだ見ぬ人を恋ふる」こと。「恋ふ」の語を用いている点からも恋慕の情を表すことが明らかである。それを、「いまぞ知る、……とは」の倒置の語法で強調している。相手の高貴な女への恋情を、さりげなく訴えかけた一首である。

ところが、これに対する女の返歌は、いかにも唐突で意外な応じ方である。やや野鄙な語の「下紐」を用い、あるいは「語るがごと」といって相手の男に口説かれたとするのは、どういうことなのか。彼女は、男が遠慮するほど高貴な女ではある。下紐が自然に解けるのは相手の恋人と逢える前兆だとするが、この古来の俗信にもとづく発想が『万葉集』の恋歌に多くみられる。

我妹子《わぎもこ》し我《あ》を偲《しの》ふらし草枕旅の丸寝《まろね》に下紐解けぬ　（巻12・三一四五　作者不明）

草枕旅の紐解く家の妹《いも》し我《あ》を待ちかねて嘆きすらしも　（巻12・三一四七　作者不明）

旅などで二人が遠ざかるような折、逢うことへの切実な願いからこうした発想が顧みられるのであろう。王朝和歌にも、これが伝統的な表現として受けつがれていく。

それにしても、この物語の女の返歌の「下紐」をめぐる言い方は唐突である。ところが、『後撰集』恋三では次のように贈答歌の順序が逆になっている。

女につかはしける　在原元方

恋しとはさらにも言はじ下紐の解けむを人はそれと知らなむ

返し　読人知らず

下紐のしるしとするも解けなくに語るがごとはあらずもあるかな

このように、物語の第二・三首と順序は逆、という点に注意される。まずは男である元方が、言葉で恋しいなどとは言うまい、それよりも下紐が解けるという前兆を知るがよい、とばかりに強引に迫る趣である。すると女は、私の下紐は解けないのだから、あなたの私への思いも口先だけではないか、と小気味よく切り返す。これこそ、男女の言い掛けあう贈答歌の、常套的な形式を踏んだ例といえる。女が「下紐」を持ち出すのも、いわば売り言葉に買い言葉、けっして唐突ではない。

しかしこの物語で、女の返歌がいかにも唐突にみえるのは、なぜか。さきだつ男の贈歌との関係からみれば、せいぜい「恋ふ」の語が共通するぐらいのものである。ところが「下紐」の語を持ち出したところに、返歌というよりも、あらためて詠まれた異例の女からの贈歌という印象さえ残る。物語の脈絡に即してみると、女は、男の遠慮がちな贈歌をさえぎるかのように、あらためて男の積極的な言動を誘い出そうとする挑発的な歌を詠んだことになる。彼女は、男に言われたからというのではなく、こちらから積極的に、私の下紐が解けるほどにしてほしいとばかりに、相手の男を挑発しているのだ。この歌を受けとった男にしてみると、あまりの意外さ、たじたじの思いから、女の歌の言葉に即して、もはや「恋し」の言葉も言うまい、あなたに「下紐の解けむ」さまを示そう、それを見知ってほしい、と言うほかない。この物語としての展開は、男のさりげない懸想から、女の挑発へと転じ、さらに男のたじたじとする思いへと続く。これは、贈答歌一般の脈絡とは異質の、いかにも物語に固有の、物語的な起伏をつくり出しているとみられる。

百十二段

昔、男《をとこ》、ねむごろに言①ひちぎりける女《をんな》の、②ことざまになりにければ、

194 須磨《すま》のあまの塩焼く煙《けぶり》風をいたみ思はぬかたにたなびきにけり

昔、ある男が、心をこめて語らい契った相手の女が、他《ほか》の男に心を傾けてしまったので、

194 須磨《すま》の海人《あま》が塩を焼く煙は、風がはげしいので、思いもかけぬ方向になびいてしまった。——契り交わした女も思わぬ方《ひと》になびいてしまった。

【語釈】

①言ひちぎりける　「言ひちぎる」は、言葉で約束する意。ここでは、夫婦の契りを誓いあうこと。②ことざまになりにければ　この「ことざま」になるとは、相手の女が他の男になびくことをいう。

【和歌194】須磨のあまの……　男の贈歌。「須磨」は摂津《せっつ》国、現在の神戸市須磨区の海岸一帯。「塩焼く煙」は、当時の製塩法で、海藻に海水をかけてそれを焼く、その煙をいう。「風をいたみ」の「……を＋形容詞語幹＋み（接尾語）」は、原因・理由を表す語法。「いたし」は、はなはだしい意。「思はぬ方にたなびく」は、相手の女の心が「ことざま」になったことの比喩的な表現。女がこちらに背いて、こちらの男になびいて、こちらに背いたとする。一首は、相手の女が他の男になびいて、こちらに背いたことを嘆く歌である。〈重出〉古今　恋四・読人知らず。古今六帖　第一「煙《けぶり》」・初句「伊勢のあまの」。同　第三「塩」・初句「伊勢のあまの」。

評釈

これは、女の心変わりを男が嘆くという話。しかし女がなぜこの男を遠ざけて他の男に心を移すようになったのか、その経緯などは語られていない。そのことよりも、その事実を受けとめる男の心のありようを和歌を通して語ろうとするのである。またこの歌は、相手の女に詠みかけたのであろうが、それよりも自らを顧みる独詠の趣である。

この「須磨のあまの」の歌は、『古今集』恋四に「題知らず／読人知らず」の一首として収められ、仮名序にも「たとへ歌」の例歌として掲げられている。「たとへ歌」とは、表現的な面から和歌を六種に分けたものの一つで、事物現象に託して比喩的に詠んだ歌、ほぼ隠喩的な表現の歌である。しかし隠喩的な表現には、しばしば曖昧さが含まれることがある。この場合、歌じたいに即すと、「風をいたみ」の叙述は、第三者の中傷や反対があったので、とも解されよう。ところが物語で「ことざまになりにければ」と設定されているので、「風」が他の男の存在をさし、女の心はその男に移ってしまったことがわかる。

この歌と詞句の類似した歌々が『万葉集』にも散見される。たとえば、

志賀《しか》の海人の塩焼く煙風をいたみ立ちは上《のぼ》らず山にたなびく　（巻7・一二四六）

「海人の塩焼く煙」は、固有の地名を替えながら、海辺の典型的な風情を表す詞句として頻用されてきた。この章段の歌も、『古今六帖』にも収められて、「伊勢の海人の」とされている。この歌は、その変更されやすい地名の表現性ともあいまって、さまざまな場に適応されるべく伝承されてきたのであろう。しかしこの物語では、「ことざまになりにければ」の叙述に限定されることによって、この歌を詠まざるをえない男の心のありようを語ろうとする。それは、相手への訴えや恨みであるよりも、その女への心残りをかみしめる感情に近いであろう。

百十三段

昔、男《をとこ》、やもめ①にてゐて、

195 長からぬ命のほどに忘るるはいかに短き心なるらむ

昔、ある男が、女と別れ、ひとり暮らしをしていて、

195 長からぬ生命《いのち》のある間に、私を忘れるとは、なんと短い心であろうか。

【語釈】

①**やもめ**　男女の区別なく、配偶者をもたない者。ここは、妻と別れた男が、ひとり暮らしをしているのであろう。

【和歌195】長からぬ……　男の独詠歌。上の句の「長からぬ命」と、下の句の「短き心」とを照応させた表現になっている。「忘るる」は、相手の女が忘れる意。ただしこれを逆に、男自身と解する一説もあるが、従いがたい。男は今も相手を思うからこそ、この歌も成り立っている。一首は、相手との関係を通して、人の心の不定《ふじょう》なるものを嘆く歌になっている。

評釈

この章段は、前段以上に、なぜ女が男のもとから離れ去らねばならないのか、その由因がはっきりしない。ここでも男は、その事実をそのまま受けとめて、独り住みの孤独のなかで、あらためて二人の関係に思いをめぐらしている。

男の「長からぬ」の歌もまた、別れた女への怒りや恨みを言おうとしているのではない。ここでは特に、人間の普遍的なありようを見据えながら、二人の関係をとらえなおそうとしている。それというのも、「長からぬ命」と「短き心」を照応させて、それを表現の勘どころとしているからである。しょせん人間の生涯ははかなくも短い。それなのに、深い感動をもちあえた一時期もあったのに今は忘れてしまっているというのでは、なんとはかなくも切ないではないか。男と女の感動をそのようにすぐに忘失してしまう人には、人間のはかない本性もわからないのだろう。相手との関係を静かに顧みるところから、人間の普遍の心をも思う内省を深めている。

百十四段

昔、①仁和《にんな》の帝《みかど》、②芹川《せりかは》に③行幸《ぎやうがう》したまひける時、④いまはさること、似《に》げなく思ひけれど、⑤もとつきにけることなれば、⑥大鷹《おほたか》の⑦鷹飼《たかがひ》にてさぶらはせたまひける。⑧摺狩衣《すりかりぎぬ》のたもとに書きつけける。

196 翁《おきな》さび人なとがめそ狩衣《かりごろも》今日ばかりとぞ鶴《たづ》も鳴くなる

昔、仁和《にんな》の帝が、芹川《せりかわ》に行幸なさった時、男がいまではそのようなことも似つかわしくない年齢だと思ったけれども、以前その役に就《つ》いていたものだから、帝は大鷹の鷹飼いとして供をおさせになった。その男が、着ていた摺狩衣の袂《たもと》に歌を書きつけた。

196 年寄りじみているとと、誰もとがめてくださるな。摺染《すりぞ》めの狩衣《かりぎぬ》を着て派手にふるまうのも今日かぎり、同じように今日という日に獲物になってしまう鶴も鳴いている、その声が聞こえることだ。

⑨おほやけの御《み》けしきあしかりけり。⑩おのが齢《よはひ》を思ひけれど、若からぬ人は⑪聞きおひけりとや。

帝のご機嫌がわるかった。男は自分自身の年齢を思って詠んだのに、若くない人はこれを自分のこととして聞いたとか。

【語釈】

①**仁和の帝**　光孝天皇（八三〇―八八七。仁明天皇の皇子、母は藤原沢子）。元慶八（八八四）年二月、五十五歳で即位。翌年、仁和と改元。これによって「仁和の帝」と呼ばれる。仁和三（八八七）年八月二十六日、崩御。②**芹川**　京都市伏見区の鳥羽《とば》離宮の南側を流れていたといわれるが、現在は絶えている。③**行幸したまひける時**　この芹川行幸は、仁和二（八八六）年十二月十四日。光孝天皇崩御の前年にあたる。当日、鷹狩りが行われた。その模様は『三代実録』に詳しい。同書によれば、「勅、参議已上着㆓摺布衫行騰㆒」とあり、勅命で参議以上に摺布衫《すりふさん》（摺狩衣《すりかりぎぬ》）・行騰《むかばき》を着用させ、また「辰一尅、至㆓野口㆒。放㆓鷹鷂《ようよう》㆒払㆓撃野禽㆒」とあり、辰一刻（午前七時）に野の口に到着し、鷹（オオタカ）・鷂（ハシタカ）を放って狩りをした。④**いまはさること、似げなく思ひけれど**　今は年老いたのでそのような仕事など不似合と思ったが、の意。「さること」は「大鷹の鷹飼」をさす。⑤**もとつきにけることなれば**　以前はその役（鷹飼）に就いていたとする。「つく」は、（役などに）就く意。⑥**大鷹**　鷹狩りには、秋の小鷹と、冬の大鷹がある。ここは冬十二月の大鷹。小鷹が隼《はやぶさ》のような小型の鷹を用いて鶉《うずら》・雀などを獲るのに対して、これは大鷹の雌を用いて、鶴・雁・鴨・雉《きじ》・兎などを獲る。⑦**鷹飼**　狩りのために鷹を訓練して、狩りの場でその鷹を操る役。⑧**摺狩衣**　模様を摺り出した狩衣。前注③に「摺布衫」。一段にも「着たりける狩衣の裾を切りて、歌を書きてやる」とあり、ここもそれに似た趣である。

【和歌196】翁さび……　男の唱和（独詠）。「翁さぶ」は、老人らしい様子をする意。「人なとがめそ」は、「人」（同行の人々）への呼びかけ。「な……そ」は禁止の意。「鶴」は、今日の行幸の狩りの獲物。「たづ」は「鶴《つる》」の歌語。着用する狩衣にも「鶴」の模様が施されていたのであろう。「なる」は伝聞の意の助動詞。鶴が鳴く声が聞こえる意。一首は、老齢ながら今日の「大鷹の鷹飼」の役を全うして、役を終らせようとの覚悟を詠んだ歌である。〈重出〉後撰　雑一・在原行平。古今六帖　第二「翁」・業平・四五句「今日ばかりぞと鶴《たづ》も鳴くなり」。同第五「狩衣」・初句「おいさみを」。

⑨**おほやけの御けしきあしかりけり**　「おほやけ」は仁和の

帝。その帝の不興をかったとする。⑩**おのが齢を思ひけれど**歌を詠んだ男が。⑪**聞きおひけり**「聞きおふ」は、自分のこととして聞く。百八段にも「聞きおひける男」とあった。

評釈

この話で歌を詠んだ人物が誰か明示していないので、物語全体の傾向から、「昔男」業平かとも思う。その人物が、そのとき身に着けていた「摺狩衣のたもと」に歌を書きつけたというのも、一段の「男の、着たりける狩衣の裾を切りて、歌を書きてやる。その男、信夫《しのぶ》摺《ず》りの狩衣をなむ着たりける」を想起させる。

ところが、この行幸は仁和二（八八六）年、業平の死（元慶四〈八八〇〉年）から六年も経過している。歌の作者は業平ではありえない。『後撰集』雑一によれば、この歌の作者は業平の兄、行平であることが知られる。この時、行平が二首を詠んでいることを、次のように掲げている。

仁和の帝、嵯峨の御時の例にて、芹川に行幸したまひける日　　在原行平朝臣

嵯峨の山みゆきたえにし芹川の千代の古道《ふるみち》跡はありけり

同じ日、鷹飼ひにて、狩衣のたもとに鶴《つる》の形《かた》を縫ひて、書きつけたりける

翁さび人なとがめそ狩衣《かりごろも》今日ばかりとぞ鶴《たづ》も鳴くなる

行幸の又の日なむ、致仕《ちじ》の表《へう》たてまつりける

前者の歌によれば、この仁和の帝の行幸は、かつて嵯峨天皇が頻繁に行った芹川遊猟を復活させたもの、偉大な帝王と謳われる嵯峨の遺風が絶えることなく、この御代にまで続いていることを賛える歌となっている。

後者の歌では、詞書に「狩衣のたもとに鶴の形を縫ひて」とあるところから、歌の「鶴《たづ》」が狩りの獲物だけではなく、狩衣の模様でもあることを言い表している。そして左注に「行幸の又の日なむ、致仕の表たてまつりける」とあり、行幸

の翌日に辞表を差し出して官を辞めたという。それによって、歌の「今日ばかり」の真意がいっそう明らかになる。ただし、史実によれば行平の辞職は翌仁和三（八八七）年四月十三日。この左注は史実と合わない。

しかしこの歌の表現じたいには、近く官を辞めようとの覚悟が秘められていて、それを前提に、鶴の模様の狩衣の着用も今日が限り、狩猟の鶴の鳴き声を聞くのも今日がその聞きおさめだ、とする気持ちが詠みこまれている。今日を限りに生きている鶴と、狩衣の模様の鶴を重ねるところに、この歌のすぐれた勘どころがある。歌に覚悟を秘めた作者は、自らを「翁さび」と呼んで、老人の独り言をとがめてくれるな、と詠んだ。そして「今日ばかり」とも言う。こうした詠みぶりが帝の不興をかったのであろう。帝もこの年五十七歳の老齢であった。翌仁和三年八月に崩御するのだが、あるいはその不吉な予感もあったのだろうか。それはそれとして、同行の「若からぬ」人たちは、この歌を自らにひきつけて共感をおぼえたというのである。こうしてこの一段は、『後撰集』のような伝承をもふまえて、物語的に潤色された話になっている。

百十五段

昔、①陸奥《みち》の国《くに》にて、②男女《をとこをんな》住みけり。男、「③都へ往《い》なむ」と言ふ。この女、いと悲しうて、④馬《うま》のはなむけをだにせむとて、⑤おきのゐて、みやこしまといふ所にて、酒飲ませてよめる。

昔、陸奥《みちのく》の国に、ある男と女がともに住んでいた。男が「都へ帰るとしよう」と言う。この女は、ほんとに悲しくなって、せめて餞別だけでもしようと思って、おきのいての、みやこしまという所で、酒をのませて歌を詠んだ。

197 熾火《おきび》がくっついて身体《からだ》を焼くよりも悲しいの

197 おきのゐて身を焼くよりも悲しきはみやこしまべの別れなりけり

は、都へ帰るあなたと別れる、おきのいての、このみやことしまべの別れというものだった。

【語釈】

①**陸奥の国** →十四段注①。②**男女住みけり** 夫婦仲にあった男と女が。③**都へ往なむ** 男はもともと都の人であって、いよいよ帰京しようというのである。④**馬のはなむけだにせむとて** 「馬のはなむけ」は、餞別。→四十四段注②。「だに」の語勢に注意。せめて餞別だけでもして、の気持ちである。⑤**おきのゐて、みやこしまといふ所** 「おきのゐて」も「みやこしま」も地名だが、その所在地は不明。

【和歌197】**おきのゐて……** 女の贈歌。地名の「おきのゐて」に、「燠《おき》の居《ゐ》て」を隠し題（物名《もののな》）ふうに掛けた。「燠」は赤くおこった炭火。この「居て」の「居る」は、身にくっついている意。「みやこしまべの別れ」も、「都」と「しまべ」とに別れる、の意を隠し題ふうに言い掛けた。一首は、地名を隠し題にする言葉遊びをとりこめながら、別れがたい男との別れを悲しむ歌になっている。〈重出〉古今　物名（墨滅歌）・小野小町。

評釈

この話は、同じく陸奥の国の女との交渉を語る十四・十五段の延長上にあるのだろう。京からやってきた男にしてみると、陸奥の国はさいはての地、そこから家郷の都にようやく帰還できるということになれば、新たな感懐もこみあげてくるというもの。しかし、この地にとどまるほかない女にしてみれば、この別離を機に将来の再会もありえない、ともに感動の日々を過したのも一時《いっとき》のはかない関係でしかなかった、と思うのであろう。それだけに彼女は、せめて餞別の機会を設けてから彼を送り出し、それを最後の感動の時にしようと考えたのである。

そうした複雑な思いから詠み出されたのが、「おきのゐて」の歌である。これは『古今集』の物名の部（墨滅歌）に、小野小町の作として収められている。物名の歌は、一見するだけでは気づきにくい隠し題の表現によっている。歌集の詞書に何を隠し題にしているかを明らかにするのが通例である。この歌は『古今集』の詞書には「おきのゐ・みやこしま」とあり、物語でも「おきのゐて、みやこしまといふ所にて」とある。二つの地名をさりげなく隠し題にしているこの歌は、言葉遊びのおもしろさをふんだんにとりこんでいる。そうした機知の明るさが、「馬のはなむけ」の場にふさわしく、しかも「酒飲ませて」効果的に詠んだという。しかしそれとともに、歌のなかには「身を焼くよりも悲しきは」「別れなりけり」の重苦しい悲しみがとりこまれてもいる。自らは陸奥の地に土着したまま、男をはるかな都へと送り出さねばならぬ女の、精一杯のみやびの行為がこれであったとみられる。

百十六段

昔、男《をとこ》、①すずろに陸奥《みち》の国《くに》まで②まどひ往《い》にけり。京に、思ふ人に言ひやる。

198 波間より見ゆる小島《こじま》の浜びさし久しくなりぬ君にあひ見で

「③何《なに》ごとも、みなよくなりにけり」となむ言ひやりける。

昔、ある男が、なんとなく陸奥《みちのく》の国まで、あてもなくふらりと行ってしまったのだ。そこから京に、思う人に言ってやる。

198 波間から見える、小島の浜にある家のひさしではないが、久しく過ぎてしまった。あなたと逢《あ》わなくなってから。

「何ごともみな、よくなってきた」というふうに、言ってやったのだった。

【語釈】

①**すずろに** 「すずろ」は、確かな理由や目的もないのに、ある状態がおのずと進んでゆくさま、が原義。ここも、なんとなく心ひかれて、ぐらいの気持ち。②**まどひ往にけり** 「まどひ

往ぬ」は、あてもなく、ふらりと出て行く意。

【和歌198】波間より…… 男の贈歌。最初から「浜びさし」までが、「ひさし（庇）」「久しく」の同音くり返しを契機とする序詞。この序詞は、旅人の望見する海上の遠景でもある。「浜びさし」は、海浜にある家の庇《ひさし》、海人の小屋であろう。「君」は相手の、京にいる女《ひと》。一首は、旅の途上から家郷（京）の女《ひと》を、はるかに偲《しの》ぶ歌である。〈重出〉拾遺　恋四・読人知らず・三句「浜久木」、五句「君にあはずて」。古今六帖　第六「久木」・三句「浜久木」、五句「妹に逢はずて」。

③**何ごとも、みなよくなりにけり**　男の歌に添えられた文言。旅に出て、気分が好転した、ぐらいの気持ちであろう。

評釈

都の男がなんとなく心ひかれて、遠く陸奥の国までやってきたという話である。これも、東下りの章段（七段以下）の延長上にある。この男は、長い旅をつづけて地の果てのような土地までやってきたところで、にわかに都のことを思い起こしたという。わけても、だいじに「思ふ人」、京に残してきた妻か恋人であろう。もとより旅の途上で家郷を思うのが、人間の感情の自然というもの。九段の東下りの話でも、都の女君をたまらなく思い出して、偶然にも宇津《うつ》の山あたりで出会った顔知りの修行者に、女君への歌を託していた。

この段の男が都の女《ひと》に送ったという「波間より」の歌は、もともと『万葉集』所収の歌である。

波の間ゆ見ゆる小島の浜久木《はまひさき》久しくなりぬ君に逢はずして　（巻11・二七五三）

『拾遺集』をはじめとして『古今六帖』などにも収められているところからも、伝承性の強い古歌だったとみられる。また、万葉時代しばしば詠まれた「久木《ひさき》」（ノウゼンカズラ科の落葉高木）が、ここでは「庇《ひさし》」に替えられている。「庇」の語が人家や小屋を思わせ、いっそう郷愁を誘うのであろう。「久木」にしても「庇」にしても、同音繰り返し式の序詞であることには変わりがない。その序詞の旅路の海浜風景を背景に、久しく目にしていない家郷のだいじな女《ひと》をあらためて思い起こす。『万葉集』の恋の古歌が、ここでは漂泊の旅の歌としてよみがえったことになる。物語の末尾に「何ごとも、みなよくなりにけり」という男の言葉をもとりこめているのは、さすらいの旅によってかえって、京の女《ひと》を切実に思うようになりえたことを語ろうとしているのであろう。それは、京の生活では日常のなかに埋もれていた感動を、ここで取り戻したということでもある。目的のない「すずろ」の旅が、かえって人間的な感動を回復させることになった。

百十七段

昔、①帝《みかど》、②住吉《すみよし》に行幸《ぎやうがう》したまひけり。

199 われ見ても久しくなりぬ住吉の岸の姫松《ひめまつ》いく代《よ》経《へ》ぬらむ

③御神《おほんかみ》、④現形《げぎやう》したまひて、

200 むつましと君はしら波瑞垣《なみみづがき》の久しき世よりいはひそめてき

昔、ある帝が、住吉《すみよし》に行幸なさったのだった。

199 私が見てからだけでも長い年月がたってしまった。住吉の岸の姫松はどれほどの年代を経ているのだろうか。

住吉の大御《おおみ》神《かみ》が、お姿を現されて、

200 私との親しい関係をあなたは知るまいが、ずっと以前から私があなたをお護《まも》りしてきたのだ。

【語釈】

①帝　この帝は、どの帝か不明。**②住吉**　現在の大阪市住吉区の住吉神社。「住吉」または「住の江」は、古く『万葉集』の時代から多くの歌に詠まれてきた。六十八段には、「住吉の

郡《こほり》、住吉の里、住吉の浜」とある。

【和歌199】われ見ても…… 帝の贈歌。「われ見ても」は、私がはじめて見て、その後親しみなじんできてからも、の意で、松の長寿に驚く気持ちを言いこめた。「住吉の岸の姫松」は、住吉の海岸の老松。「松」は、長寿の象徴。「姫松」は小さな松をもいうが、この「姫」は美称で、松を賛えた表現。「よ」は、年代・年齢。一首は、住吉の松を長寿の木として賛えて、住吉の神の威力も感取されるとする歌である。〈重出〉古今 雑上・読人知らず・三句「住の江の」。新撰和歌 四。古今六帖 第二「社」。

---

③**御神** 住吉大神。④**現形** 神や仏が姿をあらわすこと。「げんぎやう」の撥音「ん」の表記を略した形。

【和歌200】むつましと…… 住吉大神の返歌。「むつまし」は、物事に心が惹かれ愛着を感じる気持ち。「君」は帝をさす。「白波」に「知ら（ず）」を掛けた表現。贈歌の「住吉の岸」から「波」を連想しての表現である。「瑞垣」は神社の垣、ここでは「瑞垣の」で枕詞となり、「久し」にかかる。神社の垣が久しい、というイメージによる。「いはふ」は、よいことがあるように神に祈る、大切に護る、の意。一首は、こちらは久しく帝を守護してきたとする歌である。〈重出〉新古今 神祇。

評釈

これは、ある帝が住吉神社に行幸して、その住吉の神と歌をたがいに詠みかわしたという、いわば神人共感の話になっている。「われ見ても」の歌の作者が誰かを明示していないが、形の上ではいうまでもなく帝である。しかし実際には、行幸に扈従《こじゅう》した歌の名手の一人であろう。この物語全体のありようからすると、昔男、すなわち業平とおぼしき人物と見られる。『古今集』雑上には、題知らず、読人知らずの歌として、次のような似通った歌も並んで配列されている。

住の江の岸の姫松人ならばいく世か経《へ》しと言はましものを

「住吉（住の江）の岸の姫松……経」を共通項として、当該の歌と類歌関係にある。この物語の歌は、こうした共通の発想の上に、「われ見ても久しくなりぬ」という自分の経験も加えながら、神さびた老松の悠久の永遠性を賛えあげている。これに神が感応し、現形することになったのであろう。『古今集』仮名序によれば、「力をも入れずして天地を動かし、目に見えぬ鬼神をもあはれと思は」せるのが和歌だとするが、この物語の昔男ならではの、歌の力がここに発揮されているともみられよう。

住吉の神は古来、海上を鎮める神として厚く信仰されてきた。たとえば、『土佐日記』の一節。海上がにわかに荒れはじめたところ、楫取りが船主に対して、住吉の神は現金な神だから幣《ぬさ》を奉れと言うので、船主が言われるままに貴重な鏡を海中に投ずると、不思議にも海の嵐が静まったという。また平安時代には、海上の安全をもたらす神というだけではなく、広く幸運を開いてくれる神として多くの人々の信仰を集めた。たとえば『源氏物語』の明石入道もその熱心な信奉者で、娘の明石の君を高貴な光源氏に縁づけて一門の繁栄をもたらしたという。

この物語で、「御神、現形したまひて」返歌したという、住吉の神の歌は、『新古今集』の神祇歌（巻十九）の冒頭に神詠を十三首集めている、その中の一首として収められている。左注には「伊勢物語に、住吉に行幸の時、御神現形したまひて、と記せり」とある。その神詠十三首の中には、この歌以外にも、他に二首の住吉の神の歌が配列されている。やがて平安後期から中世にかけての歌人たちには、住吉の神は和歌の神としても敬われ、いよいよ「住吉」「住の江」が名高い歌枕の地として広められるようになる。

百十八段

昔、男《をとこ》、①久しく音《おと》もせで、「②忘るる心もなし。③参り来《こ》む」と言へりければ、

昔、ある男が、久しく便りもせずにいて、「あなたを忘れてなどいない。これからうかがおう」と言ってきたので、女が、

201 玉葛《たまかずら》がたくさんの木に這《は》いまわるように、あなたも大勢の女たちとかかわってしまっているので、私と絶えぬ仲にあると言ってきたあなたの心も、うれしい気がしない。

201　玉かづらはふ木あまたになりぬれば絶えぬ心のうれしげもなし

【語釈】
①**久しく音もせで**　無沙汰が長く続いている状態。②**忘るる心もなし**　以下、男の言葉。あなたを忘れてなどいない、の意。③**参り来む**　「参り来《く》」は、参上する意。「来」は、来る意だけでなく、行く意にも用いる。
【和歌201】玉かづら……　女の贈歌。「かづら」は蔓草《つるくさ》の総称。これに冠した「玉」は美称。「あまたになりぬれば」は、相手の男の女性交渉がたくさんであることを、隠喩的に言った表現。「絶えぬ心」は、男の言う「忘るる心もなし」の言葉をさす。一首は、男の不誠実を難じて、「忘るる心も」ないとする彼の言葉を切り返した歌である。〈重出〉古今　恋四・読人知らず。古今六帖　第五「異人《ことひと》を思ふ」・二三句「はふ木のあまたありといへば」。

評釈
これは、女が、相手の男の不誠実を難ずる内容の話である。彼女は、男の無沙汰が長く続いている事実を根拠に、あの男は今ごろおそらく、あちらの女、そちらの女へとほっつき歩きまわっているにちがいない、と見当をつけているのであろう。そう思うと、彼の「忘るる心もなし。参り来む」という言葉も空しくひびくだけだ。その憤懣やるかたない思いが、「玉かづら」の歌を詠ませる。形の上では異例の女からの贈歌だが、実質的には男からの言葉に応じた返歌であるといってよい。女の返歌らしく、相手の言い分を切り返す発想から、男への反発を詠んでいる。
この歌は『古今集』では、「題知らず／読人知らず」としかないが、隠喩的な表現の歌が続く歌群にあるので（百十二段の「須磨のあまの」の歌もこれの直前に配されている）、「あまたになりぬれば」が男の女性交渉が頻繁であることの隠喩だと明らかにしてくる。しかし歌じたいだけでは、「絶えぬ心」がわかりづらく、せめて「絶えぬ言の葉」ぐらいでありたいとする見解もある。

これに対して物語で、「久しく音もせで」や、男の言葉「忘るる心もなし。参り来む」を加えることによって、「あまたになりぬれば」の隠喩の意図も、「忘るる心もなし」に応ずる「絶えぬ」という歌句の必然性もはっきりしてくる。ここには、和歌を物語化するための具体的な方法が明らかである。

百十九段

昔、女《をんな》の、①あだなる男《をとこ》の②形見《かたみ》とておきたる物どもを見て、

202 形見こそ今はあたなれこれなくは忘るる時もあらましものを

昔、ある女が、浮気な男が形見といって残していった品々を見て、

202 この形見こそ、今になっては私を苦しめる仇敵というもの。これがなければ、あの人を忘れる時もあろうものを。

【語釈】

①**あだなる男** 浮気で誠実さのない男。②**形見** 亡くなった人や別れた人を思い起こさせるもの。ここでは、他の女のもとに立ち去っていく時、もとの女に形見として残した物品である。

【和歌202】 形見こそ…… 女の独詠歌。「あた」は敵。自分に害をなして苦しませるもの。この「あた」を「あだ」と読んで、はかない、いいかげんだ、と解する説もあるが、とらない。

「これ」は「形見」をさす。「……なくは……ましものを」は反実仮想の文脈。あなたの形見がなかったら、あなたを忘れるときもあっただろうに、の意。実際には、なまじ形見があるために、忘れたいのに忘れがたい。それが「あた」たるゆえんだとする。一首は、形見を残して他の女のもとに離れ去った男への、憤懣やるかたない思いを詠んだ歌である。〈重出〉古今恋四・読人知らず。

評釈 これも前段同様に、相手の男の不誠実さを嘆く話である。ただし、前段の女が男のもとに歌を送りつけて彼への反発を表明したのに対して、こちらの女は相手との交渉も絶っていて自らの心を見つめている趣であり、歌も独詠とみられる。「形見こそあたなれ」と相手を恨みながらも、下の句に転ずると、なまじ形見を残されたための、わが心の複雑な動きを自覚せざるをえない。「……なくは……まし」の構文に、その自省がとりこめられている。あの男《ひと》との思い出など亡失させて当然だと思いつつも、しかし過ぎ去った日々の記憶は容易に追い出すことができない。

この歌は『古今集』恋四の巻末に配され、恋の終わりを詠む歌群のしめくくりになっている。しかしこの物語では、憎んで当然の相手との恋もこれで終わりだ、という趣にはなっていない。どこかに、諦めがたい執心もくすんでいるのだろう。憎む相手がいるとすれば、自分を過往の日々から自由に解放してくれない彼の残し置いた形見だ、と思う。物語が「男の形見とておきたる物」を設定したことが、そうした感情を明確にしている。ここでも物語化の方法が工夫されている。

百二十段

昔、男《をとこ》、①女《をんな》のまだ世経《へ》ずと②おぼえたるが、③人の御もとにしのびて④もの聞こえて、後《のち》、ほど経《へ》て、

昔、ある男が、女の、まだ男を知らないと思われたのが、ある高貴なお方と秘かに情を交わし申して、その後しばらく経《た》ってから、もとの男がそれとわかって、

203 近江の筑摩《つくま》の祭りを早くしてほしい。つれない女《ひと》がどれほどの数の鍋《なべ》をかぶるか、見てやろう。――かかわりあった男の数がわかろうとい

203
近江《あふみ》なる筑摩《つくま》の祭《まつり》とくせなむつれなき人の鍋《なべ》の数見むうもの。

【語釈】
①**女のまだ世経ず**　「の」は同格の格助詞。ある女で、の意。「世」には男と女の仲という意もあり、「世経《ふ》」といえば結婚の経験がある意、「世を知る」といえば男女間の情がわかる意。ここの「世経ず」は、男女の仲を経験したことがない意。②**おぼえたるが**　「が」は主格を表す格助詞。……と思われていた、その女が。③**人の御もとに**　「御」とあり、相手の「人」は高貴な男とみられる。④**もの聞こえて**　この「聞こえ」は謙譲語で、情を交わし申して、の意。

【和歌203】**近江なる……**　男の贈歌。「筑摩の祭」は、滋賀県米原市の、御食津神《みけつかみ》を祀る筑摩神社の祭。この祭では、土地の女たちが、それまで男と契った数だけの土鍋をかぶって参詣し、その鍋を神に奉る風習があったという。「とくせなむ」の「とく」は「疾く」（早く）、「なむ」は他者への願望の意の終助詞。「つれなき人」は相手の女をさす。「つれなし」は冷淡だ、の意。「鍋の数」は、女の契り交わした男の人数をいう。一首は、相手の女がこれまで契ってきた男の、その数をあばき出したいとする歌である。〈重出〉拾遺　雑恋・読人知らず・初句「いつしかも」、三句「はやせなむ」。

【評釈】
この話は、男が相手の女を男性交渉など経験したこともない初心《うぶ》な女だと思っていたのに、意外にも彼女が高貴な男と忍び逢っていた真相を知ってしまった、という内容である。「人の御もとにしのびてもの聞こえて」の語り口からすると、女の方から参上して親しく語り申すというのであるから、二人の身分差は相応に隔たっている。

真相を知った男の歌は、『拾遺集』にも読人知らずの歌として収められているが、「題知らず」とあるだけなので、その作歌事情は不明である。これはもともと筑摩神社のある近江地方で謡われていた民謡的な歌だったらしい。女の契った男の人数分だけ土鍋を神に奉納するのがこの神社の風習だったことは、古く『俊頼髄脳』などから知られる。「鍋」からは女体をも連想しかねない卑猥さというのも、民謡ならではの発想といってよいだろう。

物語では、男はこの歌を、女の真相を知ってから「ほど経て」詠んだという。男は、好感を抱いていた女から裏切られたような思いだったただろうが、適度の時間が経過してみると、彼女への驚きや憤懣の気持ちもおさまっていく。独りになって、ふと、からかってもみたくなる、おもしろい経験をしたものだ、という気分なのではあるまいか。

百二十一段

昔、男《をとこ》、①梅壺《うめつぼ》より雨に濡《ぬ》れて、人②のまかり出《い》づるを見て、

204 うぐひすの花を縫《ぬ》ふてふ笠もがな濡るめる人に着せてかへさむ

返し、

205 うぐひすの花を縫ふてふ笠はいな思ひをつけよ乾《ほ》してかへさむ

昔、ある男が、梅壺《うめつぼ》から雨に濡《ぬ》れて、人が退出するのを見て、

204 鶯《うぐいす》が梅の花を縫《ぬ》いつけて作るという花笠《はながさ》がほしい。濡れていそうな人に、それをかぶらせて帰らせてあげたい。

返しの歌、

205 鶯が梅の花を縫いつけて作るという花笠はいらない。それよりも、あなたの「思ひ」の火をつけてくださいな。濡れた着物をそれでかわかして、その火を返そう。

【語釈】

①**梅壺** 宮中の後宮殿舎の一つ、凝華舎《ぎようかしや》のこと。中庭に梅が植えられているところから「梅壺」と呼んだ。ここに后の一人が住んでいることになるが、誰かはまったく不明。②**人のまかり出づるを見て** 「人」はこの梅壺に仕える女房の一人。その女房が退出するのを、男が見つけたというのである。

【和歌204】うぐひすの…… 男の贈歌。「うぐひすの花を縫ふてふ笠」は、鶯が梅の枝に木伝うのを、花笠を縫うと見立てた表

現。『催馬楽』の「花笠」の歌（後出）による。「もがな」は願望の意の終助詞。一首は、雨に濡れる人に梅の花笠を用意したいとして、相手への思いを訴えかける歌である。

【和歌205】うぐひすの……　女の返歌。「いな」は「否」、相手の言動に同意しない意。「思ひをつけよ」の「ひ」に「火」を言い掛けた。「乾してかへさむ」は、あなたのつける火で濡れた衣服をかわかして、その上でその「火」を返そう、の意。一首は、相手の言い分を拒みながらも、「思ひ」の「火」がほしいとして、相手をやや揶揄する歌である。

評釈

男が、梅壺から出てきた女房と出くわし、その女と歌を詠みかわすという話である。春雨のそぼ降るころ、中庭の梅が濡れて、退出する女も濡れかけている。男はそれを口実に、「花笠」の言葉をふまえた歌を詠みかけて、相手の女の気をひいてみる。「花笠」の歌とは、次の歌謡集『催馬楽』の一首、宴席などでよく謡われていた歌である。ここでは、梅壺という殿舎、雨の中に咲く梅の花、さらに梅の歌など、折にあいすぎるほどである。

青柳《あをやぎ》を　片糸に縒《よ》りて　や　おけや　鶯《うぐひす》の　おけや　鶯の　縫ふといふ笠は　おけや　梅の花笠や　（青柳）

「や」「おけや」は囃《はや》し詞。青柳の長い枝を糸に、梅の花笠を仕立てるという見立ての表現がいかにも和歌的な趣向である。青柳を片糸として縒り、鶯が飛んで縫うという笠、それが梅の花笠、という意である。また、これが短歌形式となって、『古今集』に神遊びの一首としても、次のように収められている。

青柳を片糸に縒りて鶯の縫ふてふ笠は梅の花笠

梅の花が香しく咲き柳の枝が緑色に芽ぶいて、鶯も鳴き飛びかう。「花笠」はそうした春の華麗な情趣をいう。男は偶然にも出会った女に、その「花笠」を着せたいもの、と言う。好機をとらえての贈歌である。これに対する女の返歌は、

「否」と拒んで、男の願望を切り返す。ところが、その下の句で「思ひをつけよ」という応じ方は、いかにも意想外の言葉だ。あなたの「思ひ」の「火」をつけよ、というのだから、男を挑発しているようにもみえるからである。ここでは何よりも、言葉のおもしろさを楽しむ趣になっている。季節の情趣に包みこまれながら、折にふさわしいの言葉を理知的に詠み交わすのも、男と女との共感をもたらすことになるのであろう。

百二十二段

昔、男《をとこ》、ちぎれること①あやまれる②人③に、

206 山城《やましろ》の井手《ゐで》の玉水《たまみづ》手にむすびたのみしかひもなき世なりけり

と言ひやれど、いらへもせず。

昔、ある男が、結婚を約束したのにそれを違《たが》えてしまった女《ひと》に、

206 山城《やましろ》の井手《いで》の玉水《たまみず》を手に掬《すく》って手飲《たの》んだのに、頼んだその効《かい》もない間柄ではあった。

と言ってやったけれども、女は返事もしない。

【語釈】

①ちぎれること　夫婦になる約束。「ちぎれる」は、四段動詞已然形「ちぎれ」に、存続の助動詞「り」の連体形「る」がついた形。**②あやまれる**　「あやまる」は（約束を）違《たが》える意。その動詞の已然形に、助動詞「り」の連体形がついた形。

③人　相手の女をさす。

【和歌206】山城の……　男の贈歌。「山城の井手の玉水」は、現在の京都府綴喜《つづき》郡井手町を流れる玉川（木津川に注ぐ）の水。「むすぶ」は、（水を）掬《すく》いとる意。これに、「（契りを）結ぶ」の語をもひびかす。この「むすぶ」までが、「手飲《たの》み」「頼み」

の掛詞を契機とする序詞。「世」は、男女の関係。一首は、かつて期待した効《かい》もなく途切れた自分たち二人の仲を嘆く歌である。〈重出〉新古今　恋五・読人知らず・三句「手にくみて」。古今六帖　第五「今はかひなし」・三句「手にくみて」。

評釈

ある男には、将来夫婦になろうと約束した女がいた。ところが、相手の女の方からその約束を破棄してしまった。後に男はあらためて歌を届けたが、縒りを戻すこともないまま終ってしまったという話である。

男の詠んだ歌の「井手の玉川（水）」は、「山吹」「かはづ」を連想させる歌枕としてよく知られているが、ここでは、「玉水」の清らかさを強調している。それを手で「むす」んだとするところから、「手飲《たの》み」「頼み」の機知的な連想によって、かつて親密な関係を結んでいたのにその効《かい》もなく遠のいてしまっている、という嘆きを詠んでいる。なぜそうなったのか、その原因や理由など、ここには語られていない。いま現在、二人が隔たっている事実を男が嘆くだけである。

この歌の序詞の「井手の玉水」の清らかさに注目すれば、かつての心の清純さも裏切られたようなイメージである。とすれば、この歌の嘆きじたいは、逆に女が約束を違えられたとして、それにこそふさわしい表現なのかもしれない。しかし、この物語ではあくまでも、遠のいてしまった女への男の嘆きとして、過往の甘美な記憶が「井手の玉水」のさわやかな光景として残されているというのである。この物語ならではの、男の感慨であるともいえようか。

百二十三段

昔、男《をとこ》ありけり。①深草《ふかくさ》に住みける女《をんな》を、②やうやう飽きがたにや思

昔、ある男がいたのだった。深草《ふかくさ》に住んでいた女

ひけむ、かかる歌をよみけり。

207 年を経《へ》て住みこし里を出《い》でていなばいとど深草野とやなりなむ

女、返し、

208 野とならば鶉《うづら》となりて鳴きをらむかりにだにやは君は来《こ》ざらむ

とよめりけるにめでて、行《ゆ》かむと思ふ心なくなりにけり。

を、しだいに飽きかけてきたのだろうか、このような歌を詠んでやった。

207 長い年月通いつづけてきたこの深草の里を、私が出て行ったならば、いよいよ名のとおり草深い野となってしまうだろうか。

女が、返しの歌に、

208 ここが荒れた野となるならば、私は鶉《うずら》となって鳴いているとしよう。せめてかりそめの気分ででも、狩りになりとあなたは来てくれないか、きっと訪ねてくれるだろうから。

と詠んだのに感嘆して、女のもとから立ち去ろうと思う気持ちもなくなってしまった。

【語釈】

①**深草**　現在の京都市伏見区の北部、深草の一帯。桓武天皇・仁明天皇など、皇室・権門の陵墓の地ともなった。②**やうやう飽きがたにや思ひけむ**　男がだんだんと飽きてきたのだろうか。語り手の推測による挿入句である。

【和歌207】年を経て……　男の贈歌。「里」は深草の里。「いなば」は、ナ変動詞「いぬ」の未然形に、接続助詞「ば」がついて、仮定条件を表す。自分が去っていったならば、の意。二人の別離をにおわす表現である。「いとど深草野」は、いっそう草深い野になることを強調した表現。「や」は軽い疑問の意を含んだ詠嘆の気持ちを表す。一首は、自分からの離別をにおわせて、この里もいっそう草深くなるだろうと詠む歌である。〈重出〉古今　雑下・業平。

【和歌208】野とならば……　女の返歌。「鶉」はキジ科の小型の鳥。和歌では草深い野や忘れた里で鳴く鳥とされることが多い。また、秋の小鷹狩りの獲物とされる。ここでは、自分がその「鶉にな」ることを想定している。「かり」は「仮《かり》」「狩り」の掛詞。下の副助詞「だに」の語勢にも注意。せめてかりそめの気分ででも狩りに、の気持ち。「やは」は反語で、「来ざらむ」にかかり、あなたはきっと来てくれるはずだ、の意となる。一首は、自分が鶉になって、相手の狩りの獲物になってもかまわない、という覚悟をきめた恋歌である。〈重出〉古今雑下・読人知らず・二三句「鶉と鳴きて年は経《へ》む」。古今六帖　一　第二「鶉」・五句「人の来《こ》ざらむ」。

評釈

これは、相手の女に別離をにおわせる歌を届けた男が、彼女からの返歌の言葉の力に促されて、女のもとにとどまることになったという話である。なぜ男は女との離別を思ったのだろうか。それを物語の語り手が推測したのが、「やうやう飽きがたにや思ひけむ」の叙述である。男と女の関係は、時間の経過とともに当初の感動を風化させて、生活の日常のなかに埋没させるほかないのだろうか。そのような男の心の動きを、語り手は推量したのであろう。

男が離別を思ったとはいえ、いさぎよく決めたのではあるまい。男の歌では、多年一緒に住んできた「里」の名が「深草」であるところから、言葉の軽やかな機知を介して、自分の去った後を「いとど深草野」となるだろうか、と想像している。相手の独り住みの荒寥たる心象風景をも思い描いていることになるが、ここには離別へのためらい、ひいては相手への執心さえこだましていよう。

この贈答歌は『古今集』にも業平の贈歌として収められ、次の詞書が添えられている。

深草の里に住みはべりて、京へまうで来《く》とて、そこなりける人に詠みて贈りける　業平朝臣

物語のような語り手の推測などはなく、男が京に上るために相手と別れることになったという事実だけが記されている。そして、相手の返歌（返し／読人知らず）も続いているが、その歌詞が物語の返歌と微妙に相違している点に注意される。

野とならば鶉と鳴きて年は経むかりにだにやは君は来ざらむ

独り身になった自分は鶉と同じように鳴いて、泣いて暮らすことになろう、というのである。また「年は経む」は贈歌

の「年を経て」に照応して、これはこれで贈答歌としての息づかいになっている。他方、物語では「鶉となりて鳴きをらむ」。これは自分が鶉そのものに変身しようとする物言いで、これによって下の句の「かりにだに……」を通して、自分は相手の鷹狩りの獲物になってもよい、という強い覚悟を言い表すことになる。男との過往の関係に殉じてもよいぐらいの、思い切った言い分である。

この歌には、さりげないながら女の感情の力がこもっている。男がそれを「めでて」、けっきょく「行かむと思ふ心」もなくなった。歌の力が、ここでも、危うい男女の心をとり戻したことになる。

百二十四段

昔、男《をとこ》、①いかなりけることを思ひけるをりにか②よめる。

209 思ふこと言はでぞただにやみぬべき我とひとしき人しなければ

昔、ある男が、どんなことを思った折だったのか、こんなふうに詠んだ。

209 心のうちに思うことは口に出して言わずに、ただそのままやめてしまうがよい。自分と同じ心の人など、この世にはいないのだから。

【語釈】

①**いかなりけることを思ひける**　「いかなりけること」は、どんな内容か具体的に示されていない。自分の人生の過去をあれこれと想起しているのであろう。②**をりにか**　「をりにか」の「か」は、疑問の意。

【和歌209】**思ふこと……**　男の独詠歌。「思ふこと」は、地の文の「いかなりけること」と同じ。漠然とした物言いである。「やみぬべし」の「べし」は意志を表す助動詞、なまじ口には出すべきでないと心に決める。「我とひとしき人」は、自分と心が同じ人。一首は、自分と同じような心の人は存在しないのだから、なまじ言葉をかけるべきではないとして、自らの孤独な存在を思う歌である。

評釈

この章段は、次の、わが死を思って辞世の歌を詠む最終段の一歩手前の話になっている。

人生の終末を自覚するのであろう、男は、わが人生のさまざまな出来事を、走馬灯のように思い起こすほかない。喜怒哀楽など多様な感情がこみあがってきて当然である。そのようなかけがえのない回想の一つ一つを誰かに語ってみたい、と思うのが人情というもの。しかし、「思ふこと言はでぞただにやみぬべき」として、わが心に封じこめるほかないと思う。なぜなら、「我とひとしき人」がないのだから、自分が感動したからとて、他者は同じように感動してくれるとは限らないからである。しょせん自分は自分でしかない。そのような孤独の静けさのなかで、いよいよ最期を迎えようとしているのである。そのような孤独の心を、歌の言葉に転移させたのが、この「思ふこと」の歌である。他者からわかってもらおうというような歌でない。自分自身のための言葉である。

百二十五段

昔、男《をとこ》、①わづらひて、心地《ここち》死ぬべくおぼえければ、

210 つひにゆく道とはかねて聞きしかど昨日今日とは思はざりしを

昔、ある男が病気になって、気持ちが、いまにも死んでしまいそうに感じられたので、

210 最後に誰もが行く道であるとは、以前から聞き知っていたけれども、それが昨日今日のことと は思ってもいなかった。

【語釈】

①**わづらひて、心地死ぬべくおぼえければ** 病気になって、気持ちの上で死にそうだと自覚される。業平は元慶四（八八〇）年五月二十八日、五十六歳で死去した。

【和歌210】つひにゆく……　男の独詠歌。「つひにゆく道」は、誰もが最後に行く死の道。「かねて聞きしかど」は、人は誰も死なねばならないという理屈は、以前から十分わかっているが、の気持ち。ここから逆接的に、「昨日今日……」に転じていく機微に注意。「昨日今日」に、昨日今日にせまっているという驚きをこめていう。「を」は感動を表す助詞。一首は、死の迫ってきた時に、その到来を我ながら驚く気持ちを詠んだ歌である。〈重出〉古今　哀傷・業平。大和物語　百六十五段。

評釈

現在通行の『伊勢物語』は、男の元服の章段（一段）に始まって、死を直感して辞世の歌を詠む章段（百二十五段）で終わっている。この物語の男の一代記が、成人の儀と死の到来という首尾呼応の構成になっているといってよい。

男の詠む「つひにゆく」の歌は、辞世の歌らしくない辞世の歌である。士大夫としての力みかえった表現でもなければ、仏教観念の生硬な表現でもないからである。「……とは……とは……」の繰り返しで、死を直前にした者の驚きの感情を、いかにも人間の感性の自然として表現している。ちなみに、これとはまったく対極にある発想として、たとえば『万葉集』所収の山上憶良の歌を取り上げてみよう。

山上憶良、沈痾《ぢんあ》の時の歌一首

士《をのこ》やも空《むな》しくあるべき万代《よろづよ》に語り継ぐべき名は立てずして　（巻6・九七八）

右の一首、山上憶良臣の沈痾の時に、藤原朝臣八束《やつか》、河辺朝臣東人《あづまひと》を使はして疾《や》める状《さま》を問はしむ。ここに、憶良臣、報《こた》ふる語《ことばを》已《は》畢る。須《しまら》くありて、涕《なみだ》を拭《のご》ひ悲しび嘆きて、この歌を口吟《うた》ふ。

ここには、中国詩本来の、男子一生を顧みる典型的な士大夫の発想が貫かれている。立身立名こそ儒教倫理の理想であるのに、それが叶えられなかったわが生涯を痛恨するほかない。この憶良の歌に共鳴するらしい八束も東人も、同じ律令官人である。

これに対して、この最終の章段では、辞世の歌を詠むという官人らしい形を示しながらも、一個の人間としての人生の閉じ目の感情を、この歌のように表現しているのだ。理屈はわかっていても、自らのこととなるとかえって承服しがたい死の到来に、意外さ、驚き、さらに生への執着などまでをも出来させていよう。

後世の国学者である契沖は、この歌がいかに人の心の「まこと」を言い表しているかを絶賛して、次のように論評した。

これまことありて、人の教へにもよき歌なり。後々の人、死なんとするにいたりて、ことごとしき歌を詠み、あるいは道を悟れるよしなどを詠める、まことしからずしていとにくし。ただなる時こそ狂言綺語もまじらめ。今はとあらん時だに心のまことにかへれかし。業平は一生のまことこの歌にあらはれ、後の人は一生のいつはりをあらはすなり。（勢語臆断）

さらに本居宣長も、この契沖の見解を賛えて次のように述べている。

法師のことばにも似ず、いといとたふとし。やまとだましひなる人は、法師ながら、かくこそありけれ。から心なる神道者歌学者、まさにかうはいはんや。契沖法師は、世の人にまことを教へ、神道者歌学者は、いつはりをぞ教ふなる。（玉勝間・五の巻）

契沖や宣長のこうした歌の理解が、作品解釈の貴重な視点となるであろう。人の心の「まこと」、人間の感性の自然を歌いあげているのは、じつはこの最終段に限ったことではない。この作品の随所にそれが、歌の力としてとりこめられているように思われる。

解説

伊勢物語について

一　はじめに

『伊勢物語』は、最初期のいわゆる歌物語の一つ。歌物語とはいうまでもなく、和歌を中心に構成される小さな話、またはその小話を集めた作品である。『源氏物語』絵合巻で「伊勢物語」と呼ばれている点からも、この呼称がもともとの書名であったらしい。しかし、なぜ「伊勢」と称されるかは、古来、伊勢の斎宮と男の話（六十九段など）が重視されたからとも、あるいは女流歌人伊勢が物語の成立に何らかの関与をしたからとも、さまざまに推測されてきたが、臆測の域を超えるものではなかった。

その通行の書名とは別に、「在五が物語」（『源氏物語』総角巻）や、「在五中将の日記」（『狭衣物語』巻一）などとも呼ばれていたのは、物語の内容が、「在五中将」（在原氏の五男で中将の官にあった人物、在原業平をさす）の話だとみられたからである。確かにこの作品には、六歌仙の一人として知られる業平の歌々が少なからずとりこまれている。またこの作品は、百二十五段から成る通行の本文によれば、主人公「男」の元服にはじまって辞世の歌に終わる、という構成になっている。このような構成からも、古来多くの読者たちはこの作品を業平の一代記のように受けとめてきたのである。

もともと十世紀の最初期の物語作品は、誰がいつごろ制作したものか確かではないのが普通である。この『伊勢物語』はそれどころか、ある一人物が一回的に創ったと考えることさえ疑わしい。はじめに出来た原型が、時の経過とともに幾度も増補などを繰り返して完成されたらしいと推理するのが、今日の有力な考え方になっている。今日通行の本文にいたるのには、幾人もの作者と長期に及ぶ時間を要したと考えられるのである。そしてその生成される過程をつきとめようとする推理が、この物語の重要な研究課題の一つになっている。

この作品では、それぞれの章段がおおむね「男」と呼ばれる人物を主人公としている。「男」という語じたいは不特定の人称でしかないが、前記したように、その「男」の詠む歌が少なからず業平の実作であることや、また作品の首尾が「男」の一代記を思わせる構成になっていることなどから、物語全体が業平の生涯にわたる物語として理解されてきたのも、それなりに納得されるであろう。その物語には、業平とおぼしき男をめぐって、さまざまな女性交渉をはじめとして、友人や親近者との昵懇の関係、あるいは東国への漂泊や西国への旅の話などが、百二十五段（通行本）にわたって語られている。一個の人生の一齣一齣としてはあまりにも多く、しかも多岐にわたっているだけに、はたして業平自身の実録であるのか、疑われても当然である。しかし物語とは世にもめずらしい話、人間世界の特殊な人間像としてつくられた話であるから、卓越した業平なればこその話として首肯されもする。ところが、作中の男の歌々は、『古今集』で知られる業平の実作だけではなく、むしろ他者の歌の方が多い。このことからも、この物語がいかに生成されてきたか、その過程の考え方を導入せざるをえないであろう。物語の成り立ちという点から、業平の実作による話を原点としながら、それに幾度も増補が加えられたとみられるように、作品の内部には生成段階の異なる位相差が認められるのである。

このように作品の形成には幾つかの段階のあったことが推測されるが、しかしそのことを、現存する諸伝本の実態からは明らかにすることができない。現存伝本の数はきわめて多いが、そのほとんどが鎌倉期以降の書写であり、しかも初冠《ういこうぶり》（元服）の段にはじまって辞世の歌で終わる、いわゆる「初冠本」に限られているからである。平安時代末には、斎宮との密会を語る章段（六十九段）を冒頭に据えた「狩使本《かりのつかいほん》」の存在したことが、藤原清輔の『袋草紙』や顕昭の『古今集註』などにみられる。和泉式部やその娘の小式部内侍が所持していたとの伝えから「小式部内侍本」とも称せられるが、そのごく一部は残されているものの、その全貌は不明である。

ここで、現存する多数の伝本について簡単に整理しておこう。ほとんど初冠本であるその伝本は、(Ⅰ)普通本系統、(Ⅱ)広本系統、(Ⅲ)略本系統、の三系統に分けられる。この系統分けは、片桐洋一「伊勢物語」（『日本古典文学大辞典』〈岩波書店〉）による。

(Ⅰ)普通本系統——これには、①定家本（藤原定家の書写した本の系統）、②別本（①以外のもの）、③真名本（真名〈漢字〉表記の本）、の三種がある。①の定家本のうち、定家晩年の書写を伝えるものとして天福本と武田本とがあるが、前者の天福本系統に属する学習院大学蔵本が定家自筆の忠実な臨写本とみられ、最も重要視されている。近時の主要な注解書の底本として採用されているのも、そのためである。本書もまたこれによっている。②の別本には、定家の初期に書写された本が含まれているとみられるが、その性格が必ずしもはっきりしない。

(Ⅱ)広本系統——他本で増補して普通本よりも章段数が多くなっている本。これには、①伝為氏筆本、②阿波国文庫旧蔵本・神宮文庫など、③泉州本、の三種がある。このうち、①の伝為氏筆本が特に注目されるのは、皇太后宮越後本からの十二章段と小式部内侍本からの二十四章段が加えられているからである。前記の顕昭が関与したかと推測される。また、②のなかで最善本とされる阿波国文庫旧蔵本は定家本にない十章段を加えているもの、③

の泉州本も定家本以外の十章段を加えたものである。

(Ⅲ)略本系統――普通本より章段の少ない本で、塗籠《ぬりごめ》本系統とも称されている。①伝民部卿局筆本、②その他、に分けられる。①の伝民部卿局筆本は諸本中最も章段の少ない本（一一五段）であり、定家本の十一章段を欠くとともに、定家本にない章段が一段含まれている。

この作品が早くも平安時代半ばから多くの人々に愛読されたことは、『源氏物語』などに多様なかたちで引用されていることからも知られるであろう。当時の写本が完全な形で残されてはいないものの、前記の鎌倉時代以後の膨大な分量の伝本の存在から、中世以後も重要古典として盛んに享受されたことがわかる。とりわけ初期古典学者でもあった歌人の藤原定家がこれを重んじて、その写本が規範的な位置を占めていた点にも注意される。そのことと呼応するかのように、歌人など当代の文学の担い手たちが、その享受の伝統を培ってきたのである。

また、室町時代にはこの作品を素材として幾つもの能が世阿弥らによって作られ、さらに江戸時代には光琳・宗達・光悦らによって絵画や漆器など美術の意匠にもこれが大いにとりこまれていた。こうして江戸時代にはいよいよ、この物語が多くの階層の人々に愛好されるようになる。慶長年間には数種の木活字本（嵯峨本と呼ばれる）が出たのをはじめとして、寛永年間以後には多くの版本が出版され、『伊勢物語』は古典中の古典として多くの愛読者によって強力に支持されてきたのである。

二　『古今集』との関連

『伊勢物語』には『古今集』所載の歌が六十首ほど含まれている。このように重出歌が多いところからも、二書が緊密な関係にあることは明らかである。古来、その二書の成立の先後の問題までも取り沙汰されてきた。

もとより『古今集』には在原業平の作とされる歌が三十首収載され、それらが、正真正銘の業平の実作であることは間違いないであろう。しかし後の勅撰集の業平作や他撰の業平集の場合、ほとんど業平実作ではなく、『伊勢物語』からの混入ではないかとみられる。そして、『古今集』の業平実作の三十首はすべて『伊勢物語』中にとりこまれている。このことは、二書の緊密な関係としても、きわめて注目されるのである。ここで、業平の実作がこの物語にどのようにとりこまれているか、一瞥してみよう。次の一覧は、該当の章段、業平実作の初句、『古今集』での部立・(歌番号)の順に掲げてある。

＊二段　起きもせず　恋三(六一六)
＊四段　月やあらぬ　恋五(七四七)
＊五段　人知れぬ　恋三(六三二)
＊九段　唐衣　羇旅(四一〇)
　　　　名にし負はば　羇旅(四一一)
十七段　今日来ずは　春上(六三)
十九段　天雲の　恋五(七八五)
　　　　〈『古今集』では初二句「ゆき帰り空にのみして」〉
二十五段　秋の野に　恋三(六二二)
＊四十一段　紫の　雑上(八六八)

四十七段　大幣と　恋四(七〇七)
四十八段　今ぞ知る　雑下(九六九)
五十一段　植ゑし植ゑば　秋下(二六八)
＊六十九段　かきくらす　恋三(六四六)
七十六段　大原や　雑上(八七一)
八十段　濡れつつぞ　春下(一三三)
＊八十二段　世の中に　春上(五三)
　　　　狩り暮らし　羇旅(四一八)
＊八十三段　飽かなくに　雑上(八八四)
　　　　忘れては　雑下(九七〇)
＊八十四段　世の中に　雑上(九〇一)

八十七段	ぬき乱る	雑上（九二三）
八十八段	おほかたは	雑上（八七九）
九十七段	桜花	賀（三四九）
*九十九段	見ずもあらず	恋一（四七六）
百三段	寝ぬる夜の	恋三（六四四）
百六段	ちはやぶる	秋下（二九四）
*百七段	浅みこそ	恋三（六一八）
	かずかずに	恋四（七〇五）
百二十三段	年を経て	雑下（九七一）
百二十五段	つひにゆく	哀傷（八六一）

このように、業平実作の歌三十首のすべてが、物語中二十六段にわたって配されている（三首収載の段が1、二首収載の段が2）。また歌の内容も、歌集の部立でいえば恋11、雑歌9、四季5、羇旅3、賀1、哀傷1とあり、多岐に及んでいる。それにともなって物語内容も、恋の関係が多いとはいえ、それに限らず、さまざまな人間関係に広がっていることが知られる。

この一覧で最も注意されるのは、『伊勢物語』の詞章と『古今集』の詞書の酷似している章段が存する点である。歌集の側からいえば、詞書が詞書としては異例の長大な叙述になっている。一覧に＊印を付した十一の段が、それである。その一例として第五段を掲げてみよう（上段が『伊勢物語』、下段が『古今集』）。

昔、男ありけり。東の五条わたりに、いと忍びて行きけり。みそかなる所なれば、門よりもえ入らで、童べの踏みあけたる築地の崩れより通ひけり。人しげくもあらねど、度重なりければ、主人聞きつけて、その通ひ路に、夜ごとに人を据ゑて守らせけれ

東の五条わたりに、人を知りおきてまかり通ひけり。忍びなる所なりければ、門よりしもえ入らで、垣の崩れより通ひけるを、度重なりければ、主人聞きつけて、かの道に夜ごとに人を伏せて守らすれば、行きけれども逢はでのみ帰りて、よみてやりけ

ば、行けどもえ逢はで帰りけり。さてよめる。
　人知れぬわが通ひ路の関守はよひよひごとにう
　　ちも寝ななむ
とよめりければ、いといたう心やみけり。主人許し
てけり。二条の后に忍びて参りけるを、世の聞こえ
ありければ、兄たちの守らせたまひけるとぞ。

る
　　　　　　　　業平朝臣
人知れぬわが通ひ路の関守はよひよひごとにう
　ちも寝ななむ

一方の物語は、常套の冒頭句「昔、男ありけり」で始まり、和歌がどのように受けとめられたかを述べ、さらに語り手の後注のような叙述で終わっている。これに対して、もう一方の歌集の詞書は、詞書の叙述としては長大に過ぎてはいるものの、しかし基本的にはいかにも歌集の叙述らしく、「……よみてやりける　業平朝臣」の定型的な書きぶりになっている。その文体上の差違については後述に委ねるとして、具体的な経緯や状況などがほとんど同一である点に注意されよう。しかし二者の間に、先後関係があるのか、あるいはともに同じ資料にもとづいたのか、容易には決しがたい問題である。

もう一つの例として、第九段の東下りの話をとりあげよう。これは、(A)三河国の八橋での話、(B)駿河国の宇津山と富士山の話、(C)武蔵国の隅田川の話、その三つから構成されている。しかし、(A)と(C)がともに『古今集』の業平実作の歌として共通しているのに対して、(B)は業平と無関係である。

(A)昔、男ありけり。その男、身をえうなきものに思ひ
なして、京にはあらじ、東の方に住むべき国求めに

東の方へ、友とする人、一人二人いざなひて行きけ
り。三河国八橋といふ所にいたれりけるに、その川

とて行きけり。もとより友とする人、一人二人して行きけり。道知れる人もなくて、まどひ行きけり。三河の国八橋といふ所にいたりぬ。そこを八橋といひけるは、水ゆく河の蜘蛛手なれば、橋を八つ渡せるによりてなむ、八橋といひける。その沢のほとりの木のかげに下りゐて、かれいひ食ひけり。その沢に、かきつばたいとおもしろく咲きたり。それを見て、ある人のいはく、「かきつばた、といふ五文字を句のかみにすゑて、旅の心をよめ」と言ひければ、よめる。

　唐衣着つつなれにしつましあればはるばるきぬ
　　る旅をしぞ思ふ

とよめりければ、皆人、かれいひの上に涙落としてほとびにけり。

(B)行き行きて駿河の国にいたりぬ。宇津の山にいたりて、わが入らむとする道はいと暗う細きに、つた・かへでは茂り、もの心ぼそく、すずろなるめを見ることと思ふに、修行者あひたり。「かかる道は、い

のほとりに、かきつばたいとおもしろく咲けりけるを見て、木のかげに下りゐて、「かきつばた」といふ五文字を句のかしらにすゑて、旅の心をよまむとてよめる　　　　在原朝臣業平

　唐衣着つつなれにしつましあればはるばるきぬ
　　る旅をしぞ思ふ

かでかいまする」と言ふを見れば、見し人なりけり。京に、その人の御もとにとて、文書きてつく。

駿河なる宇津の山辺のうつつにも夢にも人にあはぬなりけり

富士の山を見れば、五月のつごもりに、雪いと白う降れり。

時知らぬ山は富士の嶺いつとてか鹿の子まだらに雪の降るらむ

その山は、ここにたとへば、比叡の山を二十ばかり重ねあげたらむほどして、なりは塩尻のやうになむありける。

(C)なほ行き行きて、武蔵の国と下総の国との中にいと大きなる川あり。それを隅田川といふ。その川のほとりにむれゐて、思ひやれば、かぎりなく遠くも来にけるかな、とわびあへるに、渡守、「はや舟に乗れ、日も暮れぬ」と言ふに、乗りて渡らむとするに、皆人ものわびしくて、京に思ふ人なきにしもあらず。さる折しも、白き鳥の、はしと脚と赤き、鴫

武蔵の国と下総の国との中にある、隅田川のほとりにいたりて、都のいと恋しうおぼえければ、しばし川のほとりに下りゐて、思ひやれば、かぎりなく遠くも来にけるかな、と思ひわびてながめをるに、渡守、「はや舟に乗れ。日暮れぬ」と言ひければ、舟に乗りて渡らむとするに、皆人ものわびしくて、京に思ふ人なくしもあらず。さる折に、白き鳥の、は

の大きさなる、水の上に遊びつつ魚を食ふ。京には見えぬ鳥なれば、皆人見知らず。渡守に問ひければ、「これなむ都鳥」と言ふを聞きて、

名にし負はばいざこと問はむ都鳥わが思ふ人は
ありやなしやと

とよめりければ、舟こぞりて泣きにけり。

しと脚と赤き、川のほとりに遊びけり。京には見えぬ鳥なりければ、皆人見知らず。渡守に「これは何鳥ぞ」と問ひければ、「これなむ都鳥」と言ひけるを聞きてよめる　（在原業平朝臣）

名にしおはばいざこと問はむ都鳥わが思ふ人は
ありやなしやと

ここでも物語の(A)・(C)は、それに対応する『古今集』の詞書ときわめて酷似している。(A)・(C)の二首は、『古今集』羇旅部に業平実作の歌として連続する位置を占めている（四一〇、四一一）。他方の物語は、その間に、業平作ならざる二首による(B)の叙述が割りこんでいる体である。この章段の形式という点からいえば、すでに存在する(A)・(C)に、(B)が新たに挿入され増補されたらしい、と考える方が自然であろう。その結果、この現存本の章段は、各地の歌枕を的確に配しながら、三河国から駿河国を経て武蔵国に至る東遷の旅の趣として、全体が有機的に統一されているとみられる。このように、一回的ならざる増補生成の過程を推定せざるをえないのである。

右に業平実作の歌をみてきたが、『伊勢物語』には、『古今集』所収の、業平の実作ではない他者の歌も三十首が含まれている。これによっても、『伊勢物語』の世界が、『古今集』との密接な関連によって、どれほど多様に広がっているかが知られよう。その業平ならざる古今集歌による章段を一覧してみよう。

一段	陸奥の	恋四（七二四）	源融
十二段	武蔵野は	春上（一七）	読人知らず

〈『古今集』では初句「春日野は」〉
十七段　あだなりと　春上（六二）　読人知らず
十九段　天雲の　恋五（七八四）　紀有常女
二十三段　風吹けば　雑下（九九四）　読人知らず
四十三段　みるめなき　恋三（六二三）　小野小町
四十七段　ほととぎす　夏（一四七）　読人知らず
五十段　大幣の　恋四（七〇六）　読人知らず
五十八段　行く水に　恋一（五二二）　読人知らず
五十九段　荒れにけり　雑下（九八四）　読人知らず
六十段　わが上に　雑上（八六三）　読人知らず
六十三段　五月待つ　夏（一三九）　読人知らず
六十五段　さむしろに　恋四（六八九）　読人知らず
思ふには　恋一（五〇三）　読人知らず
恋せじと　恋一（五〇一）　読人知らず
海人の刈る　恋五（八〇七）　藤原直子
いたづらに　恋三（六二〇）　読人知らず
六十九段　君や来し　恋三（六四五）　読人知らず
八十二段　一年に　羇旅（四一九）　紀有常

八十四段　老いぬれば　雑上（九〇〇）　業平母
九十八段　わが頼む　雑上（八六六）　読人知らず
〈『古今集』では初句「かぎりなき」〉
九十九段　知る知らぬ　恋一（四七七）　読人知らず
百七段　つれづれの　恋三（六一七）　藤原敏行
百九段　花よりも　哀傷（八五〇）　紀茂行
百十二段　須磨のあまの　恋五（七五八）　読人知らず
百十五段　おきのゐて　物名（墨滅歌、一一〇四）　小野小町
百十七段　われ見ても　雑上（九〇五）　読人知らず
百十八段　玉かづら　恋四（七〇九）　読人知らず
百十九段　形見こそ　恋四（七四六）　読人知らず
百二十三段　野とならば　雑下（九七二）　読人知らず

このうち、業平実作の歌（前掲一覧）との組合せによって構成される章段、すなわち業平実作の歌と古今集の他者の歌を含んだ章段が次に掲げる十段に及んでいる。

十七・十九・二十五・四十七・六十九・八十二・八十四・九十九・百七・百二十三段。

その十章段のうち、一つの例外を除いて、すべて『古今集』内でも業平との贈答歌として扱われ、業平のさまざまな対人関係が形づくられている。唯一の例外の章段とは、次の二十五段である。

昔、男ありけり。逢はじとも言はざりける女の、さすがなりけるがもとに、言ひやりける。

秋の野に笹わけし朝の袖よりも逢はで寝る夜ぞひちまさりける

色好みなる女、返し、

みるめなきわが身をうらと知らねばや離れなで海人の足たゆく来る

二首の間には贈答歌らしい共通の語もない。男が逢えずに袖を涙で濡らすと訴えるのに対して、女が相手の男を潮に濡れがちな海人と見立てて、性懲りもない男だと切り返している。やって来ては帰って行く男の濡れがちな姿態、ぐらいの発想は二首に共通していよう。これに対する『古今集』では、同じ「題知らず」の詞書のもとに連続して配されてはいるものの、それぞれ独立した業平の歌、小町の歌として収められている。あるいは、集内の隣合せの二首がやや強引に組合せられて、この章段ができたのであろうか。そうであるとすれば、少なくともこの場合に限って、『古今集』──→『伊勢物語』の系譜が認められるべきである。

これまでみてきた『古今集』との多くの密接な関係からも、現今形態の物語主人公の男がさまざまな人物と贈答歌を詠み交わしては、多様な人間関係をつくり出していることがわかる。それによって物語は、数々の話へと広がり、一個の人生としては類稀なほど豊富な、しかもかけがえのない人生の一齣一齣を顕現させているのである。

三　物語の生成過程

『伊勢物語』の成立について、複雑な生成過程を経て、やがて現存本の形態にいたったらしい、と推定することが今日では通行の考え方になっている。

前記したように、『古今集』中の業平の歌々のなかには『伊勢物語』と酷似する、詳細で物語的な詞書を伴うものがあり、物語に即してみるとその章段が十一段（三八七頁の一覧の＊印を付したもの）になる。このような二者の緊密な関係が、早くから物語の成立に関する徴証として重視されてきた。これらの章段は、内容の上でも二条の后（藤原高子）や斎宮との恋、惟喬親王との親交や母子の真情、あるいは東下りの漂泊など、物語の中軸をなす位置をしめている。さらにこれに準ずるものとして、『古今集』業平作の、通常の詞書を伴って『伊勢物語』と同趣の内容の歌もある。それを加えて、物語の章段としてはせいぜい二十段弱にすぎない。しかし、そのような内容の小規模の書物がかつて存在していたのではないか、とも考えられるようになった。とはいえそれが、古『業平集』とでもいうべき私歌集形態のものか、あるいは原『伊勢物語』とでも称すべき歌物語形態のものかは判然としないが、『伊勢物語』原初の形としての書物が推定されるということである。

また、現存の『伊勢物語』には業平死後の時代の歌を物語化した章段も含まれている。最も新しいのは『拾遺集』所収の、橘忠幹の歌による章段（十一段）である。これが物語の章段として組みこまれたのは、少なくとも作者忠幹の活躍した天暦年間（九四七～五七）以後とみられる。このような徴証から『伊勢物語』は、ごく少ない章段でひとまず成立し（原初的段階）、それが中核になって新たな章段をも付加するように増補され、やがて現在の形態へと生成されてきたのではないか、とする推定が今日一般の考え方になっている。

そのなかでも特に、三次成立過程を主張する片桐洋一説（『伊勢物語の研究』二冊など）が、説得力に富んだ考え方として大方の支持を得ている。これは、『伊勢物語』と諸種の〈業平集〉、なかんずく宮内庁書陵部蔵雅平本・前田家尊経閣蔵本との関係を検討するところから始まる。〈業平集〉は、業平個人の歌々を後人が撰んだ私家集であるが、そのためにどのような資料をいかに用いたかが問題になる。当時の人々にとって『伊勢物語』は業平の実際の事跡とみられていただろうから、その歌々のほとんどを採ってしかるべきである。ところが実際の採歌は半分でしかない。片桐説はこの徴証を根拠に、〈業平集〉成立の段階では、当時の『伊勢物語』は現今の形態よりも小規模なものであったはずだと推定したのである。具体的には、雅平本や尊経閣本が『後撰集』から『古今六帖』までの間の成立とみられるので、その段階の〈業平集〉を通してその当時の第二次段階の『伊勢物語』が想定されるというのである。この片桐推定説の最終的な結論として、それぞれの段階に相当する章段が、次のように簡潔にまとめられている（片桐編『図説日本の古典　竹取物語・伊勢物語』）。

▼第一次――『古今集』の撰集資料になったもの。二・四・五・九段の一部・四十一・六十九段の一部・八十二段の一部・八十三段の一部。八十四・九十九・百七段など。

▼第二次――〈業平集〉諸本の撰集材料になったもの。一・十・十六～十九・三十九・四十・四十二～四十八・五十一・五十二・六十六～六十八・七十六～八十一・八十五・八十六・八十八・九十三・九十四・九十七・百～百三・百二十三・百二十五段など。

▼第三次――その後追加されたもの。三・六～八・十一～十五・二十～三十八・四十九・五十・五十三～六十五・七十～七十五・八十九～九十二・九十五・九十六・九十八・百四～百六・百八～百二十二・百二十四段など。

最終の第三次では、『古今集』『後撰集』の読人知らずの歌や『万葉集』の歌、あるいは紀貫之・橘忠幹などの歌を利用して物語化した章段がほとんどである。

それぞれの段階での作者についてては不明というほかないが、これまで多くの臆測がなされてきた。第一次の段階でいえば、在原業平やその子孫が深くかかわっているとする臆測。あえて業平の時代ではない「昔」の話だとする語り口が、かえって業平との密着を思わせもする。『古今集』の真名序に醍醐天皇が撰集にさきだって私歌集や古来の歌を奉らせたとあるところからも、業平関係の資料も、歌人として知られる子の棟梁や孫の元方あたりを通して提出されたのかもしれない。あるいは、惟喬親王のもとにあった業平の歌集が、その子の兼覧王を経て提出されたとも考えられる。さらに、『古今集』の撰者の一人である紀貫之が関わっているのではないかとみる一説もある。自作の『土佐日記』でもわかるように貫之が業平に傾倒しているらしいところから、その貫之の手もとにも業平の歌集がとどめられていたかもしれない。業平の歌に対する貫之の理解の深さを考えると、この一説は魅力的ではある。しかし現在のところ確認が得られない。

他方、増補段階での作者についてはどうか。これも、具体的に誰と比定することができない。しかし第二次段階の章段では、翁となった業平自身が過往を顧みる姿勢の強いところから、在原氏の誰かが関わっていたとする説は、傾聴すべき考え方であろう。

四　『伊勢物語』の虚構性

現存する『伊勢物語』の本文では、おおむね各章の冒頭に「昔、男……ありけり」の常套句を据えて、物語の主人公を不特定の昔のある男として設定している。また作品全体が、初冠の段に始まって辞世の段に終わるように構成されていて、主人公である「昔の男」の一代記の体裁になっている。

その一代記の構成から察するに、元服が男子の社会への仲間入りを意味するところから、この主人公が現実の官人社会にどう対処して生きたかの意味あいも含んでいよう。ところがこの物語の内容に即してみると、宮廷社会の一官人の人生としては尋常ならざるものという印象を与えがちである。すなわち、入内を予定されていた藤原高子（清和天皇の后、陽成天皇の生母、二条の后と呼ばれる）との密会の話、都での生活への絶望から東国に下るという話、あるいは伊勢の斎宮との密会の話、また世間からは危険視されかねない惟喬親王と親しく交流する話など、いずれも世俗社会の良識的な規矩からははみ出していよう。ちなみに、この四つの話は原初的な章段にも含まれていて、物語全体の根幹をなしている。その点からも、この『伊勢物語』は基本的に、反世俗的な行為に出てしまうほかない男の物語であるといってよい。物語は、男のそうした反俗的な行為が、じつはいかに彼の魂の誠実さに発したものであるかを、男によって詠み出される和歌をもって証すべく語ろうとしているのである。

そして物語は、右の原初的な章段を核心として増補され、多様な話柄をひき寄せている。たとえば、流離の陸奥の地でめぐり逢った女との野生的な恋の話、無理に添い遂げるべく女を東国に連れ出すが失敗する話、少年少女の初恋がめでたく結ばれる話、出奔したまま帰らぬ夫を諦めて新しい夫を迎えたその夜、皮肉にももとの夫が帰ってくる話、何の理由もないのに突然妻が夫のもとから去っていく話、死ぬほど思われていると聞いて男が駆けつけたのに焦がれ死んでしまった女の話、あるいは熱心に請われるまま老女と契り交わしてしまう話など、特に恋の種々相が驚くほど多量に集められている点に注意される。これは、あたかも恋の標本であるかのように、恋を通して人間の心のさまざまな動きを的確にとらえている趣である。この物語がこれほど多様な話にまで広く及んでいるところからは、業平一人の事蹟とは容易に信じがたくもあるが、中世まではほぼ業平の一代記として享受されてきた。それは、主要な章段の和歌の作者が業平だという点からも、一面では納得されることではある。

しかし、江戸時代の国学の勃興する時期に及んで、あらためて物語とは何かが考えられ、契沖『勢語臆断』・荷田春満『伊勢物語童子問』・賀茂真淵『伊勢物語古意』などが、業平一代記という実録の見方を否定して、物語としての虚構性を主張するようになる。たとえば真淵は、物語とは「実《マコト》の録《フミ》のごとくはあらで、世の人の語り伝へ来し事を真言《マコト》・虚言《ソラゴト》をも問はず、其の語るまにまに書き集めたる」ものだと説いた。そして、はっきりと業平だともいっていない『伊勢物語』の表現からは、「さだかにそれならぬさまにのみ書きなしたり、よりて物語の物語なる事を意《ココロ》得て後に、業平の業平ならぬを知るべきなり」（『伊勢物語古意・総論』）と、含みのある説明をしている。虚構としての『伊勢物語』の勘どころをおさえたこの発言は、とかく伝承を重んずる歌学的な関心によりがちであった中世的な享受から離れて、ようやく物語を物語として自立的に受けとめるようになったことの宣言であった。

確かに、実際の業平の一官人としての事蹟を考慮すれば、この物語の多岐にわたりすぎる人間関係はもちろん、二条の后や斎宮との密会や東国への漂泊などの話も特殊にすぎて不自然の感を与える。ここであらためて、彼の実人生を振り返ってみよう。業平は天長二（八二五）年、阿保親王（平城天皇皇子）と伊都内親王（桓武天皇皇女、平城天皇の妹）との間に出生。二世王として臣籍に降下して在原姓となった。従来、行平が同腹の兄とみられてきたが、伊都内親王の産んだ子は業平だけだったとするのが今日の通説である。業平自身の閲歴は史書などに詳述されてはいないが、元慶四（八八〇）年五月二十八日、従四位上・右近衛権中将の官で五十六歳の生涯を閉じた、その卒伝を記す『三代実録』の次の叙述がよく知られている。

　業平は体貌閑麗《たいぼうかんれい》、放縦《ほうじゆう》拘《かかわ》らず、略《ほぼ》才学無く、善《よ》く倭歌《わか》を作る。

美麗閑雅な人物で、性格には気ままなところもあり、才学はさほどでもないが、和歌には傑出した才能を発揮したと評されている。「倭歌」は抜群でも肝心の「才学」が振るわなかったというのであるから、律令官人としては格別の手腕を発揮することもなく、いわば普通一般の中級貴族として一生を終えた人物であるとみられる。また『三代実録』などの記述を拾い出すと次のようになる。

仁明天皇の承和十四（八四七）年の二十三歳で蔵人に任じられ、嘉祥二（八四九）年の二十五歳で従五位下となる。以後しばらく記録がないが、清和天皇の貞観四（八六二）年の三十八歳で従五位上、翌五年には左兵衛権佐。そしてその翌年の四十歳、貞観六（八六四）年には左近衛権少将、翌七年には右馬頭、十年後の十七（八七五）年には五十一歳で右近衛権中将に任じられた。さらに陽成天皇の御代になり、元慶元（八七七）年の五十三歳には従四位上、翌二年には権中将のまま相模権守となり、後に美濃権守に転じて、その翌年には蔵人頭ともなった。そして、翌元慶四（八八〇）年の五十六歳で、美濃権守を兼任したまま没したことになる。

右の他に注目されるのは、四十八歳の貞観十四（八七二）年五月、鴻臚館に遣わされて渤海使を労問したという経歴である。渡来の使節を接遇するというのだから、彼は官人としてのそれなりの知識教養を持ちあわせた人物であったはずである。ところが、前掲の卒伝には「略才学無く」とある。これはおそらく、対句的な文脈から察して、「善く倭歌を作る」とする和歌の才能をより強調した文言ではなかったか。彼は、格別な学識をこそ発揮しなかったが、官人一般の水準を超える教養の持ち主だったように思われる。

『伊勢物語』の内部に即してみるかぎり、主人公の男が東国に漂泊したり報われぬ恋をしたり不遇や衰退を嘆いたりというように、逆境や悲劇の人物として描き出されている。しかし業平自身の経歴に即してみると、そのような悲劇性は認められない。こうした物語と史実との差異を明快に捌いた論著が、目崎徳衛『平安文化史論』である。それによれば、業平の官途を同時代の同じような立場の人と比較してみると、彼はけっして不遇などではなく、むしろ順調な人生を送っていたとされる。実際の業平は、東国への漂泊などするはずもなく、また二条の后関係の話も、その根拠がせいぜい后自身の恋愛事件（僧善祐との密会）に由来するかもしれないぐらいであり、さらに惟喬親王関係の話も実際には縁戚関係上の交流以上ではなかったらしい、とみなされるのである。こうして『伊勢物語』と実在の業平との間には、虚構と事実との懸隔を認めなければならない、とするのが穏当な考え方である。

五　物語の方法と文体

『伊勢物語』は、業平の歌を一部にとりこみながらも、その実在の業平からはるかに離陸するかのように、多様な話を昔のある男の行状として語っている。このような虚構的な話の数々がどのように具体化されていくのか、その方法なり文体なりに注目してみよう。

まず第一に、物語のほとんどの章段が「昔、男……」の冒頭で開始される点に注意される。原初的な章段も、増補とおぼしき章段も同趣である。次に掲げる一～三段は、前記の片桐三次過程説にいう、それぞれ異なる段階の三章段でもあるが、いずれも「昔、男……」が作品全体を貫く基本的な冒頭形式になっていることがわかる。

昔、男、初冠して、奈良の京、春日の里に、しるよしして、狩に往にけり。（一段、第二次）

昔、男ありけり。奈良の京は離れ、この京は人の家まださだまらざりける時に、西の京に女ありけり。（二段、第一次）

昔、男ありけり。懸想じける女のもとに、ひじき藻といふものをやるとて、（三段、第三次）

主人公の「男」を、過去に遡らせた時点に設定するというのは、事実の些末的な詳細さから離れる虚構の方法の一つともみられる。「昔」の語は、明らかな根拠などももたない、不特定の過去をいう。また普通名詞の「男」は、一方では実在の業平を思わせながらも、他方ではそれと限定できないという曖昧さを含んでいる。この普通名詞の曖昧さが、じつは各章段を不即不離の関係でつなぎとめている。ある章段とある章段とが、同一の男の話として連続しているのかどうか曖昧である。

もしも、それが固有名詞による特定の一人物であったとしたら、各章段相互のなかに必然的な脈絡もなく多種多様な恋に進み出ていくというのであれば、その一個人は通俗的な意味での漁色漢になりはててしまいかねない。同じ歌物語とはいえ、『大和物語』の各章段が固有の実名をもって語られ、各章段が独立してそこに実在人物の逸話を集めたという印象を与えるのとは、いちじるしく異なっている。しかしこの『伊勢物語』の一段一段に語られている「男」は、業平のように自らの魂の誠実さを証そうとする多感な男であるとともに、人間関係の多様さを同じく誠実に生きようとする世界の男たちでもある。前記した真淵『伊勢物語古意』の、「業平の業平ならぬを知るべきなり」という含蓄ある言辞もあらためて想起されるのである。ここには、事実にだけとらわれない、しかも多様な人間関係を通して、人間の普遍の形姿さえもが透視されてくる。ちなみに、『源氏物語』の作中人物について、その社会的な位相を超えて男女の純粋な関係を強調する場面に「男」「女」の呼称がよく用いられるのも、この『伊勢物語』の影響によっているとみられる。この物語の各章段の冒頭に据えられている「男」の呼称が、社会的な身分などを排除した一個人という意味合いを含んでいるからである。

また、物語が物語であるためには、それなりの文章表現が工夫されて当然である。その重要な工夫の一つに、語りの方法がある。基本的には、作者によって仮構された語り手が、物語の読者である聴き手に物語内容を語り聴かせるという趣である。この語り手は作者とは別次元にあり、物語の方法としての架空の語り手にほかならない。

このような方法によって、物語がひとり作者にだけ牽引されることなく、いくつもの視点が設けられるところから、物語の世界が相対化されるものとして造成されていく。文章のなかには、その仮構された語り手から直接発せられた、やや主観的な言辞も散見される。語り手自身の主張する推測、感想、批評、補足説明などの叙述が、それに当たる。こうした叙述が読者の想像力を刺激して、本当のところは何だったのか、などという注意力を喚起してやまない。それが物語における相対化である。その語り手の直接的な言辞を、いくつか例示しよう。

(1)……とよめりければ、いといたう心やみけり。主人許してけり。二条后に忍びて参りけるを、世の聞こえあれば、兄たちの守らせたまひけるとぞ。（五段）

(2)……歌さへぞ鄙びたりける。さすがにあはれとや思ひけむ、行きて寝にけり。（十四段）

(3)世の中の例として、思ふをば思ひ、思はぬをば思はぬものを、この人は、思ふをも、思はぬをも、けぢめ見せぬ心なむありける。（六十三段）

(1)は、二条の后との密会が知られた話。男の詠んだ歌が相手の女が病むほど感動させ、そのために主が男を許した、と語りながらも視点を転じて、補足説明のように、実は女の兄たちが守護して男の出入りを禁じた、とも語る。異なる視点から事態が相対化されるところから、物語の真意が引き出されてくるのであろう。(2)は、陸奥の女との仲をいう話。相手の女は人柄はもちろん歌までが鄙びていたのに、実際には男が「行きて寝」てしまった。この矛盾をうめるかのように、語り手が「さすがにあはれとや思ひけむ」と推測する。この男女の真相はどうなのか、読者に問いかけているかのような趣である。そして(3)は、老女とのめずらしい関係を語る章段。ここでの語り手は「この人は、思ふをも、思はぬをも、けぢめ見せぬ心」の持ち主だと評して、それが世人一般とはまったく異なっているとする。しかし、そのよしあしを単純にきめつけているわけでもない。男と女のありようを、あらためて読者に問うことになろう。

右のような語り手の直接的な言辞にとどまらず、さらに物語の文章全体にわたってその特徴を考えてみよう。次に掲げるのは原初章段とされる段の一つである。

昔、男ありけり。奈良の京は離れ、この京は人の家まださだまらざりける時に、西の京に女ありけり。その女、世人にはまされりけり。その人、容貌よりは心なむまさりたりける。独りのみもあらざりけらし。それを、かのまめ男、うち物語らひて、帰りきて、いかが思ひけむ、時は三月のついたち、雨そほふるにやりける。

起きもせず寝もせで夜を明かしては春のものとてながめ暮らしつ　（二段）

ここでは、「それを、かのまめ男、うち物語らひて、……いかが思ひけむ、……やりける」という語り口がきわめて重要である。「まめ」の語の原義は誠実さをさすが、それが世俗の規矩に対するものか人間の魂に対するものかで著しく相違してくる。この語り手は、「まめ男」なのに人妻とおぼしき女と逢って歌を詠んだことを「いかが思ひけむ」といぶかしく思うのだから、男を世俗の良識に従順な心の持ち主とみている。しかし物語の真意がそこにあるのかどうか。他の叙述には「その女、世人にはまされりけり。その人、容貌よりは心なむまさりたりける」とあり、この漸層的な語り口がそのまま男の執心の高まりを表現していよう。これは、語り手のいう世俗的な「まめ」心などではなく、魂の根源からからめとられた男の呻吟するほかない思いである。語り手の「いかが思ひけむ」と推測する挿入句は、男の真意を想像させてくれる重要な契機にはなっている。物語のこのような叙述は、男のもの憂い心情を深めざるをえないような形で事柄が推移して、やがて和歌にたどりつく求心的な文体として、和歌の心を浮かびあがらせていく。その歌では、明けようともせず暮れようともしない半透明な薄明の空間が、日常性を超えた固有の空間として不気味に広がっていく。平常心に覚醒しているのでもなければ、睡夢忘我のうちに耽っているのでもない、晴らしがたい憂愁の限りなく持続している心を詠んでいる。この歌は、『古今集』所収の業平実作の歌であり、物語としても片桐説にいう第一次の成立とみられている。

さらにもう一つの具体例に即してみよう。『古今集』所収の業平実作の歌によっているが、片桐説では第二次の範疇に入る章段である。

昔、男ありけり。いとまめにじちようにて、あだなる心なかりけり。深草の帝になむ仕うまつりける。心あやまりやしたりけむ、親王たちの使ひたまひける人をあひ言へりけり。さて、

寝ぬる夜の夢をはかなみまどろめばいやはかなにもなりまさるかな

となむよみてやりける。さる歌のきたなげさよ。（百三段）

男の人となりについて、「まめ」「じちよう（実用）」の、誠実さを表す類義の語を重ね、さらに「あだなる心」の不誠実さがないとして、繰り返し強調している。したがって深草の帝（仁明天皇）への奉仕も、誠心誠意からであったと想像される。それにもかかわらず男は、その帝の皇子方が親しく召し使っている女と逢瀬を交わしてしまったというのである。それを語り手は「（男が）心あやまりやしたりけむ」と推量してもいるのだが、その真意は何であろう。はたして、男の背徳の行為として批判的であるのかどうか。しかもこの語り手の言辞は、末尾の「さる歌のきたなげさよ」の評言ともひびきあっている。しかし、この語り手の疑いや否定の批評を通して、男の心の真相は彼自身の歌によってのみ証されるほかない、という文脈がつくられている。

それだけに、その和歌の独自な表現性に注意される。女のもとから帰ってからの孤独な自分が、ひとり再び夢を実

現させようと「まどろ」むが、ただの夢でしかなく女を夢見ることもない。「はかなみ」→「いやはかなにもなりまさる」の繰り返しは、逢瀬のはかなくも不確かな感覚にとどまらず、相手の魂をつかみかねる二重の孤独をかたどっている。そのような男や彼の歌を、「心あやまりやしたりけむ」とか「さる歌のきたなげさよ」とする語り手の評言は、男の多感な行為を浮気沙汰と難じてしまう世俗の論理によっている。そして物語の世界は、こうした語り手の世俗的な論理を退けながら、和歌との相対関係を通して、かえって世俗を超えた男の、自己への誠実な魂を証したてようとする。それが、物語における語りの方法であるにほかならない。

六　物語と和歌

右にみてきたように、物語の語りの方法がしばしば主人公の男の和歌の存在をきわだたせることにもなる。しかしこれは、いわゆる歌物語の形態だからというのではなく、この『伊勢物語』において顕著であるように思われる。早くも原初段階でそのような特徴を備えていたらしい。その具体例のもう一つとして、二条の后関係の四段をとりあげよう。

昔、東の五条に、大后の宮おはしましける西の対に、住む人ありけり。それを、本意にはあらで、心ざし深かりける人、行きとぶらひけるを、正月の十日ばかりのほどに、ほかに隠れにけり。あり所は聞けど、人の行き通ふべき所にもあらざりければ、なほ憂しと思ひつつなむありける。またの年の正月に、梅の花ざかりに、去年を恋ひて行きて、立ちて見、ゐて見、見れど、去年に似るべくもあらず。うち泣きて、あばらなる板敷に、月のかたぶくまで臥せりて、去年を思ひ出でてよめる。

月やあらぬ春や昔の春ならぬわが身一つはもとの身にして

とよみて、夜のほのぼのと明くるに、泣く泣く帰りにけり。（四段）

和歌では、「月やあらぬ」「春や昔の春ならぬ」の、ややくどいまでの類似句の重畳に、変わるはずもない天然自然をあえて疑わざるをえない気持ちをこめている。逆に変わらぬのは、「わが身一つ」という自分の精神ならざる身体。確かなものは物体的な存在に近い自らの身体を措いて他にないとする。そして「身」に対する「心」が言外に想像されるところから、二つの対比を通して自分の心の分裂と彷徨が切実に表白されている。この歌は、入内してしまった二条の后を思う歌ではあるが、それとともにその対人関係をも突き抜けて、自己の存在そのものを歌いあげている。これと深くひびきあう叙述として、「去年を恋ひて行きて、立ちて見、ゐて見、見れど、去年に似るべくもあらず。うち泣きて、あばらなる板敷に、月のかたぶくまで臥せりて、去年を思ひ出でてよめる」に注意される。男の一挙一動が語り手からまじまじと凝視されている趣である。その行動が、的確に和歌へとたどりついて、男の根源的な孤独の姿態を映像化しているであろう。

これは、物語において和歌と散文がたがいに照射しあう関係にあるといってよい。そのような歌と散文の相互関係は、ここでは業平実作の歌の独自な表現性とも深く関わっているように思われる。それというのも、業平の歌々は概して具象性がやや稀薄であり、そこに明確な具体性を賦与すべく物語散文が工夫されているのではないか、とさえ推理されるからである。散文──→歌だけでなく、歌──→散文という逆照射の工夫もなされているように思われる。この四段の「月やあらぬ」の歌はもちろん、前節で掲げた「起きもせず」（二段）や、「寝ぬる夜の」（百三段）の歌も、その詠まれた状況が必ずしも具体的でない。それが業平実作の歌の一つの特徴でもあるが、右の歌以外の例歌をも掲げてみよう。

1 桜花散り交ひ曇れ老いらくの来むといふなる道まがふがに（古今 賀、九十七段）

2 人知れぬわが通ひ路の関守はよひよひごとにうちも寝ななむ（古今 恋三、五段）

3 おほかたは月をもめでじこれぞこのつもれば人の老いとなるもの（古今 雑上、八十八段）

4 飽かなくにまだきも月の隠るるか山の端にげて入れずもあらなむ（古今 雑上、八十二段）

5 忘れては夢かとぞ思ふ思ひきや雪ふみわけて君を見むとは（古今 雑下、八十三段）

こうした業平の歌風は、何よりも主情的である。自然を詠む場合も、その自然景物が感情の客体的なかたちとして定位するよりも、むしろ感情が景物を蔽っているような表現となる。和歌の表現形式の分類に大別すれば、この業平の歌々は、感情を事物現象に託して表現する〈寄物陳思〉型であるよりも、感情そのものを主体とする〈正述心緒〉型に属しているとみられる。また表現技法の点でいえば、その一面には、同類語の反復・重畳・照応や、大胆なまでの見立てなど、言葉じたいに即した機知が巧まれている。そしてその言葉の機知が、一首の感情表現に適度な統制を加えながら、強靭な詩性を確保することになる。すなわち、機知的にひびきあう言葉が、単調になりがちな感情表現に対して、その詩的な緊張度を高めていく。そのような言葉の微妙なひびきによって統御され、それによって和歌の感情が澎湃《ほうはい》とわき起こってくるのである。『古今集』の仮名序で、業平の歌が「心余りて詞足らず」と評されているのも、それを意味していよう。

このような業平の主情的な表現は、感情の動きを微細なまでに表してはいるけれども、それが何に由来するかなど具体性に乏しい。漠然とだけ方向づけられた感情が澎湃とするが、その感情が具体的に限定されてはいない。その表現からだけでは、当然ながら作歌事情も明確ではない。しかしもしも、こうした漠然とした歌に対して、歌の表現に最もふさわしいと思われる具体的な状況が与えられたとすれば、どうなるか。仮名序にいう「心余りて詞足らず」と評される、その「詞」を充足させ「心」を具体化させることにもなるであろう。じつはそうした試みが、『古今集』の詞書や『伊勢物語』の詞章だったのではないか、とも推測されてくる。そこに、人・時・所・事件などの具体的なディテールが加えられ、歌が事実の具象性によって枠どられてくる、ということである。「起きもせず」の歌では、人妻への恋ゆえの、永劫に晴らしがたい懊悩が重苦しくかたどられている。あるいは「月やあらぬ」の歌は、忍び通っていた相手の女が常人の手の届かない宮中に入内してしまったことへの、絶望的な思いから詠まれた歌だということになる。これは事実であるよりも、虚構に近いのではないか。というよりも、事実非事実の次元ではなく、歌をどう解するべきかの次元に属していよう。そのように詞書や詞章で具体的な状況を賦与することによって歌のイメージを具象化しようとするのは、広義の解釈行為に属するものとみられる。解釈は何よりも、本文の必然的な脈絡を解きほぐす作業から開始される。もしもそのような解釈行為であるとすれば、それは誰の行為なのか。『古今集』の詞書を記した編者、『伊勢物語』原初形態の作者、あるいは二者のもととなった資料の作成者か。その一つの試みの推測として、『古今集』の編者でもあり業平に強い関心を寄せていた紀貫之あたりではないかとも考えられる。しかし、それを裏付ける確証はない。

前記したように、和歌の機知の言葉は、歌の主情性・抒情性を強靭ならしめているが、それとともにもう一方では、和歌の対人性・挨拶性・社交性をいっそう強化させることにもなる。それは、孤立しあう者同士も、そうした歌固有の言葉を懸け橋とすることで共感し共調しうるということでもある。もとより物語は人間存在を多様な関係のなかに構築していくのであるが、作中の和歌の対人性が物語を構成するかけがえのない要素であることはいうまでもない。

幾つかの具体例に即してみよう。東下りの話（九段）の隅田川の一節。渡守にせかされた男たちがいよいよわびしく思い、あらためて京にだいじな人のいることを顧みる。

さる折しも、白き鳥の、はしと脚と赤き、鴫の大きさなる、水の上に遊びつつ魚を食ふ。京には見えぬ鳥なれば、皆人見知らず。渡守に問ひければ、「これなむ都鳥」と言ふを聞きて、

名にし負はばいざこと問はむ都鳥わが思ふ人はありやなしやと

とよめりければ、舟こぞりて泣きにけり。

この歌では、「都鳥」から「都」への連想を契機に、その都鳥を擬人化して相手に呼びかけるという言葉遊びが表現の基盤になっている。その機知が集団の場にふさわしいとともに、かえって自己の孤独さを引き出していよう。しかしそれがまた船中の人々を感動させたというのであるから、個と衆との絶妙の調和が語られたことになる。

もう一つの例、渚の院での惟喬親王を中心とする桜狩りで、親交の人々との間で詠んだ歌である（八十二段）。

世の中に絶えて桜のなかりせば春の心はのどけからまし

ここでは、この世に桜がなくなったら、というありえない大胆な仮想をする点が眼目になっている。この表現の大胆さが、これまた集団の場にふさわしい。しかし、そのように表現してみると、いきおい現実の真相が何なのかという注意力を喚起してやまない。それによって、桜花への愛着とその短命を惜しむ気持ちを通して、この世の無常までを

象徴させることになるのであろう。ここでも和歌は、個と集団との懸け橋になっている。

右にみた二例はいずれも、人々の集う共同の場で一人の男だけが歌を詠む話になっている。その場についてだけいえば、三人以上の人々が同一の場で詠みあう〈唱和〉の場である。しかし実際には男一人だけが詠むのであるから、いわば唱和の場での独詠ということになる。この物語では、特にこの例が多い。従来この物語では独詠歌を多く含んでいるとみられているが、独詠は独詠でもその背後には共同的な集団が控えているのである。ここでは、集団のなかでの個がきわだち、孤心と共感との関係がきびしく凝視されているのである。

次に、二人がたがいに詠み交わす贈答歌の例をみておこう。上京したまま帰らぬ夫を多年待ちつづけたが、待ちくたびれて諦めた女が新しい夫と結ばれようとする、皮肉にもその新枕の夜にもとの夫が帰還するという話である（二十四段）。その折の二人の歌々である。

女→男（贈）あらたまの年の三年を待ちわびてただ今宵こそ新枕すれ

男→女（返）梓弓真弓槻弓年を経てわがせしがごとうるはしみせよ

女→男（贈）梓弓引けど引かねど昔より心は君によりにしものを

女（独）　あひ思はで離れぬる人をとどめかねわが身は今ぞ消えはてぬめる

家の戸を開けようとする男に対して、女が、三年間待ちくたびれた私はついに今宵新枕をかわすことになった、と詠んで再婚の事実を告げると、男は納得して、私があなたを多年大切にしたように新しい夫に誠意をつくすがよい、と応じた。贈答歌はここで終わることなく、あらためて女が男への愛着をわきたたせて、あなたの心はどうあろうと私の心は昔からあなたに寄せてきた、と詠みかける。返歌への返歌である。しかし男はそれへの返歌を詠まずに立ち去った。すると女の執着がかえって強められ、男を追いかけるが追いつけぬまま、清水のある場所で倒れ臥した。指の血で書きつけた独詠歌に、私の思いが通じないままに離れた人を引きとめられず私の身は死んでしまいそうだ、と詠んだまま空しくなったというのである。これは独詠歌ではあるが、不在の相手に向けて詠んだことになる。

新枕の夜にもとの夫が帰るという運命の皮肉な状況のなかで、女の心は混乱するほかない。その女の心の微妙な動きが贈答歌と独詠歌で表現されている。たがいに詠みあう場合には共通する語句を含ませるのが贈答歌ならではの機知であり、ここでも前半には「年」を、後半には「梓弓」の語を共通させて、いかにも贈答歌の体をなしている。しかし贈答歌を詠み交わしたところで、この事態が打開されることもない。とはいえ、縒りを戻せないとする男の心と、それにもかかわらず執着を持ちつづける女の心とが、言葉を介してひびきあってはいよう。そうした贈答歌から、断念しようとする女の独詠歌へと転じていくが、しかしそこにも贈答歌が共鳴しあうかのように揺曳しているであろう。

二人がたがいに詠みあう贈答歌は、じつは原初章段よりも、右の章段がそうであるように後の増補章段において、はるかに多くなっている。そのことは、贈答歌をかけがえない表現方法とした話を多量に集めるようになったことを意味するが、そこにこの物語固有の生成過程もみてとれるようにも思われる。贈答歌は右の例のように、歌の言葉のひびきあいを通して二人の共感や孤心を明らかにし、その固有の形の人間関係を構成していく。それは事実の反映であるよりも、物語世界なればこその物語的な人間関係の造型にほかならないとみられる。

付編

伊勢物語要語ノート

あた　こちらと対抗・敵対する相手、が原義。自分に害をなすもの、仇敵《きゅうてき》、の意にも用いられる。「あだ」と混同しやすいが、別語である。

三十一段で、男がある上級女房の局の前を通ると、その女は男への恨みがましい言葉を発する。それを語り手が、「何のあたにか思ひけむ」と推測する。女にとってその男は敵対する相手なのか、として女の恋の恨みを想像する。

百十九段では、男に去られた女が、男の形見の品を見て、「形見こそ今はあたなれ……」と詠んで、男の形見こそ今は仇敵だとする。この「あた」を、「女の、あだなる男の形見とて」の叙述に引かれて、「あだ」と解する説もあるが、歌の表現としては不適当である。

あだ　花が実を結ばずに散るように、実《じつ》がない、無駄だ、はかない、が原義。誠実さがない、浮気だ、一時的だ、などの意にもなる。「まめ」（誠実だ）の対語である。

四十七段に「されど、この男をあだなりと聞きて」とあるのは、浮気だとする噂。百三段に「いとまめにじちようにて、あだなる心なかりけり」とあるところからも、「まめ」の対語であると知られる。

『伊勢物語』では、特に和歌に用いられる例が多く、相手の不誠実や対象のはかなさを訴えるキーワードになっている。「あだなりと名にこそ立てれ……」（十七段）、「……年月をあだに契りて我や住まひし」（二十一段）、「名にし負はばあだにぞあるべき……」（六十一段）、「花よりも人こそあだになりにけれ……」（百九段）とある。

あはれ　感動詞「あはれ」は、ああと感嘆する声、が原義。喜怒哀楽など人間的な感動を表す語である。「あはれなり」は形容動詞形、「あはれがる」は動詞形。平安朝の物語などでは、しみじみとした情感を表すようになる。これと対極的な「をかし」は、対象に適度な距離を置いて、興趣ぶかいなどとして、理知的な価値をいう語となっている。

この物語で特に重要なのは、人間関係、とりわけ男女関係において多く、相手への感動を「あはれ」の語で表している点である。十四段では、詠む歌までが鄙びている陸奥国の女について、それでも男が「さすがにあはれとや思ひけむ」と、語り手から推量されている。また十六段では、長年連れ添ってきた妻がいよいよ出家を決した時、夫は「いとあはれ」と思ったとする。二十二段では、男と女の仲が疎遠になっていたにもかかわらず、たがいに贈答歌を詠み交わすことで、男が「いにしへよりもあはれにてなむ通」うことになったという。四十六段では、親しい友人が地方に赴任することになったのを、男が「いとあはれ」と思ったとする。六十三段は、ある老母が心やさしい男との結縁を願っていると知った子息が、在五中将に逢わせるという話。子息に導かれた在五中将は、その老女を「あはれがりて、来て寝にけり」、後にも老女の嘆きの歌を知って、またしても「あはれと思ひて、その夜は寝にけり」と語っている。

八十五段の、出家した惟喬親王を人々が見舞う話では、親王が一座の歌を「いたうあはれが」った。さらに九十六段では長く懸想しつづける男について、女が、「石木《いはき》にしあらねば、心苦しとや思ひけむ、やうやうあはれと思ひけり」と語っている。「あはれ」の用例は他にも、三十九段・五十八段・六十六段・七十七段・九十段にある。

また、「あはれ」「をかし」の二語を対照的にひびきあわせた例もある。六十五段で、他国に流された男がひそかに毎夜、邸に幽閉されている女の近くまでやってきては、笛を吹きながら「声はをかしうてぞ、あはれにうたひける」と語っている。

雨《あめ》　天上から降る雨は、古来、異界の霊威と信じられていた。六段の、男が女を背負って逃げる話で、雨が大降りになって雷までがとどろき、女が鬼に食われてしまったとするのも、その延長上にあるのだろう。

平安朝の物語などでは、雨は雨でも四季ごとに、春雨・五月雨《さみだれ》・時雨《しぐれ》などと区別され、それぞれの情趣の特性がとらえられている。二段で、男が西の京の女と親しくなり、「三月のついたち、雨そほふ」る時に歌を詠み贈ったのや、八十段で藤の花の咲く「三月のつごもり」に雨の歌を詠んだのは、春雨のこと。百二十一段の梅・鶯の歌も同様である。

また百七段には、藤原敏行への返歌として男が代作した「かずかずに思ひ思はず問ひがたみ身を知る雨は降りぞまされる」とある。「身を知る雨」は独自な歌句である。長雨から連想される「眺め」(物思い)ともひびきあい、わが身の運命を知覚させるような雨、という発想によっている。

他に、「雨は降るとも」(二十三段)、「雨は降らねど」(百八段)の用例もある。

いにしへ　「往《い》にし方《へ》」の意で、現在からは取り戻すことのできない過去をいう。「昔」が「今」と対峙《たいじ》して過去を認識するのとは相違して、この「いにしへ」は過ぎ去った過去そのものである。

三十二段の歌「いにしへのしづのをだまき繰りかへし昔を今になすよしもがな」の「いにしへ」も、今に取り戻すことのできない二人の仲の過去を強調している。また二十二段では離れていた男女が再会して関係を取り戻したことを、「いにしへよりもあはれにてなむ通ひける」と結んでいる。こうした「いにしへ」の語には、過去は過去でも、根拠のある過去というニュアンスがある。ここでは、契り交わしていたという往時の事実が前提されている。「昔」が漠然としているのとは異なっている。八十三段の、男が出家した惟喬親王を見舞った場面に、「やや久しくさぶらひて、いにしへのことなど思ひ出で聞こえけり」とある。この「いにしへ」には、かつて親王と親しく交わっていた往時への思いがこめられていよう。

色好《いろごの》み

動詞「色好《この》む」の名詞形。異性を好む性質、が原義。多感な心癖で、恋をしかける性格やそうした人をいう。その多感さから、風趣の美を解して愛好する性質の意も派生した。「すき」とも類似しているが、「すき」が受動的であるのに対して、この「色好み」は自ら求めようとする能動的、積極的な点に、その相違があろう。

三十九段に「天の下の色好み、源至《いたる》といふ人」が目ざとく女車を見つけて、前もって用意していた蛍を車中に投げ入れたとする。その行為はいかにも「色好み」らしいというのだろうが、そこで詠んだ「いとあはれ」の歌は「色好み」としては平凡だったともする。「色好み」と詠歌のすぐれたわざとの、不可分の関係にふれている。

また、長岡に住まう人物が「心つきて色好みなる男」とされて近隣の女たちに強い関心を寄せられ（五十八段）、あるいは筑紫に行った男が「色好むといふ好き者」と噂される（六十一段）。これらには、「心つきて」（洗練された心の持ち主で）や、「好き者」の語句が重ねられている点にも注意される。

「色好み」の語は男の性分とされる例が多いが、『伊勢物語』では意外にも女に結びついている例も少なくない（二十五・二十八・三十七・四十二段）。特に二十五段では「色好みなる女」が、「逢はじとも言はざりける女の、さすがなりける」女だとも語られ、男には一筋縄には処しがたい相手とされる。その詠む歌「みるめなき……」は、実は小野小町の実作であった。

憂《う》し

自分自身のせいでつらい、と思う気持ちが原義。つらい、憂鬱だ、情けない、ぐらいの意。「つらし」の語が、他者のせいでつらいと恨むのとは対照的。この「うし」は、自分に内在するものへの意識であり、自らの人生・境遇・運命が念頭に置かれることが多い。そのため「身」「世」「宿世」などの語とともに用いられることが少なくない。

二十一段では、親しい夫婦仲であったのに、突然のように夫のもとから立ち去った妻について、語り手の不審の気持ちをもこめて、「さるを、いかなることかありけむ、いささかなることにつけて、世の中を憂しと思ひて、出でて往なむと思ひて」と語っている。この夫婦仲を、運命的につらい関係だと思ったという。八十二段の水無瀬の桜狩りでは、現世の無常にふれて、「散ればこそいとど桜はめでたけれ憂き世になにか久しかるべき」と詠んでいる。また百二段では、出家した高貴な女のもとに、親しい者が「そむくとて雲には乗らぬものなれど世の憂きことぞよそになるてふ」の歌を贈った。

現《うつつ》 「うつし」（はっきり見えて確かに存在するさま）から出た語。現実、正気などの意。「夢」の対語。万葉時代以来、「夢」と対比して用いられることが多い。

九段の東下りの物語で詠まれる歌に、「駿河なる宇津の山辺のうつつにも夢にも人にあはぬなりけり」とある。駿河国の宇津の山奥で偶然にも都の知人に出逢った男が、都への郷愁をつのらせ、都にいる思い女《びと》を思う歌を詠んだ。「人」はその思い女《びと》をさす。ここでも「現」「夢」の対比的な表現によっている。

また六十九段の斎宮との交渉を語る物語でも、女も男も「現」「夢」の対比表現による恋歌を詠み交わしている。

うるはし きちんとした美しさ、整った感じの美しさをいうのが原義。

『伊勢物語』では四十六段の一例のみ。男にとって友人であったその人物を「いとうるはしき友」だとする。その友人が地方の赴任先から実直な便りを届けてくれた。そのような律儀さのある人物を「うるはしき友」、きちょうめんな人としている。これを端正な美男子に解する説はとらない。

垣間見《かいまみ》 物の隙間などから、こっそりのぞき見ること。物語では、男が垣間見をして女の姿態をのぞき見ることが、恋のはじまりの契機になることが多い。それというのも、当時の貴族社会の女性たちは夫など以外の男性に顔を見せてはいけないところから、この垣間見は男が女性の容姿を見知る稀少な機会だったからである。

一段では、元服してまもない男が、旧都奈良の春日の里で、狩りのついでに若く美しい姉妹を「かいま見てけり」と語られている。それによって男は恋心を刺激されて動揺してしまったというのである。

また、六十三段の老女の懸想を語る物語であるが、ここでは、めずらしくも女の行為として「男の家に行きてかいまみけるを、男、ほのかに見て」と語っている。男も、自分を垣間見ている女の存在にほのかに気づいたという。

狩《か》り 行幸などで行われる公的なものとしては、秋の小鷹狩り・冬の大鷹狩り（百十四段）がある。それ以外にもさまざまな狩りがあり、それが貴族たちを都の郊外へと誘う格好の機会となる。

一段の、元服してまもない男が旧都奈良の春日の里に狩りに出たというのは、きわめて個人的な動機によるものである。季節も若草のころであろう。

これに対して、六十九段に「伊勢の国に狩りの使ひに行きけるに」とあるのは公的なもの。「狩りの使ひ」は、野鳥をとるために諸国に遣わされる勅使のことである。この章段では、それが契機となって勅使の男と伊勢の斎宮との物語が展開されていく。

また八十二段の、水無瀬にあった惟喬親王の離宮での、桜の花盛りのころの狩り。「狩りはねむごろにもせで、酒をのみ飲みつつ、やまと歌にかかれりけり」とある。水無瀬の地は鷹狩りの猟場であったらしいが、ここではそれがほとんど名目ばかりで、桜花を賞《め》でる風流に興じた遊行であった。八十三段にも「例の狩りしにおはします供に」とあり、同様の趣である。


君《きみ**》** もともと重々しい尊称で、王や主君などをいう。そこから、敬意をこめて第三者をいったり、相手を敬う代名詞ともなった。

『伊勢物語』では和歌の用例が圧倒的に多く、相手をさす代名詞として用いられる。二十三段では成人しかけた男女の贈答歌として、「筒井つの井筒にかけしまろがたけ過ぎにけらしな妹見ざるまに」「くらべこし振分髪も肩すぎぬ君ならずして誰かあぐべき」とある。男が相手の女を「妹」というのに対して、女が相手の男を「君」という。この「君」「妹」の対応関係による呼称は、万葉時代の恋歌において一般的であったが、平安時代になると男も女もともに相手を「君」と呼ぶようになる。

二十段に、女のもとから帰る途次の男が、晩春の楓の紅葉に託して「君がため手折れる枝は春ながらかくこそ秋のもみぢしにけれ」と詠み贈った。このように男から相手の女を「君」と呼ぶのは、平安時代以後の用い方である。また、男同士の親しい関係から相手を「君」と呼びあうのは、四十四段の、地方赴任の友への送別の歌「出でて行く君がためにとぬぎつれば我さへもなくなりぬべきかな」などが典型的である。ここでは衣服を贈って、「も」に「裳」を掛けた。

心《こころ》 「心」は、人間本来の精神作用をいう。そのありかたとして、感性的な作用と理性的な作用があり、その二者の「こころ」を区別して「情」「心」と書きわけることもある。感性的な働きとして、感情・感動・魂・気分などを言い表し、他方の理性的な働きとしては、意志・意向・思慮分別などを言い表す。
『伊勢物語』の用例では、感性的なるものが圧倒的に多い。二十四段で、元の夫への執心を詠む女の歌に「昔より心は君によりにしものを」とあるのもそれである。六十五段の業平とおぼしき男が、帝寵厚い女への恋心に悩んで「『わがかかる心やめたまへ』と仏神に申」すが、執心からは逃れられない。また六十九段の狩りの使いの話では、勅使の男が斎宮との逢瀬を「かきくらす心の闇にまどひにき」と詠んだ。「心の闇」とは、理性的には制御できない煩悩を意味する。男は狩りに出かけたが、「心はそらにて」歩きまわるばかりだったという。

「心」の語は、「身（身体）」と対置的に用いられることが多い（→「身」）。任意人物の存在をその内側、外側からとらえようとする発想である。二段の西の京の女を「容貌《かたち》よりは心なむまさりたりける」とみたり、あるいは十六段の紀有常について「人がらは、心うつくしく」「昔よかりし時の心ながら」としているのも、それに類していよう。そのような「心」は、外側からは知りがたく、「人知れず思ふ心は」（五十三段）、「色見えぬ心を見せむよしのなければ」（七十八段）、「もとの心失はで」（八十五段）とするゆえんでもある。

人知れぬ「心」は、他者からすれば、時の経過とともに移ろいやすく頼みがたいものと思われがちである。四十六段では地方赴任の友人からの消息に、「世の中の人の心は、目離《めか》るれば忘れぬべきものにこそあめれ」とある。また五十段には「あな頼みがた人の心は」とあり、七十五段には「世の中の人のつらき心」とある。

また「心」が人間の本性に関わっているところから、先天的な性質、物事の内情、情緒的な趣向などの意を表す場合もある。「旅の心」（九段）、「武蔵野の心なるべし」（四十一段）、「春の心」（八十二段）などとある。

「心」が多義的な語であるところから、「心……」の複合語も多い。この作品でも、「心あやまり」「心軽し」「心苦し」「心もとなし」などの用例が、少数ながら存している。

すき

四段動詞「す（好）く」から出た名詞。「すきごと」「すき者」などは、その複合語。形容詞形の「すきずきし」の用例は『伊勢物語』にはない。気に入ったものに、いちずに心が走ること、が原義。色恋に熱中すること。また、趣味などに熱心になることや、趣向を凝《こ》らすこと。類義語の「色好み」が能動的であるのに対して、この「すき」は受動的といえようか。

四十段では、女との恋仲を親から裂かれた男が、泣き泣き「出でて往なば」の歌を詠んだまま息絶えてしまったが、親の神仏への願でようやく蘇生することができた。それを語り手が「昔の若人は、さるすける物思ひをなむしける」と評しているのは、生死をかけた恋愛というのであろう。

長岡在住の「色好み」の男が自ら田で稲刈りするのを、近所の女たちが「いみじのすき者のしわざや」と評し（五十八段）、筑紫に出かけた都の男を、土地の女たちが「色好むといふ好き者」と噂した（六十一段）。「色好み」の語との密接さもうかがわれる。

また七十一段では、伊勢の斎宮に仕える女が「好きごと言ひける女」とされ、それゆえに「ちはやぶる」の歌を、勅使の男に詠み贈らざるをえなかったという。その女が斎宮その人かどうか分明ではない。明確なわけもなく、ある事態が進行していくさま、が原義。

すずろ　原義。あてもないさま、とりとめのないさま、思いもかけない様子、などをいう。

東下りする男について、「昔、男、陸奥《みち》の国にすずろに行きいたりにけり」（十四段）、「昔、男、すずろに陸奥の国までまどひ往《い》にけり」（百十六段）のように同じ表現がみられる。明確なあてもなく、なんとなく下ったとする。同じく東下りの九段には、「宇津の山にいたりて……もの心ぼそく、すずろなるめを見ること」とあり、旅が進んでいくうちに思いもかけない経験をさせられたという気持ちである。七十八段では、庭園好きの宮に石を献上しようとする人が、「これをただに奉らばすずろなるべし」と考えた。そのまま差しあげるのでは、とりとめのないつまらぬことだろうと思うところから、趣向を凝らしたという話である。

月《つき》　平安時代の和歌や物語では、同じ月でも、四季折々ではその趣が異なるものとして観照される。もとより月が天空を運行して、その形姿も満ち欠けるところから、時の経過を強く意識させることが多い。またその月の夜空の光があまねく届けられるところから、遠方の地や人を想像することも多い。

四段の二条の后関係の物語では、恋を失った男が一年前の初春の月を回想して、「月やあらぬ春や昔の春ならぬわが身一つはもとの身にして」と詠む。十一段では地方に赴任した友人が、同じ月下にいるかと思いをめぐらす。六十九段では、狩りの使いの男が、朧にかすむ月の下で斎宮と逢う。七十三段では、月の内には桂が生えているとする中国渡来の伝説をふまえた歌を詠んだ。八十二段では、宴の場から退座しようとする惟喬親王を、西山に隠れようとする月に喩えて歌を詠む。また八十八段では、天空の月から歳月の経過を連想して「おほかたは月をもめでじこれぞこのつもれば人の老いとなるもの」と詠んで、嘆老の思いにひたる。

つらし　他者のせいでつらい、と恨む気持ちが原義。恨めしい、薄情だ、冷淡だ、ぐらいの意。「うし」の語が、自分のせいでつらいと思うのと対照的である。十三段で、武蔵の国に赴いた男が新しい女ができたことを、それとなく知らせた、それに対する京の女の歌に「……問はぬもつらし問ふもうるさし」とある。手紙のないのも恨めしいし、便りのあるのも浮気の話で厭《いや》な思いがするというのである。この物語でのこの語の用例のほとんどが、和歌に集中している（三十・七十二・七十五段）。いずれも、相手の薄情さを恨んでいる。

つれなし　外からの働きかけに動じない、変化しないさまをいうのが原義。そこから、事態に変化がない、平気だ、つれない、すげない、鈍感だ、などの意が派生している。

四十七段では、こちらがどんなに熱心に懇願しても、相手の女は「つれなさのみまさ」る状態だという。変わることなく冷淡な態度が強まるばかりだとする。

『伊勢物語』ではその用例がほとんど、右の例と同様に、相手の冷淡な態度、つれなさ、すげなさを言っている。すなわち、相手の本心そのものはともかく、少なくとも表面では、こちらの働きに対して、何らの反応も示さない態度である。

鳥《とり》　古来、天空を飛翔する鳥類は、人の魂や言葉を運んでくれるもの、とみられることが多かった。また、鶏《とり》（にわとり）は、夜明けの近さを知らせるその鳴き声が、男女の逢瀬の場面に多用されてきた。夜明けとともに、一夜をともに過ごした男が女のもとから帰るのが、当時の習慣だったからである。

鶯《うぐいす》は、春の到来を告げる鳥。梅の花とともに詠まれることが多い。百二十一段では催馬楽「青柳」によって、鶯が梅の花を縫って花笠を作るとしている。

時鳥《ほととぎす》は、夏とともに飛来する鳥。「しでの田長《たをさ》」とも呼ばれ、死者の魂を運んでくるともいわれる。四十三段では、夏になって里のあちこちに飛びまわる時鳥を、恋の忍び歩きをする男に喩えている。

雁は、秋到来とともに飛来するのを「来る雁」、春とともに北国に帰って行くのを「帰る雁」として区別していた。十・四十五・六十八段は、いずれも秋の「来る雁」である。

鶏の用例はいずれも、逢瀬を終わらせることになる鶏鳴をいう。十四段の「くたかけ」は、鶏を罵《ののし》っての呼び名とする。他に二十二段・五十三段。

都鳥は、東下りの九段で、隅田川あたりに飛びかう鳥を、このように呼んでいた。冬ごろ飛来するユリカモメのことだが、「都」の語を含んだ鳥名が都への郷愁をかきたてた。

鶴《たづ》は鶴《つる》の歌語。百十四段では、行幸の際の鷹狩りで獲物のこれを歌に詠んだ。

鶉《うずら》は、キジ科の鳥で、草深い野や荒れた里で鳴くとされる。百二十三段では、男が、深草の地に住む女を相手にこの語を用いて歌を詠み交わす。

情《なさ》け　人間らしい心、人情、共感、の意。そこから転じて、物事の情趣を解する意にも用いられる。物語では、人間関係、特に男女関係での、相手を思いやる心を表すことが多い。

六十三段の、ある老母が心やさしい男との結縁を願っているのを知る子息の一人が、在五中将に逢わせるという話に、この語が繰り返される。「いかで心情けあらむ男に逢ひ得てしがな」と思うのは老女の心。また他の子息たちは、「情けなくいらへてやみぬ」とあり、母にそっけなく応じて、とりあわなかった。逆に、一人の子息だけが「よき御男ぞ出て来む」と言うのに、母は上機嫌になって「異人《ことひと》はいと情けなし」と言った。

百一段は、在原行平のもとに良い酒があると聞いて人々が集まり宴をするという話。その行平について「情けある人にて、瓶《かめ》に花をさせり」とある。ここでの「情けある人」とは、情趣をわきまえた人物をいう。

なまめく

「なま」は「生《なま》」。十分に熟していないが、初々《ういうい》しい上品さを兼ね備え、心を引きつける様子である意。形容詞形の「なまめかし」は『源氏物語』など物語に多用されているが、『伊勢物語』には用例がない。

一段の、奈良の京、春日の里に住む姉妹について「いとなまめいたる」と語っている。それを垣間見た男がその魅力に「心地まど」ってしまったという。このように女の若々しい魅力を備えているさまが、「なまめく」の本来的な語義とみられるが、『伊勢物語』ではこの一例しかない。

他に、三十九段に、女車の存在を目ざとく見つけた源至という人物が「寄り来てとかくなまめく……」とあり、また四十三段に「人なまめきてありけるを……」とある。いずれも男の懸想じみた行為をさしていて、一段の姉妹の初々しい魅力をいうのとは趣が異なる。

花《はな》

秋の紅葉に対して、春の花をいうことが多い。平安時代のはじめごろには春を告げる花として梅が意識されていたが、やがて花といえば桜をさすことが一般的になった。『伊勢物語』での「花」の用例は17例。そのうち、梅をさす例が3、桜が7、藤が2、他の季節では朝顔が1、菊が4である。

梅の花は、二条の后関係の四段に印象深く語られている。入内したらしい相手の女と別れた男が、一年後の正月の「梅の花ざかり」に、今は人住まぬ女の住居を訪ねて、往時を懐かしんでは「月やあらぬ……」の歌を詠んだ。梅の咲く春がめぐってきても、過ぎ去った時間は戻らないとする歌である。百二十一段では、春雨のころ梅壺から退出する女を相手に、「うぐひすの花を縫」うという花笠に寄せて歌を詠み交わす。また九十八段では、晩秋九月の狩りで、造花の梅に添えて雉を献じて「時しもわかぬ」の歌を送った。

春を代表する桜は散りやすく、古来、はかなくも華やかな花の美の象徴とされてきた。八十二段、惟喬親王の渚の院で桜花を賞でての贈答歌が、それを最もよく表している。業平とおぼしき右馬頭が「世の中に絶えて桜のなかりせば春の心はのどけからまし」と詠むと、ある人が「散ればこそいとど桜はめでたけれ憂き世になにか久しかるべき」と応じた。また十七・二十九・五十・六十七・九十・九十四・百九段も、同様に桜花のはかない美しさをとらえている。そのなかには、男女の仲の移ろいやすさや、女の容色の衰えやすさも暗示している。

晩春から初夏にかけての藤は、八十・百一段。繁栄している藤原氏の象徴ともなっている。また朝顔は秋の花とされるが、三十七段では「夕かげまたぬ花」だとして、生命のはかなさを連想させる。

菊は、『古今集』以来、秋の代表的な花。もともと中国渡来の植物であり、『万葉集』では歌に詠まれることがなかった。十八・五十一・六十八・八十一段に、秋の前栽などを彩る花としてとらえられている。この時代には、白菊に赤味が加わるなどして、盛りが過ぎて色変わりしたのを珍重していた。十八・八十一段からもそれが知られる。

人《ひと》　自分に対して、他《ほか》の人（他人）、世間の人をさすことが多い。四段に「人の行き通ふべき所にもあらざりければ」とあるのは、世間の普通の人の行けない場所の意で、宮中などを暗示する。五段の歌に「人知れぬわが通ひ路」とあるのは、他人に知られぬわが秘密の恋路の意。

この時代の和歌では、「人」が、他人という三人称の人物のみならず、相手である二人称の人物をさす場合も少なくない点に、特に注意される。六段の男の歌「白玉か何《なに》ぞと人の問ひし時露とこたへて消えなましものを」の「人」は、逃避行の相手のこと。ともに逃亡している彼女が男に、草原の露を「かれは何ぞ」と言ったのを思い起こしての歌である。また十七段では、久しく訪ねなかった人がたまたま桜の花の盛りにやってきたのを、その家の主人が「あだなりと名にこそ立てれ桜花年にまれなる人も待ちけり」と詠んで、訪問の稀な相手をさして「人」と呼ぶ。もともと「人」の語は曖昧な意味であるところから、ここでは人間とは桜花と同様に、はかない存在でもあるという思いを重ねて言ってもいよう。「人」の語ならではの表現である。

まこと　偽りや嘘のない真実。誠実さ・誠意。形容動詞の形でも用いられる。

六十三段に、よい男に逢いたいものと思う母親が、子息たちに、「まことならぬ夢語り」をしたとある。その見てもいない母の夢を一人の子息が、すばらしい男が現れると占って、母を喜ばせたという。また、十六段では、紀有常が妻の出家に際して、「まことにむつましきことこそなかりけれ」とも思った。「まことに」は「むつましき」にかかり、心底から親密な夫婦仲ではなかったが、と顧みる。

まめ　「まこと」とは同根の語。浮わついたところのない、誠実さ、が原義。実直、まじめ、忠実の意。実用的なるもの、の意も派生するが、『伊勢物語』にはその用例がない。この「まめ」は、「あだ」の対語でもある。

六十段に、「（男が）宮仕へいそがしく、心もまめならざりけるほどの家刀自、まめに思はむと言ふ人につきて、人の国へ往《い》にけり」とあり、夫婦間や男女関係の誠実さのありようを語っている。この女は、もとからの夫には誠意が乏しいと思い、逆に新しい男の懸想にはそれが感じられたとしている。

「まめ」の語は、それが何に対して誠実なのかの相違によって、その意味するところが大きく違ってくる。二段では、西の京の女に近づいた「まめ男」が、その相手が独身ではないと感じながらも、逢瀬を遂げて後朝《きぬぎぬ》の歌までを贈り届けた。これに対する語り手の「それを、かのまめ男、……いかが思ひけむ」の疑いは、おそらく彼が社会の常識や良俗に従う「まめ男」だとする前提に立っているのであろう。しかしこの男の詠む「起きもせず」の歌の誠実な表現力に即すかぎり、男の「まめ」は良識などへのまじめさであるよりも、彼自身の魂への誠実さとして理解される。それじたい漠然となりかねない「まめ」の語も、物語の語り口によってはこのように限定されることになる。

百三段も同様である。深草の帝に誠心誠意から仕えて、「いとまめにじちようにて、あだなる心なかりけり」とされる男が、皇子たちが親しく召し使っている女と契り交わしてしまった。それを語り手が「心あやまりやしたりけむ」と推量してもいるが、じつは男の心の真相は、彼の詠む「寝ぬる夜の」の歌を通して、自らの魂に誠実であるがゆえの、いやしがたい魂の彷徨を証しているのである。

身《み》

この語義は、身体の中身、自分自身、身分など多岐にわたっているが、『伊勢物語』ではその多くが和歌に用いられていて、わが身（自分自身）のありようを表す用例が圧倒的に多い。九段の東下りの話には、地の文ではあるが「その男、身をえうなきものに思ひなして」とあり、都での自らのありようを不要な人間だと思いきめたとする。

四段の、一年前に姿をくらました女を思う男の歌に、「月やあらぬ春や昔の春ならぬわが身一つはもとの身にして」とある。もともと「身」の語は「心」の語と対置的に用いられ、人間の身体と心・魂が対照されることも多く、この歌でも暗に「心」の働きを表そうとしている。月も春も昔のままではないのかと疑うほど、心がとり乱されているというのである。八十五段の、主君であった親王を訪ねて雪に降りこめられた男が詠んだ歌「思へども身をしわけねば目離《めか》れせぬ雪のつもるぞわが心なる」も、「身」と「心」の照応的な表現の典型である。

また百七段の、女からの代作として男の詠んだ歌に「かずかずに思ひ思はず問ひがたみ身を知る雨は降りぞまされる」とある。「身を知る雨」は、わが身のつたなさを思い知らされる雨。この語句は後世、女の身のつらさを嘆く女歌の要語となっていく。

みやび

「宮」「都」の語と同根と見られるところから、宮廷風に洗練された美しさ、が原義。『万葉集』でも「風流」の漢語を「みやび」と訓《よ》む例がある。上品な美、都会的な優雅さを表す。

この「みやび」を『伊勢物語』の本質・理念とする考え方が、これまでよくなされてきたが、その実際の用例は、男の元服を語る一段の一例だけである。元服をすませた男が古都の春日の里へ狩りに出かけて、優にやさしい姉妹の姿を垣間見てしまった。思いもかけぬ場所で思いもかけぬ美しい姫君の存在に心が動揺したその男はすばやく、狩衣の裾をちぎって歌を書きつけて贈った。男のそのような行為を語り手が、「昔人は、かくいちはやきみやびをなむしける」と語る、その「いちはやきみやび」が、この物語の本質に関わっていると考えられてきた。この男は自らの感動を、日常的な言葉によるのではなく、歌言葉固有の秩序に封じこめながら、心の明確なかたちとしての和歌を訴えかけたことになる。その自らの魂の表白として和歌を詠まざるをえない行為を、「みやび」の精神の具現とみることもできるであろう。

昔《むかし》　時間の隔った過去。経験の有無にかかわらず、「今」（現在）と向かいあうものと意識される過去をいう。特定の過去をさすよりも、漠然と回顧される過去をいう場合が多い（↓「いにしへ」）。

物語・説話の冒頭の多くに、「昔……」「今は昔……」とあるのは、今となってみると昔のことだが、として、現在の読者に、時の隔てを超えて、不特定の過去の伝承世界に立ち会わせようとするためである。『伊勢物語』の各章段の冒頭がほとんど、「昔、男ありけり」の形式で統一されているのも、同じ意図による。「男」が不特定の人物であるのと同様に、漠然とした過去である「昔」に、その男の一代記を語ろうとしたとみられる。

四段の男が、昨年春にわかに姿を隠した女を思い起こして、「月やあらぬ春や昔の春ならぬわが身一つはもとの身にして」と詠む。「昔」であるところから、往時が夢のように過ぎてしまっている今現在の失意がかみしめられている。

また、一段に「昔人は、かくいちはやきみやびをなむしける」とあり、四十段には「昔の若人は、さるすける物思ひをなむしける。今の翁、まさにしなむや」とある。物語の一面には、昔のすぐれたものが今では衰えかけているとする、時代への価値観もみられる。「昔、男ありけり」の冒頭表現にも、そうした価値観がこめられているというべきか。

紅葉《もみぢ》　秋の紅葉は古来、春の花（桜）と並べて「花・紅葉」といわれ、季節の自然の美とされてきた。『伊勢物語』でもこれがとりあげられてはいるが、「花」ほどには多くない。

二十段では、男が晩春ごろ、若葉が紅《あか》くなっている楓《かえで》の枝につけて、「春ながらかくこそ秋のもみぢしにけれ」の歌を女に詠んでやった。相手への格別な気持ちが、秋ならぬ紅葉になったとする。八十一段の源融の邸（河原院）で催された宴の美しい庭を、「十月のつごもりがた、菊の花うつろひざかりなるに、紅葉の千種《ちぐさ》に見」たという。また九十四段では、ある秋の日、男が元の妻のもとに「秋の夜は春日《はるひ》わするるものなれや」の歌をやり、自分を春の日に擬えて相手を詰問することになる。すると相手の女は、「紅葉も花もともにこそ散れ」と切り返した。これは、古来の春秋争いの発想によった贈答歌である。

雪《ゆき》　天上から降る雪は、古来、異界からの霊威とも信じられてきた。東下りの九段で、夏でも富士山頂に雪が降るさまをめずらしいと語るのも、その名残であろう。

平安朝の和歌などで、冬の自然観照の対象とされ、雪の白さを花（梅・桜）に見立てることも多かった。十七段では桜の花を雪と見立て、六十七段では生駒山の林に降る雪を花と見ている。

この物語で最も印象的な雪は、惟喬親王の出家生活を見舞う物語のそれである。親王の出家の庵は、比叡山の麓の小野の山里。八十三段では、正月雪を踏みわけてそこを訪ねた馬頭は、往時を回想して「忘れては夢かとぞ思ふ思ひきや雪ふみわけて君を見むとは」と詠む。また八十五段では、同じく正月ごろ親しい人々が訪れて雪に降りこめられ、容易には帰れなくなった。雪があたかも、出家の人と世俗の人々とを隔てているかのような趣である。

夢《ゆめ》　眠っている時などに見る夢をいう。それから派生して、現実とは思われぬこと、はかないこと、をも言い表す。「現《うつつ》」の対語。

「現」「夢」の対比表現による用法として、六十九段の男と斎宮の交渉を語る物語の例が典型的である。女の方から「君や来《こ》し我や行きけむ思ほえず夢かうつつか寝てかさめてか」と詠み届けてきたのに対して、男も「かきくらす心の闇にまどひにき夢うつつとは今宵さだめよ」と詠み返す。ここでは、夢と現実との境界が定かではないという感覚である。その曖昧な感覚が、この二人の魂の深いひびきあいを証すことにもなる。

また百三段の、親王たちの召している女《ひと》と通じてしまった男の歌に、「寝ぬる夜の夢をはかなみまどろめばいやはかなにもなりまさるかな」と詠んだとある。自分にとってこの恋は、現実とは思われないような、はかなさとしか言いようもないとする。「現」との対比はないが、夢現の境がはっきりしない曖昧さだとする。

八十三段の惟喬親王の出家姿に接して、「忘れては夢かとぞ思ふ思ひきや雪ふみわけて君を見むとは」と詠む歌も、これは現実とは思われない感覚である。

「夢語り」は、自分の見た夢の内容を話すこと。六十三段では、情の深い男に逢いたいと願う老女が、子息たちを相手に「まことならぬ夢語り」をしたという。そしてその三男が、「『よき御男ぞ出で来《こ》む』とあはする」と語られている。この「あはす」は、「夢合わせ」「夢解き」であり、夢の内容から、将来に起こることや吉凶を占うことを意味する。夢は神のお告げを得るもの、とも考えられていた。夢はとかく、神秘的な力を含んでいるとみられていたのである。

世《よ》・世《よ》の中《なか》　「世」は、時間の広がりのなかで、ある区切られた範囲をさすのが原義。実際の語義は次のように多岐にわたる。①時の流れに関して、時代・治政・時期などの意。②人間の一生に関して、生涯・寿命・生活などの意。③現実世界に関して、社会・世間・時勢などの意。④男女の仲・夫婦仲などの意。⑤仏教世界に関して、前世《ぜんせ》・現世・来世それぞれの世界。「世の中」の語も、これに準じて①〜④にあたる。

『伊勢物語』では、男女関係をいう「世」「世の中」を中心に、それが人生や世俗などに広まっていく点が特に注目される。たとえば二十一段では、夫のもとから突然出奔する女が「世の中を憂し」と思って、詠み置いた歌に「世のありさまを人は知らねば」と詠み、相手の夫も「思ふかひなき世なりけり」と嘆いた。「世」「世の中」の語が夫婦仲・人生にまたがっている。また十六段は多年つれそってきた老妻が出家する話であるが、相手の夫である有常を「三代の帝に仕うまつりて、時にあひけれど、後は世かはり時うつりにければ、世の常の人のごともあらず」と語っている。この「世」は時勢・世間ぐらいの意であるが、その人生の衰えが老夫婦の離別ともひびきあっていよう。

この時代の和歌や物語では「世」「世の中」の語がこのように多岐にわたって用いられるが、その内容はかなり近接しあう関係にあったと思われる。当時の閉塞的な社会環境に生かされている貴族の女性たちは、恋や結婚の相手との交渉を通して、俗世間を見たり、自分の人生を考えたりしていた。生涯も世間も男女関係も一続きのものとみられていたのである。

わぶ　ままならぬ状態に窮して苦しむ、が原義。気落ちする、困惑する、思い悩む、などの意。「わびし」は、その形容詞形。

十二段では、逃避行の女が武蔵野で野火を放たれ、「わび」て歌を詠んだ。二十六段では、五条あたりの女を得られなかった男について「わびたりける」と語っている。また五十二段では、相手から飾り粽《ちまき》を贈られた男が、その返礼として雉《きじ》を贈り「我は野に出でて狩るぞわびしき」と詠んだ。狩りで獲物をとる仕事がつらかったというのである。

この「わぶ」には、他の語と複合して用いられる例も多い。「ありわぶ」（七段）、「うちわぶ」（五十八段）、「思ひわぶ」（十六・四十六・六十五・九十三段）、「恋ひわぶ」（五十七段）では、落胆・困惑などが強調され、また「住みわぶ」（五十九段）、「念じわぶ」（二十一段）、「待ちわぶ」（二十四段）では、窮するあまり、……しかねる、の意を表している。

なお、「わびし」の類義語である「さびし」の用例は、この『伊勢物語』にはない。

男《をとこ》　「男」は「女（をみな・をんな）」に対応する語で、成人した男性一般をさす。二十三段に、幼馴染《おさななじ》みの二人がそれぞれ、「大人《おとな》になりにければ、男も女も恥ぢかはして」結ばれたとある。男の子が成人して一人前の男になったことになる。また、その性差が強調される配偶関係や恋愛関係においては、「男」の語が夫や愛人などの意を表すこともある。

物語、特に恋愛の場面では、その人物の固有名詞や官名・身分などを用いずに、単に「男」の語だけでその人物を表そうとする場合が少なくない。たとえば六十五段では、「在原なりける男」として語り起こされた人物が、「女」との関係から身を滅ぼして他国へ追放され、女も蔵の中に幽閉された。物語は、「この男、人の国より夜ごとに来つつ……この女は蔵にこもりながら」などと語っている。このように男女関係を強調する場面ではあえて、固有の実名、あるいは社会的な位相や関係を超えて、一個の男、一個の女としての存在を表そうとする。それがこの物語の重要な語り口になっているばかりでなく、『源氏物語』などにも踏襲されて物語一般の表現方法になったと考えられる。

『伊勢物語』の各章段の冒頭がほとんど、「昔、男ありけり」の形式で統一されている点に、あらためて注意される。「昔」が漠然とした過去であるのと同様に、「男」も不特定の人物だとする。しかし物語は、「男」が在原業平をさすのかどうかも曖昧なまま、漠然とした「男」の一代記として統一づけられている。それが、この物語に特有な方法であるといってよい。

女《をんな》　「女」は「男《をとこ》」に対応する語で、成人した女性一般をさす。この「をんな」の語形は、「をみな」の音便形から出たともいわれるが、平安時代に一般化した。その男女の性差が強調される配偶関係や恋愛関係においては、「女」の語が妻や恋人・愛人などの意を表すことになる。また、この「女」の類義語に「妻《め》」があり、同じ妻の意を表すにしても、やや見下げた気持ちでいう場合が多い（十五・六十段など）。

この物語では、逢瀬の場合など、その男女関係を強調するために、あえて「女」の呼称を用いて、同じ場面に「男」の語が用いられるのに照応しあう例が多い。六十九段では、狩りの使者の男と斎宮との逢瀬について、「男、『われて逢はむ』と言ふ。女もはた、いと逢はじとも思へらず」「女、人をしづめて、子《ね》一つばかりに、男のもとに来たりけり」などとある。このような男女関係における「男」「女」の呼称による表現が、やがて物語の一般的な語り口になるようになったと考えられる。

伊勢物語作中和歌一覧

一　本一覧表は、『伊勢物語』の作中和歌について、それの物語形成へのかかわり方をみるのに資すべく表覧化したものである。
二　作中和歌二百十首のすべてを、章段ごとに、物語の進展の順に配列した。
三　和歌それぞれについて、和歌本文、次項に解説する通達の種別、さらにそれを詠んだ人物とそれに対応する人物を掲げた。
四　通達機能の種別については、次のような基準によって区別した。
1　独詠
一人での心遣りの独吟や手習歌のように、他者への通達の意図のない場合である。
2　贈答（贈歌・答歌）
二者のみによって詠み交わされる場合である。同一場面で詠み交わされる場合はもちろん、隔てた場での消息なども ここに含まれる。
3　唱和　唱和（独詠）
三者によって詠みあう場合である。おのずと同一場面における集団的な詠作となる。ただし、儀式などの場での個人の献歌や、集宴などの場での個人の詠作なども、その場の集団性を重視して、それをも唱和の範疇に含めた。その際、唱和一般とは区別して、唱和（独詠）と記した。
4　代作（代）
本来詠むべき人物に代わって、他者が詠む場合である。この場合には、その歌が贈歌か答歌かを「贈」「答」の略号で示し、その後に〈代〉の略号で、代作の歌であることを明らかにした。
五　和歌本文の下の対応人物の欄は、次のような方針による。
1　詠者の贈歌あるいは答歌が誰にあてた歌か、また唱和の場合、誰がその場で詠んだかを示す。なお、誰の代作であるかは、対応人物によっておのずから判然とする。
2　贈答の場合、通常、Aの贈歌対Bの答歌という対応関係になるが、まれにはそのBの答歌にさらにAによる答歌（贈歌）が寄せられることもある。
3　答歌が物語中にない場合は、対応人物名の後に「返ナシ」と記した。

段・歌番号	和歌本文	通達の種別	詠み手・対応人物
一 1	春日野の若紫のすり衣しのぶの乱れかぎり知られず	贈歌	男→姉妹〈返ナシ〉
2	陸奥のしのぶもぢずり誰ゆゑに乱れそめにし我ならなくに	参考歌	〈語り手〉
二 3	起きもせず寝もせで夜を明かしては春のものとてながめ暮らしつ	贈歌	男→西の京の女〈返ナシ〉
三 4	思ひあらば葎の宿に寝もしなむひじきものには袖をしつつも	贈歌	男→二条后〈返ナシ〉
四 5	月やあらぬ春や昔の春ならぬわが身一つはもとの身にして	独詠	男
五 6	人知れぬわが通ひ路の関守はよひよひごとにうちも寝ななむ	贈歌	男→二条后〈返ナシ〉
六 7	白玉か何ぞと人の問ひし時露とこたへて消えなましものを	独詠	男
七 8	いとどしく過ぎゆくかたの恋しきにうらやましくもかへる波かな	独詠	男
八 9	信濃なる浅間の嶽に立つ煙をちこち人の見やはとがめぬ	独詠	男
九 10	唐衣着つつなれにしつましあればはるばるきぬる旅をしぞ思ふ	唱和（独詠）	男→友人〈返ナシ〉
11	駿河なる宇津の山辺のうつつにも夢にも人にあはぬなりけり	贈歌	男→京の女〈返ナシ〉
12	時知らぬ山は富士の嶺いつとてか鹿の子まだらに雪の降るらむ	独詠	男
13	名にし負はばいざこと問はむ都鳥わが思ふ人はありやなしやと	唱和（独詠）	男→友人〈返ナシ〉
十 14	三芳野のたのむの雁もひたぶるに君が方にぞよると鳴くなる	贈歌	武蔵の女の母→男
15	わが方によると鳴くなる三芳野のたのむの雁をいつか忘れむ	返歌	男→武蔵の女の母
十一 16	忘るなよほどは雲居になりぬとも空ゆく月のめぐりあふまで	贈歌	男→友人〈返ナシ〉
十二 17	武蔵野は今日はな焼きそ若草のつまもこもれり我もこもれり	独詠	ある人の娘
十三 18	武蔵鐙さすがにかけて頼むには問はぬもつらし問ふもうるさし	贈歌	京の女→男
19	問へば言ふ問はねば恨む武蔵鐙かかるをりにや人は死ぬらむ	返歌	男→京の女
十四 20	なかなかに恋に死なずは桑子にぞなるべかりける玉の緒ばかり	贈歌	陸奥の女→男〈返ナシ〉

段	番号	和歌	種別	詠者
	21	夜も明けばきつにはめなでくたかけのまだきに鳴きてせなをやりつる	贈歌	陸奥の女→男〈返ナシ〉
	22	栗原のあねはの松の人ならば都のつとにいざと言はましを	贈歌	男→陸奥の女〈返ナシ〉
十五	23	信夫山しのびて通ふ道もがな人の心の奥も見るべく	贈歌	男→人の妻〈返ナシ〉
十六	24	手を折りてあひ見しことをかぞふれば十といひつつ四つは経にけり	贈歌	有常→友人
	25	年だにも十とて四つは経にけるをいくたび君を頼み来ぬらむ	返歌	友人→有常
	26	これやこのあまの羽衣むべしこそ君が御衣とたてまつりけれ	贈歌	有常→友人〈返ナシ〉
	27	秋や来る露やまがふと思ふまであるは涙の降るにぞありける	贈歌	有常→友人〈返ナシ〉
十七	28	あだなりと名にこそ立てれ桜花年にまれなる人も待ちけり	贈歌	主人→男
	29	今日来ずは明日は雪とぞ降りなまし消えずはありとも花と見ましや	返歌	男→主人
十八	30	紅ににほふはいづら白雪の枝もとををに降るかとも見ゆ	贈歌	なま心ある女→男
	31	紅ににほふが上の白菊は折りける人の袖かとも見ゆ	返歌	男→なま心ある女
十九	32	天雲のよそにも人のなりゆくかさすがに目には見ゆるものから	贈歌	ある女→男
	33	天雲のよそにのみして経ることはわがゐる山の風はやみなり	返歌	男→ある女
二十	34	君がため手折れる枝は春ながらかくこそ秋のもみぢしにけれ	贈歌	男→大和の女
	35	いつの間にうつろふ色のつきぬらむ君が里には春なかるらし	返歌	大和の女→男
二十一	36	出でて往なば心かるしと言ひやせむ世のありさまを人は知らねば	贈歌	ある女（妻）→男〈返ナシ〉
	37	思ふかひなき世なりけり年月をあだに契りて我や住まひし	独詠	男
	38	人はいさ思ひやすらむ玉かづら面影にのみいとど見えつつ	独詠	男
	39	今はとて忘るる草の種をだに人の心にまかせずもがな	贈歌	ある女（妻）→男
	40	忘れ草植うとだに聞くものならば思ひけりとは知りもしなまし	返歌	男→ある女（妻）
	41	忘るらむと思ふ心のうたがひにありしよりけにものぞ悲しき	贈歌	男→ある女（妻）
	42	中空に立ちゐる雲のあともなく身のはかなくもなりにけるかな	返歌	ある女（妻）→男

二十二	43	憂きながら人をばえしも忘れねばかつ恨みつつなほぞ恋しき	贈歌	女→男
	44	あひ見ては心ひとつをかはしまの水の流れて絶えじとぞ思ふ	返歌	男→女
	45	秋の夜の千夜を一夜になずらへて八千夜し寝ばやあく時のあらむ	贈歌	男→女
	46	秋の夜の千夜を一夜になせりともことば残りてとりや鳴きなむ	返歌	女→男
二十三	47	筒井つの井筒にかけしまろがたけ過ぎにけらしな妹見ざるまに	贈歌	男→女（妻）
	48	くらべこし振分髪も肩すぎぬ君ならずして誰かあぐべき	返歌	女（妻）→男
	49	風吹けば沖つしら波たつた山夜半にや君がひとり越ゆらむ	独詠	女（妻）
	50	君があたり見つつををらむ生駒山雲な隠しそ雨は降るとも	独詠	高安の女
	51	君来むといひし夜ごとに過ぎぬれば頼まぬものの恋ひつつぞ経る	独詠	高安の女
二十四	52	あらたまの年の三年を待ちわびてただ今宵こそ新枕すれ	贈歌	女（元の妻）→男（元の夫）
	53	梓弓真弓槻弓年を経てわがせしがごとうるはしみせよ	返歌	男（元の夫）→女（元の妻）
	54	梓弓引けど引かねど昔より心は君によりにしものを	贈歌	女（元の妻）→男（元の夫）〈返ナシ〉
	55	あひ思はで離れぬる人をとどめかねわが身は今ぞ消えはてぬめる	独詠	女（元の妻）
二十五	56	秋の野に笹わけし朝の袖よりも逢はで寝る夜ぞひちまさりける	贈歌	男→色好みの女
	57	みるめなきわが身をうらと知らねばや離れなで海人の足たゆく来る	返歌	色好みの女→男
二十六	58	思ほえず袖にみなとの騒ぐかな唐船の寄りしばかりに	返歌	男→ある人〈贈ナシ〉
二十七	59	我ばかり物思ふ人はまたもあらじと思へば水の下にもありけり	独詠	女
	60	水口に我や見ゆらむ蛙さへ水の下にてもろ声に鳴く	贈歌	男→女
二十八	61	などてかくあふごかたみになりにけむ水もらさじとむすびしものを	独詠	男
二十九	62	花に飽かぬ嘆きはいつもせしかども今日の今宵に似る時はなし	唱和（独詠）	男→人々〈返ナシ〉
三十	63	逢ふことは玉の緒ばかり思ほえてつらき心の長く見ゆらむ	贈歌	男→女〈返ナシ〉
三十一	64	罪もなき人をうけへば忘れ草おのが上にぞ生ふといふなる	贈歌	男→女（御達）〈返ナシ〉

三十二	65	いにしへのしづのをだまき繰りかへし昔を今になすよしもがな	贈歌	男→女〈返ナシ〉
三十三	66	葦辺より満ちくる潮のいやましに君に心を思ひますかな	贈歌	男→菟原の女
	67	こもり江に思ふ心をいかでかは舟さす棹のさして知るべき	返歌	菟原の女→男
三十四	68	言へばえに言はねば胸にさわがれて心ひとつに嘆くころかな	贈歌	男→冷淡な女〈返ナシ〉
三十五	69	玉の緒をあわ緒によりて結べれば絶えての後も逢はむとぞ思ふ	贈歌	男→情を交わした女〈返ナシ〉
三十六	70	谷せばみ峰まで延へる玉かづら絶えむと人にわが思はなくに	贈歌	男→恨む女〈返ナシ〉
三十七	71	我ならで下紐解くな朝顔の夕かげまたぬ花にはありとも	贈歌	男→色好みの女
	72	二人して結びし紐をひとりしてあひ見るまでは解かじとぞ思ふ	返歌	色好みの女→男
三十八	73	君により思ひならひぬ世の中の人はこれをや恋といふらむ	贈歌	男→有常
	74	ならはねば世の人ごとに何をかも恋とはいふと問ひし我しも	返歌	有常→男
三十九	75	出でて往なば限りなるべみ灯火消ち年経ぬるかと泣く声を聞け	贈歌	男→源至
	76	いとあはれ泣くぞ聞こゆる灯火消ち消ゆるものとも我は知らずな	返歌	源至→男
四十	77	出でて往なば誰か別れのかたからむありしにまさる今日は悲しも	独詠	男
四十一	78	紫の色こき時はめもはるに野なる草木ぞわかれざりける	贈歌	男→縁戚の人〈返ナシ〉
四十二	79	出でて来し跡だにいまだ変はらじを誰が通ひ路と今はなるらむ	贈歌	男→色好みの女〈返ナシ〉
四十三	80	ほととぎす汝が鳴く里のあまたあればなほうとまれぬ思ふものから	贈歌	また人（男）→女
	81	名のみ立つしでの田をさは今朝ぞ鳴く庵あまたとうとまれぬれば	返歌	女→また人（男）
	82	庵多きしでの田をさはなほ頼むわがすむ里に声し絶えずは	返歌	また人（男）→女
四十四	83	出でて行く君がためにとぬぎつれば我さへもなくなりぬべきかな	贈歌	主人の男→地方赴任の人〈返ナシ〉
四十五	84	行く蛍雲の上まで往ぬべくは秋風吹くと雁に告げこせ	独詠	男
	85	暮れがたき夏の日ぐらしながむればそのこととなくものぞ悲しき	独詠	男
四十六	86	目離るとも思ほえなくに忘らるる時しなければ面影に立つ	贈歌	男→地方赴任の人〈返ナシ〉

四十七	87	大幣の引く手あまたになりぬれば思へどえこそ頼まざりけれ	贈歌	女→男
	88	大幣と名にこそたてれ流れてもつひに寄る瀬はありといふものを	返歌	男→女
四十八	89	今ぞ知る苦しきものと人待たむ里をば離れず訪ふべかりけり	贈歌	男→旅ゆく人〈返ナシ〉
四十九	90	うら若みねよげに見ゆる若草を人の結ばむことをしぞ思ふ	贈歌	男→妹
	91	初草のなどめづらしき言の葉ぞうらなくものを思ひけるかな	返歌	妹→男
五十	92	鳥の子を十づつ十は重ぬとも思はぬ人を思ふものかは	贈歌	男→女
	93	朝露は消えのこりてもありぬべし誰かこの世を頼みはつべき	返歌	女→男
	94	吹く風に去年の桜は散らずともあな頼みがた人の心は	贈歌	男→女
	95	行く水に数かくよりもはかなきは思はぬ人を思ふなりけり	返歌	女→男
	96	行く水と過ぐる齢と散る花といづれ待ててふことを聞くらむ	贈歌	男→女〈返ナシ〉
五十一	97	植ゑし植ゑば秋なき時や咲かざらむ花こそ散らめ根さへ枯れめや	贈歌	男→ある人〈返ナシ〉
五十二	98	あやめ刈り君は沼にぞまどひける我は野に出でて狩るぞわびしき	贈歌	男→粽を贈った女〈返ナシ〉
五十三	99	いかでかは鶏の鳴くらむ人知れず思ふ心はまだ夜深きに	贈歌	男→女〈返ナシ〉
五十四	100	行きやらぬ夢路を頼む袂には天つ空なる露や置くらむ	贈歌	男→冷淡な女〈返ナシ〉
五十五	101	思はずはありもすらめど言の葉のをりふしごとに頼まるるかな	贈歌	男→女〈返ナシ〉
五十六	102	わが袖は草の庵にあらねども暮るれば露の宿りなりけり	独詠	男
五十七	103	恋ひわびぬ海人の刈る藻に宿るてふわれから身をもくだきつるかな	贈歌	男→冷淡な女〈返ナシ〉
五十八	104	荒れにけりあはれ幾世の宿なれや住みけむ人のおとづれもせぬ	贈歌	宮邸の女→男
	105	葎生ひて荒れたる宿のうれたきはかりにも鬼のすだくなりけり	返歌	男→宮邸の女
	106	うちわびて落穂ひろふと聞かませば我も田面に行かましものを	贈歌	男→宮邸の女〈返ナシ〉
五十九	107	住みわびぬ今はかぎりと山里に身をかくすべき宿求めてむ	独詠	男
	108	わが上に露ぞ置くなる天の川門わたる舟の櫂のしづくか	独詠	男

六十	109	五月待つ花たちばなの香をかげば昔の人の袖の香ぞする	贈歌	男→元の妻〈返ナシ〉
六十一	110	染川を渡らむ人のいかでかは色になるてふことのなからむ	贈歌	男→筑紫の女
	111	名にし負はばあだにぞあるべきたはれ島波のぬれ衣着るといふなり	返歌	筑紫の女→男
六十二	112	いにしへのにほひはいづら桜花こけるからともなりにけるかな	贈歌	男→元の妻〈返ナシ〉
	113	これやこの我にあふみをのがれつつ年月経れどまさり顔なき	贈歌	男→元の妻〈返ナシ〉
六十三	114	百年に一年たらぬつくも髪われを恋ふらし面影に見ゆ	独詠	在五中将
	115	さむしろに衣片しき今宵もや恋しき人に逢はでのみ寝む	独詠	世心ついた女
六十四	116	吹く風にわが身をなさば玉すだれひま求めつつ入るべきものを	贈歌	男→女
	117	とりとめぬ風にはありとも玉すだれ誰がゆるさばかひま求むべき	返歌	女→男
六十五	118	思ふには忍ぶることぞ負けにける逢ふにしかへばさもあらばあれ	贈歌	在原の男→女〈返ナシ〉
	119	恋せじと御手洗川にせし禊神はうけずもなりにけるかな	独詠	在原の男
	120	海人の刈る藻にすむ虫のわれからと音をこそ泣かめ世をば恨みじ	独詠	女
	121	さりともと思ふらむこそ悲しけれあるにもあらぬ身を知らずして	独詠	女
	122	いたづらに行きては来ぬるものゆゑに見まくほしさにいざなはれつつ	独詠	在原の男
六十六	123	難波津を今朝こそみつの浦ごとにこれやこの世をうみ渡る舟	唱和〈独詠〉	男→人々〈返ナシ〉
六十七	124	きのふけふ雲の立ち舞ひかくろふは花の林を憂しとなりけり	唱和〈独詠〉	男→人々〈返ナシ〉
六十八	125	雁鳴きて菊の花さく秋はあれど春のうみべにすみよしの浜	唱和〈独詠〉	男→人々〈返ナシ〉
六十九	126	君や来し我や行きけむ思ほえず夢かうつつか寝てかさめてか	贈歌	女（斎宮）→狩の使者
	127	かきくらす心の闇にまどひにき夢うつつとは今宵さだめよ	返歌	狩の使者→女（斎宮）
	128 129	かち人の渡れど濡れぬえにしあれば　またあふ坂の関はこえなむ	〈短連歌〉	女（斎宮）・狩の使者
七十	130	みるめかるかたやいづこぞ棹さして我に教へよ海人の釣舟	贈歌	狩の使者→斎宮の童女〈返ナシ〉
七十一	131	ちはやぶる神の斎垣も越えぬべし大宮人の見まくほしさに	贈歌	斎宮の女→狩の使者

	132	恋しくは来ても見よかしちはやぶる神のいさむる道ならなくに	返歌	狩の使者→斎宮の女
七十二	133	大淀の松はつらくもあらなくにうらみてのみもかへる波かな	贈歌	伊勢の女→狩の使者〈返ナシ〉
七十三	134	目には見て手にはとられぬ月のうちの桂のごとき君にぞありける	独詠	男
七十四	135	岩根ふみ重なる山にあらねども逢はぬ日おほく恋ひわたるかな	独詠	男
七十五	136	大淀の浜に生ふてふみるからに心はなぎぬ語らはねども	贈歌	女→男
	137	袖ぬれて海人の刈りほすわたつうみのみるをあふにてやまむとやする	返歌	男→女
	138	岩間より生ふるみるめしつれなくは潮干潮満ちかひもありなむ	贈歌	女→男
	139	涙にぞぬれつつしぼる世の人のつらき心は袖のしづくか	返歌	男→女
七十六	140	大原や小塩の山も今日こそは神代のことも思ひ出づらめ	唱和（贈歌）	翁（業平）→二条后〈返ナシ〉
七十七	141	山のみなうつりて今日にあふことは春の別れをとふとなるべし	唱和（独詠）	右馬頭→人々〈返ナシ〉
七十八	142	あかねども岩にぞかふる色見えぬ心を見せむよしのなければ	唱和（独詠）〈代〉	右馬頭→山科の親王〈返ナシ〉
七十九	143	わが門に千ひろあるかげを植ゑつれば夏冬誰か隠れざるべき	唱和（独詠）	翁（業平）→人々〈返ナシ〉
八十	144	濡れつつぞしひて折りつる年のうちに春はいく日もあらじと思へば	贈歌	衰えた家の男→権門の人〈返ナシ〉
八十一	145	塩竈にいつか来にけむ朝なぎに釣する舟はここによらなむ	唱和（独詠）	翁（業平）→人々〈返ナシ〉
八十二	146	世の中に絶えて桜のなかりせば春の心はのどけからまし	唱和（独詠）	右馬頭→人々
	147	散ればこそいとど桜はめでたけれ憂き世になにか久しかるべき	唱和（独詠）	もう一人の人→右馬頭
	148	狩り暮らし棚機つ女に宿からむ天の川原にわれは来にけり	唱和（贈歌）	右馬頭→惟喬親王
	149	一年にひとたび来ます君待てば宿かす人もあらじとぞ思ふ	唱和（返歌）〈代〉	有常→右馬頭
	150	飽かなくにまだきも月の隠るるか山の端にげて入れずもあらなむ	唱和（贈歌）	右馬頭→惟喬親王
	151	おしなべて峰もたひらになりななむ山の端なくは月も入らじを	唱和（返歌）〈代〉	有常→右馬頭
八十三	152	枕とて草ひき結ぶこともせじ秋の夜とだに頼まれなくに	贈歌	馬頭→惟喬親王〈返ナシ〉
	153	忘れては夢かとぞ思ふ思ひきや雪ふみわけて君を見むとは	贈歌	馬頭→惟喬親王〈返ナシ〉

八十四	154	老いぬればさらぬ別れのありといへばいよいよ見まくほしき君かな	贈歌	男の母→子（男）
	155	世の中にさらぬ別れのなくもがな千代もと祈る人の子のため	返歌	子（男）→男の母
八十五	156	思へども身をしわけねば目離れせぬ雪のつもるぞわが心なる	唱和（贈歌）	男→惟喬親王〈返ナシ〉
八十六	157	今までに忘れぬ人は世にもあらじおのがさまざま年の経ぬれば	贈歌	男→女〈返ナシ〉
八十七	158	蘆の屋の灘の塩焼きいとまなみつげの小櫛もささず来にけり	参考歌	〈語り手〉
	159	わが世をば今日か明日かと待つかひの涙の滝といづれ高けむ	唱和（贈歌）	衛府督→人々
	160	ぬき乱る人こそあるらし白玉のまなくも散るか袖のせばきに	唱和（返歌）	主の男→衛府督
	161	晴るる夜の星か川べの蛍かもわが住むかたの海人のたく火か	唱和（贈歌）	主の男→人々〈返ナシ〉
	162	わたつみのかざしにさすといはふ藻も君がためにはをしまざりけり	唱和（贈歌）	主の女方→人々〈返ナシ〉
八十八	163	おほかたは月をもめでじこれぞこのつもれば人の老いとなるもの	唱和（独詠）	一人の男
八十九	164	人知れず我恋ひ死なばあぢきなくいづれの神になき名おほせむ	贈歌	男→高貴な女〈返ナシ〉
九十	165	桜花今日こそかくもにほふともあな頼みがた明日の夜のこと	贈歌	男→つれない女〈返ナシ〉
九十一	166	をしめども春のかぎりの今日の日の夕暮れにさへなりにけるかな	独詠	男
九十二	167	蘆辺こぐ棚なし小舟いくそたび行きかへるらむ知る人もなみ	独詠	男
九十三	168	あふなあふな思ひはすべしなぞへなくたかきいやしき苦しかりけり	独詠	男
九十四	169	秋の夜は春日わするるものなれや霞に霧や千重まさるらむ	贈歌	元の夫→元の妻
	170	千々の秋ひとつの春にむかはめや紅葉も花もともにこそ散れ	返歌	元の妻→元の夫
九十五	171	彦星に恋はまさりぬ天の川へだつる関をいまはやめてよ	贈歌	男→二条后の女房〈返ナシ〉
九十六	172	秋かけていひしながらもあらなくに木の葉ふりしくえにこそありけれ	贈歌	交際を約した女→男〈返ナシ〉
九十七	173	桜花散り交ひ曇れ老いらくの来むといふなる道まがふがに	唱和（贈歌）	中将の翁→堀河大臣〈返ナシ〉
九十八	174	わが頼む君がためにと折る花は時しもわかぬものにぞありける	贈歌	男→太政大臣〈返ナシ〉
九十九	175	見ずもあらず見もせぬ人の恋しくはあやなく今日やながめ暮らさむ	贈歌	中将の男→女

	176	知る知らぬ何かあやなくわきていはむ思ひのみこそしるべなりけれ	返歌	女→中将の男
百	177	忘れ草生ふる野辺とは見るらめどこはしのぶなりのちも頼まむ	贈歌	男→高貴な女〈返ナシ〉
百一	178	咲く花の下にかくるる人を多みありしにまさる藤のかげかも	唱和〈贈歌〉	主人の兄弟→人々〈返ナシ〉
百二	179	そむくとて雲には乗らぬものなれど世の憂きことぞよそになるてふ	贈歌	男→尼〈返ナシ〉
百三	180	寝ぬる夜の夢をはかなみまどろめばいやはかなにもなりまさるかな	贈歌	男→女〈返ナシ〉
百四	181	世をうみのあまとし人を見るからにめくはせよとも頼まるるかな	贈歌	男→尼〈返ナシ〉
百五	182	白露は消なば消ななむ消えずとて玉にぬくべき人もあらじを	贈歌	女→男〈返ナシ〉
百六	183	ちはやぶる神代も聞かず龍田川からくれなゐに水くくるとは	唱和〈独詠〉	男
百七	184	つれづれのながめにまさる涙川袖のみひちて逢ふよしもなし	贈歌	敏行→男の家にある女
	185	浅みこそ袖はひつらめ涙川身さへながると聞かば頼まむ	返歌〈代〉	男→敏行
	186	かずかずに思ひ思はず問ひがたみ身を知る雨は降りぞまされる	贈歌〈代〉	男→敏行〈返ナシ〉
百八	187	風吹けばとはに波こす岩なれやわが衣手のかはくときなき	贈歌	女→男
	188	宵ごとにかはづのあまた鳴く田には水こそまされ雨は降らねど	返歌	男→女
百九	189	花よりも人こそあだになりにけれいづれをさきに恋ひむとか見し	贈歌	男→友人〈返ナシ〉
百十	190	思ひあまり出でにし魂のあるならむ夜深く見えば魂結びせよ	贈歌	男→密会の女〈返ナシ〉
百十一	191	いにしへはありもやしけむいまぞ知るまだ見ぬ人を恋ふるものとは	贈歌	男→高貴な女
	192	下紐のしるしとするも解けなくに語るがごとは恋ひずぞあるべき	返歌	高貴な女→男
	193	恋しとはさらにも言はじ下紐の解けむを人はそれと知らなむ	返歌	男→高貴な女〈返ナシ〉
百十二	194	須磨のあまの塩焼く煙風をいたみ思はぬかたにたなびきにけり	贈歌	男→契り交わした女〈返ナシ〉
百十三	195	長からぬ命のほどに忘るるはいかに短き心なるらむ	独詠	男
百十四	196	翁さび人なとがめそ狩衣今日ばかりとぞ鶴も鳴くなる	唱和〈独詠〉	男
百十五	197	おきのゐて身を焼くよりも悲しきはみやこしまべの別れなりけり	贈歌	陸奥の女→男〈返ナシ〉

百十六	198	波間より見ゆる小島の浜びさし久しくなりぬ君にあひ見で	贈歌	陸奥に行った男→都の女〈返ナシ〉
百十七	199	われ見ても久しくなりぬ住吉の岸の姫松いく代経ぬらむ	贈歌	行幸の帝→住吉の神
	200	むつましと君はしら波瑞垣の久しき世よりいはひそめてき	返歌	住吉の神→行幸の帝
百十八	201	玉かづらはふ木あまたになりぬれば絶えぬ心のうれしげもなし	贈歌	女→男〈返ナシ〉
百十九	202	形見こそ今はあたなれこれなくは忘るる時もあらましものを	独詠	女
百二十	203	近江なる筑摩も祭とくせなむつれなき人の鍋の数見む	贈歌	男→女〈返ナシ〉
百二十一	204	うぐひすの花を縫ふてふ笠もがな濡るめる人に着せてかへさむ	贈歌	男→女
	205	うぐひすの花を縫ふてふ笠はいな思ひをつけよ乾してかへさむ	返歌	女→男
百二十二	206	山城の井手の玉水手にむすびたのみしかひもなき世なりけり	贈歌	男→約束を違えた女〈返ナシ〉
百二十三	207	年を経て住みこし里を出でていなばいとど深草野とやなりなむ	贈歌	男→女
	208	野とならば鶉となりて鳴きをらむかりにだにやは君は来ざらむ	返歌	女→男
百二十四	209	思ふこと言はでぞただにやみぬべき我とひとしき人しなければ	独詠	男
百二十五	210	つひにゆく道とはかねて聞きしかど昨日今日とは思はざりしを	独詠	男

あとがき

『伊勢物語』という作品は、その物語本文の言葉なり文章なりを現代の言葉に置きかえてみても、容易にはその真意を解明することができない。現代語訳をすればすぐにわかるような作品ではない。注解を試みる側からいえば、いきおい古典解釈とはどういう作業なのか、という大問題をつきつけられる思いになる。

もとよりこの『伊勢物語』は、同じく歌物語と称されながらも、他の作品とは著しく相違している。ある時点で、ある者が書いたというのではなく、長い歳月にわたって増補、生長してきたらしいと推理される作品である。しかし、幾人もの手にかかったとしても、作品としての統一性が損われていないばかりか、かえって作品としての有機的な構成が強力に保たれている。たとえば、各章段の冒頭に「昔、男……ありけり」の常套句を据えて、ある男の一代記のように統一されているのも、その証拠である。

ところが、「昔」といい「男」といい、具体的にそれがどんな時代なのか、どういう人物かがはっきりしない。「昔」「男」という言葉じたいが漠然としすぎているからである。周知のようにこの作品には、多くの在原業平の名高い和歌が含まれている。それにもかかわらず、業平とか在五中将とかの名でなく、普通名詞の「男」で統一されている。業平のようでもあり業平のようでもない。しかしこの曖昧さが、じつはこの作品の、虚構の物語としてのかけがえのない方法になっているとみられる。

この物語はそうした方法によって、一個の人間の事蹟とはとうてい信じがたいほど、多種多様の話柄へと広がっていく。もともと物語とは、世にもめずらしい、しかも人間世界の話である。この物語の「男」はその典型的な存在であるといってよい。また、このような特殊な人物像が、やがて物語虚構のしくみを通して、人間としての普遍的な意味を帯びてくる。それこそが物語のだいじな魅力でもある。

また、物語が物語であるためには、その方法なり文章表現なりに工夫があって当然である。その一つに、語りの方法がある。作者によって仮構された語り手が、読者である聴き手に物語内容を聴かせるという趣である。物語のなかには、その語り手の主観的な言辞としての推測・感想・批評・補足説明なども散見される。物語の内部に、物語内容をあらためてとらえなおす視点が幾通りもとりこまれるということでもある。しかしこれは語り手の主観にとどまるほかなく、本当のところは何だったのかと注意力を喚起して読者の想像力を刺激するのである。これが物語の相対化であり、作中人物の特殊性から普遍性へと飛翔していく契機にもなっていよう。われわれが、「昔、男」を、ほんとうはどんな人物なのか、ひいては人間とはどんな存在なのか、に気づかせられるゆえんである。

この語りの方法は、作中の和歌の存在をいっそうきわだたせることにもなる。歌物語一般に比して、これは散文と和歌がたがいに照応しあう度合がより緊密である。そのために、和歌本来の表現性がつきつめられているように思われる。この時代の和歌は何よりも言葉の機知を重んじた。その機知の言葉が、和歌の主情性・抒情性を強靭なものにしているが、それとともに、和歌の挨拶性・対人性・社交性をいっそう強化させることにもなる。この物語では特に、それによって、孤立しあう者同士も、その和歌の言葉を懸け橋とすることで共感しあう話が多く語られている。もとより物語は人間存在を多様な関係のなかに構築していくのであるが、ここでの作中の和歌の対人性がこの物語を構成するかけがえのない要素になっている。従来この物語では独詠歌を多く含んでいるとみられてきたが、独詠は独詠でもその背後には共同的な集団が控えている。そこに、集団のなかでの個がきわだち、あるいは孤心と共感がきびしく凝視されているのである。

冒頭に、『伊勢物語』本文の難解さについて記したが、それは右に記したこの作品の独自性に由来していると思われる。その物語本文に少しでも近づくためには、その独自の文体を解きほぐすべく、文脈にくみこまれている言葉のありようにこちらの身を委ねるほかない。〈語釈〉では言葉の原義や語感を重んじ、〈和歌〉では一首としての発想・表現を重視した。また〈評釈〉では、広義の解釈を試みるつもりで、当該章段の真意に近づこうとつとめた。

本書を刊行するのに、筑摩書房編集部の大越亨・松永晃子両氏にひとかたならぬお世話をいただきました。特に大越氏には、注解書に特有の叙述の照応関係などに細心の注意を払っていただき無難に切り抜けることができました。お二方の御厚意に心からお礼を申し上げげます

二〇一三年五月

鈴木日出男

鈴木日出男（すずき・ひでお）

1938年生まれ。

東京大学大学院博士課程修了。

東京学芸大学助教授、成城大学教授、東京大学教授、成蹊大学教授を歴任。

現在、東京大学名誉教授。

専攻、古代日本文学。

著書に、
新編日本古典文学全集『源氏物語1-6』（共著、小学館、1994-98年）新日本古典文学大系『源氏物語1-5』（共著、岩波書店、1993-97年）『古代和歌史論』（東京大学出版会、1990年）『古代和歌の世界』（ちくま新書、1999年）『王の歌――古代歌謡論』（筑摩書房、1999年）『万葉集入門』（岩波ジュニア新書、2002年）『源氏物語歳時記』（筑摩書房、1989年）『源氏物語の文章表現』（至文堂、1997年）『源氏物語への道』（小学館、1998年）『源氏物語虚構論』（東京大学出版会、2003年）『源氏物語引歌綜覧』（風間書房、2013年）『連想の文体――王朝文学史序説』（岩波書店、2012年）ほか。

伊勢物語《いせものがたり》評解《ひょうかい》

二〇一三年六月十日　初版第一刷発行

著者　鈴木日出男
発行者　熊沢敏之
発行所　株式会社筑摩書房
東京都台東区蔵前二―五―三　〒一一一―八七五五
振替〇〇一六〇―八―四一二三
装幀・本文デザイン　神田昇和
印刷　株式会社精興社
製本　牧製本印刷株式会社

ISBN978-4-480-82366-3 C0095

乱丁・落丁本の場合は、左記宛にご送付下さい。送料小社負担でお取替えいたします。ご注文・お問い合わせも左記へお願いします。
筑摩書房サービスセンター
さいたま市北区櫛引町二―六〇四　〒三三一―八五〇七
電話〇四八―六五一―〇〇五三